GRöLS Verlage

„Bücher sind wie Fallschirme. Sie nützen uns nichts, wenn wir sie nicht öffnen."

Gröls Verlag

Redaktionelle Hinweise und Impressum

Das vorliegende Werk wurde zugunsten der Authentizität sehr zurückhaltend bearbeitet. So wurden etwa ursprüngliche Rechtschreibfehler *nicht* systematisch behoben, denn kleine Unvollkommenheiten machen das Buch – wie im Übrigen den Menschen – erst authentisch. Mitunter wurden jedoch zum Beispiel Absätze behutsam neu getrennt, um den Lesefluss zu erleichtern.

Um die Texte zu rekonstruieren, werden antiquarische Bücher von Lesegeräten gescannt und dann durch eine Software lesbar gemacht. Der so entstandene Text wird von Menschen gegengelesen und korrigiert – hierbei treten auch Fehler auf. Wenn Sie ebenfalls antiquarische Texte einreichen möchten, finden Sie weitere Informationen auf www.groels.de

Viel Freude bei der Lektüre wünscht Ihnen das Team des Gröls-Verlags.

Adressen

Verleger: Sophia Gröls, Im Borngrund 26, 61440 Oberursel

Externer Dienstleister für Distribution & Herstellung: BoD, In de Tarpen 42, 22848 Norderstedt

Unsere „Edition | Werke der Weltliteratur“ hat den Anspruch, eine der größten und vollständigsten Sammlungen klassischer Literatur in deutscher Sprache zu sein. Nach und nach versammeln wir hier nicht nur die „üblichen Verdächtigen“ von Goethe bis Schiller, sondern auch Kleinode der vergangenen Jahrhunderte, die – zu Unrecht – drohen, in Vergessenheit zu geraten. Wir kultivieren und kuratieren damit einen der wertvollsten Bereiche der abendländischen Kultur. Kleine Auswahl:

Francis Bacon • Neues Organon • **Balzac** • Glanz und Elend der Kurtisanen • **Joachim H. Campe** • Robinson der Jüngere • **Dante Alighieri** • Die Göttliche Komödie • **Daniel Defoe** • Robinson Crusoe • **Charles Dickens** • Oliver Twist • **Denis Diderot** • Jacques der Fatalist • **Fjodor Dostojewski** • Schuld und Sühne • **Arthur Conan Doyle** • Der Hund von Baskerville • **Marie von Ebner-Eschenbach** • Das Gemeindekind • **Elisabeth von Österreich** • Das Poetische Tagebuch • **Friedrich Engels** • Die Lage der arbeitenden Klasse • **Ludwig Feuerbach** • Das Wesen des Christentums • **Johann G. Fichte** • Reden an die deutsche Nation • **Fitzgerald** • Zärtlich ist die Nacht • **Flaubert** • Madame Bovary • **Gorch Fock** • Seefahrt ist not! • **Theodor Fontane** • Effi Briest • **Robert Musil** • Über die Dummheit • **Edgar Wallace** • Der Frosch mit der Maske • **Jakob Wassermann** • Der Fall Maurizius • **Oscar Wilde** • Das Bildnis des Dorian Grey • **Émile Zola** • Germinal • **Stefan Zweig** • Schachnovelle • **Hugo von Hofmannsthal** • Der Tor und der Tod • **Anton Tschechow** • Ein Heiratsantrag • **Arthur Schnitzler** • Reigen • **Friedrich Schiller** • Kabale und Liebe • **Nicolo Machiavelli** • Der Fürst • **Gotthold E. Lessing** • Nathan der Weise • **Augustinus** • Die Bekenntnisse des heiligen Augustinus • **Marcus Aurelius** • Selbstbetrachtungen • **Charles Baudelaire** • Die Blumen des Bösen • **Harriett Stowe** • Onkel Toms Hütte • **Walter Benjamin** • Deutsche Menschen • **Hugo Bettauer** • Die Stadt ohne Juden • **Lewis Caroll** • *und viele mehr….*

Walter Scott

Ivanhoe

Inhalt

Erstes Kapitel

In der anmutigen Provinz des glücklichen England, die der Don durchströmt, dehnte sich in alter Zeit ein großer Wald aus, der die lieblichen Hügel und Täler zwischen Sheffield und der freundlichen Stadt Doncuster bedeckt. Überreste dieses mächtigen Forstes findet man noch in der Umgegend der Rittersitze Wentworth, Warncliffe-Park und bei Rotherham. Hier hauste einst der sagenhafte Drache von Wantley, hier wurde manche blutige Schlacht im Bürgerkrieg der weißen und roten Rose ausgefochten, hier trieben vor alten Zeiten die tollkühnen Räuberhorden ihr Wesen, deren Taten durch die englischen Volkslieder überall bekannt geworden sind. Und hier liegt auch der eigentliche Schauplatz dieser Erzählung und die Zeit, zu der sie spielt, reicht bis zum Ende der Regierung Richards des Ersten, als seine Untertanen, die während seiner langen Gefangenschaft auf jede mögliche Weise bedrückt und geknechtet waren, seine Rückkehr wohl von Herzen wünschten, doch nicht zu erhoffen wagten. Der Adel, der während Stephans Regierung zu unbegrenzter Macht gelangt war, und den Heinrich der Zweite durch kluge Politik der Krone etwas von neuem untertänig gemacht hatte, schlug jetzt wieder völlig über die Stränge, kümmerte sich nicht um den ohnmächtigen Protest des englischen Staatsrates, befestigte seine Schlösser, verstärkte die Zahl seiner Hörigen und Reisigen, machte sich alles in seiner Umgebung zu Vasallen und bot alle Kraft auf, um, jeder in seinem Kreise, zu Macht und Gewalt zu gelangen und in den aller Voraussicht nach nahe bevorstehenden staatlichen Katastrophen eine hervorragende Rolle spielen zu können. Die Angehörigen des niederen Adels oder die Franklins, wie man sie nannte, die von Gesetzes wegen und durch den Geist der englischen Verfassung berechtigt waren, von der Feudaltyrannei unabhängig zu bleiben, wurden durch diese Zustände mehr als je in ihrer Existenz gefährdet. Wenn sie sich, was meist der Fall war, dem Schutze eines der kleinen Könige aus ihrer Umgebung unterstellten, an seinem Hofe Lehnsdienste taten, oder sich in einem gegenseitigen Schutz- und Trutzbündnis verpflichteten, ihm in seinen Unternehmungen Beistand zu leisten, so hatten sie sich allerdings wohl eine vorübergehende Sicherheit erkauft, aber eben dafür die Unabhängigkeit hingegeben, die jedem englischen Herzen lieb und teuer ist, und sie konnten mit Bestimmtheit darauf rechnen, in ein unbesonnenes Unternehmen hineingezogen zu werden, zu dem sich ihr Schutzherr aus Ehrgeiz hinreißen lassen würde. Auf der anderen Seite standen den mächtigen Baronen soviele Mittel zu Gebote, die kleinen Adligen zu knechten und zu schurigeln, daß sie nie um einen Vorwand verlegen waren und nur in seltenen Fällen darauf verzichteten, mit ihren Feindseligkeiten alle die unter ihren weniger mächtigen Nachbarn zu verfolgen, die es wagten, sich ihrer Oberherrschaft zu entziehen und in diesen gefahrvollen Zeiten ihren einzigen Schutz in ihrer makellosen Führung und in den Gesetzen des Landes zu suchen.

Ein Umstand, dem es zum großen Teile zuzuschreiben war, daß der hohe Adel ein so tyrannisches Wesen treiben durfte und daß seine niederen Klassen in so arge Bedrängnis geraten waren, lag in den Folgen, die die Eroberung des Herzogs von der Normandie mit sich brachte. In vier Geschlechtern hatte sich weder das feindliche Blut der Normannen und der Angelsachsen vermischen, noch hatten sich durch gleiche Sprache, gleiche Ziele und Interessen zwei feindliche Stämme miteinander verschmelzen können, denn auf der einen Seite machte sich stets der Stolz und der Dünkel des Siegers geltend, und auf der anderen hatten die Folgen der Niederlage denn doch zu tiefe Wunden geschlagen.

Nach der Schlacht von Hastings hatte der normännische Adel die Gewalt völlig in Händen, und er machte nicht eben milden Gebrauch davon. Das Geschlecht der sächsischen Fürsten und Edelherren war entweder völlig vernichtet oder seines Erbteils beraubt worden, bis auf wenige aus der zweiten oder noch niedrigeren Klasse, die im Lande ihrer Väter noch als Herren auf eigenem Grund und Boden saßen. Lange hatte der König seine Gewalt dahin zu nutzen versucht, jenen Teil der Bevölkerung, der erwiesenermaßen stets einen tief eingewurzelten Haß gegen den Sieger und Unterdrücker hegt, in seiner Macht zu schmälern. Alle Herrscher normännischen Geblüts bekundeten unstreitig stets die offenste Vorliebe für ihre normännischen Untertanen. Jagdgesetze und andere Paragraphen, von denen der freie duldsame Geist der sächsischen Verfassung nichts wußte, waren dem Nacken der unterjochten Bewohner aufgebürdet worden, um die Fesseln der Feudalherrschaft noch schwerer zu gestalten. Am Hofe selbst und in den Schlössern der hohen Herren, wo man dem Luxus und der Pracht des Hofes gleichzukommen strebte, war nur die normännisch-französische Sprache im Gebrauch und in der gleichen Sprache wurden auf den Gerichten die Klagen und die Urteile abgefaßt. Mit einem Wort: französisch war die Sprache der vornehmen Welt, der Ritterschaft und der Herren vom Gericht, während das ausdrucksvolle und mannhaftere Angelsächsisch nur noch bei den Bauern und Knechten in Gebrauch war, die einer anderen Sprache nicht mächtig waren. Und da nun die Grundbesitzer mit den Bauersleuten Gemeinschaft unterhalten mußten, so bildete sich allmählich aus diesem Verkehr eine besondere Mundart, eine Mischung aus Französisch und Angelsächsisch, in der sie sich untereinander verständigten. Dieser aus Zwang entstandene Dialekt hat dann die englische Sprache gezeitigt, in der sich die Sprache der Sieger mit der der Besiegten aufs glücklichste verquickt hat und die dann im Laufe der Zeit aus Übertragungen aus den Sprachen des klassischen Altertums und aus der Literatur der südlichen Völker Europas in hohem Maße bereichert worden ist. – Der Verfasser glaubte den Leser über diesen Zustand der Dinge unterrichten zu müssen, damit er stets dessen eingedenk sein soll, daß eine Nationalverschiedenheit zwischen den Sachsen und den Siegern und die nie geschwundene Erinnerung an das, was sie gewesen und was jene aus ihnen gemacht hatten, bis in die Regierung Eduards des Dritten stets wach geblieben ist. Die Wunden, die der Gegner geschlagen hatte und die er, sobald sie im Vernarben waren, stets wieder aufriß, ließen eine scharfe Scheidung zwischen den Abkömmlingen der siegreichen Normannen und den Nachkommen der unterdrückten Sachsen immer merklich erkennen.

Auf einer der satten Wiesen des anfangs erwähnten Waldes lag heller Sonnenschein. Hunderte von breiten, kurzstämmigen Eichen, die vielleicht schon die römischen Legionen in prachtvollem Aufzug vorüberziehen sahen, beschatteten mit ihren weitausladenden knorrigen Zweigen den dichten grünen Teppich des lieblichen Rasens. An manchen Stellen standen Buchen, Pappeln und andere Baumarten in so dichtem Gemisch dazwischen, daß die Strahlen der sinkenden Sonne kaum hindurchdringen konnten. An anderen Stellen bot sich ein weiter, herrlicher Durchblick, in die das Auge so gern hineinspäht, während die Phantasie in ihren Gründen noch Bilder der Waldeinsamkeit erwartet. Die Purpurstrahlen der untergehenden Sonne verbreiteten hier einen milden fahlen Schein, der da und dort auf den Zweigen und Stämmen lag, und auch auf dem Rasen malten sich stellenweise Flächen von Licht, die den Weg der Sonne bezeichneten. Ein weiter Kreis in der Mitte des Grasplatzes schien vor Zeiten dem Götzendienst der Druiden geweiht gewesen zu sein; denn oben auf einem Hügel, der so regelmäßig erschien, als ob er von Menschenhänden errichtet worden sei, waren die Überreste eines großen Kreises aus roten, unbehauenen Steinen zu sehen. Sieben von ihnen waren hochgestellt, die anderen lagen flach umher und waren durcheinandergeworfen, vielleicht von einem zum Christentum bekehrten Eiferer. Andere wieder lagen dicht an ihrem alten Fleck, andere auf dem Abhang des Hügels. Nur ein großer, umfänglicher Block war ganz heruntergeglitten und hatte den Lauf eines kleinen Baches versperrt, der sich sanft um den Fuß des Hügels herumschlängelte und nun in leisem Murmeln über dieses Hemmnis hinwegrann.

Zwei menschliche Gestalten waren in dieser Landschaft zu sehen und Tracht und Erscheinung kennzeichnete sie in ihrer Wildheit und Rauheit als Waldbewohner des Westens von Yorkshire. Der Ältere von beiden sah ernst, wild und düster aus. Seine mehr als einfache Kleidung bestand aus einer knappen Ärmeljacke aus gegerbtem Tierfell, an der sich das ursprünglich nicht abgeschorene Haar mit der Zeit so sehr abgeschabt hatte, daß sich aus dem, was noch daran war, schwer hätte sagen lassen, von welchem Tiere der Pelz stammte. Dieser Überkittel ging vom Hals bis zum Knie und bedeckte also den ganzen Leib, und das einzige Loch, das er hatte, war gerade groß genug, daß der Kopf hindurchgesteckt werden konnte. Er mußte mithin wie ein Hemd beim Anziehen über Kopf und Schultern gestreift werden. Sandalen mit schweinsledernen Riemen schützten die Füße, eine Rolle von dünnem Leder war als Gamasche um die Beine geschlungen worden und ließ, wie es bei den schottischen Hochländern Brauch war, das Knie nackt. Damit die Jacke praller sitzen sollte, war sie in der Mitte durch einen breiten Ledergürtel mit metallener Schnalle zusammengehalten. An diesem Gurt hing an der einen Seite eine Art Tasche, an der anderen ein zum Blasen gerichtetes Widderhorn mit Mundstück. Ferner steckte darin ein langes, breites Messer mit scharf zugespitzter zweischneidiger Klinge und einem Griff aus Hirschhorn. Derartige Messer wurden in dieser Gegend hergestellt und hießen schon damals Sheffieldmesser. Der Mann hatte zur Kopfbedeckung nichts weiter als sein starkes zusammengerafftes und geflochtenes Haar, das im Scheine der Sonne wie dunkelrot erschien und stark gegen den die Wangen bedeckenden Bart abstach, der die Farbe des Bernsteins hatte. Ein sehr seltsames Stück seines Anzuges muß noch genannt werden, nämlich ein metallener Ring, der wie ein Hundehalsband aussah, aber keine Öffnung hatte und sich fest um den Hals schloß, ohne daß der Mann dadurch am Atmen behindert worden wäre. Auf diesem merkwürdigen Halsschmuck, der nur mit der Feile zu lösen gewesen wäre, stand in angelsächsischen Buchstaben die folgende Inschrift: Gurth, Beowulfs Sohn, ist durch Geburt Leibeigener Cedrics von Rotherwood.

Neben diesem Schweinehirten, denn dies war Gurths Amt, saß auf einem Trümmerstein der Druidenstätte ein Mann, der zehn Jahre jünger zu sein schien und dessen Tracht im Schnitt der seines Gefährten ähnlich, jedoch aus besserem

Stoff gefertigt war und phantastischer aussah. Sein Wams war früher von hellem Purpur gewesen und unbeholfene Verzierungen in verschiedenen Farben waren grotesk darauf gemalt worden. Der Mantel, der ihm nur bis zur Hälfte des Leibes reichte und aus karmoisinrotem Tuch mit hellgelber Einfassung bestand, war schon stark abgetragen, und da er um beide Schultern geworfen und um den Leib geschlungen werden konnte, so war er im Vergleich zu seiner Kürze unverhältnismäßig weit und gab daher ein recht seltsames Kleidungsstück ab. Der Mann trug schmale, silberne Armbänder und um den Hals ein Band von dem gleichen Metall mit der Inschrift: Wamba, Sohn des Ohnewitz, ist Leibeigener Cedrics von Rotherwood. Er trug Sandalen wie sein Gefährte, aber statt der Lederrollen hatte er richtige Gamaschen, von denen die eine rot, die andere gelb war. Seine Mütze war mit einer Menge Schellen besetzt wie man sie den Falken anhängt. Die klingelten, wenn er den Kopf bewegte, und da er nicht einen Augenblick still saß, so klirrte und klimperte es unaufhörlich. Um die Spitze der Mütze lief ein breites Band von steifem Leder, das oben ausgezackt war und wie eine kleine Krone aussah. Aus ihr hing eine Art Beutel hervor, der auf die Schulter herabbaumelte und sich fast wie eine alte Nachtmütze oder wie ein Husarenkäppi ausnahm. Auch daran hingen Glöckchen.

Dieser ganze Aufputz und der halbpfiffige, halbirre Ausdruck seines Gesichts kennzeichneten ihn hinlänglich als einen jener Hausnarren, die sich die Reichen zum Zeitvertreib halten, um besser über die langweiligen Stunden hinwegzukommen, die ihnen in ihren vier Pfählen nicht erspart bleiben. Wie sein Gefährte trug auch er eine Art Tasche am Gurt, aber er hatte weder Horn noch Messer, wahrscheinlich weil es für gefährlich erachtet wurde, dem Menschenschlag, zu dem er gehörte, scharfe Instrumente in die Hand zu geben. Dagegen führte er ein hölzernes Schwert wie Kasperle auf dem Theater. Wie das Äußere der beiden Männer einen scharfausgeprägten Gegensatz erkennen ließ, so auch ihr Blick und ihr Wesen. Der Hirt und Leibeigene hatte ein trübes und düsteres Gebaren. Das Auge war mit dem Ausdruck tiefer Verzweiflung zu Boden gesenkt und schien gänzliche Apathie zu bekunden, nur ab und zu flammte es in seinem roten Auge auf und deutete darauf hin, daß sich unter seinem dumpfen Kleinmut die Empfindung, geknechtet zu sein, und das Verlangen, sich dagegen aufzubäumen, schlummernd regten. Wambas Miene dagegen verriet die bei Menschen seines Schlages in der Regel vorhandene Neugier, eine quecksilberne Hast und die größte Zufriedenheit mit seiner Lage und seiner

Kleidung. Beide unterhielten sich angelsächsisch, eine Sprache, die, wie schon erwähnt, ausschließlich bei den niederen Klassen in Gebrauch war.

„Hol der heilige Withold die verflixten Schweine!“ brummte der Hirt, nachdem er aus Leibeskräften ins Horn geblasen hatte, um die verstreute Herde zusammenzubringen, die seinem Rufe zwar in ebenso melodischer Weise antwortete, aber doch von seinem leckeren und reichen Mahle aus Eicheln und Bucheckern nicht wegzubringen war. Auch hatten sie nicht die geringste Lust, das schlammige Ufer des Flusses zu verlassen, wo sich mehrere recht gemächlich im Moraste wälzten und das Horn blasen ließen, was es blasen mochte.

„Hol sie der heilige Withold und mich selbst!“, sagte Gurth. „Wenn der Wolf mit zwei Beinen nicht noch 'n paar vor der Nacht wegmaust, will ich keine ehrliche Kreatur sein. – Hierher! Packan! Hierher!“ schrie er seinem zottigen Hunde zu, einem wolfsähnlichen Tiere, halb Bullenbeißer, halb Windspiel, der eifrig hin und her hetzte, um die widerspenstigen Grunzer seinem Herrn sammeln zu helfen. Entweder aber verstand er die Hornsignale seines Herrn nicht und wußte auch noch nicht, was ihm zu tun oblag, oder er handelte aus vorsätzlicher Böswilligkeit so, denn er trieb die Schweine nur noch mehr auseinander und machte daher das Übel nur noch ärger.

„Mag der Deibel dem Viech die Zähne ausreißen!“ schimpfte Gurth. „Wamba, wenn du 'n braver Kerl bist, so komm und hilf mir! Lauf um den Hügel rum, daß du ihnen in 'n Rücken kommst. Wenn du ihnen die Witterung abkriegst, kannst du sie wie harmlose Lämmerkens vor dir hertreiben.“

„Weiß der Kuckuck!“ sagte Wamba, ohne sich vom Flecke zu rühren, „ich habe meine Beine gefragt, wie sie drüber denken, und die meinen nu mal, daß ich meine Kleider nicht durch diese Pfützen treiben dürfe, wenn ich mich nicht geradezu versündigen will an meiner hohen Person und meiner fürstlichen Garderobe. Derowegen rat ich dir, Gurth, ruf den Packan weg und überlasse die Herde ihrem Schicksal. Ob sie nu rumziehenden Soldaten oder Räubern oder langweiligen Pilgern in die Hände fällt, es kommt doch alles auf eins raus. Eh nämlich der Tag anbricht, werden die Schweine zu deiner Freude in Normannen verwandelt sein.“

„Die Schweine in Normannen?“ fragte Gurth. „Erklär mir das, Wamba, denn mein Schädel ist zu blöde und mein Gemüt zu bedrückt, als daß ich lustig genug wär, um Rätsel zu knacken.“

„Wie nennst du das grunzende Viechzeug, das sich auf vier Beinen rumtreibt?“ fragte Wamba.

„Schweine, Narr, Schweine,“ sagte der Hirt, „das weiß jeder Narr.“

„Und Schwein ist 'n gut sächsisch Wort,“ sagte der Hausnarr. „Aber wie nennst du die Sau, wenn sie ausgeweidet, abgesengt und aufgehängt ist wie 'n Hochverräter?“

„Porc!“ versetzte der Hirt.

„Freut mich, daß auch das jeder Narr weiß,“ antwortete Wamba. „Und Porc ist gut normännisch-französisch. Wenn das Viech lebt und von nem sächsischen Leibeignen gehütet wird, dann hats seinen sächsischen Namen, aber es wird 'n Normanne und heißt Porc, wenn es in 'n stattliches Schloß gebracht und den edlen Herren zum Mahle aufgetischt wird. Was sagst du dazu, Freund Gurth?“

„Das hat Hand und Fuß, Freund Wamba, wenns auch der Schädel eines Narren ausgeheckt hat.“

„Noch mehr kann ich dir sagen,“ fuhr Wamba im gleichen Tone fort. „Da ist der ehrliche Aldermann Ochs, der behält auch seinen sächsischen Namen, solang er von Knechten und Leibeigenen bewacht wird, aber sobald er vor die hochgeehrten Kinnladen kommt, die allein auf Erden dazu da sind, ihn aufzuessen, dann wird er sogleich 'n stolzer, eleganter Franzose und nennt sich Boeuf. Und das gute Bürschchen Kalb wird auf diese Weise Monsieur de vaux. Solang es unter Aufsicht ist, bleibts ein Sachse, und sobalds eine Sache des Genusses wird, ist 'n Normanne draus geworden.“

„Beim heiligen Dunstan!“ entgegnete Gurth. „Was du da sagst, ist leider alles wahr. Nicht viel mehr ist uns gelassen, als die Luft, die wir atmen, und auch die scheinen sie uns nur ungern zu gönnen und nur deshalb zu lassen, damit wir die Lasten tragen können, die sie unserm Buckel aufgebürdet haben. Das Leckerste und das Fetteste ist für ihre Tafel, und das Hübscheste für ihr Bett, die Tüchtigsten müssen als Soldaten unter die fremde Herrschaft, in fernen Landen bleichen ihre Knochen und nur wenig bleiben übrig, die die Macht hätten und willens wären, die unglücklichen Sachsen zu beschützen. Gott segne unsern Herrn Cedric! der hat gehandelt wie 'n Mann, der in die Bresche springen will; aber Reginald Front-de-Boeuf durchzieht selbst das Land, und wir werden ja sehen, wie wenig alle Sorge und Mühe Cedrics helfen wird. – Hierher, hierher!“

rief er, wieder die Stimme erhebend. „Halloh, halloh! wacker, Packan! Nu hast du sie alle beisammen und treibst sie weiter vor dir her!“

„Gurth,“ sagte der Narr, „du hältst mich für 'n ganz dummen Kerl, sonst tätest du nicht so leichthin deinen Kopf zwischen meine Zähne stecken. Ich brauchte Reginald Front-de-Boeuf oder Philipp von Malvoisin nur ein Wort zu sagen, daß du verräterische Pläne gegen die Normannen geäußert hättest, und du bist deiner Würde als Schweinehirt entsetzt und wirst bald an einem dieser Bäume hängen zum abschreckenden Exempel für alle, die über hohe Herren übles Gerede führen.“

„Du Hund du!“ knurrte Gurth. „Du wirst mich doch nicht verraten, nachdem du mich erst dazu verleitet hast, so zu reden?“

„Dich verraten!“ antwortete der Narr. „Gott bewahre! Das wär nur was für einen gescheiten Menschen, ein Narr weiß nicht, wie er das anzufangen hätte. Doch still! wer ist das?“ setzte er hinzu, indem er auf die Hufschläge von Pferden hörte, die deutlich zu vernehmen waren.

„Mir einerlei,“ erwiderte Gurth, der jetzt seine Herde, von seinem Hunde unterstützt, durch einen Baumgang vor sich hertrieb, in dem es schon dunkel geworden war.

„Ich will aber die Reiter sehen,“ sagte Wamba, „am Ende sind sie aus dem Feenlande und bringen Botschaft von Oberon.“

„Hol dich der Henker!“ rief der Schweinehirt. „Wie kannst du nur solch Unsinn schwatzen, wo wenig Meilen von hier 'n fürchterliches Unwetter mit Blitz und Donner niederprasselt. Hör nur, wie der Donner rollt! Nie sah ich bei nem Sommerregen so dicke Tropfen schnurgerade runterfallen. Hier ist zwar noch alles still, aber schon rauschen die alten Eichen vorm Sturm, und in ihren Ästen stöhnts und knackts. Beiß du den Furchtlosen raus, wenn du Lust hast, aber hör diesmal auf mich und laß uns heimgehen, ehs Gewitter losbricht. Das wird ne entsetzliche Nacht!“

Wamba entzog sich dieser Mahnung nicht und folgte seinem Gefährten, der einen Stock vom Rasen aufgehoben hatte, nun wacker durch die Lichtung fürbaß schritt und die ganze Herde, die einen höchst unmelodischen Lärm machte, mit Hilfe seines Hundes vor sich hertrieb.

Zweites Kapitel

Allen Aufforderungen und Scheltworten seines Gefährten zum Trotz, konnte Wamba nicht umhin, alle Augenblicke auf der Straße stehen zu bleiben, weil das Pferdegetrappel immer näher kam. Bald riß er von einem Haselstrauch ein paar halbreife Haselnüsse ab, bald sah er einem Bauernmädchen nach, das seinen Weg kreuzte. Die beiden wurden daher bald von den Pferden und Reitern eingeholt.

Es waren zehn an der Zahl. Die zwei, die vorweg ritten, schienen hervorragende Personen zu sein, während die anderen wohl das Gefolge bildeten. Es war nicht schwierig, Charakter und Beruf des einen von diesen beiden Männern zu erkennen. Er war ohne Zweifel ein Geistlicher von hohem Range. Er trug die Gewandung eines Cisterziensermönches, nur aus feinerem Stoff, als es die Ordensregel erlaubt. Kutte und Kappe waren aus bestem Flamänder Tuch und fielen in weiten geschmackvollen Falten um seine hübsche, obwohl etwas beleibte Gestalt. Wie in dieser seiner Art, sich zu kleiden, keinerlei Verschmähung weltlichen Glanzes lag, so zeigte auch sein Gesicht keinen Zug der Selbstverleugnung. Seine Physiognomie hätte man anheimelnd nennen können, wenn nicht ein epikuräisches Blinzeln, das unter dem gesenkten Lide schlummerte, den versteckten Wollüstling verraten hätte. Außerdem hatte er sich in seinem Amt und dank seinen Verhältnissen eine strenge Herrschaft über seine Züge zu eigen gemacht, und er konnte nach Belieben zu jeder Zeit eine feierliche Miene aufsetzen, obgleich der natürliche Ausdruck seines Gesichtes gutgelaunte, gemütliche Gleichgültigkeit und Duldsamkeit war. Den Ordensbestimmungen und den Edikten der Päpste und Konzilien entgegen, waren die Ärmel seines Talars mit kostbarem Pelz besetzt und gefüttert, den Mantel hielt am Halse ein prachtvolles Schloß fest, und seine ganze Ordenstracht war verfeinert und ausgeschmückt. Dieser würdige Diener der Kirche ritt auf einem wohlgenährten Maultier, dessen Zaumzeug schön und reich verziert war; der Zaum selber war nach damaligem Brauch mit silbernen Glöckchen besetzt. Er saß nicht mit der Unbeholfenheit eines Klosterbruders, sondern mit der Haltung eines geübten Reiters im Sattel. Allerdings schien er den gutmütigen und gutzugerittenen Maulesel auch nur auf der Landstraße zu benutzen. Ein Laienbruder seines Gefolges führte für andere Gelegenheiten einen schönen spanischen Hengst bei sich, wie sie damals nur mit großen Schwierigkeiten und Gefahren für Personen von Rang und Reichtum von Händlern nach England gebracht wurden. Sattel und Schabracke dieses prächtigen Zelters waren mit einem langen Teppich bedeckt, der bis auf die Erde herabhing und mit Bischofskronen, Kreuzen und anderen kirchlichen Zeichen reich bestickt war. Ein anderer Laienbruder führte ein Saumtier, das wahrscheinlich das Gepäck trug, und zwei Mönche von demselben Orden, doch von niedrigerer Klasse, ritten hinter ihm drein, miteinander scherzend und lachend, und bekümmerten sich nicht im mindesten um die anderen Mitglieder des Reiterzuges.

Der Gefährte des Prälaten war ein Mann von mehr als vierzig Jahren, schlank und hager, aber dabei stark und muskulös und von athletischem Wuchs. Langjährige Strapazen und unausgesetzte Bewegung hatten ihm alle Zartheit genommen, und er schien nur noch aus Knochen, Adern und Sehnen zu bestehen. Auf dem Kopfe trug er eine scharlachene, mit Pelz verbrämte Mütze, die sein Gesicht ganz frei ließ. Der Ausdruck dieses Gesichts war dazu angetan, zwar nicht Furcht, doch Achtung einzuflößen. Erhabene, von Natur stolze und gewaltige Züge waren von der Sonne der Tropen fast bis zur Farbe eines Negers gebräunt worden und schienen nach dem vorübergebrausten Sturm wilder Leidenschaften im Zustande der Ruhe zu schlummern. Doch die stark hervortretenden Stirnadern und das heftige und ungestüme Zucken der Oberlippe mit ihrem starken, dunkeln Stutzbart, das sich bei der geringsten Erregung bemerkbar machte, ließen vermuten, daß ein Sturm nur zu leicht zu erwecken war. Die kühnen, durchdringenden Augen des Mannes verrieten bei jedem Blick die Geschichte überstandener Mühseligkeiten und Gefahren und schienen zum Widerstand herauszufordern, ganz als hätte der Mann sein Vergnügen daran, den Mut zu üben und was er wollte, mit eisernem Willen durchzusetzen. Eine tiefe Narbe an der Stirn erhöhte noch das ernste Gepräge seines Antlitzes, wozu auch der ein wenig beeinträchtigte Ausdruck des einen Auges beitrug, das bei Entstehung jener Narbe gleichfalls ein wenig beschädigt worden war, nun zwar völlig gesund, aber einen schiefen Blick behalten hatte.

Das obere Gewand dieses Mannes war dem seines Gefährten ähnlich: es war ein langer Klostermantel, aber an der scharlachroten Farbe war zu erkennen, daß der Träger zu keinem der vier rechtmäßigen Mönchsorden gehörte. Die rechte Achselseite des Mantels trug ein aufgeheftetes Kreuz von ungewöhnlicher Gestalt. Das Oberkleid verhüllte etwas, was auf den ersten Anblick nicht zu ihm zu passen schien: ein Panzerhemd mit Ärmeln und Handschuhen, das auf sinnreiche Weise so gearbeitet und gewebt war, daß es den Bewegungen des Körpers so schmiegsam folgte, wie jene auf dem Webstuhl aus weicherem Stoff gefertigten Hemden. Auch die obere Seite seiner Schenkel, soweit sie der Mantel sehen ließ, war mit Metallplatten bedeckt. Dünne künstlich zusammengefügte Stahlschienen schützten Knie und Füße. Ein Strumpf aus Metallschuppen reichte vom Knöchel bis zum Knie und vervollkommnete die Rüstung des Reiters. Die einzige Verteidigungswaffe, die er hatte, war ein langer, zweischneidiger Dolch, den er im Gürtel trug. Er ritt kein Maultier wie sein Gefährte, sondern einen handfesten Klepper, um sein edles Streitroß zu schonen, das ihm ein bis an die Zähne bewaffneter Knappe nachführte. Dieser trug vor dem Kopfe eine Schutzplatte, an der ein kleiner Stachel saß. An der einen Seite seines Sattels hing eine kurze, reich damaszierte Streitaxt, an der anderen Seite des Reiters Helm mit Sturmhaube und ein langes Schwert mit zwei Griffen, wie es die Ritter zur damaligen Zeit zu tragen pflegten. Ein zweiter Knappe trug die emporgerichtete Lanze seines Herrn, an deren Spitze ein schmaler Wimpel flatterte, auf den ein ebensolches Kreuz wie auf dem Mantel gestickt war. Dieser Knappe trug auch seines Herrn kleinen, dreieckigen Schild, der oben so breit war, daß er die ganze Brust schützte und nach unten spitz zulief. Hinter diesen Waffenträgern kamen zwei Diener, die an der dunkeln Gesichtsfarbe, an den weißen Turbanen und an ihren Gewändern als Söhne des fernen Morgenlandes kenntlich waren.

Der ganze Aufzug dieses Kriegers machte einen wilden, fremdländischen Eindruck. Seine Knappen waren prunkend gekleidet, und seine orientalischen Diener trugen silberne Halsbänder und silberne Spangen an den schwarzbraunen Armen und Beinen, die vom Ellbogen ab und vom Schenkel bis zum Knöchel nackt waren. In Seide und Stickerei prangte ihre Tracht und legte beredtes Zeugnis ab für ihres Herrn Reichtum und Ansehen, gleichzeitig in auffallendem Gegensatz stehend zu der kriegerischen Einfachheit seines eigenen Anzuges. Die Orientalen waren mit krummen Säbeln bewaffnet, deren Griffe und Scheiden mit funkelndem Golde ausgelegt waren, und hatten türkische Dolche von noch prachtvollerer Ausführung. Am Sattelknauf hatte jeder ein Bündel Pfeile oder Wurfspieße, die etwa vier Fuß lang waren und scharfe Stahlspitzen hatten. Ebenso exotisch wie die Reiter sahen die Pferde dieser Diener aus: es waren sarazenische Rosse von arabischer Abstammung. Die zarten, schlanken Glieder, die dünnen Mähnen und schmalen Hufe und der leicht tänzelnde Gang standen in starkem Gegensatze zu den starkknochigen, schweren Pferden, deren Rasse in Flandern und der Normandie gezüchtet wurde, um die Ritter der damaligen Zeit in ihrer vollen Panzerausrüstung tragen zu können.

Diese seltsame Kavalkade zog nicht allein Wambas Aufmerksamkeit auf sich, sondern auch die seines schwerfälligeren Genossen. In dem Mönche erkannte er sogleich den Prior der Abtei Jorlvaux, der in der ganzen Gegend wohlbekannt war als ein Liebhaber der Jagd, der Tafelfreuden und – sofern das Gerede ihm nicht unrecht tat – noch anderer weltlicher Vergnügungen, die mit den Ordensgelübden noch weniger im Einklang standen. Über das Tun und Treiben der Geistlichkeit dachte aber die damalige Zeit so frei und locker, daß Prior Aymer trotz allem sich in der Umgegend seiner Abtei eines guten Rufes erfreute. Dank seiner Jovialität und weil er niemals irgendwelche Schwierigkeiten oder Umstände machte, wenn es galt, für alle möglichen Sünden Absolution zu erteilen, war er beim hohen Adel und vornehmen Bürgertum sehr beliebt. Da er aus vornehmem Normannenhause stammte, so war er mit manchem unter ihnen verwandt. Die Damen vor allem fällten kein allzustrenges Urteil über das Betragen eines Mannes, der ein offenkundiger Bewunderer ihres Geschlechts war und über manches Mittelchen verfügte, die Langeweile zu verscheuchen, die sich so leicht in den Hallen der alten Adelsschlösser einnistete. An den Freuden einer Jagd nahm der Prior mit wahrhaftem Eifer teil, und er stand im Rufe, die besten dressierten Falken und die flinksten Windhunde in den Provinzen des ganzen Nordens zu haben. Mit den alten Herren gab er sich anderen Lustbarkeiten hin, die er, wenn es darauf ankam, mit großer Feierlichkeit zu begleiten verstand.

Er tat viele barmherzige Werke, die eine Menge Sünden auch in anderem Sinne, als es die Schrift meint, zudeckten. Bei dieser Freigebigkeit kam es ihm zu statten, daß die Einkünfte seines Klosters zum größten Teil zu seiner freien Verfügung standen; so ließ er vieles den Bauern zukommen und half den Unterdrückten. Wenn der Prior Aymer zur Jagd ritt, wenn er lange zechte und schmauste, wenn er im morgendlichen Zwielicht von einem Schäferstündchen im Dunkeln zurückkam und durch das geheime Pförtchen der Abtei schlich, so zuckten die Leute die Achseln und dachten: manche seiner Brüder trieben es ja nicht anders und machten dabei nicht einmal ihre Fehltritte durch Wohltaten wieder gut. Prior Aymer war auch den sächsischen Leibeigenen bekannt, sie grüßten ihn ehrfurchtsvoll und erhielten zum Gegengruß sein Benedicite mes fils!

Verwundert über den absonderlichen Reiterzug, vermochten sie kaum Antwort zu geben auf die Frage des Priors von Jorlvaux, ob in der Nähe eine

Herberge zu finden sei, so groß war ihr Erstaunen über die halb mönchische, halb kriegerische Erscheinung des bräunlichen Fremdlings und die seltsame Tracht seines orientalischen Gefolges.

„Ich frage euch, meine Kinder," wiederholte der Prior seine Frage, diesmal in der Lingua Franca, jenem Mischdialekt, in dem sich die Normannen und Sachsen untereinander verständigten, „ist hier in der Nähe irgendein wackerer Mann, der um Gotteswillen und aus Ergebenheit zu der Kirche, unserer Alma Mater, zweien ihrer demütigsten Diener mitsamt ihrem Gefolge für eine Nacht Obdach und Speise gewähren könnte?"

„Zwei der demütigsten Diener der Allmutter Kirche!" brummte Wamba vor sich hin, aber obwohl er nur ein Narr war, hütete er sich doch, es laut zu sagen. „Da möchte ich doch gar erst mal ihre höheren Diener zu sehen bekommen!" Nachdem er bei sich selbst die Betrachtung über die Worte des Priors angestellt hatte, sah er auf und beantwortete die an ihn gerichtete Frage: „Sofern die verehrten Väter eine reiche Tafel und ein weiches Bett lieben, so liegt ein paar Meilen von hier das Priorat Brinxworth, wo die ehrwürdigen Herren ihrem Stande entsprechend die ehrenvollste Aufnahme finden werden. Sofern es ihnen aber nicht darauf ankommt, einen Abend auch mal in geringerer Üppigkeit hinzubringen, so brauchen sie nur dort die Lichtung hinabzureiten. Da geht es nach der Einsiedelei Copmanhurst, wo ein gottesfürchtiger Anachoret haust, der gern sein Dach und seine Andacht in dieser Nacht mit ihnen teilen wird."

Auf beide Vorschläge hatte der Prior nur ein Kopfschütteln. „Guter Freund," sagte er, „das Schellengeklingel hat dir den Verstand verwirrt, sonst müßtest du wissen: Clericus clericum non decimat, das heißt, wir Geistliche nehmen nicht gern unter uns die Gastfreundschaft in Anspruch, sondern wir lassen uns lieber von Laien bewirten und geben ihnen dadurch zugleich eine Gelegenheit, Gott zu dienen, indem sie seine treuen Diener ehren und laben."

„Wahrhaftig," entgegnete Wamba, „obwohl ich nur ein Esel bin, so hab ich doch wie Euer Hochwürden Maultier die Ehre, Schellen zu tragen. Aber doch ist es mir nicht ganz begreiflich, weshalb die Wohltätigkeit gegen die Kirche und ihre Diener nicht wie andere Wohltätigkeiten bei sich selbst den Anfang machen sollte."

„Halts Maul, dreister Lümmel," unterbrach der bewaffnete Reiter mit rauher, mächtiger Stimme Wambas Geschwätz, „sag uns den Weg zu – wie heißt doch gleich Euer Franklin, Prior Aymer?"

„Cedric," antwortete der Prior, „Cedric, der Sachse. Sag mir, guter Freund, sind wir nicht mehr weit von seinem Hause und wo führt der Weg dahin?"

„Der Weg ist schwer zu finden," sagte Gurth, jetzt zum erstenmal den Mund öffnend, „auch geht Cedrics Hausstand früh zur Ruhe."

„Verschone mich mit solchem Gerede, Kerl," sagte der berittene Kriegsmann, „sie sind leicht wieder auf die Beine zu bringen, daß sie Reisende wie wir aufnehmen, denn wir haben keine Lust, um Gastfreundschaft zu betteln, wo wir befehlen können."

„Ich weiß nicht," sagte Gurth finster, „ob ich den Weg zum Hause meines Herrn solchen Leuten zeigen darf, die das Obdach, um das sonst jedermann als eine Gunst bittet, als ihr Recht betrachten."

„Keinen Widerspruch, Sklave!" rief der Krieger, gab seinem Pferde die Sporen und ließ es eine halbe Wendung über den Pfad hinüber machen. Gleichzeitig schwang er die Reitgerte, um den Bauern für seine Frechheit zu züchtigen.

Gurth schleuderte ihm einen wilden rachsüchtigen Blick zu und legte mit stolzer, doch zaudernder Geberde die Faust an den Griff seines Messers. Prior Aymer aber lenkte rasch sein Maultier zwischen seinen Gefährten und den Schweinehirten und beugte so der drohenden Gefahr vor, daß es zu Gewalttätigkeiten käme.

„Bei der heiligen Maria, Bruder Brian," rief er, „Ihr müßt nicht denken, Ihr wäret hier in Palästina und gebötet über Heiden, Türken oder ungläubige Sarazenen! Wir Inselbewohner nehmen nicht gern Schläge hin, außer denen, die die heilige Kirche erteilt, die die züchtiget, die sie liebt. – Sage mir, guter Freund," wandte er sich an Wamba, indem er ihm eine kleine Silbermünze in die Hand drückte, „wo geht der Weg zu Cedric, dem Sachsen? Gewiß weißt du's, und es wäre deine Pflicht, Wanderern den Weg zu weisen, selbst wenn sie nicht von so heiligem Stande wären wie wir."

„Wahrhaftig, ehrwürdiger Vater," antwortete Wamba, „Euer hochwürdiger Gefährte hat mir mit seinem Sarazenengrimm einen solchen Schreck eingejagt, daß ich selber gar nicht mehr weiß, wo es nach Hause geht."

„Schweig," sagte der Abt, „wenn du willst, kannst du uns den Weg zeigen. Dieser hochwürdige Bruder hat sein Lebelang mit den Sarazenen um das heilige Grab gekämpft, er ist vom Orden der Tempelherren, von dem du gewiß schon gehört hast, er ist halb Mönch, halb Soldat."

„Na denn,“ beschied ihn Wamba, „Euer Hochwürden muß auf diesem Pfad weiterreiten. Dann kommt Ihr an ein verfallenes Kreuz, das kaum einen Fuß hoch über den Boden wegsieht. Dann biegt Ihr nach links ein, denn an dem verfallenen Kreuz treffen vier Wege zusammen. Und dann glaub ich bestimmt, daß Euer Hochwürden unter Dach und Fach sein wird, eh's Wetter losbricht.“

Der Abt dankte für den guten Bescheid, und die Kavalkade ritt, die Pferde anspornend, ihres Weges. Man merkte es ihnen an, daß sie es eilig hatten, in die Herberge zu kommen. Und als die Hufschläge ihrer Pferde verklungen waren, sagte Gurth zu seinem Gefährten:

„Wenn sie sich nach deiner klugen Weisung richten, werden sie schwerlich vor Einbruch der Nacht nach Rotherwood kommen.“

„Freilich,“ schmunzelte der Narr, „aber wenn sie Glück haben, kommen sie vielleicht nach Sheffield, und da passen sie ja hin. Ich bin kein solcher Pfuscher im edeln Weidwerk, daß ich dem Hunde zeige, wo das Wild liegt, wenn ich nicht will, daß er es jagen soll.“

„Da hast du recht,“ meinte Gurth, „es wär nicht gut, wenn Aymer die Lady Rowena zu sehen bekäme, und noch schlimmer wär's, wenn Cedric mit diesem kriegerischen Mönch in Streit geriete, und das könnte doch sehr leicht geschehen, aber wir wollen, wie es guten Dienern ziemt, Augen und Ohren auf und das Maul zu haben.“

Die Reiter, die bald die Leibeigenen weit hinter sich gelassen hatten, unterhielten sich jetzt wieder in der normännisch-französischen Sprache.

„Jedes Land hat seine eigenen Sitten,“ sagte Prior Aymer, „und wenn ich Euch jetzt den Burschen hätte prügeln lassen, so hätten wir erstens keinen Bescheid bekommen, wo es nach Cedrics Hause geht, und zweitens hätte dann Cedric Rechenschaft von Euch verlangt. Denkt daran, ich habe Euch gleich gesagt, dieser reiche Franklin ist stolz, wild, reizbar und mißtrauisch. Er behauptet die Vorrechte seines Stammes mit solcher Kühnheit und ist so stolz darauf, unmittelbar von Hereward, einem berühmten Kämpfer der Heptarchie abzustammen, daß er allgemein Cedric der Sachse heißt. Für ihn ist es eine Freude, ein Mann dieses Volkes zu sein, während andere ihre Abkunft gern verleugnen, weil sie befürchten, einen Teil des Vae Victis oder die Lasten der Besiegten tragen zu müssen.“

„Prior Aymer," sagte der Templer, „Ihr seid ein galanter Herr und im Studium weiblicher Schönheit wohl erfahren, aber diese vielgerühmte Rowena muß ich mir sehr schön vorstellen, wenn mich ihr Anblick für die Selbstverleugnung und Geduld entschädigen soll, die ich aufwenden muß, um einen so rebellischen Flegel, wie Ihr mir ihren Vater Cedric beschreibt, um den Bart zu gehen."

„Ihr Vater ist Cedric nicht," erwiderte der Prior, „er ist nur ein entfernter Verwandter von ihr, sie ist von noch höherer Herkunft als er selbst. Er hat sie in Pflege genommen und hat sie lieb wie sein eigen Kind. Über ihre Schönheit werdet Ihr bald selbst urteilen, und wenn Euch ihre zarte weiße Haut und der majestätisch sanfte Ausdruck ihrer blauen Augen nicht alle schwarzhaarigen Mädchen Palästinas und alle Huris aus dem Paradiese Mahommets vergessen machen, so will ich ein Heide sein und kein echter Priester."

„Wenn Eure berühmte Schönheit," versetzte der Templer, „auf der Wage gewogen und zu leicht befunden wird, so wißt Ihr ja, worum wir gewettet haben."

„Meine goldene Halskette gegen zehn Flaschen Chioswein," war des Priors Antwort. „Gewinnt nur die Wette und tragt meine Kette! Doch hört auf meinen Rat, Bruder, und gewöhnt Eure Zunge mehr an Höflichkeit als es bisher im Herrschen über gefangene Ungläubige und morgenländische Leibeigene Eure Gepflogenheit war. Wenn sich Cedric der Sachse beleidigt fühlt, und dazu gehört nicht viel, so wird er sich wenig um Eure Ritterschaft oder um mein hohes Amt oder um die Heiligkeit von beiden scheren und kriegt es wohl fertig, uns beide an die Luft zu setzen und bei den Lerchen zur Herberge zu schicken, und wäre es auch schon Mitternacht. Auch seid vorsichtig, wenn Ihr nach Lady Rowena schaut, denn er hat mit mißtrauischer Sorge Acht auf sie. Wenn er den mindesten Verdacht schöpft, so sind wir verloren. Es geht das Gerücht, er habe seinen eigenen Sohn aus seiner Familie verbannt, weil er die Augen mit Liebesglut zu ihrer Schönheit erhoben habe. – Doch hier ist das verfallene Kreuz, von dem der Narr sprach. Die Nacht ist so finster, daß man nicht sehen kann, welcher Weg einzuschlagen ist. Ich glaube, er sagte, wir müssen uns links halten."

„Nein, rechts, wenn ich mich recht erinnere," sagte Brian.

Jeder verteidigte nun hartnäckig seine Meinung. Die Diener wurden gerufen, aber sie waren nicht nahe genug gewesen, als daß sie Wambas Bescheid hätten hören können.

Endlich erkannte Brian etwas, das ihm in der Dunkelheit bisher entgangen war.

„Hugo!“ rief er, „am Fuße des Kreuzes liegt einer und schläft, oder es ist vielleicht ein Toter. Gib ihm einen Stoß mit der Lanze!“

Als dies geschehen war, erhob sich die Gestalt und rief auf gut französisch: „Wer du auch sein magst, es ist unhöflich, mich in meinen Gedanken zu stören.“

„Wir wollen von dir nur wissen, wo es nach Rotherwood geht, zu Cedric dem Sachsen.“

„Da will ich selber hin,“ antwortete der Fremde, „und wenn ich ein Pferd hätte, so wollte ich Euch schon führen, der Weg ist schwer zu finden, aber ich kenne ihn genau.“

„Lohn und Dank harren dein, mein Freund, wenn du uns sicher zu Cedric bringst,“ sagte der Prior.

Er rief seinen Diener und bestieg sein eigenes Roß, das bisher geführt worden war, während er seinen Maulesel dem Fremden überließ.

Ihr Führer schlug einen anderen Weg ein als Wamba ihnen genannt hatte, der sie ja nur hatte irre führen wollen. Der Pfad führte tiefer in den Wald hinein und über manchen Bach, der, von Sumpf umgeben, schwer zu passieren war, aber der Fremde fand stets die sichersten Stellen und hatte die anderen binnen kurzem auf eine breite Allee gebracht. Auf ein großes niedriges und unregelmäßiges Gebäude zeigend, rief er: „Dies ist Rotherwood, das Haus Cedrics des Sachsen!“

Der Prior Aymer, den dieser Ruf aus Angst und Unruhe befreite, wandte sich jetzt zum erstenmal an den Wegweiser mit der Frage, wer und woher er sei.

„Ein Pilgrim, der eben aus dem heiligen Lande zurückgekehrt ist,“ war die Antwort.

„Ihr hättet dort bleiben sollen und um das heilige Grab kämpfen,“ sagte der Templer.

„Freilich, hochwürdiger Herr,“ entgegnete der Pilger, dem der Anblick eines Tempelherrn nichts Neues zu sein schien, “wenn aber Männer, die durch Eid verpflichtet sind, die heilige Stadt zu erobern, so fern vom Schauplatz ihrer Pflichten herumreisen, wie kann es Euch da Wunder nehmen, daß ein so friedlicher Landmann wie ich nicht seinem Vorsatz treu geblieben ist?“

Der Templer wollte eine zornige Antwort geben, der Prior aber unterbrach ihn, indem er sein Erstaunen äußerte, daß sich der Führer nach so langer Abwesenheit noch so gut im Walde zurecht fände.

„Ich bin in dieser Gegend geboren," antwortete der Pilger.

Jetzt standen sie vor Cedrics Hause, einem niedrigen, unregelmäßigen Bau, der, mehrere Umzäunungen und Abteilungen eingerechnet, einen ziemlich großen Raum bedeckte. Obwohl man an der Form erkennen konnte, daß es einem reichen Manne gehörte, so war es doch grundverschieden von jenen hohen, vieltürmigen, schloßartigen Gebäuden, deren Stil in ganz England der herrschende geworden ist. Rotherwood war nicht ohne Befestigung, die in dieser unruhigen Zeit kein Gebäude entbehren konnte, wenn es nicht Gefahr laufen wollte, über Nacht in Brand gesetzt oder geplündert zu werden. Das ganze Haus umschloß ein tiefer Graben, der sein Wasser aus dem nächsten Strome erhielt. Er war durch doppelte Pallisaden verstärkt, deren Pfahlwerk der angrenzende Wald geliefert hatte. Vom Westen her führte eine Zugbrücke herein, deren Zugang noch besonders durch vorspringende Wälle gesichert war. Vor diesem Eingang stieß jetzt der Templer laut ins Horn, denn der Regen, der längst loszubrechen gedroht hatte, fiel nun endlich in Strömen.

Drittes Kapitel

In einer Halle, deren geringe Höhe mit ihrer Länge und Breite gar kein rechtes Verhältnis hatte, stand ein langer, eichener Tisch, der aus roh behauenen Planken des nahen Waldes gefertigt und kaum ein wenig abgehobelt worden war. Auf dieser Tafel wurde bei Cedric dem Sachsen das Abendessen aufgetragen. Das Dach der Halle bestand aus Bohlen und Strohbelag. An jedem Ende war eine große Feuerstätte, da die Kamine aber sehr primitiv waren, so ging fast ebensoviel Rauch in das Gemach wie zum Schornstein hinaus. Von dem fortwährenden Qualm waren die Balken der Decke mit einem schwarzen Firniß von Ruß bedeckt. Die Wände waren mit Waffen und Jagdgerät behängt, und an jeder Ecke führten Flügeltüren in andere Teile dieses umfangreichen Gebäudes. Was sonst im Hause zu sehen war, entsprach gleichfalls der rohen Einfachheit der Sachsenzeit, an der Cedric festzuhalten entschlossen war. Der Vorsaal war aus Erde und Lehm, die miteinander vermengt und festgestampft waren nach Art von Scheunentennen. Etwa ein Viertel des Gemaches lag um eine Stufe höher, und dieser Teil, der sogenannte Baldachin, war für die Mitglieder der Familie und für vornehme Gäste bestimmt.

Quer über diesen Raum hinweg stand ein Tisch mit einer scharlachenen Decke; von seiner Mitte ging der längere und niedrigere Tisch aus, an dem in der Tiefe der Halle die Dienerschaft und die anderen geringeren Leute speisten. Auf der erhöhten Fläche standen massige Stühle von geschnitztem Eichenholz, und über Stühle und Tafel hin war ein Thronhimmel von Linnen gespannt, der die Plätze der Vornehmen ein wenig vor Wetter und Regen schützte, die oft durch das schadhafte Dach drangen. Und soweit der Thronhimmel reichte, waren die Wände dieses höher gelegenen Teiles der Halle mit Tapeten und Vorhängen bekleidet, und die Diele bedeckte ein Teppich. Plumpe Versuche der Web- und Stickkunst, in grellen, fast schreienden Farben ausgeführt, bildeten ihren Zierat. Über der niederen Tafel lag die kahle Decke, die mit Gips beworfenen Wände waren nackt, und der rauhe Boden hatte keinen Teppich. Auch war keine Decke über den Tisch gebreitet, und an Stelle der Stühle standen lange Bänke. Die beiden Mittelsitze der oberen Tafel waren ein wenig höher als die übrigen. Das waren die Plätze des Herrn und der Frau vom Hause, und neben beiden Sesseln stand auch zum äußeren Zeichen ihrer höheren Würde eine Fußbank von seltsamer, mit Elfenbein ausgelegter Schnitzerei.

Auf dem einen dieser Sessel saß jetzt Cedric der Sachse. Aus seinen Zügen sprach große Biederkeit, aber auch eine heftige, zornige Gemütsart. Er war nicht über Mittelgröße, aber breit in den Schultern und langarmig und stark gebaut, und man sah es ihm an, daß er an die Strapazen von Krieg und Jagd gewöhnt war. Er hatte ein breites Gesicht, große, blaue Augen, einen offenen, geradsinnigen Ausdruck, prächtige Zähne und einen hübsch geformten Schädel und war von jener Art froher Laune, die man oft im Verein mit einem vorschnellen, jähzornigen Gemüt antrifft. Sein Auge blitzte Stolz und Eifersucht, denn bisher war seines ganzen Lebens Arbeit darauf gerichtet gewesen, seine Rechte gegen beständige Angriffe zu verteidigen. Sein langes, gelbes Haar war in der Mitte gescheitelt und von jeder Seite auf die Schulter herabgekämmt; es war noch kaum merklich mit Grau vermischt, obgleich Cedric der Sachse schon nahe den Sechzigern war. Er trug einen grasgrünen Leibrock, der an Hals und Ärmelaufschlägen mit Pelzwerk besetzt war. Dieser Kittel hing offen über einem engeren Rock von scharlachener Farbe, der den Leib fest umschloß. Beinkleider von derselben Farbe reichten nur bis an die Knie herab, die sie ganz frei ließen. An den Füßen trug er Sandalen, die vorn goldene Hefteln hatten. Seinen Leib umschlang ein mit Knöpfen reich besetzter Gürtel, in dem ein kurzes, nicht gebogenes, zweischneidiges Schwert fast senkrecht steckte. An Schmucksachen trug er ein goldenes Halsband und goldene Armbänder. Ein scharlachroter Mantel mit Pelzbesatz hing hinter seinem Sessel, und wenn er ausging, vervollständigte eine reich gestickte Mütze aus dem gleichen Stoff den Anzug des reichen Grundbesitzers. An der Lehne seines Stuhles stand ein Wurfspieß mit scharfer stählerner Spitze, den er je nach Bedarf als Spazierstock oder als Waffe gebrauchte. Mehrere Diener, in deren Tracht manche Abstufung von der reichen Kleidung ihres Herrn bis zur einfachen Gewandung Gurths des Schweinehirten zu erkennen war, standen seiner Befehle gewärtig. Ferner waren ein paar große, gefleckte Windspiele da, wie man sie zur Hatz auf Hirsch und Wolf braucht, dann ein paar Hunde von plumper, knochiger Art mit dickem Nacken und langen Ohren, und endlich noch ein paar kleine Dachshunde.

Cedric war eben nicht in gemütlicher Stimmung. Lady Rowena, die grade von einer Abendmesse zurückkam, wechselte ihre durchnäßten Kleider. Noch war keine Nachricht gebracht worden, ob Gurth und seine Herde gut heimgekommen seien, und doch hätten sie schon längst da sein müssen. So wenig sicher war alle Habe, daß ihr Ausbleiben auf den Überfall einer Räuberbande, von denen es im Walde wimmelte, oder auf eine Gewalttat eines benachbarten Barons zurückgeführt werden konnte, der im Bewußtsein seiner Übermacht fremdes Eigentum nicht achtete. Hierin lag Grund genug zu ernster Besorgnis, außerdem aber verlangte es den sächsischen Thane nach seinem Liebling Wamba, dessen Späße ihm, wie sie auch ausfallen mochten, das Abendmahl und die darauf folgenden tüchtigen Becherzüge tagtäglich würzten.

„Warum weilt Gurth solange im Felde?“ fragte er. „Ich fürchte, wir werden Schlimmes von der Herde hören. Mir ahnt schon – sie haben mir mein Eigentum weggetrieben und meinen treuen Sklaven ermordet. Und Wamba – wo ist Wamba? Sagte man mir nicht, er sei mit Gurth gegangen?“

Der Mundschenk Oswald, der ihm ab und zu einen silbernen Becher voll Wein reichte, bejahte die Frage.

„Immer besser! So haben sie ihn auch mit weggeschleppt, und der sächsische Narr soll nun den normannischen Herren dienen. Wir sind ja freilich allesamt nichts weiter als Narren, daß wir ihnen dienen, und sie könnten nicht mit mehr Recht unser spotten, wenn wir mit der Hälfte unseres Verstandes zur Welt gekommen wären. Aber ich will Rache nehmen,“ rief er, indem er zornig von seinem Sitze aufsprang und seinen Speer ergriff. „Ich will Rache nehmen! Vor den hohen Rat will ich mit meiner Klage treten – ich habe Freunde und Anhang. Ich will den Normann zum Zweikampf in die Schranken rufen, Mann gegen Mann! Mag er nur kommen in Stahlpanzer und Schuppenketten und allem, was dem Feigen Mut verleiht. – Wohl mögen sie mich für alt halten, aber sie sollen sehen! Ob ich auch alt und kinderlos bin, noch fließt das Blut Herewards in den Adern Cedrics. – O, Wilfried, Wilfried!“ fügte er in sanfterem Tone hinzu, “hättest du deine unkluge Leidenschaft zügeln können, so stände jetzt dein Vater in seinem Alter nicht da wie die einsame Eiche, die ihre zerzausten Zweige schutzlos dem vollen Sturme preisgeben muß.“

Diese Betrachtung schien ihn aus seiner Aufregung in Schwermütigkeit zu versenken, er stellte den Speer hin, setzte sich, schlug den Blick zur Erde und schien ganz in trübsinnige Gedanken vertieft. Aber aus dieser Grübelei schreckte ihn der Klang eines Zornes auf, den alle Hunde in der Halle und noch einige dreißig in den anderen Teilen des Geweses mit lautem Gebell erwiderten.

„Ans Tor, ihr Burschen!“ rief der Sachse, als der Lärm soweit gestillt war, daß man wieder seine eigene Stimme verstehen konnte. – „Seht zu, was für Kunde uns dieses Horn bringt. Ich denke, Überfall und Räuberei auf meinem Grund und Boden!“

Nach einer kleinen Weile kam ein Aufseher zurück und meldete, der Prior Aymer von Jorlvaux und der Komtur des tapferen und ehrwürdigen Ordens der Tempelherren, der edle Ritter Brian de Bois-Guilbert nebst einem kleinen Gefolge bäten für diese Nacht um gastliche Herberge. Sie seien unterwegs zu einem Turnier, das in zwei Tagen unweit Ashby de la Zouche stattfinden soll.

„Aymer, Prior Aymer?“ murmelte Cedric. „Brian de Bois-Guilbert? beides Normannen! Doch einerlei! Die Gastfreundschaft von Rotherwood muß hochgehalten werden – da sie es einmal vorgezogen haben hier Rast zu machen, so sind sie willkommen, willkommener freilich wäre es mir, sie zögen vorüber. Geh, Hundebert!“ sagte er zu dem Hausverwalter, „nimm sechs von den Dienern mit und geleite die Fremden herein. Sieh nach den Pferden und Maultieren und sorge dafür, daß es dem Gefolge an nichts fehlt. Gib frische Kleider, wenn sie danach verlangen, und Feuer, Waschwasser, Wein und Bier! Sag auch den Köchen Bescheid, daß sie mehr Essen machen! Und den Fremden selber bestelle, Cedric würde sie gern selbst willkommen heißen, aber er habe ein Gelübde getan, sich keine drei Schritte von seinem Thronhimmel zu entfernen, sofern nicht ein Gast kommt, der aus sächsischem Königsblute stammt. Der Prior Aymer?" wiederholte er, sich zu seinem Mundschenk wendend, „man sagt, dieser Priester sei ein lustiger und freisinniger Mann, dem Becher und Hifthorn lieber seien als Betglöcklein und Meßbuch. Den lern ich gern kennen. Wie aber hieß der Templer?"

„Brian de Bois-Guilbert."

„Bois-Guilbert," sagte Cedric vor sich hin wie einer, der viel mit Untergebenen zusammen ist und daher mehr mit sich selbst als mit anderen spricht. „Bois-Guilbert. – Der Name hat guten und schlimmen Klang weit und breit. Er soll an Tapferkeit keinem seines Ordens nachstehen, soll aber auch die gewöhnlichen Fehler seinesgleichen haben: Stolz und Hochmut, Grausamkeit und Wollust. Er soll weder Furcht vor der Welt noch Ehrfurcht vorm Himmel haben, wie die wenigen Krieger sagen, die aus Palästina wiedergekommen sind. Oswald, zapf ab vom ältesten Weine und gib vom besten Met, vom schäumendsten Cyder und füll die größten Trinkhörner! Templer und Äbte sind Freunde von gutem Tropfen und vollem Maß. Und du, Elgitha, sage deiner Herrin, wir erwarten sie heute Abend nicht in der Halle, wenn sie selbst nicht den besonderen Wunsch hat zu kommen."

„Den Wunsch wird sie freilich wohl haben, denn sie hört gar zu gern etwas Neues aus Palästina," beeilte sich Elgitha zu antworten. Cedric warf der vorlauten Zofe einen grimmigen Blick zu, aber Rowena und alles, was ihr angehörte, war vor seinem Zorne sicher.

„Palästina!" wiederholte der Sachse, als das Mädchen gegangen war. „Palästina! Wie manches Ohr lauscht den Berichten, die übertreibende Kreuzfahrer oder lügnerische Pilger aus diesem unglücklichen Lande mit heimbringen. – Auch ich möchte forschen, fragen, klopfenden Herzens den Märchen lauschen, mit denen uns pfiffige Wanderer die Gastfreundschaft abschwatzen. Doch nein! Der Sohn, der mir den Gehorsam verweigert hat, ist fürder nicht mein Sohn, und ich will mich ebensowenig um sein Schicksal bekümmern wie um das des Verworfensten unter all den Millionen, die das Kreuz auf der Schulter trugen und sich in Ausschweifung und Blutschuld stürzten unter dem Deckmantel, den Willen Gottes zu tun."

Er kniff die Brauen finster zusammen und sah ein Weilchen zu Boden, und als er die Augen wieder aufschlug, waren die Flügeltüren in der Tiefe der Halle geöffnet, der Hausverwalter mit seinem weissen Stabe trat herein, vier Diener mit Fackeln folgten ihm, und hinterdrein schritten die Gäste dieses Abends.

Viertes Kapitel

Prior Aymer hatte sich die Gelegenheit nicht entgehen lassen, sein Reitkostüm abzulegen und in einem Anzug aus feinerem Stoffe zu erscheinen, über dem er einen Chorrock mit prachtvoller Stickerei trug. Außer dem großen Siegelring, an dem sein Rang als Geistlicher zu erkennen war, hatte er, im Widerspruch zu den Ordensregeln, noch viele kostbare Ringe an den Fingern. Seine Sandalen waren aus feinstem Leder, und den Bart hatte er so zierlich gestutzt, als es sich nur irgend mit den Vorschriften vertrug. Die Tonsur wurde von einer scharlachroten Mütze verdeckt. Auch der Tempelherr erschien in anderem Kleide. Seine Erscheinung, weniger mit Schmuck überladen als sein Gefährte, machte einen gebieterischen Eindruck. Statt seines Panzerkleides trug er ein Untergewand aus purpurner Seide mit Pelz verbrämt, über den ein langes Oberkleid von fleckenloser Weiße in weiten Falten herabfiel. Das achteckige, aus schwarzem Samt geschnittene Kreuz seines Ordens war auf die Mantelachsel genäht. Er trug nicht mehr die hohe Scharlachmütze, seine Stirn war nur noch beschattet von seinem vollen, krausen, rabenschwarzen Haar, das ihn bei seinem ungewöhnlich dunkeln Teint gut kleidete. Sein Gang und seine Haltung wirkten majestätisch, nur ein auffallender Ausdruck des Hochmutes, wie er einem Manne von unbeschränktem Ansehen leicht zur zweiten Natur wird, beeinträchtigte ein wenig die imposante Wirkung. Hinter diesen beiden hohen Herren kamen die Diener, und in bescheidener Entfernung der Wegweiser, an dem nur das eine auffiel, daß seine Tracht von dem gebräuchlichen Habit der Pilger abwich. Ein grober Mantel umschloß den ganzen Körper. Derbe Sandalen waren mit Riemen an seine nackten Füße gebunden. Ein breiter Hut, der an der Krempe mit Muscheln besetzt war, und ein langer, eisenbeschlagener Stab vervollständigten die Ausstattung des Pilgers. Bescheiden schritt er hinter den anderen drein, und als er sah, daß an der niedrigen Tafel kaum Platz für Cedrics Dienerschaft war, zog er sich auf einen Sitz neben einem der breiten Kamine zurück und schien hier seine Kleider trocknen und so lange warten zu wollen, bis am Tisch ein Platz frei oder ihm der Haushofmeister Speise und Trank an seinen Platz bringen würde.

Cedric erhob sich und empfing seine Gäste mit aller Würde der Gastlichkeit. Er kam von seiner Thronerhöhung herab und ging ihnen drei Schritte entgegen, ihrer Ankunft harrend.

„Hochwürdiger Prior," sagte er, „es tut mir leid, daß mich ein Gelübde bindet, auf der Diele meiner Väter irgendwem weiter entgegen zu gehen, seien es auch so hohe Gäste wie Ihr und der tapfere Ritter des heiligen Tempels. Aber mein Haushofmeister hat Euch den Grund mitgeteilt, warum ich so unhöflich erscheinen muss. Ich muss Euch gleichfalls ersuchen, es mir nicht zu verübeln, wenn ich mich meiner Muttersprache bediene und Euch bitte, mir auch in ihr zu antworten. Doch wenn Ihr ihrer nicht mächtig seid, so verstehe ich vom Normannischen genug, dass ich Euern Worten folgen kann."

„Gelübde," sagte der Abt, „müssen gehalten werden, würdiger Franklin, oder lasst mich lieber sagen würdiger Thane, obschon dieser Titel jetzt veraltet ist. Gelübde sind Bande, die uns an den Himmel knüpfen. Was die Sprache betrifft, so will ich mich gern in der unterhalten, die meine Großmutter gesprochen hat."

Nach diesen versöhnlich gemeinten Worten des Priors sagte sein Gefährte in kurzem nachdrücklichen Tone:

„Ich spreche stets Französisch, die Sprache Richards und seiner Edeln, doch verstehe ich auch Englisch genug, um mich mit den Eingeborenen unterhalten zu können."

Cedric warf ihm einen raschen unruhigen Blick zu, aber er gedachte seiner Pflichten als Wirt und unterdrückte jede weitere Äußerung seines Unwillens. Er winkte seinen Gästen, zwei Sitze neben ihm einzunehmen, die nur ein wenig niedriger waren als der seine. Dann gab er das Zeichen, das Abendessen aufzutragen. Während die Befehle des Herrn ausgeführt wurden, gewahrte Cedric den Schweinehirten Gurth, der eben mit Wamba hereintrat.

„Warum habt Ihr so lange draußen herumgebummelt?" rief ihnen der Sachse zu. „Ist deine Herde in Sicherheit oder ist sie Räubern zur Beute gefallen?"

„Sie ist in Sicherheit," antwortete Gurth.

„In Sicherheit, Spitzbube!" schalt Cedric. „Hab ich nicht hier zwei Stunden lang in Angst geschwebt und auf Rache gegen meine Nachbarn gesonnen wegen eines Unrechtes, das sie mir nun gar nicht zugefügt haben? Prügel und Kerker sind dir sicher, wenn du mirs noch einmal so treibst."

Gurth, der seines Herrn Jähzorn kannte, wagte nicht, sich zu entschuldigen. Das Abendessen, das jetzt aufgetragen wurde, machte dem Wirt alle Ehre. Mannigfaltig zubereitetes Schweinefleisch stand am unteren Ende der Tafel, Geflügel-, Hasen-, Bock- und Hirschbraten, verschiedene Fische, große Kuchen und eingemachte Früchte. Die Herrschaft hatte silberne Becher, auf der Gesindetafel standen große Trinkhörner. Als eben die Mahlzeit beginnen sollte, hob der Haushofmeister den Stab und rief laut:

„Platz für Lady Rowena!“

Am oberen Ende der Halle ging eine Seitentür auf und Rowena trat, von vier Zofen begleitet, herein. Cedric war nicht angenehm überrascht, daß sein Mündel an diesem Abend doch kam, er erhob sich aber sofort und ging ihr rasch entgegen, um sie ehrfurchtsvoll zu dem für die Herrin des Hauses bestimmten erhöhten Platz zu seiner Rechten zu geleiten. Nun standen alle auf, sie zu begrüßen, die Lady erwiderte diese Höflichkeit mit einer stummen Verbeugung und schritt voller Anmut zu ihrem Platz am Tische, aber noch ehe sie ihn erreicht hatte, flüsterte der Templer dem Prior zu:

„Ich werde beim Turnier kein goldenes Halsband von Euch tragen, Ihr habt den Chioswein gewonnen.“

„Hab' ichs Euch nicht gleich gesagt?“ versetzte der Abt, “doch mäßigt Euch in Euerm Entzücken, der Franklin hat Euch im Auge.“

Rowena war von hoher Gestalt. Sie hatte eine außerordentlich feine und zarte Haut, aber bei ihrer edeln Haltung und dem erhabenen Ausdruck ihres Angesichts fehlte der inhaltlose Zug, der oft vollendeten Schönheiten eigen ist. Ihre Augen waren blau und klar und schienen ebensogut flammen wie schmachten, befehlen wie bitten zu können. Ihr reiches Haar spielte zwischen braun und blond und war in phantastischer und zugleich geschmackvoller Art in zahllose Locken gekräuselt, wobei die Natur durch Kunst unterstützt worden zu sein schien. Diese Locken waren mit Edelsteinen geschmückt, eine goldene Kette mit einer Reliquie von gleichem Metall zierte ihren Nacken, an den bloßen Armen trug sie Armbänder. Ihr Anzug bestand aus Unterkleid und Mieder von blasser, seegrüner Seide, darüber trug sie ein langes, weites Gewand, das fast bis auf den Boden reichte. Das Kleid war aus reinster Wolle und von karmoisinroter Farbe. Ein seidener golddurchwirkter Schleier konnte entweder über Busen und Gesicht gezogen oder um die Schultern geschlungen werden. Als Rowena sah, daß die Augen des Templers voll Feuer auf sie geheftet waren, zog sie würdevoll den Schleier über ihr Gesicht, wie um anzudeuten, daß ihr ein so kecker Blick unangenehm sei.

„Herr Templer," sagte Cedric, der diese Gebärde sah und ihre Ursache erkannte, „die Wangen unserer Jungfrauen im Sachsenland sind zu wenig an die Sonne gewöhnt, als daß sie den dreisten Blick eines Kreuzfahrers ertragen könnten."

„War ich beleidigend, so bitte ich um Verzeihung, das heißt, ich bitte Lady Rowena um Verzeihung," erwiderte der Templer, „denn weiter geh ich in der Demut nicht."

„Spart Euch die Artigkeiten, Herr Ritter," sagte Rowena, ohne den Schleier wieder zu lüften, „oder erlaubt mir vielmehr, sie so hoch anzurechnen, daß ich Euch um Nachrichten aus Palästina ersuche, die englischen Ohren lieber sind als alle Komplimente, die Euch französische Galanterie gelehrt haben mag."

„Da habe ich wenig Nennenswertes zu erzählen, Mylady," antwortete Sir Brian de Bois-Guilbert, „außer daß sich die Nachricht von dem Waffenstillstand mit Saladin bestätigt hat."

In diesem Augenblick wurde das Gespräch unterbrochen, denn der Türhüter trat herein und meldete, es sei ein Fremder vorm Tor, der um Unterkunft bitte.

„Wer es auch sein mag," sagte Cedric, „laß ihn herein. Solch eine Nacht, wo das Wetter fessellos wütet, treibt selbst wilde Tiere dazu, bei den zahmen Schutz zu suchen und zu ihrem Todfeinde, dem Menschen, zu flüchten, ehe sie im Sturme zugrunde gehen. Sieh danach, Oswald, daß es ihm an nichts fehle."

Der Haushofmeister ging hinaus, um dafür Sorge zu tragen, daß seines Herrn Weisungen befolgt würden.

Oswald kam wieder und flüsterte seinem Herrn ins Ohr: „Es ist ein Jude, der sich Isaak von York nennt. Darf ich ihn hereinführen?"

„Gib dein Amt an Gurth ab," sagte Wamba mit seiner gewohnten Keckheit. „Der Schweinehirt paßt besser zum Zeremonienmeister für Juden."

„Heilige Maria!" rief der Abt. „Soll ein ungläubiger Jude in unsere Gemeinschaft?"

„Ein Hund von einem Juden soll einem Verteidiger des heiligen Grabes nahe kommen?" setzte der Templer hinzu.

„Meiner Treu!“ meinte Wamba, „mir scheint, die Templer lieben mehr das Gold der Juden als ihren Umgang.“

„Gemach, meine werten Gäste!“ rief Cedric. „Euer Unwille kann meine Gastfreiheit nicht beeinträchtigen. Der Himmel hat das ganze Volk der Ungläubigen schon viele Jahre lang geduldet, also werden wir wohl die Gegenwart eines Juden auf ein paar Stunden ertragen können. Es soll auch niemand gezwungen sein, mit ihm zu essen oder zu reden. Er soll seinen Tisch und seine Schüssel für sich allein haben. Er kann bei Wamba sitzen,“ fügte er launig hinzu, „der Narr und der Gauner passen gut zusammen.“

„Der Narr,“ antwortete Wamba, indem er einen Schinkenrest emporhielt, „wird sich ein Bollwerk gegen den Gauner errichten.“

„Still!“ sagte Cedric, „der Jude kommt.“

Ohne irgendwelche Umstände hereingelassen, trat ein langer, hagerer Greis ein, furchtsam und zaghaft und mit mancherlei Bückling – vom gewohnheitsmäßigen Verneigen des Oberkörpers hatte er viel von seiner natürlichen Größe verloren – und schritt auf die niedrige Tafel zu. Seine scharfgeschnittenen Züge, seine Adlernase, die stechenden, schwarzen Augen, die hohe, gefurchte Stirn und das lange, graue Haupt- und Barthaar hätten schön genannt werden können, hätte nicht sein Gesicht all jene charakteristischen Kennzeichen eines Geschlechtes getragen, das in diesem unaufgeklärten Zeitalter vom vorurteilsvollen Pöbel verachtet und vom räuberischen Adel ausgebeutet wurde, und das zufolge der beständigen Unbilden, denen es ausgesetzt war, einen Nationalcharakter angenommen hatte, der, gelinde gesagt, erbärmlich und verabscheuungswürdig war. Der Anzug des Juden, den das Unwetter sehr mitgenommen hatte, bestand aus einem weiten faltigen Bauernrock, unter dem er ein dunkelrotes Untergewand trug. Er ging in hohen Pelzstiefeln und hatte einen Gürtel um den Leib, in dem ein kleines Messer und ein Schreibzeug steckte. Ein hoher, viereckiger Hut von gelber Farbe und ganz besonderer Form – wie ihn die Juden zum Unterschied von den Christen kraft Gesetzes tragen mußten – wurde von ihm in aller Demut an der Tür abgenommen.

Diesem Mann wurde in der Halle Cedrics des Sachsen ein Empfang bereitet, mit dem selbst der vorurteilsvollste Feind der Israeliten hätte zufrieden sein müssen. Cedric selbst hatte auf seine wiederholten Verneigungen nur ein flüchtiges Kopfnicken. Er winkte ihm, am unteren Tische Platz zu nehmen, dort fiel es aber niemand ein, ihm Platz zu machen, und als er mit schüchtern flehendem Blick die Reihe hinunterging, zuckten die sächsischen Diener die Achseln und aßen ruhig weiter, die Diener des Abtes bekreuzten sich und sahen mit einem Ausdruck frommen Abscheus nach ihm hin, die Sarazenen gar wühlten grimmig in ihren Knebelbärten und griffen nach den Dolchen, als seien sie entschlossen, sich vor der Verunreinigung durch seine Person bis zum äußersten zu schützen. Während Isaak hier von der Gesellschaft ebenso ausgeschlossen wurde wie sein Volk von der Nation, erbarmte sich seiner der Pilger am Kamin, bot ihm seinen Platz an und sagte zu ihm: „Alter, meine Kleider sind trocken, mein Hunger gestillt, du aber bist durchnäßt und hungrig." Damit schürte er die zerstreuten Brände zusammen, blies das Feuer an, holte Suppe und Gemüse, stellte sie ihm auf den Tisch, an dem er selber gegessen hatte, und ging dann, ohne auf den Dank des Juden zu hören, nach dem oberen Ende der Halle. Ob er mit dem Manne weiter keine Gemeinschaft wünschte, oder ob er nur einen Vorwand suchte, in die Nähe der oberen Tafel zu kommen, sei dahingestellt.

Inzwischen unterhielten sich der Abt und Cedric weiter über die Jagd, und Rowena besprach sich mit einer ihrer Zofen, und der Templer, dessen Blicke von dem Juden zu der sächsischen Schönheit wanderten, schien in tiefes Sinnen versunken.

„Ich denke, würdiger Cedric," sagte der Abt, „bei aller Vorliebe für Eure männliche Sprache werdet Ihr doch auch ein wenig übrig haben für das Normännisch-Französisch, wenigstens was das edle Weidwerk anbetrifft."

„Guter Vater Aymer," versetzte der Sachse, „daß Ihrs nur wißt, ich frage nichts nach diesen überseeischen Verfeinerungen, ich komme ohne sie aus."

Der Templer fiel ihm in hochfahrendem Ton ins Wort.

„Französisch," sagte er, „ist nicht allein die natürliche Sprache der Jagd, es ist auch die Sprache der Liebe und des Krieges. Damen müssen erobert werden in ihr und Feinde geschlagen werden in ihr."

„Herr Templer," versetzte Cedric, „tut mir Bescheid auf diesen Becher Weins und schenkt auch den des Herrn Abtes voll! Dann will ich um dreißig Jahre zurückgehen und Euch ein ander Stück erzählen. Als damals Cedric der Sachse in echtem Englisch seiner Schönsten anvertraute, wie ihm ums Herz war, da brauchte es keines französischen Troubadours, und das Schlachtfeld von Northallerton kann Zeugnis dafür ablegen, daß das sächsische Kriegsgeschrei ebenso vernichtend in die Reihen des schottischen Heeres gedrungen ist, wie des kühnsten normannischen Barons cri de guerre. Tut mir Bescheid, werte Gäste, die Manen derer, die dort gefallen sind, zu ehren!“ Er trank und fuhr in steigender Wärme fort: „Das war ein Tag, das war ein Schildespalten! Hundert Banner flatterten zu Häupten der Tapferen, in Strömen floß das Blut, und der Tod war willkommener als schmachvolle Flucht. Ein sächsischer Barde nannte diesen Tag das Fest der Schwerter, er pries das Klirren der Schilde und Helme höher als das Jauchzen auf einer Hochzeit. Aber diese Barden sind nicht mehr, unsere Taten versinken in einem fremden Strome, unsere Sprache, unser Name selber verschwinden, und niemand trauert darum als ein einsamer alter Mann. Mundschenk gieß ein! Herr Templer, aufs Wohl der Tapferen – welches auch ihr Stamm und ihre Sprache sei – die jetzt am eifrigsten in Palästina für das heilige Kreuz streiten!“

„Für einen Ritter,“ antwortete Brian de Bois-Guilbert, „der das Zeichen des Ordens trägt, geziemt es nicht, hierauf zu erwidern. Doch sagt mir, welche haltet Ihr neben den Streitern des heiligen Grabes für die besten Kämpfer dort unten?“

„Die Hospitalritter,“ sagte der Abt, „ich habe unter ihnen einen Bruder.“

„Ihren Ruhm will ich nicht schmälern,“ antwortete der Templer. „Indessen . . .“

„Waren in der englischen Armee,“ unterbrach ihn Lady Rowena, „keine, deren Name neben denen der Templer und Johanniter genannt zu werden verdient?“

„Verzeiht, Mylady,“ erwiderte Brian, „der englische Fürst hat in der Tat eine Schar von Helden nach Palästina gebracht, und sie haben nur denen nachgestanden, deren Brust von jeher ein Bollwerk des heiligen Landes war.“

„Keinem standen sie nach,“ fiel ihm hier der Pilger ins Wort, der nahe genug stand, daß er dieses Gespräch hatte mit anhören können. Alle wandten sich nach der Seite, von wo diese unerwarteten Worte fielen. „Ich sage es nochmals,“ wiederholte der Pilger festen Tones, „die englische Ritterschaft hat keinem nachgestanden, der je mit dem Schwert das heilige Land verteidigte. Ich sage ferner – denn ich habe es selber mitangesehen – König Richard und sechs seiner Ritter haben nach der Einnahme von St. Jean d'Acre ein Turnier abgehalten und sich mit jedem, der da wollte, gemessen. An diesem Tage hat jeder Ritter drei Gänge gemacht und in jedem einen Ritter zu Boden geworfen. Und sieben von diesen waren Tempelritter, und Sir Brian de Bois-Guilbert weiß recht gut, daß ich die Wahrheit rede.“

Mit Worten läßt sich nicht die Wut schildern, die jetzt das dunkle Gesicht des Templers noch mehr verdunkelte. Mit bebender Hand griff er nach dem Schwert, aber er bezwang sich in dem Bewußtsein, daß er sich hier nicht zu Gewalttätigkeiten hinreißen lassen dürfe. Cedric merkte in seiner Freude über den Ruhm seiner Landsleute nicht den Zorn seines Gastes.

„Pilger," rief er, „dieses goldene Armband ist dein, so du mir die Namen der Ritter nennst, die so tapfer den Ruhm des glücklichen Englands vertreten haben."

„Das tu ich gern," war die Antwort, „doch ohne Lohn, denn Gold zu tragen, verbietet mir mein Gelübde."

„Dann nehme ich an deiner Statt das Armband," sagte Wamba, „sofern dirs recht ist, Freund Pilger."

„Der erste," begann der Pilger, „an Ehre und Waffenruhm war der tapfere Richard, König von England. An zweiter Stelle steht Graf von Leicester, an dritter Thomas Multon von Gilsland."

„Der wenigstens ist von sächsischem Blut," rief Cedric erfreut.

„Sir Foulk Doilly der vierte."

„Auch Sachse mütterlicherseits," sagte Cedric abermals, mit großer Spannung dem Berichte folgend. „Und wer war der fünfte?"

„Der fünfte war Sir Edwin Turneham."

„Ein Sachse vom reinsten Blut beim Geiste Hengists!" rief Cedric. „Und der sechste? Nenne mir den sechsten!"

Der Pilger schien sich eine Weile zu besinnen. „Der sechste," sagte er dann zaudernd, „war ein junger Ritter, geringer an Rang und Ruhm als die anderen. Sein Name ist meinem Gedächtnis entfallen."

„Herr Pilger," sagte Brian de Bois-Guilbert, „Eure erheuchelte Gedächtnisschwäche – wo Ihr Euch doch alles anderen so gut zu entsinnen vermochtet, hilft Euch nichts. Ich will Euch selber den Ritter nennen, dessen Lanze mich niederwarf, weil unglücklicherweise mein Pferd strauchelte. Es war der Ritter von Ivanhoe. Unter den Sachsen war keiner, der sich bei seiner Jugend gleichen Waffenruhmes erfreut hätte. Doch ich verkünde es laut, wäre er in England und wiederholte er auf dem Turnier, das in dieser Woche stattfindet, die Herausforderung von St. Jean d'Acre, so sollte mir um den Ausgang nicht bange sein."

„Wenn Euer Gegner hier wäre, so wäre Eure Herausforderung angenommen," versetzte der Pilgrim. „So aber braucht Ihr die Ruhe dieser Halle nicht zu erschüttern, indem Ihr prahlerisch von dem Ausgange eines Zweikampfes redet, der ja doch, wie Ihr wißt, nie stattfinden kann. Wenn Ivanhoe je zurückkehrt, so will ich Bürge für ihn sein, daß er sich Euch zum Kampfe stellen wird."

„Ein Bürge, der sich sehen läßt," sagte der Tempelritter höhnisch. „Und was gebt Ihr zum Pfande?"

„Diese Reliquie," antwortete der Pilger, indem er ein kleines elfenbeinernes Kästchen aus der Brust zog und sich bekreuzte. „Es ist ein Stück vom wahren Kreuze aus dem Kloster Karmel."

Der Prior bekreuzte sich und betete ein Vaterunser. Der Tempelherr nahm, ohne den Hut zu ziehen oder der Reliquie die geringste Ehrfurcht zu bezeigen, eine goldene Kette vom Halse, die er auf den Tisch warf mit den Worten:

„Prior Aymer, nehmt dies als Pfand von mir und nehmt auch das Pfand dieses fahrenden Mannes ohne Namen zum Zeichen, daß der Ritter von Ivanhoe, wenn er innerhalb der vier Seen Britanniens weilt, die Herausforderung Brian de Bois-Guilberts annehmen muß. Wo nicht, so will ich ihn in jedem Tempelhofe Europas einen Feigling nennen."

„Wenn keine andere Stimme," brach endlich Lady Rowena ihr langes Schweigen, „in dieser Halle das Wort ergreift für den abwesenden Ritter Ivanhoe, so soll doch meine Stimme gehört werden. Ich versichere, er wird sich ritterlich auf jede ehrenvolle Herausforderung hin stellen. Namen und Ehre verpfände ich darauf, daß Ivanhoe diesem stolzen Ritter entgegentreten wird, wie er es verlangt."

Ein Zwiestreit von Gefühlen schien während dieses Gesprächs in Cedrics Brust zu wogen. Befriedigter Stolz, Rachsucht und Verlegenheit jagten über seine offene Stirn wie Wolkenschatten über ein Herbstfeld. Seine Diener, auf die der Name des sechsten Ritters wie elektrisierend zu wirken schien, hingen an ihres Herrn Zügen. Bei Lady Rowenas Worten fuhr er auf aus seinem Schweigen. „Das ziemt sich nicht, Lady," sagte er, „wenn noch ein Pfand erforderlich wäre, so wollte ich selber, obwohl schwer beleidigt, meine Ehre verpfänden für Ivanhoes Ehre. Aber die Bürgschaft ist ausreichend."

Der Abschiedstrunk wurde herumgereicht, die Gäste verneigten sich tief vor ihrem Wirt und Lady Rowena und gingen hinaus. Als der Templer an dem Juden vorüberschritt, sagte er:

„Hund von einem Heiden, gehst du auch zum Turnier?"

„Ich denke ja," versetzte Isaak, „mit Verlaub Eurer Ritterschaft."

„Mag dein Wucher nagen an den Eingeweiden unseres Adels," sagte der Ritter, „magst du Weiber und Kinder betrügen mit Tand und Spielzeug – ich verspreche dir guten Gewinn in deine Judentasche."

„Ach, nicht einen Scheckel, nicht einen Silberling, nicht einen Heller, so wahr mir helfe der Gott meiner Väter!" rief der Jude, die Hände faltend. „Nur ein paar Brüder meines Stammes will ich bitten, mir zu helfen bezahlen die Geldbuße, die unser Schatzmeister mir hat auferlegt. Soll mir beistehn der Vater Jakobs, ich bin ein armer Jüd, selbst die Tasche, die ich trage, hab' ich geborgt von Ruben von Tadcaster."

„Verwünschter falscher Lügner!" sagte der Templer mit sauerm Lächeln.

Und er ging weiter, wie um dem Gespräch ein Ende zu machen und sagte dabei etwas zu seinen türkischen Sklaven, was die anderen nicht verstanden. Der Jude schien über die Ansprache des kriegerischen Mönches so entsetzt, daß er das demütig gesenkte Haupt nicht eher wieder erhob, als bis der Templer aus der Halle hinaus war. Wie einer, zu dessen Füßen der Blitz eingeschlagen hat und dem noch der Donnerschlag in den Ohren braust, starrte er um sich her.

Fünftes Kapitel

Der Pilger löschte die Fackel aus und warf sich angekleidet auf das harte Lager, das ihm in einer engen Kammer angewiesen worden war. Er schlief oder verharrte vielmehr in liegender Stellung, bis der erste Sonnenstrahl durch das vergitterte Fenster fiel, dann sprang er auf, verrichtete seine Frühandacht und ging darauf in die Kammer Isaaks des Juden, die, wie er sich vorher erkundigt hatte, neben der seinen belegen war.

Der Jude lag in unruhigem Schlummer. Die Kleider, die er am Abend ausgezogen hatte, waren sorgfältig zusammengelegt, als wollte er verhüten, daß sie ihm über Nacht gestohlen würden. Sein Gesicht war von Angst verzerrt,

Hände und Füße zuckten krampfhaft, als wollten sie den drückenden Alp von ihm abwehren. Außer einigen Rufen auf hebräisch ließen sich auf normännisch-englisch – der damaligen Landessprache – deutlich die folgenden Worte vernehmen: „Um des Gottes Abrahams willen! schonet eines elenden armen Mannes! Ich bin arm, ich habe nicht einen Pfennig, und wenn Ihr mir auch mit dem Eisen die Glieder streckt, geben kann ich Euch doch nichts!“

Der Pilger wartete nicht, bis das Traumbild des Juden vorüber war, sondern er stieß ihn mit seinem Pilgerstabe leicht an; aber dieser Stoß wurde, wie es sich in der Regel so fügt, zu einem Teile seines erträumten Grausens, der Alte fuhr auf, riß ein paar seiner Kleider an sich und raffte die übrigen mit dem Griffe eines Raubvogels zusammen. Die schwarzen stechenden Augen heftete er mit dem Ausdruck wildesten Entsetzens und gräßlicher Angst auf den Pilger.

„Fürchte dich nicht vor mir, Isaak,“ sagte der Pilger. „Ich komme zu dir als Freund.“

„Der Gott Israels lohn's Euch,“ sagte der Jude. „Mir träumte – doch gepriesen sei der Vater Abrahams: es war nur ein Traum.“ Dann faßte er sich und setzte in ruhigem Tone hinzu: „Und was begehret Ihr zu so früher Stunde von dem armen Juden?“

„Ich will dir nur sagen, wenn du nicht sogleich dieses Haus verlässest und eilig deines Weges gehst, so droht dir ernste Gefahr.“

„Heiliger Mann,“ erwiderte der Jude, „wem könnte denn daran liegen, einem armen Tiere wie mir nachzustellen?“

„Du wirst am besten wissen, aus welchem Grunde,“ sagte der Pilger. „Das aber steht fest, als der Templer gestern abend die Halle verließ, sprach er mit seinen osmanischen Sklaven sarazenisch – ich verstehe diese Sprache leidlich – und er hat ihnen den Auftrag gegeben, dem Juden aufzulauern, ihn gefangen zu nehmen und auf das Schloß des Philipp von Malvoisin oder des Reginald Front-de-Boeuf zu schleppen.“

Das Entsetzen, das den Juden bei dieser Nachricht überkam und seine Geisteskräfte zu vernichten drohte, läßt sich nicht beschreiben. Die Arme fielen herab, das Haupt sank auf die Brust, die Knie schlotterten, jeder Nerv und jeder Muskel seines Leibes schien zusammenzuschrumpfen und er sank zu den Füßen des Pilgers hin, nicht wie jemand, der niederkniet, um seine Demut zu bezeigen oder Mitleid zu erlangen, sondern wie zu Boden gestreckt von einer unsichtbaren Gewalt, gegen die es keinen Widerstand gab. „Gott meiner Väter!" rief er aus und hob die gefalteten Hände, während er das graue Haupt am Boden liegen ließ. „Träume sind nicht ohne Vorbedeutung. O, heiliger Moses, o gesegneter Aron, nicht vergebens hast du mich das schauen lassen! Schon fühle ich ihre Eisen zerfetzen meine Sehnen, schon fühle ich ihre Martern schauern über meinen Leib, wie die Sägen und eisernen Eggen über die Männer von Rabbah und über die Städte der Kinder Ammons!"

„Steh auf, Isaak, und höre mich an," sagte der Pilger, den die Verzweiflung des Juden mit Verachtung erfüllte. „Ich sage dir, ich will dir zur Flucht verhelfen. Verlaß auf der Stelle dieses Haus, solange noch die Leute vom Feste des gestrigen Abends ausschlafen. Ich geleite dich auf geheimen Pfaden durch den Wald, die ich hier besser kenne als ein Förster. Und ich werde dich nicht eher verlassen, als bis ich dich der Obhut eines Ritters oder Barons, der zum Turnier zieht, anvertraut habe. Du bist wahrscheinlich in der Lage, dir seine Bereitwilligkeit zu erkaufen."

Als Isaak vernahm, daß Hoffnung auf Flucht vorhanden war, raffte er sich zollweise vom Boden empor, als er aber die letzten Worte des Pilgers hörte, schien ihn das alte Entsetzen von neuem zu lähmen, er fiel abermals auf sein Angesicht und jammerte: „Ich die Mittel haben, die Bereitwilligkeit irgendwessen zu erkaufen? Es gibt ja nur ein Mittel, sich bei einem Christen in Gunst zu setzen, und wie soll ich armer Jüd davon können Gebrauch machen? Sie haben mich schon geschunden und ausgebeutet, daß ich arm bin wie Lazarus! Junger Mann! Um des großen Vaters willen, der uns alle geschaffen hat, den Juden wie den Heiden, hintergeh mich nicht! Verrate mich nicht! Ich habe gar keine Mittel, die Bereitwilligkeit eines Christenbettlers zu erkaufen, und wäre sie um einen Scheckel feil!"

„Und wärest du beladen mit dem ganzen Reichtum deines Volkes," versetzte der Pilger, indem er seinen Mantel von dem flehentlichen Griffe des Juden losriß, als fürchte er, daß ihn seine Berührung unrein machen könnte, „was hülfe es mir, dich auszurauben? – In diesem Kleide habe ich gelobt, arm zu bleiben, und dieses Kleid vertausche ich nur gegen ein Roß und einen Harnisch! Du mußt nicht denken, daß mir etwas daran gelegen sei, mit dir zusammen zu sein, oder daß ich einen Vorteil von dir zu ziehen beabsichtigte – wenn du willst, so bleib hier: vielleicht nimmt dich Cedric der Sachse in seinen Schutz."

„Weh!“ rief der Jude. „Der läßt mich nicht in seinem Gefolge ziehen, denn der stolze Sachse schämt sich des armen Juden. Allein aber getrau ich mich nicht durch das Gebiet des Malvoisin und des Front-de-Boeuf. Junger Mann, ich will mit dir gehen! Laß uns eilen, laß uns gürten die Lenden, laß uns flüchten! Hier ist mein Stab – was zauderst du?“

„Ich zaudre nicht,“ war des Wallfahrers Antwort, „ich muß nur erst dafür sorgen, daß wir überhaupt auch von hier wegkommen.“ Und er führte ihn in die anstoßende Kammer, wo Gurth, der Schweinehirt, schlief.

„Steh auf, Gurth!“ rief ihm der Pilger zu. „Mach das Hintertor auf, du sollst den Juden hinauslassen.“

Gurth, der zwar ein niedriges, aber immerhin wichtiges Amt bekleidete, fühlte sich durch den vertraulichen und zugleich befehlenden Ton gekränkt.

„Den Juden hinauslassen?“ sagte er, indem er sich auf die Ellenbogen stützte und ihn argwöhnisch ansah. „Will er mit dem Pilger zusammen zu Fuß weg? Der Jüd und der Pilger müssen beide warten, bis das Haupttor aufgemacht wird.“

„Ich denke, du wirst mir diese Gunst nicht abschlagen,“ versetzte der Wallfahrer in befehlendem Tone. Mit diesen Worten neigte er sich über den Hirten, der liegen geblieben war, und lispelte ihm etwas ins Ohr, und wie vom Schlage getroffen, fuhr Gurth auf. Der Wallfahrer gab ihm mit dem Finger einen warnenden Wink und setzte dann hinzu: „Hüte dich, Gurth, du warst sonst immer klug! Ich sage dir, mach die Hintertür auf, bald hörst du mehr.“

Gurth gehorchte ihm in Eile.

„Mein Maultier, mein Maultier!“ rief der Jude, als sie die Pforte durchschritten hatten.

„Hol ihm seinen Maulesel, und hörst du, Gurth,“ sagte der Pilger, „gib mir auch einen, damit ich neben ihm reiten kann, bis wir aus den Grenzen sind. Ich schicke dir das Tier bestimmt wieder zurück. Und höre –“ Und er flüsterte Gurth abermals etwas ins Ohr.

„Gern solls geschehen,“ sagte der Hirt, ging sogleich den Auftrag auszuführen und war auch mit den Eseln gleich wieder da, und die Reisenden schritten auf einer Zugbrücke, die nur zwei Bohlen breit war, über den Graben hinüber. Kaum waren sie bei den Maultieren angekommen, so band der Jude hastig und mit zitternden Händen ein kleines, in blaues Tuch gewickeltes Päckchen am Sattel fest.

„Wäsche zum Wechseln, weiter nichts,“ murmelte er und schwang sich mit einer Gewandtheit, die man seinem Alter nicht mehr zugetraut hätte, auf seinen Esel und legte sorgfältig Kleider und Reisemantel so zurecht, daß das Päckchen von ihnen verdeckt wurde. Langsamer saß der Wallfahrer auf, er reichte Gurth zum Abschied die Hand, die dieser voll Ehrfurcht küßte.

Dann starrte der Hirt den Reisenden nach, bis sie im Walde den Blicken entschwunden waren. Diese aber ritten, getrieben von der Angst des Juden, mit einer Eile, von der sonst alte Leute keine Freunde sind. Der Pilgrim, dem jeder Weg und Steg in diesem Walde vertraut zu sein schien, führte ihn auf unbekannten Pfaden, und mehr als einmal ergriff den Juden der Verdacht, in einen Hinterhalt gelockt zu werden. Seine Furcht war allerdings begreiflich. Denn den fliegenden Fisch ausgenommen, gab es damals auf der Erde, in der Luft und im Wasser kein Lebewesen, das so unausgesetzter und allseitiger Verfolgung preisgegeben gewesen wäre wie ein Jude. Unter völlig inhalt- und grundlosem Vorwande, und auf die unhaltbarsten und lächerlichsten Beschuldigungen hin waren sie jedem Ansturme der öffentlichen Wut überantwortet. Normanne, Däne, Sachse und Brite – so uneinig sie auch sonst waren – in der Verachtung, mit der sie auf das Volk der Juden blickten, stimmten sie alle überein, und es war geradezu ein Gebot der Religion, die Juden auf jede nur mögliche Weise zu hassen, zu peinigen, auszubeuten und zu vernichten.

Die Reisenden waren eine Zeitlang auf verschlungenen Pfaden dahingeeilt, als endlich der Wallfahrer das Schweigen unterbrach. „Die große, morsche Eiche hier,“ sagte er, „bezeichnet die Grenze des Gebietes, das Reginald Front-de-Boeuf sein eigen nennt. Vom Besitztum Malvoisins sind wir noch weit entfernt. Nun brauchen wir keine Furcht mehr vor Nachstellung zu haben.“

„Die Räder mögen fallen von ihren Wagen,“ sagte der Jude, „wie bei dem Heere Pharaos, daß sie nur langsam vorwärts kommen. Du aber, guter Pilger, geh nicht von mir! Denk an den stolzen Templer mit seinen Sarazenen, sie kümmern sich nicht darum, wem das Land gehört und was die Obrigkeit vorschreibt.“

„Unsere Wege,“ erwiderte der Pilger, „müssen sich hier trennen, denn es ziemt sich nicht für einen heiligen Mann länger als nötig in der Gesellschaft eines Juden zu reisen. Was für Beistand könntest du auch von mir erhoffen, was vermöchte ein friedliebender Pilger gegen zwei bewaffnete Heiden? Du bist hier überdies nicht mehr weit von der Stadt Sheffield, wo du leicht einen Mann deines Stammes finden wirst, der dir Aufnahme gewähren wird.“

Sie machten Halt auf dem Gipfel eines schönen grünen Hügels, der Wallfahrer deutete auf die unter ihnen liegende Stadt und wiederholte: „Hier trennen sich unsere Wege!“

„So nimm denn den Dank des armen Juden,“ sagte Isaak. „Freilich wirst du wohl nicht damit einverstanden sein, mit mir zu einem meiner Verwandten zu gehen, der mir etwas geben würde, daß ich dir deinen Dienst vergelten könnte.“

„Ich habe dir ja schon gesagt, daß ich keinen Lohn verlange. Wenn du auf der langen Liste deiner Schuldner einen armen Christen hast, dem du um meinetwillen Kerker und Fesseln ersparen kannst, so bin ich für den Dienst, den ich dir heute morgen erwiesen habe, reichlich belohnt.“

„Halt, halt,“ unterbrach ihn Isaak, indem er sein Gewand ergriff, „mehr noch muß ich tun – ich muß noch etwas für dich selber tun. Gott weiß es, ich bin ein armer Teufel von einem Juden – ein Bettler seines Stammes ist der Isaak – doch verzeihe mirs, wenn ich erraten habe, was dir jetzt am innigsten am Herzen liegt.“

„Wenn du das Rechte ratest,“ antwortete der Wallfahrer, „so weißt du auch, daß du mir das nicht verschaffen kannst, und wärest du auch so reich, wie du dich für arm ausgibst.“

„Mich ausgeben für arm!“ rief der Jude, „o, glaube mir, ich spreche die Wahrheit, ich bin eine arme, ausgeraubte, verschuldete Kreatur – alles, alles haben sie mir genommen – Geld, Gut und Schiffe. Aber ich kann dir sagen, was du jetzt gern haben möchtest, ich kann dirs vielleicht auch verschaffen. Du wünschest dir jetzt ein Roß und eine Rüstung.

Erstaunt sah ihn der Pilger an.

„Hat dir das der böse Feind eingegeben?“ fragte er hastig.

„Woher ich es weiß, kann dir ja einerlei sein,“ versetzte der Jude lächelnd. „Ich weiß es, und ich kann dir behilflich sein.“

„Doch bedenkt – mein Stand und mein Gelübde.“

„Euch Christen kenne ich,“ unterbrach ihn der Jude. „Die Edelsten unter Euch greifen aus abergläubischer Buße zu Stab und Sandalen und wandern zu Fuß nach den Grabstätten toter Leute.“

„Lästere nicht, Jude!“ fiel ihm der Pilger ernst ins Wort.

„Verzeiht!“ entschuldigte sich Isaak. „Unbesonnen hab ich da gesprochen. Aber gestern abend und heute morgen sind Euch Worte entschlüpft, wie aus dem Kieselsteine Funken stieben, und sie haben mir das innere Metall verraten. In Euerm Busen ist die Kette eines Ritters versteckt und ein Sporn von Gold. Als Ihr Euch heute früh über mein Lager neigtet, hab ich sie schimmern sehen.“

Der Wallfahrer lächelte und sagte: „Wenn man deine Kleider, Isaak, mit ebenso scharfem Blick durchsuchte, was würde man da wohl alles finden?“

„Still davon!“ entgegnete der Jude erbleichend und zog, wie um der Unterredung ein Ende zu machen, aus seinem Gürtel das Schreibzeug, breitete ein Stück Papier auf seinem gelben Hute aus und begann zu schreiben, ohne von seinem Maultier herabzusteigen. Als er fertig war, übergab er den Zettel, der hebräische Schriftzüge trug, dem Pilger und sagte:

„In der Stadt Leicester kennt alle Welt den reichen Juden Kirgath Jairam aus der Lombardei, an den gebt diesen Zettel ab. Er hat zu verkaufen sechs mailändische Rüstungen, die schlechteste darunter ist gut genug für einen König – und er hat auch zehn prächtige Rosse, das schlechteste darunter könnte besteigen ein König, wenn er ausreitet, um zu kämpfen für seinen Thron. Er wird Euch wählen lassen unter ihnen, er wird Euch versehen mit allem, was Ihr haben müßt zum Turnier. – Wenn es vorüber ist, werdet Ihr ihm alles unversehrt wieder zustellen, sofern Ihr nicht Geld genug habt, den Wert dem Eigentümer zu bezahlen.“

„Ei, Isaak,“ sagte der Pilger lächelnd. „In solchem Waffenspiele fallen Waffen, Roß und Rüstung des Besiegten dem Sieger anheim – und wenn ich nun Unglück habe und verliere, was ich weder bezahlen noch irgendwie ersetzen kann?“

Der Jude schien ein wenig zu erschrecken über diese Möglichkeit, aber er nahm all seinen Mut zusammen und erwiderte: „Nein – nein – nein! Der Gott meiner Väter wird mit dir sein und deine Lanze wird haben Kraft wie der Stab Mosis.“

Der Jude wandte sein Maultier, aber der Pilger hielt ihn noch zurück. „Du weißt nicht, was du alles wagst, Isaak,“ sagte er. „Das Pferd kann stürzen, die Rüstung kann beschädigt werden; denn bei mir gibts für Roß und Mann keine Schonung. Und dann machen deine Stammesbrüder doch auch nichts umsonst, es muß etwas für den Gebrauch bezahlt werden.“

„Macht nichts, macht nichts!“ versetzte der Jude, bei dem die besseren Gefühle diesmal die Oberhand behielten. „Laßt nur gut sein! Wird was beschädigt, so soll es Euch nichts kosten. Wenn üblich ist Leihgebühr, Kirgath Jairam wird es Euch erlassen, ist doch der Isaak sein Vetter. – Nun lebt wohl und hört, junger Mann,“ setzte er hinzu, sich noch einmal umwendend, „wagt Euch nicht zu weit ins Gewühl – nicht etwa weil Ihr die Rüstung und das Pferd nicht beschädigen sollt – sondern aus Rücksicht auf Euer eigen Leben und auf Eure gesunden Glieder.“

„Dank der Fürsorge!“ sagte lächelnd der Wallfahrer. „Ich nehme Eure Freundlichkeit an.“

Damit trennten sie sich und schlugen verschiedene Wege nach Sheffield ein.

Sechstes Kapitel

Das englische Volk befand sich damals in recht jammervoller Lage. König Richard war fern und in Gefangenschaft des grausamen und treulosen Herzogs von Österreich. Prinz Johann machte im Bunde mit Philipp von Frankreich all seinen Einfluß auf den Österreicher geltend, um seines Bruders Gefangenschaft zu verlängern und die Thronfolge, indem er seine Partei im Königreiche in der Zwischenzeit nach Kräften verstärke, dem rechtmäßigen Erben, seinem älteren Bruder, dem Herzog Arthur von Britannien, zu entreißen – was ihm dann ja auch gelungen ist. Johann war ein treuloser, lasterhafter Charakter und wußte leicht all die um sich zu scharen, die ihrer Taten wegen die Rückkehr Richards aus dem Morgenlande zu fürchten hatten, und all jene, die von den Kreuzzügen heimgekommen waren, behaftet mit den Lastern des Orients und in ihrer Armut und Hoffnungslosigkeit beseelt von dem Triebe, im Bürgerkriege neue Schätze zu ernten. Hierzu kam noch, daß es infolge der Bedrückungen des Lehnsadels von Geächteten im Lande wimmelte, die sich zu Banden zusammengetan hatten und in den Wäldern und Wildnissen ihr Wesen trieben, allen Gesetzen und der Obrigkeit Hohn sprechend. Die Adligen selbst machten sich auf ihren Schlössern zu Häuptern von Banden, die es nicht besser trieben als die erklärten Banditen. Unter all diesen Beschwerden litt das Volk in der Gegenwart und fürchtete mehr noch für die Zukunft. Aber bei all dem Elend nahm der Arme wie der Reiche, der Vornehme wie der Geringe an einem Schauspiel teil, das damals die größte Sehenswürdigkeit war. Das Turnier, wie man diese kriegerischen Veranstaltungen nannte, fand zu Ashby statt, in der Grafschaft Leicester. Streiter von hohem Namen sollten sich vor dem Prinzen Johann in eigener Person messen, der selber in die Schranken zu treten beabsichtigte.

Der Platz war herrlich gelegen. Mitten in einem Walde, der bis auf eine Meile an die Stadt Ashby herantrat, lag eine Wiese, die mit ihrem glatten Boden wie geschaffen für das kriegerische Spiel erschien. Der Raum maß etwa eine englische Meile in der Länge und eine halbe in der Breite und hatte die Form eines Vierecks, dessen Ecken zur besseren Bequemlichkeit der Zuschauer abgerundet waren. Am Süd- und Nordende lagen die Zugänge für die Kämpfer, starke, hölzerne Tore, die so breit waren, daß zwei Reiter nebeneinander hindurchkonnten. An jedem Tore stand ein Herold mit sechs Trompetern und einer kleinen Abteilung bewaffneter Mannschaft. Außerhalb des Kampfplatzes waren vorm Südende auf einer kleinen Erhöhung fünf prachtvolle Zelte aufgeschlagen, die schwarz und golden geschmückt waren, Das waren die Farben der fünf Ritter, die die Herausforderungen zum Turnier erlassen hatten. Vor jedem Zelte hing der Schild des Ritters, und ein Knappe in zierlicher Tracht, je nach dem Geschmacke seines Herrn als Wilder, als Waldbewohner oder in sonst einem phantastischen Kostüm gekleidet, stand davor. Den Ehrenplatz unter den Zelten hatte Brian de Bois-Guilbert inne, dessen Herausforderung dank seinem Ruhm in allen ritterlichen Übungen von den ruhmreichsten Streitern angenommen worden war. Neben seinem stand das Zelt des Reginald Front-de-Boeuf und Philipps von Malvoisin. An der andern Seite lag der edle Baron Hug von Grant-Mesnil, und das fünfte Zelt gehörte einem Ritter vom Johanniter-Orden, Ralph de Vipont. Der Zugang vom Norden her war ein ebensolcher Einlaß, an dessen äußerem Ende sich ein breiter umfriedeter Raum für die zum Turnier gemeldeten Gegner öffnete. Tribünen, die mit Teppichen und Polstern belegt waren, bildeten die Plätze für die Damen; die Freisassen und alle, die nicht zum gemeinen Volk gehörten, hatten einen Raum zwischen den Tribünen und den Schranken inne, ähnlich dem Parkett eines modernen Theaters. Die große Masse fand auf Rasenbänken Platz. Auch auf den Bäumen ringsum hockten eine Menge Zuschauer.

An der Ostseite der Tribünen, gerade gegenüber dem Punkte, wo die Streiter aufeinander treffen mußten, war eine Art Baldachin mit den königlichen Insignien angebracht. Um diesen für den Prinzen bestimmten Platz stand eine Schar reichgekleideter Edelherren, Pagen und Freisassen. Diesem Ehrenplatz gegenüber, also an der Westseite, fiel ein ähnlicher Sondersitz ins Auge, der nur nicht ganz so prächtig geschmückt war. Um diesen grün und rot ausgelegten

Platz stand eine Schar von grün und rot gekleideten Pagen und Mädchen, und zwischen Wimpeln und Bannern, die mit Köchern, Bogen und Pfeilen und blutenden Herzen und allen möglichen Sinnbildern der Triumphe Amors bemalt waren, prangte eine Inschrift, aus der hervorging, daß dieser Platz für die Königin der Liebe und der Schönheit bestimmt sei. Wer aber diese Auserkorene sein würde, war jetzt noch nicht zu sagen. Die Plätze der Zuschauer füllten sich indessen allmählich und auf den Tribünen wurde die Zahl der Edeldamen und Herren immer stattlicher, und der Raum unter ihnen war gleichfalls schon dicht gefüllt von Bürgern und handfestem Landvolk, zwischen denen es öfter zu Streitigkeiten kam.

Reich gekleidet und in einen mit Spitzen besetzten und mit Pelz gefütterten Mantel gehüllt, suchte Isaak von York für sich und seine Tochter Rebekka einen guten Platz zu finden. Sie war in Ashby mit ihm zusammengetroffen. Und während sich beide noch durch die Menge wanden, erregte die Ankunft des Prinzen Johann die allgemeine Aufmerksamkeit. Er ritt mit einem zahlreichen Gefolge herein, in dem sich auch der Prior von Jorlvaux in so prächtiger Kleidung befand, wie es seine kirchliche Würde nur irgend zuließ. Herrlich zu Roß und prunkend gekleidet, einen Falken auf der Hand, auf dem Kopfe ein Pelzbarett und einen Kranz von Edelsteinen, das lange Haar in Locken um die Schultern, so sprengte Prinz Johann in die Schranken. Er unterhielt sich laut und lachend mit seinem Gefolge und musterte mit der Kühnheit eines königlichen Beurteilers die Schönheiten auf den Tribünen. Wohl trugen die Züge des Prinzen das Gepräge der Ausschweifung, der rücksichtslosen Selbstsucht und des Hochmutes, aber doch fehlte es ihnen nicht an einer gewissen Anmut, wie sie eine offene, wohlgeformte und künstliche zu äußerlicher Höflichkeit gewöhnte Miene immer aufweist. Leicht wird wohl ein solches Wesen als Edelsinn, Offenheit und männlicher Freimut angesprechen, und doch steckt nichts weiter dahinter als selbstsüchtige Gleichgültigkeit, Lust zu Ausschweifungen und Dünkel auf Rang und Reichtum. Für die, die nicht in die Tiefe schürften, und ihre Zahl verhielt sich wie eins zu hundert, waren die prunkende Erscheinung des Prinzen, sein Zobelmantel, seine Maroquinstiefel und seine goldenen Sporen Grund genug, ihn mit lautem Beifallsjubel zu empfangen.

Das Auge des Prinzen fiel bei seinem Umritt sogleich auf den Juden und seine Tochter, die vergebens Platz zu finden suchten und mit harten Worten allerorten zurückgewiesen wurden. Und selbst dem scharfen Kennerblick des Prinzen Johann erschien die Gestalt der Rebekka den stolzesten Schönheiten

Englands ebenbürtig. Ihr regelmäßiger Wuchs kam durch ihre orientalische Kleidung noch mehr zur Geltung. Zu ihren dunkeln Augen stand der gelbseidene Anzug wundervoll. Herrliche Brauen wölbten sich unter der weißen Stirn, die Zähne waren wie Perlen, und das reiche schwarze Haar fiel zu einzelnen Locken gewunden auf den schneeweißen Hals und Busen hinab, die von einem persischen Seidenschal zum Teil bedeckt waren. Um den Hals trug sie ein Brillantenkollier, das von unschätzbarem Wert sein mußte.

„Bei dem kahlen Schädel Abrahams," sagte Prinz Johann, „die Jüdin ist ein Prachtexemplar. Was sagt Ihr, Prior Aymer? Fürwahr, sie ist die Braut des Hohen Liedes selber."

„Eine Rose Sarons und eine Lilie im Tal!" antwortete der Geistliche in singendem Tone. „Aber Euer Hoheit müssen bedenken, es ist nur eine Jüdin."

„Sieh! da ist ja auch ihr Vater," sagte der Prinz, ohne auf seine Worte zu hören, „der Baron von Byzanz, der Marquis von Mammon. Beim heiligen Markus, der Wucherfürst soll mit seiner Tochter einen Platz auf der Tribüne bekommen. He, Isaak! wer ist die morgenländische Houri, die du am Arme führst, dein Weib oder deine Tochter?"

„Meine Tochter Rebekka, zu Euer Hoheit Befehl," antwortete Isaak mit einem tiefen Bückling. Die Ansprache des Prinzen setzte ihn nicht in Verlegenheit, denn zur Zeit gerade stand der Prinz mit den Juden von York in Unterhandlung wegen einer Anleihe, und bei diesem Geschäft war Isaak in hervorragender Weise beteiligt.

„Ob Tochter oder Weib," erwiderte der Prinz, „sie soll einen Platz haben, wie er ihrer Schönheit und deinen Verdiensten gebührt. Wer sitzt dort oben?" rief er, nach der Tribüne hinaufschauend. „Sächsische Bauern? Herunter mit ihnen! Sie sollen Platz machen für meinen Wucherfürsten und seine liebliche Tochter!"

Die, denen diese beleidigenden Worte galten, waren Cedric der Sachse und Athelstane von Conningsburgh mit ihren Familien. Der letztere war als Abkömmling des letzten Königs von England unter allen eingeborenen Sachsen im nördlichen England sehr geachtet. Mit dem uralten Blute dieses königlichen Geschlechts war aber auch manche seiner Schwächen auf Athelstane übergegangen. Sein Gesicht war nicht häßlich, seine Gestalt war kraftvoll, und er stand in der Blüte der Jahre. Aber in seinen Bewegungen lag Schwerfälligkeit und Trägheit, seine Augen waren ohne Ausdruck, und wegen seiner

Unentschlossenheit hatte er den Beinamen eines seiner Ahnen erhalten und hieß Athelstane der Unentschlossene.

An diesen Mann richtete der Prinz seinen Befehl, dem Juden Platz zu machen. Bestürzt über dieses Verlangen, das nach den Sitten und Ansichten der damaligen Zeit eine schwere Beleidigung enthielt, wollte Athelstane nicht gehorchen und wußte doch auch nicht, wie er Widerstand leisten sollte. Er setzte daher dem Prinzen lediglich passiven Widerstand entgegen, und ohne sich zu erheben oder eine Bewegung zu machen, die seine Bereitwilligkeit bekundet hätte, stierte er den Prinzen mit seinen großen grauen Glotzaugen an – das machte sich ungemein komisch, aber der ungeduldige Prinz Johann faßte die Sache anders auf.

„Das sächsische Schwein schläft wohl oder versteht es mich nicht?" rief er. „Rüttle den Kerl mit der Lanze auf, Bracy!" So hieß der Ritter, der neben dem Prinzen ritt. Er streckte seine lange Lanze über den Raum, der zwischen der Tribüne und den Schranken lag, und hätte wohl den Befehl des Prinzen ausgeführt, noch ehe Athelstane der Unentschlossene die Besonnenheit gefunden hätte, auch nur dem Stoße auszuweichen. Aber Cedric, der ebenso schnell wie sein Gefährte langsam war, hatte blitzschnell sein Schwert gezogen und mit einem Schlag die Lanzenspitze von dem Speere getrennt. Prinz Johann wurde rot vor Wut. Er stieß einen gräßlichen Fluch aus und war im Begriffe, in seinem Jähzorn eine Gewalttätigkeit zu begehen, aber sein eigenes Gefolge umringte ihn und sprach auf ihn ein, sich doch zu beruhigen, auch erscholl ringsum rauschender Beifall zu Cedrics mutiger Tat. Der Prinz sah verächtlich um sich her, da begegnete sein Auge einem Bogenschützen, der ein grünes Wams anhatte, ein silbernes Wehrgehänge um den Leib, einen Köcher mit zwölf Pfeilen und einen sechs Fuß langen Bogen trug. Der Mann schrie laut Beifall, und Prinz Johann fragte ihn, weshalb er so lärme.

„Ich rufe stets mein Bravo," antwortete der Bogenschütze, „wenn ich einen guten Schuß oder einen derben Hieb sehe."

„So?" versetzte der Prinz, „und du triffst wohl auch immer das Ziel?"

„Jawohl, das bei Weidmännern übliche Ziel auf die übliche Entfernung treffe ich wohl."

„Bei Sankt Grizzel," sagte der Prinz, „wir wollen eine Probe deiner Geschicklichkeit sehen."

„Ich werde mich der Aufgabe nicht entziehen," war die beherzte Antwort.

„Inzwischen steht auf da, Ihr sächsischen Grobiane!" rief der stolze Prinz. „Denn beim Lichte des Himmels, da ich es einmal gesagt habe, so soll der Jude auch zwischen Euch sitzen."

„Mit nichten, Euer Hoheit," sagte der Jude, „es geziemt sich nicht für unsereinen, bei den Oberhäuptern des Landes zu sitzen."

„Hinauf mit dir, ungläubiger Hund, wenn ich es dir befehle!" rief der Prinz, „sonst laß ich dir dein zähes Fell abziehen und eine Satteldecke draus gerben."

Der Jude begann die hohen engen Stufen hinanzusteigen.

„Ich will mal sehen, wer ihn aufhalten wird," sagte der Prinz, den Blick fest auf Cedric geheftet, der entschlossen schien, den Juden hinunterzuwerfen. Der Narr Wamba kam aber dieser vielleicht verhängnisvollen Handlung zuvor, indem er zwischen seinen Herrn und Isaak sprang und auf des Prinzen Worte mit dem Rufe antwortete: „Meiner Treu, ich halt ihn auf!"

Er hielt dem Juden ein Stück geräuchertes Schweinefleisch unter die Nase, das er unter seinem Kittel hervorzog. Er hatte sich wahrscheinlich damit versehen, für den Fall, daß er während des Turniers Appetit bekommen sollte. Als der Jude ein von seinem Volke so verabscheutes Stück gerade vor seiner Nase und das hölzerne Schwert des Narren über seinem Haupte sah, geriet er ins Wanken, trat fehl und kollerte zur hellen Belustigung der Zuschauer die Stufen hinunter. Prinz Johann stimmte herzhaft in das allgemeine Gelächter ein.

„Mir gebührt der Preis!" rief Wamba. „In ehrlichem Kampfe hab ich meinen Feind mit Schild und Schwert bezwungen!"

„Wer bist du, edler Kämpe?" fragte lachend der Prinz.

„Ich bin ein Narr und heiße Wamba."

„Nun denn, so macht hier unten Platz für den Juden," sagte jetzt der Prinz, zufrieden, daß er mit Anstand von seinem Vorhaben ablassen konnte. „Der Besiegte darf nicht neben dem Sieger sitzen, das wäre gegen die Vorschrift." Dann wandte er sich noch einmal an den Juden. „Isaak! Leih mir eine Handvoll Byzantiner!"

Der Jude erschrak über die Forderung und kam ihr nur ungern nach; dennoch hatte er nicht den Mut, sie abzuschlagen und kramte zaudernd in der Tasche herum, die er am Gürtel hatte und probierte, wie viel oder wie wenig Münzen wohl eine Handvoll sein möchten. Aber Prinz Johann sprang ungeduldig vom Pferde und machte Isaaks Bedenken ein Ende, indem er ihm die ganze Tasche vom Gürtel riß. Dann warf er dem Narren ein paar Goldstücke zu und galoppierte weiter um die Schranken, den Juden dem Spott der Umstehenden überlassend, während ihm selber so lauter Beifall wurde, als hätte er eine edle, ehrenvolle Tat vollbracht.

Als Prinz Johann auf seinem Throne Platz genommen hatte, gab er den Herolden ein Zeichen, die Turniervorschriften zu verlesen, die in Kürze folgende Bestimmungen enthielten:

Erstens: Die fünf Streiter nehmen es mit allen, die sie fordern, auf.

Zweitens: Jeder, der herausfordert, kann sich unter den Streitern seinen Gegner wählen, indem er seinen Schild mit der Lanze berührt. Geschieht dies mit umgekehrter Lanze, so gilt es nur einen Zweikampf der Courtoisie, das heißt, an den Lanzen ist dann ein Lederball befestigt. Wird aber der Schild mit scharfer Spitze berührt, so gilt es einen Zweikämpf mit tödlichen Waffen, der sich von einem Zusammentreffen in der Schlacht in nichts unterscheidet.

Drittens: Wenn die anwesenden Ritter ihr Gelübde erfüllt und jeder fünf Gänge ausgefochten hat, so erklärt der Prinz, wer der Sieger des ersten Tages ist, der dann ein prachtvolles Streitroß als Preis erhält und obendrein das Vorrecht, die Königin der Liebe und der Schönheit zu ernennen, die dann den Sieger des zweiten Tages krönen wird.

Viertens: Es wird kund und zu wissen getan, daß am zweiten Tage ein allgemeines Turnier stattfinden soll, an dem jeder anwesende Ritter teilnehmen darf. In zwei Parteien sollen sie so lange kämpfen, bis der Prinz selber den Strauß für beendet erklärt. Dann soll die erwähnte Königin der Liebe und der Schönheit den Ritter krönen, den Prinz Johann als den tapfersten bezeichnet. Er erhält eine goldene Lorbeerkrone. Mit diesem zweiten Tage enden die ritterlichen Spiele und es folgen Bogenschießen, Stiergefechte und andere Volksbelustigungen. Den Schluß bildete der gewöhnliche Heroldsruf: „Largesse! Largesse!“

Dann verließen die Herolde die Schranken und es blieb niemand darin als die beiden Marschälle des Turniers, William de Wywil und Stephan de Martival, die von Kopf bis zu Fuß in Harnisch wie aus Erz gegossen an den beiden Enden der Schranken standen. Der Raum vor dem Nordende der Schranken hatte sich inzwischen ganz mit Rittern gefüllt. Von den Tribünen gesehen, erschienen sie wie ein Meer von wogenden Federbüschen, blitzenden Helmen und ragenden

Lanzen, und endlich taten sich die Barrieren auf, und die fünf Ritter, die durch das Los bestimmt waren, ritten langsam auf den Kampfplatz. Einer ritt an der Spitze, die anderen folgten zu zweien und zweien, die feurigen Rosse zügelnd, um ihre Gewandtheit im Reiten zu zeigen. Gleichzeitig erklang hinter den Zelten der Herausforderer hervor, wo die Musikanten verborgen waren, eine wilde Musik.

Unter den Augen der vielköpfigen Menge ritten die Kämpfer nun nach dem kleinen Plateau, wo sich die Zelte der Herausforderer befanden, und jeder berührte mit umgedrehter Lanze den Schild dessen, mit dem er sich messen wollte. Dann zogen sie sich wieder nach dem äußersten Ende der Schranken zurück und stellten sich hier in einer Linie auf, während die Herausforderer aus ihren Zelten traten, ihre Pferde bestiegen und, von der Anhöhe herabreitend, gegenüber den einzelnen Rittern, die ihren Schild berührt hatten, Aufstellung nahmen. Unter Hörner- und Trompetenklang rannten sie nun in vollem Galopp aufeinander los, und so überwiegend war die Gewandtheit der herausfordernden Partei, daß die Gegner Malvoisins, Bois-Guilberts und Front-de-Boeufs zu Boden stürzten. Grand-Mesnils Gegner verfehlte den Anlauf und anstatt seine Lanze am Helm oder Schild seines Gegners zu zerbrechen, brach er sie quer über seinem Leibe entzwei. Das war noch schmachvoller, als wenn er niedergeworfen worden wäre, weil es an Ungeschicklichkeit in der Führung der Waffe lag, während ein Sturz auch manchmal durch einen Zufall erfolgen kann. Der fünfte Ritter allein rettete die Ehre seiner Partei, indem er ritterlich mit dem Johanniter die Lanze brach, ohne daß einer vor dem anderen einen Vorteil errungen hätte.

Das laute Geschrei der Menge, das Beifallsgebrüll der Herolde und das Trompetengeschmetter verkündete den Triumph der Sieger und die Niederlage der Besiegten. Die ersteren kehrten nach ihren Zelten zurück, die letzteren rafften sich auf, so gut es ging und verließen unter allseitigem Spott die Schranken, um dann mit den Siegern über den Preis zu verhandeln, um den sie Pferd und Waffen, die nach den Bestimmungen den Siegern verfallen waren, behalten könnten. Der fünfte Ritter allein blieb ein wenig länger, sich an dem Beifall der Menge weidend.

Eine zweite und dritte Gruppe zog ins Feld, und obgleich der Erfolg wechselte, blieb doch in der Hauptsache der Sieg auf der Seite der Herausforderer. Von ihnen wurde nicht einer aus dem Sattel gehoben oder machte einen Fehlstoß, was doch bei ihren Gegnern des öfteren zutraf. Auch schien der Mut der Gegner nachzulassen angesichts des dauernden Glückes der anderen, denn beim vierten

Gange erschienen nur noch drei Gegner, die sich weder mit Front-de-Boeuf, noch mit Bois-Guilbert maßen, sondern mit den drei anderen, die weit weniger Kraft und Gewandtheit gezeigt hatten. Aber auch diese Vorsicht änderte am Ausgange des Kampfes nichts. Die Herausforderer blieben Sieger. Einer der Gegner wurde geworfen, die beiden anderen verfehlten den Anstoß. Nach diesem vierten Gange trat eine lange Pause ein, und es schien niemand zur Fortsetzung des Kampfes Lust zu haben.

Bald aber erklangen von neuem die Stimmen der Herolde: „Liebe den Damen! Brecht Eure Lanzen! Kämpft tapfer, Ihr Ritter! Schöne Augen sehen hernieder auf Eure Taten!“ Dazwischen klang in wilden Tönen die Musik der Herausforderer, Sieg und Trotz in ihren Klängen. Das Volk begann sich zu ärgern, daß der Festtag hinzugehen drohte, ohne daß man was Ordentliches zu sehen bekam, und alte Ritter und Edelherren beklagten sich leise, daß der kriegerische Geist im Schwinden sei. Sie schwatzten von den Siegen ihrer jungen Jahre. Prinz Johann gab schon seinem Gefolge Weisung, das Festessen herzurichten und meinte, daß er wohl den Preis Bois-de-Guilbert geben müsse, der zwei Ritter geworfen und einen dritten noch schmählicher heimgeschickt habe.

Die Musik der Herausforderer hatte eben eine lange und kühne Fanfare zu Ende geblasen, da gab vom Nordende her eine einzelne Trompete eine herausfordernde Antwort. Aller Augen wandten sich mit einemmal dorthin, um den neuen Kämpfer zu sehen, den dieser Trompetenstoß ankündigte.

Siebentes Kapitel

Kaum waren die Barrieren geöffnet, so ritt er in die Schranken. Soweit man seine Gestalt nach der Rüstung beurteilen konnte, schien er nicht viel über Mittelgröße, eher schlank als stark. Seine Rüstung war von Stahl mit reichen Goldeinlagen, sein Wappenschild zeigte einen jungen, mit der Wurzel ausgerissenen Eichbaum, als Inschrift stand das spanische Wort *Desdichado* darauf, das zu deutsch *der Enterbte* heißt.

Er ritt einen stattlichen Rappen und grüßte im Hereintänzeln höflich den Prinzen und die Damen, indem er die Lanze senkte. Die Gewandtheit, mit der er sein Pferd lenkte, und eine unverkennbare Anmut und jugendfrische Forschheit in seinem Gebaren eroberten ihm im Sturme die Herzen der Menge, und aus dem Zuschauerraum der niederen Klassen schallten ihm Rufe entgegen wie: „Berührt den Schild von Ralph de Vipont, oder den des Ritters vom Orden der Hospitaliter, der sitzt am wenigsten fest, mit dem werdet Ihr am leichtesten fertig.“

Unter solchen wohlgemeinten Ratschlägen ritt der Kämpfer nach dem Plateau und hielt zum Erstaunen aller Anwesenden gerade vor dem mittelsten Zelte und berührte mit der Spitze seiner Lanze den Schild Brians de Bois-Guilbert, daß das Eisen laut erklang. Alles Volk erstaunte ob dieser Kühnheit, am meisten aber der gefürchtete Ritter, der zum Kampf auf Leben und Tod gefordert war.

„Habt Ihr gebeichtet, Bruder, und die Messe heute morgen gehört,“ fragte der Templer, „daß Ihr so keck Euer Leben aufs Spiel setzt?“

„Ich bin zum Tode mehr gerüstet als Ihr,“ versetzte der enterbte Ritter, denn mit diesem Namen hatte er sich ins Turnierbuch einschreiben lassen.

„So geh auf deinen Platz in den Schranken,“ sagte Bois-Guilbert. „Sieh noch einmal die Sonne an, denn diese Nacht wirst du im Paradiese schlafen.“

„Dank der großen Höflichkeit,“ sagte der Enterbte. „Ich will sie nicht unerwidert lassen, und so rate ich dir, nimm ein frisches Pferd und eine neue Lanze, denn bei meiner Ehre, du wirst beides brauchen.“ Sein Selbstvertrauen in dieser Weise aussprechend, lenkte er sein Pferd in die Schranken zurück und ließ es die ganze Strecke rückwärts gehen. Diese Probe seiner Reiterkunst trug ihm von neuem den Beifall der Menge ein.

Obwohl entrüstet über die ihm von seinem Gegner erteilten Ratschläge, machte Bois-Guilbert doch davon Gebrauch, denn seine Ehre stand auf dem Spiel, und es durfte kein Mittel außer acht gelassen werden, das dazu beitragen konnte, ihm den Sieg über seinen Gegner zu verschaffen. Er bestieg also ein frisches, kraftvolles Pferd und nahm auch eine neue Lanze, da seine alte bei den bisher ausgefochtenen Gängen leicht schadhaft geworden sein mochte. Auch den Schild, der beschädigt worden war, legte er beiseite und nahm den seines Knappen. Dieser neue Schild zeigte als Sinnbild einen fliegenden Raben, der einen Schädel in den Klauen hielt und die Umschrift trug: Gare le Corbeau. Als die beiden Streiter an den beiden Enden der Schranken einander gegenüber hielten, war die Spannung der schaulustigen Menge aufs höchste gesteigert. Wenige hielten es für möglich, daß die Sache für den Enterbten gut ablaufen würde. Aber sein Mut und sein Benehmen ließen alle Zuschauer die besten Wünsche für ihn hegen.

Kaum war das Trompetensignal erklungen, so rasten die beiden Reiter blitzschnell aufeinander ein. Mit donnerähnlichem Krachen prallten sie gegeneinander an. Bis zum Griffe zersplitterten die Lanzen, und im ersten Moment sah es so aus, als seien beide Reiter gestürzt, so jäh taumelten von dem Ansturm beide Rosse zurück. Aber die Reiter waren so behende, daß sie die Pferde mit Zaum und Sporn rasch wieder zur Ruhe gebracht hatten. Sie warfen sich in Eile Blicke zu, die durch das Visier hindurch Flammen zu sprühen schienen, dann drehten sie um und kehrten ans Ende der Schranken zurück, wo ein jeder eine frische Lanze erhielt.

Lauter Beifallssturm der Menge, die Schürzen und Tücher schwenkte, begrüßte diesen neuen Strauß. Was sie eben gesehen hatten, war bisher der beste und gleichmäßigste Zweikampf des Tages gewesen. Kaum aber standen die Ritter wieder an ihrem Platze, so folgte dem Jubelgeschrei die tiefste Stille. Die Menge, so schien es, wagte kaum zu atmen. Ein paar Minuten wurden den Kämpen und den Rossen gegönnt, daß sie sich verschnaufen konnten, dann gab der Prinz Johann von neuem mit seinem Stabe das Zeichen zum Angriff.

Abermals sprengten die Reiter von ihrem Platz weg und prallten in der Mitte der Arena aufeinander – ebenso blitzschnell, ebenso gewandt und gewaltig, aber nicht mit dem gleichen Erfolg. Der Templer traf seines Gegners Schild so sicher und wuchtig, daß seine Lanze zerbrach und der Enterbte im Sattel wankte. Aber auch sein Feind hatte die Lanze auf den Schild gerichtet, im Moment des Anpralls aber stieß er nach dem Helm – eine sehr schwere Finte, die aber, wenn sie gelingt, den Getroffenen unwiderstehlich darniederstreckt. Aber selbst dieses erfolgreiche Manöver hätte vielleicht den Templer nicht um den Ruhm des Sieges zu bringen vermocht, wäre nicht sein Sattelgurt geplatzt. Dies brachte ihn zu Fall, und Mann und Roß wälzten sich am Boden, eine Staubwolke aufwirbelnd. Im nächsten Augenblick aber war der Templer auch schon aus dem Wirrwarr heraus und schwang sein Schwert, den Gegner zum Kampfe fordernd. Der Enterbte sprang vom Roß und schwang das Schwert. Die Marschälle aber traten zwischen sie und erinnerten daran, daß ein solcher Kampf gegen die Bestimmungen des Turniers wäre.

„Wir treffen einander noch einmal!“ rief der Templer und warf seinem Gegner einen furchtbaren Blick zu, „dann soll uns niemand trennen.“

„An mir solls nicht liegen, wenn es nicht geschieht," antwortete der Enterbte. „Zu Fuß, zu Roß, mit Lanze, Streitaxt oder Schwert bin ich jederzeit bereit, dir gegenüber zu treten."

Der Wortwechsel wäre vielleicht ausgeartet, wenn nicht die Marschälle mit gekreuzten Lanzen dazwischen getreten wären und die Streitenden gezwungen hätten, auseinander zu gehen. Der Enterbte kehrte auf seinen Platz zurück, und der Templer begab sich in sein Zelt, um den Rest des Tages in wilder Wut zu vergrollen. Der Sieger stieg nicht erst vom Pferd, sondern ließ ohne weiteres, nachdem er einen Becher Weines auf das Wohl aller englischen Herzen und den Untergang aller fremden Tyrannen getrunken hatte, durch seinen Trompeter alle Streiter zum Kampfe rufen, indem er ihnen gleichzeitig durch einen Herold sagen ließ, daß er sie erwarte, in welcher Reihenfolge es ihnen zu kommen beliebte.

Der riesenhafte Front-de-Boeuf war der erste, und in seiner schwarzen Rüstung sprengte er heran. Sein Schild trug einen schwarzen Ochsenkopf, halb verwischt schon durch manchen Kampf und die prahlerische Devise: Cave, adsum (hüte dich, ich bin da)! Der Enterbte errang über ihn einen mühelosen Sieg. Beide Kämpen brachen zierlich die Lanze, aber Front-de-Boeuf hatte einen Steigbügel im Kampfe verloren und wurde deshalb für besiegt erklärt.

Im Gange gegen Philipp de Malvoisin traf er den Baron so wuchtig gegen den Helm, daß die Schuppenketten platzten und der Helm herunterflog – nur diesem Umstande hatte es Malvoisin zu verdanken, daß er selbst nicht vom Pferde stürzte. Wie sein Vorgänger wurde auch er für überwunden erklärt.

Im dritten Gange gegen Grant-Mesnil bewies der Enterbte ebensoviel Galanterie wie bisher Mut und Gewandtheit. Grant-Mesnils Pferd war jung und wild und ging mit seinem Reiter durch, der Fremde aber verschmähte den Vorteil, den ihm dieses Mißgeschick seines Gegners bot, und ritt an ihm vorbei, die Lanze senkend, ohne ihn zu berühren. Dann drehte er um und kehrte auf seinen Platz zurück. Er ließ Grant-Mesnil einen zweiten Kampf anbieten, der aber abgelehnt wurde, denn der Ritter betrachtete sich selber für überwunden, ebensowohl durch die Galanterie wie durch die Tüchtigkeit seines Gegners.

Der Gang mit Ralph de Vipont vervollständigte den Triumph des Enterbten. Vipont wurde mit solcher Wucht zu Boden geworfen, daß ihm das Blut aus Mund und Nase floß und er bewußtlos aus den Schranken getragen wurde.

Als der Prinz und die Marschälle einstimmig erklärten, daß dem Enterbten die Palme des Tages gebühre, brach allseitiger, vielstimmiger Jubel aus. William de Wywil und Stephan de Martival waren die ersten, die dem Sieger ihre Glückwünsche darbrachten. Gleichzeitig ersuchten sie ihn, den Helm zu lösen oder doch wenigstens das Visier hochzuschlagen, um aus den Händen des Prinzen Johann den Preis des Turniers zu empfangen. Mit ritterlichem Anstand schlug der Enterbte dieses Ansuchen ab, er könne jetzt sein Gesicht noch nicht zeigen, aus welchen Gründen, habe er bei seinem Eintritt in die Schranken den Herolden mitgeteilt. Die Marschälle erkannten ohne weiteres seine Weigerung an, denn es war damals ein sehr häufiges Vorkommnis, daß ein Ritter sich selbst wunderliche Gelübde leistete, und in der Regel lautete ein solches Gelübde dahin, eine Zeitlang unbekannt zu bleiben. Die Marschälle drangen daher nicht weiter in den fremden Ritter, sein Geheimnis preiszugeben, sondern zeigten dem Prinzen Johann an, daß sich der Sieger nicht zu erkennen geben wolle und baten seine Hoheit, ihn vortreten zu lassen und ihm den Lohn seiner Tapferkeit zu erteilen.

Der enterbte Ritter trat also an die Treppe heran, die zu dem Throne des Prinzen hinaufführte, und Johann spendete ihm das übliche Lob für seinen Sieg, und der Ritter, ohne ein Wort zu erwidern, verneigte sich tief. Dann wurde das Pferd, das ihm als Preis zufiel, in die Schranken geführt. Es war mit dem kostbarsten Zaumzeug bedeckt, aber der Kenner hätte auch ohnedies den Wert des Tieres richtig geschätzt. Der Enterbte legte die Hand auf den Sattelknauf und schwang sich ohne Bügel auf den Rücken des Arabers. Die Lanze schwingend, führte er es dann zweimal durch die Schranken, alle Vorzüge seines Pferdes und alle seine eigenen Künste als Meister der Reitkunst zeigend. Eine solche Parade mochte als Eitelkeit erscheinen, dies wurde aber dadurch wieder ausgeglichen, daß der Ritter den vollen Wert des Geschenkes zeigte, das ihm vom Prinzen zuteil geworden war, und so lohnte lauter Beifall seinen zierlichen Rundritt. Inzwischen hatte der Prior von Jorlvaux den Prinzen leise daran erinnert, daß der Sieger nun auch seinen guten Geschmack zu beweisen habe und unter den versammelten Schönheiten die Königin des Liebreizes und der Minne erwählen müsse, die im Turnier des folgenden Tages den Preis austeilen solle.

Als der Ritter zum zweitenmal um die Schranken herumgeritten war, winkte ihm daher der Prinz mit dem Stabe, und sofort drehte der Ritter sein Pferd dem Throne zu, die Lanze zur Erde senkend, bis sie nur einen Fuß hoch vom Boden abstand. So hielt er regungslos, der Befehle des Prinzen harrend. Aller Augen staunten über die Gewandtheit, mit der er das Pferd, das eben noch im vollen Galopp begriffen war, mit einem Ruck zur Bewegungslosigkeit einer Statue brachte.

„Herr Enterbter!“ sagte Prinz Johann, „denn das ist der einzige Titel, den wir Euch geben können, Ihr habt nun die Pflicht, die schöne Lady zu ernennen, die dem Feste des kommenden Tages als Königin des Liebreizes und der Minne präsidieren soll. Wenn Ihr ein Fremder in unserem Lande seid und des Urteils eines anderen bedürft, so können wir Euch nur sagen, daß Lady Alicia, die Tochter des tapferen Ritters Waldemar Fitzurse, an unserem Hofe seit langem als die erste dem Range und der Schönheit nach gilt. Freilich ist es Euer unbestrittenes Recht, die Krone nach eigenem Belieben auszuteilen. Die Lady, der Ihr sie überreicht, ist nach Form und Recht die Königin des morgenden Tages. Hebt Eure Lanze hoch!“

Der Ritter geborchte und der Prinz heftete an die Spitze der Lanze eine Krone von grünem Atlas mit einem Goldreifen, dessen oberer Rand von Pfeilspitzen und Herzen besetzt war, die miteinander wechselten wie die Stachelbeerblätter und Kugeln an einer Herzogskrone.

Waldemar Fitzurse war der erste und einflußreichste unter den Ratgebern des Prinzen, sozusagen sein Premierminister, obwohl er noch nicht Monarch war. Sein Wink auf die die Tochter dieses Mannes entsprang dem Wunsche, ihn, den er fürchtete, sich zu Dank zu verpflichten. Außerdem hatte er es selber auf die Gunst der Lady abgesehen, denn Prinz Johann, der kein verworfenes Mittel scheute, seine Ehrsucht zu befriedigen, scheute ebenso kein Mittel, seiner Wollust Genüge zu tun. Im stillen hegte er auch den Zweck, dem enterbten Ritter, dessen geheimnisvolle Person ihm verdächtig erschien und der ihm mehr und mehr zu mißfallen begann, in Waldemar Fitzurse einen mächtigen Feind zu erwecken, denn er war der Meinung, daß dieser Edelmann nie die Kränkung verzeihen würde, wenn der Sieger in der Wahl der Königin des Turniers seine Tochter überginge. Und in der Tat traf der Enterbte eine andere Wahl. An der Tribüne neben dem königlichen Sitz, wo Lady Alicia im vollen Bewußtsein ihrer obsiegenden Schönheit saß, ritt er ohne Zaudern vorüber. Er ließ sein Pferd jetzt ebenso langsam durch die Schranken reiten, wie er es vorher rasch herumgetrieben hatte und schien sein Recht, die vielen schönen Gesichter, die den bunten Glanz des Kreises erhöhten, eingehend zu mustern, mit voller Muße ausüben zu wollen.

Recht spaßhaft war es zu schauen, mit wie verschiedenem Benehmen die Mädchen diese Prüfung über sich ergehen ließen. Die einen erröteten, die andern setzten eine stolze Miene auf, einige sahen still vor sich hin, als wüßten sie nicht, was eigentlich vor sich ginge, andere wieder verhielten sich mühsam das Lachen, und ein paar platzten gar laut lachend heraus. Andere auch hüllten sich in ihre Schleier, aber das waren solche, die schon zehn Jahre lang verschmäht waren und nun von den Eitelkeiten genug gekostet hatten, um den Jüngeren den Vorrang zu gönnen.

Endlich hielt der Held des Tages an dem Balkone, auf dem Lady Rowena saß, und die Spannung aller Anwesenden stieg aufs höchste. Wenn sich der Enterbte bei seinem Urteil davon beeinflussen ließ, welche Zuschauer eine lebhaftere Teilnahme an seinem Glücke bekundeten, so verdiente allerdings der jetzt vor ihm liegende Teil der Tribünen den Vorzug. Cedric der Sachse lehnte vor Freude über den Fall des Templers und über die Niederlage seiner boshaften Nachbarn Front-de-Boeuf und Malvoisin mit halbem Leibe über der Brüstung und war dem Sieger nicht nur mit den Augen, sondern auch mit dem Herzen und der ganzen Seele gefolgt. Lady Rowena hatte dem Erfolge des Tages wohl mit gleicher Aufmerksamkeit, doch nicht mit gleich herzlichem Anteil zugeschaut. Selbst der apathische Athelstane bekundete den besten Willen, sich aus seiner Gleichgültigkeit aufzuraffen, indem er sich einen großen Humpen Wein bringen ließ, den er auf das Wohl des Enterbten leerte. Nicht weniger Anteil an dem Verlauf des Turniers bekundete eine andere Gruppe von Zuschauern, die unter den Plätzen der Sachsen saßen.

„Vater Abraham!" rief Isaak von York, als der erste Gang zwischen dem Ritter und dem Templer ausgefochten war. „Wie reitet der Heide so kühn! Das wackere Pferd hat den weiten Weg von der Berberei her gemacht, und er geht mit ihm um, als wäre es das Füllen eines wilden Esels! Die edle Rüstung ist manche Zechine wert – siebzig Prozent sind bei dem mailändischen Waffenschmied Joseph Pareira noch heruntergeschunden worden – und er sieht sich so wenig damit vor, als wäre sie auf der Landstraße aufgelesen worden!"

„Setzt er doch Leben und Glieder aufs Spiel, Vater!" sagte Rebekka. „Wie sollte er in so furchtbarem Kampfe noch des Pferdes und der Waffen schonen!"

„Kind!" versetzte Isaak ein wenig ungestüm. „Du weißt nicht, was du schwätzest! Wohl, der Hals und die Glieder sind sein eigen, aber Pferd und Rüstung – heiliger Jakob! was sage ich da – nun, trotz allem bleibt er ein braver junger Mann! – Doch schau, Rebekka! schon wieder fängt er einen Kampf mit dem Philister an. Bete, mein Kind, bete, daß der gute junge Mann nicht Schaden leide an seiner Gesundheit! Und auch, daß das Pferd und die feine Rüstung ja nicht ruiniert werden! – Gott meiner Väter!" rief er wieder. „Sein ist der Sieg! Vor seiner Lanze ist gefallen der unbeschnittene Philister wie der König der Ammoniter vor dem Schwerte unserer Väter – gewiß werden ihm zufallen ihr Gold und ihr Silber und ihre Streitrosse und ihre Rüstungen von Erz und Stahl – als Beute und als Preis!" Mit der gleichen ängstlichen Teilnahme verfolgte der würdige Jude jeden Gang, und immer berechnete er flüchtig, was wohl das erbeutete Pferd samt der Rüstung wert sein mochten.

Der Sieger des Tages blieb – ob aus Unentschiedenheit oder einem anderen Grunde eine Weile regungslos an derselben Stelle, dann endlich senkte er langsam und voller Grazie die Lanze und legte die Atlaskrone der schönen Rowena vor die Füße. Sogleich schmetterten die Trompeten, und die Herolde riefen Lady Rowena zur Königin der Minne und des Liebreizes aus. Wer sich ihrer Autorität widersetzen würde, dem stünde Bestrafung bevor.

Lange Hälse machten die normannischen Damen, höchlichst verwundert, daß eine Sächsin gekrönt worden war. Aber sie hatten auch schon lange Hälse gemacht, als ihre Edelherren einer nach dem andern besiegt worden waren. Aber wenn einzelne auch ihrer Unzufriedenheit Luft machten, diese Rufe gingen unter in dem allgemeinen Jubelgeschrei:

„Lang lebe Lady Rowena, die auserkorene Königin des Liebreizes und der Minne!" Hin und wieder war auch der Zusatz zu hören: „Lang lebe die sächsische Fürstin! Lang lebe das Geschlecht des unsterblichen Alfred!"

Der enterbte Ritter war in seinem Zelt allein mit seinem Knappen, einem Burschen, der wie ein Bauer aussah und über Kopf und Gesicht eine normannische Pelzmütze gezogen hatte, als wünschte er ebenso unerkannt zu bleiben wie sein Herr. Er nahm ihm die schwere Rüstung ab und setzte ihm Speise und Wein vor, die ihm nach den Anstrengungen des Tages sehr erwünscht waren. Kaum hatte der Ritter in Eile seine Mahlzeit eingenommen, als ihm der Knappe die Ankunft von fünf Männern meldete, die jeder ein Berberroß am Zügel führten.

Der Enterbte hatte an Stelle seiner Rüstung ein langes Kleid angelegt, wie es bei den Leuten seines Standes zu jener Zeit allgemein in Gebrauch war, die Kapuze, die er trug, ließ sich über das ganze Gesicht ziehen, aber es war schon finster, so daß er einer Hülle nicht mehr bedurfte. So trat er denn vor sein Zelt und fand dort die Knappen der Herausforderer, die er an ihrer dunkeln oder ganz schwarzen Tracht leicht erkannte, jeder hielt das Pferd, das sein Herr an diesem Tage geritten hatte, und war mit der Rüstung beladen.

„Den Bestimmungen der Ritterschaft gemäß," sagte der erste dieser Männer, „biete ich, der Knappe des gefürchteten Ritters Brian de Bois-Guilbert, Euch, der Ihr Euch den Enterbten nennt, das Roß und die Rüstung an, mit denen mein Herr den Waffengang gegen Euch ausgefochten hat. Es ist Euch überlassen sie zu behalten oder Lösegeld dafür zu bestimmen."

Die anderen sagten fast das gleiche und warteten auf den Bescheid, den ihnen der enterbte Ritter geben würde.

„Euch, Ihr vier Knappen," antwortete der Ritter, indem er sich an die wandte, die zuletzt gesprochen hatten, „und Euern ehrenfesten und tapferen Herren habe ich nur das eine zu erwidern: Empfehlt mich Euern Gebietern und sagt ihnen, es wäre unrecht von mir, wollte ich von ihnen Pferde und Rüstungen nehmen, die nie von besseren Rittern gehandhabt werden können. Ich wollte, das wäre das einzige, was ich durch Euch den tapferen Rittern zu bestellen hätte. Aber ich bin nicht nur dem Namen nach, sondern in vollem Ernste der Enterbte, und so muß ich insofern das Anerbieten Eurer Herren annehmen, als ich sie ersuchen muß, ihre Rüstungen auszulösen, da die, die ich trage, gar nicht einmal meine eigene ist."

„Wir haben den Auftrag," sagte der Knappe des Front-de-Voeuf, „für Pferd und Rüstung hundert Zechinen zu bieten."

„Das ist ausreichend," sagte der Enterbte. „Ich bin durch meine derzeitige Lage gezwungen, die Hälfte dieser Summe anzunehmen, die andere Hälfte mögt Ihr unter Euch, den Herolden und sonstigem Dienstvolk des Turniers verteilen." Mit tiefen Verbeugungen sprachen die Knappen ihren Dank für eine so seltene Freigebigkeit aus, und der Enterbte wandte sich nun an den Knappen des Bois-Guilbert.

„Von Euerm Herrn," sagte er, „nehm ich weder die Waffen noch ein Lösegeld an. Bestellt Euerm Herrn, unser Zweikampf sei noch nicht beendet, und wir müßten erst noch mit Schwert und mit Lanze, zu Roß und zu Fuß miteinander fechten. Zum Kampfe auf Leben und Tod hat er mich herausgefordert, und des werde ich eingedenk sein. Einstweilen sagt ihm, ich behandelte ihn nicht wie seine Gefährten, mit denen ich Höflichkeiten tauschte, sondern ich stünde mit ihm auf dem Fuße tödlicher Herausforderung."

„Mein Herr," antwortete der Knappe, „weiß nicht nur Höflichkeit mit Höflichkeit zu erwidern, sondern auch Haß mit Haß und Stoß mit Stoß. Ihr verschmäht es, ein Lösegeld von ihm zu nehmen, ich muß aber gleichwohl Pferd und Rüstung hierlassen, denn an beide wird er die Hand nicht mehr legen."

„Gut und kühn gesprochen, wackerer Knappe," erwiderte der enterbte Ritter. „So geziemt es sich, für den abwesenden Herrn zu reden. Doch laß nur Pferd und Rüstung nicht hier, sondern gib sie deinem Herrn wieder, und wenn er sie nicht haben will, so nimm du sie selber, mein braver Freund, soweit sie mir gehören, sind sie dir geschenkt."

Balduin verneigte sich tief und ging mit seinen Gefährten ab, der Enterbte trat in sein Zelt zurück. „Gurth," sagte er zu seinem Diener, „bis hierher habe ich der englischen Ritterschaft keine Schande gemacht."

„Und ich für mein Teil," antwortete Gurth, „hab ich nicht als sächsischer Schweinehirt meine Rolle als normännischer Schildknappe fein gespielt?"

„Jawohl," versetzte der Ritter. „Ich habe nur fortwährend Angst gehabt, daß du dich durch dein bäuerisches Wesen verraten könntest."

„Ich hatte gar keine Angst, daß mich jemand erkennen könnte," sagte Gurth. „Nur vor meinem Kameraden Wamba ist mir bange gewesen. Mir ist überhaupt noch nie so recht klar geworden, was der mehr ist, Schelm oder Narr. Als mein alter Herr an mir vorüberging und all die Zeit in der Gewißheit war, daß Gurth in den Sümpfen und Wäldern von Rotherwood seine Schweine hüte, da hab ich kaum das Lachen verbeißen können."

„Du weißt, was ich dir versprochen habe," sagte der Ritter.

„Das ist das wenigste," antwortete Gurth. „Aus Furcht vor Schlägen werd ich nie meinen gütigen Herrn verlassen. Ich hab'n dickes Fell. Das hält so gut die Peitsche aus, wie nur irgend'n Eber in meiner Herde."

„Verlaß dich darauf, ich vergelte dir alles, was du aus Liebe zu mir wagst," sagte der Ritter. „Inzwischen nimm hier diese zehn Goldstücke an."

„Nu bin ich reicher als irgend'n Schweinehirt oder Leibeigener," rief Gurth, das Geld in seinen Beutel steckend.

„Und hier diesen Beutel voll Gold," sagte der Ritter weiter, „nimm mit nach Ashby, suche Isaak den Juden von York auf und sag ihm, er solle dies als Leihgeld für sein Pferd und seine Rüstung annehmen. Er hat mir durch seinen Kredit beides verschafft."

Gurth steckte den Beutel zu sich und ging hinaus.

„Es wird freilich schwer halten," sagte er vor sich hin. „Aber ich will doch versuchen, ob er sich mit'm Viertel seiner Forderung begnügt."

Achtes Kapitel

Im Landhause eines reichen Juden in Ashby wohnten Isaak und seine Tochter mit ihrer Dienerschaft, denn die Juden sind bekanntlich untereinander ebenso gastfreundlich und freigebig, wie gegen andere widerspenstig und ungefällig. In einem kleinen aber nach orientalischem Geschmack reich ausgestatteten Gemach saß Rebekka auf einer gestickten Polsterbank, die an Stelle von Sesseln und Stühlen an den Wänden entlanglief. Sie sah ihrem Vater nach, der niedergeschlagen und unruhig hin und wieder ging und ab und zu die Augen zur Decke emporschlug wie einer, der unter großer Trübsal leidet. „O Jakob!" jammerte er, „o alle Ihr heiligen zwölf Väter unseres Stammes! Was für ein Schlag für einen Mann, der erfüllt hat die Gebote Mosis bis aufs Jota, bis aufs Titelchen! Fünfzig Zechinen mir geraubt mit einem Griffe von der Hand des Tyrannen!"

„Ihr scheint aber doch dem Prinzen das Geld gutwillig zu geben, Vater," sagte Rebekka.

„Gutwillig! Der Fluch Ägyptens über ihn! – Gutwillig sagst du? Genau so gutwillig, wie ich im Golf von Lyon meine Waren aus dem Schiffe warf, daß es leichter würde im Sturme. Da hab ich die brandenden Wellen gekleidet in meine köstlichen Seidenstoffe, das Salzwasser habe ich gesättigt mit Myrrhe und Aloe, und angefüllt mit Gold und Silberbrokat die schlammigen Untiefen! Ach! was war das für eine Stunde unsäglichen Elends, wenn es auch meine eigenen Hände waren, die das Opfer brachten!"

„Geschah es doch, Vater, um unser Leben zu retten," erwiderte Rebekka. „Der Gott unserer Väter hat seitdem seinen Segen über deinen Handel und deine Warenlager gebreitet."

„Wenn aber der Tyrann Beschlag darauf legt, wie heute auf mein Geld!" stöhnte Isaak. „Wenn er mich zwingt zu lächeln, wenn er meine Habe raubt? O meine Tochter! Enterbt ist unser Volk und verdammt, heimatlos herumzuirren, aber das größte Unglück ist es, daß alle Welt noch dazu lacht, wenn wir geknechtet und beraubt werden. Statt daß wir uns rächen dürfen, müssen wir all unseren Groll hinunterschlucken und süß lächeln zu allen Unbilden."

„So mußt du nicht denken, Vater, auch Vorteile haben wir," sagte Rebekka. „So grausame Tyrannei auch diese Heiden üben, so sind sie doch gewissermaßen abhängig von den Kindern Zions, die sie verachten und verfolgen. Ohne unseren Reichtum könnten sie weder ihre Heere im Kriege bezahlen, noch im Frieden ihre Triumphe bestreiten. Das Gold, das wir ihnen borgen, kehrt mit Wucher zurück in unsere Schatullen. Wir sind wie das Gras, am besten grünt es, wenn Füße es treten. Selbst das heutige Fest hätte nicht stattfinden können, hätten nicht die verhaßten Juden das Geld dazu hergegeben."

„Da erinnerst du mich an einen anderen Gegenstand meines Kummers," sagte der Jude. „Das schöne Pferd und die schmucke Rüstung, mein ganzer Profit aus dem Geschäftchen mit unserm Kirgath Jairam von Leicester: wär das ein schwerer Verlust! Dahin wäre der ganze Gewinn einer Woche, der ganze Schweiß von einem Sabbath zum andern! Doch vielleicht läuft es besser ab als ich denke, denn er ist ein guter Junge."

„Gewiß, mein Vater," antwortete Rebekka, „es wird dich nicht gereuen, eine gute Tat an dem fremden Ritter getan zu haben."

„Das hoffe ich, meine Tochter!" sagte Isaak. „Ich hoffe fest, daß wieder aufgebaut werden wird der Tempel Zions, aber wollte ich hoffen, daß ich noch mit eigenen Augen werde schauen können die Mauern und Türme des neuen Tempels, so wäre das ebenso eitel, als wenn ich darauf rechnen wollte, daß ein Christ – und wär es der beste der Christen – einem Juden bezahlen würde, was er ihm schuldig ist, es sei denn, daß man ihm drohte mit Richter und Kerkermeister." – Es wurde nun finster, und ein jüdischer Diener trat ein und setzte zwei silberne, mit duftendem Öl gefüllte Lampen auf den Tisch. Ein anderer Diener trug reiche Erfrischungen und kostbare Weine herein, denn in ihrem Heim versagten sich die Juden keinerlei Behaglichkeit. Gleichzeitig meldete der eine der Diener, daß ein Nazarener mit Isaak zu sprechen wünsche.

Ein Handelsmann muß jederzeit für jeden, der mit ihm Geschäfte zu machen wünscht, Zeit übrig haben. Der Jude setzte also den Becher voll griechischen Weines hin, sagte zu seiner Tochter: „Verschleiere dich, Rebekka!" und befahl dem Diener, den Fremden hereinzuführen. Kaum hatte Rebekka einen Schleier von Silberflor über ihr Angesicht geworfen, da trat Gurth herein, in seinen weiten normännischen Mantel gehüllt. Er sah nicht gerade sehr vertrauenerweckend aus, denn er hatte seine Kapuze nicht abgenommen, sondern noch tiefer in die verbrannte Stirn gezogen.

„Bist du der Jude Isaak von York?" fragte Gurth auf sächsisch.

„Der bin ich," entgegnete der Jude, der dank seinem Gewerbe mit jeder britischen Mundart vertraut war. „Und wer bist du?"

„Das geht dich nichts an," antwortete Gurth.

„Genau so viel, wie es dich angeht, wer ich bin," versetzte Isaak. „Wenn ich nicht weiß, wer du bist, wie kann ich mit dir machen Geschäfte?"

„Das macht nichts," erwiderte Gurth. „Ich bringe Geld, und da muß ich wissen, wer der ist, dem ich's übergebe. Du aber kriegst das Geld, und da kann dir's gleich sein, von wem's kommt."

„Ah, du bringst mir Geld!" rief der Jude. „Das ändert die Sache. Von wem bringst du mir denn Geld?"

„Von dem enterbten Ritter," sagte Gurth, „dem Sieger des heutigen Turniers. Es ist der Preis für die Rüstung, die ihm auf dein Fürwort hin von Kirgath Jairam leihweise überlassen worden ist. Ich will nu bloß wissen, wieviel ich für die Rüstung bezahlen soll."

„Sagt ich es nicht, ein guter junger Mann ist es!" rief Isaak vergnügt. „Ein Becher Wein wird dir wohl nichts schaden," setzte er hinzu und goß dem Schweinehirten einen Tropfen ein, wie ihn dieser noch nie so köstlich getrunken hatte. – „Und wieviel Geld," fuhr er dann fort, „hat dir denn dein Herr mitgegeben?"

Gurth setzte den Becher hin.

„Heilige Jungfrau!" rief er. „Was für'n Göttertrank schlürfen diese ungläubigen Hunde, und echte Christen können sich kaum so dickes, trübes Bier leisten wie das Spülicht, das wir den Schweinen geben. – Wieviel Geld ich mitgekriegt habe?“ fuhr er nach diesen unzarten Worten fort. – „Na, viel ist's gerade nicht, aber's wird wohl langen müssen.“

„Ja, ja, aber . . .“ antwortete der Jude, „dein Herr hat gewonnen wertvolle Rüstungen und edle Rosse mit der Kraft seines Armes und der Wucht seiner Lanze – ein guter, junger Mann! Der Jude will sie annehmen als Zahlung und herauszahlen den Überschuß.“

„Die hat mein Herr schon weggegeben,“ erwiderte Gurth.

„Das ist nicht recht,“ antwortete der Jude, „und töricht obendrein. Soviel Rüstungen und Pferde hat kein Christ kaufen können, und kein Jüd hätt bezahlt dafür den halben Preis, keiner als ich. Na, du hast gewiß hundert Zechinen im Beutel,“ und er griff unter Gurths Mantel, „er ist schwer, dein Beutel.“

„Bolzenköpfe von meiner Armbrust hab ich drin,“ versetzte Gurth rasch.

„Nu, wenn ich dir sage, daß ich fordere achtzig Zechinen für das feine Pferd und die feine Rüstung, und daß ich daran nicht einen einzigen Gulden Profit habe – reicht dann das Geld, das du mit hast?“

„Ausgerechnet,“ versetzte Gurth, „aber mein Herr behält dann keinen Heller mehr. Da dies aber wohl dein letztes Gebot ist, so muß ich mich ja wohl drein geben.“

„Schenk dir noch einen Becher ein,“ sagte der Jude, „aber fürwahr, achtzig Zechinen sind zu wenig. Nicht mal zu meinen Zinsen komm ich dabei – und am Ende hat das gute Pferd auch Schaden gelitten, denn es war ja ein gewaltiger Zweikampf. Sind die Menschen und die Pferde nicht aufeinander losgerannt wie die Stiere von Basan? Es kann gar nicht anders sein, das Pferd muß gelitten haben.“

„Und ich sage dir, es steht schon wieder in seinem Stall, gesund und mit heiler Haut, du kannst gehen und dirs anschauen. Siebzig Zechinen sind sattsam genug. Wenn du nicht mit siebzig zufrieden bist, dann trag ich den Beutel hier wieder zu meinem Herrn.“

Mit diesen Worten ließ er das Geld darin klimpern.

„Nicht doch, nicht doch,“ antwortete der Jude, „leg nur her die Summe, die achtzig Zechinen, und du sollst sehen, du sollst nicht leer ausgehen.“

Gurth gab nach, er zählte die achtzig Zechinen auf und bekam von Isaak die Quittung. Als der Jude die ersten siebzig Goldstücke einstrich, zitterte seine

Hand vor Freude. Die letzten zehn zählte er langsam, nachdenklich, oft innehaltend und vor sich hinmurmelnd. Anscheinend lag eine bessere Regung im Zwiespalt mit seinem Geiz, er wollte gar zu gern Zechine auf Zechine in seinen Beutel tun, und doch hätte er auch gern seine Großmut gezeigt und dem Überbringer etwas gegeben. Als der Jude bei der letzten Zechine angelangt war, hielt er inne und sah die Münze an. Er wog sie auf dem Finger und ließ sie auf den Tisch fallen, daß sie klang. Wenn der Klang nicht rein gewesen wäre, so hätte vielleicht die Großmut über den Geiz gesiegt, aber zum Unglück für Gurth war der Klang voll und rein, die Münze war von neuer Prägung und hatte sogar ein Gran Übergewicht. Isaak konnte es nicht übers Herz bringen, sich von ihr zu trennen und warf sie wie aus Gedankenlosigkeit in seinen Beutel. „Achtzig ist eine runde Summe," sagte er dabei, „ich denke, dein Herr wird dich schon belohnen und dir geben, was dir zukommt. Du hast," setzte er hinzu, nach dem Beutel schielend, „sicher noch mehr Goldstücke da drinnen."

Gurth grinste ihn breit an. „Nochmal soviel, wie du eben so behutsam gezählt hast, Itzig."

Dann faltete er den Empfangsschein zusammen, legte ihn in seine Kapuze und sagte:

„Wehe deinem Barte, Mauschel, wenn das hier nicht stimmt." Ohne auf eine Einladung zu warten, goß er sich noch einen dritten Becher Wein ein und verließ dann ohne Umstände das Zimmer.

„Rebekka," sagte Isaak, „dieser Ismaelit hat mir einen argen Streich gespielt . . ." Aber er ward inne, daß seine Tochter hinausgegangen war.

Als Gurth sich draußen durch das Dunkel tastend den Weg suchte, erschien eine weiße Gestalt, die in der Hand eine silberne Lampe trug, und winkte ihm, in ein Seitengemach zu treten. Gurth hatte aber wenig Lust, sich auf so etwas einzulassen. Wenn er auch, sobald es irdische Kräfte galt, rauh und wild wie ein Eber war, so hatte er doch die schwachen Seiten, die allen Sachsen charakteristisch waren. Vor weißen Frauen, Waldschratten, Wehrwölfen und all jenen Gespenstern, die sie aus ihren deutschen Wildnissen mitgebracht hatten, hegte er ein heiliges Grauen. Außerdem dachte er daran, daß er sich in einem jüdischen Hause befände, und diesem Volk wurden neben manchen unangenehmen Eigenschaften auch Zauberei und Hexenkünste zugeschrieben. Aber nach kurzer Pause faßte er sich doch ein Herz und trat in das Gemach. Hier stand der Schweinehirt vor Rebekka.

„Mein Vater hat nur seinen Spaß gemacht mit Euch, guter Mann," sagte sie. „Er verdankt Euerm Herrn mehr, als diese Rüstung mitsamt dem Pferde wert ist, wäre ihr Wert auch zehnmal so hoch. Wieviel habt Ihr meinem Vater gegeben?"

„Achtzig Zechinen," sagte Gurth, der nicht wußte, wie ihm geschah.

„Hier in diesem Beutel sind hundert," sagte Rebekka. „Gebt Euerm Herrn sein Geld wieder und behaltet das übrige für Euch. Gebt acht, daß Ihr nicht durch die belebte Stadt geht. Leicht könntet Ihr dort Leben und Geld einbüßen."

Als Gurth durch den finsteren Flur hinausstolperte, sagte er bei sich selber: „Nein, beim heiligen Dunstan! das ist keine Jüdin, das ist ein Engel des Himmels. Zehn Zechinen von meinem braven Herrn, zwanzig von dieser Perle Zions – ein Glückstag meiner Treu! Noch so ein Tag, und du kannst dich loskaufen von der Knechtschaft und frei werden wie der beste. Dann aber sag ich dem Schweinehirten Ade und lege Horn und Stab nieder und nehme das Schwert eines Freien und folge meinem jungen Herrn in den Tod. Da will ich aber meinen Namen und mein Gesicht' nicht verbergen."

Neuntes Kapitel

Gurths nächtliche Abenteuer waren aber noch nicht zu Ende, und er kam selbst auf diesen Gedanken, nachdem er an ein oder zwei einsam stehenden Häusern, die an der Grenze des Dorfs lagen, vorübergegangen war und sich nun in einem tiefen Hohlwege befand, der mit Haselsträuchen und Hollunder überwachsen war.

Gurth beschleunigte seine Schritte, um in die offene Gegend zu gelangen. Aber als er am oberen Ende des Hohlweges angelangt war, wo das dichteste Gestrüpp stand, sprangen vier Männer auf ihn los und hielten ihn so fest, daß aller Widerstand umsonst gewesen wäre. – „Gib her, was du bei dir hast," schrie einer, „wir sind die Empfänger des allgemeinen Reichtums, ein jeder muß uns seine Bürden geben."

„Meine solltet ihr nicht so leicht kriegen," murmelte Gurth, „könnt ich euch nur'n paar Püffe geben, um sie zu retten."

„Das wollen wir gleich sehen," sagte der Räuber, und zu seinen Gefährten redend, sprach er: „bringt den Schurken her, ich sehe, er will seinen Schädel eingeschlagen und seinen Beutel aufgeschnitten haben."

Gurth wurde nach des Räubers Befehl fortgeschleppt und mußte seinen unfreundlichen Führern bis in die Tiefe des Gehölzes folgen; auf einmal machten sie in einem offenen Raume, der, nur in einiger Entfernung von Bäumen umkränzt, das volle Mondlicht in sich aufnahm, halt. Hier kamen noch zwei Männer zu den Räubern, die wahrscheinlich zur Bande gehörten. Sie hatten kurze Schwerter an der Seite und große Stöcke in den Händen, und Gurth bemerkte erst jetzt, daß alle sechs Larven trugen.

„Wie viel Geld hast du, Kerl?“ fragte ihn einer von den Dieben.

„Dreißig Dukaten gehören mir,“ erwiderte Gurth mürrisch.

„Verfallen, verfallen!“ riefen die Räuber. „Ein Sachse hat dreißig Dukaten und kommt nüchtern aus einer Ortschaft? Sie sind uns unwiderruflich verfallen mit allem, was er sonst noch bei sich hat.“

„Ich sammelte sie mir, meine Freiheit damit zu erkaufen,“ sagte Gurth.

„Du bist'n Esel,“ erwiderte einer der Diebe, „drei Flaschen Doppelbier hätten dich ebenso frei gemacht wie deinen Herrn, und freier noch, wenn er ein Sachse ist wie du.“

„Leider wahr,“ versetzte Gurth, „aber wenn mich dreißig Dukaten von euch loskaufen können, so gebt mir die Hände frei, und ich will sie euch bezahlen.“

„Halt,“ sagte der eine, der bei den andern in Ansehn zu stehen schien, „dieser Beutel enthält, wie ich durch den Rock fühlen kann, mehr Gold, als du gesagt hast.“

„Das gehört dem guten Ritter, meinem Herrn,“ antwortete Gurth; „gewiß hätt ich nicht ein Wort davon gesprochen, hättet ihr euern Willen an meinem Eigentum ausgeübt.“

„Du bist 'ne ehrliche Haut,“ erwiderte der Räuber; „wir verehren den heiligen Nikolaus nicht so genau, und ich versichere dich, deine dreißig Dukaten werden dir bleiben, wenn du aufrichtig gegen uns bist. Einstweilen aber gib uns dein anvertrautes Gut in Verwahrsam.“ Dies sagend, nahm er von Gurths Brust die breite lederne Tasche, darin der Beutel von Rebekka mit den übrigen Dukaten eingeschlossen war; dann fuhr er fort zu fragen:

„Wer ist dein Herr?“

„Der enterbte Ritter,“ sagte Gurth.

„Dessen gute Lanze den Preis im letzten Turnier gewann? Wie ist sein Name und sein Stammbaum?“

„Das soll verborgen bleiben,“ antwortete Gurth, „und von mir soll es wahrlich niemand erfahren.“

„Was ist dein eigener Name und deine Herkunft?“

„Wenn ich Euch das sagte,“ erwiderte Gurth, „so würdet Ihr das Geheimnis meines Herrn erraten.“

„Du bist ein frecher Bursche,“ sagte der Räuber; „doch davon nachher. Wie kommt dein Herr zu dem Gelde, hat er es ererbt oder sonst wo erworben?“

„Durch seine gute Lanze,“ erwiderte Gurth. „Diese Beutel enthalten das Lösegeld für vier gute Pferde und vier gute Rüstungen.“

„Wieviel ist drin?“ fragte der Räuber.

„Zweihundert Dukaten.“

„Nur zweihundert Dukaten?“ fragte der Bandit. „Euer Herr ist freigebig mit Überwundenen umgegangen und hat ihnen ein geringes Lösegeld auferlegt. Wer hat das Geld bezahlt?“

Gurth nannte die Namen der besiegten Ritter.

„Was galten die Rüstung und die Pferde des Templers Brian de Vois-Guilbert an Lösegeld? Du siehst, betrügen kannst du mich nicht!“

„Mein Herr will vom Templer nichts haben als sein Herzblut,“ erwiderte Gurth. „Sie haben sich auf den Tod herausgefordert und können in Güte kein Geschäft zusammen machen.“

„Wahrhaftig!“ sagte der Räuber und schwieg eine Weile. „Und was tatest du zu Ashby mit einer solchen Summe?“

„Ich bezahlte den Isaak,“ sagte der Sachse, „achtzig Dukaten – und er gab mir hundert dafür wieder.“

„Wie? Was?“ riefen alle Räuber auf einmal, „darfst du uns zum besten haben, daß du solche unverschämte Lügen hervorbringst?“

„Was ich euch sage,“ erwiderte Gurth, „ist so wahr, wie der Mond am Himmel steht. Ihr werdet die richtige Summe in einem seidenen Beutel finden, von dem übrigen Gold geschieden.“

„Besinne dich, Mann!“ sagte der Kapitän, „du sprichst von einem Juden, von einem Israeliten, der so wenig Geld wiedergeben kann, als der trockene Sand der Wüste einen Becher Wasser, den der Wanderer drauf ausgießt.“

„In ihnen ist nicht mehr Barmherzigkeit,“ sagte ein anderer Bandit, „als in einem unbestochenen Sheriff.“

„Es ist demungeachtet, wie ich euch sage,“ erwiderte Gurth.

„Macht gleich Licht an,“ sagte der Hauptmann. „Ich will den Beutel untersuchen, und wenn es so ist, wie der Bursche behauptet, so ist dieses Juden Milde nicht viel weniger wunderbar als der Strom, der seine Väter in der Wüste tränkte.“

Es wurde Licht gebracht, und der Räuber fuhr fort, den Beutel zu untersuchen. Die andern drängten sich um ihn her, und zwei, die erst Gurth festhielten, ließen ihn los, weil sie ihre Hälse ausstreckten, um den Ausgang der Untersuchung mit anzusehen. Gurth machte sich durch schnelle Kraftanstrengung völlig von ihnen los und hätte sich davon machen können, wenn er seines Herrn Eigentum im Stich lassen wollte. Doch dies war keineswegs sein Wille. Er riß einem der Burschen seinen Knüttel weg, schlug den Hauptmann nieder, der sich dessen nicht versah, und hätte sich beinahe des Beutels und des Schatzes wieder bemächtigt, aber die Diebe waren auch sehr flink und wurden bald wieder Meister des Beutels und des treuen Gurth.

„Schelm,“ sagte der Hauptmann aufstehend, „du hast mir den Kopf zerbeult, und mit andern Männern unsers Schlags würde deine Unverschämtheit schlecht ankommen. Allein du sollst gleich dein Schicksal wissen. – Erst laß uns von deinem Herrn reden, des Ritters Sache geht vor der des Knappen her, so will es die Ritterlichkeit. Steh still – wenn du dich regst, so machen wir dich für dein Lebelang ruhig. – Kameraden!“ sagte er dann, zu seiner Bande gewandt, „dieser Beutel ist mit hebräischen Buchstaben gestickt, und wohl glaube ich, daß der Yeoman nicht lügt! Der irrende Ritter, sein Herr, muß bei uns ungeplündert frei ausgehen. Er ist uns zu ähnlich, um Beute von ihm zu nehmen, weil Hunde nicht Hunde beißen sollen, solange noch Wölfe und Füchse im Überfluß vorhanden sind.“

„Gleich uns?“ sagte einer von der Bande. „Ich möchte wissen, wie das zugehen sollte!“

„Warum, du Narr?“ antwortete der Hauptmann; „ist er denn nicht arm und enterbt wie wir? – Gewinnt er nicht sein Brot wie wir, mit der Schärfe des Schwertes? – Hat er nicht Front-de-Boeuf und Malvoisin geschlagen, wie wir ihn schlagen würden, wenn wir könnten? Ist er nicht auf Leben und Tod der Feind von Brian de Bois-Guilbert, den wir fürchten müssen? Und wenn dies alles nicht wäre, sollten wir denn ein schlechteres Gewissen zeigen als der ungläubige Jude?“

„Nein! das wäre eine Schande,“ murmelte der andere Kerl; „und doch, als ich unter der Bande des tapfern alten Gaudelyn diente, hatten wir keine solchen Gewissenszweifel. Und dieser grobe Bauer – ihr sollt es sehen, der geht prügelfrei aus.“

„Nicht, wenn du ihn prügeln kannst,“ rief der Hauptmann. „Hier, Kerl!“ sagte er zu Gurth, „kannst du den Stock gebrauchen, daß du so darauf hinstarrst?“

„Ich denke,“ sagte Gurth; „denn auf diese Frage könntest du wohl am besten Antwort geben.“

„Nu wahrlich! du gabst mir'n tüchtigen Schlag,“ erwiderte der Hauptmann; „tue diesem Kerl ebensoviel, und du sollst ganz frei ausgehen. Kannst du's nicht, nu wahrlich, da du ein so handfester Kerl bist, so muß ich wohl selbst dein Lösegeld bezahlen. Nimm deinen Stock, Müller,“ fügte er hinzu, „und wahre deinen Kopf, und ihr andern, laßt den Burschen gehen und gebt ihm einen Stock; hier ist Licht genug, um aufeinander los zu schlagen.“

Beide Kämpfer, mit Stöcken bewaffnet, traten hierauf in den Mittelpunkt des offenen Raumes, um das volle Mondlicht zu benutzen. Die Diebe lachten und schrieen zugleich ihrem Kameraden zu: „Müller, nimm deinen Zollstock in acht!“ Der Müller auf der andern Seite hielt seinen Knüttel in der Mitte fest und schwang ihn rund um den Kopf, auf die Art, die die Franzosen *Moulinet* nennen, dazu rief er trotzig: „Komm ran, Schurke, wenn du's wagst; du sollst die Stärke von Müllers Daumen fühlen.“

„Wenn du'n Müller bist,“ antwortete Gurth, „so bist du auch gewiß 'n Schurke,“ und schwang mit derselben Geschwindigkeit seine Waffe um sein Haupt. „Du bist ein doppelter Dieb, und ich als ehrlicher Mann biete dir Trotz.“

Mit diesen Worten rannten die beiden Kämpfer gegen einander, und einige Minuten lang zeigten sie gleiche Stärke, Mut und Gewandtheit, die Streiche ihres Gegners mit der größten Geschwindigkeit auffangend und zurückgebend, während sich das beständige Zusammenschlagen ihrer Waffen so anhörte, als ob wenigstens sechs Männer miteinander im Streite wären. Sie fochten lange mit gleichem Glück, aber Müller kam aus der Fassung, weil er einen so starken Gegner fand, und auch durch das Gelächter seiner Gefährten, die sich über seine Verlegenheit belustigten, während Gurth, dessen Gemüt ruhig, obgleich unfreundlich war, dadurch bald ein entschiedenes Übergewicht erhielt.

Müller drang wütend auf ihn ein, mit beiden Enden seines Stockes Schläge austeilend; er strebte danach, in halben Stockes Weite zu kommen, während Gurth sich selbst gegen den Angriff verteidigte. Eine Elle weit hielt ihn Gurth von sich entfernt und schützte mit seiner Waffe sehr geschickt Kopf und Körper; so behielt er die Defensive und hielt Auge, Fuß und Hand im richtigen Takt, bis er gewahrte, daß sein Gegner außer Atem sei, und nun zielte er mit aller Stärke, den Stab in der linken Hand, nach dessen Gesicht. Müller wollte dem Schlage begegnen, da ließ Gurth die rechte Hand auf die linke fallen, und mit der ganzen Gewalt seiner Waffe traf er ihn dergestalt an die linke Seite des Kopfes, daß er der Länge nach auf den grünen Nasen niederfiel.

„Brav! ein echter Yeomansschlag!“ schrieen die Räuber. „Hoch lebe guter Streit und Altengland! Der Sachse hat sowohl seinen Beutel, als seine Haut gerettet, und der Müller hat seinen Mann gefunden.“

„Du kannst nu deiner Wege gehen, mein Freund,“ sagte der Hauptmann zu Gurth, um die allgemeine Stimme zu bestätigen. „Zwei von meinen Kameraden sollen dich auf dem besten Wege zu deines Herrn Zelt geleiten, um dich vor Nachtwandlern zu bewahren, die ein weniger zartes Gewissen haben könnten als wir; es gibt deren viele auf dem Weg in einer solchen Nacht. Bedenke,“ fügte er ernst hinzu, „daß du uns versagt hast, deinen Namen zu nennen, darum frage nicht nach den unsrigen, noch bemühe dich zu entdecken, wer wir sind. Wenn du einen solchen Versuch machst, so wird dich ärgeres Unglück treffen als je zuvor.“

Gurth dankte dem Hauptmann für seine Höflichkeit und versprach, seinem Rate zu folgen. Zwei der Räuber nahmen ihre Stöcke und sagten, Gurth soll ihnen auf dem Fuße folgen; sie gingen auf einem Fußsteig durch das Dickicht fort und durch das angrenzende Tal. Am Ausgang des Pfades trafen zwei Männer auf Gurths Führer, diese sagten ihnen einige Worte und gingen vorüber. Dieser Umstand veranlaßte Gurth zu glauben, die Bande sei sehr zahlreich und halte regelmäßig aufgestellte Wachen rings um ihre

Versammlungsplätze. Als sie in die offene Heide kamen, wo Gurth Mühe gehabt haben würde, seinen Weg zu finden, geleiteten ihn die Diebe zu der Höhe eines kleinen Hügels, von wo aus er im Mondlicht die Pfähle der Schranken mit den glänzenden Zelten an ihrem Ende schimmern sah; ihre Wimpel und Flaggen flatterten im Mondlicht und die Gesänge, womit die Schildwachen ihre Nacht kürzten, schlugen an sein Ohr. Hier machten die Diebe Halt.

„Wir gehen nicht weiter mit," sagten sie; „es würde gefährlich für uns sein. – Gedenke der Warnung, die du erhalten hast; halte geheim, was dir diese Nacht begegnet ist und du wirst keine Ursache haben, es zu bereuen. Vernachlässige nicht, was dir gesagt worden ist, sonst könnte dich selbst der Tower zu London nicht vor unserer Rache schützen."

„Gute Nacht, gütige Herren," sagte Gurth. „Ich werde an eure Befehle denken und tue nichts Böses, wenn ich euch ein ehrenvolles und sicheres Gewerbe wünsche."

So schieden sie. Die Räuber gingen den Weg zurück, den sie gekommen waren und Gurth schritt nach dem Zelt seines Herrn zu, dem er, trotz dem erhaltenen Verbote, die Begebenheiten dieser Nacht mitteilte. Der enterbte Ritter war erstaunt, sowohl über Rebekkas Großmut, als auch über die der Räuber, da solches ihrem Gewerbe ganz fremd war. Seine Betrachtungen über diese sonderbaren Umstände wurden indessen durch die Notwendigkeit unterbrochen, sich Ruhe zu gönnen, die die Anstrengung des vergangenen Tages und die für morgen nötige Kraft erheischte. Der Ritter streckte sich also auf ein weiches Lager nieder, das im Zelt war; der treue Gurth legte seine abgehärteten Glieder auf eine Bärenhaut, die eine Art Teppich des Zeltes ausmachte. – Er wählte seine Lagerstelle quer vor der Türe, damit niemand hereintreten konnte, ohne ihn aufzuwecken.

Zehntes Kapitel

In wolkenloser Klarheit brach der neue Morgen an. Die Sonne stand noch nicht weit über dem Horizont, da war auch schon der faulste wie der lebendigste Zuschauer unterwegs, um sich einen guten Platz zu sichern. Die Marschälle und die Herolde waren die ersten auf dem Platze, um die Namen der Ritter, die sich zum Turnier meldeten, aufzuschreiben und zu vermerken, bei welcher Partei die einzelnen zu fechten wünschten. Den Vorschriften gemäß war der enterbte

Ritter der Führer der einen und Bois-Guilbert, als zweiter Sieger des vorigen Tages, der Führer der andern Partei. Die Herausforderer waren alle aus seiner Partei, bis auf Ralph de Vipont, der infolge seines Sturzes unfähig war, Waffen zu tragen. Obgleich die Waffengänge zu Parteien eigentlich gefährlicher waren als die einzelnen Zweikämpfe, so wurden sie doch zahlreicher besucht und waren bei der damaligen Ritterschaft weit beliebter. An diesem Tage waren wohl fünfzig Ritter für jede Partei eingeschrieben, und die Marschälle erklärten, daß niemand mehr zugelassen werden könne – zum größten Unwillen derer, die zu spät kamen. Gegen zehn Uhr war die Ebene rings von Reitern, Reiterinnen und Fußgängern bedeckt, die alle zum Turnier eilten. Kurz darauf kündete ein Trompetenstoß die Ankunft des Prinzen Johann und seines Gefolges an.

Um diese Zeit kam auch Cedric der Sachse mit Lady Rowena, aber Athelstane war nicht bei ihnen. Dieser Baron hatte seine lange und starke Person in eine Rüstung gezwängt, denn er wollte mitkämpfen, und zwar zur größten Verwunderung Cedrics auf der Seite Brians de Bois-Guilbert. Er hatte ihm freilich nachdrücklich vorgehalten, wie unpassend diese Wahl sei, aber Athelstane hatte mit Ausflüchten geantwortet und seinen eigentlichen und einzigen Grund wohlweislich für sich behalten. Obgleich er bei seiner apathischen Natur nicht der Mann dazu war, auf Lady Rowena einen angenehmen Eindruck zu machen, so war er doch nichts weniger als unempfindlich für ihre Reize, und es war für ihn schon ganz außer Zweifel, daß sie seine Gattin würde, da er die Einwilligung Cedrics und ihrer anderen Anverwandten hatte. Es hatte ihn daher mit schwer verhohlenem Unwillen erfüllt, daß der Sieger des vorigen Tages seiner Braut eine Auszeichnung erwies, die zu verleihen seiner Meinung nach nur er berechtigt war. Um nun den fremden Ritter für einen solchen Eingriff in seine Gerechtsame zu strafen, wollte Athelstane voller Zuversicht auf seine Körperkraft und Waffentüchtigkeit, von denen seine Schmeichler viel Rühmens machten, nicht nur der Partei des enterbten Ritters seine schätzenswerte Hilfe entziehen, sondern auch ihren Führer die Wucht seiner Streitaxt fühlen lassen.

Mehrere Ritter aus dem Gefolge des Prinzen Johann hatten sich auf einen Wink von ihm zur Partei der Herausforderer gemeldet, und der Prinz wünschte dieser Partei zum Siege zu verhelfen. Andererseits hatten aber auch viele normannische wie englische Ritter die Partei des Enterbten ergriffen. Als Prinz Johann die ernannte Königin des Tages am Platze anlangen sah, zeigte er jene Galanterie, die ihm so gut stand. Er ritt ihr entgegen, nahm sein Barett ab, stieg vom Pferde und half der Lady aus dem Sattel. Sein Gefolge entblößte gleichzeitig das Haupt, und der oberste darunter stieg vom Pferde und hielt den Zelter der Dame.

„So,“ sagte der Prinz, „erweisen wir der Königin der Minne und des Liebreizes die schuldige Ehrerbietung und führen sie in eigener Person zum Throne, der für sie bereitet ist. – Ladies,“ setzte er hinzu, „folgt Eurer Königin, wenn ihr selber einmal gleicher Ehre teilhaftig werden wollt.“

Mit diesen Worten führte der Prinz Lady Rowena feierlich zu dem Ehrenplatze, während sich die schönsten und vornehmsten Damen herzudrängten, um möglichst nah bei ihrer jetzigen Königin zu sitzen. Kaum hatte Rowena Platz genommen, so ertönte laute Musik ihr zum Gruße, und die Sonne schien hell und funkelnd auf die blanken Waffen der Ritter beider Parteien.

Nun geboten die Herolde Ruhe, denn die Bestimmungen des Turniers wurden verlesen. Diese waren in der Hauptsache auf die Verringerung der Gefahren des Kampfes berechnet, denn dieses Turnier wurde mit scharfen Waffen ausgefochten. Es war den Streitern untersagt, Schwertstöße zu tun, nur der Hieb war gestattet. Kolben und Streitaxt waren zulässig, dagegen Dolche verboten. Wer vom Pferde geworfen worden war, konnte zu Fuß weiter kämpfen, doch auch nur gegen einen Gegner zu Fuß, berittene Gegner durften ihn nicht mehr angreifen. Wurde ein Ritter bis ans äußerste Ende der Schranken gedrängt, so daß er mit dem Pferd oder den Waffen das Holzwerk berührte, so galt er für besiegt, und sein Pferd und seine Rüstung waren dem Sieger verfallen. Wer auf diese Weise überwunden worden war, blieb von weiterer Teilnahme am Turnier ausgeschlossen. War ein Ritter zu Boden gefallen, so durfte ihn sein Knappe aus den Schranken tragen, er galt dann aber für geschlagen, und Rüstung und Pferd waren verfallen. Sobald Prinz Johann den Stab senken würde, sollte der Kampf ein Ende nehmen.

Dies war eine wohlangebrachte Vorsichtsmaßregel, um bei der langen Dauer des so gefährlichen Spieles das unnütze Blutvergießen zu vermeiden. Wer gegen die Gesetze des Turniers oder der Ritterlichkeit verstieß, sollte der Rüstung beraubt und mit verkehrtem Schild auf den Rand der Pallisaden gesetzt werden, zum öffentlichen Gespött wegen seines unritterlichen Benehmens. Den Schluß dieser Bekanntmachung bildete die Ermahnung, jeder edle Ritter solle seine Schuldigkeit tun, um sich die Gunst der Königin des Liebreizes und der Minne zu erwerben. Dann zogen sich die Herolde auf ihre Plätze zurück, und die Ritter kamen in langen Zügen in die Schranken und stellten sich in Doppelreihen einander gegenüber auf, der Führer jeder Partei hatte den Mittelplatz der vorderen Reihe inne.

Es war ein schöner und doch etwas beklemmender Anblick, so manchen tapferen, wohlgerüsteten Streiter ein so gefahrvolles Spiel beginnen zu sehen. Sie saßen in ihren Sätteln wie aus Eisen und warteten auf das Signal zum Beginn ebenso ungeduldig wie die feurigen Rosse, die den Boden mit den Hufen zerwühlten. Die Ritter hielten die Lanzen senkrecht, deren Spitzen im Sonnenlichte gleißten, das Gefieder der Helme und die zierlichen Fähnlein wehten im Winde. Die Marschälle musterten die Reihen, ob nicht eine von ihnen mehr oder weniger als die festgesetzte Anzahl hätte. Als alles für richtig befunden worden war, verließen die Marschälle die Schranken, und William de Wywil rief mit Donnerstimme die Worte für das Signal: Laisser aller! Und mit einem Schlage senkten sich die Lanzen der Ritter, sie drückten die Sporen in die Weichen ihrer Rosse, und die beiden vorderen Reihen der Parteien stürzten in vollem Galopp aufeinander los und prasselten in der Mitte des Platzes aufeinander mit einem Krach, daß man es sehr weit vernehmen konnte. Es ließ sich nicht sofort übersehen, wie dieser Zusammenstoß abgelaufen war. Die Pferde hatten eine Staubwolke aufgewirbelt, die die Luft verfinsterte, es verging wohl eine Minute, ehe die hochgespannten Zuschauer erkennen konnten, welchen Ausgang der Zweikampf hatte.

Auf jeder Partei war etwa die Hälfte der Kämpen vom Pferde gestürzt, einige lagen am Boden, als hätten sie für immer das Aufstehen vergessen, einige hatten sich bereits wieder aufgerafft und standen ihren Gegnern Brust gegen Brust gegenüber. Zwei oder drei waren verletzt und suchten das strömende Blut mit den Schärpen zu stillen und aus dem Wirrwarr zu entrinnen. Die Streiter, die sich zu Roß gehalten hatten, und deren Lanzen in der Wucht des ersten Anpralls allesamt zersplittert waren, fochten nun hitzigen Schwerterkampf miteinander, ließen ihr Kriegsgeschrei erschallen und schlugen aufeinander los, als hinge Ehre und Leben vom Ausgange des Straußes ab. Der Tumult steigerte sich nun noch, denn von jeder Partei nahm die zweite Reihe jetzt an dem Gefechte teil, den Bedrängten zu Hilfe kommend. Die Genossen Brians de Bois-Guilbert riefen: „Für den Tempel! für den Tempel!“ Die Gegenpartei hatte die Devise auf dem Schilde ihres Führers zu ihrem Schlachtgeschrei gemacht und rief: „Desdichado! Desdichado!“

Mit größtem Ingrimm und wechselndem Glücke rannten die Kämpfer aufeinander los, das Feld schien sich bald nach dem nördlichen, bald nach dem südlichen Ende der Schranken hinzuziehen, je nachdem ob die eine oder die andere Partei im Vorteil war. In das Geschmetter der Trompeten mischte sich jetzt in furchtbarem Getöse das Krachen der Hiebe und das Geschrei der Streiter und übertönte das Ächzen derer, die stürzten, und derer, die hilflos unter den Pferden lagen. Mit Blut und Staub waren jetzt die glänzenden Rüstungen bedeckt, die Axt- und Schwertstreiche spalteten die Fugen, und das prunkende Gefieder der Helmbüsche flog zerpflückt und zerzaust wie Schneeflocken umher. Alle Schönheit und Anmut des kriegerischen Anblickes war geschwunden, und nichts mehr war zu schauen als Roheit und Grausen, die das Herz vor Entsetzen und Erbarmen erschaudern machen mußten. Aber die Macht der Gewohnheit ist groß, und nicht nur die Zuschauer der geringeren Klassen, die ja gewöhnlich aufregende Schauspiele lieben, verfolgten den Gang des Kampfes mit Interesse, sondern auch die Damen auf den Tribünen wandten den Blick nicht von dem erschütternden Bilde ab. Hin und wieder wurde wohl eine zarte Wange bleich oder ein Schrei ertönte, dann war ein Geliebter oder ein Bruder oder ein Ehegatte hingestreckt worden. Im allgemeinen aber spornten die Damen die Streiter sogar noch an, durch Händeklatschen oder den Zuruf: „Tapfere Lanze! Gutes Schwert!“

Noch energischer äußerte sich der Anteil der Männer, denn bei jedem Wechsel des Kampfes erscholl lauter Beifall, und die Augen waren an die Schranken festgebannt. In jeder Pause, die für kurze Augenblicke entstand, hörte man die Herolde rufen:

„Kämpft, wackere Ritter! Es stirbt der Mensch, es lebt der Ruhm! – Auf und streitet weiter! – Lieber gestorben, als unterlegen! Streitet mit Mut und Kraft! – Schöne Augen blicken auf Eure Taten!“

Elftes Kapitel

Erst als sich das Feld auf beiden Seiten zu lichten begann, trafen der Templer und der Enterbte aufeinander. Bisher hatte jeder einzelne wohl große Taten der Tapferkeit verrichtet, aber sie waren immer wieder voneinander getrennt worden, indem andere auf sie eindrängten, denn jeder suchte eine Ehre darin, sich mit dem Führer der feindlichen Partei zu messen, auch war es bekannt, daß der Fall des Führers gleichbedeutend mit der Niederlage der ganzen Partei war; indessen hatten die beiden noch keinen Gegner gefunden, der ihnen gewachsen gewesen wäre. Die Wut tödlichen Hasses, das brennende Verlangen, mit Ehren aus dem Zweikampf hervorzugehen, gestaltete ihren Kampf zum Höhepunkt des nervenerregenden Schauspiels, und das Volk, das über so große Kraft und Gewandtheit zugleich erstaunt und entzückt war, jubelte in einem Beifall, der nicht enden zu wollen schien. Die Partei des Enterbten war im Nachteil. Der Riesenarm Front-de-Boeufs und die wuchtige Stärke Athelstanes warfen alles um sich her zu Boden. Als sie ihre Gegner bezwungen hatten, schien es ihnen beiden gleichzeitig einzufallen, daß sie den Sieg für ihre Partei entscheiden könnten, wenn sie dem Templer, der mit seinem Rivalen im Zweikampf lag, zu Hilfe eilten. Zu gleicher Zeit warfen sie ihre Pferde herum. Der Normann sprengte von der einen, der Sachse von der anderen Seite herzu. Unmöglich hätte der von solcher Übermacht Angegriffene Widerstand leisten können, wenn ihn nicht ein allgemeiner Aufschrei des Publikums gewarnt hätte, das seine Entrüstung über so ungleichen Kampf nicht verbergen konnte.

Der drohenden Gefahr inne werdend, versetzte der Ritter dem Templer einen gewaltigen Stoß, riß sein Roß zurück und wich so dem Anprall der beiden neuen Gegner aus. Indessen war damit nur für einen Augenblick Hilfe geschaffen, und wenn der Enterbte nicht ein so schnelles und kraftvolles Pferd gehabt hätte, so wäre er schon jetzt verloren gewesen. Die Vorzüge dieses Tieres kamen ihm umsomehr zu statten, als das Pferd Bois-Guilberts verwundet war und die Rosse Athelstanes und Front-de-Boeufs unter der Last ihrer gigantischen Reiter, die beide in voller Rüstung waren, zu versagen drohten. So entsprachen einander die bewundernswerte Reitkunst des Enterbten und die edle Kraft des Pferdes, und der Ritter vermochte eine Zeitlang seine drei Gegner von sich abzuhalten. Flink wie ein Falke wandte er sich bald gegen den einen, bald gegen den anderen.

Unausgesetzt hallte die Luft vom Beifall wider, aber es war doch unausbleiblich, daß der Enterbte der Übermacht schließlich erliegen mußte, und die Herren um den Prinzen verlangten einstimmig, daß Johann den Stab senken solle, dem so tapferen Ritter die Schmach einer unverdienten Niederlage zu ersparen.

„Fällt mir nicht ein, beim Lichte des Himmels!“ versetzte der Prinz, „dieser hergelaufene Ritter, der seinen Namen verhehlt, hat schon einen Preis gewonnen, nun mögen die anderen an die Reihe kommen.“

Kaum hatte er dies gesagt, so änderte ein unvorhergesehener Vorfall den Ausgang des Tages. Unter den Reihen der Enterbten war ein Ritter in schwarzer Rüstung, mit schwarzem Pferde, breitschultrig, hochgewachsen, und allem Anschein nach kraftvoll und stark. Dieser Ritter, der auf seinem Schilde keine Devise trug, hatte bisher geringe Teilnahme an dem Ausgange des Kampfes bekundet. Die Ritter, die ihm entgegengetreten waren, hatte er mit Leichtigkeit niedergeworfen, aber er hatte seinen Vorteil nie ausgenutzt und keinen Gegner selber angegriffen. Er schien sich selber mehr als einen Zuschauer zu betrachten, daher hatte ihm auch das Publikum sofort den Beinamen gegeben: Le Noir-Fainéant, der schwarze Faulpelz. Aber mit einem Male schien diesen Ritter die Teilnahmlosigkeit zu verlassen; als er den Anführer seiner Partei so hart bedrängt sah, gab er seinem fast noch völlig frischen Pferde die Sporen. Wie ein Donnerkeil flog er heran. Aus seinem Munde klang hell wie Trompetenstoß der Ruf: „Desdichado, ich bringe Hilfe!“

Es war die höchste Zeit, denn während der Enterbte den Templer angriff, kam Front-de-Boeuf mit erhobenem Schwerte auf ihn los. Ehe aber der Hieb herniedersauste, traf ihn der schwarze Ritter, und Front-de-Boeuf mitsamt seinem Pferde stürzte zu Boden. Der Noir-Fainéant warf sofort sein Roß herum und griff Athelstane von Conningsburgh an. Da er im Kampf mit Front-de-Boeuf sein Schwert zerbrochen hatte, entriß er dem Sachsen die Streitaxt und versetzte dem ungeschlachten Riesen einen solchen Schlag, daß er bewußtlos zu Boden stürzte. Als der schwarze Faulpelz diese Tat vollbracht hatte, verfiel er wieder in seine alte Trägheit, und langsam nach dem nördlichen Ende der Schranken zurückreitend, überließ er es dem Führer seiner Partei, allein mit Bois-Guilbert fertig zu werden. Das war nun nicht mehr schwer. Das Pferd des Templers hatte viel Blut verloren und sank unter dem nächsten Stoße des Enterbten zu Boden. Im Steigbügel verwickelt, vermochte der Templer nicht, sich unter seinem Pferd hervorzuarbeiten. Sein Gegner sprang ab und befahl dem Templer, sich zu ergeben – da senkte Prinz Johann den Stab, rascher bereit, dem Templer die Kränkung, sich für überwunden zu erklären, zu ersparen als früher dem Enterbten – und somit war das Zeichen zur Beendigung des Turniers gegeben. Die Knappen, die nur mit Mühe und Gefahr während des Kampfes ihren Herren hatten beistehen können, eilten jetzt in die Schranken und brachten den Verwundeten Hilfe, die nun behutsam und mit Sorge in die nahen Zelte getragen wurden oder in die Wohnungen der nächsten Ortschaft.

Und so war denn das berühmte Turnier von Ashby de la Zouche vorüber – eines der größten Waffenfeste jener Zeit, denn wenn auch nur vier Ritter tot auf dem Platze geblieben waren, von denen einer durch das Gewicht seiner Rüstung erdrückt worden war, so waren doch etwa dreißig schwer verletzt, von denen etwa fünf nie wieder genasen. Einige blieben Krüppel zeit ihres Lebens, einige wurden zwar wieder gesund, behielten aber bis zum Tode die Male dieses Kampfes an ihrem Leibe.

Nun war es die Pflicht des Prinzen, den Ritter zu ernennen, der an diesem zweiten Tage am tapfersten gekämpft hatte. Er sprach den Preis dem Ritter zu, den das Publikum den schwarzen Faulpelz genannt hatte. Es wurde dagegen eingewendet, daß eigentlich der Enterbte der Sieger sei, denn er habe mit eigener Hand fünf Kämpfer niedergeworfen und zuletzt noch den Führer der Gegenpartei besiegt, aber Prinz Johann blieb bei seiner Entscheidung. Er meinte, der Enterbte und seine Partei hätten verloren, wenn ihm nicht der Ritter in der schwarzen Rüstung zu Hilfe gekommen wäre, daher gebühre ihm der Preis. Zur allgemeinen Verwunderung aber stellte es sich heraus, daß der Noir-Fainéant verschwunden war. Gleich nach dem Schlusse des Turniers hatte er die Schranken verlassen, und einige aus dem Publikum hatten ihn in eine der Lichtungen im Walde hinabreiten sehen mit eben jener Nachlässigkeit und Gemächlichkeit, die ihm den Beinamen schwarzer Faulpelz eingetragen hatte. Zweimal wurde er durch Trompetenstoß und Heroldsruf aufgefordert, zurückzukehren, da er dennoch nicht erschien, mußte ein anderer ernannt werden, und es blieb nun dem Prinzen Johann nichts weiter übrig, er mußte dem enterbten Ritter den Preis zusprechen. Der Boden, über den die Marschälle den Sieger zu den Füßen des Prinzen führten, war von Blut getränkt und bedeckt von toten Rittern und Pferdekadavern und übersät mit zerbrochenen Waffen und Lanzensplittern.

„Enterbter Ritter," sprach Prinz Johann ihn an, „denn dies ist der einzige Name, bei dem wir Euch nennen können, Ihr selber wollt es ja nicht anders, zum zweitenmal sprechen wir Euch die Ehre des Turniers und das Recht zu, den so wohlverdienten Ehrenkranz aus den Händen der Königin der Minne und des Liebreizes zu empfangen." Der Ritter verneigte sich tief, gab aber keine Antwort. Laut schmetterten die Trompeten, die Herolde riefen: „Ehre dem Tapferen! Ruhm dem Sieger!", die Damen winkten mit Tüchern und Schleiern, während die Marschälle den Enterbten zum Ehrenthrone geleiteten, auf dem Lady Rowena saß, und auf den untersten Stufen mußte der Sieger niederknien.

Voll Anmut und Majestät stieg Rowena von ihrem Throne hernieder und wollte eben den Kranz, den sie in der Hand hatte, auf den Helm des Knienden setzen, als die Marschälle riefen: „Nicht so! Sein Haupt muß unbedeckt sein!" Der Ritter murmelte ein paar Worte, die unverstanden in der Wölbung seines Helmes verklangen. Er hatte wohl den Wunsch äußern wollen, daß man ihm nicht das Haupt entblößen möge. Aber ob es die Vorschrift erheischte, oder ob es die Marschälle aus Neugierde taten, sie achteten nicht seines Sträubens und nahmen dem Ritter den Helm ab, und da zeigte sich das sonnverbrannte, doch hübsche Gesicht eines etwa fünfundzwanzigjährigen Mannes mit kurzem, vollem Haar. Er war bleich wie der Tod, sein Antlitz war an mehreren Stellen von Blut bedeckt. Kaum sah Rowena sein Gesicht, so stieß sie einen Schrei aus, aber sie faßte sich sogleich wieder, und obwohl sie unter der jähen Erschütterung am ganzen Leibe bebte, drückte sie doch dem Sieger auf das zur Erde gesenkte Haupt den Kranz und sprach mit klarer, deutlicher Stimme die Worte:

„Herr Ritter, ich kröne Euch mit diesem Kranze, dem Preise der Tapferkeit, der dem Sieger dieses Tages zukommt, und" – setzte sie fest und bestimmt hinzu – „noch nie ward eine dessen würdigere Stirn mit einem Ritterkranz geziert."

Der Ritter küßte der Königin der Minne und des Liebreizes die Hand, die ihm eben den Lohn seiner Tapferkeit gegeben hatte, und plötzlich sank er in sich zusammen und lag zu ihren Füßen. Es war der Ritter Ivanhoe! Die Bestürzung war allgemein. Cedric, der bei dem unvermuteten Anblick seines verbannten Sohnes verstummte, eilte herbei, um ihn von Rowena wegzubringen. Das hatten aber bereits die Marschälle getan, die die Ursache der plötzlichen Ohnmacht Ivanhoes errieten und ihn in aller Eile von seiner Rüstung befreiten. Als dies geschehen war, fanden sie, daß ihm eine Lanze den Brustharnisch durchbohrt hatte. Ivanhoe hatte eine tiefe Wunde in der Seite.

Der Name Ivanhoe war kaum ausgesprochen worden, so flog er von Munde zu Mund. Er drang auch in den Kreis des Prinzen, dessen Stirn sich bei dieser Kunde verdüsterte. Er aber sah höhnisch um sich und sagte: „Mylords, und besonders Ihr, Herr Prior, was denkt Ihr über die Ansichten der Gelehrten von angeborener Sympathie und Antipathie? – Mir ist, als hätte mirs eine innere Stimme gesagt, daß es der Liebling meines Bruders wäre, noch ehe ich ahnen konnte, daß er in dieser Rüstung steckte."

„Front-de-Boeuf wird nun wohl das Lehen an Ivanhoe zurückgeben müssen," sagte Ritter Bracy.

„Jawohl," setzte Waldemar Fitzurse hinzu, „dieser Tapfere wird nun das Schloß und Lehensgut, das er von Richard hat und das Eure Hoheit Front-de-Boeuf übertragen hat, wieder für sich beanspruchen."

„Front-de-Boeuf wird die Lehensherrschaft Ivanhoe nicht wieder abtreten," antwortete Prinz Johann, „und außerdem hoffe ich, ist unter Euch, Sirs, nicht einer, der mir das Recht streitig macht, die Lehnsgüter der Krone an meine treuen Diener zu verteilen."

Waldemar Fitzurse war inzwischen dorthin geeilt, wo Ivanhoe gefallen war. „Der Tapfere," sagte er, als er wiederkam, „wird voraussichtlich die Ruhe Eurer Hoheit nicht stören und Front-de-Boeuf wird im Besitze seines Lehens bleiben können, denn Ivanhoe ist sehr schwer verwundet."

„Wie es auch um ihn stehen mag," sagte Prinz Johann, „er ist der Sieger des Tages, und wäre er zehnmal unser Feind oder der ergebenste Freund meines Bruders – was auf eins herauskommt – seine Wunden sollen verbunden werden, unser eigener Leibarzt soll ihn pflegen." Bei diesen Worten umspielte ein herbes Lächeln die Lippen des Prinzen. Waldemar Fitzurse antwortete schnell, Ivanhoe sei bereits aus den Schranken hinausgebracht worden und in der Obhut seiner Freunde.

„Der Schmerz der Lady Rowena hat mich gerührt," setzte er hinzu. „Sie hat ihren Gram so wacker unterdrückt, daß man nur an ihren tränenlosen Augen, die starr an dem Ohnmächtigen zu ihren Füßen hingen, ablesen konnte, was sie litt."

„Wer ist diese Rowena?" fragte Johann.

„Eine sächsische Erbin von großem Reichtum," beeilte sich Prior Aymer zu erwidern, „eine Rose des Liebreizes und ein Juwel des Reichtums, die schönste unter Tausenden."

„Ihr Herzeleid soll gelindert werden," sagte Prinz Johann, „und ihr Blut soll verbessert werden, indem wir sie mit einem Normannen verheiraten. Sagt unserem Seneschall, er soll die Lady Rowena und ihre ganze Sippe mitsamt ihrem Bewacher, dem groben sächsischen Bauern, den der schwarze Ritter heute im Turnier niedergeworfen hat, zum Festessen auf diesen Abend einladen."

Prinz Johann wollte nach diesen Worten eben das Zeichen geben, daß der Platz von allem Volk geräumt werden solle, da wurde ihm ein kleiner Zettel in die Hand gesteckt.

„Woher?“ fragte der Prinz, die Person musternd, die ihn überbracht hatte.

„Weither, Hoheit,“ war die Antwort, „aber woher, weiß ich nicht. Ein Franke hat es gebracht, der sagte, er sei Tag und Nacht gereist, um diesen Zettel in die Hände Eurer Hoheit zu legen.“ Prinz Johann nahm den Zettel, sah nach der Unterschrift und dann nach dem Siegel, auf dem er drei Lilien erblickte. Mit sichtlicher Erregung brach er es auf und las nun nichts als die Worte: „Seid auf der Hut, der Teufel ist los!“

Der Prinz wurde totenblaß, er sah zur Erde, dann gen Himmel, wie einer, dem eben das Todesurteil gesprochen wird. Als sich der erste Schreck gelegt hatte, nahm er Waldemar Fitzurse und den Ritter Bracy zur Seite und ließ beide die geheimnisvolle Botschaft lesen.

„Das ist blinder Alarm oder eine Mystifikation,“ sagte Bracy.

„Es ist Frankreichs Siegel,“ antwortete der Prinz.

„So ist es denn auch an der Zeit,“ sprach Fitzurse, „unsere Partei zusammenzuziehen, bei York oder sonst welchem Stelldichein. In ein paar Tagen schon ist es vielleicht zu spät. Eure Hoheit muß das Possenspiel hier aufs schleunigste abbrechen.“

„Das Landvolk darf nicht unbefriedigt nach Hause geschickt werden,“ wandte Johann ein, „es hat bis jetzt von den Festlichkeiten noch wenig gehabt.“

„Der Tag ist noch nicht vorüber,“ sagte Fitzurse. „Laßt die Bogenschützen ein paarmal nach der Scheibe schießen und verteilt einen Preis dabei, damit ist das prinzliche Versprechen gegenüber einer Herde sächsischer Leibeigener sattsam erfüllt.“

„Habt Dank, Waldemar,“ versetzte der Prinz. „Ihr erinnert uns an den dreisten Prahlhans von Yeoman, der sich gestern so unverschämt gegen uns benahm. – Unser Festessen soll heute abend stattfinden, wie wir es festgesetzt haben. Und sollte dies der letzte Tag unserer Herrschaft sein, so soll er der Rache und der Freude geweiht sein. Die neuen Sorgen gehören dem neuen Morgen!“

Trompetenstöße riefen das Publikum zurück, das sich schon zu zerstreuen anfing. Im Namen des Prinzen wurde verkündet, daß seine Hoheit durch wichtige und unaufschiebbare Staatsgeschäfte abgerufen werde und die Festlichkeiten daher schon mit dem heutigen Tage geschlossen werden müßten. Damit aber nicht so mancher gute Yeoman wieder gehen müßte, ohne eine Probe seiner Kunst gezeigt zu haben, so sollte das für den folgenden Tag angesetzte Bogenschießen schon jetzt stattfinden. Der beste Schütze solle als Preis ein in Silber gefaßtes Jagdhorn und eine seidene, reich verzierte Jagdtasche erhalten. Über dreißig Yeomen meldeten sich zum Wettbewerb, darunter mehrere Waldhüter und Förster aus den königlichen Forsten bei Needwood und Charnwood. Als aber die Schützen sahen, mit wem sie es aufnehmen sollten, traten sie wieder zurück, weil sie einer von vornherein gewissen Niederlage entgehen wollten. Zur damaligen Zeit war die Kunst eines berühmten Bogenschützen meilenweit bekannt. Es waren dann nur noch acht Bogenschützen übrig, von denen immer noch einige die königliche Livree trugen. Der Prinz sah sich nach jenem Yeoman um, an dem er Vergeltung üben wollte, und er fand ihn noch mit der gleichen gelassenen Miene, die er am vergangenen Tage gezeigt hatte.

„Kerl," sagte Johann zu ihm, „es fehlt dir wohl der Mut, deine Künste mit denen der wackeren Männer hier zu messen?"

„Mit Verlaub, Herr," versetzte der Yeoman, „wenn ich den Schutz ablehne, so geschieht es nicht deshalb, weil ich mich fürchte, ich könnte fehl schießen."

„Und weshalb denn sonst?" fragte der Prinz, der, ohne daß er sich den Grund erklären konnte, eine bange Neugier diesem Manne gegenüber verspürte.

„Weil ich nicht weiß," erwiderte der Weidmann, „ob diese Männer nach ebensolchem Ziele schießen werden wie ich, und weil es am Ende Euer Hoheit nicht gefallen möchte, wenn auch den dritten Preis, den Ihr aussetzt, jemand gewinnt, der Euch mißfällt."

„Wie heißest du, Yeoman?" fragte der Prinz, unwillkürlich errötend.

„Locksley," war die Antwort.

„Nun denn, Locksley," sagte Prinz Johann, „wenn diese Yeomen ihre Kunst gezeigt haben, so sollst du auch schießen. Gewinnst du den Preis, so lege ich noch zwanzig Nobles dazu, verlierst du aber, so wird dir dein grünes Wams ausgezogen und du wirst mit Bogensehnen durch die Schranken gepeitscht, als geschwätziger, frecher Prahlhans."

„Und wenn ich unter solchen Bedingungen nicht schießen will?" sagte der Schütze. „Wohl kann mich Eure Hoheit peitschen lassen, denn die Macht ist ja in Eurer Hand, aber zum Schusse kann mich niemand zwingen."

„Wenn du mein Anerbieten ausschlägst,“ antwortete der Prinz, „so soll dir der Profoß des Platzes den Bogenstrang zerschneiden und dir Bogen und Pfeile zerbrechen, dich selber aber als eine Memme von hinnen jagen.“

„So tut Ihr unrecht, stolzer Prinz,“ rief der Grünrock. „Ihr zwingt mich, gegen die besten Schützen von Leicester und Staffordshire aufzutreten, und droht mir Entehrung an, wenn ich unterliege. Doch mag es drum sein.“

Am oberen Ende der Schranken wurde ein Ziel aufgestellt. Die Bogenschützen traten im südlichen Zugange an. Zwischen diesem Standpunkt und dem Ziel war nun Raum genug zu einem regelrechten Schuß. Durch das Los wurde bestimmt, in welcher Reihenfolge die Schützen zum Schusse vortreten sollten. Jeder sollte drei Schüsse tun, und bald schossen die Schützen, einer nach dem andern, brav und kühn. Von vierundzwanzig Pfeilen trafen zehn die Scheibe, die übrigen saßen ihr so nahe, daß sie immer noch gut zu nennen waren. Von den zehn im Ziele hatte Hubert, ein Förster im Dienste bei Malvoisin, zwei ins Zentrum geschossen. Er wurde deshalb für den Sieger erklärt.

„Nun, Locksley,“ sagte Prinz Johann mit seinem herben Lächeln, „willst du dich mit Hubert messen oder Bogen und Pfeile an den Profoß abgeben?“

„Wenns denn sein muß,“ antwortete Locksley, „so will ich mein Glück versuchen, nur stelle ich die Bedingung, wenn ich um zwei Schüsse besser als Hubert abschneide, dann muß auch er nach einem Ziel schießen, das ich aufstellen werde.“

„Das mag gelten,“ sagte der Prinz. „Das wollen wir dir nicht abschlagen. – Hubert! wenn du dieses Großmaul besiegst, will ich dir das Jagdhorn mit Silberlingen füllen!“

„Ein Mann tut, was er kann,“ war Huberts Antwort. „Mein Großvater hat einen guten Bogen geführt bei Hastings, und ich werde seinem Andenken Ehre machen.“

Ein frisches Ziel wurde aufgesteckt. Hubert hatte als Sieger des ersten Wettbewerbes den ersten Schuß. Bedachtsam nahm er seinen Stand, maß lange mit den Augen die Strecke, den gespannten Bogen in der Hand, den Pfeil auf der Sehne. Endlich trat er vor, hob den Bogen mit der linken, bis der Griff nahe an seinem Gesicht war und zog den Strang bis zum Ohre. Schwirrend sauste der Pfeil durch die Luft. Der Spiegel war getroffen, aber nicht das Zentrum.

„Ihr habt nicht mit dem Winde gerechnet, Hubert," sagte sein Gegner, den Bogen spannend, „sonst hättet Ihr einen besseren Schuß getan." Und ohne die geringste Unruhe trat er vor, er suchte und prüfte nicht lange, sondern schoß seinen Pfeil so achtlos ab, als wenn er gar nicht gezielt hätte. Er hatte noch nicht einmal ausgesprochen, da schnellte schon der Pfeil vom Bogen und saß zwei Zoll dichter am Zentrum als Huberts.

„Beim Lichte des Himmels!" rief Johann, „kannst du's mit ansehen, daß dir's dieser hergelaufene Bursche zuvortut? An den Galgen müßtest du!"

Hubert hatte bei allen Anlässen nur die eine Antwort: „Und wenn Eure Hoheit mich hängen ließe, ein Mann tut, was er kann – aber mein Großvater hat einen guten Bogen geführt." Er nahm seinen Platz wieder ein und schoß diesmal so glücklich, daß sein Pfeil mitten im Zentrum saß. Das Volk jubelte laut, und Prinz Johann sagte mit seinem herben Lächeln: „Besser kannst du's nicht, Locksley."

„So will ich seinen Pfeil zeichnen," war die Antwort. Und der Yeoman schoß mit größerem Bedacht als das erstemal und traf den Pfeil seines Rivalen auf die Spitze, daß er zersplitterte. Das Volk, erstaunt über eine so fabelhafte Geschicklichkeit, ließ keinen lauten Beifall hören, wohl aber vernahm man leise Worte wie: „Das muß der Teufel sein, aber kein Mensch von Fleisch und Blut! Solch Bogenschießen ward in ganz Britannien noch nicht gesehen, seit je ein Bogen gespannt worden ist."

„Nun bitte ich Euer Hoheit um Erlaubnis," sagte Locksley, „daß ich ein Ziel aufstecken kann, wie wir danach im Norden zu schießen pflegen. Willkommen ist mir jeder wackere Yeoman, der einen guten Schuß danach tut und sich dadurch ein holdes Lächeln von seinem Mädchen verdient."

Er wandte sich um und ging ein Stück aus den Schranken hinaus. Gleich darauf kam er wieder und hatte eine Weidenrute in der Hand, die sechs Fuß lang und so dick wie der Daumen eines Mannes war. Mit großer Ruhe schälte er sie ab. Für einen guten Schützen, sagte er dabei, sei es ja eine wahre Schande, nach einem so breiten Ziel zu schießen, wie sie es vorhin aufgestellt hätten. Bei ihnen zu Lande würde man da ebensogut die Tafel König Arthurs, an der sechzig Ritter Platz hätten, zum Ziele wählen. Solch ein Ziel träfe ja ein Kind von sieben Jahren. „Aber," fuhr er fort und schritt nach dem anderen Ende der Schranken und steckte die Rute in den Boden, „wer diese Gerte auf hundert Ellen trifft, den nenne ich einen Schützen, der mit seinem Bogen und Köcher selbst vor Königen bestehen kann, sogar vor unserem tapferen König Richard."

„Mein Großvater hat in der Schlacht bei Hastings einen guten Bogen geführt," sagte Hubert, „aber nach einem solchen Ziel hat er nie geschossen, und ich will es auch nicht tun. Wenn der Yeoman diese Gerte trifft, so mag er gewonnen haben, oder vielmehr der Teufel, der ihm im Kittel steckt, denn dies geht über Menschenkunst. Ein Mann tut, was er kann, und wo ich von vornherein weiß, daß ich fehl schieße, da schieße ich überhaupt gar nicht erst. Gerade so gut könnte ich nach dem Rasiermesser unseres Pastors schießen oder nach einem Sonnenstrahl wie nach dem dünnen Streifen dort, der kaum zu erkennen ist."

„Du feiger Hund!" rief Prinz Johann. „Locksley, Kerl, schieß zu, und wenn du dieses Ziel triffst, so will ich dich für den besten Schützen erklären, der je gelebt hat."

„Ich will mein Bestes tun," antwortete der Yeoman. „Wie Hubert sagt, ein Mann tut, was er irgend kann." Abermals spannte er den Bogen, diesmal mit großer Sorgfalt und zog eine andere Sehne ein, weil ihm die alte nicht straff genug erschien. Dann zielte er.

Mit atemloser Spannung harrte die Menge. Der Schütze aber erfüllte die kühnsten Erwartungen und spaltete die Gerte mitten entzwei. Lauter Jubel erscholl, und selbst Prinz Johann fühlte seinen Widerwillen gegen den Mann schwinden. „Diese zwanzig Nobles sind dein," sagte er, „aber ich will dir fünfzig geben, wenn du unsere Livree anziehen und in unsere Leibgarde eintreten willst, denn noch nie hat eine stärkere Hand den Bogen gespannt und noch nie ein sichereres Auge den Pfeil geleitet."

„Verzeiht, edler Prinz," antwortete Locksley. „Ich habe mir selber gelobt, niemals Dienste zu tun, es sei denn bei Euerm königlichen Bruder Richard Löwenherz. Die zwanzig Nobles hier lasse ich Hubert, der heute einen ebenso guten Bogen geführt hat, wie sein Großvater bei Hastings. Wenn er nicht aus Bescheidenheit den Versuch unterlassen hätte, so hätte er die Gerte gerade so gut getroffen wie ich."

Hubert schüttelte den Kopf und nahm das Anerbieten des Fremden nur mit Widerstreben an, Locksley aber verschwand im Gedränge und wurde nicht mehr gesehen. Vielleicht hätte ihn Johann nicht so ohne weiteres gehen lassen, aber wichtigere Dinge erforderten jetzt seine Aufmerksamkeit, er gab einem Kammerherrn den Auftrag, sofort das Signal zur Räumung der Schranken geben zu lassen und ohne Säumen nach Ashby zu reiten, den Juden Isaak aufzusuchen.

„Sagt dem Hunde," befahl er, „er soll mir, noch ehe die Sonne versinkt, zweitausend Kronen schicken. Er weiß, was dagegen verpfändet wird, und als Ausweis zeigt ihm den Ring hier. Sagt ihm, wenn er es nicht pünktlich besorgt, laß ich ihm den Kopf abschlagen."

Mit diesen Worten stieg der Prinz zu Pferde, um selber nach Ashby zurückzukehren. Auf verschiedenen Wegen heimwärts eilend, verlief sich die Menge.

Zwölftes Kapitel

Das Festessen des Prinzen Johann fand im Schlosse zu Ashby statt. Es war dies nicht dasselbe Gebäude, das noch heute dort das Auge des Reisenden auf sich zieht. Schloß und Stadt Ashby gehörten damals Roger Quincy, Grafen von Winchester, der zu jener Zeit im heiligen Lande weilte, aber inzwischen hatte Prinz Johann das Schloß mit Beschlag belegt und über den Grundbesitz ohne Bedenken verfügt. Jetzt kam es ihm darauf an, die Augen der großen Welt durch Luxus und Pracht zu blenden, und deshalb waren umfassende Vorkehrungen zur Veranstaltung eines überaus prunkvollen Gastmahles getroffen worden. Die Hofkuriere des Prinzen, die bei derartigen Gelegenheiten die königliche Vollmacht besaßen, hatten alles im Lande aufgeboten, was nur irgend zu der Tafel ihres Herrn zulässig war. Eine große Anzahl von Gästen war geladen worden, und da Prinz Johann darauf angewiesen war, die Stimme der Öffentlichkeit für sich zu gewinnen, so waren neben dem normännischen Adel auch mehrere weniger hervorragende dänische und sächsische Familien zu Gaste gebeten worden.

Wenn man auch die Angelsachsen verachtete und knechtete, so konnten sie doch bei dem nunmehr mit Sicherheit bevorstehenden Bürgerkriege durch ihre große Zahl gefährlich werden, und die Klugheit gebot, sich wenigstens mit ihren Oberhäuptern auf guten Fuß zu stellen. Es war daher die feste Absicht des Prinzen, diese an seinem Tische seltenen Gäste aufs höflichste zu bewirten, und er behandelte mit der größten Zuvorkommenheit Cedric und Athelstane. Er äußerte liebenswürdig sein Bedauern über die Unpäßlichkeit der Lady Rowena. Cedric hatte dies als Grund angegeben, weshalb sie seiner gnädigen Einladung nicht Folge leisten könne. Cedric und Athelstane trugen beide die altsächsische Tracht, die zwar an sich nicht geschmacklos war und bei dieser festlichen

Gelegenheit aus kostbaren Stoffen bestand, aber sie gab einen so hellen Kontrast zu dem Aufputz der anderen Gäste, daß sich Johann Fitzurses wegen Gewalt antun mußte, um nicht laut aufzulachen. Allen aber, die noch ein vernünftiges Urteil hatten, erschien der lange Mantel und die kurze Tunika, wie sie die Sachsen trugen, praktischer und kleidsamer als das weite Unterkleid der Normannen, das wie ein Fuhrmannskittel aussah; das enge Oberkleid darüber schien nur deshalb vorhanden zu sein, daß der Schneider allerlei Stickerei, Pelzwerk und Juwelenzierat darauf anbrachte, soviel man nur hatte, um damit zu prahlen.

Die Gäste saßen um die Tafel, die unter der Last der Leckerbissen fast zu brechen drohte. Die zahlreichen Köche des Prinzen hatten alle ihre Künste aufgeboten, um möglichst abwechslungsreiche Gerichte zu schaffen. Außer den Schüsseln, die mit einheimischen Erzeugnissen gefüllt waren, gab es fremdländische Delikatessen und Pasteten, Rosinenkuchen und Weißbrot, das damals nur auf den Tisch des höchsten Adels kam. Desgleichen waren die besten einheimischen und ausländischen Weine aufgetragen. Die Normannen liebten die Pracht, aber man konnte sie doch keineswegs ausschweifend nennen. Sie schwärmten wohl für ein üppiges Mahl, aber es wurde dabei weniger darauf gesehen, daß alles im Übermaß vorhanden war, vielmehr war die Hauptsache, daß alles vortrefflich zubereitet war, und der erste Vorzug war der Wohlgeschmack. Dagegen machten sie den von ihnen überwundenen Sachsen den Vorwurf der Völlerei und Gefräßigkeit – zwei Laster, die ihrer Meinung nach der niedrigen Natur des Sachsen eigen waren. Prinz Johann jedoch und das Heer seiner Schmeichler und Parasiten liebten auch in der Wonne des Zechens und Essens das Übermaß, und es ist eine allbekannte Tatsache, daß Prinz Johann an übermäßigem Genuß von Pfirsichen und jungem Biere gestorben ist. Dies war aber nur eine Ausnahme von der Regel.

Mit einer Unverwandtheit, die schließlich peinlich werden mußte, wobei sie sich obendrein noch heimliche Zeichen untereinander gaben, beobachteten die normännischen Ritter und Adeligen das ungeschlachte Wesen Athelstanes und Cedrics bei der Tafel – ein ihnen ganz fremder Anblick. Während die Sachsen also mit geheimem Spott betrachtet wurden, ließen sie unwissentlich manche der Vorschriften außer acht, die für das Benehmen in Gesellschaften allgemein galten.

Indessen ging das lange Mahl zu Ende, und während fleißig der Becher kreiste, war das Gesprächsthema das Turnier, der unbekannte Sieger im Bogenschießen, der schwarze Ritter und der tapfere Ivanhoe, der die Ehre des Tages so teuer bezahlt hatte. Dabei herrschten Scherz und Lachen.

Nur die Stirn des Prinzen Johann war umwölkt, eine schwere Sorge schien auf seiner Seele zu lasten, und hätten ihn nicht seine Schranzen auf alles aufmerksam gemacht, so hätte er wohl nichts von dem gesehen, was um ihn her vorging. Wenn er in solcher Weise aufgerüttelt worden war, dann starrte er empor, stürzte einen Becher Wein hinunter und beteiligte sich mit einer abgerissenen, zusammenhanglos hingeworfenen Bemerkung an der Unterhaltung.

„Wir trinken diesen Becher," rief er so einmal, „auf das Wohl Wilfrieds von Ivanhoe, des Siegers in diesem Turnier, und wir bedauern, daß er seiner Wunde wegen fern bleiben mußte. Jeder einzelne soll seinen Becher füllen und mir zu diesem Spruche Bescheid tun, vor allem Cedric von Rotherwood, der würdige Vater eines so hoffnungsvollen Sohnes."

„Nein, Mylord," versetzte Cedric, indem er seinen Becher unberührt ließ, „der ungehorsame Bursch, der meiner Befehle nicht achtet und den Sitten und Geflogenheiten meiner Väter abtrünnig wird, ist mein Sohn nicht mehr."

„Es ist nicht möglich," sagte Prinz Johann mit gut geheucheltem Erstaunen, „daß ein so tapferer Ritter ein ungehorsamer Sohn sei."

„Und doch ist es mit Wilfried, wie ich sagte," erwiderte Cedric. „Er hat sein väterliches Haus verlassen und ist unter den lustigen Adel an Euers Bruders Hof gegangen, dort hat er die Reiterkünste erlernt, von denen Ihr soviel Rühmens macht. Gegen meinen Willen und mein ausdrückliches Verbot ist er von mir gegangen."

„Mein Bruder," fuhr der Prinz fort, „hatte die Absicht, ihm die reiche Baronie Ivanhoe zu verleihen."

„Er hat sie ihm verliehen, und es ist nicht mein geringster Groll, daß sich mein Sohn lehenspflichtigen Vasallen der Ländereien nennen ließ, auf denen seine Väter frei und unabhängig saßen."

„Ihr werdet also, guter Cedric," sagte der Prinz, „uns Eure Einwilligung geben, daß wir dieses Lehen an einen anderen übertragen. Sir Reginald Front-de-Boeuf," er wendete sich an diesen Ritter, „wir denken, Ihr werdet Euch die reiche Baronie Ivanhoe so zu erhalten wissen, daß Sir Wilfried nicht wieder bei seinem Vater in Ungnade fällt, indem er das Lehen zurückbekommt."

„Beim heiligen Anton," rief der Riese, die Brauen finster runzelnd, „Eure Hoheit mögen mich für einen Sachsen halten, wenn mir Cedric, Wilfried oder der Beste, der je aus englischem Blute entsproß, diesen Besitz entreißen könnte, den ich Eurer Hoheit verdanke."

„Wer Euch einen Sachsen nennt, Baron," versetzte Cedric, „der erweist Euch eine ebenso große wie unverdiente Ehre."

Front-de-Boeuf wollte antworten, aber bei Prinz Johann brach jetzt der Mutwille durch.

„Gewiß, Mylords," spottete er, „Cedric hat recht. Seine Landsleute haben zweierlei vor uns voraus: sie haben längere Stammbäume und längere Mäntel."

„Sie sind uns auch im Felde voraus," setzte Malvoisin hinzu, „wie das Wild den Hunden."

„Ihres edeln Anstandes und ihrer feinen Sitten nicht zu vergessen," ergänzte Prior Aymer.

„Und ihrer Enthaltsamkeit und Mäßigkeit," meinte Bracy, indem er ganz vergaß, daß ihm eine sächsische Braut in Aussicht gestellt worden war.

„Und des Mutes, den sie bei Hastings gezeigt haben," sagte Brian de Bois-Guilbert.

Während also die Höflinge des Prinzen seinem Beispiel folgten und jeder einzelne einen Pfeil des Spottes wider Cedric schoß, erglühte das Antlitz dieses Sachsen in Zorn und Grimm. Er warf wilde Blicke von einem zum andern, als ob es ihm bei den rasch aufeinanderfolgenden Beleidigungen nicht möglich sei, jedem einzelnen zu antworten. Er glich einem gereizten Stier, der, von seinen Peinigern umringt, nicht gleich aus ihrer Schar den herausfinden kann, an dem er sich rächen will. „Wie groß auch die Fehler meines Volkes sein mögen," erwiderte er dann, „für einen Nichtswürdigen hätten sie den erklärt, der in seiner eigenen Halle beim kreisenden Becher einen friedlichen Gast – und das bin ich doch heute für Eure Hoheit – in solcher Weise behandelt hätte. Und was auch meine Väter bei Hastings für Unglück gehabt haben mögen," setzte er hinzu, mit einem Blick auf Front-de-Boeuf und den Templer, „wer vor wenigen Stunden noch von der Lanze eines Sachsen aus dem Sattel geworfen wurde, sollte darüber lieber schweigen."

„Meiner Treu, ein beißender Witz!" rief Prinz Johann. „Wie gefällt er Euch, Mylords? – Unsere sächsischen Untertanen nehmen zu an Geist und Kühnheit.

Ich glaube, wir tun am besten daran, unsere Schiffe zu besteigen und nach der Normandie zurückzukehren."

„Aus Furcht vor ihnen!" setzte Bracy lachend hinzu. „Brauchen wir doch nur zu unseren Speeren zu greifen, um diese Eber zu Paaren zu treiben."

„Laßt ab von Euerm Gespött, ihr Herren Ritter," sagte Fitzurse. „Es wäre wohlgetan, wenn Euer Hoheit dem edeln Cedric die Versicherung geben wollte, daß diese Scherzworte nicht darauf angelegt sind, ihn zu beleidigen. Sie mögen freilich im Ohre eines Fremden unsanft klingen."

„Beleidigen!" rief Prinz Johann, indem er sogleich seine frühere Höflichkeit wieder annahm. „Wer wird mir zutrauen, daß ich es duldete, einen, der bei mir zu Gast ist, in meiner Gegenwart zu beleidigen? Hier fülle ich mein Glas und trinke auf das Wohl des edeln Cedric selber, da er auf die Gesundheit seines Sohnes nicht mittun will."

Unter dem erheuchelten Beifall der Höflinge machte der Becher die Runde, aber der Sachse ließ sich keinen Sand in die Augen streuen. Wenn es ihm auch an Scharfsinn gebrach, so irrten sich doch alle, die des Glaubens waren, daß ihn diese leere Schmeichelei die Schmähungen vergessen lassen könnte. Er antwortete nicht, und als der Becher wieder beim Prinzen ankam, füllte ihn Johann abermals und rief: „Auf das Wohl des edeln Athelstane von Conningsburgh!"

Der dankte, und zum Beweis, daß er solche Ehre zu schätzen wisse, leerte er seinen gewaltigen Humpen mit einem Zuge.

„Und nun, Ihr Herren," sagte der Prinz, den der Wein zu erhitzen begann, „haben wir unseren sächsischen Gästen Gerechtigkeit angedeihen lassen und erwarten nun, daß sie unsere Höflichkeit erwidern. – Würdiger Thane," wandte er sich an Cedric, „nennt uns einen Normannen, dessen Name Euern Mund am wenigsten beflecken mag, und spült mit einem Becher Wein alle Bitternis hinunter, die noch auf Euern Lippen haften möchte."

Bei diesen Worten des Prinzen war Fitzurse aufgestanden und hinter den Stuhl des Sachsen getreten. Er flüsterte ihm zu, er möge die Gelegenheit, die Mißstimmung zwischen beiden Stämmen beizulegen, nicht ungenützt vorüberlassen und jetzt den Namen des Prinzen nennen. Aber der Sachse achtete nicht auf diesen politischen Wink. Er füllte den Becher bis zum Rande und rief dem Prinzen zu:

„Eure Hoheit verlangt, ich soll einen Normannen nennen, der hier verdient, genannt zu werden. Das ist fürwahr nicht leicht. – Der Bedrückte soll ein Lob singen auf seinen Überwinder, während ihm doch alle Lasten der Knechtschaft schwer aufliegen. Doch will ich einen Normannen nennen, den ersten an Rang und Waffenruhm, den besten und edelsten seines Stammes. Falsch und ehrlos nenne ich die Lippen, die seinem wohlerworbenen Ruhme nicht Bescheid tun, und das will ich mit meinem Leben bekräftigen. – Und somit: es lebe Richard Löwenherz!“

Prinz Johann, der seinen eigenen Namen zu hören erwartet hatte, erstarrte, als er so plötzlich den Namen seines Bruders vernahm, dem er so schweres Unrecht zugefügt hatte. Mechanisch führte er den Becher zum Munde und setzte ihn schnell wieder ab, um zu beobachten, wie sich die Gesellschaft bei diesem Trinkspruche, auf den Bescheid zu tun ebenso heikel war, als ihm nicht zu entsprechen, benehmen würde. Mehrere alte und gewandte Höflinge machten es ebenso wie der Prinz, hoben den Becher und stellten ihn wieder hin. Einige, die edleren Sinnes waren, riefen: „Lang lebe König Richard, und möge er bald wiederkehren!“ Nur wenige – darunter Front-de-Boeuf und der Templer – starrten in finsterem Unmut ihre Becher an, ohne sie zu berühren. Cedric weidete sich eine Weile an seinem Siege. Dann wandte er sich an seinen Gefährten. „Auf, edler Athelstane!“ sagte er. „Wir haben nun dem Prinzen Johann alle Höflichkeit vergolten, wer mehr von unseren rauhen, sächsischen Sitten wissen will, der möge uns aufsuchen im Hause unserer Väter. Wir haben nun genug gesehen von königlichem Schmause und normannischer Höflichkeit.“ Mit diesen Worten stand er auf und ging hinaus, und Athelstane und mehrere Gäste, die mit den Sachsen verwandt waren, folgten ihm.

„Bei den Gebeinen des heiligen Thomas!“ sagte Prinz Johann. „Die sächsischen Bauernlümmel nehmen uns die besten Gäste mit weg und ziehen im Triumph ab.“

„Conclamatum est, poculatum est,“ sagte Prior Aymer, „wir haben gelärmt und gezecht. – Nun ist es Zeit zum Aufbruch.“

„Der Mönch hat in dieser Nacht eine süße Beichte vor, darum hat er es so eilig,“ sagte Bracy.

„Das ist nicht der Fall, Herr Ritter,“ erwiderte der Abt. „Ich muß aber zusehen, daß ich heute noch ein paar Meilen von meiner Rückreise hinter mich bringen kann.“

„Sie brechen auf," flüsterte der Prinz seinem Ratgeber Fitzurse zu, „ihre Angst greift den Ereignissen vor, und dieser feige Prior ist der erste, der von mir abfällt."

„Seid ohne Sorge, Mylord," versetzte Waldemar Fitzurse, „ich will ihm klar machen, daß wir ihn in York noch einmal sprechen müssen. – Herr Prior," wandte er sich an Aymer, „ich habe zuvor noch ein paar Worte unter vier Augen mit Euch zu reden."

Die übrigen Gäste waren nun fast alle gegangen, bis auf die, die zum Gefolge des Prinzen gehörten oder erklärte Anhänger seiner Partei waren.

„Dies ist also der Erfolg Eurer Ratschläge," sagte der Prinz, den Blick voll Zorn auf Fitzurse heftend. „An meinem eigenen Tische bietet mir ein besoffener Sachse Trotz, und beim bloßen Namen meines Bruders fliehen die Leute vor mir, wie vor einem Aussätzigen."

„Geduld, Sir," entgegnete Fitzurse. „Ich könnte diese Bezichtigung Euch zurückgeben und Euern grenzenlosen Leichtsinn tadeln, der meine Pläne vereitelt hat. Doch jetzt ist keine Zeit zu Vorwürfen. Bracy und ich werden ohne Säumen zu diesen Memmen gehen und sie davon überzeugen, daß sie schon zu weit gegangen sind, um jetzt noch zurücktreten zu können."

„Das wird vergebens sein," sagte der Prinz, indem er mit großen Schritten heftig auf und nieder ging und mehr zu sich selber sprach. „Das wird nichts fruchten. Sie haben die schreibende Hand an der Wand gesehen, sie haben die Fußstapfen des Löwen im Sande gesehen, sie haben sein Brüllen durch den Wald schallen hören – nichts kann ihnen wieder Mut verleihen."

„Wollte nur Gott," sagte Fitzurse zu Bracy, „daß ihm selbst neuer Mut zu verleihen wäre! – Beim bloßen Namen seines Bruders kriegt er das Fieber. Wie unglücklich sind doch die Räte eines Prinzen, dem es zum Guten wie zum Bösen an Kraft und Energie gebricht."

Dreizehntes Kapitel

Eine Spinne kann nicht mit größerer Sorgfalt ihr zerrissenes Netz ausbessern, als Waldemar Fitzurse jetzt all seine Geschicklichkeit aufbot, um die zerschlissenen Maschen des Staatsstreiches Johanns wieder zusammenzubringen. Nur wenige waren aus Laune auf seiner Seite, aus Anhänglichkeit an ihn selbst niemand. Fitzurse hatte daher nur das eine Mittel, den Wankenden zu zeigen, was für Vorteile ihnen in Zukunft erwachsen würden, und sie an die bereits genossenen Vorteile zu erinnern. Den jungen, lebenslustigen Edelleuten stellte er uneingeschränkte Freiheit und zügellose Lustbarkeiten in Aussicht; den Ehrgeizigen versprach er Macht und Würden, den Habgierigen Reichtum und weite Besitzungen. Die Anführer der Söldner erhielten Geldgeschenke – in ihren Augen ein zugkräftiges Mittel, dem kein anderes an Wirkung gleichkam.

Der emsige Werber war aber im allgemeinen weit freigebiger mit Versprechungen als mit Geschenken, wenn er auch nichts unterließ, wodurch ein Unentschiedener zu bestimmen und ein Zaghafter zu ermutigen war. Eine Rückkehr des Königs Richard stellte er als ganz ausgeschlossen hin. Aber als er die unbestimmten Antworten und die mißtrauischen Blicke seiner Mitverschworenen bemerkte und daran erkannte, daß sie gerade eine solche Rückkehr am meisten befürchteten, tat er diese Möglichkeit mit gelassener Kühnheit ab und versicherte, die Politik ihrer Partei würde sich dadurch nicht im geringsten beirren lassen. „Wenn Richard wiederkommt," sagte Fitzurse, „so wird er seinen verarmten und hungrigen Kreuzfahrern auf Kosten derer zu Reichtum verhelfen, die ihm nicht ins heilige Land gefolgt sind. Er wird furchtbares Gericht halten über alle die, die sich während seiner Abwesenheit irgend einen Verstoß gegen die Gesetze oder das Recht der Krone haben zuschulden kommen lassen. Vor allem wird er jeden, der zur Partei seines Bruders Johann gehört hat, wie einen Rebellen bestrafen. – Ist Euch bange vor seiner Macht?"

„Ich erkenne an," fuhr der arglistige Vertrauensmann des verräterischen Prinzen fort, „daß er ein tapferer und mannhafter Ritter ist, aber wir leben nicht mehr in den Zeiten König Arthurs, da es noch ein einzelner Kämpfer mit einem ganzen Heere aufnehmen konnte. – Wenn Richard wirklich wiederkommt, so kommt er allein, ohne Gefolge, ohne Freunde. – Die Gebeine seines tapferen Heeres bleichen auf dem Sande von Palästina. Die wenigen von seinen Anhängern, die zurückgekehrt sind, sind arm und vereinzelt eingetroffen, wie eben jener Wilfried von Ivanhoe. Und was denkt Ihr denn von Richards Erbrecht?" wandte er gegen die Zweifel ein, die ihm so oft vorgestellt wurden. „Ist denn Richards Anspruch auf die Erstgeburt unbestrittener als der Anspruch des Herzogs Robert von der Normandie, des ältesten Sohnes des Eroberers? – Sind ihm doch Wilhelm der Rote und Heinrich, sein zweiter und sein dritter Bruder, nacheinander durch den Spruch des Volkes vorgezogen worden. –

Robert hat ebenfalls alle die Vorzüge, die man an Richard rühmt. Er war ein tapferer Ritter, ein tüchtiger Heerführer, edelsinnig und großmütig gegen seine Freunde und gegen die Kirche, und was ihn allein schon der Krone würdig macht, so war auch er Kreuzfahrer und ist nach dem heiligen Grabe gepilgert. Und doch ist er als blinder, elender Gefangener im Schlosse Cardiffe hingesiecht, weil er sich dem Willen des Volkes widersetzte, das nicht von ihm regiert sein wollte. Es ist eben unser gutes Recht," setzte er hinzu, „uns aus dem königlichen Hause den Prinzen auszusuchen, der am meisten dazu berufen ist, die höchste Macht auszuüben, das heißt," fügte er sich selber verbessernd hinzu, „den, der den Vorrechten des Adels am kräftigsten die Stange hält. An persönlichen Eigenschaften steht vielleicht Prinz Johann seinem Bruder Richard nach, allein wenn man in Betracht zieht, daß dieser mit dem Racheschwert in der Hand wiederkommen wird, und daß jener Belohnungen, Privilegien, Reichtum und Ehren austeilen wird, so kann darüber länger kein Zweifel bestehen, welcher von beiden der König ist, den der Adel aus allen Gründen der Vernunft und Politik halten muß." Eine solche Beweisführung, die sich stets den verschiedenen Verhältnissen der Zuhörer geschmeidig anpaßte, hatte den gewünschten Erfolg für Johanns Partei. Die Mehrzahl sagte zu, bei der geplanten Versammlung in York zugegen zu sein, um dort alle erforderlichen Vorbereitungen zur Krönung des Prinzen Johann zu treffen.

Erschöpft von all diesen Anstrengungen, aber sehr zufrieden mit dem Erfolg, kam Waldemar Fitzurse noch spät in der Nacht nach Schloß Ashby. Dort traf er de Bracy, der das Festkleid mit einem kurzen grünen Wams vertauscht hatte, eine lederne Kappe trug, ein kurzes Schwert am Gurt, ein Horn über die Schulter, einen langen Bogen in der Hand und ein Bündel Pfeile im Köcher. Wenn Fitzurse diesem Mann im Vorraum begegnet wäre, so hätte er ihn nicht weiter beachtet, sondern ihn für einen Mann von der Garde gehalten, da er ihn aber im Innern der Halle sah, so fühlte er sich veranlaßt, genauer zuzuschauen, und erkannte nun den normännischen Ritter in der Tracht eines englischen Weidmannes.

„Was soll der Mummenschanz, de Bracy?" fragte Fitzurse, ein wenig verdrossen. „Ist jetzt die Zeit zu Fastnachtsscherzen? Die Entscheidung über das Schicksal des Prinzen, Euers Herrn, steht bevor. Warum seid Ihr nicht auch unter die blutlosen Memmen getreten, die beim bloßen Namen des Königs Richard das Herz verloren haben?"

„Ich habe mich um meine eigenen Angelegenheiten bekümmert, so gut wie Ihr Euch um die Euern, Fitzurse," antwortete de Bracy ruhig.

„Ich mich um meine? Für den Prinzen Johann bin ich tätig gewesen, für unseren beiderseitigen Gönner."

„Als wenn Ihr dabei etwas anders als die Förderung Euers eigenen Vorteils im Auge hättet!" sagte der andere. „Geht doch, Fitzurse, wir kennen einander. – Ihr trachtet nach Ehre, ich gehe nur der Lust nach. So entspricht es auch unserm verschiedenen Alter. Vom Prinzen Johann denkt Ihr eben nicht besser als ich. Er ist zu schwach, um einen energischen Herrscher abzugeben, und zu tyrannisch, um ein erträglicher Herrscher zu werden, und zu unverschämt und anmaßend, um ein populärer Herrscher zu sein, und zu feige und wankelmütig, um überhaupt lange Herrscher sein zu können. – Allein er ist der Herrscher, durch den Fitzurse und Bracy in die Höhe kommen können, und deshalb stehen wir beide ihm bei – Ihr mit Eurer Klugheit und ich mit meiner Freiwilligenschar."

„Ihr seid mir ein netter Helfershelfer!" rief Fitzurse ungeduldig. „Wenn die Not am größten ist, da spielt Ihr den Narren. Was zum Teufel bezweckt Ihr zu einem so kritischen Zeitpunkt mit solcher Verkleidung?"

„Ich will auf die Freite gehen," sagte de Bracy kalt. „In dieser Verkleidung will ich über die Herde sächsischer Ochsen herfallen, die in dieser Nacht das Schloß verläßt, und will ihnen die liebenswürdige Rowena rauben."

„Seid Ihr toll?" rief Fitzurse. „Wenn diese Männer auch Sachsen sind, so bleiben sie doch deshalb reiche und mächtige Personen, die bei ihren Landsleuten um so mehr in Ehren stehen, als Reichtum und Macht bei den Sachsen jetzt sehr selten sind."

„Und von Rechts wegen auch gar nicht mehr vorkommen sollten," setzte de Bracy hinzu, „damit die Eroberung vollständig würde."

„Das ist jetzt noch nicht an der Zeit," antwortete Fitzurse. „Bei der bevorstehenden Krise ist uns die Gunst des großen Haufens unentbehrlich, und Prinz Johann muss allen denen, die von seinen Günstlingen Unbilden erfahren, zu ihrem Rechte verhelfen."

„Mag er's, wenn er den Mut hat!" versetzte Bracy, „er wird bald spüren, was es für ein Unterschied ist, ob man von einer Schar tapferer Speere oder von einem blutlosen Sachsenpöbel unterstützt wird. Auch habe ich mich dagegen gesichert, dass mein Anschlag so frühzeitig entdeckt wird. Sehe ich in dieser Tracht nicht so kühn aus wie je ein Förster, der ins Horn stieß? – Die Schuld an dieser Gewalttat fällt auf die Geächteten in den Wäldern von Yorkshire. Welches

Weges die Sachsen ziehen, habe ich sicher ausgekundschaftet. In dieser Nacht sind sie im Kloster Sankt Withold zu Obdach. Tags darauf kommen wir hinter ihnen her und schießen wie die Falken in sie hinein. Kurz darauf erscheine ich in meiner wahren Gestalt, befreie die trostlose Schöne aus rohen Räuberhänden und führe sie als artiger Ritter auf Front-de-Boeufs Schloß oder, wenns nötig ist, nach der Normandie. Ihre Sippschaft bekommt sie nicht eher wieder zu sehen, als bis sie die Braut oder Gemahlin von Moritz de Bracy ist."

„Ein erstaunlich pfiffiger Plan," sagte Fitzurse, „scheint auch nicht ganz Euers eigenen Geistes Erzeugnis. – Wohlan, Bracy, seid aufrichtig! Wer hat Euch dieses Komplott schmieden helfen und wer will es Euch ausführen helfen, denn mir scheint, Eure Bande liegt nicht weit von York?"

„Wenn Ihrs denn durchaus wissen müßt," antwortete de Bracy, „der Templer Brian de Bois-Guilbert hat den Plan ausgeheckt, und er will mir bei der Ausführung behilflich sein, er und sein Gefolge stellen die Räuber dar, aus deren Gewalt mein tapferer Arm die Dame befreien soll."

„Meiner Treu, der Plan macht Eurer beiderseitigen Weisheit Ehre, und Ihr selber, Bracy, gebt den besten Beweis für Eure Schlauheit damit, daß Ihr die Schöne in den Händen Eures Helferhelfers lassen wollt. Ihren sächsischen Freunden könnt Ihr sie leicht wegschnappen, wie aber wollt Ihr sie nachher den Klauen Bois-Guilberts wieder entreißen? Das scheint mir doch bedeutend schwieriger. – Er ist ein Falke, der es heraus hat, auf ein Rebhuhn zu stoßen und seine Beute festzuhalten."

„Er ist ein Templer," versetzte de Bracy, „und deshalb kann er nicht mit mir um die Hand dieser Erbin streiten, noch überhaupt etwas Schändliches gegen die zukünftige Braut Bracys vornehmen. Beim Himmel! Und wäre er der ganze Orden in einer Person, eine solche Beleidigung dürfte er nicht wagen."

„Weil Euch denn doch nichts," erwiderte Fitzurse, „diesen Blödsinn aus dem Kopfe treiben kann, was ich auch sagen mag – denn ich weiß, was für einen harten Schädel Ihr habt – so haltet Euch wenigstens nach Möglichkeit dazu, damit Eure Torheit nicht ebenso störend wirkt, wie sie zur Unzeit kommt."

„Ich sage Euch doch," antwortete Bracy, „in ein paar Stunden ist es getan. Dann bin ich in York an der Spitze meiner kühnen und tapferen Schar bereit, mich an jedem Vorgehen zu beteiligen, soweit es mit meiner Klugheit vereinbar ist. – Doch ich höre, daß sich meine Genossen im Hofe sammeln. Schon stampfen und wiehern die Pferde. Lebt wohl! Ich ziehe aus wie ein echter Ritter, meiner Schönen ein Lächeln abzugewinnen!“

Waldemar Fitzurse sah ihm nach. „Wie ein echter Ritter?“ wiederholte er. „Wie ein echter und rechter Narr, oder wie ein Kind, das vom notwendigsten und ernstesten Tun abläßt, um einer Distel nachzuhaschen, die der Wind an ihm vorübertreibt. Und mit solchen Werkzeugen muß ich arbeiten, und für wen? Für einen ebenso unklugen wie ausschweifenden Prinzen, der leicht ein so undankbarer Herr sein kann, wie er ein rebellischer Sohn und unnatürlicher Bruder war. – Doch er, er selber ist ja nur eines von meinen Werkzeugen, und wenn er noch so stolz ist, sollte es ihm jemals einfallen, seinen Vorteil zu suchen und meinen dabei außer acht zu lassen, so will ich ihm die Augen öffnen.“

Der Staatsmann wurde in seinen Betrachtungen unterbrochen durch die Stimme des Prinzen, der ihn aus einem an den Saal anstoßenden kleineren Gemach zu sich rief.

Die Mütze in der Hand ging der künftige Kanzler (denn nach diesem Amte trachtete der listige Normanne) zu seinem künftigen Souverän, neue Befehle zu empfangen.

Vierzehntes Kapitel

Der Leser wird sich erinnern, daß das Turnier hauptsächlich durch die Kühnheit eines unbekannten Ritters entschieden worden war, den das Publikum wegen seines gleichgültigen und gelassenen Wesens Le Noir-Fainéant genannt hatte. Als der Sieg entschieden war, hatte dieser Ritter plötzlich den Kampfplatz verlassen, und als er durch Trompetenstoß gerufen wurde, um den Lohn seiner Tapferkeit zu empfangen, war er nirgends zu finden. Der Ritter hatte sich nordwärts gewendet und alle betretenen Pfade vermeidend, den kürzesten Weg durch den dichten Forst eingeschlagen. In einer kleinen Herberge übernachtete er. Sie lag abseits von der Heerstraße, er erhielt aber Kunde von dem Ausgange des Turniers durch einen fahrenden Sänger.

Früh am kommenden Morgen brach der Ritter auf, denn er gedachte eine weite Reise zu tun. Er hatte sein Pferd geschont, so daß es dazu gut imstande war und nicht oft der Ruhe bedurfte. Allein sein Plan scheiterte an den verschlungenen Pfaden, die er einschlug, und als der Abend hereinbrach, befand er sich noch immer im Westen von Yorkshire. Mann und Pferde bedurften der Erquickung, und es war Zeit, sich nach einem Nachtlager umzusehen, denn es dämmerte schon. Die Stätte, wo sich der Reiter grade befand, bot ihm wenig Aussicht auf Obdach und Erfrischung, und es schien ihm nichts anderes übrigzubleiben, als es wie die fahrenden Ritter zu machen, die ihr Pferd im Walde grasen lassen, sich selbst aber auf einen Baumstamm hinstrecken, um süßen Gedanken an die Dame ihres Herzens nachzuhängen.

Allein entweder hatte der schwarze Ritter kein Liebchen oder er war in Sachen der Minne ebenso kaltblütig wie im Kampfe und konnte deshalb keine Betrachtungen über der Allerliebsten Schönheit und Grausamkeit anstellen, die ihn vielleicht dermaßen in Anspruch hätten nehmen mögen, daß er Hunger und Ermattung und den Mangel eines Bettes und Nachtmahles darüber vergessen hätte. Sein Mißbehagen wuchs noch, als er sich rings von Wäldern umschlossen sah, die zwar von Gestellen und Pfaden durchquert waren, doch nur für die zahlreichen Viehherden, die hier zur Weide gingen, und für das Wild und seine Jäger gebahnt zu sein schienen.

Die Sonne, die der einzige Wegweiser des Reiters gewesen war, ging jetzt hinter den Hügeln von Derbyshire zur Küste, und bei jedem Versuch, seine Reise fortzusetzen, konnte er sich ebensogut verirren wie vorwärts kommen. Nachdem er vergebens versucht hatte, den am meisten ausgetretenen Pfad zu verfolgen, in der Hoffnung, auf ihm zur Hütte eines Bauern oder eines einsamen Waldhüters zu gelangen, und nachdem er sich klar darüber geworden war, daß er auch nicht aufs Geratewohl weiterreiten konnte, entschloß er sich, der Klugheit seines Pferdes zu vertrauen, denn die Erfahrung hatte ihn gelehrt, daß diese Tiere einen wunderbaren Instinkt besitzen, sich und ihren Reitern aus derartigen mißlichen Lagen herauszuhelfen. Und kaum merkte das gute Pferd, das von der langen Reise unter einem Ritter in voller Rüstung erschöpft war, an den lockeren Zügeln, daß es sich selber überlassen war, so wachten Kraft und Mut frisch in ihm auf. Vorher hatte es jeden Druck der Sporen mit einem Ächzen beantwortet, jetzt aber, stolz über das ihm erwiesene Vertrauen, spitzte es die Ohren und fiel in eine flottere Gangart. Dabei schlug es einen Pfad ein, der von dem bisher vom Ritter verfolgten Weg abbog, er ließ es aber traben. Es zeigte sich, daß er recht daran tat, denn kurz darauf erweiterte sich der Fußpfad zu einem anscheinend mehr begangenen Wege – und der Klang eines Glöckchens ließ den Ritter vermuten, daß eine Kapelle oder Einsiedelei in der Nähe wäre.

Er langte denn auch bald an einer Lichtung an, die von einem jäh aus heiterer Ebene aufsteigenden Felsen begrenzt wurde, der dem Reisenden die graue verwitterte Stirn wies. An manchen Stellen bekleidete Efeu die Wände, an anderen standen Eichen und Gestrüpp, deren Wurzeln in den Felsspalten Nahrung fanden. Wie ein Federbusch über dem Helme eines Kriegers, also die Anmut dem Schrecken anschmiegend, wehte das Grün über dem Abgrunde. Am Fuße des Felsens und an ihn gelehnt, lag eine rauhe, aus Baumstämmen des Forstes gezimmerte Hütte, deren Fugen, zum Schutze gegen das Wetter, mit Moos und Lehm verstopft waren. Davor stellte der Stamm einer jungen Fichte, des Astwerkes beraubt, ein rohes Sinnbild des heiligen Kreuzes dar. Ein Stück seitab nach rechts floß ein Quell des reinsten Wassers aus dem Felsen, das in einem zu einem Becken geformten Steine aufgefangen wurde und dann in einem ausgehöhlten Kanal rauschend sich im Walde verlierend zu Tal floß.

Neben dieser Quelle standen die Ruinen einer kleinen Kapelle, deren Dach schon halb verfallen war. Als das Häuslein noch völlig erhalten war, hatte es sechzehn Fuß in der Höhe und zwölf in der Breite gehabt. Das im Verhältnis niedrige Dach war von vier ineinanderlaufenden Bogen gestützt, die an den vier Ecken des Gebäudes aufstiegen und deren jeder auf einem kurzen starken Pfeiler ruhte. Von zweien dieser Bogen waren die Rippen stehengeblieben, obgleich das Dach zwischen ihnen eingesunken war, das über den anderen noch unversehrt war. Der Zugang zu dieser viele Jahre alten Stätte der Andacht lag unter einem niedrigen, runden Bogen, der mit einer Reihe jener gezackten Spitzen verziert war, die den Haifischzähnen gleichen und sich oft an alten sächsischen Kirchen vorfinden. Über dem Vorhofe ragte ein auf vier schmalen Pfeilern errichteter Glockenstuhl empor. Darin hing ein mit Grünspan überzogenes, verwittertes Glöcklein, dessen schwache Klänge der schwarze Ritter soeben vernommen hatte.

Das ganze ruhig-friedliche Bild lag im Zwielicht schimmernd vor den Augen des fahrenden Ritters und verhieß ihm ein Obdach für die Nacht, denn eine der ersten Pflichten solcher im Walde hausender Einsiedler war die Gastlichkeit gegen verirrte und verspätete Wanderer. Der Ritter vergeudete daher nicht die Zeit mit der Betrachtung all dieser Einzelheiten, sondern dankte dem heiligen Julian, dem Schutzpatron der Reisenden, für die ihm so gewiesene Herberge, dann sprang er vom Pferde und klopfte mit dem Ende seiner Lanze an die Pforte der Einsiedelei, um Einlaß zu begehren. Aber es dauerte ein ganzes Weilchen, bis eine Antwort kam, und die dann kam, lautete auch noch abweisend.

„Zieh vorüber, wer du auch seiest," rief eine tiefe, rauhe Stimme aus der Hütte. „Störe nicht den Diener Gottes und des heiligen Dunstan in seiner Abendandacht."

„Würdiger Vater," entgegnete der Ritter, „ein armer Wanderer, der sich in den Wäldern verirrt hat, gibt dir Gelegenheit, deine Barmherzigkeit und Gastfreundschaft zu betätigen."

„Guter Bruder," erwiderte der Insasse der Einsiedelei, „es hat unserer lieben Frauen und dem heiligen Dunstan gefallen, mich eher selber solcher Barmherzigkeit bedürftig zu machen, als daß ich sie irgendwem erweisen könnte. Ich habe keine Speise hier, die auch nur ein Hund mit mir teilen möchte, und selbst ein Pferd, das gute Behandlung gewöhnt ist, würde meine Lagerstatt verschmähen. Zieh denn deines Weges weiter und Gott geleite dich."

„Wie soll es aber möglich sein," wandte der Ritter ein, „daß ich mich durch einen so dichten und dunkeln Wald zurechtfinden soll? Ich bitte Euch, ehrwürdiger Vater, wenn Ihr ein Christ seid, so macht auf und bringt mich wenigstens auf den richtigen Weg."

„Und ich, guter Bruder in Christo," war die Antwort des Anachoreten, „bitte Euch, störet mich nicht länger. Schon habt Ihr ein Paternoster, zwei Aves und ein Credo unterbrochen, die ich armer Sünder meinem Gelübde nach schon vor Mondaufgang hätte beten müssen."

„Den Weg, den Weg!" rief der Ritter nun etwas ungestüm, "wenn ich mich von dir keines weiteren Entgegenkommens zu versehen habe."

„Der Weg," versetzte der Eremit, „ist leicht zu finden. Dieser Pfad führt aus dem Walde heraus zu einem Morast und weiterhin zu einer Furt, Ihr werdet sie jetzt begehen können, denn der Regen hat nachgelassen. Wenn Ihr durch die Furt hindurch seid, so haltet Euch am linken Ufer und seht Euch vor, denn es ist da steil, und der am Abgrund über dem Flusse hinführende Steg ist, wie ich neulich gehört habe, an mehreren Stellen eingestürzt. Von da ab braucht Ihr nur geradeaus zu reiten."

„Ein eingestürzter Steg – ein Abgrund – eine Furt und ein Morast!" unterbrach ihn der Ritter. „Nein, Herr Einsiedler! Und wäret Ihr der Heiligste, der je einen Bart getragen oder Gebete gesprochen hat, Ihr sollt mich nicht beschwatzen, daß ich in dieser Nacht noch solch einen Weg reite. Ich sage dir, der du von der Barmherzigkeit in dieser Gegend lebst, die du mir schlecht zu verdienen scheinst, – ich sage dir, du hast kein Recht, dem Wanderer in der Not eine Zuflucht zu versagen. Mach auf der Stelle auf, sonst, bei dem heiligen Kreuz, schlag ich dir die Tür ein und erzwinge mir den Eingang."

„Guter Wanderer," entgegnete der Eremit, „sei nicht unverschämt. Wenn du mich zwingst, zu meiner Verteidigung weltliche Waffen zu benutzen, so wirst du schlecht dabei fahren!" Und während er so sprach, ließ sich ein Heulen und Knurren vernehmen, aus dem der Ritter schloß, daß der Einsiedler, über die Drohung des Ritters erschrocken, seine Hunde herbeigerufen hatte. Aufgebracht über ein so ungastliches Benehmen des Eremiten, hob der Ritter den Fuß und stieß so ungestüm gegen die Tür, daß sie in ihren Pfosten bebte. Der Anachoret, der seine Tür nicht einem zweiten so wuchtigen Stoß aussetzen wollte, rief jetzt laut: „Geduld, Geduld! Spare deine Kraft, guter Wanderer. Ich mache schon auf, obgleich du wenig Freude daran haben wirst."

Nun wurde die Tür geöffnet, und der Eremit, ein stattlicher, kraftvoll gebauter Mann, in einer Kutte mit Kapuze, einen Strick von Binsen um den Leib, stand vor dem Ritter. In der einen Hand hielt er eine brennende Fackel, in der anderen einen Knüttel vom wilden Apfelbaum, der so dick und wuchtig war, daß man ihn wohl eine Keule hätte nennen können. Zwei große, zottige Hunde, halb Windhund, halb Bullenbeißer, standen neben ihm, bereit, über den Wanderer herzufallen, sobald die Tür geöffnet wurde. Als aber das Licht der Fackel auf die Rüstung des draußen stehenden Ritters fiel, änderte der Eremit seine Absicht, hielt seine Verbündeten zurück, redete den Ritter im Tone bäuerischer Höflichkeit an und bat ihn einzutreten, entschuldigte seine Ungefälligkeit damit, daß soviel Räuber und Geächtete in der Gegend ihr Wesen trieben und daß dieses Gesindel weder den heiligen Dunstan noch die heilige Jungfrau und noch weniger die heiligen Männer, die ihr Dasein dem heiligen Dienste widmeten, zu respektieren pflegte. Der Ritter sah sich um. Er entdeckte nichts als ein Lager von Laub, ein hölzernes Kruzifix, das aus Eichenholz grob geschnitzt war, und einiges ebenso grobes Gerät.

„Die Armut Eurer Zelle, guter Vater," sagte er, „sollte Euch hinlängliche Gewähr sein gegen die Angriffe von Dieben, ganz zu schweigen von den beiden gewaltigen Hunden, die groß und stark genug sind, einen Hirsch niederzuwerfen, und es mit mehreren Männern zugleich aufnehmen können."

„Der Waldhüter," antwortete der Eremit, „hat mir diese Hunde zum Schutze für meine Einsamkeit überlassen, bis die Zeiten besser werden." Nach diesen

Worten steckte er die Fackel in ein Stück gedrehtes Eisen, das ihm als Leuchter diente, setzte den eichenen Tisch an den Herd, legte etwas trockenes Holz an, schob einen Stuhl an den Tisch und forderte den Ritter auf, ein gleiches zu tun. Sie setzten sich und betrachteten einander eingehend, und ein jeder mochte wohl bei sich denken, daß er selten eine kräftigere Athletengestalt gesehen hatte, als ihm jetzt gegenübersaß.

„Ehrwürdiger Einsiedler," begann der Ritter, nachdem er ihn lange und unverwandt angeschaut hatte, „wenn ich Euch in Eurer Andacht nicht störe, so hätte ich gern dreierlei von Euch erfahren. Erstens: wo soll ich mein Pferd hinstellen? Zweitens: was kann ich zum Abend zu essen bekommen? Drittens: wo kann ich diese Nacht schlafen?"

„Darauf werden meine Finger Euch die Antwort geben," versetzte der Einsiedler, „denn meine Ordensgesetze verbieten mir zu sprechen, wo ich mit Zeichen auskommen kann." Und mit diesen Worten deutete er nacheinander auf die beiden Winkel der Hütte. „Dort Euer Stall, dort Euer Bett," besagte diese Gebärde. Dann nahm er eine Schüssel getrockneter Erbsen vom nahen Simse herab und stellte sie auf den Tisch. „Und hier Euer Abendessen," bedeutete das.

Der Ritter zuckte die Achseln und ging hinaus, um sein Pferd hereinzuholen, das er mittlerweile an einen Baum gebunden hatte. Er sattelte es sorgsam ab und breitete seinen eigenen Mantel über den Rücken des müden Tieres.

Der Einsiedler schien angenehm berührt von der Fürsorge und Geschicklichkeit des Fremdlings. Er murmelte etwas von Futter, das für den Klepper des Waldhüters noch da wäre, holte eine Schütte Stroh herbei und breitete einen Haufen Farrenkraut in der Ecke aus, wo sich der Ritter zur Nacht hinstrecken sollte. Der Ritter dankte ihm für die Höflichkeit, und nachdem so jeder seine Schuldigkeit getan hatte, setzten sie sich wieder an den Tisch. Zwischen ihnen stand die Schüssel Erbsen, und der Eremit sprach ein langes Gebet in verderbtem Latein. Dann ging er seinem Gaste mit gutem Beispiel voran und schob bescheiden ein paar Erbsen in seinen ziemlich großen Mund mit prächtigen Zähnen, die es an Weiße und Schärfe mit denen eines Ebers aufnehmen konnten. Die Erbsen waren freilich ein schlechtes Korn für solche Mühle.

Der Ritter folgte dem so löblichen Beispiel, nachdem er den Helm und den Küraß und den größten Teil seiner Rüstung abgelegt hatte. Er zeigte dem Eremiten sein Haupt, das von vollem blonden Haar umlockt war. Er hatte Züge, die man wohl erhaben nennen konnte, blaue, klare und leuchtende Augen, einen edelgeschnittenen Mund, dessen Oberlippe von einem kleinen Bart von dunklerer Farbe als das Haupthaar geziert war. Sein ganzes Äußere ließ erkennen, daß man in ihm einen kühnen, mächtigen und unternehmenden Mann vor sich hatte, zu dessen Geist die gigantische Gestalt trefflich paßte. Wie um das Vertrauen seines Gastes zu erwidern, zog der Einsiedler die Kutte ab und zeigte das kugelrunde Gesicht eines Mannes in der Blüte der Jahre. Sein geschorener Kopf, den ein Kranz dicken, schwarzen Haares umschloß, sah aus wie eine von hohen Hecken umgebene Wiese. Seine Züge hatten keine mönchische Strenge, noch weniger lag in ihnen asketische Entsagung. Es war vielmehr ein kühnes, trotziges Gesicht mit breiten schwarzen Augenbrauen, einer wohlgeformten Stirn und den roten runden Backen eines Posaunenengels. Er hatte einen langen, krausen schwarzen Bart. Ein solches Gesicht und solcher Körperbau sahen eher danach aus, als seien sie bei Braten und anderer kräftiger Kost herangediehen, nicht aber bei Erbsen und trockenem Gemüse. Dieser Kontrast entging dem Gaste nicht, der eben mit ziemlicher Anstrengung einen Mund voll getrockneter Erbsen zerkaut hatte und nun seinen frommen Wirt um einen Trunk bat. Der erfüllte die Bitte alsobald, indem er einen Krug voll des reinsten Quellwassers vor ihn hinstellte.

„Es ist aus der Quelle des heiligen Dunstan,“ sagte der Eremit. „In ihr hat er von einem Sonnenaufgang zum andern fünfhundert Dänen und Briten getauft. Gepriesen sei sein Name!“

„Mir scheint, ehrwürdiger Vater,“ sagte der Ritter, „die schmale Kost, die Ihr genießt, und dieses heilige, wenn auch etwas dünne Getränk wirken an Euch Wunder. Ihr kommt mir vor wie ein Mann, dessen Sache es eher wäre, in einem Ringspiele oder Stockkampfe den Preis zu gewinnen, als in dieser einsamen Ödenei die Zeit mit Gebeten zu vergeuden und von getrockneten Erbsen und kaltem Wasser zu leben.“

„Herr Ritter,“ erwiderte der Einsiedler, „Eure Gedanken gehen wie die eines unwissenden Laien aufs fleischliche. Es hat unserer lieben Frau und meinem Schutzheiligen gefallen, meine karge Nahrung zu segnen, wie den Kindern Sadrach, Meschheg und Abednego Hülsenfrüchte und Wasser gesegnet wurden, als sie sie den köstlichen Gerichten vorzogen, die ihnen die Könige der Sarazenen anboten.“

„Heiliger Vater, an dessen Leibe der Himmel solch Wunder tut," sagte der Ritter, „erlaubt einem sündhaften Laien nach Euerm Namen zu fragen."

„Ihr mögt mich," war die Antwort, „den Mönch von Copmanhurst nennen, denn so heißen sie mich hierherum. Manche fügen das Beiwort heilig hinzu, aber ich lege keinen großen Wert darauf, weil ich fühle, daß ich dessen nicht würdig bin. Und nun, tapferer Ritter, nennt mir auch den Namen meines ehrenwerten Gastes."

„Die Leute nennen mich hierherum," erwiderte der Ritter, „den schwarzen Ritter, manche fügen hinzu: der Faulpelz, aber ich lege darauf auch keinen Wert."

Der Eremit vermochte sich bei dieser Antwort seines Gastes nicht des Lachens zu enthalten. „Ich sehe, Herr Faulpelz," erwiderte er, „Ihr seid ein kluger, verständiger Mann, und ich sehe ferner, meine karge Mönchskost behagt Euch nicht. Ihr seid wahrscheinlich von den Höfen und Feldlagern etwas Besseres gewöhnt, und nun fällt mir auch ein: als mir der liebe Waldhüter die Hunde hier zu meinem Schutze überließ, hat er mir auch ein wenig Speise dagelassen, da ich ihrer bei meinen wichtigen Betrachtungen nicht bedarf, hatte ich ihrer ganz vergessen."

„Heiliger Mönch," antwortete der Ritter, „als Ihr Eure Kapuze abnahmt, hätte ich darauf schwören können, daß bessere Kost in Eurer Hütte sei. – Euer Waldhüter ist doch ein guter Kerl. Aber wer Euer Gebiß sieht und zugucken muß, wie es sich mit solchen Erbsen quält, und wer sich Eure volle Kehle mit so ungeistigem Getränke benetzen sieht, fürwahr, dem muß es unerträglich sein, Euch zu solcher Speise und Trank für Gäule" – bei diesen Worten deutete er noch auf den auf dem Tische stehenden Vorrat – „verurteilt zu sehen, und er wird nicht anders können, als Eure Kost zu verbessern. Wir wollen doch mal gleich sehen, was hierin die Güte des Waldhüters geleistet hat."

Der Mönch warf dem Ritter einen ernsten Blick zu. Sein Zaudern, als wisse er noch nicht recht, ob er seinem Gaste trauen sollte, machte einen komischen Eindruck. Aber in den Zügen des Ritters lag der offenste Freimut, den je ein Gesicht ausgedrückt hat. Sein Lächeln war so unwiderstehlich launig und bekundete so große Redlichkeit und Rechtlichkeit, daß sein Wirt sich auf der Stelle eines Herzens mit ihm fühlte. Der Mönch ging daher nach dem entlegenen Teile der Hütte und machte hier eine Türe auf, die ganz versteckt angebracht und kunstvoll maskiert war. Aus einer dunkeln Kammer brachte er eine große

Pastete auf einer unförmig breiten Schüssel herbei. Diese mächtige Speise setzte er seinem Gaste vor, der ohne Zögern den Dolch zog und dem Fleischklumpen energisch zu Leibe ging. „Wie lange ist es her, daß der gute Waldhüter hier war?“ fragte er, nachdem er in aller Eile ein paar Bissen verschlungen hatte.

„Zwei Monate etwa,“ erwiderte der Einsiedler hastig.

„Beim Himmel!“ rief der Ritter, „in Eurer Einsiedelei ist alles eitel Wunder! Ich hätte wetten mögen, daß der feiste Rehbock, der den Inhalt dieser Pastete hergegeben hat, in dieser Woche noch auf seinen vier Beinen herumgelaufen ist.“

Der Eremit geriet über diese Worte ein wenig in Verwirrung, auch schnitt er eine sehr trübselige Miene, als er seinen Gast so gewaltig in seine Pastete einhauen sah – eine gar verlockende Tätigkeit, an der er sich doch nicht beteiligen konnte wegen der soeben noch vorgeschützten Enthaltsamkeit.

„Herr Mönch,“ sagte der Ritter, indem er plötzlich mit Essen innehielt, „ich bin in Palästina gewesen, und da fällt mir ein, es besteht dort die Sitte, daß jeder, der einen Gast bewirtet, die Speise mit ihm teilt, um ihn davon zu überzeugen, daß die Speise unschädlich ist. Es sei nun zwar ferne von mir, einem heiligen Manne mit solchem Verdacht nahezutreten, aber ich wäre Euch doch sehr dankbar, wenn Ihr diesen morgenländischen Brauch mitmachen wolltet.“

„Um Eure unangebrachten Bedenklichkeiten zu beseitigen,“ versetzte der Eremit, „will ich diesmal von meiner Regel abweichen.“ Und da es zu jener Zeit noch keine Gabeln gab, griff er ohne weitere Umstände mit beiden Fäusten in die Pastete hinein. – Das Eis war nun gebrochen, und Wirt und Gast schienen miteinander zu wetteifern, wer den besseren Appetit zeigen würde. Obwohl der letztere wohl die längere Zeit gefastet hatte, tat es ihm der erstere doch zuvor.

„Heiliger Mönch,“ sagte der Ritter, als er seinen Hunger gestillt hatte, „ich wette mein gutes Pferd gegen eine Zechine, daß eben der biedere Waldhüter, dem wir das Wildbret verdanken, Euch auch einen Schluck Wein oder einen Rest Sekt dagelassen hat, die zu dieser Pastete passen. Das sind nun freilich Dinge, die es ganz und gar nicht verdienen, daß sich das Gedächtnis eines strengen Anachoreten mit ihnen befasse. Aber denkt doch mal ein wenig nach, und ich bin überzeugt, Ihr werdet finden, daß ich recht habe.“ Der Eremit lächelte nur. Er ging noch einmal nach der geheimen Zelle und brachte eine lederne Flasche hervor, die wohl vier Quart fassen mochte, und zwei Trinkschalen aus dem Horn des Auerochsen mit Silbereinfassung. Als er diese Anstalten, das Nachtmahl hinunterzuspülen, getroffen hatte, meinte er, allen Zwang nunmehr ablegen zu dürfen, füllte beide Becher und rief auf sächsisch: „Euer Wohl, Herr Faulpelz!“ und leerte seinen Becher auf einen Zug. – „Euer Wohl, heiliger Mönch von Copmanhurst!“ antwortete der Kriegsmann und tat seinem Wirt auf dieselbe Weise Bescheid.

„Heiliger Mann,“ sagte der Ritter, nachdem der erste Becher getrunken war, „es wundert mich in hohem Maße, daß sich ein Mann von so gewaltigen Sehnen und Knochen, wie Ihr, in eine solche Wildnis vergraben kann. Meiner Meinung nach habt Ihr mehr Geschick, ein Schloß oder eine Festung zu verteidigen, gut zu essen und tüchtig zu trinken, als hier von Hülsenfrüchten und Wasser und der Mildtätigkeit des Waldhüters Euer Dasein zu fristen. Wenigstens wüßte ich mich an Eurer Stelle mit dem herrschaftlichen Wild schon zu versorgen, es läuft ja herdenweis herum, und wenn sich der Kaplan des heiligen Dunstan einmal einen Rehbock fängt, so wird das nichts weiter ausmachen.“

„Herr Faulpelz,“ entgegnete der Einsiedler, „dies sind gefährliche Worte, und ich bitte Euch, seid davon still, ich bin ein Eremit, der dem König und seinen Gesetzen treu ist, und wenn ich meines Lehnsherrn Wild stehlen wollte, so käme ich sicherlich ins Gefängnis, und selbst meine Kutte würde mich nicht vor dem Henker schützen.“

„Davon abgesehen,“ antwortete der Ritter. „Wenn ich in Eurer Lage wäre, so ginge ich beim Mondschein umher, wenn der Förster und die Hüter in ihren warmen Betten liegen, und dann und wann so zwischen einem Gebete durch ließ ich meinen Pfeil auf die Herden von Wild los, die auf den Lichtungen im Walde äsen. – Sagt mir, heiliger Mann, habt Ihr nicht dann und wann solchen Zeitvertreib geübt?“

„Freund Faulpelz,“ versetzte der Mönch. „Ihr habt in meinem Haushalt alles gesehen, was Euch angeht, und mehr noch, als einer verdient, der sich mit Gewalt Quartier verschafft. Aber glaubt mir, es ist besser, Ihr genießet, was Euch Gott bietet, und forscht lieber nicht neugierig nach, von wannen es kommt. Gießt Euern Becher voll, und seid mir willkommen, aber nötigt mich nicht durch fernere Zudringlichkeiten, daß ich Euch zeigen muß, daß Ihr nie in meine Behausung hineingekommen wäret, wenn ich Euch ernstlich Widerstand geboten hätte.“

„Meiner Treu,“ entgegnete der Ritter, „Ihr macht mich neugieriger als je. Ihr seid der schnurrigste Eremit, der mir je begegnet ist, und ich will Euch noch genauer kennen lernen, ehe ich wieder gehe. Was aber Eure Drohung anbetrifft, so wisset, Ihr sprecht zu einem, dessen Amt es ist, Gefahren aufzusuchen, wo sie sich auch immer finden lassen."

„Ich trinke Euch zu, Herr Faulpelz!" sagte der Mönch, „und achte Eure Tapferkeit, doch von Eurer Verschwiegenheit halte ich nicht viel. Wenn Ihr Euch aber mit gleicher Waffe mit mir messen wollt, so will ich Euch in aller Freundschaft so zulängliche Absolution zukommen lassen, daß Ihr für das nächste Jahr die Sünde übermäßiger Neugierde nicht wieder begehen sollt. – Was sagt Ihr zu diesem Spielzeug?"

Mit diesen Worten öffnete er eine andere Nische im Felsen und holte ein paar breite Schwerter und Schilde hervor, wie sie damals bei den Yeomen gebräuchlich waren. Der Ritter, der seinen Bewegungen folgte, sah, daß in diesem geheimen Winkel noch ein paar lange Bogen, eine Armbrust Pfeile und Bolzen verborgen waren. Eine Harfe und noch andere Dinge von recht unheiligem Charakter waren desgleichen darin enthalten. „Ich verspreche Euch, Bruder Mönch," sagte der Ritter, „ich will keine weiteren verfänglichen Fragen an Euch richten – dieser Wandschrank gibt mir auf alle meine Fragen ausgiebige Antwort, und ich sehe hier eine Waffe" – er trat herzu und nahm die Harfe heraus – „auf der ich lieber meine Kunst gegen Euch messe, als mit Schwert und Schild."

„Herr Faulpelz," sagte der Eremit, „Ihr führt den Namen des Faulpelzes sehr mit Unrecht, ich kann Euch nur sagen, Ihr kommt mir gar nicht geheuer vor. Doch Ihr seid einmal mein Gast, so setzt Euch, laßt uns trinken und singen und lustig sein. – Doch vorerst füllt die Schale an. Es wird ein Weilchen dauern, bis die Harfe gestimmt ist, und nichts macht die Stimme geschmeidiger und das Ohr empfindlicher für die Töne, als eine Schale Weins. – Ich für meinen Teil fühle wenigstens gern die Trauben in den Fingerspitzen, ehe ich in die Saiten greife."

Und nun wurde manches frohe Lied gesungen, und die beiden wurden immer vergnügter, bis plötzlich ihre muntere Unterhaltung gestört wurde – es pochte laut und dringlich an die Tür. Die Ursache dieser Störung läßt sich nur erklären, wenn wir zu den anderen Personen unserer Erzählung zurückkehren.

Fünfzehntes Kapitel

Als Cedric der Sachse seinen Sohn in den Schranken zu Ashby niederfallen sah, wollte er in seinem ersten Aufwallen befehlen, daß sich seine eigenen Diener seiner annehmen sollten, aber er brachte die Worte nicht über die Lippen. Er vermochte es nicht über sich zu gewinnen, den Sohn, den er enterbt und verstoßen hatte, vor einer solchen Versammlung anzuerkennen. Er befahl aber doch seinem Haushofmeister Oswald, ein Auge auf ihn zu haben und, wenn sich erst die Menge zerstreut hätte, Ivanhoe mit zweien von seinen Leibeigenen nach Ashby bringen zu lassen. Aber zu diesem Dienste kam Oswald zu spät. Als sich die Menge zerstreut hatte, war auch der Ritter verschwunden. Vergebens hielt Cedric's Mundschenk nach seinem jungen Herrn Umschau. Wohl sah er den blutigen Fleck, wo er niedergefallen war, aber ihn selber nicht mehr, es war, als hätten ihn Feen entführt. Vielleicht hätte auch Oswald das geglaubt, denn abergläubisch sind die Sachsen alle, hätte er nicht einen Mann in der Tracht eines Knappen erblickt, in dem er auf der Stelle den Schweinehirten Gurth erkannte. Ratlos, was aus seinem Herrn geworden sei, und verzweifelt, daß er so plötzlich verschwunden war, irrte der Hirt umher, seinen Herrn überall suchend und seiner eigenen Sicherheit vergessend. Oswald hielt es für seine Pflicht, Gurth als einen Ausreißer festzunehmen und die Entscheidung über den Fall seinem Herrn zu überlassen. Als sich der Haushofmeister von neuem nach dem Schicksals Ivanhoes erkundigte, erfuhr er von den Umstehenden nur, daß der Ritter von zwei feingekleideten Dienern in eine einer Dame gehörigen Sänfte gehoben und weggetragen worden sei. Oswald entschloß sich, mit dieser Nachricht zu Cedric zurückzukehren, Gurth mit sich nehmend.

In Cedric rang der Stoizismus des Patrioten vergebens um die Oberhand, die Natur behauptete ihre Rechte, und der Vater war in großer Angst um seines Sohnes Schicksal. Aber kaum hatte er erfahren, daß Ivanhoe in guter Hut, wahrscheinlich in befreundeten Häusern sei, so wich die durch die Ungewißheit erzeugte Angst dem beleidigten Stolze und der Rachsucht und dem Groll über Wilfrieds Ungehorsam.

„Laßt ihn seiner Wege gehen!“ rief er. „Mögen die seine Wunden pflegen, um derentwillen er sie empfangen hat. Er taugt besser dazu, an den Gaukelspielen der normännischen Ritterschaft teilzunehmen, als die Ehre und den Ruhm seiner Ahnen mit dem Messer und der Keule, den Waffen der guten alten Zeit, aufrechtzuerhalten.“

„Wenn es zur Aufrechterhaltung der Ahnenehre genügt,“ sagte Lady Rowena, „weise im Rat und tapfer in Taten zu sein, so herrscht, abgesehen allein von seinem Vater, nur eine Stimme . . .“

„Schweigt, Lady Rowena," unterbrach sie Cedric, „über diesen einen Punkt will ich nichts von Euch hören. Macht Euch fertig, zum Festessen des Prinzen zu gehen, mit ungewöhnlicher Höflichkeit und Ehrerbietung sind wir eingeladen worden – so sind die hochmütigen Normannen seit dem Unglückstage von Hastings nicht wieder zu uns gewesen. Ich gehe hin, sei es auch nur, um den stolzen Normannen zu zeigen, daß selbst der Verlust eines Sohnes, der sie eben noch tapfer besiegt hat, einen Sachsen nicht niederzudrücken vermag."

„Ich aber gehe nicht mit," antwortete Rowena, „und ich bitte Euch, bedenkt doch, daß, was Ihr für Mut und Standhaftigkeit haltet, auch leicht Hartherzigkeit genannt werden kann."

„So bleibt daheim, undankbare Lady," versetzte Cedric, „Ihr seid die Hartherzige in diesem Falle, denn Ihr opfert das Wohl Euers unterdrückten Volkes einer eiteln, unüberlegten Neigung auf! Ich suche den edeln Athelstane auf und gehe mit ihm zu dem Festessen des Prinzen Johann von Anjou." Und er ging in der Tat zum Bankett, dessen Verlauf dem Leser bereits bekannt ist.

Die sächsischen Edelherren begaben sich gleich nach ihrer Rückkehr mit ihrem Gefolge zu Pferde, und inmitten des hierbei entstehenden Wirrwarrs erblickte Cedric zum erstenmal den entlaufenen Gurth. Wie wir wissen, war der Sachse in nicht eben friedlicher Stimmung. Es fehlte nur ein Anlaß, daß er seinen Grimm gegen irgendwen austoben konnte.

„Die Ketten!" rief er. „In Ketten mit ihm! Oswald, Hunibert! Ihr Hunde, Ihr Schurken! was laßt Ihr den Buben ungefesselt!" Gurths Gefährten wagten nichts dagegen einzuwenden und banden den armen Burschen mit einem Halfter, dem einzigen Strick, der jetzt zur Verfügung war. Der Schweinehirt ließ es ohne Widerstand geschehen. Er warf nur einen Blick des Vorwurfs auf seinen Herrn und sagte: „Das ist mein Lohn, daß ich Euer Fleisch und Blut mehr liebe als mein eigenes."

„Zu Pferd und vorwärts!" rief Cedric.

„Es ist hohe Zeit," sagte der edle Athelstane.

Die Reisenden beeilten sich und trafen noch rechtzeitig im Kloster St. Withold ein. Der Abt, selber aus altem Sachsengeschlecht stammend, empfing die Edelleute mit all der verschwenderischen Gastlichkeit seines Volkes und hielt sie bis zu später oder vielmehr früher Stunde wach. Am andern Morgen entließ sie der freigebige Wirt erst, nachdem er ihnen noch ein reiches Frühstück vorgesetzt hatte. Als die berittene Gesellschaft aus dem Klosterhofe ritt, ereignete sich etwas, das die Sachsen, die am meisten von allen Völkern auf Vorbedeutungen gaben, mit Unruhe erfüllte: Ein großer schwarzer Hund saß nämlich jämmerlich heulend am Tor, als die Kavalkade hindurchritt, und wollte nachher, wild bellend hin und her rennend, sich ihr anschließen.

„Die Musik lieb ich nicht, Vater Cedric," sagte Athelstane, denn bei diesem ehrfurchtsvollen Namen pflegte er ihn zu nennen. – „Meiner Meinung nach tun wir besser," denn das gute Bier des Abtes schmeckte ihm noch, „wir kehren wieder um und bleiben bei dem Abte bis zum Nachmittag. Es ist nicht gut, daß man reist, wenn einem ein Mönch, ein Hase oder ein Hund über den Weg läuft. Wenigstens soll man dann immer erst noch eine Mahlzeit vorüberlassen."

„Vorwärts!" rief Cedric ungeduldig. „Der Tag ist so wie so schon zu kurz für unsere Reise. Den Köter da erkenne ich wohl! Es ist der Hund meines entlaufenen Sklaven Gurth, ein ebenso unnützer Vagabund wie sein Herr!"

Mit diesen Worten hob er sich im Steigbügel, erzürnt über diese Unterbrechung seiner Reise, und schleuderte den Wurfspeer nach dem armen Packan – denn Packan war es wirklich, der seinen Herrn auf seiner heimlichen Fahrt endlich aufgespürt hatte und nun seine helle Freude, daß er ihn wiedergefunden hatte, in so lärmender Weise zu erkennen gab. Der Wurfspieß verwundete das Tier in der Schulter und hätte es fast am Boden festgenagelt. Heulend flüchtete Packan aus den Augen des ergrimmten Thanes. Aber dem armen Gurth stieg das Herz in die Kehle; daß sein treuer Hund also mit Willen hingemordet wurde, das schmerzte ihn weit tiefer als die harte Behandlung, die er selber erlitten hatte. Nachdem er vergebens versucht hatte, mit der Hand an seine Augen zu kommen, sagte er zu Wamba, der sich vor der schlechten Laune seines Herrn zurückgezogen hatte: „Freund Wamba, sei so gut und wisch mir mit dem Zipfel deines Mantels die Augen aus, das Wasser ist mir lästig, und ich bin gefesselt und kann selbst nicht hinlangen." Wamba erzeigte ihm den erbetenen Dienst, dann ritten beide eine Zeitlang schweigend nebeneinander her. Endlich aber vermochte Gurth nicht länger seine Gefühle zu unterdrücken.

„Freund Wamba," sagte er, „von allen, die so verrückt sind und dem Cedric dienen, bist du der einzige, der ihm seine Verrücktheit angenehm zu machen weiß. Geh daher zu ihm und sag ihm, daß ihm Gurth weder aus Furcht noch aus Liebe länger dienen will. Er kann mir den Kopf abschlagen lassen, mich geißeln lassen, mich mit Ketten beladen lassen, aber fernerhin soll er mich nicht mehr zu Liebe oder Gehorsam zwingen können. Geh also zu ihm, daß sich Gurth, der Sohn Beowulfs, von seinem Dienste lossagt."

„Freilich bin ich nur 'n Narr," sagte Wamba, „aber ich will mich doch nicht von dir zum Narren halten lassen. Cedric hat noch 'nen Wurfspeer im Gürtel, und du weißt, er verfehlt selten sein Ziel."

„Ich frage nichts danach, ob er mir den Garaus macht," erwiderte Gurth. „Gestern hat er Wilfried, meinen jungen Herrn, in seinem Blute liegen lassen, und heute hat er vor meinen eigenen Augen das einzige Wesen umgebracht, das mich lieb hat. Das kann ich ihm nimmer vergessen."

„Ich meine," sagte Wamba, der oft den Friedensstifter im Haushalt machte, „der Herr hat den Packan bloß erschrecken, nicht verwunden wollen. Hast du nicht gesehen, er hob sich im Bügel, als wollte er über das Ziel hinausschießen, und so wärs auch gekommen, wenn Packan nicht in diesem Augenblick in die Höhe gesprungen und so gerade in'n Speer hineingeraten wär. Aber für einen Pfennig Teer macht die Wunde wieder heil."

„Wenn das wahr wäre!" erwiderte Gurth. „Wenn ich das glauben könnte! Aber nein! ich hab's ja gesehen, der Wurfspeer saß gut. Ich sah ihn durch die Luft schwirren mit all der Bosheit dessen, der ihn schleuderte. Als er in der Erde steckte, zitterte er noch aus Wut, daß er sein Ziel nicht ganz getroffen hatte. Beim heiligen Anton, in diesem Dienste bleibe ich nicht."

Und der Schweinehirt versank in sein voriges Schweigen, aus dem ihn der Narr nicht wieder aufzurütteln vermochte.

Inzwischen hatten Cedric und Athelstane ein eifriges Gespräch über die Zustände des Landes geführt, über die Zwistigkeiten in der königlichen Familie, über die Fehden und Uneinigkeiten unter den normannischen Adeligen und über die Möglichkeit, daß sich die geknechteten Sachsen von dem Joche der Normannen wieder freimachen könnten. Wenn die Rede hierauf kam, wurde Cedric immer Feuer und Flamme. Es war die größte Sehnsucht seines Herzens, die Unabhängigkeit seines Volkes wieder herzustellen. Mit Freuden hätte er dafür das Glück seines Hauses und selbst seinen einzigen Sohn hingeopfert. Allein wenn sich eine so große Umwälzung zugunsten des eingeborenen Volkes sollte durchführen lassen, so mußten vor allem die Sachsen untereinander einig sein und ein Oberhaupt wählen. Selbstverständlich mußte dieses Oberhaupt aus dem sächsischen Königshause sein, das verlangten auch die, denen Cedric seine geheimen Wünsche und Pläne im Vertrauen mitgeteilt hatte. Athelstane war aus dem sächsischen Königsgeschlechte, und wenn er auch geistig nicht sehr begabt war und weiter keine Talente hatte, die ihn zum Anführer geeignet erscheinen ließen, so war er doch nicht feige und geübt im kriegerischen Handwerk und schien willens, sich von den Ratschlägen weiserer Männer leiten zu lassen. Außerdem war er als gastfrei und großmütig bekannt. Aber wie groß auch die Ansprüche sein mochten, die Athelstane auf die Würde des Oberhauptes der sächsischen Bundesgenossenschaft erheben konnte, so hätte doch ein großer Teil der Nation lieber Lady Rowena dazu erwählt, denn sie stammte direkt von Alfred ab, und ihr Vater war ein berühmtes Oberhaupt gewesen, seiner Weisheit, seines Mutes, seiner Großherzigkeit wegen von seinen unterdrückten Landsleuten hoch in Ehren gehalten.

Für Cedric wäre es ein leichtes gewesen, selber als dritter Kandidat aufzutreten, wenn er das gewollt hätte, und seine Partei hätte ebenso gewaltig wie die beiden anderen werden können. Wenn er sich auch nicht königlicher Abkunft rühmen konnte, so besaß er dafür hohen Mut, unermüdliche Emsigkeit, gewaltige Tatkraft und vor allem die unerschütterliche Anhänglichkeit an die allgemeine Sache, der er schon den Beinamen *der Sachse* verdankte. An der Herkunft stand er außer seinem Mündel und Athelstane keinem anderen nach. Aber bei all diesen Eigenschaften hatte er nicht den geringsten Anflug von Eigennutz, und anstatt seine schwache Nation noch mehr zu zersplittern, indem er auch für sich selber eine Partei bildete, suchte er im Gegenteil die schon bestehende Spaltung durch eine eheliche Vereinigung Athelstanes und der Rowena zu beseitigen. Aber ein Hindernis bot sich in der beiderseitigen treuen Liebe seines Sohnes und der Lady, und dies war auch die Ursache, weshalb Wilfried aus dem Vaterhause verbannt worden war. Und zu dieser strengen Maßregel hatte Cedric gegriffen, weil er hoffte, daß Lady Rowena während der Abwesenheit Wilfrieds von ihrer Liebe lassen würde. Aber diese Erwartung blieb unerfüllt. Der Grund hierzu lag vor allem in der Art, wie Rowena erzogen worden war.

Cedric, der den Namen Alfreds wie den einer Gottheit ehrte, behandelte den letzten Nachkommen dieses großen Monarchen mit einer Achtung, wie sie damals kaum einer anerkannten Prinzessin erwiesen wurde. Fast in allen Fällen war Rowenas Wille Gesetz für das Haus, und Cedric selber, als wolle er durch sein Beispiel dahin wirken, daß ihre Oberherrschaft wenigstens in diesem kleinen Kreise anerkannt bliebe, suchte seinen Stolz darin, sich als ihren ersten Untertan zu betrachten. Also an freien Willen, ja an fast despotisches Herrschen gewöhnt, war es nur natürlich, daß sich Rowena jedem Versuche widersetzte, auf ihr Herz mit Gewalt einzuwirken oder ihre Hand gegen ihren Willen zu vergeben, und ihre Unabhängigkeit in einer Frage behauptete, in der sich selbst Frauen, die sonst an Unterwürfigkeit und Gehorsam gewöhnt sind, oft gegen die Autorität der Vormünder oder Eltern auflehnen. Sie sagte es frei heraus, wie ihr ums Herz war, und Cedric, der sich schon gar nicht mehr von der Gewohnheit freimachen konnte, seine Ansichten den ihren unterzuordnen, vermochte seinen Einfluß als Vormund nicht mehr geltend zu machen. Vergebens versuchte Cedric durch die Aussicht auf den Thron Rowena zu blenden. Sie war viel zu scharfsinnig, um einen solchen Plan für ausführbar zu halten, oder wenigstens war ihr für ihre Person nichts an der Verwirklichung gelegen. Auch machte sie kein Hehl aus ihrer Liebe zu Wilfried von Ivanhoe und erklärte, daß sie in ein Kloster gehen wolle, wenn ihr dieser teure Ritter für immer genommen wäre, ehe sie einen Thron mit Athelstane teilen würde, denn sie habe ihn stets verachtet und sie begänne jetzt ihn von ganzem Herzen zu hassen, da er ihr soviel Kummer und Verdruß bereite. Dessenungeachtet arbeitete Cedric an seinem Plane weiter, die beiden zu verheiraten, und ließ kein Mittel außer acht, seinen Zweck zu erreichen, weil er darin eine bedeutende Förderung der Sache der Sachsen erblickte. Die plötzliche Erscheinung seines Sohnes Ivanhoe zu Ashby erschien ihm wie der Todesstreich seiner Hoffnungen. Allerdings gewann seine Vaterliebe vorübergehend die Oberhand über seinen Stolz und seinen Patriotismus, aber beide kehrten bald in vollem Nachdruck wieder, und er war jetzt fest entschlossen, einen energischen Versuch zu machen, um Rowena und Athelstane zusammenzubringen und gleichzeitig die sächsische Unabhängigkeit wiederherzustellen.

Dieser Plan war jetzt der Gegenstand ihres Gespräches. Athelstane war eitel und hörte es gern, wenn von seiner hohen Abkunft die Rede war oder von seinem erblichen Anrecht auf einen Königsthron; aber seine kleinliche Eitelkeit war völlig befriedigt, wenn ihm solche Huldigung von seiner Umgebung, von seinen Dienern oder den Sachsen seiner Bekanntschaft dargebracht wurde. Wenn ihm auch nicht der Mut mangelte, Gefahren zu trotzen, so war er doch ein Feind jeder Unbequemlichkeit, und war der letzte, sich selber in Sorge und Unruhe zu stürzen. Wenn er daher in der Hauptsache mit Cedric dahin übereinstimmte, daß die Sachsen wieder unabhängig sein müßten und daß er ihr Herrscher werden müßte, so war er doch, sobald die Mittel und Wege erörtert wurden, wie das Ziel zu erringen sei, immer wieder *Athelstane der Unentschlossene*, langsam, keines Entschlusses fähig, schwerfällig und gedankenarm. Cedric's leidenschaftliche Ermahnungen wirkten auf sein träges Gemüt wie glühende Kugeln, wenn sie ins Wasser fallen. Es zischt und qualmt wohl, aber sie löschen gleich aus. Wenn Cedric dessen dann müde war und sich an sein Mündel Rowena wendete, so fand er noch weniger Ermunterung. Und so wurde dem starrsinnigen Sachsen die Reise auf jede nur mögliche Art vergällt, und er verwünschte mehr als einmal das Turnier, den, der es veranstaltet hatte, und sich selber wegen der Torheit, daß er hingegangen sei.

Nachmittags machten die Reisenden auf Athelstanes Vorschlag an einer Quelle im Waldesschatten halt, um den Pferden Rast zu gönnen und selber einige Erfrischungen zu sich zu nehmen, die ihnen der gastfreie Abt als Wegzehrung mitgegeben hatte. Sie hielten langen Imbiß, und infolge all dieser Verzögerungen war es nicht anders möglich, als daß sie Rotherwood erst spät in der Nacht erreichen würden. Und in dieser Gewißheit setzten sie nun ihre Reise in schnellerer Gangart als bisher fort.

Sechzehntes Kapitel

Die Reisenden waren am Saume eines Waldes angelangt und wollten nun den dichten Forst durchqueren, der damals sehr unsicher war, weil sich eine große Zahl Geächteter, durch Knechtung und Armut zur Verzweiflung getrieben, in so zahlreichen Horden in den Waldungen herumtrieb, daß die zu jener Zeit noch wenig ausgeübte Polizei nichts gegen sie ausrichten konnte. Cedric und Athelstane hielten sich aber, trotzdem es schon sehr spät war, für völlig sicher, da sie außer Gurth und Wamba zehn Diener bei sich hatten. Auf die beiden ersteren glaubten sie nicht rechnen zu können, weil der letztere ein Narr und der erstere ein Gefangener war. Außerdem rechneten Cedric und Athelstane ebensosehr auf ihren Namen und ihre Abkunft wie auf ihren Mut. Die Geächteten, die durch die Strenge der Forstgesetze zu solcher Not und ihrem Räuberleben verurteilt waren, bestanden in der Mehrzahl aus sächsischen Bauern und Yeomen, die Eigentum und Person ihrer Landsleute respektierten.

Als die Reisenden ein Stück weitergeritten waren, wurden sie durch mehrfache Hilferufe erschreckt. Sie eilten nach der Stelle, von wo es herkam, und fanden zu ihrer Verwunderung neben einer am Boden stehenden Sänfte ein junges

Mädchen in reicher jüdischer Tracht. Ein alter Mann, der an seinem gelben Hute auch als Jude zu erkennen war, ging mit Gebärden tiefster Verzweiflung auf und ab. Er rang die Hände, als wenn ihm ein großes Unglück zugestoßen wäre. Cedric und Athelstane fragten, was ihm geschehen sei. Der Jude wußte weiter nichts zu erwidern, als daß er alle Erzväter des alten Testaments zum Schutze gegen die Kinder Israels aufrief, die dahergekommen wären, ihn mit der Schärfe des Schwertes zu erschlagen. Als sich endlich der erste Schreck gelegt hatte, begann Isaak von York (denn er war es) zu erzählen, daß er in Ashby eine Wache von sechs Mann gedungen habe, um einen kranken Freund wegzuschaffen. Bis Doncaster hätten sie ihn bringen sollen. Nun seien sie glücklich bis hierher gekommen, da hätten sie gehört, daß eine Bande Geächteter im Walde streife, und da wären die Gedungenen ohne weiteres ausgerissen und hätten auch die Pferde mitgenommen. Nun wäre der Jude nicht nur jedes Schutzes beraubt, sondern es sei ihm auch die Möglichkeit zu fliehen genommen worden, und er und seine Tochter säßen nun hier, jeden Augenblick gewärtig, von den Strolchen überfallen, ausgeraubt und am Ende gar ermordet zu werden.

„Wenn Eure Ritterschaft erlauben," sagte Isaak im Tone tiefster Demut, „daß die armen Juden unter Euerm Schutze weiterreisten, so schwöre ich bei unseren Gesetzestafeln, nie seit unserem Exil hat ein Sohn Israels Wohltaten empfangen, die so tief im Herzen dankbar gefühlt worden seien."

„Du Hund von einem Juden!" sagte Athelstane, dessen kleinliches Gemüt geringfügige Dinge, besonders Beleidigungen, nicht vergessen konnte, „weißt du noch, wie du uns auf der Tribüne zu Ashby frech gegenübergetreten bist? Ficht oder flieh! Oder tu dich mit den Räubern zusammen, wie du willst. Nur verlange von uns keinen Schutz, noch daß wir dich mitnehmen. Wenn die Geächteten nur solche ausplündern, die wie du alle Welt ausplündern, dann nenn ich sie die ehrlichsten Leute von der Welt."

Cedric stimmte dem harten Urteil seines Gefährten nicht bei. „Wir tun besser," sagte er, „wir lassen dem Juden zwei Diener und zwei Pferde, die sie zum nächsten Dorfe bringen. Das macht für uns nichts aus. Mit denen, die uns bleiben, und mit Euerm guten Schwerte, edler Athelstane, wird es uns ein leichtes sein, über zwanzig solcher Landstreicher Herr zu werden." Erschrocken über die Nachricht, daß soviel Geächtete in der Nähe seien, bekräftigte Rowena nachdrücklich den Vorschlag ihres Vormundes. Rebekka erhob sich plötzlich, als Rowena so für sie sprach, ging durch die Reihen der Diener bis zu dem Zelter der sächsischen Lady und küßte den Saum ihres Kleides – wie es im Orient Sitte ist, wenn man sich an Vornehmere wendet. Dann warf sie den Schleier zurück und bat die Lady, im Namen Gottes, den sie beide fürchteten, und im Namen des verkündeten Gesetzes, an das sie beide glaubten, sie möge Mitleid mit ihnen haben und sie unter ihrem Schutze reisen lassen.

„Nicht für mich allein flehe ich," sagte sie, „auch nicht für diesen armen alten Mann. Ich weiß, es ist in den Augen der Christen ein geringes Vergehen, ja fast ein Verdienst, unser Volk zu berauben und zu mißhandeln, und es gilt ihnen gleich, ob mitten in der Stadt oder auf weitem Feld oder in der Wildnis. Aber um eines Menschen willen, der vielen, ja Euch selber teuer ist, ersuche ich Euch, laßt den armen Kranken, der der sorgsamsten Pflege bedarf, unter Euerm Schutze reisen. Wenn ihm ein Unglück widerführe, den letzten Augenblick Euers Lebens würde es Euch verbittern, daß Ihr mir versagtet, worum ich Euch bat."

Die edle, feierliche Weise, in der Rebekka diese Bitte vortrug, verlieh ihren Worten im Ohr der schönen Sächsin besonderen Nachdruck.

„Der Mann ist alt und schwach," sagte sie zu ihrem Vormund, „das Mädchen jung und schön, ihr Freund krank und in Lebensgefahr, wir dürfen sie, obwohl sie Juden sind, nicht in dieser Not im Stiche lassen, wenn wir Christen sein wollen. Wir wollen zweien unserer Saumtiere das Gepäck abnehmen, das können die Leibeigenen tragen, dann kommen die Maultiere vor die Sänfte, und dem alten Mann und seiner Tochter können wir zwei Handpferde geben."

Cedric erklärte sich gern damit einverstanden, und Athelstane stellte nur die Bedingung, daß sie im Nachtrab reiten sollten. „Dort mag sie Wamba mit seinem Schilde von Schinken beschützen," setzte er hinzu.

„Ich habe meinen Schild auf dem Kampfplatze gelassen, wie es auch manchem besseren Ritter ergangen ist," erwiderte der Narr. Athelstane wurde puterrot, denn er selber hatte ja dieses Mißgeschick am letzten Tage des Turniers gehabt. Rowena, der dieser Witz gefiel, rief, um die Grobheit ihres gefühllosen Verehrers wieder gutzumachen, der Jüdin zu, sie solle neben ihr reiten.

„Das würde sich für mich nicht schicken," antwortete Rebekka bescheiden. „Eine solche Gesellschaft würde meiner Beschützerin nicht zur Ehre gereichen."

Inzwischen war das Gepäck schnell umgeladen worden, das bloße Wort *Geächtete* machte jeden noch einmal so flink und behende, zumal die Dämmerung schon hereinbrach.

In diesem Wirrwarr wurde Gurth vom Pferde gehoben, er bat den Narren, ihm die Bande ein wenig zu lockern, und Wamba lockerte sie ihm vielleicht mit Absicht so sehr, daß es Gurth ein leichtes war, die Arme ganz von den Fesseln freizumachen und in das Gebüsch zu gleiten, wo er unbemerkt verschwand. Die Packerei verursachte viele Umstände, daher dauerte es eine geraume Weile, bis die Flucht Gurths entdeckt wurde. Es war überdies bestimmt worden, daß er für den Rest der Reise hinter einem der Diener hergehen sollte, und daher war man der Meinung, daß ihn noch einer seiner Gefährten im Gewahrsam habe. Als sich dann die Diener zuflüsterten, Gurth sei verschwunden, da waren alle eines plötzlichen Angriffes von Geächteten so unmittelbar gewärtig, daß man sich nicht weiter darum bekümmerte, ob Gurth noch da wäre oder wohin er entronnen sei.

Der Pfad, auf dem jetzt die Gesellschaft ruhig weiterritt, war so schmal, daß immer nur zwei nebeneinander reiten konnten. Es ging durch ein schmales, von einem Bach durchströmtes Tal; die Ufer des Wässerchens waren sumpfig und mit Zwergweiden bewachsen. Cedric und Athelstane verhehlten sich nicht, wie gefährlich ein Angriff an dieser Stelle sein müsse, während sie an der Spitze ihres Gefolges dahinritten. Aber keiner von ihnen war in militärischen Dingen so erfahren, daß er der Gefahr noch in anderer Weise als in großer Eile vorzubeugen verstanden hätte. Ohne Ordnung in ihrer Truppe drangen sie daher vor, und kaum war ein Teil des Zuges über den Bach hinüber, so wurden sie in der Front, in den Flanken und im Rücken mit einer Wucht und Gewalt überfallen, der sie in ihrer mangelhaften Verfassung unmöglich wirksamen Widerstand leisten konnten. Der Schrei: „Ein weißer Drache! – Sankt Georg für lustig England!" war ihr Schlachtruf und er kennzeichnete sie als sächsische Geächtete. Von allen Seiten drangen Feinde herbei, der Angriff war so wild und stürmisch, daß ihre Anzahl weit größer erschien, als sie in der Tat war.

Die sächsischen Häuptlinge wurden beide gefangengenommen, ein jeder unter verschiedenen für seinen Charakter bezeichnenden Umständen. Cedric warf seinen Speer nach dem Feinde, der ihm zuerst zu Gesicht kam. Er nagelte ihn an den Eichenstamm, an dem er gerade stand. Dann gab er dem Pferde die Sporen und sprengte gegen den zweiten an. Er riß das Schwert heraus und schlug mit so unbedachtem Ungestüm um sich, daß die Klinge in einem starken herabhängenden Aste steckenblieb und er sich so durch die Heftigkeit seiner Hiebe selber entwaffnete. Nun war er gefangen, und zwei oder drei der ihn umringenden Banditen rissen ihn vom Pferde. Athelstane war bereits in

Gefangenschaft. Er war vom Pferde gehoben worden, ehe er noch sein Schwert hatte ziehen und sich zur Wehr setzen können. Das mit Gepäck beladene Gefolge, das ganz und gar den Kopf verlor, als es die Herren gefesselt sah, fiel ohne Schwierigkeiten den Räubern zur Beute, und das gleiche Schicksal erlitten Rowena, die sich in der Mitte des Zuges befunden hatte, und der Jude mit seiner Tochter, die im Nachtrab gewesen waren. Vom ganzen Zuge entkam niemand als Wamba, der bei dieser Gelegenheit weit mehr Mut bewies als mancher, der sich für viel klüger hielt. Er riß einem Diener das Schwert weg, der es eben mit zaudernder Unentschlossenheit ziehen wollte, und verteidigte sich wie ein Löwe. Er machte einen tollkühnen, allerdings vergeblichen Versuch, seinen Herrn zu retten. Als er endlich einsehen mußte, daß jeder weitere Widerstand umsonst sein würde, sprang er vom Pferde, schlüpfte ins Dickicht und entkam im allgemeinen Wirrwar. Aber der wackere Narr fühlte sich in seiner Freiheit nicht wohl und verspürte große Lust, zu seinem Herrn zurückzukehren und seine Gefangenschaft zu teilen, so sehr hing er mit aufrichtiger Treue an ihm.

„Ich habe soviel schwatzen hören, wie glücklich die Freiheit mache," sagte er bei sich selber, „und jetzt gäb ich was drum, wenn mir 'n Weiser klarmachte, was ich damit anfangen soll." Da rief neben ihm eine leise Stimme: „Wamba!" und im selben Augenblicke kam ein Hund herangesprungen, den er sogleich als Packan erkannte. Ebenso leise erwiderte Wamba: „Gurth!" – und der Schweinehirt stand vor ihm. „Was ist denn los?" fragte er voller Angst. „Was bedeutet das Geschrei und Schwertergeklirr?"

„Ein Ereignis, wie es heute auf der Tagesordnung steht – sie sind alle gefangen!" antwortete Wamba.

„Wer ist gefangen?"

„Mein Herr und meine Gebieterin, Athelstane und Hundibert und Oswald."

„Um Gottes Willen! Wie ist das gekommen, und wer hat sie gefangengenommen?" fragte Gurth.

„Unser Herr war zu vorschnell mit seiner Waffe," erwiderte Wamba, „und Athelstane war zu schlafmützig, und die anderen waren gar nicht zur Verteidigung gerüstet. Grünröcke mit schwarzen Masken sind über sie hergefallen, und nu liegen sie alle auf 'm Rasen wie Holzäpfel, die du für die Schweine abgeschüttelt hast. Ich könnte d'rüber lachen," setzte der biedere Narr hinzu, „wenn ich nicht weinen müßte." Und Tränen aufrichtigen Schmerzes rannen ihm die Wangen hinab. Aber Gurths Gesicht erglühte.

„Wamba!“ drang er in ihn, „du hast 'n Schwert, dein Herz war immer besser auf 'm Posten als dein Verstand – wir sind allerdings bloß unser zwei – aber ein plötzlicher Überfall von entschlossenen Männern kann viel tun. Komm mit mir!“

„Wohin? und wozu?“

„Cedric befreien!“

„Du hast ja seinen Dienst quittiert.“

„Das hat nur solange gegolten, wie er nicht in Not war,“ versetzte Gurth. „Komm mit mir.“

Eben wollte der Narr seiner Aufforderung folgen, da erschien eine dritte Person auf dem Platze, die die beiden bleiben hieß. Der Kleidung und den Waffen nach, die er trug, mußte Wamba glauben, es sei einer von den Räubern, die seinen Herrn überfallen hätten. Aber er hatte erstens keine Maske, und zweitens war er an dem prachtvollen Gehänge, das er um die Schulter trug und an dem ein kostbares Jagdhorn hing, trotz der herrschenden Dunkelheit mit Sicherheit zu erkennen, es war niemand anders als Locksley, der Yeoman, der im Bogenschießen zu Ashby den Preis davongetragen hatte. „Was hat das zu bedeuten?“ fragte er. „Was redet ihr hier von Plündern, Berauben und Gefangennehmen?

„An ihren Kitteln kannst du sie erkennen, hier ganz in der Nähe,“ antwortete Wamba, „sieh zu, ob's nicht die Kittel von deinen Kindern sind, denn sie ähneln deinem eigenen Wams wie eine Schote der anderen.“

„Darüber werde ich mir sogleich Gewißheit verschaffen,“ erwiderte Locksley. „Und ich befehle euch, geht nicht von der Stelle, bis ich wieder da bin. Richtet euch nach mir, es soll nicht zu euerm und euers Herrn Schaden sein. – Aber wartet, ich muß diesen Kerlen so ähnlich wie nur möglich sein.“

Mit diesen Worten nahm er das Gehänge mit dem Jagdhorn ab, löste die Feder vom Hute, gab alles dem Narren, zog eine Maske aus der Tasche und ging dann auf Kundschaft indem er ihnen noch einmal ans Herz legte, daß sie warten sollten, bis er zurückgekehrt sei.

„Sollen wir bleiben, Gurth, oder sollen wir uns aus dem Staube machen?“ flüsterte Wamba. „Nach meinem Narrenverstande hat der Kerl alles Diebsgerät so flink bei der Hand, daß er unmöglich eine ehrliche Haut sein kann.“

„Und mags der Teufel selber sein," versetzte Gurth, „wir können die Sache nicht schlimmer machen, wenn wir warten. Ist's einer von den anderen, dann hat er jetzt schon längst Alarm gemacht und 's hilft uns sowieso nichts mehr; ob wir fechten oder ausreißen, kommt auf eins raus."

Nach wenigen Minuten kehrte der Yeoman zurück. „Freund Gurth," sagte er, „ich bin mitten unter den Kerlen gewesen und habe herausbekommen, zu wem sie gehören und wohin sie ziehen. Meiner Meinung nach werden sie gegen das Leben der Gefangenen nichts unternehmen. Es wäre der reine Wahnwitz, wenn wir drei sie angreifen wollten, denn es sind geübte Kriegsmannen, und sie haben Wachen ausgestellt, die Lärm schlagen, sobald sich irgend etwas nähert. Aber ich nehme es auf mich, binnen kurzem eine Schar zusammen zu haben, die ihnen heimleuchten soll, und wenn sie noch so sehr auf der Hut sind. Ihr seid beide Diener, und zwar treue Diener Cedrics des Sachsen, der stets die Rechte der Engländer vertritt. Nun sollen ihm englische Arme in der Not zu Hilfe kommen. Vorwärts denn! und kommt mit mir."

Mit langen Schritten ging er durch den Wald, und Gurth und Wamba eilten hinterdrein. Wamba vermochte nicht lange zu schweigen. Er betrachtete die Jagdtasche und das Horn, die der Fremde wieder an sich genommen hatte, und sagte:

„Den Pfeil, der diesen schönen Preis gewonnen hat, hab ich fliegen sehen, sollt ich meinen, und es ist noch gar nicht mal so lange her."

„Meine ehrlichen Freunde," sagte der Yeoman, „wer oder was ich bin, tut nichts zur Sache; wenn ich euern Herrn befreie, so habt ihr Ursache, mich für euern besten Freund zu halten. Ob man mich nun unter dem oder jenem Namen erkannt und ob ich meinen Bogen besser spanne als ein Viehhändler, oder ob ich lieber im Mondlicht umherstreife als im Sonnenlicht – das sind alles Dinge, die euch gar nichts angehen, also kümmert euch auch nicht darum."

„Wir haben schon die Köpfe im Rachen des Löwen," flüsterte Wamba dem Schweinehirten leise zu, „wir wollen sie wieder rausziehen, sobald es geht."

„Still!" sagte Gurth, „kränk ihn nicht durch deine Mätzchen, ich weiß schon, es wird alles gut gehen."

Siebzehntes Kapitel

Cedrics Diener mochten etwa drei Stunden lang mit ihrem geheimnisvollen Führer gegangen sein, als sie auf eine kleine Lichtung kamen, in deren Mitte eine riesengroße Eiche ihre vielverschlungenen Äste nach allen Seiten ausbreitete. Unter diesem Baume lagen vier bis fünf Yeomen im Grase, und einer ging als Schildwache im Mondlicht hin und her. Als der Posten Schritte hörte, gab er sofort Alarm. Die Schlafenden fuhren empor und spannten blitzschnell die Bogen. Sechs Pfeile lagen auf der Sehne und waren nach dem Fleck gerichtet, von wo die drei Wanderer kamen. Aber sogleich erkannten die Schützen ihren Anführer und empfingen ihn in Ehrfurcht und voller Freude.

„Wo ist Miller?" war Locksleys erste Frage.

„Auf der Straße nach Rotherham."

„Wieviel hat er mit?"

„Ihrer sechs, und er hat Aussicht auf gute Beute, wenn es dem heiligen Nikolaus so gefällt."

„Fromm gesprochen," sagte Locksley. „Und wo ist Allan-a-Dale?"

„Nach Watling-Street zu, er lauert dem Prior von Jorlvaux auf."

„Das ist brav, und wo ist der Mönch?"

„In seiner Zelle."

„So will ich dorthin," sagte Locksley. „Ihr aber geht auseinander und sucht eure Gefährten. Schart euch zusammen, soweit es geht. Wir sind einem Wilde auf der Spur, das eine derbe Hatz verlangt. Bei Tagesanbruch will ich wieder da sein. Wartet," setzte er hinzu, „bald hätte ich das Wichtigste vergessen. Zwei von euch müssen sogleich nach Torquilstone, Front-de-Boeufs Schloß. Eine Schar von Bravos, die sich wie unsereins in Masken getan hat, bringt eben eine Menge Gefangener dorthin. Habt genau acht auf sie. Wenn sie das Schloß erreichen, ehe wir unsere Truppen versammelt haben, so ist es Ehrensache für uns, ein Gericht an ihnen zu vollziehen, und wir werden schon dazu Mittel und Wege finden. – Habt deshalb scharf acht auf sie und schickt den flinkfüßigsten von euch aus, den Yeomen ringsherum die Kunde zu überbringen."

Sie versicherten ihn ihres unbedingten Gehorsams und machten sich geschwind auf ihre verschiedenen Wege. Inzwischen begab sich der Anführer mit seinen zwei Gefährten, die nun mit großer Achtung, obwohl nicht ohne

Furcht, den Grünrock betrachteten, nach der Kapelle von Copmanhurst. Als sie die freie, vom Monde beleuchtete Lichtung erreichten und die in ihrem Verfall noch ehrwürdige Kapelle und die rauhe, zu asketischer Frommheit wie geschaffene Einsiedelei vor sich sahen, flüsterte Wamba seinem Gefährten zu:

„Wenn das die Behausung eines Spitzbuben ist, so bewahrheitet sich wieder mal das alte Sprichwort: Je näher bei der Kirche, desto weiter von Gott, und bei meiner Schellenkappe!“ setzte er hinzu, „ich glaube wahrlich, es ist so, hör bloß, was sie in der Einsiedelei da drin für'n tollen Choral singen.“ In der Tat sangen der Anachoret und der schwarze Ritter mit aller Stärke ihrer gewaltigen Lungen ein altes Trinklied mit dem Refrain: Komm! reich mir den braunen Krug her – Dummes Mädel! Dummes Mädel!

„Hm!“ schmunzelte Wamba, in den Kehrreim einstimmend, „das ist gar kein übler Singsang. Aber im Namen aller Heiligen, wer hätte sich's träumen lassen, um Mitternacht ein solches Lied aus einer Einsiedlerzelle zu vernehmen?“

„Ei, das ist gar nicht so verwunderlich,“ versetzte Gurth. „Der fidele Mönch von Copmanhurst ist weit bekannt, die Hälfte von all dem Wild, das in diesem Forste gemaust wird, rechnet man auf ihn. Der Waldhüter soll auch schon Beschwerde gegen ihn geführt haben, und der Eremit wird Kutte und Kapuze ablegen müssen, wenn er die Ordensregeln nicht besser innehält.“

„Bei meinem Rosenkranze,“ sagte drinnen der Einsiedler, als er endlich das laute und wiederholte Klopfen Locksleys gehört hatte, „hier kommen mehrere verspätete Gäste auf einmal, und ich sähe es bei meiner Kapuze nicht gern, wenn sie uns über dieser Fidelität anträfen. Alle Menschen, Herr Faulpelz, haben ihre Feinde, und es gibt ihrer, die boshaft und niederträchtig genug wären, mir's als Völlerei und Sauferei auszulegen, daß ich einen müden Reisenden drei Stunden lang gastfrei bewirtet habe.“

„Niedrige Verleumder, ich wollte, ich könnte es ihnen heimzahlen!“ erwiderte der Ritter. „Aber Ihr habt recht, heiliger Mann, jeder hat seine Feinde, und es gibt hierzulande manche, mit denen ich lieber durch das Gitter meines Helmes als von Angesicht zu Angesicht reden möchte.“

„Dann setzt nur Euern eisernen Kochtopf wieder auf, Freund Faulpelz,“ sagte der Eremit, „ich räume derweil die Flaschen hier weg, deren Inhalt mir gar toll im Schädel spukt, und damit die draußen das Geräusch nicht hören, – ich fühle mich nämlich ein bißchen wacklig auf den Beinen – so stimmt mit ein in das Verschen, das ich anschlagen werde, auf die Worte kommts nicht an, die weiß ich selber kaum.“ Und sogleich stimmte er mit Stentorstimme ein De profundis an, während er die Überbleibsel ihres Festmahles hinwegtrug. Der Ritter, der seinen Spaß daran hatte, legte derweil Helm und Rüstung an und stimmte ab und zu mit ein, wenn er vor lauter Lachen einmal dazu kam.

„Was für Satansmessen werden hier noch zu so später Stunde gesungen?“ fragte eine Stimme von draußen.

„Der Himmel verzeihe dir, Wandersmann,“ sagte der Eremit, der schon so viel getrunken hatte, daß er die ihm sonst wohlvertraute Stimme nicht erkannte. „Zieh deines Weges, wer du auch seiest, und störe mich nicht und meinen heiligen Bruder in unserer Andacht.“

„Toller Priester, mach auf!“ rief wieder die Stimme von draußen. „Locksley ist's.“

„Dann ist alles gut und keine Gefahr zu fürchten,“ sagte der Mönch zu seinem Gefährten.

„Aber wer ist das?“ fragte der Ritter. „Mir liegt daran, das zu wissen.“

„Wer es ist?“ entgegnete der Einsiedler. „Gut Freund, sage ich Euch.“

„Aber wie heißt der Freund? Eure Freunde brauchen nicht auch die meinen zu sein.“

„Wie der Freund heißt?“ erwiderte der Eremit. „Die Frage ist leichter gestellt als beantwortet. Ei, jetzt besinne ich mich, es ist derselbe Waldhüter, von dem ich Euch erzählt habe.“

„Ei, es mag wohl ein ebenso ehrlicher Waldhüter sein, wie du ein frommer Eremit bist. Aber mach nur auf, sonst stößt der Kerl die Tür aus den Angeln.“

Die Hunde, die entsetzlich gebellt hatten, schienen nun auch den Mann draußen an seiner Stimme zu erkennen, sie kratzten und winselten jetzt, als könnten sie es nicht erwarten, daß der Fremde hereinkäme. Der Eremit machte schnell auf, und Locksley mit seinen zwei Gefährten trat ein.

„Wer leistet dir hier so tolle Gesellschaft?“ war die erste Frage des Yeoman.

„Ein Bruder meines Ordens,“ erwiderte der Mönch. „Die ganze Nacht über haben wir in Andacht gebetet.“

„Er ist ein Mönch von der streitbaren Kirche, nicht wahr?“ fragte Locksley. „Deren sind jetzt mehrere auf den Beinen. Ich sage dir, Bruder, du mußt zum

Kampfstock greifen, wir brauchen jetzt jeden unserer lustigen Kumpane, ob geistlich oder weltlich."

Während der Mönch seiner Aufforderung gemäß die Kutte ablegte und die Weidmannstracht anzog, hatte Locksley den Ritter beiseite genommen.

„Leugnet es nicht, Herr Ritter," sagte er zu ihm, „Ihr seid derselbe, der in Ashby den Engländern zum Siege verholfen hat."

„Und wenn Ihr recht habt, was folgt daraus?" versetzte der Ritter.

„Dann halte ich Euch für einen Freund der schwächeren Partei."

„Das zu sein, ist Pflicht jedes tapferen Ritters," antwortete der schwarze Streiter. „Ich möchte nicht, daß Ihr mich für etwas anderes hieltet."

„Wenn Ihr mir für meinen Zweck zu statten kommen wollt," sagte der Yeoman, „so müßt Ihr nicht nur ein tapferer Ritter, sondern auch ein guter Engländer sein. Denn das, wovon ich jetzt mit Euch reden will, betrifft die Schuldigkeit jedes Ehrenmannes, vor allem jedes echten eingeborenen Engländers."

„Ihr könnt zu keinem reden," entgegnete der Ritter, „dem England und das Leben eines jeden Engländers mehr am Herzen lägen als mir."

„Glaub's gern," sagte der Weidmann. „Denn nie ist ein Land der Unterstützung aller derer, die es gut mit ihm meinen, bedürftiger gewesen. – Hört mich an. Ich will Euch ein Vorhaben mitteilen, woran Ihr Euch mit Ehren beteiligen könnt, wenn Ihr wirklich seid, was Ihr scheint. Eine Schar schändlicher Kerle, die sich die Masken ehrlicher Leute vorgebunden haben, haben einen englischen Edelherrn mit Namen Cedric der Sachse mitsamt seiner Tochter und seinem Freunde Athelstane von Conningsburgh gefangengenommen und nach dem festen Schlosse Torquilstone geschleppt. Ich frage Euch als guten Ritter und guten Engländer, wollt Ihr daran teilnehmen, sie zu befreien?"

„Schon mein Gelübde allein erheischt das," antwortete der Ritter. „Nur möchte ich wissen, wer Ihr seid, der Ihr mich zum Beistand auffordert."

„Ich bin," erwiderte der Grünrock, „ein namenloser Mann, der ein Herz hat für sein Vaterland und seine Freunde. Mit diesem Bescheid müßt Ihr Euch fürs erste begnügen, zumal Ihr ja selber auch unerkannt bleiben wollt. Aber Ihr könnt glauben, wenn ich mein Wort gegeben habe, dann halte ich es ebenso, als ob ich goldene Sporen trüge."

„Das glaube ich gern," entgegnete der Ritter. „Es ist meine Gewohnheit, den Menschen nach seinem Gesicht zu beurteilen, und das Eure bekundet Entschlossenheit und Biedersinn, ich will daher nicht weiterfragen, sondern Euch Beistand leisten. Wenn das geschehen ist, so hoffe ich, werden wir einander besser kennen lernen und damit beide recht zufrieden sein."

Inzwischen hatte sich der Mönch völlig als Yeoman umgekleidet, trug Schwert und Schild, Bogen und Pfeile und ein starkes Wehrgehänge über der Schulter. Er schritt mit den anderen zur Hütte hinaus, verschloß die Tür und legte den Schlüssel unter die Türschwelle.

Achtzehntes Kapitel

Während in dieser Weise schon an der Befreiung Cedrics und seiner Angehörigen gearbeitet wurde, schleppte die bewaffnete Schar ihre Gefangenen nach dem festen Platze, wo sie in Gewahrsam gebracht werden sollten. Aber die Finsternis brach zu schnell herein und die Pfade durch den Wald waren den verkappten Räubern nur wenig bekannt. Sie mußten daher oftmals haltmachen und auch mehrmals umkehren, um den richtigen Weg wiederzufinden. Erst als der sommerliche Morgen anbrach, kamen sie schneller von der Stelle, dann kehrte auch das Selbstvertrauen wieder. Zwischen den beiden Anführern der Räuberbande entspann sich nun folgendes Zwiegespräch:

„Es ist nun Zeit, daß Ihr uns verlaßt, Sir Moritz," sagte der Templer zu Bracy. „Ihr müßt nun den zweiten Akt Eurer Mysterie spielen. Ihr wißt, Ihr sollt jetzt als befreiender Ritter auftreten."

„Ich habe mirs anders überlegt," antwortete de Bracy, „ich will Euch nicht eher verlassen, als bis ich meine Beute in Front-de-Boeufs Schlosse untergebracht und wohlgeborgen habe. Dort will ich in meiner wahren Gestalt vor Lady Rowena erscheinen, und sicher wird sie der Inbrunst meiner Liebe die Gewalttat, die ich mir habe zu schulden kommen lassen, zugute halten."

„Und weshalb habt Ihr Euern Plan geändert?" fragte der Templer.

„Das geht Euch nichts an," war die trockene Antwort.

„Ich hoffe, Herr Ritter," erwiderte der Templer, „es hat Euch zu dieser Maßregel nicht das Mißtrauen bewogen, das Euch Fitzurse gegen mich eingeflößt hat?"

„Was ich denke, ist meine Sache,“ sagte de Bracy, „das Sprichwort heißt, wenn ein Dieb den andern bemaust, hat der Teufel sein Gaudium. Was Sitte und Recht im Templerorden gelten, ist mir wohlbekannt, und ich will mich nicht um die schöne Beute betrügen lassen, um die ich soviel gewagt habe.“

„Bah!“ machte der Templer. „Ihr kennt doch die Gesetze unseres Ordens.“

„Sehr genau sogar,“ versetzte de Bracy, „und ich weiß auch, wie sie gehalten werden. In dieser Angelegenheit kann ich mich nicht auf Euer reines Gewissen verlassen.“

„Hört denn die Wahrheit!“ sagte der Templer. „Ich frage nichts nach Eurer blauäugigen Schönheit, in ihrem Zuge ist eine, die mir weit besser gefällt.“

„Ihr meint doch nicht etwa die schöne Jüdin?“

„Und wenn ich sie meinte, wer sollte mir entgegentreten oder was mich hindern?“

„Ich wüßte nicht, was, es sei denn Euer Gelübde,“ antwortete Bracy, „oder Euer Gewissen, das sich vielleicht dagegen sträubt, einen Liebeshandel mit einer Jüdin zu begehen.“

„Meines Gelübdes wegen,“ entgegnete der Templer, „hat mir mein Großmeister Ablaß erteilt, und was das Gewissen betrifft, so macht sich einer, der an die zweihundert Sarazenen erschlagen hat, keine Kopfschmerzen wegen eines kleinen Fehltrittes wie eine Dorfschöne bei der Beichte am Heiligabend. Seid Ihr nun beruhigt, und wollt Ihr nun bei Euerm ersten Vorhaben bleiben? – Ihr habt, wie Ihr seht, nicht zu befürchten, daß ich Euch ins Gehege komme.“

„Nein, nein!“ versetzte Bracy. „Ich ändere nichts mehr an meinem Plane. Was Ihr da sagt, mag schon Euer Ernst sein. Aber ich bin kein Freund von solchen Vorrechten, die Euch der Ablaß Euers Großmeisters erteilt hat, auch nicht von solchen Vergünstigungen, die Euch zukommen, weil Ihr ein paar hundert Sarazenen totgeschlagen habt. Ihr habt viel zu viel Anrecht auf Generalpardon, als daß Ihr Euch an Kleinigkeiten stoßen würdet.“

Inzwischen bemühte sich Cedric vergebens, von den Knappen, die ihn bewachten, zu erfahren, wem sie angehörten und was sie mit ihnen vorhätten. Die Kerle hatten zu triftigen Grund, Stillschweigen zu bewahren, und ließen sich weder durch Zorn noch durch Bitten zum Reden bewegen. Sie verfolgten in großer Eile ihren Weg, bis endlich durch eine Allee von gewaltigen Bäumen Torquilstone, das alte verwitterte Schloß Reginald Front-de-Boeufs in Sicht kam.

Als Cedric die wohlbekannten Türme und die grauen, moosbewachsenen Zinnen erblickte, die in der Morgensonne durch den Wald leuchteten, da ward es ihm ein wenig klarer, wem er sein Unglück zuzuschreiben habe.

„Ich habe den Dieben und Räubern dieser Wälder unrecht getan," sagte er, „als ich des Glaubens war, daß diese Banditen zu ihnen gehörten. Geradesogut hätte ich die Füchse dieser Forsten mit den reißenden Wölfen Frankreichs verwechseln können. – Sagt mir, ihr Hunde, trachtet Euer Herr nach meinem Leben oder hat er es auf meinen Reichtum abgesehen? – Ist es ihm ein Dorn im Auge, daß zwei edle Sachsen, Athelstane und ich, in einem Landstrich Grund und Boden besitzen, der früher ihren Ahnen ganz gehört hat? – Macht mich kalt und vollendet eure Niedertracht, indem ihr mir das Leben nehmt, wie ihr mir die Freiheit genommen habt. Wenn Cedric der Sachse England nicht befreien kann, so will er doch sein Leben für England lassen. – Sagt euerm tyrannischen Herrn, er solle nur Lady Rowena in Ehren wieder ziehen lassen. Sie ist ein Weib, und vor ihr braucht er keine Angst zu haben, denn mit uns sterben alle, die für sie ein Schwert ziehen würden."

Mittlerweilen waren sie vor dem Tore des Schlosses angelangt. Bracy stieß dreimal ins Horn, und die Bogen- und Armbrustschützen, die ihrer auf dem Walle harrten, ließen schnell die Zugbrücke herunter, um sie hereinzulassen. Die Gefangenen wurden in ein Gemach geführt, wo ihnen ein Frühstück vorgesetzt wurde, von dem niemand als Athelstane etwas genoß. Aber viel Zeit wurde dem edeln Sachsen hierzu nicht vergönnt, denn die Wachen gaben ihnen zu verstehen, daß sie in ein anderes Gelaß, von Rowena getrennt, untergebracht werden sollten. Widerstand war unmöglich, und sie mußten daher ihren Führern folgen.

Das Gelaß, in das die sächsischen Edelherren gebracht worden waren, war eine Art Wachtstube. Ehedem war es die große Halle des Schlosses gewesen, jetzt aber diente es zu geringeren Zwecken, da der gegenwärtige Besitzer außer anderen Verbesserungen, die die Sicherheit, Schönheit und Bequemlichkeit seines freiherrlichen Sitzes erhöht hatten, auch eine neue große Halle hatte bauen lassen. Cedric durchmaß das Gemach. Zorn und Unwille über die ihm widerfahrene Schmach erfüllten ihn, während sein Gefährte in seiner Apathie, die ihm Geduld und Philosophie trefflich ersetzte, nur für die Unbehaglichkeit seiner Lage Sinn hatte. Er antwortete nur ab und zu ein paar Worte auf Cedrics leidenschaftliche Äußerungen.

Cedric sprach halb zu sich selber, halb zu Athelstane.

„In dieser selben Halle,“ sagte er, „saß einst mein Ahn bei festlichem Mahle, als Torquil Wolfganger den edeln und unglücklichen Harold bewirtete, der damals gegen die Norweger zog, die im Bunde mit dem Rebellen Tosti waren. – In dieser Halle gab Harold dem Gesandten des aufrührerischen Bruders seine stolze und großherzige Antwort. Als dieses weite Gemach kaum die Menge der edeln Sachsenhäuptlinge fassen konnte, die mit ihrem Fürsten sich an blutrotem Weine labten, wurde der Gesandte Tostis empfangen.“

„Ich hoffe auch,“ warf Athelstane ein, den dieser letzte Teil der Erzählung ein wenig angeregt hatte, „sie werden es nicht vergessen, uns Wein und etwas zu Mittag zu schicken. Wir haben ja kaum ein bißchen Zeit zum Frühstück gehabt, und mir bekommt das Essen nie gleich auf einen Ritt, obwohl das von den Ärzten empfohlen wird.“

Ohne auf die Worte seines Freundes zu achten, fuhr Cedric fort: „Tostis' Gesandter schritt durch die Halle. Er kümmerte sich nicht um die frostigen Gesichter um ihn her, und trat vor Harolds Thron. – Welche Bedingungen, Herr König, sagte er, hat dein Bruder Tosti zu erwarten, wenn er die Waffen niederlegt und den Frieden aus deiner Hand annimmt? – Die Liebe eines Bruders, rief der edelmütige Harold, und die schöne Grafschaft Northumberland. – Und wenn Tosti auf diese Bedingungen eingeht, fuhr der Gesandte fort – wieviel Land soll sein treuer Bundesgenosse Hardrada, der König von Norwegen, erhalten? – Sieben Fuß englischen Bodens, erwiderte Harold stolz. Da aber Hardrada ein Riese sein soll, so geben wir ihm vielleicht zwölf Zoll mehr. – Die Halle erdröhnte vom lauten Beifall. Wenn sich der Norweger nur recht bald seinen englischen Boden holen käme, rief man.“

„Ich täte ihnen gern Bescheid,“ unterbrach ihn Athelstane abermals, „mir klebt die Zunge am Gaumen.“

„Der verspottete Gesandte,“ fuhr Cedric fort, in unvermindertem Eifer, obwohl seine Erzählung bei seinem Hörer kein Interesse erweckte – „kehrte mit diesem Bescheid zurück, und nun begann jener furchtbare Kampf, in dem Tosti und der Norwegerfürst nach heldenhafter Gegenwehr mit zehntausend ihrer Tapferen fielen. – Wer hätte gedacht, daß derselbe Wind, der die Banner der siegreichen Sachsen wehen ließ, die Segel der Normannen füllte und sie an die Küste von Sussex führte? wer hätte gedacht, daß binnen wenigen Tagen Harold nicht mehr von seinem Königreiche besitzen sollte, als er in seinem Zorn dem norwegischen

Eroberer zugestanden hatte? – Wer hätte gedacht, daß Ihr, edler Athelstane, der Ihr aus Harolds Blute stammt, und ich, dessen Vater nicht der schlechteste Verteidiger der sächsischen Krone war, die Gefangenen eines niedrigen Normannen sein würden, in derselben Halle, wo ehedem unsere Ahnen ein so stolzes Bankett veranstaltet haben?“

„Es ist recht traurig,“ sagte Athelstane. „Aber ich glaube, sie werden uns für ein nicht allzu hohes Lösegeld freigeben. Es kann doch gewiß nicht ihre Absicht sein, uns zu Tode zu hungern, und doch ist es schon Mittag, und sie machen noch gar keine Anstalten, den Tisch zu decken. Guckt doch mal aus dem Fenster, edler Cedric, und seht nach den Sonnenstrahlen, ob es nicht schon Mittag ist.“

„Es ist vergebliche Mühe,“ murmelte Cedric vor sich hin, „mit diesem Menschen von etwas anderem zu reden, als was seinen Appetit betrifft. Hardikanuts Seele muß in ihn gefahren sein, daß er weiter kein Vergnügen kennt, als schlucken und schlingen und nach mehr rufen. Ach,“ seufzte er und sah Athelstane mitleidsvoll an, „daß in so edler Gestalt ein so dumpfer, stumpfer Geist wohnen muß! Ach, daß sich ein Unternehmen wie die Wiedergeburt Englands um eine so mangelhafte Angel drehen muß! – Wenn Rowena mit ihm vermählt wäre, so würde sie vielleicht mit ihrem Edelsinn und ihrer Großmütigkeit seine Natur aus dem Schlummer rütteln. Aber wie soll das geschehen, da Rowena, Athelstane und ich die Gefangenen eines rohen Räubers sind, und zwar vielleicht nur deshalb, weil wir seiner Nation von Eindringlingen gefährlich werden könnten.“

Während sich der Sachse so schmerzlichen Betrachtungen überließ, tat sich die Tür ihres Gefängnisses auf und ein Vorschneider mit dem seinem Amte charakteristischen Stabe trat herein. Dieser Person, die gravitätisch näher kam, folgten vier Diener, die einen gedeckten Tisch trugen. Die reichlichen Speisen, die das Zimmer mit Duft füllten, ließen allem Anschein nach den edeln Athelstane augenblicklich jeder Unbill vergessen. Alle, die bei Tische aufwarteten, waren maskiert.

„Was soll der Mummenschanz?“ fragte Cedric. „Glaubt ihr denn, wir wissen nicht, wessen Gefangene wir sind, da wir uns doch im Schlosse euers Herrn befinden? Sagt ihm,“ setzte er hinzu, indem er diese Gelegenheit ergriff, Unterhandlungen über die Freigabe anzuknüpfen, „sagt euerm Herrn Reginald Front-de-Boeuf, er könne keine Ursache haben, uns der Freiheit beraubt zu sehen, als die gesetzwidrige Absicht, sich auf unsere Kosten zu bereichern. Sagt ihm, seine Raubgier soll befriedigt werden, als wenn er ein handwerksmäßiger Strauchdieb wäre, und er soll nur ein Lösegeld bestimmen, wir wollens bezahlen, wenn es nicht über unser Vermögen geht."

Der Vorschneider gab keine Antwort, sondern verneigte sich nur. „Und sagt Reginald Front-de-Boeuf," rief Athelstane, „daß ich ihn zum Zweikampf fordere auf Leben und Tod, zu Fuß oder zu Pferde, an irgendeinem sicheren Orte, acht Tage nach unserer Befreiung. Wenn er ein echter Ritter ist, muß er diese Herausforderung annehmen."

Athelstanes Herausforderung wurde zwar in nicht eben sehr schicklicher Weise vorgebracht, denn er hatte gerade das Maul voll und kaute mit beiden Backen. Dennoch erblickte Cedric darin ein sicheres Zeichen, daß die Geisteskraft seines Gefährten endlich erwache, und drückte ihm zum Beweise seines Beifalls herzlich die Hand. Allerdings sank seine Freude gleich wieder bedeutend herab, als Athelstane hinzusetzte, er wolle gern mit einem Dutzend solcher Ritter wie Front-de-Boeuf kämpfen, wenn er nur aus diesem Kerker herauskäme, wo soviel Knoblauch in die Suppe getan würde.

Die Gefangenen hatten kaum ihre Mahlzeit beendet, da erschollen vorm Tor die Klänge eines Hornes. Es erklang dreimal so laut und hell, als bliese es der erkorene Ritter vor dem verzauberten Schlosse, wo dann Hallen und Türme, Brücken und Zinnen zerflossen wie ein Morgennebel. Die Sachsen sprangen vom Tische auf und eilten ans Fenster, aber sie sahen sich in ihrer Erwartung getäuscht. Der Schall kam von jenseits des Schloßhofes, auf den die Fenster dieser Halle hinaussahen. Aber der Ton schien als bedeutungsvolle Aufforderung aufgefaßt zu werden, denn im ganzen Schlosse entstand alsbald große Unruhe.

Neunzehntes Kapitel

Der arme Isaak von York war in ein Kellergewölbe des Schlosses geworfen worden, das tief unter der Erdoberfläche gelegen war. Eine dumpfe, feuchte Luft herrschte darin, und nur ein wenig Licht drang durch zwei kleine Luftlöcher, die so hoch angebracht waren, daß sie der Gefangene nicht mit der Hand erreichen konnte. Selbst zu Mittag ließen sie nur einen matten, ungewissen Schimmer herein, der lange, bevor das gesegnete Licht des Tages das Schloß verließ, zu tiefer Finsternis wurde. Von früheren Gefangenen her hingen noch Ketten und Fesseln verrostet an den Mauern, und an einer steckten sogar in den Ringen noch zwei modernde Menschenknochen, als sei hier unten ein Gefangener nicht nur gestorben, sondern auch zum Gerippe geworden. An dem einen Ende dieses unheimlichen Kerkers war ein großer Feuerrost angebracht worden, über dem ein paar vom Rost fast zerfressene Eisenstangen lagen.

Der Anblick dieses Raumes hätte auch ein mutigeres Herz, als in der Brust Isaaks saß, erschüttern können. Aber es war nicht das erstemal, daß sich Isaak in solcher Gefahr befand, und er hatte Erfahrung darin, so daß er gefaßt war und die Hoffnung hegte, es werde auch diesmal wie so oft nicht zum äußersten kommen. Vor allem kam ihm die Hartnäckigkeit seiner Rasse zustatten, und hier machte sich die starre, unbeugsame Festigkeit geltend, mit der das Volk der Juden schon öfter die schwersten Übel, die ihnen Macht und Grausamkeit haben auferlegen können, ertragen hat, ehe sie die an sie gestellten Forderungen bewilligt haben. Isaak saß, seinen pelzverbrämten Rock zusammenhaltend in einen Winkel gekauert da, die Hände gefaltet, Haupt- und Barthaar verwirrt, die hohe Mütze zerknüllt.

Drei Stunden lang blieb so der Jude regungslos sitzen, als sich endlich Schritte vernehmen ließen. Die Riegel knarrten, die Tür kreischte in ihren Angeln, und herein trat Reginald Front-de-Boeuf. Ihm folgten die beiden sarazenischen Diener des Templers. Front-de-Boeuf, ein langer, starker Mann, dessen Leben sich aus lauter Krieg, öffentlichen und Privatfehden, zusammengesetzt hatte, trug die Male seiner wilden und schlimmen Leidenschaften offen in seinem Antlitz. Es paßte vollkommen zu seinem Charakter. In einem anderen Gesicht hätten die vielen Narben Ehrfurcht und Interesse erweckt als Zeichen der echten Tapferkeit, in seinem Gesicht aber trugen sie nur dazu bei, das Wilde und Furchtbare des Eindrucks zu erhöhen. Der entsetzliche Mann trug ein Lederwams, das eng anlag und hie und da Flecke von der Rüstung zeigte, im Gürtel trug er nur einen Dolch und ein Bund rostiger Schlüssel. Die schwarzen Sklaven, die Front-de-Boeuf folgten, hatten jetzt an Stelle ihres prächtigen Kostümes Jacken und grobleinene Hosen an. Sie hatten die Hemdärmel aufgestreift wie Metzger, wenn sie schlachten wollen. Jeder hatte einen kleinen Korb in der Hand. Sie blieben an der Tür stehen, die Front-de-Boeuf sorgfältig hinter sich wieder abschloß.

Der Edelherr kam nun langsam auf den Juden zu, das Auge fest auf ihn geheftet, als wollte er ihn schon durch den Blick lähmen, wie es manche Tiere der Sage nach mit ihrer Beute machen sollen. Und wie es schien, machte der finstere und böse Blick auch einen solchen Eindruck auf den unglücklichen Juden. Er sperrte den Mund auf und sah den wilden Baron mit solchem Entsetzen an, daß in der Tat seine Gestalt in sich zusammenzuschrumpfen und kleiner zu werden schien. Der Bedauernswerte vermochte nicht einmal aufzustehen, um sich zu verbeugen, nicht einmal den Hut vermochte er abzunehmen oder ein bittendes Wort zu sprechen, so fest war er überzeugt, daß Tod und Marter seiner harrten.

Die riesige Gestalt des Normannen schien im Gegenteil immer größer zu werden, wie die eines Adlers, der sein Gefieder aufbläht, wenn er im Begriff ist, auf seine Beute herabzuschießen. Drei Schritte vor dem Winkel, in den sich der Jude zurückgezogen hatte, und von dem er den denkbar kleinsten Teil für sich in Anspruch nahm, blieb er stehen. Front-de-Boeuf gab den Sklaven ein Zeichen, heranzutreten, einer von ihnen kam näher und nahm aus seinem Korbe eine Wageschale und verschiedene Gewichte, er legte sie Front-de-Boeuf zu Füßen und entfernte sich dann wieder. Die Bewegungen dieser Menschen waren langsam und feierlich, als gingen sie mit einem Vorhaben grausamer und entsetzlicher Art um. Front-de-Boeuf leitete diesen Auftritt ein, indem er den unglücklichen Gefangenen folgendermaßen anredete:

„Verwünschter Hund aus verfluchtem Volke!“ sagte er, mit tiefer, hohler Stimme das Echo des Kerkers weckend, „Siehst du die Wagschale dort?“ Der arme Jude antwortete mit einem leisen Ja. „In dieser Wagschale sollst du mir tausend Pfund Silber abwägen,“ fuhr der unbarmherzige Baron fort, „nach dem Maß und Gewicht vom Tower in London.“

„Heiliger Abraham!“ versetzte der Jude, dem dieses gräßliche Verlangen die Sprache wiedergab. „Hat man je eine solche Forderung gehört? Welches Menschen Auge hat je die Seligkeit genossen, soviel Geld auf einmal zu sehen? Wer hat je selbst in den Märchen eines fahrenden Sängers gehört von tausend Pfund Silber? – Und wolltet Ihr mein und meiner Brüder Häuser plündern, in den Mauern von ganz York könntet Ihr die ungeheure Summe nicht zusammenbringen.“

„Ich lasse mit mir reden,“ sagte Front-de-Boeuf, „was an Silber fehlt, nehme ich in Gold an, die Mark in Gold zu sechs Pfund Silber gerechnet. Wenn du das zahlst, kannst du dein ungläubiges Gerippe von einer Marter loskaufen, wie sie sich dein Sinn nie hat träumen lassen.“

„Habt Barmherzigkeit mit mir!“ rief Isaak. „Ich bin alt und hilflos. Es ist Eurer unwürdig, über mich zu triumphieren. – Eine erbärmliche Tat ist es, zu zertreten einen Wurm.“

„Alt magst du sein,“ versetzte der Ritter, „zur Schande für die, die dich in Wucher und Prellerei haben grau werden lassen. Schwach magst du auch sein, denn wann hätte ein Jude Herz und Hand gehabt? – Aber es ist auch weltbekannt, daß du reich bist.“

„Ich schwöre es Euch, edler Ritter, bei allem, was ich glaube, bei allem, was wir gemeinschaftlich glauben –“

„Werde nicht meineidig an dir selber,“ fiel ihm der Normann ins Wort. „Denke nicht, daß ich nur Worte mache, um dir einen Schreck einzujagen und die niedrige Feigheit auszunutzen, die deinem ganzen Volke eigen ist. Ich schwöre dir bei allem, was du nicht glaubst, bei dem Evangelium, das unsere Kirche predigt, mein Vorsatz steht fest und wird schnell vollzogen. Dieser Kerker ist nicht zu Kinderpossen gemacht. Gefangene, tausendmal hervorragendere Männer als du, haben in diesen Mauern ihre Seele ausgehaucht, und nie hat jemand erfahren, was aus ihnen geworden ist. Dir aber ist ein langsamer, qualvoller Tod zugedacht, gegen den alle Leiden, die jene erduldet haben, ein Nichts sind.“

Wieder gab er den Sklaven ein Zeichen, näher zu treten, und sprach mit ihnen in ihrer Heimatsprache, denn auch er war in Palästina gewesen. Die Sarazenen nahmen jetzt Holzkohle aus ihren Körben, Blasebälge und eine Flasche voll Öl. Der eine machte ein Feuer an, der andere legte Kohlen unter den alten Rost und blies sie an, bis sie rot glühten.

„Isaak, siehst du die eisernen Stäbe über den glühenden Kohlen?“ sagte Front-de-Boeuf. „Du wirst entkleidet und auf dieses heiße Lager gebettet. Einer der Sklaven unterhält das Feuer unter dir, der andere bestreicht deine elenden Glieder mit Öl, damit der Braten nicht anbrennt. – Nun wähle! – Entweder ein so qualvolles Bett oder tausend Pfund Silber bezahlen. Bei dem Haupte meines Vaters! eine andere Wahl hast du nicht.“

„So mögen mir beistehen alle Erzväter!“ jammerte Isaak. „Ich kann keine Wahl treffen, denn ich habe die Mittel nicht, zu bezahlen Eure ungeheure Forderung.“

„Ergreift ihn und entkleidet ihn, Sklaven!“ rief der Ritter. „Er mag sehen, ob ihm seine Erzväter beistehen.“

Die Diener kamen und legten Hand an den unglücklichen Isaak. Sie rissen ihn vom Boden empor und hielten ihn zwischen sich fest, der weiteren Winke des Barons gewärtig. Der arme Jude sah in ihre und Front-de-Boeufs Gesicht, ob er Zeichen von Mitleid gewahre. Aber der Baron sah mit kaltem spöttischen Lächeln drein, und das wilde Auge der Sarazenen rollte düster und blutgierig unter den finsteren Brauen. Sie schienen sich eher auf die Arbeit zu freuen, die ihnen zuerteilt war, als den geringsten Widerwillen dagegen zu empfinden. Dann sah der Jude auf die glühenden Kohlen, auf die er gelegt werden sollte, und da er einsah, daß er sich von seinem Peiniger keines Erbarmens versehen dürfte, änderte er seinen Entschluß.

„Ich will zahlen," sagte er, „die tausend Pfund Silber, das heißt," setzte er schnell hinzu, „ich will sie aufbringen mit Hilfe meiner Brüder, denn wie ein Bettler muß ich stehen an der Tür unserer Synagoge, bis ich die riesige Summe zusammenhabe. – Wann und wo soll sie abgeliefert werden?"

„Hier," antwortete Front-de-Boeuf, „hier muß sie niedergelegt werden, hier in diesem Kerker wird sie gewogen und bezahlt. Denkst du, ich lasse dich frei, ehe mir das Lösegeld sicher ist?"

„Und was habe ich für Sicherheit," entgegnete der Jude, „daß ich freigelassen werde, wenn ich das Lösegeld bezahlt habe?"

„Das Wort eines Normannen, du Wucherer," versetzte Front-de-Boeuf, „das Ehrenwort eines normannischen Edelmannes, das mehr wert ist als all dein Gold und Silber, als alles Gold und Silber deiner Rasse."

„Ich bitte um Verzeihung, edler Herr," erwiderte Isaak furchtsam, „aber warum soll ich Vertrauen haben zum Worte eines Mannes, der zu dem meinen keines hat?"

„Weil dir nichts anderes übrigbleibt," war die stolze Antwort des Normannen. „Hier habe ich den Vorteil über dir und daher schreibe ich dir die Bedingungen vor."

Der Jude seufzte tief. „Gib wenigstens mit mir auch meine Reisegefährten frei. Sie haben mich verachtet, aber sie hatten doch Mitleid mit meiner Not."

„Wenn du die sächsischen Bauern meinst, denen werden andere Bedingungen gestellt als dir. Ich warne dich, Jude, kümmere dich nur um deine Angelegenheiten und nicht um fremde."

„Dann bitte ich Euch,“ sagte Fsaak, „laßt wenigstens meinen verwundeten Freund mit mir frei.“

„Soll ich es einem Sohne Israels zweimal nahelegen,“ fuhr Front-de-Boeuf auf, „sich nicht um fremde Angelegenheiten zu bekümmern? Du hast nichts weiter zu tun, als das Lösegeld zu beschaffen.“

„Höre mich an,“ begann der Jude wieder, „bei dem Reichtum, den du dir auf Kosten deines –“

Er hielt inne, denn er fürchtete, den wilden Normannen zu beleidigen, aber Front-de-Boeuf ergänzte selber die Worte Isaaks.

„Auf Kosten meines Gewissens,“ sagte er lachend, „sprich es aus, Isaak. – Ich sage dir, die Vorwürfe dessen, der im Nachteile ist, kann ich mit anhören, selbst wenn der Betreffende ein Jude ist. Die Hauptsache ist: wann bekomme ich mein Geld? wann soll ich das Silber haben?“

„Laßt meine Tochter Rebekka nach York gehen,“ erwiderte Isaak, „und gebt ihr ein sicheres Geleit, edler Ritter, und sobald wie Mann und Roß den Weg zurücklegen können, soll der Schatz“ – bei diesen Worten weinte er bitterlich, aber gleich darauf fügte er hinzu: – „soll der Schatz hier zu Euern Füßen liegen.“

„Deine Tochter?“ sagte Front-de-Boeuf mit erkünsteltem Erstaunen. „Beim Himmel, Jude! Das hätte ich wissen sollen! Ich dachte, die schwarzäugige Dirne wäre deine Metze, und ich habe sie Brian de Bois-Guilbert als Dienerin gegeben.“

Das Gewölbe hallte wider von dem Schrei, den der Jude bei dieser ihm so grob und gefühllos mitgeteilten Nachricht ausstieß. Es erschreckte sogar die beiden Sarazenen in solchem Maße, daß sie ihren Gefangenen losließen, der diesen Vorteil auf der Stelle benützte, auf das Pflaster zu stürzen und Front-de-Boeufs Knie zu umfassen.

„Nehmt alles, Herr Ritter, was Ihr erwartet, ja nehmt noch zehnmal mehr!“ rief er. „Macht mich meinetwegen zum Bettler – rennt mir den Dolch durch den Leib, bratet mich auf dem Roste! Aber – schont meine Tochter und liefert sie mir aus wohlbehalten und in Ehren! Sofern Ihr vom Weibe geboren seid, schonet ein hilfloses Mädchen! Sie ist das Abbild meiner verstorbenen Rahel, das letzte der sechs Pfänder ihrer Liebe – Wollt Ihr einem verlassenen Vater den letzten Trost rauben, der ihm noch übrig ist? Wollt Ihr, daß er wünsche, sein einziges Kind liege tot bei der Mutter im Sarge, im Grab meiner Väter?“

„Ich wünschte, ich hätte das früher gewußt," sagte mit milderer Stimme der Normanne, „ich dachte, dein Stamm liebe nur den Geldsack."

„Denke von uns nicht so niedrig," sprach Isaak und griff gierig nach diesem Moment eines scheinbaren Mitgefühls – „liebt nicht der gejagte Fuchs sein Junges und die gequälte Wildkatze das ihrige? Wie soll der verachtete, verfolgte Stamm Abrahams nicht auch lieben seine Kinder?"

„Mag ja sein," erwiderte Front-de-Boeuf, „und um deiner selbst willen, Isaak, will ich es künftighin glauben. Aber das bringt uns jetzt nicht weiter. Geschehenes gut zu machen, vermag ich nicht, auch nicht, was etwa noch geschehen kann. Mein Waffenbruder hat mein Wort, und Front-de-Boeuf bricht sein Wort um eines Dutzends von Juden und Jüdinnen nicht! – Was soll denn auch dem Mädchen Übles begegnen können, selbst wenn sie Bois-Guilberts Beutestück ist? He?"

„Ach Jehovah! Jehovah!" rief händeringend der Jude. „Wann haben die Templer auf anderes gesonnen als auf Grausamkeit gegen Männer – als auf Entehrung der Weiber?"

„Hund von einem Ungläubigen!" rief Front-de-Boeuf mit glühenden Augen, froh, einen Vorwand gefunden zu haben, daß er in Wut geraten konnte, „schmähe nicht den heiligen Orden des Tempels von Zion, denke vielmehr darüber nach, wie du dein Lösegeld herbeischaffen willst, sonst wehe dir!"

„Räuber und Bösewicht!" rief der Jude, die Schmähungen seines Peinigers mit wilder Leidenschaft zurückgebend, die er nicht länger zu unterdrücken vermochte, obgleich er hilflos war, „nichts will ich dir zahlen, nicht einen Silberling, bis nicht meine Tochter ausgeliefert ist!"

„Bist du von Sinnen, Jude? sagte der Normann fest. „Trägt dein Fleisch und Mut Verlangen nach glühendem Eisen und siedendem Öl?"

„Nichts frag ich danach!" schrie der Jude, den die Vaterliebe in Verzweiflung trieb. „Tu dein Ärgstes! Meine Tochter ist mein Fleisch und Blut und mir tausendmal teurer als diese Glieder, die du grausam bedrohst. Kein Silber will ich dir geben, ich könnte es dir denn in geschmolzenem Zustande in den geizigen Hals träufeln. – Nein, nicht einen Silberling will ich dir geben, Nazarener, und könnte ich dich damit erretten von der ewigen Verdammnis, die dir dein ganzes Leben gesichert hat. Nimm mein Leben, wenn du willst, und sieh, wie ein Jude inmitten seiner Qualen noch einen Christen verachtet!"

„Das wollen wir sehen!“ rief Front de-Boeuf. „Denn bei dem heiligen Kreuze, das der Abscheu deiner Rasse ist, du sollst die schärfste Folter erleiden, die sich durch Feuer und Stahl schaffen läßt. – Entkleidet ihn, Sklaven, und legt ihn auf den Rost!“

Die Sarazenen machten sich ans Werk, als vor dem Schlosse ein zwiefaches Hornsignal erklang. Der Ton drang selbst bis in den Kerker, und gleich darauf riefen laute Stimmen nach Front-de-Boeuf. Dieser wollte sich nicht über seiner höllischen Beschäftigung antreffen lassen und gab den Sklaven ein Zeichen, daß sie dem Juden die Kleider wieder zuwerfen sollten, dann ging er mit ihnen hinaus.

Isaak war allein, er konnte nur Gott danken für die Errettung aus der Not oder jammern über das voraussichtliche Schicksal seiner Tochter, ob nun seine persönlichen oder seine väterlichen Gefühle stärker sein mochten.

Zwanzigstes Kapitel

Das Gemach, wohin Lady Rowena geführt wurde, zeigte Spuren von roher Pracht und rohem Zierat, und es ließ sich wohl für einen besonderen Beweis von Achtung und Wohlgemeintheit ansehen, daß man ihr hier ihren Aufenthalt angewiesen hatte. Front-de-Boeufs Gemahlin, für die man dieses Gemach anfangs hergerichtet hatte, befand sich längst nicht mehr unter den Lebenden. Das bißchen Zierat, mit dem sie es geschmückt hatte, war längst in Staub zerfallen oder vergessen. An den Wänden hingen stellenweise die Tapeten in Fetzen, stellenweise waren sie vom Sonnenlichte verblichen, stellenweise durch den Zahn der Zeit zerstört. Aber so verfallen auch das Gemach war, so hielt man es doch für das beste im Schlosse und für am besten geeignet zur Aufnahme der sächsischen Erbin. Hier konnte sie, während die Darsteller dieses schlimmen Dramas die Rollen unter sich verteilten, über das ihr vom Schicksal verhängte Los grübeln. Diese Verteilung der Rollen geschah in einem Kriegsrate, der von Front-de-Boeuf, de Bracy und dem Tempelritter gehalten wurde. Es setzte, ehe über die verschiedenen Vorteile, die jedem von ihnen aus diesem kühnen Unternehmen anheimfallen sollten, schlimmen Streit, der auch so bald nicht geschlichtet wurde. Aber endlich wurde durch sie festgesetzt, welches das Schicksal ihrer unglücklichen Gefangenen sein sollte.

In der Mittagsstunde erschien de Bracy, zu dessen Gunsten im Grunde das Unternehmen ins Werk gesetzt worden war, bei Lady Rowena, um seine Ansprüche auf ihre Hand geltend zu machen. Die Zwischenzeit hatte de Bracy nicht ausschließlich zu diesem gemeinsam mit seinen Bundesgenossen gehaltenen Kriegsrate verwendet, sondern auch dazu, sich dem Geschmack der Zeit gemäß herauszuputzen. Sein grüner Jagdrock und seine Larve waren verschwunden und in langen zierlichen Flechten hing sein reiches Haar auf den reich verbrämten Rock nieder. Sein Bart war sorgfältig gestutzt. Das Wams reichte bis halb über die Schenkel, und der Gürtel, an dem ein Schwert hing, war mit reicher Goldstickerei verziert. Die Schuhe waren, der abenteuerlichen Form jener Zeit entsprechend, lang, absonderlich gedreht und gekrümmt wie die Hörner eines Widders. Diese Kleidung eines Gecken der damaligen Zeit wurde in ihrer auffallenden Vornehmheit durch eine hübsche Gestalt und ein geziertes Benehmen noch unterstützt. Er nahm zum Gruße das Sammetbarett ab und lud die Lady in artigen Worten ein, Platz zu nehmen. Als sie stehenblieb, zog er den rechten Handschuh aus und wollte sie zu einem Sessel führen, aber Rowena lehnte durch eine Handbewegung diese Höflichkeit ab.

„Wenn ich mich in der Gewalt meines Kerkermeisters befinde," sagte sie, „und den Umständen nach kann ich gar nichts anderes annehmen, so kommt es einer Gefangenen zu, ihr Urteil stehend anzuhören."

„Schöne Rowena," entgegnete de Bracy, „Ihr steht vielmehr vor Euerm Gefangenen, und von Euern schönen Augen wird de Bracy das Urteil hinnehmen, das Ihr von ihm erwartet."

„Ich kenne Euch nicht, Sir," antwortete die Lady, allen Stolz der Schönheit und des gekränkten Ansehens zu ihrer Waffe aufbietend, „und die unanständige Vertraulichkeit, mit der Ihr mich im Tone eines Troubadours anredet, dient schlecht zur Entschuldigung der Gewalttat, die Ihr als Räuber an mir verübtet."

„Es ist in der Tat ein Unglück für mich, daß Ihr mich nicht kennt, aber ich darf hoffen, daß der Name de Bracy nicht ungenannt geblieben ist, wo Minnesänger und Herolde ritterliche Taten gepriesen haben, Heldentaten im Turnier wie auf dem Schlachtfelde."

„So überlaßt es nur den Minnesängern und Herolden," versetzte Rowena, „Euern Ruhm zu singen, es ziemt sich nicht für Eure eigenen Lippen. Aber sagt mir doch, wer von den Sängern soll den hervorragenden Sieg der letzten Nacht besingen, einen Sieg über einen alten Mann, der von ein paar furchtsamen

Dienern begleitet war, und über ein unglückliches Mädchen, das mit Gewalt in das Schloß eines Räubers geschleppt worden ist?"

„Ihr seid ungerecht, Lady Rowena," antwortete der Ritter, indem er sich verwirrt auf die Lippen biß und einen Ton annahm, der ihm besser stand als die erkünstelte Galanterie, in der er bisher geredet hatte, „Ihr seid frei von Leidenschaft, und habt deshalb weder Verständnis noch Entschuldigung für den Wahnsinn eines anderen, selbst wenn ihn Eure eigene Schönheit hervorgerufen hat."

„Ich bitte Euch, Herr Ritter," fiel ihm Rowena ins Wort, „befleißiget Euch doch nicht eines Tones, der so gemein bei herumziehenden Minnesängern geworden ist, daß sich ein Edelmann seiner nicht mehr bedienen sollte! Wie mögt Ihr solche faden Albernheiten aussprechen, von denen jeder Bänkelsänger so viel besitzt, daß er von heute bis Weihnachten damit ausreichen kann!"

„Stolze Lady," antwortete de Bracy, ergrimmt darüber, daß ihm seine Artigkeit nur Verachtung eintrug, „ich will dir ebenso stolz entgegentreten. Wisse denn, ich habe meine Ansprüche auf deine Hand in der Art geltend machen wollen, die meinem Charakter am meisten zusagt. Dir aber ist es lieber, wenn mit Bogen und Schwert um dich geworben wird, als mit sanfter Rede und in wohlgewählten Worten."

„Artige Worte," versetzte Rowena, „die nur dazu dienen, die Gemeinheiten eines Räubers zu bemänteln, sind wie der Gürtel eines Ritters um die Brust eines Bauern. Hättet Ihr doch lieber die Sprache und die Kleidung des Räubers beibehalten, als daß Ihr die Taten des Räubers durch gezierte Rede und galantes Wesen verschleiern wollt."

„Euer Rat ist gut, Lady," sagte de Bracy, „ich sage Euch denn daraufhin, Ihr werdet nie dieses Schloß verlassen, denn als Gattin des Moritz de Bracy. Auf welche andere Weise hättet Ihr wohl je Gelegenheit erhalten, zu hoher Ehre zu gelangen oder in fürstlichen Rang erhoben zu werden, als durch eine Verbindung mit mir? Wie hättet Ihr sonst aus Eurer niedrigen Umgebung eines Bauernhofes herauskommen sollen, wo Sachsen ihre Schweine hüten, die ihren Reichtum ausmachen? Wie hättet Ihr sonst einen Platz da erringen sollen, wohin Ihr gehört, in der Mitte derer, die in England die ersten an Schönheit und Rang sind?"

„Herr Ritter," versetzte Rowena, „das Bauernhaus, das Ihr verachtet, ist seit Kind auf meine Heimat gewesen, und wenn ich es je verlasse, so nur an der Hand eines Mannes, der das Haus und die Sitten, in denen ich groß geworden bin, nicht verachtet."

„Ich weiß wohl, was Ihr denkt, Lady," antwortete de Bracy, „wenn Ihr mir vielleicht auch nicht soviel Scharfsinn zutraut. Bildet Euch nicht ein, daß Richard Löwenherz je wieder zu seinem Throne zurückkehren werde oder daß Wilfried von Ivanhoe Euch als seine Braut dem Könige vorstellen werde, dessen Liebling er ist. Diese Eure Neigung ist kindisch und hoffnungslos, denn wißt, dieser Nebenbuhler ist in meiner Gewalt, und ich brauche nur zu verraten, daß er mit unter den Gefangenen ist, so würde ihm der Haß eines Front-de-Boeuf gefährlicher werden als meine Eifersucht."

„Wilfried hier?" rief Rowena, indem sie sich zu gleichgültigem Tone zwang. „Das ist eine Lüge. Doch wenn es wahr sein sollte, weshalb sollte ihn Front-de-Boeuf hassen oder was hätte er anderes zu befürchten als eine kurze Gefangenschaft und die Hinterlegung eines ehrenvollen Lösegeldes, wie es die Sitte der Ritterschaft fordert?"

„Wißt Ihr nicht, schöne Rowena, daß unser Wirt Front-de-Boeuf jeden aus dem Wege räumen möchte, der ihm seine Ansprüche auf die reiche Baronie streitig macht? Das wird er ohne jede Gewissensbisse tun. Wenn Ihr aber meine Werbung freundlich annehmt, so soll der verwundete Ritter nichts von Front-de-Boeuf zu fürchten haben, anderenfalls aber dürftet Ihr wohl bald Trauer um ihn anlegen müssen, denn ich liefere ihn dann einem Manne in die Hände, der kein Erbarmen kennt."

„Rettet ihn um Himmels willen!" rief Rowena. So stark sie auch war, bei dem Gedanken, daß ihr Geliebter in Gefahr schwebte, verließ sie die Kraft.

„Das kann ich und das will ich auch," erwiderte de Bracy. „Wer dürfte es wagen, dem Verwandten Rowenas, dem Sohne ihres Vormundes, dem Gespielen ihrer Kindheit ein Haar zu krümmen, wenn sie erst eingewilligt hat, de Bracys Braut zu werden? Doch nur Eure Liebe ist der Preis, um den seine Sicherheit zu erkaufen ist. Ich bin kein so romantischer Schafskopf, daß ich einem anderen, der zwischen mir und meinen Wünschen steht, weiterhelfe oder ihn gar vom Untergang errette. Benutzt Euern Einfluß auf mich, und er ist geborgen, versagt mir alles und Wilfried stirbt, Ihr aber seid darum der Freiheit nicht um einen Schritt näher."

„Eure Rede," antwortete Rowena, „hat in ihrer gefühllosen Kälte etwas, das mich hindert, Euch Glauben zu schenken, unmöglich könnt Ihr so abscheulich sein, noch kann Eure Macht so groß sein."

„Wiegt Euch nicht in solcher Annahme!" entgegnete de Bracy, „bald würdet Ihr erkennen, daß Ihr im Irrtum seid. Euer Geliebter liegt verwundet in diesem Schlosse. Euer Geliebter, den Ihr vorzieht! Und er ist ein Hemmnis für Front-de-Boeuf auf dem Wege zu einem Ziele, das ihn mehr als Schönheit und Ehrgeiz lockt. Was kostet es ihn mehr als einen Dolchstoß oder einen Wurfspieß, und das Hindernis ist auf immer beseitigt? – Und wenn Front-de-Boeuf sich nicht gern der Möglichkeit aussetzt, eine so offene Tat zu rechtfertigen, so kann ihm ja sein Wundarzt einen giftigen Trank reichen. Ja, der Diener oder die Wärterin brauchen nur das Kopfkissen unter ihm wegzunehmen, wenn er schläft, und bei seinem jetzigen Zustande ist Wilfried dann eine Leiche, ohne daß Front-de-Boeuf sein Blut vergossen hätte. – Und auch Cedric . . ."

„Cedric auch!" rief Rowena, „mein edler, großmütiger Beschützer!"

„Auch Cedrics Schicksal hängt von Eurer Entscheidung ab, und darum überlasse ich es Euch, Eure Entscheidung zu treffen."

Bis hierher hatte sich Rowena mit unerschütterlichem Mute benommen, der Grund hierzu war aber, daß ihr die Gefahr nicht so unmittelbar und so drohend erschienen war. Aber als sie nun die Gefahr recht ins Auge faßte, verließ sie der Mut und das Selbstvertrauen. Dazu kam noch, daß sie zum erstenmal einem Manne gegenüberstand, der sich ihrem Willen widersetzte, während sie bisher gewohnt gewesen war, daß ihr Wille oberstes Gesetz war. Und jetzt empfand sie den Widerstand eines kalten, kühnen und entschlossenen Gemütes, das sich des Vorteils über sie bewußt war und kein Bedenken trug, ihn auszunutzen.

Sie schaute sich rings um, als suche sie Hilfe, wo doch keine zu finden war, dann stammelte sie ein paar abgerissene Worte, und dann hob sie die Hände gen Himmel und brach in lautes Klagen und Jammern aus. Es war unmöglich, ein so schönes Wesen in Not zu sehen und kein Mitleid mit ihm zu fühlen. Auch de Bracy fühlte sich von Rührung beschlichen, obwohl es bei ihm mehr Verlegenheit als weiche Stimmung war. Er war in der Tat zu weit gegangen, um wieder zurückzutreten, und bei Rowena war in ihrer augenblicklichen Verzweiflung weder durch Bitten noch durch Drohungen etwas auszurichten. Er ging daher im Zimmer auf und ab, vergebens bat er das entsetzte Mädchen, sie solle sich doch beruhigen, vergebens suchte er bei sich selber sich klar darüber zu werden, wie er seine Rolle weiterzuspielen habe. „Wenn ich mich," dachte er bei sich selber, „durch die Tränen und den Kummer dieses trostlosen Mädchens rühren lasse, was habe ich dann anders zu erwarten, als daß mir die schönen Hoffnungen wieder entgehen, für die ich so viel gewagt habe? Und wie würden dann die lustigen Gesellen des Prinzen Johann meiner spotten! Und doch fühle ich, daß ich mich gar schlecht zu der Rolle eigne, die ich übernommen habe. Ich kann ein so schönes Gesicht nicht vom Schmerz entstellt, noch solche Augen in Tränen schwimmen sehen. Ich wollte, sie wäre bei der würdevollen Ruhe geblieben, die sie erst zeigte, oder ich hätte ein Stück von Front-de-Boeufs versteinertem Herzen!"

Während ihm solche Erwägungen durch den Sinn gingen, erklang plötzlich jenes Horn, das mit weitschallendem, kühnem Klange auch die anderen Bewohner des Schlosses geschreckt hatte und störend in die Pläne der Habsucht und Wollust eingriff.

Einundzwanzigstes Kapitel

Während dieses in den andern Teilen des Schlosses vorging, erwartete die Jüdin Rebekka ihr Schicksal in einem hohen, abgelegenen Turme. Sie war von zwei verkleideten Räubern geführt worden und fand in der kleinen Zelle eine alte Frau, die ein sächsisches Lied vor sich hinmurmelte, zu welchem ihre auf dem Boden tanzende Spindel den Takt gab. Die Alte erhob ihr Haupt, als Rebekka eintrat, und sah die schöne Jüdin mit dem feindseligen Blick an, wie ihn Alter und Unglück auf Jugend und Schönheit zu werfen pflegen. –

„Du mußt fort von hier, alte Unke," sagte einer der Männer, „unser edler Herr befiehlt es, und dieses Gemach einem schönern Gaste überlassen." –

„So werden treue Dienste belohnt," schrie die Alte, „ich weiß die Zeit, wo mein Wort den besten Mann in Waffen aus Sattel und Dienst gehoben hätte und nun muß ich fort auf den Befehl eines Flegels, wie du bist."

„Gute Frau Urfried," sagte der Mann, „sprich nicht darüber, sondern steh auf und packe dich. – Unsers Herrn Gebote müssen schnell erfüllt werden. Du hast deine Zeit gehabt, alte Dame, doch deine Sonne ist längst untergegangen. Du hast zu deiner Zeit einen guten Schritt gehabt, aber jetzt kannst du nur humpeln. Komm, humple mit mir."

„Mögen Euch die Hunde zerreißen," sagte die Alte, „und ein Hundestall euer Grab werden. Der böse Zernebock soll mir Glied für Glied zerreißen, wenn ich diese Halle verlasse, bis ich den Hanf von meinem Rocken abgesponnen habe."

„Verantworte es vor unserm Herrn, alter Hausdrache," sagte der Diener und ging. Rebekka blieb mit dem alten Weib, in dessen Gesellschaft man sie so unfreundlich gezwungen hatte, allein. „Welche Teufelstat haben sie nun vollbracht?" sagte die Alte vor sich hin, indem sie der Jüdin von Zeit zu Zeit einen boshaften Blick zuwarf; „es ist leicht zu erraten. – Glänzende Augen, schwarze Locken, eine Haut weiß wie das Papier, ehe es der Schreiber mit Tinte färbt – ja, es ist leicht zu erraten, warum sie die in den einsamen Turm sperren, wo ein Schrei so wenig gehört wird, wie fünfhundert Klafter tief unter der Erde. Du wirst Eulen zu Nachbarn haben, meine Schöne; ihr Geschrei wird ebenso weit hin klingen als das deine und ebenso beachtet werden. – Ausländisch obendrein," setzte sie hinzu, Rebekkas Kleidung und Turban bemerkend. „Aus welchem Lande bist du? – eine Sarazenin? eine Ägypterin? – Warum antwortest du nicht, kannst du nur weinen und nicht reden."

„Zürne mir nicht, gute Mutter," sagte Rebekka.

„Du brauchst nicht mehr zu sagen," sagte Urfried, „den Fuchs erkennt man an der Spur, die Jüdin an der Sprache."

„Um der ewigen Barmherzigkeit willen," rief Rebekka. „Was wird das Ende der Gewalttätigkeit sein, die mich hierher führte? Will man mir, um meines Glaubens willen, das Leben nehmen, so will ich es hingeben."

„Dir das Leben nehmen, Schätzchen?" antwortete die Alte, „was könnte ihnen das für ein Vergnügen machen? – Verlasse dich darauf, dein Leben ist nicht in Gefahr. Man wird dich so behandeln, wie man einst eine edle Sachsentochter behandelt hat; eine Jüdin, wie du, darf sich nicht beklagen, daß es ihr nicht besser geht, sieh mich an. – Ich war so jung und noch einmal so schön wie du, als Front-de-Boeuf, der Vater dieses Reginald mit seinen Normannen das Schloß stürmte. Mein Vater und seine sieben Söhne verteidigten ihr Erbteil von Stufe zu Stufe, von Gemach zu Gemach, da war kein Zimmer, keine Treppe, wo nicht Blut floß. Sie fielen bis auf den letzten Mann, und ehe ihre Leichname erkalteten und ihr Blut erstarrte, war ich schon eine Beute und der Spott des Siegers geworden."

„Ist denn keine Hilfe möglich? kein Mittel zur Flucht?" fragte Rebekka; „ich wollte deinen Beistand reichlich vergelten."

„Denke nicht an die Flucht," sagte die Alte, „von hier ist kein Ausweg, als durch die Pforten des Todes, und es wird spät, spät," setzte sie, das graue Haupt schüttelnd, hinzu, „ehe sie sich uns auftun; doch es tröstet mich, daß die, so wir auf der Erde zurücklassen, ebenso elend sind, als wir selbst. Leb wohl, Jüdin! – Jüdin oder Heidin, dein Schicksal wird dasselbe sein; denn du hast mit Menschen zu tun, die weder Gewissen noch Erbarmen kennen. Fahr wohl, sage ich, mein Faden ist abgesponnen, dein Tagewerk geht erst an."

„Bleib, bleib, um Himmels willen," rief Rebekka, „geschieht es auch, um mir zu fluchen. – Deine Gegenwart ist doch ein Schutz."

„Selbst die Gegenwart der Mutter Gottes wird hier kein Schutz sein," antwortete die Alte, indem sie auf ein Marienbild zeigte; „hier steht sie, schau, ob sie das Schicksal abwenden wird, das dich erwartet."

Sie verließ das Zimmer, indem sie ihr Gesicht zu einem höhnischen Lächeln verzog. Sie verschloß die Türe hinter sich und Rebekka konnte bei jedem Schritt, den sie langsam und mühsam die steile Turmtreppe hinunter tat, ihre Flüche und Verwünschungen hören.

Rebekka hatte ein weit furchtbareres Schicksal als Rowena zu erwarten; denn wie konnte sie hoffen, daß man Milde und Anstand gegen ein Mädchen ihres Stammes üben würde, von denen man der sächsischen Erbin doch nur einen Schatten zeigte? Sie hatte als Jüdin den Vorteil, daß sie durch Nachdenken und Charakterstärke besser auf die ihr drohenden Gefahren vorbereitet war. Schon in früher Jugend hatte sich bei ihr ein ernster Charakter offenbart, der es liebte, den Dingen auf den Grund zu sehen. Die Pracht und der Reichtum, den sie im Hause des Vaters sah, hatten sie nicht blenden können, und wohl erkannte sie die Gefahr, in der sie inmitten all dieses Glanzes lebten. Wie Damokles bei seinem berühmten Gastmahle, sah Rebekka immer das Schwert, das über dem Haupte ihres Volkes an einem einzigen Haare hing. Unter solchen Betrachtungen war ihr Gemüt – während ein anderes Herz in ihren Verhältnissen vielleicht stolz, trotzig und hochfahrend geworden wäre – zu stiller Nachdenklichkeit und sanfter Denkweise gekommen. Das Vorbild ihres Vaters hatte sie gelehrt, gegen alle, die ihr nahten, höflich zu sein. Sie konnte zwar nicht seine tiefe Unterwürfigkeit zeigen, weil ihr alle Niedrigkeit der Gesinnung wie auch gewohnheitsmäßige Furchtsamkeit fremd war, aber in ihrem Wesen lag eine stolze Demut, als unterwerfe sie sich den traurigen Verhältnissen, mit denen sie sich als eine Tochter eines verachteten Volkes abfinden müsse, während sie sich in ihrem Innern bewußt war, daß sie nach Verdienst auf einer höheren Rangstufe stehen müsse. Also gefaßt auf widrige Schicksalswendungen, war die Kraft in ihr, sich dagegen zu wappnen. Bei ihrer gegenwärtigen Lage mußte sie ihre volle Geistesgegenwart bewahren und faßte sich rasch.

Zunächst untersuchte sie das Gemach, in das sie gebracht worden war. Sie konnte nicht hoffen, daraus entfliehen zu können, denn es fand sich darin weder ein geheimer Gang noch eine Falltür, die Tür selber hatte innen weder Schloß noch Riegel. Das einzige Fenster führte auf einen kleinen, von Zinnen umgebenen Söller hinaus, in dessen Brustwehr ein paar Plätze für Bogenschützen angebracht waren. Er lag einsam und in steiler Höhe. Rebekka hatte daher keine Hoffnung, aber sie bewahrte ihre Fassung. Nichtsdestoweniger erzitterte sie und erbleichte, als ein Schritt auf der Treppe erklang und sich gleich darauf die Tür langsam öffnete.

Ein großer Mann trat zaudernd herein, der die Kleidung jener Banditen trug, von denen sie geraubt worden war. Er schloß die Tür hinter sich. Die Mütze hatte er tief im Gesicht, und ein Mantel, den er dicht umgehüllt hatte, verhüllte seine Gestalt. In dieser Verkleidung trat er vor die erschrockene Gefangene, ganz als führe er etwas im Schilde, dessen er sich schämte und wisse nicht recht, wie er sein Vorhaben beginnen sollte. So war es Rebekka möglich, ihm zuvorzukommen. Schnell hatte sie zwei kostbare Armbänder und ein Halsgeschmeide losgemacht, und bot dies dem Geächteten an, um seine Habsucht zufriedenzustellen und ihn für sich zu gewinnen.

„Nimm das," sagte sie, „und habe um Gottes willen Erbarmen mit mir und meinem alten Vater. Diese Schmucksachen sind sehr wertvoll, aber sie sind nur eine Kleinigkeit gegen das, was wir geben wollen, wenn man uns frei und unangetastet aus diesem Schlosse läßt."

„Schöne Blume Palästinas," versetzte der Räuber, „diese Perlen sind zwar aus dem Orient, aber sie sind nichts gegen deine weißen Zähne, diese Diamanten haben zwar ein herrliches Feuer, aber sie können doch nicht verglichen werden mit deinen Augen, und solange ich dieses wilde Handwerk treibe, habe ich ein Gelübde getan, die Schönheit dem Reichtum vorzuziehen. – Dein Lösegeld," setzte er auf französisch hinzu, „muß in Liebe und Schönheit bezahlt werden, kein anderes nehme ich an."

„Du bist kein Geächteter," antwortete Rebekka in derselben Sprache, „kein Geächteter hätte ein solches Anerbieten verschmäht. Kein Geächteter in diesem Lande spricht die Sprache, die du sprichst. Du bist kein Geächteter, sondern ein Normann – wohl gar von edler Herkunft. O, so sei auch edel in deinen Handlungen und wirf die erschreckende Maske der Gewalttätigkeit ab."

„Und du, die du so gut raten kannst," sagte Brian de Bois-Guilbert, den Mantel abwerfend, „du bist keine Tochter von Israel, sondern in allem, Jugend und Schönheit ausgenommen, eine wahre Hexe von Endor. Ich bin kein Geächteter, nein, du schöne Rose Sarons, ich bin ein Mann, der dir lieber Hals und Arme mit Diamanten, die dich so reizend kleiden, überladen möchte, als dich ihrer berauben."

„Was kannst du von mir haben wollen, wenn es nicht mein Reichtum ist?" entgegnete Rebekka. „Wir können nichts miteinander gemein haben, du bist ein Christ, ich bin eine Jüdin. Deine Kirche wie meine Synagoge sind gegen eine solche Verbindung."

„Da hast du recht," versetzte der Templer lachend. „Eine Jüdin heiraten? Despardieux! – Nicht, wenn sie die Königin von Saba wäre. Und wisse überdies, holde Tochter Zions, wenn mir der allerchristlichste König selber seine allerchristlichste Tochter anböte, und ganz Languedoc zur Mitgift, ich könnte sie doch nicht heiraten. Es ist gegen mein Gelübde, ein Mädchen anders als nur per amour zu lieben – und so will ich dich auch lieben, denn ich bin ein Templer – siehst du das heilige Kreuz des Ordens?"

„Darfst du dich bei solcher Gelegenheit darauf berufen?" sagte Rebekka.

„Wenn ich es tue, was gehts dich an?" versetzte der Templer. „Du glaubst ja doch nicht an das gebenedeite Zeichen unserer Erlösung."

„Ich glaube, was mich meine Väter lehrten. Verzeihe mir Gott, wenn mein Glaube irrig ist. Was aber, Herr Ritter, ist Euer Glaube, da Ihr ohne Bedenken das Heiligste anruft, wo Ihr doch eben im Begriffe steht, Euer heiligstes Gelübde als Ritter und Diener der Religion zu brechen?"

„Du predigst allerliebst, Tochter Sirachs," erwiderte der Templer, „nur bleibst du infolge deiner jüdischen Vorurteile ohne Verständnis für die ausgedehnten Freiheiten, die wir haben. Eine Ehe freilich wäre ein unverzeihliches Verbrechen für einen Templer, aber für alle die kleinen Liebestorheiten, die ich zu begehen Lust hätte, erhalte ich sofort Absolution. Du, Rebekka, bist die Gefangene, die ich mir mit Bogen und Speer gemacht habe, nach dem Gesetz der Völker meinem Willen unterworfen. Und nicht einen Zoll breit will ich von meinem Rechte zurücktreten, und nichts soll mich hindern, mir mit Gewalt zu nehmen, was meinen Bitten und der Notwendigkeit versagt wird."

„Zurück!" rief Rebekka. „Zurück! Und höre mich, ehe du eine solche Todsünde begehst. Meine Kraft wirst du leicht brechen, denn Gott hat das Weib schwach erschaffen und es dem Edelsinne des Mannes überlassen, es zu beschützen. Aber deine Schändlichkeit will ich, Templer, von einem Ende Europas bis zum andern verkünden lassen. Der Aberglaube deiner Brüder soll mir verschaffen, was ich von deiner Barmherzigkeit nicht erreichen kann. – Jedes Präzeptorium, jedes Kapitel deines Ordens soll erfahren, daß du dich wie ein Ketzer mit einer Jüdin vergangen hast, und wer dein Verbrechen nicht verabscheut, der soll dich für verflucht halten, weil du das Kreuz, das du trägst, so tief erniedrigt hast, daß du einer Jüdin nachgegangen bist."

„Dein Verstand ist kühn," entgegnete der Templer, denn er wußte wohl, daß sie die Wahrheit sagte und daß die Bestimmungen seines Ordens Vergehen wie eines, das er jetzt vorhatte, mit den strengsten Strafen belegte, ja daß bisweilen Ausstoßung erfolgt war, „du bist sehr klug – aber deine Klage muß laut ertönen, wenn sie jenseits der eisernen Mauern dieses Schlosses vernommen werden soll. Hier verklingt ungehört jede Klage und jedes Hilfegeschrei. – Eins allein kann dich retten, Rebekka, unterwirf dich deinem Schicksal, nimm unsere Religion an, und du sollst ein Leben führen, daß sich manche Dame an Schönheit und Pracht mit der Geliebten des besten Streiters unter den Templern nicht soll messen können."

„Mich meinem Schicksal unterwerfen?" antwortete Rebekka. „Und heiliger Himmel, welchem Schicksal! Deine Religion annehmen? Was kann das für eine Religion sein, zu der sich ein so abscheulicher Mensch bekennt! Du, der beste Streiter unter den Templern? Erbärmlicher Ritter! Meineidiger Priester! Ich verachte dich und biete dir Trotz!" Der Gott Abrahams hat seiner Tochter einen Ausweg gezeigt aus diesem Abgrund der Schande!"

Mit diesen Worten riß sie das Gitterfenster auf, das auf den Söller hinausführte, und war im Nu an den Rand der Brustwehr getreten, und nicht der geringste Schutz lag zwischen ihr und der gähnenden Tiefe. Nicht im mindesten gefaßt auf einen so jähen und verzweifelten Entschluß, hatte Bois-Guilbert weder Zeit, sie daran zu hindern, noch sie aufzuhalten. Als er sich ihr nähern wollte, rief sie:

„Bleibe, wo du stehst, stolzer Templer, oder wenn du willst, tritt herzu! Einen Schritt nur – und ich werfe mich in den Abgrund. Eher soll mein Leib an den Steinen des Schloßhofes zerschmettern und alle menschliche Form verlieren, ehe er deiner Gewalttätigkeit zum Opfer fallen soll!" Sie faltete die Hände und hob sie zum Himmel empor, als wolle sie Gnade für ihre Seele erflehen, ehe sie den tödlichen Sprung täte. Der Templer zauderte, und sein kühner Starrsinn, der im Unglück nie versagte, noch sich je von Mitleid hatte beugen lassen, schmolz in Bewunderung ihrer Seelenstärke.

„Komm herunter, unbesonnenes Mädchen," sagte er, „ich schwöre dir bei Erde, Meer und Himmel, ich will dir kein Leid tun."

„Ich mag dir nicht trauen," erwiderte Rebekka, „du hast mich gelehrt, wie hoch ich die Tugenden deines Ordens zu veranschlagen habe."

„Du tust mir unrecht," sagte der Templer, „und so schwöre ich dir denn bei dem Namen, den ich trage, bei dem Kreuz auf meiner Brust, bei dem Schwert an meiner Seite, bei dem alten Wappen meiner Väter: ich will dir nicht das mindeste zuleide tun. Töte dich nicht, wenn nicht um deiner selbst willen, so doch um deines Vaters willen, ich will sein Freund sein, denn in diesem Schlosse bedarf er eines mächtigen Schutzes."

„Ach!" seufzte Rebekka. „Das weiß ich nur zu gut. – Darf ich dir trauen?"

„Man soll mein Wappen umdrehen und mein Name soll entehrt sein," sagte Bois-Guilbert, „wenn du noch Ursache haben sollst, über mich zu klagen. Wohl habe ich gegen manches Gesetz und manchen Befehl verstoßen, aber mein Wort habe ich noch nie gebrochen."

„Wohl, ich will dir trauen," antwortete Rebekka, „aber nur so weit," und sie kam von dem Söller herab, blieb aber in dem Mauerausschnitt stehen. „Hier," sagte sie, „will ich stehen. Du bleibe an deinem Fleck. Wenn du versuchst, die Entfernung zwischen uns auch nur um einen Schritt zu verringern, so sollst du sehen, daß ein jüdisches Mädchen eher ihre Seele Gott anvertraut, als ihre Ehre einem Templer." Der hohe und feste Entschluß gab der ausdrucksvollen Schönheit ihres Angesichts, ihren Blicken und ihrem ganzen Wesen eine fast übermenschliche Erhabenheit. Ihr Blick war nicht angstvoll, noch war ihre Wange bleich aus Furcht vor einem so raschen und entsetzlichen Ende, sondern das Bewußtsein, daß ihr Schicksal in ihrer Hand lag, verlieh ihren Wangen höhere Farbe und ihren Augen lichteren Glanz. So stolz und mutig Bois-Guilbert auch war, so mußte er sich doch gestehen, daß er eine so herrliche und majestätische Schönheit noch nie gesehen hatte.

„Laß Friede zwischen uns sein, Rebekka!“ sagte er.

„Friede, so du es willst,“ entgegnete sie, „aber dieser Raum bleibt zwischen uns.“

„Du hast mich nicht länger zu fürchten.“

„Ich fürchte dich auch nicht, und dem danke ich es, der diesen Turm so hoch gebaut hat, daß, wer sich hier herunterstürzt, den Tod findet. Dank ihm und dem Gotte Israels, ich fürchte dich nicht.“

„Du tust mir unrecht,“ wiederholte der Templer. „Bei Erde, Himmel und Meer, du tust mir unrecht. Von Natur bin ich nicht hart, selbstsüchtig und grausam, wie du mich in diesem Augenblick geschaut hast, ein Weib hat mich dazu gemacht, ein Weib hat mich gelehrt grausam zu sein, und ich bin wieder grausam gewesen, aber nicht gegen solche, wie du eine bist. Ich habe mich vom Leben und seinen Banden getrennt. – Meine Mannheit soll mir kein Weib sänftigen, und häusliches Glück soll mir nicht lachen. Meine alten Tage will ich an keiner heimischen Stätte in Ruhe verleben – einsam bleiben wird mein Grab, und keine Nachkommenschaft wird den Namen Bois-Guilbert in künftige Geschlechter hinübertragen. Das Recht der Unabhängigkeit und Selbständigkeit habe ich zu den Füßen meiner Oberen niedergelegt. Ein Leibeigener in allem, wenn auch nicht dem Namen nach, kann der Templer weder Land noch Gut besitzen, er lebt, bewegt sich und atmet nur nach dem Willen eines anderen.“

„Ach,“ sagte Rebekka, „welche Vorteile können denn für so große Opfer Ersatz geben?“

„Die Macht der Rache und die Aussicht auf Ehre.“

„Ein trauriger Ersatz für Rechte, die die teuersten der Menschheit sind.“

„Das sage nicht, Mädchen,“ antwortete der Templer. „Rache ist ein Fest für Götter. Und die Ehre ist eine Versuchung, gegen die selbst die Seligkeit des Himmels nichts ist.“ Er hielt einen Augenblick inne, dann fuhr er fort: „Rebekka, wer den Tod der Schande vorzieht, muß eine starke Seele haben. – Du mußt mein werden. Nein, starre mich nicht so an, nur mit deiner Einwilligung und auf die Bedingungen hin, die du stellen wirst. Du sollst mit mir Hoffnungen teilen, die weiter gehen als die eines Monarchen auf dem Throne. – Höre mich an, ehe du Antwort gibst, und bilde dir erst ein Urteil, statt gleich nein zu sagen. Der Templer verliert alle gesellschaftlichen Rechte, alle Selbständigkeit, aber dafür wird er ein Glied eines gewaltigen Körpers, vor dem Throne zittern. Eine schwellende Flut ist unser Orden, und ich bin kein geringes Glied in ihm, sondem schon einer der ersten Befehlshaber. Bald kann ich die Hand nach des Großmeisters Stabe ausstrecken. Die Herrschaft des von euch lange erwarteten Messias wird euern Stämmen keine so große Macht verleihen als die, nach der ich trachte. Und lange habe ich nach einem verwandten Geiste gesucht, der sie mit mir teilen sollte, den habe ich nun in dir gefunden."

„Sprichst du so zu einer aus meinem Volke?" fragte Rebekka. „Überlege dirs."

„Antworte nicht mir so," erwiderte der Templer, „führe nicht den Religionsunterschied zwischen uns beiden an. In unseren geheimen Konklaven lachen wir über solche Ammenmärchen. Unser Orden hat lange kühnere und weitere Gesichtspunkte angenommen, als sie noch unsere Stifter in ihrem blinden Götzendienste hatten, und für bessere Entschädigung unserer Opfer ist jetzt gesorgt. Unsere unermeßlichen Besitzungen in jedem Königreiche Europas, unser hoher, militärischer Ruhm, der alle ersten und besten Ritter jedes christlichen Landes in unseren Kreis führt, all das wollen wir zu Zwecken ausnutzen, von denen sich unsere frommen Stifter nicht haben träumen lassen. Weiter aber will ich dir den Schleier unserer Geheimnisse nicht lüften. – Da ruft ein Horn! – Seine Töne verkünden, daß man meiner bedarf. Denke an das, was ich dir gesagt habe. Lebe wohl! Ich bitte nicht um Verzeihung, daß ich dir mit solcher Gewalttat drohte. Das war nötig, damit sich mir dein Charakter offenbarte. Gold wird nur durch den Prüfstein erkannt. Ich komme bald wieder und rede weiter mit dir."

Er ging aus dem Turmgemach und die Treppe hinunter. Rebekka blieb zurück. Ihr Schrecken über einen so furchtbaren Tod, der ihr so nahe gedroht hatte, war nicht weniger nachdrücklich als ihr Grausen vor dem wilden Ehrgeiz des Mannes, in dessen Gewalt sie zu ihrem Unglück war. Sie stieg in das Turmgemach hinab und verrichtete ein Gebet des Dankes für den Schutz, den ihr der Gott ihrer Väter gewährt hatte, und flehte diesen Schutz auch in Zukunft für sich und ihren Vater herab. Und noch ein Name schlich sich in ihr Gebet – der des verwundeten Christen, der in die Hände seiner blutdürstigsten Feinde gefallen war. Wohl machte sie sich Vorwürfe darüber, daß sie für einen mitbetete, dessen Schicksal nie mit dem ihren verbunden werden konnte – für einen Nazarener, einen Feind ihres Glaubens, aber sie hatte ihr Gebet einmal gesprochen, und selbst die strengsten Vorurteile ihres Glaubens vermochten Rebekka nicht zu veranlassen, daß sie das einmal Erflehte widerrufen hätte.

Zweiundzwanzigstes Kapitel

Als der Templer die Schloßhalle betrat, war de Bracy schon dort. „Ihr scheint in Eurer Liebeswerbung durch das Hornsignal gestört worden zu sein wie ich," redete ihn der Ritter an, „aber Ihr kommt später und langsam, und da vermute ich, Ihr habt mehr Glück gehabt als ich."

„Habt Ihr denn von der sächsischen Erbin einen Korb bekommen?" fragte der Templer.

„Bei den Gebeinen des Thomas a Bekett," antwortete de Bracy, „die Lady Rowena muß wissen, daß ich keine Weibertränen fließen sehen kann."

„Warum nicht gar!" versetzte der Templer. „Ihr als Anführer einer Freischützenschar werdet Euch doch nicht um Weibertränen scheren! – Wenn ein paar Tröpflein auf die Fackel der Liebe gesprengt werden, so brennt sie um so heller."

„Wärens nur ein paar Tröpflein gewesen!" entgegnete de Bracy. „Aber diese Dame hat so viel Tränen vergossen, daß man ein Wachtfeuer damit hätte auslöschen können. Ein Wassergeist oder Undine selber muß in der schönen Sächsin stecken, denn solch ein Händeringen und solch ein Tränenfluß ist seit der alten Niobe nicht wieder gesehen worden."

„Und im Busen der Jüdin muß eine Legion von Teufeln hausen," sagte der Templer, „einer allein hätte sie nicht mit solchem Mute und solcher Entschlossenheit beseelen können. Doch wo ist Front-de-Boeuf?"

„Ich glaube, er verhandelt mit dem Juden," sagte de Bracy kalt. „Wahrscheinlich heult Isaak so laut, daß er das Horn nicht hört. Ihr wißt ja, Sir Brian, wenn sich ein Jude von seinen Schätzen unter solchen Bedingungen trennen soll, wie sie Front-de-Boeuf stellen wird, so macht er einen Lärm, daß ein Dutzend Jagdhörner und Schlachttrompeten nicht dagegen aufkommen können. Wir sollten aber Front-de-Boeuf durch seine Leute rufen lassen."

Gleich darauf kam aber Front-de-Boeuf schon. Wie der Leser weiß, war er in seiner tyrannischen Grausamkeit gestört worden. „Wir wollen sehen, was dieser verdammte Lärm zu bedeuten hat," sagte er, „es ist ein Brief eingegangen, in sächsischer Sprache, wenn ich nicht irre."

Er betrachtete ihn, drehte ihn herum und gab ihn dann de Bracy.

„Ich könnte es ebensowenig lesen, als wenn es Zauberhieroglyphen wären," antwortete dieser, „ich habe wohl mal Schreibunterricht gehabt, aber meine Buchstaben wurden wie Speere und Schilde, und da wurde der Unterricht bald aufgegeben."

„Gebt her," sagte der Templer, „wir sind insofern Priester, als unsere Tapferkeit mit Kenntnissen gepaart ist."

„So laßt uns Eure Gelahrtheit zugute kommen!" rief de Bracy. „Was steht in dem Wisch?"

„Es ist eine Herausforderung," erwiderte der Templer. „Und wenn es nicht ein Scherz ist, so ist es die schnurrigste Kriegserklärung, die jemals über die Zugbrücke eines freiherrlichen Schlosses gekommen ist."

„Scherz?" rief Front-de-Boeuf. „Ich möchte doch wissen, wer sichs unterstehen sollte, mit mir zu scherzen! Lest, Brian."

Der Templer las wie folgt:

„Ich Wamba, der Sohn von Ohnewitz, Hausnarr eines edeln, freigeborenen Mannes, nämlich Cedrics, den sie den Sachsen nennen, und ich, Gurth, der Sohn Beowulfs, Schweinehirt . . ."

„Bist du von Sinnen?" unterbrach ihn Front-de-Boeuf.

„Beim heiligen Lukas! so steht es hier," entgegnete der Templer. Dann las er weiter: „Ich, Gurth, Sohn des Beowulf, Schweinehirt bei genanntem Cedric, wir beide mitsamt unseren Verbündeten, die uns in dieser Fehde ihren Beistand gewähren, unter denen nur der gute Ritter angeführt sein mag, der vorderhand nur den Namen hat: der schwarze Faulpelz, wir tun Euch, Reginald Front-de-Boeuf, und Euern Helfershelfern und Mitschuldigen kund und zu wissen, daß Ihr ohne Ursach und vorher erklärte Fehde wider Recht und mit Gewalt unseren edeln Herrn Cedric gefangengenommen habt, Ihr habt Euch ferner der Person eines edeln freigeborenen Mädchens, der Lady Rowena von Hargottstandstede, und der Person eines edeln und freigeborenen Mannes, des Athelstane von

Conningsburgh bemächtigt, ferner der Person eines Juden Isaak von York und seiner Tochter und mehrerer Pferde und Maultiere. All diese Personen edeln Standes, so wir genannt haben, und die Diener und Sklaven, die Pferde und Maultiere, der Jude und die Jüdin haben in Frieden gestanden mit seiner Majestät dem König und waren als getreue Untertanen unterwegs auf der Heerstraße des Königs. Wir fordern und verlangen daher, daß die besagten edeln Persönlichkeiten, Cedric von Rotherwood, Rowena von Hargottstandstede, Athelstane von Conningsburgh, ihre Diener und Sklaven, Pferde und Maultiere, der Jude und die Jüdin, mit all ihrem Hab und Gut, binnen einer Stunde herausgegeben werden, unberührt und unbeschädigt an Leib und Gut. Wenn dies nicht geschieht, so erklären wir Euch für Verräter und Räuber, und wollen unseren Leib gegen Euch im Kampfe wagen und Euch belagern oder sonst alles versuchen, was sich irgend tun läßt, um Euch zu vernichten und zu zerstören. Im übrigen möge Euch Gott helfen. – Gegeben von uns am St. Witholdsabend, unter der großen Eiche in Harthills Walde. Geschrieben von einem heiligen Manne, dem Diener Gottes und unserer lieben Frau und des heiligen Dunstan, in der Kapelle von Copmanhurst." Unter diesem Schreiben stand zuerst die grobe Zeichnung eines Hahnenkopfes mit Kamm und mit einer Umschrift, an der dieses Zeichen als Signatur Wambas, des Sohnes von Ohnewitz, zu erkennen war. Unter diesem Ehrfurcht gebietenden Sinnbilde stand ein Kreuz statt einer Unterschrift, das war das Zeichen Gurths des Schweinehirten, des Sohnes Beowulfs. Dann kamen in kühnen energischen Zügen die Worte Le Noir Fainéant – und zum Schluß ein zierlich gezeichneter Pfeil als Zeichen Locksleys.

Die Ritter hörten dieses seltsame Schriftstück an und starrten sich dann stillschweigend an, als könnten sie gar nicht gescheit daraus werden. Bracy war der erste, der das Schweigen brach, indem er ein unmäßiges Gelächter anstimmte, in das der Templer mit etwas mehr Ruhe einfiel, während Front-de-Boeuf über ihre vorschnelle Lustigkeit ein wenig ungehalten schien. „Ihr tätet besser daran, meine Herren," sagte er, „wenn ihr bedächtet, was wir in dieser Lage tun sollen, statt daß ihr so kreuzfidel seid, wo gar kein Grund dazu vorliegt."

„Seit seinem letzten Sturze ist Front-de-Boeuf nicht wieder der alte geworden," sagte de Bracy zu dem Templer, „der bloße Gedanke an eine Herausforderung jagt ihm Entsetzen ein, selbst wenn sie von einem Narren und einem Schweinehirten kommt."

„Beim heiligen Michael!" versetzte Front-de-Boeuf, „ich wollte, Ihr würdet mit dieser Geschichte allein fertig, de Bracy. Diese Schufte würden nicht so unverschämt handeln, wenn sie nicht bedeutende Unterstützung hätten. In diesen Wäldern hausen viele Geächtete, die es auf mich abgesehen haben, weil ich scharf hinter ihrer Wilddieberei her bin. Als ich einmal einen Kerl, den ich auf frischer Tat ertappte, an das Geweih eines Hirsches binden ließ, der ihn in fünf Minuten totgebohrt hatte, da schwirrten mir gleich soviel Pfeile um die Ohren, wie in Ashby am Ziele vorbeiflogen. – Hierher, Bursche!" rief er seinem Diener zu. „Hast du jemand ausgeschickt, um zu sehen, durch welche gewappnete Macht diese hochfahrende Herausforderung unterstützt wird?"

„Es sind mindestens zweihundert Mann im Walde versammelt," antwortete der Knappe.

„Das ist eine schöne Schweinerei," sagte Front-de-Boeuf. „Das kommt davon, daß ich Euch mein Schloß für Eure Anschläge eingeräumt habe. Ihr könnt nichts geheimhalten, und nun habt Ihr mir dieses Wespennest auf den Hals gehetzt."

„Ein Wespennest?" erwiderte de Bracy, „das sind ja nur Drohnen, die keinen Stachel haben, eine Horde von faulem Gesindel, das lieber im Walde haust und Wild stiehlt, als daß es sich von ihrer Hände Arbeit ernährt."

„Schämt Euch, Herr Ritter," sagte der Templer, „wir wollen unsere Leute zusammenrufen und über sie herfallen. Ein Ritter – nein, ein Bewaffneter schon nimmt es mit zwanzig von ihnen auf."

„Ein Ritter ist genug und schon zuviel," meinte de Bracy. „Ich schäme mich, daß ich meine Lanze gegen sie brauchen soll."

„Gewiß," entgegnete Front-de-Boeuf, „wenn es schwarze Sarazenen oder Mohren wären, Herr Templer, oder feige französische Bauern, mein sehr tapferer de Bracy, aber es sind englische Yeomen, denen wir an nichts überlegen sind als in Waffen und Pferden, und die nützen uns in den dichten Waldungen wenig. Wir sollen einen Ausfall machen, sagt Ihr, wir haben ja kaum Leute genug, um das Schloß zu verteidigen. Meine besten Mannen sind in York, auch Eure ganze Schar, de Bracy, ist dort, und wir haben keine zwanzig Mann außer denen, die an diesem tollen Streich teilgenommen haben."

„Ihr fürchtet doch nicht etwa, daß sie eine Macht zusammenbringen und einen Sturm gegen das Schloß wagen könnten?" fragte der Templer.

„Das nicht, Sir Brian," antwortete Front-de-Boeuf. „Die Räuber haben freilich einen kühnen Anführer, aber ohne Maschinen, Sturmleitern und erfahrene Hauptleute können sie gegen mein Schloß nichts ausrichten."

„Schickt doch zu Euern Nachbarn,“ riet der Templer, „die mögen ihre Leute zusammenrufen und zwei Rittern zu Hilfe kommen, die von einem Schweinehirten und einem Narren in dem freiherrlichen Schlosse des Reginald Front-de-Boeuf belagert werden.“

„Ihr scherzt, Herr Ritter,“ antwortete Front-de-Boeuf. „Zu wem soll ich denn schicken? Malvoisin ist in York, da sind auch alle, auf die ich sonst rechnen könnte, und da sollte ich selber sein, wenn dieses verwünschte Possenspiel nicht wäre.“

„So schickt doch nach York und laßt unsere Leute zurücklaufen,“ sagte de Bracy; „wenn die Feinde beim Anblick meiner Fahne und meiner Freischar nicht Reißaus nehmen so will ich sie die kühnsten Räuber nennen, die je in einem Walde den Bogen gespannt haben.“

„Und wer soll eine Botschaft überbringen?“ versetzte Front-de-Boeuf. „Sie werden jeden Pfad besetzt halten und jeden Boten abfangen und durchsuchen. Aber da fällt mir etwas ein,“ setzte er hinzu. – Herr Templer, Ihr könnt gut lesen und schreiben – wenn wir nur das Schreibzeug finden könnten, das mein Kaplan gehabt hat, er ist vorige Weihnachten gestorben . . .“

„Mit Verlaub,“ sagte der noch der Befehle harrende Knappe, „ich glaube, die alte Barbara hat das Schreibzeug aus Liebe zu ihrem Beichtvater aufgehoben.“

„So geh und hole es,“ sagte Front-de-Boeuf, „und dann werdet Ihr, Herr Templer, diese kühne Herausforderung beantworten.“

„Das möcht ich lieber mit der Schärfe des Schwertes als mit der Feder tun,“ erwiderte Bois-Guilbert, „doch geschehe was Ihr wollt.“

Er setzte sich nieder und schrieb auf französisch folgenden Brief:

„Sir Reginald Front-de-Boeuf und seine ritterlichen Verbündeten nehmen keine Herausforderung von Sklaven, Leibeigenen und Flüchtlingen an. Wenn der Mann, der sich der schwarze Ritter nennt, wirklich einigen Anspruch auf die Ehre der Ritterschaft erheben kann, so sollte er wissen, daß sein derzeitiges Bündnis entehrend für ihn ist und daß er infolgedessen kein Recht hat, von Männern aus edelm Blute Rechenschaft zu fordern. Was die Gefangenen betrifft, so ersuchen wir Euch, Ihr mögt ihnen aus christlicher Barmherzigkeit einen Diener der Kirche senden, der ihre Beichte entgegennehmen und sie zum Tode bereiten kann, denn es ist unser fester Vorsatz, sie heute vormittag noch zu töten und ihre Köpfe auf den Zinnen unseres Schlosses aufzupflanzen, damit jedermann erfahre, wie wenig Achtung wir denen zollen, die ihnen zu Hilfe kommen wollten. Deshalb ersuchen wir Euch, schickt ihnen einen Priester, der sie mit Gott versöhne, das wäre der letzte irdische Dienst, den ihr ihnen erweisen könntet." Dieser Brief wurde zusammengefaltet und einem Knappen übergeben, der ihn dann dem Manne gab, der die Herausforderung gebracht hatte und der noch draußen wartete.

Der Sendbote kehrte in das Hauptquartier der Verbündeten zurück, das sich jetzt unter einem alten Eichbaum, drei Bogenschüsse vom Schloß entfernt, befand. Hier warteten Wamba und Gurth mit ihren Bundesgenossen, dem schwarzen Ritter und Locksley, ungeduldig auf eine Antwort. In der Runde war mancher Yeoman zu schauen, dem man am Weidmannsrock und an den wetterharten Zügen das Handwerk ansah. Schon waren über zweihundert beisammen, und immer kamen ihrer noch mehr. Die Anführer trugen zum Zeichen nur eine Feder auf dem Hute – im übrigen waren sie – Hut, Waffen und Kleidung – ebenso angetan wie alle anderen. Neben dieser Bande hatte sich noch eine Macht zusammengefunden, die noch irregulärer und noch schlechter bewaffnet war, nämlich die sächsischen Einwohner der nächsten Stadt und viele Leibeigene und Diener von Cedrics ausgedehnten Besitzungen, die alle erschienen waren, um ihn zu befreien. Fast alle waren mit solchen Waffen ausgerüstet, wie sie im Notfalle oftmals zu Werkzeugen des Krieges werden, als Eberspießen, Dreschflegeln, Sensen und dergleichen; denn die Normannen wandten die übliche Vorsichtsmaßregel des Eroberers an, den Besiegten den Gebrauch der Waffen zu verbieten. Infolgedessen waren die Belagerer weniger furchtbar, als sie sonst bei ihrer Überzahl und ihrem Eifer für die gute Sache den Belagerten hätten werden können. Den Anführern dieses buntscheckigen Haufens wurde nun das Schreiben des Templers übergeben.

Zuerst wurde der Kaplan aufgefordert, den Inhalt vorzulesen. „Bei dem Hirtenstabe des heiligen Dunstan, der mehr Schafe in den Stall getrieben hat, als irgendein Heiliger ins Paradies," sagte dieser würdige Geistliche, „ich schwöre Euch, ich kann diese Sprache nicht lesen und weiß viel, obs arabisch oder französisch ist." Er gab den Brief Gurth, der brummend den Kopf schüttelte und ihn Wamba gab. Der Narr guckte die vier Ecken des Bogens an, als sei ihm der Inhalt verständlich, machte einen Bocksprung und gab das Schreiben Locksley.

„Wären die kurzen Buchstaben Pfeile und die langen Buchstaben Bogen," beteuerte der ehrliche Yeoman, „dann könnte ich es euch deuten, so aber ist der

Inhalt des Briefes so sicher vor mir wie ein Hirsch, der zwölf Meilen von mir weg ist."

„Dann muß ich wohl den Vorleser machen," sagte der schwarze Ritter, nahm Locksley den Brief ab, las ihn erst für sich durch und übersetzte ihn dann seinen Zuhörern ins Sächsische.

„Den edeln Cedric hinrichten!" rief Wamba aus. „Beim heiligen Kreuz, da irrt Ihr Euch wohl, Herr Ritter!"

„Nein, mein wackerer Freund," entgegnete dieser, „ich habe Euch die Worte übersetzt, so wie sie hier geschrieben stehen."

„Dann beim heiligen Thomas," rief Gurth, „wir müssen das Schloß haben und sollten wir's mit'n Händen einreißen."

„Weiter haben wir auch nichts dazu," sagte Wamba, „und meine Hände sind tatsächlich nicht mal imstande, Stein und Mörtel zu zerbrechen."

„Das ist nur eine List, um Zeit zu gewinnen," meinte Locksley. „Sie dürfen es nicht wagen, eine Tat zu verüben, die ich furchtbar rächen könnte."

„Ich wollte, es wäre einer unter uns," sagte der schwarze Ritter, „der ins Schloß hineingelangen könnte, um zu erfahren, wie es bei den Belagerten aussieht. Sie fragen ja nach einem Beichtvater, da könnte doch der heilige Eremit hier zugleich seines Amtes walten und uns die erwünschte Kunde bringen."

„Geht zum Kuckuck mit Euerm Rat!" sagte der fromme Einsiedler. „Ich sage Euch, Herr Faulpelz, wenn ich meine Mönchskutte einmal ausgezogen habe, dann ist meine Priesterschaft, meine Heiligkeit und mein ganzes Latein mit weg, und in meinem grünen Wams kann ich wohl zwanzig Stück Wild erlegen, aber nicht einem Christen die Beichte abnehmen."

„Ich fürchte," sagte der schwarze Ritter, „wir finden hier keinen anderen, der an Stelle des Einsiedlers den Beichtvater machen kann." Alle sahen einander schweigend an. „Ich sehe schon," sagte Wamba nach einer Pause, „der Narr wird immer 'n Narr bleiben und da seinen Hals aufs Spiel setzen, wo sich weise Männer fein davor hüten. Ihr müßt wissen, liebe Gevattern und Landsleute, ich bin braun einhergegangen, ehe ich buntscheckig wurde, und ich bin zum Mönch erzogen worden, ehe ich in mir so viel Verstand entdeckte, daß ich Narr werden konnte. Ich hoffe, wenn ich mit dem Priesterrock dieses guten Eremiten alle Priesterschaft Heiligkeit und Gelehrsamkeit, die darin stecken mag, anlege, dann werd ich geschickt genug befunden werden, unserem würdigen Vater Cedric und seinen Leidensgefährten weltlichen und geistlichen Trost zu bringen.“

„Was denkst du, Gurth,“ fragte der schwarze Ritter, „hat er Verstand genug?“

„Ich weiß nicht,“ entgegnete Gurth, „aber 's wäre das erstemal, wenn er hier nicht Pfiffigkeit genug zeigte, aus seiner Narrheit Vorteil zu ziehen.“

„Dann hinein in die Kutte, ehrlicher Kerl!“ entschied der schwarze Ritter. „Dein Herr soll uns durch dich wissen lassen, wie es im Schlosse steht. Sie können nicht viel Mannschaft drin haben, und es ist fünf gegen eins zu wetten, daß uns ein kühner und plötzlicher Angriff den Sieg verschafft. Aber die Zeit drängt – darum halte dich dazu!“

„Bis dahin,“ sagte Locksley, „wollen wir das Schloß scharf besetzt halten, daß auch nicht eine Fliege mit einer Botschaft daraus entwischen kann. Du, guter Freund,“ setzte er zu Wamba hinzu, „kannst den Tyrannen darinnen schon immer versichern, daß jede Gewalttätigkeit an ihren Gefangenen aufs strengste an ihrer Person vergolten werden soll.“

„Pax vobiscum!“ sagte Wamba, schon in der Verkleidung des Geistlichen.

Dreiundzwanzigstes Kapitel

In der Kutte des Eremiten, die mit einem Strick um den Leib gegürtet war, stand Wamba vor dem Schloßtore. Der Torhüter fragte ihn nach Namen und Begehr. „Pax vobiscum!“ antwortete der Narr. „Ich bin ein armer Bruder vom Orden des heiligen Franziskus und komme, um bei einigen unglücklichen Gefangenen dieses Schlosses meines Amtes zu walten.“

„Du bist 'n Mönch, der Courage hat,“ sagte der Torwart, „daß du dich hierher getraust, wo seit unserem besoffenen Beichtvater zwanzig Jahre lang kein Hahn deines Gefieders gekräht hat.“

„Ich bitt Euch,“ versetzte der Mönch, „richtet dem Schloßherrn aus, was ich Euch aufgetragen habe. Ich geb Euch mein Wort drauf, er wird mich freundlich aufnehmen, und der Hahn soll krähen, daß mans im ganzen Schloß hört.“

„Schön Dank,“ erwiderte der Torhüter. „Wenn ich aber Schererei deswegen habe, daß ich auf Euern Auftrag hin von meinem Posten weggegangen bin, so will ich mal sehen, ob 'ne Mönchskutte gegen einen Pfeil mit grauen Gansfedern gefeit ist.“ Mit dieser Drohung verließ er seinen Turm und bestellte im Schlosse die ungewöhnliche Botschaft, daß ein frommer Bruder am Tor sei und Einlaß begehre. Mit nicht geringer Verwunderung vernahm er den Befehl seines Herrn, den frommen Mann sofort hereinzulassen. So groß das Selbstvertrauen auch war, das Wamba bei seinem gefahrvollen Unternehmen beseelte, so drohte es ihn doch zu verlassen, als er sich einem so furchtbaren und gefürchteten Manne wie Reginald Front-de-Boeuf gegenübersah. Er brachte sein Pax vobiscum, das so ziemlich die ganze Weisheit seiner angenommenen Rolle ausmachte, mit weit mehr Angst und Zagen heraus als bisher. Aber Front-de-Boeuf war so daran gewöhnt, Leute jedes Standes vor sich zittern zu sehen, daß er in der Furchtsamkeit des vermeintlichen Mönches keinen Grund zu Argwohn fand. „Wer bist du, Priester, und woher kommst du?“

„Pax vobiscum!“ wiederholte der Narr. „Ich bin ein armer Bruder des Klosters zum heiligen Franziskus. Als ich hier durch die Wüste wandelte, so fiel ich unter Räuber und Diebe – quidam viator incidit in latrones, sagt die heilige Schrift. Diese Diebe haben mich nach dem Schlosse hier gesandt, daß ich bei zwei Personen, die Eure ehrenwerte Gerechtigkeit zum Tode verurteilt hat, meines Amtes walte.“

„Ja so!“ machte Front-de-Boeuf. „Kannst du mir auch sagen, heiliger Vater, wie groß die Zahl der Banditen ist?“

„Tapferer Ritter,“ antwortete der Narr, nomen illis legio – ihr Name ist Legion!“

„Sage mir rund heraus, Priester, wie viele sind ihrer im Walde draußen? Sonst sollen dich Kutte und Strick wenig schützen.“

„Wehe!“ sagte der angebliche Mönch. „Cor meum eructavit, das heißt, mir war, als sollte ich vor Furcht verenden. Soviel ich aber bei aller Angst habe sehen können, so mögen es an Yeomen und gemeinem Volk wohl ihrer fünfhundert sein.“

„Was!“ rief der Templer, der gerade in die Halle kam. „Ist der Wespenschwarm so dicht? Nun, da ist es Zeit, die ganze verderbliche Brut zu ersticken.“ Dann zog er Front-de-Boeuf beiseite. „Kennt Ihr den Priester?“ fragte er.

„Es ist ein fremder Mönch aus einem entlegenen Kloster,“ antwortete Reginald. „Ich kenne ihn nicht.“

„Dann vertraut ihm nichts Mündliches an,“ sagte der Templer. „Gebt ihm einen schriftlichen Befehl an die Freischar de Bracys mit, daß sie auf der Stelle ihrem Hauptmann zu Hilfe eilen solle. Bis dahin erlaubt dem Glatzkopf, hier frei herumzugehen, damit er keinen Verdacht schöpft, und laßt ihn die sächsischen Schweine zur Schlachtbank herrichten."

„So soll es sein," stimmte Front-de-Boeuf ein und befahl einem Diener, Wamba in das Gemach zu bringen, wo Cedric und Athelstane gefangen saßen.

Als Cedric erkannt hatte, daß er gefangen war, war sein Ungestüm nur noch gestiegen. Mit den Gebärden eines Kriegers, der Sturm laufen oder über seinen Feind herfallen will, schritt er in dem Gemache auf und ab. Bald sprach er mit sich selber, bald mit Athelstane, der mit stoischer Ruhe abwartete, wie sich das Weitere gestalten würde, während er mit aller Behaglichkeit das reiche Mahl verdaute, das er zu Mittag verspeist hatte. Ihm war es einerlei, wie lange seine Gefangenschaft dauern würde, denn er sagte sich, wie alles Leid auf Erden müsse auch sie einmal ein Ende nehmen.

„Pax vobiscum!" sagte der Narr, indem er eintrat. „Der Segen des heiligen Dunstan sei mit euch!"

„Salvete et vos!" antwortete Cedric dem vermeintlichen Mönch. „Was führt dich zu uns?"

„Zum Tode soll ich euch vorbereiten," erwiderte der Narr.

„Das ist nicht möglich!" fuhr Cedric auf. „Sie mögen noch so gottlos und unverschämt sein, aber eine solche offenbare und nutzlose Grausamkeit werden sie nicht wagen."

„Ach!" versetzte der Narr. „Wer sie durch irgendwelchen Appell an menschliche Gefühle zu beeinflussen hofft, der kann ebensogut ein Pferd mit einer seidenen Schnur zu regieren suchen. Deshalb, edler Cedric und tapferer Athelstane, denkt darüber nach, was ihr im Fleische gesündigt habt, denn noch heute müßt ihr vor dem höchsten Richter Rechenschaft tun."

„Hört Ihr, Athelstane?" rief Cedric. „Wir müssen unsere Herzen zu diesem letzten Akt aufraffen! Besser als Männer sterben, denn als Sklaven leben!"

„Ich bin bereit," antwortete Athelstane, „ihre Grausamkeit bis auf die Neige zu erdulden, und gehe ebenso ruhig zum Tode wie zu meinem Mittagessen."

„So führe uns zu einem heiligen Ende, frommer Vater," sagte Cedric.

„Warte noch ein bißchen, guter Onkel!" sagte jetzt der Narr in seinem natürlichen Tone. – „Ehe du ins Dunkle springst, schau besser hin."

„Weiß es Gott!“ rief Cedric, „die Stimme sollte ich kennen.“

„Es ist die Stimme Euers treuen Sklaven und Narren,“ antwortete Wamba, indem er die Kapuze zurückschlug. „Wenn Ihr früher dem Rate eines Narren gefolgt wäret, so säßet Ihr jetzt nicht hier. Befolgt ihn nun, und Ihr werdet nicht lange mehr hier sitzen.“

„Was willst du damit sagen, Schelm?“ fragte der Sachse.

„Nehmt dieses Kleid,“ sagte Wamba, „und diesen Strick, sie machen meine ganze Priesterschaft aus – und verlaßt in aller Ruhe das Schloß. Laßt mir Euern Mantel und Gürtel, und ich bleibe an Eurer Stelle zurück.“

„Du an meiner Stelle?“ rief Cedric, erstaunt über diesen Vorschlag. „Aber sie werden dich hängen, mein armer Schelm.“

„Laßt sie doch tun, was sie wollen,“ versetzte Wamba. „Ich will zwar Eurer Abkunft nicht zu nahe treten, aber ich meine, der Sohn von Ohnewitz wird mit ebensoviel Anstand an der Kette hängen, wie die Kette an seinem Vorfahr, dem Rathsherrn, hing.“

„Gut, Wamba,“ antwortete Cedric, „ich nehme den Vorschlag an auf eine Bedingung hin: tausche statt mit mir mit Lord Athelstane die Kleider.“

„Nein, beim heiligen Dunstan,“ sagte Wamba, „das wäre nicht vernünftig. Es sind gute Gründe vorhanden, daß der Sohn von Ohnewitz den Sohn Herewards rette, aber wenig Weisheit wäre daran, wenn er für einen sterben wollte, dessen Väter ihm fremd sind.“

„Schurke!“ rief Cedric. „Die Väter von Athelstane waren Herrscher von England!“

„Sie mögen gewesen sein, was sie wollen,“ versetzte Wamba, „der Hals sitzt mir zu fest auf'm Nacken, als daß ich ihn mir um ihretwillen möchte zusammenschnüren lassen. Also müßt Ihr, mein guter Herr, mein Anerbieten annehmen, oder ich gehe aus diesem Kerker so frei wieder raus, wie ich reingekommen bin.“

„Der alte Baum mag verwelken,“ sagte Cedric, „wenn nur die Hoffnung des Waldes gerettet wird. Rette den edeln Athelstane, mein treuer Wamba, das ist die Pflicht eines jeden, in dessen Adern sächsisches Blut rollt. Wir beide wollen dann zusammen hierbleiben und der Wut unserer Unterdrücker bis zum

Äußersten Trotz bieten, er aber mag frei und mit heiler Haut den Mut unserer Landsleute erwecken und zur Rache für uns aufrufen."

„Nicht also, Vater Cedric!" sagte Athelstane und ergriff ihn bei der Hand, denn wenn er zum Handeln aufgemuntert wurde, so waren seine Handlungen und seine Denkweise fast immer seiner hohen Abkunft würdig. „Nicht also," fuhr er fort, „lieber wollt ich in diesem Gemach eine Woche lang keine andere Speise genießen als das karge Brot des Gefangenen und kein anderes Getränk begehren als Wasser, ehe ich Gebrauch machen würde von der Liebe dieses Sklaven zu seinem Herrn."

„Ihr Herren, Ihr nennt euch weise!" fiel Wamba ein, „und mich nennt ihr 'nen verrückten Narren, aber, Onkel Cedric und Vetter Athelstane, der Narr soll diesen Streit unter euch entscheiden und euch die Mühe ersparen, euch Komplimente untereinander zu machen. Ich bin gekommen, um meinen Herrn zu retten und der will nicht gerettet sein – also geh ich wieder heim. Ein Liebesdienst kann nicht aus einer Hand in die andere gehen, wie 'n Weberschiff oder 'n Fangball. Ich lasse mich für keinen anderen hängen als für meinen eingeborenen Gebieter."

„So geht denn, edler Cedric," sagte Athelstane. „Laßt diese Gelegenheit nicht vorübergehen. Wenn Ihr draußen seid, so könnt Ihr vielleicht Freunde zu unserer Hilfe aufrufen. Wenn Ihr hierbleibt, so sind wir alle verloren."

„Und ist Aussicht vorhanden, daß wir draußen Hilfe finden?" fragte Cedric den Narren.

„Aussicht genug," antwortete der Narr. „Ich sag Euch, zieht meine Kutte an, und Ihr habt'n Generalsrock an. Draußen stehen fünfhundert Mann, und heute morgen noch war ich einer ihrer Anführer. Meine Narrenkappe 'n Helm, mein Stock 'n Kommandostab. Na, wir werden ja sehen, ob sie klug dran taten, daß sie sich gegen den Narren einen Weisen eintauschten. Was sie an Besonnenheit gewonnen haben, setzen sie vielleicht an Tapferkeit wieder zu. So lebt denn wohl, Herr! Seid barmherzig gegen den armen Gurth und seinen Hund Packan und laßt in der Halle von Rotherwood meine Schellenkappe aufhängen zum Andenken, daß ich mein Leben ließ für meinen Herrn, recht wie ein treuer – Narr."

Der Ton des letzten Aktes schwankte zwischen Ernst und Scherz. Dem alten Cedric standen Tränen in den Augen. „Dein Andenken soll heilig gewahrt bleiben," sagte er, „so lange noch Treue und Liebe auf Erden Wert haben.

Aber ich hoffe, ich finde Mittel und Wege, Rowena zu retten und Euch, edler Athelstane, und auch dich, mein armer Wamba, ich will in diesem Stück nicht hinter dir zurückstehen.“

Nun wurden die Kleider getauscht – da fühlte Cedric plötzlich einen Zweifel in sich aufsteigen. „Ich verstehe keine Sprache weiter, als meine Heimatzunge,“ sagte er, „und soll ich mich als frommer Bruder benehmen?“

„Zwei Worte machen die ganze Kunst aus,“ sagte Wamba: „Pax vobiscum. Das gibt auf alle Fragen Antwort, Ihr mögt kommen oder gehen, essen oder trinken, Segen oder Fluch sprechen – mit Pax vobiscum kommt Ihr durch alles. Es ist für den Mönch so brauchbar, wie der Besenstiel für die Hexe oder die Wünschelrute für'n Zauberer. Sprecht nur in so tiefem ernstem Tone: Pax vobiscum! Dem kann keiner widerstehen: Wachen und Hüter, Ritter und Knappen, Männer zu Roß und zu Fuß – keiner kann diesem Zauber trotzen. Ich denke, wenn sie mich morgen hängen wollen – und das ist wohl anzunehmen – so versuch ich's nochmal, ob ich bei dem Vollstrecker des Urteils nicht mit dem Pax vobiscum was erreiche.“

„Wenn dem so ist,“ sagte Cedric, „so hätte ich das Priestertum schnell begriffen. – Pax vobiscum! Das werde ich wohl behalten. – Edler Athelstane, lebt wohl, und auch du, mein armer Bursch, dein Herz würde selbst einem schwächeren Kopfe noch als dem deinen Ehre machen. – Ich werde euch retten oder wiederkommen und mit euch sterben. Das königliche Blut unserer Sachsenkönige soll nicht vergossen werden, solange noch Leben in meinen Adern ist, und kein Haar soll diesem braven Jungen gekrümmt werden, der für seinen Herrn das Leben wagte, wenn es Cedric hindern kann. – Lebt wohl!“

„Lebt wohl, edler Cedric,“ sagte Athelstane, „und bedenkt, daß ein Ordensbruder ruhig Erfrischungen annehmen darf, die ihm angeboten werden.“

„Lebt wohl, Onkel!“ setzte Wamba hinzu, „und denkt an das Pax vobiscum!“

Mit derlei Ermahnungen machte sich Cedric auf den Weg. Es währte nicht lange, so hatte er Gelegenheit, die Kraft seines Zauberwortes zu erproben, denn an einem niedrigen gewölbten Gange begegnete ihm eine weibliche Gestalt, die ihn aufhielt.

„Pax vobiscum!“ sprach der verkappte Mönch und wollte in aller Eile vorbeischlüpfen, aber eine sanfte Stimme antwortete ihm: „Et vobis – quaeso domine reverendissime pro misericordia vestra –“

„Ich bin ein wenig taub," versetzte Cedric auf gut sächsisch und murmelte in seinen Bart: „Verwünscht sei der Narr und sein Pax vobiscum! Gleich beim ersten Wurfe habe ich meinen Spieß verloren."

Es war aber zur damaligen Zeit keine Seltenheit, daß die Priester für Latein ein taubes Ohr hatten, und das wußte die Person, die mit Cedric sprach, recht wohl. „Ich bitte Euch um Himmels willen, ehrwürdiger Vater," fuhr sie in sächsischer Sprache fort, „seid so gut und laßt Euern geistlichen Trost einem verwundeten Gefangenen, der hier im Schlosse liegt, zukommen und habt Mitleid mit ihm, wie es Euer Stand erheischt. Ihr sollt nie eine gute Tat getan haben, die Euerm Kloster so großen Vorteil gebracht hätte.

„Tochter," antwortete Cedric in großer Verlegenheit, „meine Zeit erlaubt mir nicht, in diesem Schlosse mein heiliges Amt zu üben – ich muß auf der Stelle fort, denn Tod und Leben hängen davon ab, daß ich mich beeile."

„Und trotzdem," fuhr die Bittende fort, „muß ich in Euch dringen, laßt um Euers Gelübdes willen den Armen nicht ohne Beistand."

„So möge denn der böse Feind mit mir davonfliegen und mich mit Odins und Thors Seelen in Jfrin lassen," versetzte Cedric außer sich, und er hätte wahrscheinlich in dem gleichen Tone, der seinem heiligen Stande ganz entgegen war, noch weitergesprochen, wenn nicht ein altes Weib herzugetreten wäre, das mit dem rauhen Krächzen einer Turmeule das Gespräch unterbrach.

„Wie, Schätzchen?" sagte sie zu der weiblichen Gestalt, „ist das der Dank für meine Nachsicht, daß ich dir erlaubt habe, aus deiner Gefangenenzelle oben herauszugehen? Treibst du den heiligen Mann dazu, daß er so unfeine Reden gebraucht, um eine Jüdin los zu werden?"

„Eine Jüdin?" rief Cedric, froh, daß er einen Vorwand fand, sich loszureißen. „Laß mich gehen, Weib, und halte mich nicht auf, es könnte dir leid tun. Ich habe eben meines Amtes gewaltet und muß mich vor Verunreinigung hüten."

„Folgt mir, Vater!" sagte die Alte. „Ihr seid fremd in diesem Schlosse und findet ohne Führer nicht heraus. Kommt mit, ich habe mit Euch zu reden, und du, Tochter eines verfluchten Volkes, geh zu dem Kranken und pflege ihn, bis ich wiederkomme, und wehe dir, wenn du das Gemach noch einmal ohne Erlaubnis verläßt."

Rebekka ging, und Urfried zog Cedric trotz seinem Widerstreben mit sich fort.

Vierundzwanzigstes Kapitel

Die Alte führte Cedric in ein kleines Gemach und schloß hinter sich sorgfältig die Tür. Dann holte sie von einem Kredenztische einen Becher und zwei Flaschen und sagte mehr im Tone der Gewißheit als der Frage: „Du bist ein Sachse, Vater; streit es nicht ab," setzte sie hinzu, als sie sah, daß Cedric mit der Antwort nicht recht herauswollte. „Meine Muttersprache ist Musik in meinen Ohren, wenngleich ich sie aus den Lippen der entwürdigten, erbärmlichen Sklaven nur selten höre, denen in diesem Schlosse die stolzen Normannen die niedrigsten Arbeiten auftragen. – Du bist ein Sachse, Vater, du bist nicht nur ein Diener Gottes, du bist auch ein heiliger Mann. O, wie süß klingt deine Stimme mir im Ohr!"

„Kommen denn keine sächsischen Priester in dieses Schloß?" entgegnete Cedric. „Ich dächte, es wäre ihre Pflicht, die ausgestoßenen und geknechteten Kinder dieses Landes zu trösten."

„Es kommt keiner," antwortete Urfried. „Oder, wenn einige kommen, dann schmausen sie lieber an der Tafel der Eroberer, als daß sie sich von ihren Landsleuten etwas vorseufzen lassen – so geht wenigstens das Gerede, denn ich selber weiß davon nichts. Seit zehn Jahren ist kein Priester in dieses Schloß gekommen, der letzte war unser ausschweifender normännischer Kaplan, der mit Front-de-Boeuf die Nächte durchschwärmte und der nun schon lange dahingegangen ist, Rechenschaft von seinem Amte abzulegen. Du aber bist ein Sachse, ein sächsischer Priester, ich muß dich etwas fragen."

„Ich bin ein Sachse," antwortete Cedric, „aber nicht würdig, ein Priester zu heißen. Laß mich jetzt meiner Wege ziehen. – Ich gebe dir mein Wort, ich komme wieder, oder ich schicke dir einen unserer Väter, der würdiger ist als ich, deine Beichte entgegenzunehmen."

„Verweile noch ein wenig," sagte Urfried. „Die Stimme, die du jetzt hörst, wird bald unter der kalten Erde verstummen. Gelebt habe ich wie ein Vieh, nun möchte ich nicht einem Viehe gleich in die Grube fahren. Aber ich muß mir Kraft holen im Wein, daß ich meine grausige Geschichte zu erzählen vermag." Mit furchtbarer Gier goß sie einen Becher voll hinab bis auf die Neige. „Du wunderst dich, Vater," sagte sie und sah auf, „aber da kann ich dir nicht helfen. Trink mit mir, wenn du stark genug sein willst, meine Geschichte anzuhören, du könntest sonst zu Boden sinken." Cedric hätte es ihr gern versagt, ihr in dieser unheimlichen Zecherei Bescheid zu tun, aber in ihrem ganzen Wesen lag eine so große Verzweiflung und Ungeduld, daß er sich ein Herz faßte und ihr zu Willen war. Er leerte einen vollen Becher, und sanfter gestimmt, als er sich ihr fügte, begann die Alte:

„Vater, das jammervolle Wesen, das vor dir steht, ist nicht von Geburt an so elend gewesen. Auch ich war frei, glücklich, geehrt – ich habe geliebt und bin geliebt worden. Jetzt bin ich eine Sklavin, arm, elend, verworfen. Als ich noch schön war, war ich das Spielzeug meiner Gebieter, seit ich nicht mehr schön bin, ward ich das Ziel ihres Hohnes, ihres Hasses, ihrer Verachtung. – Wunderst du dich noch, Vater, daß ich die Menschen hasse? Besonders das Volk, das das aus mir gemacht hat? – Kann das verschrumpelte, ausgemergelte Wesen, das du vor dir siehst, jemals vergessen, daß sie die Tochter des mächtigen Thane von Torquilstone war, vor dessen Macht tausend Vasallen zitterten?"

„Du Torquil Wolfgangers Tochter!" rief Cedric und bebte zurück. „Du die Tochter jenes edeln Sachsen, der meines Vaters Freund und Waffenkamerad war?"

„Deines Vaters Freund!" wiederholte Urfried. „So steht Cedric vor mir, den sie den Sachsen nennen! Denn der edle Hereward von Rotherwood hatte nur einen Sohn. Aber wenn du Cedric von Rotherwood bist, wie kommst du zu diesem Mönchskittel? Hast du daran gezweifelt, daß dein Vaterland wieder befreit werden könnte und dich vor der Unterdrückung und Knechtung in die Stille des Klosters gerettet?"

„Wer ich bin, ist einerlei," sagte Cedric, „fahre du fort, du Unglückliche in deiner Erzählung von Schuld und Jammer – Schuld mußt du haben, denn schon eine Schuld ist es, daß du leben geblieben bist, solches zu erzählen."

„Freilich, freilich," versetzte die Elende, „tiefe, schwarze, verdammenswerte Schuld lastet zentnerschwer auf meiner Seele – alle Fegefeuer können mich nicht davon rein brennen. Ja, daß ich in diesen Hallen, deren Boden das edle, reine Blut meines Vaters und meiner Brüder getrunken hat, als die Metze ihres Mörders, und zugleich seine Sklavin, als die Genossin seiner wollüstigen Schwelgereien gelebt habe, das hat jeden Atemzug, den ich hier getan habe, zum Verbrechen und zum Fluche gemacht!"

„Du Auswurf!" rief Cedric. „Wenn deines Vaters Freunde, wenn jedes sächsische Herz für seine Seele und die seiner tapferen Söhne betete, so vergaßen sie nicht, auch für die hingemordete Ulrika zu beten – denn alle betrauerten sie als tot und ehrten sie im Tode – und dabei war sie noch am Leben und war wert, daß wir sie mit Haß und Abscheu überschütteten, lebte vereint mit dem schändlichen Tyrannen, der ihr das teuerste und ihrem Herzen nächste hingemordet hatte, der der Kinder Blut vergossen hatte, damit kein männlicher Erbe des Geschlechts Torquil Wolfgangers am Leben bleibe – und mit diesem hast du gelebt, in ungesetzlichem Liebesbunde?“

„Wohl in ungesetzlichem Bunde, aber nicht im Bunde der Liebe!“ entgegnete die Alte. „Eher wohnt Liebe in der ewigen Verdammnis als in diesen Hallen. – Nein, das wenigstens brauche ich mir nicht vorzuwerfen. Haß gegen Front-de-Boeuf und sein ganzes Geschlecht hat meine Seele stets erfüllt, selbst in den Stunden verbrecherischer Lust.“

„So hast du ihn gehaßt und doch gelebt!“ rief Cedric. „Erbärmliche! war denn kein Dolch da, kein Messer – nicht einmal eine Haarnadel? An solch einem Dasein konntest du noch hängen? Nur gut dann für dich, daß die Geheimnisse eines normännischen Schlosses verschlossen sind wie die eines Grabes. Hätte ich's mir nur träumen lassen, daß Torquils Tochter in verbrecherischer Gemeinschaft mit dem Mörder ihres Vaters lebte, das Schwert eines echten Sachsen hätte sie selbst in den Armen ihres Buhlen zu treffen gewußt.“

„Hättest du wirklich dem Namen Torquils zu dieser Gerechtigkeit verholfen?“ erwiderte Ulrika, „dann bist du wirklich der Sachse, so wie ihn das Gerücht darstellt, denn selbst in diese verfluchten Mauern hinein, wo die Schuld in undurchdringliches Geheimnis gehüllt ist, wie du sagst, selbst bis hierher ist Cedrics Name gedrungen, und ob ich auch elend und verworfen bin, so habe ich mich doch gefreut, daß unserm Volke ein Rächer lebt. – Auch ich habe meine Stunden gehabt, da ich der Rache frönte. Ich habe die Streitigkeiten zwischen unseren Feinden zu Flammen geschürt – ich habe trunkene Zecher zu wütenden Mördern gemacht – ihr Blut habe ich fließen sehen – ihr Todesröcheln vernommen. Schau mich an, Cedric, sind nicht in diesem verwelkten, vor Schande entarteten Antlitz noch Spuren von Torquils Zügen?“

„Nicht danach frage mich, Ulrika,“ erwiderte Cedric in einem Tone zwischen Haß und Abscheu. „Mir erscheinen diese Züge wie die eines Verstorbenen, in dessen Leichnam ein böser Geist gefahren ist.“

„Mag schon sein,“ sagte Ulrika. „Und doch haben diese höllischen Züge einst die Larve eines heiteren Genius getragen, als um meinetwillen der ältere Front-de-Boeuf und sein Sohn Reginald in Streit gerieten. Wohl sollte die Hölle mit all ihrer Finsternis verhüllen, was nun geschah, aber die Rache lüftet den Schleier und zeigt, was selbst die Toten reden machen könnte. – Lange hatte unter der Asche die Glut der Zwietracht zwischen dem tyrannischen Vater und seinem wilden Sohne geglommen, lange hatte ich insgeheim den widernatürlichen Haß genährt. In einer Stunde wüster Trunkenheit brach er lodernd aus, und an seinem eigenen Tische fiel mein Peiniger von der Hand seines eigenen Sohnes. Das sind die Geheimnisse, die die Hallen hier verschließen. – Stürzt ein, ihr fluchbeladenen Gewölbe!" setzte sie hinzu, mit einem Blick nach oben, „und in euerm Fall begrabt alle, die um das abscheuliche Geheimnis wissen!"

„Und du schuldvolles und jammervolles Wesen," sagte Cedric, „wie erging es dir, nachdem der Räuber deiner Ehre gefallen war?"

„Errat es, doch frage nicht danach! Hier hab ich gehaust, bis Alter, vorzeitiges Alter mir seine gräßlichen Male ins Gesicht grub. Da, wo man mir ehedem gehorcht hatte, war ich verachtet und verhöhnt, und meine Rache, die einst ein so weites Feld gehabt hatte, war nun eingeschränkt auf die kleinliche Bosheit einer mißvergnügten Hausgenossin und auf die unbeachteten Flüche eines alten Weibes. – Verdammt dazu war ich, von meinem Turm herab das Gelärm der Zechgelage zu hören oder das Jammern der neuen Opfer ihrer Grausamkeit."

„Ulrika, ich fürchte, dein Herz verlangt nach einem Lohne für deine Schandtaten, um den du gekommen bist. Wie kannst du es wagen, dich an einen zu wenden, der dieses Gewand trägt? – Bedenke, Unglückliche, was vermöchte der heilige Eduard für dich zu tun, stünde er in fleischlicher Gestalt jetzt hier? Der königliche Bekenner hatte wohl von Gott die Gnade, den Körper von Wunden zu heilen, aber nur der Allmächtige selber kann die Seele vom Aussatz reinigen."

„Nicht so wende dich von mir, ernster Prophet des Zornes!" rief sie. „Sage mir, wenn es in deinem Wissen liegt, was wird das Ende sein der ungekannten schrecklichen Empfindungen, die jetzt in meine Einsamkeit schleichen? Warum stehen längst vergangene Taten in neuem Grausen deutlich vor mir auf? Was wird jenseit des Grabes das Schicksal der Elenden sein, die Gott schon hinieden mit so unsäglichem Elend gestraft hat?"

„Ich bin kein Priester," sagte Cedric, indem er sich voller Abscheu von diesem gräßlichen Bilde der Schuld, des Jammers und der Verzweiflung abwendete, „ich bin kein Priester, wenn ich auch das Gewand eines Priesters trage."

„Du seiest Priester oder Laie,“ war die Antwort, „du bist der erste, der mir seit zwanzig Jahren vor Augen kommt, der Gott fürchtet und die Menschen achtet, und du willst mich der Verzweiflung überlassen?“

„Der Reue!“ erwiderte Cedric. „Bete und tu Buße! Würde dir nur Erhörung! Aber ich kann und will nicht länger bei dir verweilen.“

„Noch einen Augenblick verweile!“ sagte Ulrika. „Geh nicht also von mir, du Sohn des besten Freundes, den mein Vater hatte, sonst könnte mir der Teufel, der in meinem Leben die Oberhand hat, eingeben, daß ich mich räche für deine hartherzige Verachtung. – Glaubst du nicht, wenn Front-de-Boeuf Cedric den Sachsen in seinem Schlosse fände, in solcher Verkleidung, daß dein Leben nicht verloren wäre? Sein Auge hat dich schon angeblitzt wie ein Falke, der seine Beute schaut.“

„Und wäre dem so,“ antwortete Cedric, „eher möge er mich zerreißen mit Schnabel und Krallen, ehe ich ein Wort sagte, von dem mein Herz nichts wüßte. So will ich sterben als Sachse, wahr in Worten, offen in Taten. Hebe dich weg – rühr mich nicht an – halt mich nicht auf – selbst der Anblick Front-de-Boeufs ist mir nicht so verhaßt wie deiner, du elendes, verworfenes Weib!“

„Wenn dem so ist,“ versetzte Ulrika, ihn nicht länger zurückhaltend, „so geh deines Wegs und vergiß im Dünkel deiner Erhabenheit, daß das elende Weib, das vor dir steht, die Tochter des besten Freundes ist, den dein Vater gehabt hat. – Mach, daß du fortkommst! Wenn mich meine Leiden vom Geschlechte der Menschen scheiden, von denen die mir von Rechts wegen helfen sollten, so soll doch keine Scheidung sein zwischen ihnen und meiner Rache. Helfen soll mir niemand, aber alle Welt soll auflauschen, wenn meine Rachetat ruchbar wird! – Fahr wohl! Das letzte Band, das mich noch mit meinem Volke zu verknüpfen schien, ist durch deine Verachtung zerrissen, indem du mir die Hoffnung nahmst, daß ich in meinem Jammer bei ihm Erbarmen finden würde.“

„Ulrika,“ sagte Cedric, durch diese Worte sanfter gestimmt, „so lange hast du dein Leben durch Schuld und Elend getragen, und nun, da dir die Augen geöffnet werden, daß du deine Verbrechen erkennst, daß du die Reue als deine Aufgabe einsiehst, willst du dich der Verzweiflung hingeben?“

„Cedric,“ erwiderte Ulrika, „schlecht kennst du das menschliche Herz. Wer leben will, wie ich gelebt habe, der muß einen wahnwitzigen Hang zur Wollust haben, gepaart mit brennendem Durst nach Rache, und muß sich seiner Macht bewußt sein. Zaubertränke sind das, sie berauschen das menschliche Herz, daß ihm die Kraft zur Reue genommen wird. Längst ist ihre Macht dahin. Das Alter kennt keine Wonne, und Runzeln vermögen nicht zu reizen, in ohnmächtigen Verwünschungen stirbt selbst die Rache dahin. Dann kommen die Gewissensbisse den Nattern gleich angeschlichen, dazu die Sehnsucht nach der Vergangenheit und das Grausen beim Gedanken an die Zukunft. Wenn dann alle anderen mächtigen Antriebe ihre Kraft verloren haben, dann werden wir den höllischen Feinden gleich, die wohl Gewissensqualen, doch nimmer Reue fühlen können. Aber deine Worte haben mir eine neue Seele eingeflößt. Du hast gesagt, denen die zu sterben wissen, ist alles möglich. Damit hast du mir den Weg zur Rache gezeigt, und sei gewiß, ich werde ihn einschlagen. Bis auf den heutigen Tag hat der Durst danach den Platz in dieser Brust geteilt mit anderen Leidenschaften, die ihm die Herrschaft streitig machten, jetzt aber soll er allein in mir wohnen, und du selber sollst sagen, daß sich Ulrika, wie auch ihr Leben war, im Tode als würdige Tochter Torquils gezeigt hat. Draußen steht ein Feind, der dieses fluchwürdige Schloß belagern will. Eile du, daß du sie zum Kampfe führst, und wenn du von dem Turme dort, der den Westwinkel dieses Kerkers bildet, eine rote Fahne wehen siehst, dann dränge hart auf die Normannen ein. Sie sollen dann drinnen im Schlosse genug zu schaffen haben, und ihr könnt trotz allen Bogen und Steinschleudern die Mauern ersteigen. Ich bitte dich, geh – folge du deinem Schicksal und überlaß mich dem meinen."

Gern hätte sich Cedric noch näher danach erkundigt, was sie im Schilde führe, aber er vernahm eben die donnernde Stimme Front-de-Boeufs: „Wo schleicht der saumselige Priester herum? Beim heiligen Jakob von Compostella, einen Märtyrer mach ich aus ihm, wenn er unter meinem Dienstvolk Verrat anzettelt."

„Ein böses Gewissen ist ein wahrer Prophet," flüsterte Ulrika. „Fürchte dich nicht vor ihm – hinaus zu den deinen! Laß erklingen den Kriegsruf der Sachsen!"

Mit diesen Worten verschwand sie durch eine geheime Seitentür, und Reginald Front-de-Boeuf trat herein. Cedric tat sich Gewalt an und bezeigte dem hochmütigen Baron seine Untertänigkeit, Front-de-Boeuf erwiderte mit einem flüchtigen Kopfnicken. „Deine Beichte hat lange gedauert, Vater!" sagte er. „Um so besser für meine Gefangenen, denn es ist ihre letzte. Hast du sie auf den Tod vorbereitet?"

„Ich fand sie," antwortete Cedric, in so gutem Französisch, wie er konnte, „in Fassung, sie hatten sowieso das Schlimmste erwartet, seit sie wußten, in wessen Hände sie gefallen waren."

„Ei, ei, Herr Mönch," sagte Front-de-Boeuf, „mir scheint, Eure Redeweise hat einen sächsischen Beigeschmack."

„Ich bin erzogen worden im Kloster des heiligen Withold zu Burston," erwiderte Cedric.

„So? Für das, was ich mit dir vorhabe, und auch für dich selber wäre es besser, wenn du ein Normann wärst. Aber in der Not darf man mit den Boten nicht wählerisch sein. Das Kloster zum heiligen Withold in Burston ist ein rechtes Eulennest und muß ausgeschwefelt werden. Aber der Tag ist nicht mehr fern, daß der Sachse in der Kutte ebenso wenig sicher sein soll wie im Panzer."

„Gottes Wille möge geschehen!" versetzte Cedric, vor Wut zitternd. Aber Front-de-Boeuf dachte, er zittre aus Furcht.

„Ich glaube, du siehst im Geiste schon unsere Krieger in euerm Bierkeller und Refektorium. Aber um meinetwillen sollst du jetzt einmal dein heiliges Amt ablegen und eine andere Verrichtung auf dich nehmen. Wie es dann auch den andern ergehen mag, du sollst in deiner Zelle so sicher schlafen wie eine Schnecke in ihrem Häuschen."

„Nennt Euern Befehl," sagte Cedric, seinen Ingrimm unterdrückend.

„Folge mir durch diesen Gang, ich will dich zur Hinterpforte hinauslassen." Während Front-de-Boeuf vor dem vermeintlichen Mönch herschritt, teilte er ihm den Auftrag mit, den er ihm zu geben beabsichtigte.

„Du siehst die Herde sächsischer Schweine, Mönch, die Schloß Torquilstone zu belagern wagt. Sage ihnen, was dir gerade einfällt. Wie schwach die Besatzung sei oder sonst was, daß du sie nur dazu bringst, noch vierundzwanzig Stunden zu warten. Inzwischen trägst du den Zettel hier – doch halt! – kannst du lesen, Priester?"

„Kein Jota," erwiderte Cedric, „nur in meinem Gebetbuche kann ich lesen, weil ich da die Buchstaben kenne und den Dienst der Andachten auswendig kann. Gelobt sei unsere Frau und der heilige Withold!"

„Um so besser für meinen Zweck! Diesen Zettel hier bringst du zum Schlosse Philipps von Malvoisin, sage ihm, ich schicke ihn und der Templer Brian de Bois-Guilbert hätte ihn geschrieben. Er möchte dieses Blatt Papier nach York senden so rasch, als Mann und Roß reiten können. Gib ihm die Versicherung, er werde uns alle sicher und wohlbehalten hinter unsern Verschanzungen antreffen. – Eine Schande ist es, daß wir uns hier von dieser Bande von Strauchdieben müssen einschließen lassen, das Volk kennt es sonst nicht anders, als daß es beim bloßen Geklirr unserer Waffen oder beim Getrappel unserer Pferde auf und davon rennt. Ich sage dir, Priester, biete alle deine Kunst auf, um die Spitzbuben noch zurückzuhalten, bis unsere Freunde ihre Mannen beisammen haben. Meine Rache ist nimmer müde, sie gleicht dem Falken, der nicht eher Ruhe findet, als bis er sich gesättigt hat."

„Bei meinem Schutzpatron," sagte Cedric mit größerer Energie, als sich mit seiner angenommenen Rolle vertrug, „bei allen Heiligen, die jemals in England gelebt haben und gestorben sind, Euer Befehl soll ausgeführt werden, kein Sachse soll den Platz vor diesen Mauern verlassen, sofern mir nur ein wenig Macht gegeben ist."

„Ha!" fiel ihm Front-de-Boeuf ins Wort, „du änderst deinen Ton, Priester, und sprichst stolz und kühn, als sei dir etwas daran gelegen, daß diese sächsischen Schweine unterliegen, und doch bist du mit ihnen verwandt."

Cedric war wenig bewandert in der Kunst, sich zu verstellen, und jetzt hätte er etwas um einen Einfall Wambas gegeben, aber Not macht erfinderisch, wie das alte Sprichwort lautet, und er murmelte in seine Kutte, die Belagerer wären ja Geächtete, die von Staat und Kirche exkommuniziert seien.

„Despardieux!" rief Front-ds-Boeuf. „Da sagst du die Wahrheit. Ich hatte gar nicht daran gedacht, daß dieses Gesindel auch einen fetten Pfaffen ausrauben könne. – Doch mach dich nur auf den Weg," setzte er hinzu, denn sie waren jetzt an der Pforte angelangt. Hier führte ein schmales Brett über den Graben nach einem Außenwerk, von dem aus eine stark verteidigte Zugbrücke auf das offene Feld hinausführte. „Mach dich auf den Weg," wiederholte Front-de-Boeuf. „Wenn du wiederkommen willst, sobald du deinen Auftrag ausgerichtet hast, so soll Sachsenfleisch hier so wohlfeil sein als je das Schweinefleisch auf den Schlächterbänken von Sheffield. Und höre – mir scheint, du bist ein lustiger Bruder, komm wieder, und du sollst soviel Malvoisier haben, daß sich dein ganzes Kloster daran besaufen kann."

„Gewiß," entgegnete Cedric, „wir sehen einander wieder."

„Hier hast du Handgeld," fuhr der Normann fort und drückte dem Sachsen einen goldenen Byzantiner in die Hand, „und denke fein daran, daß ich dir die Kutte mitsamt deinem Felle abziehen lasse, wenn du meinen Auftrag nicht ausführst."

„Und es soll dir völlig freistehen, beides zu tun," versetzte Cedric, indem er durch das Tor schritt und freudigen Fußes über das Feld eilte, „sofern ich, wenn wir uns wiedersehen, nichts Besseres von deiner Hand verdiene." Dann wandte er sich nach dem Schlosse um und warf das Goldstück nach dem Ritter und rief: „Falscher Normann, dein Geld gehe unter mit dir!" Front-de-Boeuf verstand die Worte nicht, aber die Gebärde erschien ihm verdächtig. „Bogenschützen," rief er den Wachen zu, die auf dem Außenwerke standen, „sendet dem Mönch einen Pfeil nach!" Aber als sie schon den Bogen spannten, setzte er hinzu: „Doch nein, haltet inne! lohnt nicht der Mühe! Wir haben keinen bessern und müssen ihm schon trauen. Ich denke, er wird es nicht wagen, mich zu hintergehen. Im schlimmsten Falle kann ich immer noch mit den sächsischen Hunden verhandeln, die ich sicher in der Falle habe. – Kerkermeister, laß den Cedric von Rotherwood herbringen und den andern Bauer, den von Conningsburgh – Athelstane oder wie sie ihn nennen! Ihr Name selbst ist eine Last für die Zunge eines Normanns, und man hat einen Geschmack davon, als kaute man Schweinefleisch. Holt mir eine Flasche Wein, daß ich mir, wie der lustige Prinz Johann sagt, den Geschmack hinunterspülen kann. Tragt sie in den Waffensaal und dorthin bringt auch die Gefangenen."

Seine Befehle wurden befolgt. Als er in die gotische Halle trat, wo mancher Waffenzierat hing, den er oder sein Vater erbeutet hatte, stand auf dem eichenen Tische eine Flasche Wein, und seine Gefangenen harrten sein, bewacht von vier Dienern. Wamba hatte die Mütze ins Gesicht gezogen, er war außerdem in Cedrics Kleidern, und das düstere Zwielicht und der Umstand, daß der Baron den Cedric von Angesicht gar nicht einmal genau kannte, denn Cedric mied jeden Umgang mit seinen normannischen Nachbarn und kam selten aus seinen Besitzungen heraus, hinderten Front-de-Boeuf, sogleich zu entdecken, daß ihm der bedeutendste seiner Gefangenen entkommen war.

„Nun, ihr Tapfern von England, wie behagt es euch zu Torquilstone?" redete sie Front-de-Boeuf an. „Spürt ihrs nun, was ihr euch mit euerm Hochmut beim Gastmahle eines Prinzen aus dem Hause Anjou eingebrockt habt? Habt ihr vergessen, wie ihr die Gastfreundschaft des königlichen Prinzen Johann, deren ihr gar nicht wert waret, vergolten habt? Bei Gott und dem heiligen Dionys, wenn ihr dafür nicht ein größeres Lösegeld zahlt, so laß ich euch an den Eisenstäben dieser Fenster an den Beinen aufhängen, bis euch die Geier und Raben zu Gerippen abgenagt haben. – So sprecht, ihr Hunde von Sachsen, was bietet ihr für euer wertloses Leben? Was sagt Ihr, von Rotherwood?"

„Ich gebe nicht 'n Deut," versetzte der arme Wamba, „und was Euern Gedanken betrifft, uns bei den Beinen aufzuhängen, so habe ich mir sagen lassen, mir sei das Gehirn schon, als ich die erste Kindermütze aufbekam, umgedreht worden. Da kommt es auf diese Weise vielleicht wieder richtig ins Lot."

„Heilige Genoveva!" rief Front-de-Boeuf. „Wen haben wir da?" Und mit dem Handrücken warf er dem Narren die Kappe herunter, riß ihm den Kragen auf und sah nun das Zeichen der Knechtschaft, das Halsband von Eisen.

„Kerkermeister! Mohrenelement!" schrie er. „Hunde von Vasallen! Wen habt Ihr mir da hergebracht?" In diesem Augenblicke trat de Bracy herein.

„Ich glaube, das kann ich Euch sagen," sprach er. „Das ist Cedrics Hausnarr, der sich so tapfer den Isaak von York vom Leibe gehalten hat."

„So sollen sie nun beide an einen Galgen," rief der Normann, „wenn nicht dieser Eber von Conningsburgh und der Herr des Narren tüchtig für ihr Leben bezahlen. Ihr Reichtum allein langt nicht aus, sie müssen auch mit dem Schwarm abziehen, der ums Schloß herumlungert, und schriftlich Verzicht leisten auf all ihre Rechtsame, so daß sie als Leibeigene unter uns leben. In dieser neuen Verfassung, die nun bald in Kraft treten wird, können sie sich glücklich schätzen, wenn wir ihnen noch das Luftschnappen erlauben. Geht," setzte er zu zweien seiner Diener hinzu, „holt mir den richtigen Cedric her, und ich will euch euern Irrtum um so eher verzeihen, als ihr einen Narren für einen sächsischen Franklin gehalten habt."

„Ach," versetzte Wamba, „Eure ritterliche Exzellenz wird finden, daß unter uns mehr Narren als Franklins sind."

„Was sagt der Schelm?" fragte Front-de-Boeuf, seine Diener anblickend, die stammelnd und zaudernd hervorbrachten, daß sie nicht wüßten, was aus ihm geworden sei, wenn das nicht der richtige Cedric sei.

„Heilige des Himmels!" rief de Bracy, „so muß er in den Kleidern des Mönches entkommen sein."

„Teufel der Hölle!" schrie Front-de-Boeuf. „Also hab ich den Eber von Rotherwood zur Hintertür geführt und sie ihm mit eigenen Händen aufgemacht. Und du," sagte er zu Wamba, „dessen Narrheit die Weisheit von größeren Dummköpfen, als du bist, überboten hat, ich will dich zum Priester machen – ich will dir den Schädel scheren – hier, reißt dem Hallunken die Haut vom

Schädel und stürzt ihn kopfüber von den Zinnen herab. Es ist dein Beruf, Spaß zu machen, was? kannst du das auch jetzt?"

„Ihr machts noch besser mit mir, als Eure Reden andeuten," stammelte der arme Wamba, der selbst angesichts des nahen Todes nicht von der Gewohnheit, zu scherzen, ablassen konnte. „Wenn Ihr mir, wie Ihr vorhabt, eine rote Kappe gebt, so macht Ihr mich nicht bloß zum Mönch, sondern sogar zum Kardinal."

„Der arme Schächer," sagte de Bracy, „will in seinem Berufe sterben. Front-de-Boeuf, Ihr dürft ihn nicht umbringen. Schenkt ihn mir, ich will ihn zum Spaßmacher für meine Freischar haben. Was meinst du, Schelm, willst du Pardon annehmen und mit mir in den Krieg ziehen?"

„Ja, aber nur, wenns mein Herr erlaubt," sagte Wamba, „denn seht," und er deutete auf sein Halsband, „das hier kann ich nicht abtun wider den Willen meines Herrn."

„Ihr treibt es sauber, de Bracy," sagte Front-de-Boeuf. „Haltet Euch mit dem Gewäsch eines Narren auf, und draußen bricht die Vernichtung gegen uns los. Begreift Ihr denn nicht, daß wir überlistet sind und daß unser Plan, uns mit unsern Freunden zu verbinden, durch eben denselben buntscheckigen Edelmann vereitelt worden ist, den Ihr jetzt so brüderlich behandelt. Was haben wir zu gewärtigen als jeden Augenblick den Sturmangriff?"

„Auf die Mauern denn!" rief de Bracy, „wenn es zu kämpfen gilt, so bin ich stets ernsthaft bei der Sache. Rufe den Templer her, er mag hier nur halb so tapfer, wie er für den Orden gekämpft hat, um sein Leben fechten – Ihr selbst mit Euerm Riesenleibe stellt Euch auf die Mauer – und auch ich will meinen Mann stellen, und dann sage ich Euch, eher werden die sächsischen Geächteten den Himmel erstürmen als Schloß Torquilstone. Wenn Ihr sonst mit den Banditen verhandeln wollt, warum braucht Ihr nicht den würdigen Franklin da zum Vermittler, der in ernste Betrachtungen der Weinflasche versunken zu sein scheint? Hier, Sachse," fuhr er fort und reichte Athelstane einen Becher Wein, „spüle deine Kehle aus mit diesem edeln Getränk und rüttle deine Seele auf, daß du uns sagen kannst, was du für deine Freiheit tun willst."

„Was ein Mann vom Stande vermag," erwiderte Athelstane, „ohne seiner Männlichkeit nahezutreten. Wenn Ihr mich mitsamt meinen Gefährten frei laßt, so will ich tausend Mark Lösegeld zahlen."

„Und willst du dich außerdem verpflichten, dafür zu sorgen, daß der Menschenschwarm dort abzieht?“ fragte Front-de-Boeuf.

„Soweit es in meinen Kräften steht,“ entgegnete Athelstane. „Ich will sie zum Rückzuge auffordern und zweifle nicht daran, daß mich Vater Cedric dabei unterstützen wird.“

„So sind wir einig,“ sagte Front-de-Boeuf. „Du und die andern werden in Freiheit gesetzt, und gegen ein Lösegeld von tausend Mark soll Friede sein auf beiden Seiten. Das ist eine sehr geringe Summe, Sachse, und du kannst uns dankbar sein, daß wir so bescheiden sind. Aber merke wohl, in dieser Summe ist der Jude Isaak nicht einbegriffen.“

„Auch seine Tochter nicht,“ sagte der Templer, der eben hereintrat.

„Beide nicht,“ stimmte Reginald bei, „sie gehören nicht zur Gesellschaft dieses Sachsen.“

„Auch Lady Rowena ist nicht mit einbegriffen,“ sagte de Bracy. „Es soll mir nicht nachgesagt werden, ich hätte einen so schönen Preis ohne Schwertstreich hingegeben.“

„Auch der erbärmliche Hausnarr nicht,“ setzte Front-de-Boeuf hinzu, „den will ich behalten, um für jeden Narren, der sichs herausnimmt, aus Scherz Ernst zu machen, ein abschreckendes Beispiel zu geben.“

„Die Lady Rowena,“ erwiderte Athelstane fest, „ist meine Braut. Eher sollen mich wilde Pferde zerreißen, ehe ich sie mir nehmen lasse. Der Sklave Wamba hat heute das Leben des guten Vaters Cedric gerettet. Eher will ich meines hingeben, ehe ich dulde, daß ihm auch nur ein Haar gekrümmt werde.“

„Lady Rowena deine Braut?“ rief de Bracy. „Die Braut eines Vasallen wie du einer bist? Sachse, die Zeiten sind vorüber! Die Prinzen aus dem Hause Anjou geben ihre Pflegebefohlenen nicht an einen Mann von deiner Herkunft.“

„Meine Herkunft, hochnäsiger Normann,“ versetzte Athelstane, „ist von reinerer und älterer Quelle als die eines bettelarmen Franzmanns, der seinen armseligen Lebensunterhalt gewinnt, indem er das Leben der Diebe verkauft, die er unter seiner kläglichen Fahne versammelt. Meine Vorfahren waren Könige, tapfer im Felde und weise im Rat, sie haben tagtäglich in ihrer Halle mehr Hunderte von Männern gespeist, als du einzelne Anhänger hast. Minnesänger haben ihre Namen der Ewigkeit überliefert, ihre Gesetze sind unvergänglich, ihre

Gebeine wurden unter den Gebeten der Heiligen zur Ruhe bestattet, und über ihren Gräbern türmen sich Münster."

„Da hast du dein Fett," höhnte Front-de-Boeuf, zufrieden, daß de Bracy so derb abgefertigt wurde. „Das hat dir der Sachse gut gegeben."

„So gut es einer kann, der in Ketten ist," erwiderte de Bracy mit erkünstelter Gleichgültigkeit. „Wem die Hände gebunden sind, der muß die Zunge frei haben. – Aber deine spitze Antwort," wandte er sich an Athelstane, „vermag dir die Freiheit der Lady Rowena doch nicht zu erwirken."

Athelstane gab keine Antwort, er hatte in der Tat schon viel mehr gesprochen, als sonst seine Gepflogenheit war. Auch erschien jetzt ein Dienstbote mit der Meldung, ein Mönch bitte am Tore um Einlaß. „Im Namen des heiligen Bennet, des obersten dieser Popanze," rief Front-de-Boeuf, „haben wir uns diesmal eines echten Mönches oder wieder eines Betrügers zu versehen? Untersucht mir das, Sklaven. Wenn ihr mir einen zweiten Schwindler hereinlaßt, so lasse ich euch die Augen ausreißen und glühende Kohlen in die Höhlen stecken."

„Euer Zorn treffe mich in all seiner Schwere, Gebieter," sagte der Kerkermeister Giles, „wenn dieser nicht ein echter Glatzkopf ist. Euer Knappe Jocelyn kennt ihn genau, es ist der Bruder Ambrosius, der beim Prior von Jorlvaux in Diensten ist."

„Schafft ihn her," sagte Reginald, „er bringt uns wahrscheinlich Botschaft von seinem lustigen Herrn. Mir scheint, der Teufel hat sich jetzt zum Oberhaupt der Kirche aufgeschwungen und die Priester sind ihres Dienstes entlassen, daß sie so wild durchs Land streifen. Die Gefangenen hier bringt wieder weg, und du, Sachse, denke daran, was du gehört hast."

„Ich verlange ein anständiges Gefängnis," sagte Athelstane, „mit einem ordentlichen Bett und einem ordentlichen Tisch, wie es meinem Range zukommt und wie es sich für einen gehört, der wegen Lösegeld in Unterhandlung steht. Außerdem mache ich den Besten unter Euch verbindlich, mir mit dem Leibe Genugtuung zu geben für diese Freiheitsberaubung. Diese Herausforderung ist Euch bereits übersendet worden. Euch geht sie an, Front-de-Boeuf, Ihr müßt Euch mir stellen. Da liegt mein Handschuh."

„Auf die Herausforderung meines Gefangenen stelle ich mich nicht," entgegnete der Normann, „und auch Ihr dürft es nicht, de Bracy. Giles," setzte er hinzu, „hänge den Handschuh dort an die Enden des Hirschgeweihes auf, er mag da hängen, bis sein Herr wieder ein freier Mann ist. Wenn er ihn dann wiederfordert oder mir nachweist, daß ich ihn widerrechtlich zu meinem Gefangenen gemacht habe, dann soll er in mir einen Mann finden, der sich nie davor gescheut hat, sich seinem Feinde zu stellen, ob er nun zu Fuß oder zu Roß, allein oder mit seinen Vasallen gekommen ist."

Die sächsischen Gefangenen wurden weggebracht, und gleichzeitig trat der Mönch Ambrosius herein, der in größter Aufregung zu sein schien.

„Das ist der wahre Deus vobiscum," sagte Wamba, „die anderen waren alle unecht."

„Heilige Mutter Gottes!" rief der Mönch, indem er die versammelten Ritter begrüßte, „endlich bin ich sicher und unter Christen."

„In Sicherheit bist du," antwortete de Bracy, „und was das Christliche anbelangt, hier steht der tapfere Front-de-Boeuf, dessen größter Abscheu ein Jude ist, und der edle Tempelritter Brian de Bois-Guilbert, dessen Lieblingsbeschäftigung es ist, Sarazenen totzuschlagen – sofern das keine echten Zeichen der Christlichkeit sind, haben wir nicht andere."

„Ihr seid Freunde und Verbündete unseres ehrwürdigen Vaters in Gott, des Priors von Jorlvaux," sprach der Mönch. „Ihr seid ihm Hilfe schuldig, nicht nur aus ritterlicher Treue, sondern auch aus christlicher Liebe. Wisset, tapfere Ritter, ein paar mörderische Schurken haben ohne Furcht vor Gott und der Kirche meinen Herrn gefangen genommen. Er ist in den Händen der Kinder Belials, Räuber in den Wäldern und Sünder gegen die Heilige Schrift. Denn wie steht geschrieben? Taste meine Gesalbten nicht an und tu kein Leid meinen Propheten."

„Neue Arbeit für unsere Schwerter, meine Herren!" rief Front-de-Boeuf. „Statt daß uns der Prior von Jorlvaux zu Hilfe kommt, will er Hilfe von uns. Man ist übel dran mit diesen feigen Dienern der Kirche – immer gerade, wenn man selber alle Hände voll zu tun hat! Sage uns, Priester, was erwartet dein Herr von uns?"

„Wehe!" sagte Ambrosius. „Von rohen gewalttätigen Händen ist mein würdiger Herr, der heiligen Schrift zum Hohne, geplündert worden. Die Kinder Belials haben ihm die Mantelsäcke und sein ganzes Gepäck, dazu zweihundert Mark seinen Goldes abgenommen, und nun verlangen sie von ihm eine hohe Summe, ehe sie ihn wieder aus ihren unreinen Händen lassen. Der ehrwürdige Vater in Gott bittet daher Euch, die Ihr seine liebsten Freunde seid, Ihr möchtet entweder das Lösegeld für ihn zahlen oder ihn mit Waffengewalt befreien."

„Der Teufel soll den Prior holen!" versetzte Front-de-Boeuf, „er hat entschieden heute morgen zu viel getrunken. Wann hätte dein Herr je gehört, daß ein normannischer Baron den Beutel gezogen hätte, um einen Diener der Kirche loszukaufen, dessen Geldsäcke zehnmal so schwer sind wie unsere, und wie sollen wir ihn mit dem Schwert befreien können, da wir hier von einer zehnmal so großen Anzahl, wie wir selber haben, eingeschlossen sind und jeden Augenblick auf einen Sturmangriff gefaßt sein müssen?"

„Richtig, das wollte ich sagen," sprach der Mönch, „über Euerm Ungestüm bin ich gar nicht zu Worte gekommen. Gott sei mir gnädig, ich bin alt und dieser Kriegslärm verwirrt mir die Sinne. Aber es ist gewiß wahr, sie schlagen ein Lager auf und werfen einen Wall auf gegen die Schloßmauern!"

„Auf die Zinnen!" rief Bracy, „wir wollen sehen, was die Schurken draußen treiben." Er riß ein Giebelfenster auf und rief denen in der Halle zu: „Beim heiligen Dionys! der Mönch hat die Wahrheit gesagt! Sie schleppen Schutzdächer und breite Schilde heran, und die Bogenschützen stehen am Waldsaum wie finstere Wolken vor einem Hagelsturm." Reginald Front-de-Boeuf sah auch hinaus und stieß in sein Horn. Ein lautes langes Signal gebot den Bewaffneten, ihre Plätze auf den Wällen einzunehmen.

„De Bracy, geht Ihr an die Ostseite, dort sind die Mauern am niedrigsten. – Edler Bois-Guilbert, Euch hat das Leben erfahren gemacht in der Verteidigung und im Angriff, übernehmt Ihr die Westseite. Ich selbst will auf dem Außenwerk Posten fassen. – Aber bleibt nicht auf Euern Plätzen allein, meine Freunde, wir müssen heute überall sein. Wir müssen uns vervielfältigen, wenn es geht, so daß einer dem andern Hilfe bringen kann, wo der Ansturm am heftigsten ist. Wir sind unserer wenig, aber Mut und Tatkraft muß ersetzen, was an Mannschaft fehlt. Wir haben es ja auch nur mit Schurken von Bauern zu tun."

„Aber, edler Ritter," rief Vater Ambrosius, in das Getümmel hinein, „will denn niemand die Botschaft des ehrwürdigen Vaters in Gott, meines Herrn, des Priors von Jorlvaux, hören? Ich bitte Euch, edler Reginald Front-de-Boeuf, hört mich an!"

„Ruf du den Himmel an, wir auf Erden haben für dich keine Zeit!" war die Antwort des wilden Normann. „Hollah, Anselm! Sorge dafür, daß es nicht an Pech und siedendem Öl fehlt, wir wollen den frechen Verrätern weidlich die Schädel salben. Sorge auch dafür, daß die Armbrustschützen Bolzen genug haben. Laß mein Banner mit dem Stierkopf wehen, die Schurken sollen bald inne werden, mit wem sie es zu tun haben."

„Aber, edler Herr," rief wieder der Mönch dazwischen, bemüht, sich Gehör zu verschaffen, „bedenkt, daß ich ein Gelübde des Gehorsams getan habe und laßt mich den Auftrag meines Herrn ausrichten."

„Weg mit diesem faselnden Dummkopf!" rief Reginald. „Sperrt ihn in die Kapelle, dort mag er seine Rosenkränze herunterplappern, bis der Krakehl vorüber ist. Die Heiligen von Torquilstone werden sich wundern, wenn sie wiedermal ein paar Aves und Paternosters zu hören kriegen: die Ehre ist ihnen, glaube ich, nicht mehr wiederfahren, seit sie in Stein gehauen worden sind."

„Lästert die Heiligen nicht!" rief de Bracy. „Bis wir die Schurken zersprengt haben, werden wir heute ihre Hilfe brauchen."

„Ich halte nicht viel von ihrer Hilfe," antwortete Front-de-Boeuf. „Höchstens müßten wir sie von den Zinnen herab den Belagerern auf die Köpfe werfen, da ist zum Beispiel ein riesiger St. Christoph, mit dem könnten wir allein eine ganze Kompagnie zermalmen."

Inzwischen hatte der Templer mit mehr Besonnenheit als der rohe Front-de-Boeuf und sein leichtfertiger Gefährte den Veranstaltungen der Belagerer zugeschaut. „Bei der Treue meines Ordens!" rief er. „Diese Kerle gehen mit einer Planmäßigkeit und Kriegskenntnis vor, daß man gar nicht begreifen kann, wie sie nur dazu kommen. Seht nur, wie gewandt sie jede Deckung ausnutzen, die ihnen Bäume oder Sträucher bieten. Die Bolzen unserer Armbrüste erreichen sie nicht. Ein Banner oder Wappenschild kann ich nicht entdecken, und doch möchte ich meine goldene Kette dransetzen, daß sie ein edler Ritter oder ein kriegskundiger Edelmann anführt."

„Ich hab's!" rief de Bracy. „Dort weht der Helmbusch eines Ritters, und eine Rüstung blinkt. Seht Ihr den Riesen im schwarzen Panzer? Er führt den vordersten Trupp der schurkischen Yeomen an. Beim heiligen Dionys! Ich glaube gar, das ist derselbe, den wir den schwarzen Faulpelz nannten und der Euch, Front-de-Boeuf, in den Schranken zu Ashby aus dem Sattel geworfen hat."

„Um so besser für mich!" sagte Reginald. „Da kann er mir hier gleich Revanche geben. Ein schofler Kerl muß es sein, daß er sich nicht zu dem Preise bekannte, den ihn der Zufall erbeuten ließ. Wo Ritter und Edle ihre Feinde suchen, da hätte ich ihn gewiß nimmermehr gefunden, so bin ich nur froh, daß er sich jetzt unter diesen gemeinen Yeomen zeigt."

Die Bewegungen des Feindes wurden jetzt so drohend, daß jedes weitere Gespräch unmöglich wurde. Jeder Ritter ging an seinen Posten und stellte sich an die Spitze seiner paar Männlein. Die geringe Anzahl reichte nicht aus, die Mauern in ihrer ganzen Ausdehnung zu besetzen, dennoch erwarteten sie mit ruhiger Entschlossenheit den Sturmangriff.

Fünfundzwanzigstes Kapitel

An dieser Stelle muß unsere Erzählung wieder zurückgreifen, um den Leser nachträglich über einen andern Teil der Ereignisse zu unterrichten. Als Ivanhoe zu Boden sank und von aller Welt verlassen schien, hatte Rebekka ihren Vater durch Bitten dazu bewogen, daß er den jungen tapfern Krieger aus den Schranken tragen und in das Haus bringen ließ, das sie zurzeit in der Vorstadt von Ashby bewohnten.

„Es tut auch mir so weh," hatte Isaak gesagt, „sein junges Blut auf die Erde fließen zu sehen, als wenn mir goldene Byzantiner aus dem Beutel fielen. Du bist bewandert in der Heilkunst und kennst die Kräuter und ihre Kraft und weißt Elixiere zu brauen. Tu denn, was dich dein Herz heißt. Du bist ein gutes Mädchen, ein Segen, eine Krone, ein Freudengesang für mich und das Volk meiner Väter." Bei ihrer barmherzigen Handlung war aber Rebekka den Blicken des Brian de Bois-Guilbert ausgesetzt, der zweimal an ihr vorüberritt und das kühne feurige Auge auf die schöne Jüdin richtete. Welche Folgen diese Bewunderung ihrer Reize hatte, wissen wir bereits. Rebekka brachte indessen den Verwundeten ohne Säumen nach ihrer derzeitigen Wohnung. Sie untersuchte selbst seine Wunden und legte den Verband an. Die schöne Rebekka war in allen Wissenschaften ihres Volkes unterrichtet, die ihr fähiger und energischer Geist annahm, sichtete und ausbaute. Ihre Kenntnisse in der Medizin und Wundheilkunst verdankte sie der Tochter eines der berühmtesten jüdischen Ärzte, einer schon alten Jüdin, die Rebekka wie ihre Tochter liebte. Diese Jüdin war als ein Opfer des damals noch verbreiteten Fanatismus gefallen, aber ihre Geheimnisse hatte sie durch ihre talentvolle Schülerin gerettet. Rebekka, die sich ebensosehr durch Wissenschaft wie durch Schönheit auszeichnete, genoß allgemeine Achtung und Liebe bei ihrem Volke. Man erblickte in ihr eine jener hochbegabten Frauen, von denen die heilige Schrift erzählt. Ihr Vater selber ließ dem Mädchen in seiner grenzenlosen Verehrung ihrer Gaben und seiner Liebe zu ihr mehr Freiheit, als ihrem Geschlecht sonst gewährt wird. Er gab auch soviel auf ihre Meinung, daß er sich in den meisten Fällen nach ihrem Urteil richtete.

Als Ivanhoe in Isaaks Wohnung anlangte, war er noch immer im Zustand der Bewußtlosigkeit, aber Rebekka wußte die geeigneten Heilmittel anzuwenden und versicherte ihrem Vater, daß kein Fieber eintreten werde und daß, wenn der Balsam ihrer Lehrmeisterin noch seine alte Kraft habe, für das Leben ihres Gastes nichts zu fürchten sei. Schon am folgenden Tage könne er nach York geschafft werden. Es war schon spät abends, als Wilfried von Ivanhoe die Besinnung wieder erlangte. Er erwachte aus einem unruhigen Schlummer mit den unklaren, verwirrten Empfindungen, die ein solcher Zustand gewöhnlich im Gefolge hat. Eine Zeitlang war ihm die Erinnerung an all das, was seiner Ohnmacht in den Schranken vorangegangen war, völlig entfallen. Ebensowenig vermochte er sich die Vorfälle des letzten Tages zu vergegenwärtigen. Die Empfindung, daß er verwundet sei und Schmerzen hätte, mischte sich mit dem Gefühl der Schwäche und Erschöpfung und mit der wirren Erinnerung an ausgeteilte und erhaltene Lanzenstöße, an Streitrosse, die gegeneinander prallten, an Sieger und Besiegte, Waffengeklirr, Trompetenschmettern und all das Getöse eines wütenden Kampfes. Er versuchte die Vorhänge seines Bettes zurückzuschlagen, und es gelang ihm, obgleich ihn seine Wunden heftig schmerzten. Zu seiner größten Verwunderung sah er sich in einem reich ausgestatteten Zimmer, dessen Einrichtung orientalisch war, so daß ihm zumute war, als sei er während seines Schlafes nach Palästina versetzt worden. Und in dieser Einbildung fühlte er sich noch bestärkt, als sich eine Tapetentür öffnete und eine weibliche Gestalt in einem prächtigen morgenländischen Gewande hereintrat, der ein schwarzer Diener folgte.

Der verwundete Ritter wollte die schöne Erscheinung anreden, aber sie gebot ihm Schweigen, indem sie ihre zierlichen Finger auf ihre purpurroten Lippen legte, der Diener trat an ihn heran und deckte seine Seite auf, worauf die schöne Jüdin sich selber davon überzeugte, daß der Verband richtig liege und die Wunde in gutem Zustande sei. Sie tat dies mit anmutiger Würde und züchtiger Einfalt und gab dem alten Diener in hebräischer Sprache einige Anweisungen und dieser, der schon in vielen Fällen ihr Gehilfe gewesen war, kam ihren Weisungen rasch und schweigend nach. Ivanhoe tat keine Fragen, sondern ließ alles ruhig mit sich geschehen, und erst als der zärtliche Arzt seines Amtes gewaltet hatte, vermochte er nicht länger seine Neugierde zu unterdrücken.

„Holde Maid,“ begann er in arabischer Sprache, die er im Morgenlande erlernt hatte. „Ich bitte dich, holde Maid, deine Güte –“ Aber die schöne Ärztin unterbrach ihn und auf dem Antlitz, dessen gewöhnlicher Ausdruck sanfte Schwermut war, zeigte sich ein Lächeln. „Ich bin aus England, Herr Ritter, und spreche Englisch, wenn auch meine Kleidung und mein Volk aus fremdem Lande sind.“

„Holdes Edelfräulein,“ begann der Ritter von Ivanhoe abermals, aber wieder unterbrach ihn Rebekka rasch. „Nennt mich nicht edel, Herr Ritter. Es ist erforderlich, daß Ihr sogleich erfahrt, wer Eure Pflegerin ist. Es ist eine Jüdin, die Tochter des armen Isaaks von York, den Ihr vor kurzem so gütig und milde behandelt habt. Ihm und den Seinen kommt es wohl zu, Euch Hilfe zu leisten in Euerm jetzigen Zustande.“

Wer weiß, ob die schöne Rowena die Gedanken gebilligt hätte, mit denen bisher der ihr ergebene Ritter die edle Gestalt, das schöne Angesicht und die strahlenden Augen der reizenden Rebekka angeschaut hatte. Lange seidene Wimpern beschatteten den Glanz dieser Prachtgestirne. Aber Ivanhoe war ein zu guter Katholik, um diese Gefühle auch noch zu hegen, nachdem er erfahren hatte, daß sie eine Jüdin war. Das hatte Rebekka von vornherein gewußt, und darum hatte sie sich so beeilt, ihm Namen und Abstammung ihres Vaters zu nennen.

Die weise und schöne Tochter Isaaks war nicht völlig frei von weiblicher Schwäche. Im Innern seufzte sie leise, als sich der Blick ehrfürchtiger Bewunderung und stiller Zärtlichkeit, mit dem Ivanhoe seine unbekannte Wohltäterin betrachtet hatte, plötzlich in Kälte, Zurückhaltung und abgemessene Förmlichkeit verwandelte, die keine stärkere Gefühlsäußerung verrieten, als den spärlichen Dank, mit dem Dienste gelohnt werden, die jemand von einer Person niedrigeren Standes unerwarteterweise empfangen hat. Wohl hatte auch in seinem vorigen Benehmen Ivanhoe kein anderes Gefühl ausgedrückt als die übliche Huldigung, die die Jugend der Schönheit darbringt, aber es war doch kränkend für die arme Rebekka, daß sie ein einziges Wort wie mit einem Zauberschlage in eine entwürdigte Klasse versetzte, der man, ohne seine eigene Ehre zu schädigen, nicht die gleichen Ehren erzeigen durfte. Aber Rebekka rechnete es in ihrer Edelmütigkeit Ivanhoe nicht zum Mangel an, daß er die Vorurteile seiner Zeit und seiner Religion teilte. Obgleich es sie tief schmerzte, daß er sie nun als Mitglied eines verworfenen Geschlechtes ansah, mit den man nur im Falle äußerster Not Gemeinschaft pflegen dürfe, wenn man sich nicht selber entehren wollte, fuhr sie dennoch fort, ihn mit größter Sorgsamkeit und Geduld zu pflegen. Sie teilte ihm mit, daß sie morgen nach York reisen müßten. Ihr Vater habe sich entschlossen, Ivanhoe mitzunehmen und ihn in seinem Hause zu lassen, bis er völlig genesen sei. Damit war Ivanhoe gar nicht einverstanden, indem er vorgab, er wolle seinen Wohltätern nicht länger zur Last fallen.

„Wohnt nicht in Ashby oder in der Nähe irgend ein sächsischer Franklin, oder nur ein wohlhabender Bauer, der es auf sich nehmen könnte, einen verwundeten Ritter zu pflegen, bis er seine Rüstung zu tragen vermag? – Ist hier kein Kloster, das von Sachsen gestiftet ist, und das ihn aufnehmen könnte?“

„Freilich,“ sagte Rebekka, „wäre die schlechteste Herberge ein schicklicherer Aufenthalt für Euch, als die Wohnung eines Juden. Aber wenn Ihr den Arzt nicht wechseln wollt, Herr Ritter, so müßt Ihr schon hier bleiben. Unser Volk ist, wie Ihr wohl wißt, bewandert in der Kunst, Wunden zu heilen, wenngleich wir selber nie solche schlagen, und besonders in unserer Familie sind Geheimnisse noch aus der Zeit Salomos aufbewahrt. Kein Nazarener – verzeiht mir bitte – kein christlicher Wundarzt innerhalb der vier Seen Britanniens ist imstande, Euch in einer kürzeren Zeit als vier Wochen soweit wieder zu heilen, daß Ihr Euern Panzer wieder tragen könnt.“

„Und in welcher Zeit könnt Ihr es?“ fragte Ivanhoe ungeduldig.

„Wenn Ihr geduldig und fügsam seid, in acht Tagen.“

„Bei der heiligen Jungfrau!“ sagte Wilfried. „Es ist jetzt nicht an der Zeit, daß ein Ritter zu Bette liegt, und wenn Ihr Euer Versprechen haltet, Mädchen, so will ich Euch bezahlen mit einem Helm voll Kronen, und sollte ich sie sonstwo hernehmen.“

„Ich werde mein Versprechen erfüllen,“ erwiderte Rebekka, „aber statt des Silbers, das Ihr mir versprecht, gewährt mir eine andere Bitte.“

„Wenn es in meiner Macht liegt und wenn es etwas ist, was ein echter christlicher Ritter einem Mädchen aus Euerm Volke gewähren kann, so will ich dankbar und gern tun, was Ihr von mir fordert.“

„Nun so will ich Euch nur bitten, in Zukunft daran zu glauben, daß ein Jude einem Christen Hilfe leisten kann, ohne auf einen andern Lohn zu rechnen als den Segen des himmlischen Vaters, der Juden wie Heiden geschaffen hat."

„Daran zu zweifeln hieße sündigen, Mädchen," erwiderte Ivanhoe. „Ohne fernere Fragen oder Bedenken vertraue ich mich Eurer Kunst an. Ich verlasse mich darauf, daß ich in acht Tagen wieder die Rüstung anlegen kann. Jetzt aber, meine gütige Wundärztin, will ich ein wenig nach der Welt draußen fragen. Nach dem alten Cedric und seinen Angehörigen – nach der liebenswürdigen Lady –" Er stockte, als dürfe er den Namen der Lady Rowena in diesem Hause nicht nennen –: „Von ihr," fuhr er fort, „die die Königin des Turniers war."

„Und die Ihr, Herr Ritter, dazu ernannt habt," setzte Rebekka hinzu, „eine Wahl, die ebenso hohe Bewunderung erregte als Eure Tapferkeit." Soviel Blut Ivanhoe auch verloren hatte, so röteten sich doch seine Wangen, als er inne ward, daß er gerade durch seinen unbeholfenen Versuch, sein Interesse an Rowena zu verbergen, verraten hatte, wie sehr es ihn danach verlangte, von ihr zu hören. „Weniger von ihr wollte ich sprechen als vielmehr vom Prinzen Johann," fuhr er fort, „auch hätte ich gern von meinem treuen Knappen gehört. Warum pflegt er mich nicht?"

„In meiner Eigenschaft als Wundarzt muß ich Euch Schweigen gebieten," sagte die Jüdin; „aber ich will Euch erzählen, was Ihr zu wissen begehrt. Prinz Johann hat das Turnier plötzlich abgebrochen und ist mit seinen Edelherrn, Rittern und Geistlichen nach York geritten, nachdem er von denen, die als die Reichsten im Lande gelten, durch rechtmäßige oder gemeine Mittel soviel Geld zusammengebracht hat, als irgend anging. Wie es heißt, trachtet er nach der Krone seines Bruders."

„Aber es wird noch mancher Pfeil fliegen, diese Krone zu verteidigen," rief Ivanhoe, indem er sich auf seinem Lager aufrichtete, „wenigstens solange es noch einen braven Untertan in England gibt. Ich selber will für Richards Krone mit den tapfersten seiner Feinde kämpfen – ja mit zweien auf einmal!"

„Damit Ihr dazu imstande sein möget," sagte Rebekka und legte ihm die Hand auf die Schulter, „müßt Ihr Euch jetzt, wie ich es Euch verordnet habe, ruhig verhalten."

„Ihr habt recht, Mädchen," stimmte Ivanhoe bei, „so ruhig, wie es bei diesen unruhigen Zeiten nur möglich ist. Doch jetzt erzählt mir von dem edeln Cedric und seinem Hause."

„Sein Haushofmeister ist eben dagewesen, um von meinem Vater das Geld für die Wolle von Cedrics Herden zu holen. Von ihm habe ich gehört, daß Cedric und Athelstane das Haus des Prinzen in höchster Mißstimmung verlassen haben und jetzt auf dem Heimwege seien.“

„Ist auch eine Dame mit beim Bankett gewesen?“

„Lady Rowena,“ antwortete die Jüdin, des Ritters Frage bestimmter beantwortend, als sie gestellt war, „hat nicht an dem Feste des Prinzen teilgenommen und befindet sich jetzt, wie der Haushofmeister gesagt hat, mit ihrem Vormunde Cedric auf dem Wege nach Rotherwood. Euer treuer Knappe Gurth –“

„Wie? Sein Name ist Euch bekannt!“ rief der Ritter. „Doch freilich!“ setzte er rasch hinzu, „Ihr müßt ihn ja wohl kennen, denn durch Eure Hand und, wie ich glaube, aus Euern eignen Mitteln, hat er ja gestern hundert Zechinen bekommen.“

„Schweigt davon!“ versetzte Rebekka und errötete tief. „Ich sehe wohl, die Zunge verrät leicht, was das Herz geheim halten möchte.“

„Saget mir nur noch, wie es dem armen Gurth ergangen ist.“

„Es macht mir Schmerz, Herr Ritter, daß ich Euch sagen muß, er wird auf Befehl Cedrics als Gefangener behandelt. Doch,“ setzte sie rascher hinzu, als sie sah, wie sehr diese Nachricht Wilfried nahe ging, „der Haushofmeister Oswald hat mir versichert, wenn Gurth nicht aufs neue den Zorn Cedrics herausfordere, so werde ihm als einem treuen Sklaven gewiß verziehen werden, zumal er ja nur aus Liebe zu Cedrics Sohne gefehlt habe. Auch hat er noch gesagt, er selber und seine Gefährten, vor allem Wamba, wären entschlossen, dem armen Gurth zur Flucht zu verhelfen, wenn Cedrics Groll gegen ihn nicht nachlassen wollte.“

„Gebe Gott, daß sie ihr Vorhaben ausführen!“ sagte Ivanhoe. „Wie es scheint, muß ich jedem Unglück bringen, der mir Liebe erzeigt. Mein König hat mich geehrt und ausgezeichnet, und die Hand seines Bruders, der ihm zu Dienst verpflichtet ist, greift nach seiner Krone. Meine Zuneigung hat der Schönsten ihres Geschlechtes Verdrießlichkeiten und Kummer verursacht, und nun straft mein Vater in seinem Jähzorn den armen Leibeigenen, weil er mir Liebe und Treue erwiesen hat. – Ihr seht, Mädchen, was für ein zum Unglück vorbestimmtes Wesen Ihr pflegt, zieht Eure Hand von mir, ehe das Mißgeschick, das wie ein Spürhund meinen Fersen folgt, auch Euch trifft.“

„Nicht doch!“ sagte Rebekka. „Bei Eurer Schwäche und Euerm Herzeleid, Herr Ritter, sind Euch die Wege des Himmels nicht ersichtlich. Ihr werdet Euerm Vaterlande zu einer Zeit erhalten, da es starker Arme und treuer Herzen bedarf, und Ihr habt den Übermut Eurer Feinde und der Feinde Euers Königs zu einer Zeit gedemütigt, da er am höchsten geschwollen war. Und nun seht Ihr, daß Gott Euch selbst aus deren Mitte, die das Land am tiefsten verachtet, eine Hilfe und einen Arzt sendet. Seid deshalb guten Mutes und hegt den festen Glauben, daß Ihr zu etwas Hohem bestimmt seid, wie es Euer Arm für Euer Volk verrichten soll. – Lebt jetzt wohl, und wenn Ihr die Arznei eingenommen habt, die ich Euch durch Ruben senden werde, dann versuchet zu ruhen, daß Ihr ohne Schaden die Anstrengungen der Reise ertragen könnt, die wir morgen machen wollen.“

Am andern Morgen wurde Ivanhoe, der nach gesundem Schlaf und der niederschlagenden Arzenei gestärkt und von allem Fieber frei war, in die Sänfte gebracht, in der er auch aus den Schranken von Ashby getragen worden war. In einem Punkte aber, obgleich sonst alle mögliche Rücksicht und Sorgfalt beobachtet wurde, damit der Verwundete bequem reiste, vermochte Rebekka trotz all ihren Bitten nicht genügende Nachsicht mit dem Zustand ihres Kranken zu erwirken. Isaak, den stets die Besorgnis verfolgte, er könnte beraubt werden, da er ja auch wußte, daß er eine gute Beute war für jeden normannischen Baron wie für die sächsischen Geächteten – Isaak reiste zu einem hohen Preise und machte daher kürzere Rast und längere Touren. Infolgedessen überholte er Cedric und Athelstane. Aber der Balsam Rebekkas war so vortrefflich, daß Ivanhoes Gesundheit unter der übereilten Reise nicht im geringsten litt. In anderer Hinsicht war die Eile des Juden von mißlichen Folgen. Sein beständiges Drängen führte bald zu Streit zwischen ihm und den Leuten, die er zu seiner Bedeckung gedungen hatte. Das waren Sachsen, die ihrem Volkscharakter entsprechend gern gut lebten und, wie ihnen die Normannen vorwarfen, faul und gefräßig waren. Sie wollten sich nun an dem reichen Juden mästen und waren sehr mißvergnügt, daß er sie immer wieder antrieb. Sie stellten ihm auch vor, daß ihre Pferde einer so großen Anstrengung nicht gewachsen wären. Schließlich kam es zwischen Isaak und seiner Geleitschaft zu heftigem Streit wegen des Maßes Wein und Bier, das ihnen zu jeder Mahlzeit zugesagt war. Als nun obendrein die Furcht vor einem drohenden Überfall losbrach, verließen die gemieteten Begleiter kurzerhand den Juden.

In dieser hilflosen Lage fanden Cedric und seine Begleiter den Juden mit seiner Tochter und dem verwundeten Ritter, und fielen kurz darauf allesamt in die

Hände de Bracys und seiner Spießgesellen. Die Sänfte wurde zuerst wenig beachtet und vielleicht wäre sie zurückgeblieben, wenn de Bracy nicht voller Neugier hineingesehen hätte, denn er glaubte, da Rowena verschleiert geblieben war, sie wäre darin. Sein Erstaunen war groß, als er einen Verwundeten darin erblickte, der sich in den Händen sächsischer Geächteter wähnte und daher sogleich sich als Wilfried von Ivanhoe zu erkennen gab.

So leichtsinnig und ausschweifend de Bracy auch war, so hatte er doch einen so hohen Begriff von ritterlicher Ehre, daß er nicht daran dachte, den Ritter in seiner Hilflosigkeit zu beleidigen, noch ihn an Front-de-Boeuf zu verraten, der sich wohl kein Gewissen daraus gemacht hätte, den Mann, der ihm die Baronie Ivanhoe streitig machte, unter allen Umständen aus dem Wege zu räumen. Andererseits ging aber sein Großmut auch nicht soweit, daß er den Geliebten Rowenas, für den er den Ritter nach den Ereignissen des Turniers halten mußte, befreit hätte. Ein Mittelweg zwischen Gut und Böse war das einzige, was er fand, und er befahl zweien seiner Knappen, dicht bei der Sänfte zu bleiben und jeden davon zurückzuweisen. In Torquilstone hatten sie alle genug für sich selber zu tun, und de Bracys Knappen brachten den verwundeten Ritter in ein entlegenes Gemach, wo er zuerst nur mit der alten Urfried zusammen war, dann aber wieder unter die Pflege der Rebekka kam.

Sechsundzwanzigstes Kapitel

Als Rebekka wieder am Lager Ivanhoes saß, war sie verwundert über die verzückte und selige Stimmung, in der sie sich fühlte, während alles um sie her in Gefahr und Verzweiflung schwebte. Als sie ihm den Puls fühlte und fragte, wie er sich befinde, lag in der Berührung ihrer Hand und im Ton ihrer Stimme eine innigere Anteilnahme, als sie hatte zum Ausdruck bringen wollen. Ihre Hand zitterte und ihre Hand bebte, und nur Ivanhoes kalte Frage: „Seid Ihr es, freundliches Mädchen?“ brachte sie wieder zu sich und erinnerte sie daran, daß sie nie auf eine Erwiderung der Gefühle, die sie empfand, hoffen durfte. Sie seufzte kaum vernehmlich. Fragen, die sie nun an den Ritter richtete, sprach sie wieder im Tone ruhiger Freundschaft. Ivanhoe antwortete ihr rasch, er fühle sich wohl und besser, als er selber es erwartet hatte. „Dank Eurer kunstreichen Hilfe, teure Rebekka,“ setzte er hinzu.

„Teure Rebekka nennt er mich," dachte sie bei sich selber, „aber er sagt es so kalt und gleichgültig. Sein Streitroß und sein Jagdhund sind ihm lieber als die verachtete Jüdin."

„Mehr quält Sorge mein Gemüt, freundliches Mädchen, als Schmerz meinen Leib," fuhr Ivanhoe fort. „Ich habe erfahren, daß ich ein Gefangener bin, und wenn ich die rauhe starke Stimme richtig erkannt habe, die oft durch diese Hallen donnerte, so bin ich im Schlosse des Front-de-Boeuf. Wenn das der Fall ist, wie soll das enden und wie kann ich meinen Vater und Rowena schützen?"

„Von dem Juden und seiner Tochter spricht er nicht," sagte Rebekka zu sich selber, „es ist eine gerechte Strafe für mich, daß ich meine Gedanken an ihn hing." Dann eilte sie fort und kehrte mit den spärlichen Nachrichten wieder, die sie hatte einziehen können. Sie konnte ihm nur erzählen, daß das Schloß belagert werde, von wem wisse sie aber nicht.

Sie hatten nicht lange Zeit, so ungestört miteinander zu sprechen, denn bald wurde der Lärm im Schlosse stärker. Der schwere, eilige Schritt der Bewaffneten hallte durch die Gänge und Gemächer und die engen gewundenen Treppen. Es klang herüber, wie die Ritter ihre Krieger ermunterten und Befehle erteilten oder Verteidigungsmaßregeln anordneten, und oft genug verhallten ihre Worte im Waffengetöse. So furchtbar diese Laute auch waren, und so entsetzlich das, was sie verkündeten, so lag doch eine Erhabenheit darin, die selbst in diesen Augenblicken des Grausens Rebekkas starke Seele ergriff. Das Blut wich aus ihrer Wange, aber ihr Auge leuchtete. Furcht und Schauer der Erhabenheit erfüllten sie, während sie halb zu sich, halb zu ihrem Gefährten sagte: „Der Köcher klirrt – Speer und Schild erglänzt – der Ruf der Führer und Reisigen schallt laut."

Ivanhoe glühte vor Ungeduld, daß er zur Untätigkeit verurteilt war, und vor Verlangen, sich in den Kampf zu stürzen. „Könnte ich mich nur bis an das Fenster da schleppen, daß ich zusehen könnte," sagte er, „hier liege ich nun ohne Kraft und ohne Waffen."

„Quält Euch nicht selber, edler Ritter," sagte Rebekka. „Das Getöse ist plötzlich verstummt. Vielleicht kommt es gar nicht zum Kampfe."

„Davon versteht Ihr nichts," sagte Wilfried. „Diese Todesstille bedeutet nur, daß die Männer an ihre Posten auf den Wällen gegangen sind. Sie erwarten den Angriff. Der Sturm steht bevor, und wird gleich mit voller Wut losbrechen. – Könnte ich nur das Fenster dort erreichen."

„Ich will mich an das Gitter stellen und Euch erzählen, was ich sehe,“ sagte Rebekka.

„Das dürft Ihr nicht,“ fiel ihr der Ritter ins Wort. „Jedes Fenster, jede Öffnung wird bald ein Ziel für die Bogenschützen sein. Wenn ein aufs Geratewohl abgeschossener Pfeil –“

„Er soll mir willkommen sein,“ sagte Rebekka zu sich selber. Mit festen Schritten war sie gleich darauf die Stufen emporgestiegen. „Rebekka! teure Rebekka!“ rief Ivanhoe. – „Das ist kein Schauspiel für Mädchen. Setz dich nicht der Gefahr aus, getötet und verwundet zu werden, und mach mich nicht auf ewig unglücklich, weil ich die Schuld daran trüge. Wenigstens decke dich mit dem alten Schild dort und zeige dich so wenig wie möglich am Fenster.“

Mit staunenswerter Gewandtheit tat Rebekka, wie Ivanhoe ihr riet. Sie stellte sich nur an den untern Teil des Fensters und konnte hier deutlich sehen, was draußen vorging.

„Der Rand des Waldes scheint ganz mit Bogenschützen bedeckt zu sein,“ sagte sie, „aber nur wenige haben sich bis jetzt aus dem Schatten hervorgewagt.“

„Könnt Ihr ein Banner sehen?“

„Ein Feldzeichen ist nicht zu entdecken.“

„Das ist seltsam,“ sagte Ivanhoe. „Eine solche Festung erstürmen zu wollen, ohne ein Banner wehen zu lassen? – Könnt Ihr nicht sehen, wer die Anführer sind?“

„Ich sehe einen Ritter in einer schwarzen Rüstung, er scheint die Hauptperson zu sein,“ sagte Rebekka. „Er ist der einzige, der von Kopf bis zu Füßen bewaffnet ist, er scheint das Ganze zu leiten.“

„Was für eine Devise hat er auf dem Schilde?“

„Etwas, das aussieht wie ein eiserner Balken und ein blaues Vorlegeschloß auf blauem Felde, ist auf den schwarzen Schild gemalt.“

„Ein Fesselschloß und Fesseln in blauem Felde?“ sagte Ivanhoe; „wer das ist, der diese Devise führt, weiß ich nicht. Aber ich selber könnte sie jetzt wahrlich führen. Den Wahlspruch könnt Ihr nicht sehen? Auch sind sonst keine andern Anführer zu sehen?“

„Keiner soweit ich sehen kann. Sie scheinen jetzt vorrücken zu wollen. Gott Zions, beschütze uns! welch fürchterlicher Anblick! Sie kommen mit großen Schilden und Schutzdächern aus Brettern heran, und dahinter kommen andere mit gespannten Bogen. Jetzt heben sie sie hoch. – Herr Gott des Himmels, verzeih denen, die du erschaffen hast!“ Sie wurde in ihrer Beschreibung durch das Zeichen zum Sturmangriff unterbrochen, das von einem Jagdhorn gegeben und von einer Fanfare normännischer Trompeten wiederholt wurde. Dazwischen klang das Kriegsgeschrei der Parteien. Die Stürmenden schrien: Heiliger Georg für England! – die Normannen riefen: En avant de Bracy! Beauséant, beauséant! – Front-de-Boeuf à la ressource! – je nachdem, zu welchem der Anführer sie gehörten. Aber mit Lärm allein war es nicht getan. Die Angriffe der Belagerer fanden den heftigsten Widerstand. Die im Gebrauche des langen Bogens sehr geübten Schützen schossen immer alle auf einmal ab, und wo sich nur einer der Schloßmannschaft sehen ließ, traf ihn der Pfeil. Die Pfeile flogen dicht wie Hagelschauer und drangen dutzendweise durch jede Lücke und jedes Loch der Brustwehr. Durch diesen unausgesetzten Regen von Pfeilen wurde die Besatzung um zwei bis drei Tote und mehrere Verwundete verringert. Aber im Vertrauen auf ihre feste Stellung fochten die Mannen Front-de-Boeufs mit einer Hartnäckigkeit, gegen die der Ansturm trotz all seiner Wucht nichts vermochte. Die Angreifenden, die weniger in Deckung waren, hatten mehr Verluste als die Belagerten.

„Und hier muß ich liegen wie ein kranker Mönch!“ rief Ivanhoe. „Und der Kampf, der mir Freiheit gibt oder den Tod, wird von andern ausgefochten. Schaut noch einmal hinaus, gutes Mädchen, und seht, ob die Stürmenden Boden gewinnen.“ Rebekka trat noch einmal an das Fenster, indem sie sich so mit dem Schilde deckte, daß man sie von unten nicht sehen konnte. „Was seht Ihr, Rebekka?“ fragte der verwundete Ritter.

„Nichts als eine Wolke von Pfeilen, die so dicht ist, daß sie das Auge nicht durchdringen kann. Die Schützen selber sind davor nicht zu sehen.“

„Damit kommen sie nicht weiter,“ sagte Ivanhoe. „Wenn sie nicht mit Macht vorgehen, mit den Pfeilen können sie keine Mauern und keine Außenwerke bewältigen. Seht Euch nach dem Ritter mit dem Fesselschloß um – seht zu, was er beginnt: er ist der Anführer, die andern werden nach seinen Befehlen handeln.“

„Er ist nicht zu sehen," sagte Rebekka. „Doch ja! jetzt sehe ich ihn! er führt einen Trupp an die äußere Schutzwand des Brückenkopfes. Sie reißen die Pfähle und Palisaden aus und hauen sie mit den Äxten nieder. Der schwarze Federbusch des Ritters weht über dem Haufen wie ein Rabe über dem Schlachtfeld. – Jetzt haben sie eine Bresche geschlagen. Sie dringen hinein – sie werden zurückgeworfen. Front-de-Boeuf führt die Verteidiger an. Ich sehe seine Riesengestalt im Gewühl. Sie dringen wieder bis an die Bresche – sie ringen um den Eingang – sie fechten Mann gegen Mann."

Als könne sie das Entsetzliche nicht länger mit ansehen, wandte sie das Haupt ab. Dann sah sie auf Ivanhoes Bitte hin noch einmal in den Kampf und rief: „Heilige Propheten! Front-de-Boeuf und der schwarze Ritter fechten miteinander und ihre Krieger folgen lärmend dem Verlauf des Zweikampfes. Gott meiner Väter! unterstütze die Sache der Bedrohten und Gefangenen." Gleich darauf schrie sie laut auf: „Er fällt! er fällt!" „Wer?" rief Ivanhoe. „Um der heiligen Jungfrau willen! wer?"

„Der schwarze Ritter! –" schrie Rebekka. Aber im selben Augenblick setzte sie hinzu: „Nein! nein! der Herrgott der himmlischen Heerscharen sei gelobt! Er steht wieder fest und kämpft, als hätte er die Kraft von zwanzig Mann in seinen Armen! Sein Schwert ist zerbrochen. Er reißt einem Yeoman die Streitaxt aus der Hand – er bedroht Front-de-Boeuf Schlag auf Schlag! der Riese wankt – wie die Eiche unter den Hieben des Fällers – er sinkt – er fällt –"

„Front-de-Boeuf!" rief Ivanhoe.

„Front-de-Boeuf!" erwiderte Rebekka. „Seine Mannen kommen ihm zu Hilfe, der stolze Templer führt sie an – ihre Übermacht wirft die Angreifer zurück und sie tragen Front-de-Boeuf herein."

„Haben die Stürmenden die Barrieren gewonnen?"

„Jawohl, und sie setzten auf den Außenwerken den Belagerten hart zu. Leitern legen sie an, sie schwärmen wie die Bienen, heben einander auf den Schultern empor – Steine, Balken und Baumstämme werden auf sie herniedergeworfen, und sobald Verwundete gefallen sind, steigen auch schon neue Streiter an ihre Stelle herauf. Nun haben sie die Leitern umgestürzt, die Soldaten liegen darunter wie zertretenes Gewürm, die Belagerten sind im Vorteil."

„Heiliger Georg!" rief Ivanhoe. „Kämpfe du für uns! Weichen denn diese erbärmlichen Yeomen etwa zurück?"

„Nein!“ rief Rebekka. „Sie zeigen sich als echte Yeomen! Der schwarze Ritter naht jetzt mit seiner Axt dem Tore. Ihr könnt die donnernden Schläge hören, sie übertönen den Kampfeslärm. – Steine und Balken werden auf ihn herabgeworfen, aber er achtet darauf so wenig, als wären es Federn oder Disteln.“

„Nur ein Mann lebt in England,“ rief Ivanhoe, indem er sich frohgemut auf seinem Lager aufrichtete, „der solch eine Tat vermag!“

„Die Tür bebt –“ fuhr Rebekka fort, „sie zersplittert unter seinen Schlägen! – die Krieger dringen herein – das Außenwerk ist genommen – o Gott, von den Mauern stürzen sie die Verteidiger herunter, sie werfen sie in den Graben! O Menschen, seid ihr denn wirklich Menschen? – Verschont doch die, die sich nicht mehr wehren können!“

„Aber die Brücke zum Schlosse haben sie noch nicht?“

„Nein! der Templer hat sie zerstört und ist mit einer geringen Anzahl ins Schloß entkommen. Fürs erste scheint es nun vorüber. Unsere Freunde setzen sich auf dem Außenwerke fest, das ihnen hinreichenden Schutz gewährt. Man sieht kaum noch einige Bolzen fliegen.“

„Unsere Freunde werden ein so glücklich begonnenes Unternehmen nicht unvollendet aufgeben,“ sagte Wilfried. „Nein! ich verlasse mich auf den schwarzen Ritter, dessen Streitaxt Eisenstäbe zerschlug und der ein Herz von Eisen spaltete. Seltsam!“ sagte er zu sich selber. „Gibt es denn zwei Männer, die ein solches Wagnis auf sich nehmen? Ein Fesselschloß und Fesseln auf blauen Felde? Was soll das bedeuten? Siehst du sonst nichts, woran der schwarze Ritter zu erkennen wäre?“

„Nichts,“ erwiderte die Jüdin. „Alles an ihm ist schwarz wie das Gefieder des Nachtraben. Ich kann nichts erkennen, was ihn deutlicher kennzeichnete, aber seit ich ihn einmal im Kampfe gesehen habe, will ich ihn unter tausend Kriegern herauskennen. Er stürzt sich in den Kampf, als wäre er zu einem Feste geladen. Das geht über die bloße Kraft eines Menschen weit hinaus! Es scheint, als sei die ganze Seele, der ganze Geist des Streiters bei jedem Schlage, den er führt. Der Herr vergebe ihm, daß er soviel Blut vergießt. Es ist entsetzlich, aber doch auch erhaben anzusehen, wie das Herz und der Arm eines einzigen über Hunderte triumphiert.“

„Rebekka,“ sagte Ivanhoe, „Ihr habt da einen Helden beschrieben, und machen sie nur Rast, um neue Kräfte zu sammeln oder Mittel herbeizuschaffen, um über den Graben hinüberzukommen – unter einem Führer, wie ihr ihn geschildert habt, gibt es keine feige Furcht, keine Saumseligkeit und kein Zurückbeben vor kühnem Wagnis. Je schwieriger die Tat, desto glorreicher! – Bei der Ehre meines Hauses, bei der Liebe zu meiner Schönen! Zehn Jahre wollte ich gefangen sein, dürfte ich nur einen Tag lang an der Seite dieses edeln Ritters in solchem Kampfe streiten."

Still sah Rebekka noch eine Zeitlang hinaus, dann sah sie nach dem Lager des Ritters. „Er schläft," sagte sie. „Durch Schmerz und Aufregung erschöpft, ergreift seine Natur die erste Minute anscheinender Ruhe, um selber auszuruhen. – Ach! ist es denn ein Verbrechen, ihn anzusehen? Es ist ja doch vielleicht das letztemal! – Ach, und mein Vater! Schlecht beraten ist deine Tochter! Sie denkt mehr an die goldenen Locken des Jünglings als an dein graues Haar. – Doch ich will diese Torheit aus meinem Herzen reißen, und sollte jede Fiber darüber verbluten." Mit diesen Worten legte sie den Schleier fest um sich und setzte sich abseits von Wilfrieds Lager, dem Kranken den Rücken kehrend . . .

Während auf kurze Zeit Ruhe eingetreten war, lag der Herr des belagerten und gefährdeten Schlosses auf seinem Bette, geistig ohnmächtig und körperlich von Schmerzen geplagt. Ihm stand nicht die Zuflucht offen, die die Abergläubischen der damaligen Zeit in der Regel benutzten: durch Geschenke an die Kirche die Absolution zu erkaufen. Front-de-Boeuf, der harte, habsüchtige Mensch, dessen stärkstes Laster der Geiz war, bot lieber der Kirche und ihren Dienern Trotz, als daß er für die Vergebung der Sünden Geld und Gut hingegeben hätte. Front-de-Boeuf hätte auch stets gern auf Arznei verzichtet, nur um keinen Arzt rufen zu müssen. Jetzt aber war die Stunde gekommen, wo die Erde mit all ihren Schätzen und Herrlichkeiten vor seinem Auge zu einem Nichts zusammenschrumpfte und sein Herz, das sonst so hart war wie ein Mühlstein, erbebte vor dem Blick in die Zukunft. Die Gemütsangst und die marternde Ungewißheit erhöhten noch das Fieber, das seinen Leib durchraste, und sein Totenbett war der Schauplatz eines erbitterten Kampfes zwischen dem aufgerüttelten Gewissen und der alten Hartnäckigkeit und Verstocktheit, die nicht so leichten Kaufes das Feld räumen wollten. Ein gräßlicher Seelenzustand, wie man ihn nur in jenen Regionen kennt, wo es Klagen gibt aber keine Hoffnung, Gewissensbisse aber keine Reue, und Verzweiflung und Furcht kein Ende haben.

„Wo sind jetzt die Hunde von Priestern?" stöhnte der Baron. – „Wo sind alle die Karmeliter, für die der alte Front-de-Boeuf das Kloster zur heiligen Anna gründete? Seinen Erben hat er damit um einen satten Wiesengrund und ein gutes Stück fettes Ackerland gebracht! – Sicher sitzt die Sippe beim Bierkrug! Und mich, den Erben dessen, der ihr Kloster gegründet hat, mich lassen sie sterben wie einen räudigen Hund! Statt daß sie für mich beten, wie es ihre Pflicht wäre! – Die undankbaren Schufte! Ohne Absolution und Beichte lassen sie mich verrecken. – Sagt dem Templer, er solle kommen, er ist ja auch ein Priester! Doch nein! – ebenso könnt ich dem Teufel beichten, als Bois-Guilbert, der weder Himmel noch Hölle kennt. Ich habe auch von alten Leuten gehört, daß sie beten könnten und allein beteten und keines Priesters bedürften – aber, aber – das – das – darf ich nicht . . ."

„Ist es schließlich doch noch dahingekommen," sagte eine pfeifende Stimme an seinem Bette, „daß Front-de-Boeuf sagen muß, es gäbe etwas, was er nicht darf?" Das böse Gewissen machte, daß Front-de-Boeuf, dessen Nerven völlig erschüttert waren, in dieser Stimme, die so seltsam sein Selbstgespräch unterbrach, die Stimme eines jener Dämonen zu hören glaubte, die nach dem Aberglauben der damaligen Zeit an das Bett von Sterbenden traten und seine Gedanken verwirrten und ihn von der Betrachtung seines ewigen Heiles ablenkten. Er fuhr zusammen, aber er raffte seine alte Unerschrockenheit noch einmal auf und rief: „Wer ist da? – wer bist du, daß du es wagst, auf meine Worte zu antworten wie eine Nachtmahr? Komm und tritt hervor, daß ich dich sehen kann!"

„Ich bin dein böser Genius, Reginald Front-de-Boeuf!" erwiderte die Stimme.

„Wenn du in der Tat ein böser Feind bist, so laß dich schauen in deiner leibhaftigen Gestalt," sagte der sterbende Ritter. „Denke nicht, ich würde mich vor dir fürchten. Bei der ewigen Verdammnis, wenn ich nur mit den Schuften, die jetzt auf mich eindringen, fechten könnte wie mit Feinden von Fleisch und Blut, so sollten weder Himmel noch Hölle sagen können, ich fürchtete den Kampf."

„Reginald Front-de-Boeuf! denk an deine Sünden! Aufruhr, Raub und Mord! Wer hat den ausschweifenden Johann gegen seinen Vater aufgehetzt? und gegen seinen hochherzigen Bruder?"

„Ob du nun ein böser Geist bist, ein Priester oder ein Teufel," entgegnete Front-de-Boeuf, „du lügst in deinen Hals hinein. – Nicht ich wars, der Johann zum Aufruhr anstachelte, nicht ich allein! Fünfzig Ritter und Barone, die vornehmsten unter den Grafen des Südens – und soll ich allein büßen für die

Schuld der Fünfzig? Hebe dich hinweg, teuflischer Geist, und laß mich in Frieden sterben!"

„Du sollst nicht sterben in Frieden," antwortete die Stimme. „Noch im Todeskampfe sollst du an deine Mordtaten denken – an die Seufzer und das Gestöhn, das in diesen Gewölben widerhallte, an das Blut, das über diesen Fußboden geflossen ist."

„Deine kleinliche Bosheit hat mir nichts an," erwiderte Front-de-Boeuf mit einem gräßlichen, erzwungenen Lachen. „Der ungläubige Jude? So einen zu mißhandeln, gilt als ein Verdienst! Die Männer, die ihre Hände in Sarazenenblut gebadet haben, sind heilig gesprochen worden. Die sächsischen Schweine, die ich erschlagen habe? Das waren die Feinde meines Vaterlandes, meines Volkes und meines Lehnsherrn. – Ho, ho, du siehst, es ist kein Loch in meinem Panzer! Bist du nun verstummt?"

„Nein, abscheulicher Verräter!" versetzte die Stimme. „Denk an deinen Vater, und wie sein Gemach überfloß von seinem Blute, das die Hand seines Sohnes vergossen hatte."

„Ha!" versetzte nach langem Schweigen der Baron. „Und das weißt du? Dann bist du wirklich der Urheber alles Übels und so allwissend, wie dich die Priester nennen. Ich glaubte, das Geheimnis sei in meiner Brust verschlossen gewesen – und in noch einer – in der Brust des Weibes, das mich dazu versucht und daran teilgenommen hat – geh, böser Feind! Suche die sächsische Hexe Ulrika auf, die kann dir erzählen, was nur sie und ich gesehen haben. – Geh zu ihr, sage ich dir, die die Wunde gewaschen hat und die den Leichnam ausgestreckt hat, daß er aussah, als sei der Mann eines natürlichen Todes gestorben. – Geh zu ihr, sie hat mich verführt, sie hat mir gräßlich meine Tat gelohnt! Wenn mich, so laß auch sie die Qualen der Hölle kosten."

„Sie kostet sie schon," sagte Ulrika und trat vor das Lager Front-de-Boeufs hin, „lange hat sie aus diesem Becher getrunken, und der herbe Trank wird versüßt, wenn du mit daraus trinkst. Knirsche nicht mit den Zähnen, Front-de-Boeuf, und rolle nicht mit den Augen! Was ballst du die Faust und drohst mir? Die Faust, die einst stark war wie die deines berühmten Ahnen, der den Namen deines Geschlechts erhielt, weil er mit der Faust den Schädel eines Bergstiers zerschmettern konnte, diese Hand ist nun kraftlos und machtlos."

„Verfluchte mörderische Hexe!“ schrie Front-de-Boeuf. „Gräßliche Nachteule! Also bist du gekommen, um über den Trümmern, die du untergraben hast, dein Gespött zu singen?“

„Ja, Reginald Front-de-Boeuf. Es ist Ulrika, die Tochter des ermordeten Torquil Wolfganger, die Schwester seiner erschlagenen Söhne! – Sie fordert von dir und deines Vaters Hause Vater und Angehörige, Namen und Ehre und alles, was sie durch die Front-de-Boeufs verloren hat. – Denk an deine Sünden! – Du warst mein böser Engel, ich will der deine sein! Ich will dich peinigen bis zu dem Augenblicke des Todes!“

„Gräßliche Furie!“ schrie Front-de-Boeuf. „Nimmer sollst du diesen Augenblick sehen! He, Sklaven, ergreift die verfluchte Hexe, stürzt sie kopfüber von den Zinnen herab! – verraten hat sie uns an die Sachsen! He, Sklaven, was zaudert ihr!“

„Rufe sie nur, du mächtiger Baron!“ höhnte die Alte. „Rufe sie und drohe ihnen mit der Geißel und Kerker, wenn sie zögern! – Aber wisse, sie werden dir weder antworten, noch gehorchen, noch helfen! Hörst du die furchtbaren Töne? Rings von den Mauern her schallt der Sturm, der von neuem losbricht! Horch! dieses Kriegsgeschrei bedeutet den Untergang deines Hauses, und Front-de-Boeufs Macht, die mit Blut festgekittet ist, erzittert in ihren Grundfesten und wankt vor den Feinden, die ihm sonst die verächtlichsten waren. Der Sachse, Reginald, der verachtete Sachse erstürmt deine Wälle! Was liegst du hier wie ein müder Knecht, während der Sachse dein festes Schloß erstürmt?“

„Gott und Teufel!“ tobte der verwundete Ritter. „Nur einen Augenblick Kraft, nur daß ich mich ins Gefecht schleppen und einen meines Namens würdigen Tod finden könnte!“

„Schlage dir das aus dem Sinn, tapferer Krieger,“ erwiderte sie, „diesen Tod sollst du nicht sterben. Du sollst verrecken wie der Fuchs in seinem Bau, wenn die Bauern Feuer ringsherum gelegt haben.“

„Verfluchte Hexe, du lügst!“ schrie der Normann. „Meine Mannen kämpfen tapfer. Laut hör ich den Ruf des Templers und de Bracys. Meine Mauern sind stark und hoch – meine Kameraden fürchten eine ganze Herde Sachsen nicht. Ja, bei meiner Ehre! Wenn wir das Freudenfeuer anzünden und unsern Sieg feiern, dann sollst du mit Haut und Haar darin verbrannt werden!“

„Dir selber,“ war die Antwort der Alten, „ist jetzt ein Grab bereitet, dem du bei all deiner Macht, Beherztheit und Kraft nicht zu entgehen vermagst, obgleich es dir nur diese schwache Hand bereitet hat. – Merkst du es nicht, wie erstickender Qualm das Gemach erfüllt? Meinst du, das scheine dir nur so, weil deine Augen brechen und dein Atem verendend keucht? Nein, Front-de-Boeuf, dem ist anders. Denke daran, was für Vorräte an Fett und Öl unter diesen Gemächern aufbewahrt wurden!“

„Weib!“ brüllte er mit entsetzlicher Stimme. „Du hast doch nicht etwa Feuer dort angelegt? Beim Himmel! das hast du getan – das Schloß steht in Flammen!“

„Sie schlagen hoch empor,“ sagte Ulrike mit gräßlicher Ruhe. „Front-de-Boeuf, fahr wohl! Ulrika verläßt nun dein Totenbett, mögen jetzt Mitta, Skogula und Zernebock, Götter der alten Sachsen und böse Feinde, wie sie die Priester nennen, ihre Stelle einnehmen. Aber das magst du noch wissen, falls es dich trösten kann – Ulrika fährt zu demselben finstern Gestade als Genossin deiner Schuld und deiner Strafe. – So leb denn wohl auf immer, Vatermörder! Fände doch jeder Stein in dieser Halle und diesen Mauern eine Zunge, um dir dieses Wort entgegenzudonnern!“

Mit diesen Worten ging sie hinaus, und Front-de-Boeuf hörte den wuchtigen Schlüssel sich zweimal im Schloß umdrehen. So war denn jede Hoffnung auf Entkommen abgeschnitten. In der höchsten Todesangst rief er den Dienern zu, aber ungehört verhallte seine Donnerstimme in dem Gewölbe.

„Ihr Sklaven, zu Hilfe! ich verbrenne hier! – Zu Hilfe, tapferer Bois-Guilbert! ritterlicher de Bracy, Front-de-Boeuf ruft! – Euer Verbündeter, euer Waffenbruder, ihr meineidigen Ritter! Alle Flüche, die der Verräter verdient, auf euer Haupt! – Wollt ihr mich hier elendiglich krepieren lassen? – Sie hören mich nicht, sie können mich nicht hören, meine Stimme verhallt im Kampfeslärm! – Der Qualm wird immer stärker, schon dringt das Feuer durch den Fußboden. O, nur einen Zug Himmelsluft! sollte ich auch daran zugrunde gehen!“ Und im Wahnsinn seiner Verzweiflung rief er bald nach den Streitern, bald überhäufte er mit Verwünschungen sich selber, die Menschen und sogar den Himmel.

„Die Flamme schlägt rot durch den dicken Rauch! Der Teufel rückt gegen mich an unter dem Banner seines Elements! Hinweg! Ich will nicht ohne meine Genossen gehen, alle gehören dir, die auf diesen Wällen stehen. Meinst du, Front-de-Boeuf ginge allein? Der Templer, der leichtsinnige de Bracy, die schändliche Hexe Ulrika, die Spießgesellen meiner Streifzüge, die Hunde von

Sachsen, die verdammten Juden, meine Gefangenen, alle, alle sollen mit. Wahrlich, eine so stattliche Kumpanei, wie sie je den Weg zur Hölle gepilgert ist! Hahaha!" Und er lachte, daß das Gewölbe widerhallte. „Wer lacht hier?" schrie er. „Bist du es, Ulrika? Sprich, Hexe! Nur du und der höllische Feind können jetzt lachen! Hinweg! Hinweg!"

Siebenundzwanzigstes Kapitel

Als der Brückenkopf erobert war, sandte der schwarze Ritter diese Nachricht an Locksley und ließ ihn gleichzeitig auffordern, das Schloß scharf im Auge zu behalten, daß sich die Verteidiger nicht etwa zu einem Ausfall vereinigen könnten, um das Außenwerk wieder an sich zu reißen. Der schwarze Ritter war darum so sehr bedacht darauf, dies zu verhindern, weil er sehr wohl wußte, daß die Mannschaft, die er anführte, zwar aus tapferen, aber unkundigen, ungeübten und schlecht bewaffneten Männern bestand, die bei einem heftigen Angriff der erprobten Normannen im Nachteil sein mußten. Der Ritter machte sich die kurze Waffenruhe zunutze und ließ ein Floß bauen, mit dem er und die Seinen trotz dem Widerstand des Feindes über den Graben setzen wollten. Die Anführer waren es zufrieden, daß dies geraume Zeit in Anspruch nahm, da inzwischen Ulrika Zeit gewinnen konnte, zu ihren Gunsten den Plan auszuführen, den Cedric mitgeteilt hatte. Als aber das Floß fertig war, sagte der schwarze Ritter:

„Es ist nicht ratsam, länger zu warten. Die Sonne sinkt, und meine Zeit erlaubt mir nicht, noch einen Tag länger hier zu verweilen. Es wäre auch ein Wunder, wenn uns die Räuber nicht von York her überfielen, sobald wir unser Unternehmen nicht zu schleunigem Ende führen. Locksley soll also einen Pfeilregen nach der andern Seite des Schlosse schicken und einen Scheinangriff dorthin unternehmen, und ihr, treue englische Herzen, steht zu mir, schafft das Floß in den Graben und folgt mir! Wir wollen uns den Zugang zum Hauptwall des Schlosses erzwingen. Wer unter euch nicht das Herz hat, daran teilzunehmen oder zu schlecht bewaffnet ist, der soll aufs Außenwerk steigen und dort den Bogen spannen und alles niederschießen, was sich auf den Wällen zeigt. Edler Cedric, wollt Ihr die Führung der Zurückgebliebenen übernehmen?"

„Nein, gewiß nicht!" versetzte der Sachse. „Ich verstehe das Anführen nicht, aber die Nachwelt soll mir noch im Grabe fluchen, wenn ich Euch nicht in den vordersten Reihen folge. Mich vor allen geht dieser Kampf an, und mir geziemt es, da zu sein, wo die Schlacht am heftigsten tobt."

„Bedenkt, edler Sachse," erwiderte der Ritter, „Ihr habt weder Brustharnisch, noch Kopfpanzer und nur den leichten Helm da und Schwert und Schild!"

„Um so leichter werde ich die Mauern erklettern können," versetzte Cedric, „und vergebt mir die Prahlerei, Herr Ritter, aber Ihr sollt heute sehen, daß der Sachse mit nackter Brust ebenso kühn dem Sturme entgegengeht als der Normann mit seinem Panzer."

„Denn also los in Gottes Namen!" rief der schwarze Ritter. „Stoßt die Tür auf und laßt die schwimmende Brücke nieder."

Das Floß lag nun auf dem Wasser, den ganzen Raum zwischen dem Außenwerk und dem Schloß füllend. Es bot einen gefährlichen schlüpfrigen Übergang für zwei Mann nebeneinander. Der schwarze Ritter kannte den Vorteil, den ein rascher Überfall auf den Feind verschafft, und er stürzte über die Brücke, Cedric ihm zur Seite. Sie erreichten glücklich das Tor, das der Ritter sofort mit seiner Streitaxt zu bearbeiten begann. Aber zwei von den Nachstürmenden wurden auf der Stelle von Bolzen niedergestreckt, und zwei fielen in den Graben, die anderen zogen sich nach dem Außenwerk zurück. Der schwarze Ritter und Cedric waren nun in großer Gefahr. Zum Glück für sie schossen die Schützen auf den Brückenkopf unausgesetzt ihre Pfeile und nötigten so den Feind, die Verteidigung zu verteilen, so daß der Hagel von Schleudersteinen, der sie sonst überschüttet hätte, zu einem großen Teile von ihnen abgelenkt wurde. In diesem Augenblick wurden die Belagerer die rote Fahne gewahr, die von der Spitze des Turmes wehte, wie es Ulrika dem Sachsen versprochen hatte. Der wackere Yeoman Locksley war der erste, der sie entdeckte.

„Heiliger Georg!" rief er. „Heiliger Georg für England! – Greift zu, tapfere Yeomen! Heran, heran! Warum laßt ihr den guten Ritter und den edlen Cedric allein? Los toller Priester! zeige, daß du für deinen Rosenkranz streiten kannst! – Drauf und dran, Yeomen! – Das Schloß ist unser, wir haben Bundesgenossen darin! Seht, die Fahne dort ist das verabredete Zeichen. – Torquilstone ist unser! – Denkt, was für eine Ehre! Denkt, was für reiche Beute! – Nur noch ein letzter Kampf und das Schloß ist unser!" Mit diesen Rufen spannte er seinen braven Bogen und schoß einen Krieger mitten durch die Brust, der eben mit mehreren andern unter de Bracys Führung bemüht war, ein Stück Mauerwerk von der

Zinne loszubrechen, um es dem Ritter und Cedric auf den Kopf zu stürzen. Ein zweiter Krieger nahm dem Sterbenden das Brecheisen aus der Hand und fuhr fort, das Gestein loszuschlagen. Ein zweiter Pfeil traf ihn, daß er tot in den Graben stürzte. Da wichen die andern zurück.

„Feige Buben!“ rief de Bracy. „Mont joye Saint Denis! Mir das Brecheisen!“ Er griff es und wütete von neuem gegen das Mauerstück, das wuchtig genug war, die beiden zu zermalmen und die schwimmende Brücke zu zertrümmern, auf der sie standen. Alle sahen die Gefahr, aber selbst die kühnsten, wie der mannhafte Mönch, wagten sich nicht auf die Brücke. Dreimal zielte Locksley auf de Bracy und dreimal sprang der Pfeil von der trefflichen Rüstung des Ritters ab. „Verflucht sei dein spanisches Panzerhemd!“ rief Locksley. „Hätte es ein englischer Schmied gemacht, so wären diese Pfeile hindurch gegangen wie durch Seide oder Linnen.“ Dann schrie er laut: „Kameraden, edler Cedric, tretet zurück und laßt die Trümmer herabfallen!“

Aber seine Warnung blieb ungehört, der Lärm, den der Ritter mit seinen Schlägen gegen das Tor machte, und die Klänge von zwanzig Kriegstrompeten übertönten sie. Der treue Gurth sprang auf das Floß, um Cedric zu warnen oder mit ihm zu sterben. Aber auch er wäre zu spät gekommen, denn schon bebte der gewaltige Block, und de Bracys Arbeit war fast ganz getan, da schlug die Stimme des Templers an sein Ohr: „Alles ist verloren, de Bracy, das Schloß brennt!“

„Seid Ihr von Sinnen?“

„Am Westende steht alles in hellen Flammen! Es ist unmöglich zu löschen!“ In dem kalten finstern Tone, der eine Charaktereigentümlichkeit Brian de Bois-Guilberts war, wurde diese entsetzliche Nachricht mitgeteilt, aber von seinem Kameraden nicht mit der gleichen Fassung vernommen.

„Heilige des Paradieses! Was ist da zu tun?“ rief de Bracy. „Ich gelobe dem heiligen Nikolas einen Leuchter von reinem Golde . . .“

„Spart Euch das Gelübde und hört mich an!“ sprach der Templer. „Führt Eure Leute hinunter, als wolltet Ihr einen Ausfall machen und stoßt die Pforte auf. – Es stehen nur zwei Mann auf dem Floß, werft sie in den Graben und dringt in das Außenwerk! Ich will zum Haustor hinaus und von dieser Seite das Außenwelt gewinnen, so können wir uns verteidigen, bis uns Entsatz gebracht wird, oder wir bekommen gute Bedingungen zum Abzug.“

„Das ist ein kluger Plan," antwortete de Bracy, „ich will meinen Teil daran übernehmen, wenn Ihr mich nicht im Stich lassen wollt, Herr Templer."

„Meine Hand darauf!" versetzte der Templer. „Aber haltet Euch dazu um Himmels willen!" De Bracy zog schnell seine Leute zusammen und drang mit ihnen nach der Pforte, die er öffnen ließ. Kaum war das getan, so erzwang der schwarze Ritter in seiner gewaltigen Kraft den Eingang trotz de Bracys Leuten. Zwei der vorderen fielen, die andern ergriffen die Flucht. „Hunde!" rief de Bracy, „sollen uns zwei Feinde den einzigen Ausweg versperren?"

„Der Teufel ist gegen uns!" rief ein alter Soldat, vor den Axthieben des Schwarzen zurückweichend.

„Und wenn es der Teufel selber ist," schrie de Bracy, „wollt ihr vor ihm in den Rachen der Hölle fliehen? Das Schloß brennt hinter uns! Vielleicht flößt euch die Verzweiflung den nötigen Mut ein. Laßt mich voran, daß ich es mit dem gewaltigen Streiter aufnehme." Und brav und ritterlich hielt diesmal de Bracy den Ruhm aufrecht, den er sich in den Bürgerkriegen dieser furchtbaren Zeit errungen hatte. Der Gang, der nach der Pforte führte, hallte wider von den Streichen der beiden mächtigen Krieger, die nun miteinander im Handgemenge waren. De Bracy focht mit seinem Schwert, der schwarze Ritter mit seiner Streitaxt. Endlich erhielt der Normann einen Schlag, der ihn in seiner vollen Länge zu Boden streckte.

„Ergebt Euch, de Bracy!" rief der schwarze Ritter, indem er sich niederbeugte und ihm den Dolch gegen das Visier hielt. „Ergebt Euch, Moritz de Bracy, auf Gnade und Ungnade, oder Ihr seid des Todes!"

„Ich ergebe mich nicht einem Sieger, den ich nicht kenne," versetzte der Normann. „Nennt Euern Namen oder macht mit mir, was Ihr wollt. Man soll nicht sagen, de Bracy sei der Gefangene eines namenlosen Abenteurers gewesen." Der schwarze Ritter flüsterte ihm etwas ins Ohr. „Ich ergebe mich Euch auf Gnade und Ungnade," sagte darauf de Bracy, nunmehr im Tone tiefster Unterwürfigkeit.

„Geht nach dem Brückenkopf," befahl der Sieger in gebieterischem Tone. „Dort harrt meiner weitern Befehle!"

„Erst laßt mich Euch noch etwas sagen," sprach de Bracy: „Wilfried von Ivanhoe ist im Schlosse, verwundet und gefangen, wenn ihm nicht schleunige Hilfe gebracht wird, kommt er im Brande um!"

„Wilfried von Ivanhoe!“ rief der schwarze Ritter. „Verbrennen, umkommen! Das Leben jedes Mannes im Schlosse soll mir dafür haften, daß ihm nicht ein Haar auf dem Haupte versengt wird. Wo liegt er?“

„Geht die Wendeltreppe dort hinauf, so kommt Ihr hin! Soll ich Euch führen?“

„Nein! Ihr geht zum Außenwerk und wartet meine Befehle ab! Ich traue Euch nicht, de Bracy.“

Während dieses Gefecht und das darauf folgende Zwiegespräch stattfand, eilte Cedric an der Spitze eines Haufens in das Schloß. Der Mönch war der vorderste, der über die Brücke hinüberdrang, sobald das Tor geöffnet war. De Bracys Soldaten gaben den Kampf auf und wichen zurück. Einige baten um Pardon, andere leisteten noch vergebens Widerstand, die Mehrzahl ergriff die Flucht. De Bracy erhob sich vom Boden, sah seinem Sieger betrübt nach und sagte zu sich selber:

„Er traut mir nicht, aber habe ich denn auch sein Vertrauen verdient?“

Dann öffnete er das Visier zum Zeichen der Unterwerfung, hob sein Schwert auf und ging nach dem Außenwerk. Unterwegs begegnete er Locksley, dem er sein Schwert übergab. Das Feuer griff indessen schneller um sich, und bald drang es auch nach dem Raume, wo Ivanhoe von der Jüdin gepflegt wurde. Das Kampfgetöse erweckte ihn aus einem kurzen Schlummer, seine Pflegerin war seinen Bitten zufolge wieder an das Fenster getreten und hatte ihm alle Wendungen des Kampfes mitgeteilt. Darüber merkten sie eine Zeitlang nicht die erstickenden Dünste, die rings aufzusteigen begannen. Endlich drangen dicke Rauchwolken ins Zimmer, und an dem Geschrei nach Wasser, das sie durch das Getöse deutlich vernahmen, erkannten sie, wie groß diese neue Gefahr war.

„Das Schloß brennt!“ rief Rebekka. „Was können wir tun, uns zu retten?“

„Flieh, Rebekka, und rette dein Leben!“ sagte Ivanhoe. „Mir kann doch kein Mensch mehr helfen!“

„Ich fliehe nicht,“ versetzte sie. „Entweder wir werden zusammen gerettet oder wir sterben zusammen. Und doch! mein Vater! großer Gott, was wird aus ihm!“

In diesem Augenblick sprang die Tür des Gemaches auf, und der Templer kam herein. – Eine furchtbare Gestalt. Seine zerbrochene Rüstung war mit Blut befleckt, der Helmbusch war halb zerfetzt, halb versengt.

„So habe ich dich gefunden," sagte er zu Rebekka. „Du sollst sehen, daß ich Wort halte und Weh und Wohl mit dir teilen werde. Hier gibt es nur noch einen Weg, in Sicherheit zu kommen. Durch hundert Gefahren habe ich ihn mir bis zu dir her gebahnt. Komm und folge mir augenblicklich!"

„Ich folge dir nicht allein," antwortete sie. „So du vom Weibe geboren bist, so ein Funken Barmherzigkeit in dir schlummert, so dein Herz nicht gefühllos ist wie dein Panzer, so rette meinen alten Vater und diesen verwundeten Ritter."

„Ein Ritter," erwiderte der Templer, „muß wissen, seinem Schicksal zu begegnen, ob es ihm in Schwertern naht oder in Flammen. Und wer kümmerte sich darum, wie einen Juden das Schicksal ereilt?"

„Unmenschlicher Krieger!" rief Rebekka. „Lieber komme ich in den Flammen um, als daß ich dir Rettung verdanke!"

„Du hast keine Wahl, Rebekka. Einmal hast du mich gemeistert, ein zweitesmal aber ist es noch keinem Sterblichen gelungen." Mit diesen Worten ergriff er die entsetzte Jungfrau und trug sie trotz ihrem Sträuben von hinnen, ohne der Drohungen zu achten, die ihm Ivanhoe nachschrie: „Du Hund des Tempels! Du Schandfleck deines Ordens! Laß die Jungfrau frei – Verräter! Bois-Guilbert! Ivanhoe ist es, der dich ruft! Bösewicht, dein Herzblut will ich haben!"

„Ich hätte dich nicht gefunden, Wilfried," sagte der schwarze Ritter, der eben hereintrat, „hätte ich dein Rufen nicht gehört."

„So du ein echter Ritter bist," sagte Ivanhoe, „so denke nicht an mich – verfolge den Räuber dort – rette die Lady Rowena – sieh nach dem edeln Cedric!"

„Einer nach dem andern," war die Antwort, „du aber bist der erste." Er ergriff Ivanhoe und trug ihn hinweg, eilte mit ihm zur Pforte und gab seine Bürde zweien von den Yeomen, dann eilte er wieder ins Schloß, um andere zu retten.

Indessen stand schon ein Turm in hellen Flammen, die aus Fenstern und Schießscharten hervorschlugen. An der andern Seite aber leisteten die dicken Mauern noch Widerstand, und dort tobte auch noch die Wut der Menschen kaum minder furchtbar als das verderbende Element. Die Belagerer verfolgten die Schloßmannschaft von Gemach zu Gemach und stillten mit Blut den Rachedurst, den sie schon so lange gegen die grausamen Soldaten des Front-de-Boeuf gehegt hatten. Die Mehrzahl leistete erbitterten Widerstand, wenige baten um Pardon, keinem wurde er gewährt. Die Luft erzitterte von Stöhnen und Waffenklirren, der Boden war schlüpfrig vom Blute der Sterbenden. Durch diesen Wirrwarr hindurch suchte Cedric Rowena, der treue Gurth folgte ihm, sein selbst nicht achtend, um alle Streiche aufzufangen, die gegen seinen Herrn geführt wurden. Der edle Sachse hatte das Glück, sein Mündel zu finden, das eben alle Hoffnung aufgegeben hatte, das Bild des Erlösers ans Herz drückte und den Tod erwartete. Er gab sie Gurth, der sie zum Außenwerk führte, denn der Weg dorthin war jetzt von Feinden frei. Dann eilte der treue Cedric weiter, um seinen Freund Athelstane zu suchen, denn lieber wäre er selber umgekommen, ehe er diesen letzten Sprößling des sächsischen Königtums hätte umkommen lassen. Aber ehe Cedric die Halle erreichte, in der er selber gefangen gewesen war, hatte schon Wambas erfinderischer Geist sich und seinem Leidensgefährten die Freiheit verschafft. Als nämlich das Getöse des Kampfes am stärksten war, hatte Wamba mit der äußersten Kraft seiner Lungen geschrien: „Heiliger Georg und der Drache! Lustiger heiliger Georg für lustig England! Das Schloß ist erobert!" Und um den Eindruck dieser Worte noch zu erhöhen, hatte er ein paar von den alten Waffen, die in der Halle umherlagen, gegeneinander geschlagen. Die Wache, die auf dem Korridor postiert war, schwebte so schon in tausend Ängsten und entsetzte sich nun über Wambas Geschrei, so daß sie dem Templer meldete, die Feinde wären bereits in die alte Halle eingedrungen. Inzwischen war es den Gefangenen ein leichtes, durch den Korridor zu entkommen, und von da aus gelangten sie in den Schloßhof, wo sich eben der letzte Kampf abspielte.

Hier saß der stolze Templer zu Roß und hatte den Rest der Besatzung um sich her versammelt, um einen letzten Versuch zum Durchbruch zu machen. Auf seinen Befehl war die Zugbrücke herabgelassen worden, aber sie wurde sofort von den Bogenschützen besetzt. Von der andern Seite drangen nun auch die Belagerer in den Hof, so daß nunmehr das spärliche Häuflein von zwei Seiten angegriffen war. Aber die Verzweiflung beseelte die Krieger und das Beispiel ihres Anführers verlieh ihnen Mut: sie fochten mit größter Tapferkeit, und mehrmals gelang es ihnen, die Angreifenden zurückzuwerfen. Rebekka saß auf einem Pferde vor einem der Sarazenensklaven des Templers, und obwohl in dem Wirrwarr alles drunter und drüber ging, ließ der Templer doch nichts außer acht, was für ihre Sicherheit geboten war. Immer wieder kam er zurück, deckte sie mit seinem großen dreieckigen Schild vor den Pfeilen, sprengte dann wieder, seinen Kriegsruf ausstoßend, davon, schlug den kühnsten der Angreifenden zu Boden und war im selben Augenblick wieder bei Rebekka. Athelstane, der wohl träge war, aber keine Feigheit kannte, sah die weibliche Gestalt, die der Templer so bedachtsam beschützte, und glaubte bestimmt, es sei Rowena, die der Ritter trotz ihrem Widerstande entführe. „Bei der Seele des Heiligen Eduard!“ rief er, „ich will sie dem stolzen Ritter entreißen, und er soll von meiner Hand sterben!“

„Bedenkt, was Ihr tut,“ sagte Wamba. „Wer vorschnell ins Wasser langt, fängt 'n Frosch und keinen Fisch. Bei meiner Narrenkappe, das ist nicht Lady Rowena. Seht nur, was sie für lange schwarze Locken hat! Nein, wenn Ihr nicht Weiß von Schwarz unterscheiden könnt, so mögt Ihr getrost der Anführer sein, aber 's fällt mir nicht ein, Euch zu folgen. Ich will mir die Knochen nicht zerbrechen lassen, ehe ich nicht weiß für wen. – Ihr habt keine Rüstung an, und 'ne seidene Mütze hält keine Stahlklinge ab! Na, wer gern ins Wasser geht, der mag ersaufen! Deus vobiscum, edler Athelstane!“ Und er ließ den Sachsen los, den er bisher am Gewand festgehalten hatte.

Athelstane raffte einen Streitkolben vom Boden auf, der eben der Hand eines Sterbenden entfallen war und stürzte, rechts und links um sich schlagend, auf den Haufen des Templers ein. Mit jedem Schlage schmetterte er einen Gegner nieder, und im Nu stand er vor dem Templer, den er mit lauter Stimme herausforderte: „Hierher, falscher Templer! Laß sie frei – du bist nicht wert, sie anzurühren! Dreh dich um, du Spießgesell einer Bande räuberischer Mörder!“

„Hund!“ knirschte der Templer. „Ich will dich lehren, den heiligen Orden Zions zu lästern!“ Und er wandte sich um und hob sich im Bügel und führte einen furchtbaren Schlag gegen das Haupt des Sachsen. Und wohl hatte Wamba recht, daß eine seidene Mütze keine Stahlklinge abhält. Das Schwert Bois-Guilberts war so scharf, daß es den mit Eisen beschlagenen Streitkolben wie eine Weidenrute zerschnitt und, auf Athelstanens Haupt herniedersausend, ihn zu Boden streckte. „Beauséant!“ schrie der Templer. „So möge es allen Widersachern der Tempelritter ergehen!“

Den Schrecken sich zu nutze machend, den Athelstanes Fall verursachte, rief er laut: „Wer sich retten will, folge mir!“

Und die Bogenschützen auseinander jagend, stürmte er über die Brücke. Hinter ihm sprengten die Sarazenen einher und ein halbes Dutzend Berittener. Der Rückzug war gefährlich, aber er galoppierte um den Brückenkopf herum, den er, seinem Plan gemäß, in de Bracys Besitz glaubte. „De Bracy, de Bracy!“ rief er. „Bist du hier?“

„Ich bin hier,“ war die Antwort, „aber als Gefangener.“

„Kann ich dich befreien?“

„Nein! Ich habe mich auf Gnade und Ungnade ergeben und will ein ehrlicher Gefangener sein. Rette dich! Bring das Meer zwischen dich und England. Falken sind los! Mehr darf ich nicht sagen."

„Gut," antwortete der Templer, „du bleibst also hier, bedenke, daß ich mein Wort gelöst habe. Die Falken mögen sein, welche sie wollen, so denke ich, die Mauern des Präzeptoriums von Tempelstowe werden mir ein hinlänglicher Schutz sein, und dorthin will ich, wie der Reiher in sein Nest, fliehen."

Nachdem er dies gesagt hatte, eilte er im vollen Rosseslauf mit den Seinen davon.

Indessen kämpften von der Schloßmannschaft alle, die noch nicht zu Pferde hatten kommen können, wie die Wilden, nachdem der Templer verschwunden war. Aber mehr, weil sie keinen Pardon zu erwarten hatten, als weil sie noch Hoffnung gehegt hätten, zu entkommen. Zudem hatte das Feuer inzwischen alle Teile des Schlosses ergriffen, und nun erschien Ulrika, die es angelegt hatte, auf einem Turme, einer Furie vergleichbar. Sie stimmte einen alten sächsischen Schlachtgesang an. Ihr langes graues Haar wehte im Winde. Ihr Auge glühte von dem trunkenen Entzücken gestillter Rache, und wie eine riesige Feuersäule stiegen die auflodernden Flammen gegen den Abendhimmel empor, weithin sichtbar. Turm auf Turm brach zusammen, Dächer und Balken barsten. Wer von den Besiegten mit dem Leben davongekommen war, hatte sich in den Wald geflüchtet. Die Sieger standen in großen Gruppen da und starrten in die Glut.

Lange war die gräßliche Erscheinung der wahnsinnigen Sächsin Ulrika zu sehen, sie reckte die Arme hoch empor und sah aus wie eine Gebieterin des Brandes, den sie angelegt hatte. Endlich stürzte der Turm mit Gekrach ein, und sie kam in den Trümmern um. Eine Pause schreckensvollen Schweigens herrschte, und kaum war leises Murmeln zu hören. Wenn sich einer rührte, so war es, um das Zeichen des Kreuzes zu machen. Endlich erhob Locksley seine Stimme und rief: „Jauchzt, Yeomen! – Die Höhle des Tyrannen ist nicht mehr. – Jeder bringe seine Beute auf unsern Sammelplatz, zum Gerichtsbaum in Harthilwalk. Dort wollen wir bei Tagesanbruch jedem der unsern und unsern edeln Verbündeten in dieser großen Rachetat seinen gebührenden Anteil geben."

Achtundzwanzigstes Kapitel

Der Morgen dämmerte auf den Grasplätzen im Eichenwalde. Wie Perlen blitzten Tautropfen auf den grünen Zweigen. Das Reh kam aus seinem Schlupfwinkel hervor und führte die Zicklein auf die Lichtungen, und kein Jäger war da, den stolzen Hirsch zu beobachten, der an der Spitze seiner gehörnten Herde dahinschritt. Die Geächteten waren um den Gerichtsbaum von Harthilwalk versammelt, wo sie die Nacht verbracht hatten, teils hatten sie gezecht, teils geschlafen, teils sich von den Begebenheiten des Tages unterhalten und die Beute überschlagen, die dieser Sieg ihrem Hauptmanne verschafft hatte und die nun an dieser Stätte ihrer Wahrsprüche verteilt werden sollte. Die Beute war reich. Wenn auch manches verbrannt war, so hatten doch die Geächteten, deren Kühnheit, wenn ihrer solcher Lohn harrte, vor keiner Gefahr zurückschreckte, vieles Silbergeschirr, reiche Waffenstücke und Kleider gerettet. So strenge waren die Gesetze ihrer Vereinigung, daß es keiner unter ihnen wagte, sich an der Beute zu vergreifen, die zu einem großen Haufen zusammengetragen war.

Der Platz dieser Zusammenkunft war eine uralte Eiche, die eine halbe Meile von Schloß Torquilstone entfernt stand. Unter den dicht verwachsenen Ästen des riesigen Baumes saß hier Locksley auf einem Thron von Rasen. Um ihn her standen seine Getreuen. Zu seiner Rechten saß der schwarze Ritter, zu seiner Linken der edle Cedric.

„Vergebt, edle Herren," sagte er. „In diesen Wäldern bin ich König. Diese meine rauhen Untertanen würden es mir sehr verübeln, wenn ich meinen Platz irgend einem andern einräumen würde. Aber wo steckt unser Kaplan, unser wackerer Mönch? Ein Christ tut gut daran, sein Tagewerk mit einer Messe einzuleiten. Hat niemand den Mönch von Copmanhurst gesehen?"

„Mit Verlaub," sagte einer der Hauptleute, „ich glaube, der fidele Priester ist zu lange bei der Weinflasche gewesen."

„Wer hat ihn gesehen, seit das Schloß erobert ist?"

„Ich habe ihn an der Kellertür gesehen," antwortete einer. „Er verschwur sich bei allen Heiligen des Kalenders, er wolle den Gaskognerwein des Normannen kosten."

„So mögen es alle Heiligen verhüten, daß er zuviel Wein getrunken hat und beim Einsturz des Schlosses umgekommen ist! Sucht nach ihm! Gießt Wasser aus dem Graben auf die brennenden Trümmer. Ich will eher jeden Stein umdrehen, ehe ich meinen Mönch verloren gebe. Inzwischen wollen wir an die Austeilung der Beute gehen, denn wenn diese kühne Tat ruchbar wird, so werden sich de Bracys Freischar und Malvoisin und andere Verbündete Front-de-Boeufs gegen uns aufmachen. Da müssen wir das Unsrige in Sicherheit bringen. – Edler Cedric," wandte er sich an den Sachsen, „die Beute ist in zwei Teile geteilt, wähle dir den, der dir am besten gefällt, um deine Leute zu belohnen, die dir bei diesem Unternehmen geholfen haben."

„Guter Yeomen," antwortete Cedric, „mir ist das Herz schwer vor Kummer. Athelstane von Conningsburgh ist dahin – der letzte Sproß des heiligen Bekehrers – mit ihm sind Hoffnungen, die nie wieder aufleben können, in die Grube gefahren. Mit seinem Blute ist ein Funke erloschen, den keines Menschen Hauch wieder anzufachen vermag. Meine Leute, die außer den wenigen, die hier bei mir sind, meiner daheim harren, warten nur auf mich, um seine verehrte Leiche zur letzten Ruhe zu bestatten. Lady Rowena will nach Notherwood zurückkehren, und ein ansehnliches Gefolge muß sie begleiten. Ich selber wäre auch schon längst weg, wenn ich nicht hätte warten wollen, nicht auf die Verteilung der Beute, denn meiner Treu, ich und die meinigen nehmen nicht einen Heller davon, sondern um dir und deinen tapfern Bogenschützen unsern Dank abzustatten, daß ihr uns Leben und Ehre gerettet habt."

„Aber wir haben höchstens nur die Hälfte der Arbeit getan, nimm wenigstens soviel von der Beute, daß du deine Nachbarn und Anhänger belohnen kannst."

„Ich bin reich genug, daß ich dies aus eigenen Mitteln tun kann," erwiderte Cedric.

„Und manch einer," sagte Wamba, „war schon allein so schlau und hat gesehen, wo er bleibt, es haben nicht alle Narrenkappen auf."

„Meinetwegen," versetzte Locksley. „Unsere Bestimmungen gelten nur für die Unserigen."

„Aber du, mein armer Schelm," sagte Cedric, wandte sich um und schloß seinen Narren in die Arme. „Wie soll ich dich belohnen, der du dich für mich in Ketten schlagen ließest und dem Tode preisgabst? – Alle hatten mich verlassen, mein Narr ist mir treu geblieben." Bei diesen Worten glänzte dem rauhen Than eine Träne im Auge. Eine solche Gefühlsäußerung hatte ihm nicht einmal Athelstanes Tod entlockt.

„Nein," sprach der Narr und machte sich aus den Armen seines Herrn los, „wenn Ihr meine Dienste mit'm Wasser Eurer Augen lohnt, so muß der Narr mitweinen und dann wird er seinem Beruf untreu. Aber, wenn du mir wirklich 'nen Gefallen tun willst, Onkelchen, so vergib meinem Kameraden Gurth, daß er dir 'ne Woche den Dienst gekündigt hatte, um deinem Sohne zu dienen."

„Ihm vergeben?" antwortete Cedric. „Ich will ihm Vergebung und Lohn zugleich gewähren. Gurth, knie nieder!" Der Schweinehirt fiel seinem Herrn zu Füßen. „Hinfort sollst du kein Leibeigener mehr sein, sondern ein freier Mann in Wald und Feld." Und er berührte ihn mit seinem Stabe. „Ich gebe dir ein Stück Land für dich und deine Nachkommenschaft, und Gottes Fluch über die, so dem jemals widersprechen." Gurth, der nun kein Sklave mehr, sondern ein freier Mann und Eigentümer war, sprang vor Freude so hoch, wie er selber war.

„Einen Schmied her und 'ne Feile!" rief er. „Der Nacken eines freien Mannes darf kein Band mehr tragen. – Edler Herr! doppelt stark habt Ihr mich durch Euer Geschenk gemacht. So kann ich doppelt stark für Euch kämpfen. In meiner Brust ist jetzt freier Mut. Ich bin ein Mann! mir selber und gewiß auch allen andern komm ich ganz verändert vor. He! Packan!" fuhr er fort. „Kennst du mich noch? Kennst du deinen Herrn noch?" Der treue Hund sah, wie sich sein Gebieter freute und sprang an ihm in die Höhe.

„Jawohl," sagte Wamba, „Packan und ich, wir werden dich noch immer erkennen, Gurth, weil wir noch 's Halsband umhaben, aber du wirst vielleicht uns und dich selber vergessen."

„Sicherlich eher mich selber als dich, treuer Gefährte," sagte Gurth, „und wenn dir die Freiheit was nützte, so hätte sie dir dein Herr auch gegeben."

„Denke ja nicht, Bruder Gurth," versetzte Wamba, „daß ich dich beneidete. Der Leibeigene sitzt am Herd in der Halle, der freie Mann muß ins Feld hinaus. Besser ein Narr und sichs wohl sein lassen, als ein Weiser und sich plagen müssen."

Jetzt ließen sich Hufschläge vernehmen und Lady Rowena, von Reitern umgeben, erschien. Mit ihr kamen auch mehrere Bewaffnete zu Fuß an. Sie schlugen die Waffen gegeneinander, um ihre Freude über die Befreiung der Lady auszudrücken. Sie selber saß auf einem kastanienbraunen Zelter in all ihrer Anmut und Würde, und nur ihre Blässe zeigte, was sie gelitten hatte. Auf ihrer schönen Stirn lagen Wolken des Kummers, aber dazwischen strahlte auch ein Schimmer der Hoffnung auf eine bessere Zukunft. Sie wußte, daß Ivanhoe gerettet und Athelstane tot war. Über das erstere empfand sie das innigste Entzücken, und wenn sie sich über das letztere auch nicht gerade freute, so mag man ihr doch verzeihen, wenn sie sich nicht verhehlte, daß ihr diese Wendung nur willkommen sein müsse, da sie nun vor der Betreibung der einzigen Sache gesichert war, über die sie mit ihrem Vormund nicht eines Sinnes war. Und als Rowena auf Locksley zuritt, erhob sich dieser mit all seinen Gesellen und begrüßte sie. Das Blut stieg ihr in die Wangen, als sie freundlich mit der Hand winkte und sich so tief herabneigte, daß sich ihr langes loses Haar mit der Mähne ihres Rosses vermischte, während sie mit kurzen Worten Locksley und den andern Befreiern ihren Dank aussprach. „Gott segne Euch, ihr wackern Männer," sagte sie. „Gott und die heilige Jungfrau mögen mit euch sein und euch dafür belohnen, daß ihr so tapfer den Gefahren die Stirn geboten und die Bedrückten errettet habt. So einen unter euch hungert, denkt daran, Rowena hat Speise für euch, und so es einen dürstet, Rowena hat manches Faß Wein und Braunbier für euch, und so euch die Normannen aus diesen Wäldern treiben, Rowena hat Wälder, wo ihre tapfern Befreier in voller Freiheit leben können."

„Habt Dank, gütige Lady," sagte Locksley. „Dank in meinem und meiner Genossen Namen. Aber es ist allein schon Lohnes genug, Euch gerettet zu haben. Wir begehen in unsem Wäldern manche rohe Tat. Möge die Befreiung der Lady Rowena ein kleiner Entgelt dafür sein."

Sie verneigte sich wieder, wie um wegzureiten, als sie aber noch einen Augenblick zauderte, da sie sich von Cedric verabschieden wollte, sah sie plötzlich neben sich den gefangenen de Bracy. Die Arme über der Brust gekreuzt stand er in tiefem Sinnen unter einem Baume, und Rowena hoffte, unbemerkt an ihm vorüberzukommen, aber er blickte auf, und als er Rowena sah, überzog tiefe Schamröte sein hübsches Gesicht. Ein kleines Weilchen wußte er nicht, was er tun sollte, dann trat er vor und ergriff die Zügel ihres Pferdes und lieh sich auf ein Knie nieder. „Will Lady Rowena," sagte er, „den gefangenen Ritter, den entehrten Soldaten eines Blickes würdigen?"

„Herr Ritter," erwiederte sie, „in Unternehmungen, wie die Eure war, liegt die Entehrung nicht im Fehlschlagen, sondern im Gelingen."

„Laßt mich nur wissen, daß Lady Rowena die Gewalttat verzeiht, zu der mich eine unglückliche Leidenschaft getrieben hat, und Ihr sollt bald vernehmen, daß de Bracy Euch auf edleren Wegen dienen kann."

„Ich vergebe Euch, Herr Ritter, aber nur soweit als ich Christin bin."

„Das heißt soviel wie ganz und gar nicht," sagte Wamba.

„Nie aber werde ich den Kummer und das Elend vergessen, die Ihr mir durch Euern Wahnwitz bereitet habt," fuhr Rowena fort.

„Laßt den Zügel der Lady los," rief Cedric, der jetzt hinzu kam. „Bei dem hellen Sonnenschein über uns, wenn ich mich nicht schämte, ich nagelte dich mit meinem Wurfspieß an die Erde. Doch seid versichert, Moritz de Bracy, für diese schändliche Tat empfangt Ihr noch Euer Teil!"

„Wer einem Gefangenen droht, braucht keine Angst zu haben," erwiderte der Normann. – „Aber wann hätte je ein Sachse einen Begriff von Ritterlichkeit gehabt?" Er trat zurück und ließ die Lady weiterreiten.

Cedric gab vor seinem Aufbruch dem schwarzen Ritter die Versicherung seines herzlichen Dankes und lud ihn dringend ein, mit nach Rotherwood zu kommen. „Ich weiß," sagte er, „Ihr fahrenden Ritter tragt Euer Glück auf der Spitze Euers Schwertes und fragt nicht nach Land und Gut, aber manchmal ist auch dem wandernden Krieger ein Heim angenehm. Ihr habt Euch eins in Rotherwood gesichert, edler Ritter. Cedric ist reich, aber alles, was sein ist, gehört auch dem, der ihn befreit hat. Kommt nach Rotherwood, und Ihr werdet nicht wie ein Gast, sondern wie ein Sohn und Bruder empfangen werden."

„Cedric hat mich schon reich gemacht," erwiderte der Ritter. „Er hat mich den Wert sächsischer Tugend erkennen gelehrt. Nach Rotherwood will ich kommen, einstweilen aber halten mich ernste Geschäfte von Euern Hallen fern. Wenn ich komme, so verlange ich vielleicht eine Gunst von Euch, die Eure Großmut auf die Probe stellen wird."

„Noch ehe Ihr sie ausgesprochen habt, ist sie gewährt," erwiderte Cedric, die bloße Hand in die des Ritters legend, der den eisernen Handschuh trug. „Sie ist gewährt, und gelte es mein halbes Vermögen."

„Gebt Euer Versprechen nicht so vorschnell," sagte der Ritter vom Fesselschloß. „Einstweilen lebt wohl!"

Rowena verneigte sich anmutsvoll gegen den schwarzen Ritter, der Sachse befahl ihn dem Schutze Gottes, und fort ritten sie über den Rasenplatz des Waldes.

Sie waren kaum weggeritten, da erschien im Waldesgrün ein Zug, der sich in derselben Richtung wie der der Lady Rowena vorwärtsbewegte. Die Priester eines benachharten Klosters, bewogen durch das Versprechen eines reichen

Geschenkes von Cedric, folgten der Bahre, auf der der Leichnam Athelstanes lag. Er wurde in langsamem feierlichen Schritt auf den Schultern seiner Vasallen nach seinem Schlosse Conningsburgh getragen, und Grabgesänge wurden dazu gesungen. In der Gruft, wo Hengist lag, von dem der Tote seine Herkunft ableitete, sollte er bestattet werden. Die Geächteten erhoben sich und bezeugten dem Leichenzuge die gleiche ungeschlachte Huldigung, die sie soeben der lebenden Schönheit gezollt hatten. Der Trauergesang und der feierlich abgemessene Schritt rief ihnen die im Kampfe des verflossenen Tages gefallenen Kameraden ins Gedächtnis. Solche Erinnerungen waren jedoch nicht von langem Bestand bei denen, die ein Leben steter Gefahr und Abenteuer führten. Ehe noch die Klänge der Hymne verhallt waren, hatten sich die Geächteten schon wieder an die Verteilung ihrer Beute gemacht.

„Tapferer Ritter," sagte Locksley, „hätte uns nicht dein Mut und dein tapferer Arm zur Seite gestanden, so wäre unser Unternehmen gewiß mißglückt. Wenn du willst, so wähle dir von dieser Masse an Beute, was dir gefällt."

„Ich nehme das Anerbieten so freimütig an, wie es getan ist," antwortete der vom Fesselschloß. „Ich bitte Euch, daß ich über Moritz de Bracy nach Gefallen verfügen darf."

„Der ist sowieso dein, und das ist ein Glück für ihn; denn sonst hätte der Tyrann die höchsten Zweige dieser Eiche geziert, und so viele deiner Freischärler, wie wir nur hätten fangen können, sollten wie Eicheln um ihn her hängen. – Aber er ist dein Gefangener, und deshalb ist er in Sicherheit, obgleich er mir den Vater erschlagen hat."

„De Bracy," sagte der Ritter, „Ihr seid frei – geht Eurer Wege! Er, dessen Gefangener Ihr seid, will für das Vergangene keine Rache an Euch nehmen. Doch hütet Euch für die Zukunft, sonst möchte es Euch übel ergehen. Moritz de Bracy, ich sage Euch, seid auf der Hut!" De Bracy verneigte sich tief, ohne zu antworten. Als er gehen wollte, stimmten die Yeomen plötzlich ein Geschrei des Hohnes und der Verachtung an. Der stolze Ritter wandte sich um, blieb stehen, kreuzte die Arme, richtete sich hoch auf und rief: „Schweigt still, ihr kläffenden Köter! So durftet ihr nicht lärmen, als der Hirsch gehetzt wurde. De Bracy verachtet euern Spott, wie er euern Beifall verachten würde. Hinein in eure Büsche und Höhlen, Gesindel in Acht und Bann! Verhaltet euch still, wo von einem Ritter oder einem Edelmann eine Meile weit von euern Fuchslöchern auch nur gesprochen wird." Dieser schlecht angebrachte Hohn hätte dem Ritter sicher einen Regen von Pfeilen zugezogen, wenn der Hauptmann die Yeomen nicht daran gehindert hätte. Inzwischen hatte de Bracy eines der Pferde, die als ein Teil der Beute aufgezäumt herumstanden, ergriffen, schwang sich darauf und verschwand im Galopp in den Wald.

Als der Lärm, den dieser Auftritt verursacht hatte, wieder verstummt war, nahm der Hauptmann der Geächteten das reiche Jagdhorn und die Tasche, die er im Bogenschießen zu Ashby gewonnen hatte, von den Schultern.

„Edler Ritter," sagte er zu dem vom Fesselschloß, „wenn Ihr es nicht verschmäht, ein Jagdhorn anzunehmen, das ich einst getragen habe, so nehmt das hier zum Andenken an mich, und wenn es Euch einmal hart ergeht, und Ihr bedrängt seid, so blast dieses Signal: Wasa–hoa! und es wird Euch schnelle Hilfe werden." Er setzte das Horn an die Lippen und blies ein paarmal vor, bis der Ritter das Signal wiedergeben konnte.

„Dank für deine Gabe, kühner Yeoman," sagte er dann. „Eine bessere Hilfe als die deine und der Deinen wünschte ich mir nie und wäre ich in der größten Gefahr. Darauf ließ er selber das Horn laut erschallen.

„Ihr blast gut und rein," sagte Locksley. „Wahrlich, Ihr versteht Euch auf das Weidwerk ebensogut wie auf den Krieg.– Ich meine, Ihr habt auch schon mal dem Wilde nachgestellt. Kameraden merkt euch dieses Signal. Es ist der Ruf des Ritters vom Fesselschloß. Wer ihn hört und nicht hineilt, ihm zu helfen, den will ich mit den Sehnen seines eigenen Bogens aus der Bande peitschen."

„Lange lebe unser Hauptmann und der schwarze Ritter vom Fesselschloß!" riefen die Yeomen. Der Hauptmann fuhr nun fort, die Beute zu verteilen, was mit der größten Unparteilichkeit geschah. Ein Teil, der zehnte, wurde für die Kirche und die frommen Gebräuche zurückgelegt, ein Teil kam zu einer Art gemeinsamen Schatzes, ein Teil war für die Witwen und Weisen gefallener Kameraden bestimmt, und der Rest wurde unter die Geächteten verteilt nach Rang und Verdienst. In streitigen Fällen wurde die Entscheidung des Hauptmannes, der kategorisch sein Urteil fällte, mit Gehorsam aufgenommen. Der schwarze Ritter wunderte sich nicht wenig, daß Menschen, die jedem Gesetze Hohn sprachen, untereinander so einig und gerecht waren, und was er sah, erhöhte seine gute Meinung von der Gerechtigkeit und Urteilsfähigkeit des Anführers. Als ein jeder seinen Anteil erhalten hatte, schafften vier Yeomen mit dem Schatzmeister den Teil, der für den Schatz bestimmt war, hinweg, während der Teil für die Kirche unangetastet liegen blieb.

„Wenn wir nur bald etwas von unserm fröhlichen Kaplan hörten," sagte Locksley. „Es ist sonst nicht seine Art, bei Mahlzeiten und Beuteverteilungen zu fehlen. Er muß diesen Zehnten, der bei unserer glücklichen Unternehmung herausgekommen ist, wegschaffen. Ich habe auch hier in der Nähe einen heiligen Bruder und möchte gern, daß mir der Mönch helfe, damit ich richtig mit ihm umgehe. Es wird ihm doch nichts zugestoßen sein?"

„Das täte mir leid," sagte der Ritter. „Ich bin ihm noch Dank schuldig für seine Gastfreundschaft und für die vergnügte Nacht, die er mir in seiner Zelle bereitet hat. Wir wollen in die Trümmer des Schlosses gehen, vielleicht finden wir eine Spur von ihm."

Während er noch so sprach, erscholl lauter Jubel und verkündete die Ankunft dessen, um den sie so in Sorge waren. Sie erkannten den Mönch an seiner Stentorstimme, denn sie hörten ihn schon lange, ehe sie seine robuste Gestalt sahen.

„Platz, brave Gesellen!" rief er. „Platz für euern heiligen Bruder und seinen Gefangenen! – Ruft noch einmal Willkommen! – Ich komme, edler Hauptmann, wie ein Adler mit der Beute in den Klauen." Unter allgemeinem Gelächter drängte er sich durch den Kreis. In der einen Hand hielt er seinen wuchtigen Streitkolben, in der andern ein Halfterband, an dessen Ende der unglückliche Isaak von York gebunden war, der, von Kummer und Schrecken gebrochen, von dem Priester dahergeschleppt wurde.

„Fröhlicher Priester," sagte der Hauptmann, „du hast heute morgen eine feuchte Messe gehalten, wennschon es noch früh an der Stunde ist. Wen bringst du uns da?"

„Einen Gefangenen, den ich selber mit Schwert und Lanze gemacht habe," versetzte der Mönch von Copmanhurst, „mit Bogen und Streitkolben. Aus arger Gefangenschaft habe ich ihn erlöst. Sprich, Jude! Habe ich dich nicht vom Satan befreit? Habe ich dich nicht den Glauben, das Pater und das Ave gelehrt? – Habe ich dir nicht die ganze Nacht zugetrunken und dich in den Mysterien unterrichtet?"

„Um Gottes willen," jammerte der Jude. „Will mich denn niemand aus der Gewalt dieses verrückten – ich wollte sagen, heiligen Mannes befreien?"

„Was, Itzig?" rief der Mönch mit drohender Gebärde. „Willst du etwa widerrufen? Denke daran, wenn du in deinen vorigen Unglauben verfällst, so bist du, wenn du auch nicht so zart bist wie ein Spanferkel – ich wollt', ich hätte eins zum Frühstück – doch nicht zu zähe, daß man dich nicht schmoren könnte. Sei vernünftig, Jude, und sprich nach, was ich sage: Ave Maria!"

„Nein! keine Entweihung, toller Priester!" sagte Locksley. „Laß uns lieber wissen, wo du diesen Gefangenen aufgegabelt hast."

„Beim heiligen Dunstan!" sagte der Mönch. „Dort, wo ich nach besserm Funde suchte. In den Keller bin ich gestiegen, weil ich hatte retten wollen, was unten ist. Ein Becher gebrannten Weines mit Gewürz ist zwar der Abendtrunk eines Kaisers, mir aber erschien es unnütz, daß so viel Wein auf einmal verbrannt werden sollte, und ich ergriff einen Schlauch mit Sekt und wollte noch mehr von der Sorte suchen, da entdeckte ich eine stark versicherte Tür. Aha, dachte ich: hier haben wir erst den richtigen auserlesenen Wein, und der Schelm von Kellermeister, den wir gerade gestört haben, hat den Schlüssel stecken lassen. Ich eile hinein und finde nichts wie verrostete Ketten und diesen Hund von einem Juden, der sich mir ohne weiteres auf Gnade oder Ungnade ergeben hat. Durch einen schäumenden Becher Sekt habe ich ihn erst ein wenig auf die Beine gebracht. Eben wollte ich meinen Gefangenen wegschleppen, da gab es einen furchtbaren Krach, ein Turm stürzte ein und der Ausweg war uns verschüttet, wir hörten das Donnergepolter, ich gab jeden Gedanken an das Leben auf, und da ich es für eine Unehre hielt, mit einem Juden zusammen ins Jenseits einzuziehen, so erhob ich meinen Streitknüttel und wollte ihm schon den Schädel einschlagen, aber sein graues Haar dauerte mich, und ich hielt es für christlicher, meine geistlichen Waffen an ihm zu erproben. So versuchte ich, ihn zu bekehren. Es gelang, der Same fiel auf fruchtbares Land. Aber der Kopf ist mir ganz wüst von dem vielen Reden über die Mysterien – denn die paar Schluck Sekt haben nichts zu sagen, und so war ich völlig erschöpft, als mich Gilbert und Willibald fanden – sie wissen, in was für einer Verfassung."

„Das können wir bestätigen," sagte Gilbert. „Denn wie wir die Trümmer weggeräumt und die Kellertreppe entdeckt hatten, da war der Schlauch Sekt halb leer, der Jude halb tot und der Mönch – wie er es nennt – völlig erschöpft."

„Ihr Schelme lügt!" rief der beleidigte Mönch. „Ihr gierigen Schufte habt den Sekt ausgesoffen und habt gesagt, das wäre ein feiner Frühtrunk. Ich will ein Heide sein, wenn ich ihn nicht für die Kehle des Hauptmannes aufgespart hatte. Aber was machts? Der Jude ist bekehrt."

„Ist es wahr, Jude," fragte Locksley, „hast du von deinem Unglauben gelassen?"

„Kein Sterbenswort weiß ich von alledem," antwortete Isaak, „was der ehrwürdige Prälat mir vorgegröhlt hat in dieser entsetzlichen Nacht. Ich war so von Sinnen vor Furcht, Schmerzen und Herzeleid daß der heilige Abraham selber, wenn er wäre gekommen, mir Lehren zu geben, gepredigt hätte tauben Ohren."

„Jude, du lügst! Und das weißt du recht gut!" rief der Mönch. „Ich will dich nur daran erinnern, daß du versprochen hast, all dein Gut der heiligen Kirche zu vermachen."

„So wahr ich baue auf den Trost der Verheißung," sagte Isaak in größerer Unruhe als zuvor, „solche Worte sind nimmer gekommen über meine Lippen. Ich bin ein armer alter Mann, auch kinderlos nun, wie ich fürchte, ich bitte euch, laßt mich meines Weges gehen."

„Was soll ich dir erst sagen," sprach der Hauptmann, „daß dein Volk verflucht ist bei allen Christen und daß wir nicht lange deine Anwesenheit ertragen können. Denke daher daran, was du uns als Lösegeld bietest, inzwischen will ich einen Gefangenen anderer Art vernehmen."

„Sind von Front-de-Boeufs Leuten viele gefangen genommen worden?" fragte der schwarze Ritter.

„Nicht der Rede wert," erwiderte der Hauptmann. „Von den paar elenden Kerlen können wir kein Lösegeld fordern, es ist auch schon ohnehin für Rache und Gewinn genug geschehen, der Rest ist keinen Heller wert. Der Gefangene, von dem ich rede, ist eine bessere Beute – ein lustiger Mönch, der eben, wie mir scheint, zu seinem Liebchen unterwegs war, wenn man nach seinem prachtvollen Anzug und Sattelzeug schließen soll. Hier kommt der würdige Prälat – er stolziert daher wie ein Pfauhahn."

Von zwei Yeomen bewacht, erschien jetzt unser alter Freund der Prior Aymer von Jorlvaux, vor dem Waldesthrone des Hauptmanns der Geächteten. Die Miene des gefangenen Abtes war eine komische Mischung von beleidigtem Stolz, gekränkter Eitelkeit, zerzauster Toilette und Furcht um sein leibliches Wohl.

„Wie, meine Herren," sprach er mit einer Stimme, in der all diese Empfindungen zum Ausdruck kamen „was ist das für eine Ordnung? Seid ihr Türken oder seid ihr Christen, daß ihr mit einem Diener der Kirche so umspringt? Ihr habt mein Felleisen geplündert, meinen Spitzenkragen zerrissen.

Ein anderer an meiner Stelle hätte sein Excommunicabo vos gesprochen. Ich aber bin friedlichen Sinnes, und wenn ihr mir meine Pferde zurückgebt, meine Brüder freilaßt, mir die Felleisen wieder füllt und auf der Stelle hundert Kronen für den Hochaltar der Abtei von Jorlvaux zahlt, fernerhin das Gelübde leistet, bis zum nächsten Pfingsten kein Wild zu essen, so kann es am Ende möglich sein, daß euch dieser tolle Streich weiter keine Unannehmlichkeiten macht."

„Heiliger Vater!" erwiderte der Hauptmann. „Es tut mir leid, daß meine Leute Euch so unhöflich behandelt haben."

„Behandelt?" versetzte der Priester, ermutigt durch den sanften Ton des Anführers. „So wie sie mich behandelt haben, so behandelt man keinen Hund – geschweige denn einen Christen – gar einen Priester – am wenigsten aber den Abt von Jorlvaux. Ein gottloser Minnesänger ist unter euch, der hat mir mit körperlicher Züchtigung, ja mit dem Tode gedroht, wenn ich nicht vierhundert Kronen als Lösegeld zahlte, ungerechnet alles, was sie mir geraubt haben. – Goldene Ketten und Juwelenringe von unschätzbarem Werte – und alles, was unter ihren Händen zerbrochen ist, so meine Dose und mein silbernes Kräuseleisen."

„Wirklich? – So hättet Ihr wohlgetan, heiliger Vater, die Forderung zu erfüllen, denn meine Leute halten ihr Wort."

„Ihr scherzet!" rief der bestürzte Mönch mit erzwungenem Lachen. „Einen guten Spaß liebe ich sehr, aber hahaha! wenn der Scherz die liebe lange Nacht kein Ende genommen hat, so wird es am Morgen Zeit, daß wieder der Ernst an die Reihe kommt."

„Und mir ist es auch Ernst wie einem Beichtvater," versetzte der Hauptmann. „Ihr müßt ein stattliches Lösegeld zahlen, Herr Prior, sonst dürfte Euer Kloster einen neuen Prälaten zu wählen haben, denn dann nehmt Ihr Eure Stelle nie wieder ein."

„Seid ihr denn Christen?" sagte der Prior, „und redet so zu einem Diener der Kirche?"

„Freilich sind wir Christen," war die Antwort, „und halten unter uns auf Religion. Unser fideler Kaplan mag vortreten und dem ehrwürdigen Vater den Text lesen, um den es sich hier handelt."

Halb nüchtern, halb betrunken, warf der Mönch die Kutte über sein grünes Weidmannswams und raffte alle Brocken Gelehrsamkeit zusammen, die ihm noch aus früherer Zeit erinnerlich waren. „Heiliger Vater," begann er, „deus faciet salvum beningnitatem vestrum. Willkommen im grünen Walde!"

„Was soll der ketzerische Mummenschanz?" fragte der Prior. „Freund, so du wirklich zur Kirche gehörst, so tätest du besser daran, mir zu zeigen, wie ich aus den Händen dieser Männer entkommen kann, statt daß du dich hier bückst und heulst wie ein Fetischmann der Kannibalen."

„Wahrlich, ehrwürdiger Vater," erwiderte der Mönch, „ich weiß nur einen Weg, wie Ihr entkommen könnt. Heut ist für uns Sankt Andreastag – wir ziehen unsern Zehnten ein."

„Doch nicht von der Kirche, will ich hoffen, guter Bruder?"

„Von Kirche und Welt. Ich rate Euch daher, Herr Prior, macht Euch Freunde mit dem ungerechten Mammon – facite vobis amicos de Mammoni iniquitatis – hier kann Euch keine andere Freundschaft etwas nützen."

„Gut," fügte sich der Abt, „da ich einmal dafür büßen soll, daß ich ohne Begleitung nach Wallingstreet geritten bin, was soll ich zahlen?"

„Wäre es nicht ratsam," fragte einer der Männer den Hauptmann, „daß wir das Lösegeld für den Prior von dem Juden und das für den Juden von dem Prior festsetzen ließen?"

„Du bist ein toller Vogel," sagte der Hauptmann, „aber dein Vorschlag ist entzückend! Komm her, Jude! Sieh dort den heiligen Vater Aymer, den Prior der reichen Abtei Jorlvaux. Sage uns, wie hoch können wir sein Lösegeld berechnen? – Du kennst doch gewiß die Einkünfte seines Klosters."

„Gewiß," versetzte Isaak. „Ich habe gehandelt von den guten Vätern Weizen, Gerste und Erdfrüchte, auch Wolle viel. – O, eine reiche Abtei ist das! Sie leben dort gut und trinken den köstlichsten Wein, die guten Väter von Jorlvaux. Ach, wenn doch ein armer, ausgestoßener Mann so reich wäre und ein solches Einkommen hätte alle Jahre und Monate – Gold und Silber wollte ich zahlen, um mich loszukaufen aus der Gefangenschaft."

„Du Hund von einem Juden!" rief der Prior. „Wer weiß denn besser als du, daß unser Kloster vom letzten Kanzelbau her verschuldet ist?"

„Und von der letzten Füllung Euers Kellers her, wo ihr den Gaskognerwein bezogen habt," fiel der Jude ein, „aber das hat hier zu sagen."

„So etwas hören Christen mit an, und sie züchtigen den beschnittenen Hund nicht?“ rief der Prior.

„Damit kommen wir nicht weiter,“ sagte Locksley. „Sage uns, Isaak, was kann er bezahlen, ohne daß es ihm Schaden tut?“

„Sechshundert Kronen etwa kann der heilige Prior zahlen und sitzt dann noch ebenso warm wie zuvor,“ antwortete Isaak.

„Sechshundert Kronen,“ sagte der Hauptmann ernst. „Damit bin ich zufrieden. Du hast gut gesprochen, Isaak. – Sechshundert Kronen. Das ist gerecht und billig, Herr Prior.“

„Seid ihr toll, ihr Herren?“ rief der Prior. „Wo sollte ich eine solche Summe hernehmen? Kaum die Hälfte könnte ich aufbringen und wenn ich die Leuchter und die silberne Monstranz der Abtei veräußerte! Auch muß ich dann vorher nach Jorlvaux, ihr könnt meine beiden Mönche als Pfand behalten.“

„Das wäre ein schlechtes Pfand,“ versetzte der Hauptmann. „Nein, Prior, Euch wollen wir hier behalten und die Mönche nach dem Lösegeld schicken.“

„Wenn es Euch recht wäre,“ sagte Isaak, der sich die Geächteten zu Freunden machen wollte, „so könnte ich um die sechshundert Kronen nach York schicken, ich habe gerade ein bißchen Geld zur Verfügung, der ehrwürdige Abt brauchte mir dann nur einen Wechsel darüber auszustellen.“

„Das soll er,“ stimmte der Hauptmann bei, „und du sollst das Lösegeld für den Abt und für dich selber hier hinterlegen.“

„Für mich?“ entgegnete der Jude. „Ach, ihr tapfern Herren ich bin ein armer ruinierter Mann, und auf immer brächtet ihr mich an den Bettelstab, wenn ich auch nur fünfzig Kronen an Euch zahlen sollte.“

„Darüber soll nun der Prior urteilen,“ versetzte der Hauptmann. „Was meint Ihr, Prior Aymer, kann der Jude ein ordentliches Lösegeld zahlen?“

„Ob er zahlen kann!“ versetzte der Abt. „Ist er nicht Isaak von York? Reich genug, daß er die zehn Stämme Israels aus der Gefangenschaft loskaufen könnte, die einst unter dem Joche der Assyrer schmachteten? Ich selber habe nur wenig davon gesehen, aber unser Kellermeister und unser Schatzmeister haben viel Geschäfte mit ihm abgeschlossen, sein Haus, sagen sie, stecke so voll von Gold und Silber, daß es eine wahre Schande sei für ein Christenland. Jedes christliche Herz muß sich darüber wundem, daß solche blutsaugenden Nattern an den

Eingeweiden des Staates, ja selbst der heiligen Kirche mit ihrem Wucher saugen dürfen."

„Haltet ein, Vater!" rief der Jude. „Laßt nach in Euerm Zorn! Ich bitte Euer Hochwürden, bedenket, daß ich ja doch niemand aufdränge mein Geld. Aber wenn geistliche und weltliche Fürsten, Ritter und Priester klopfen an die Tür Isaaks, so sind sie nicht so unhöflich, wenn sie von ihm haben wollen Geld. Dann heißt es wohl, Freund Isaak, willst du uns helfen? und: Guter Isaak, wenn du je ein Freund derer warst, die in Not sind, so hilf jetzt mir, der Zahltag soll pünktlich innegehalten werden, so wahr Gott lebt! – Kommt der Tag aber und fordre ich zurück mein Eigentum, so bin ich ein verdammter Jüd, der Fluch Ägyptens wird herabbeschworen über mein Volk!"

„Prior," sagte der Hauptmann, „er ist nur ein Jude, aber darin muß ich ihm doch recht geben. – Setze also sein Lösegeld fest, wie er das deine festgesetzt hat, und laß die harten Worte beiseite."

„So sage ich denn, Ihr tut Euch selber unrecht, wenn Ihr weniger als tausend Kronen von ihm fordert."

„Gut gesprochen!" sagte der Hauptmann.

„Der Gott meiner Väter erbarme sich mein!" rief der Jude. „Wollt Ihr vollends zugrunde richten einen armen Mann? – Kinderlos bin ich schon – wollt Ihr mir auch noch nehmen, wovon ich friste mein Leben?"

„Wenn du keine Kinder hast," sagte Prior Aymer, „so hast du auch weniger Sorgen."

„Ihr könnt Euch freilich nicht denken, wie das Kind meiner Liebe mir liegt am Herzen! O Rebekka, Rebekka, Tochter meiner geliebten Rahel! – Wäre jedes Blatt auf diesem Baum eine Zechine und mein Eigentum, all diese Zechinen, all diesen Reichtum wollt ich hingeben, könnt' ich dich lebend befreien aus den Händen der Nazarenerl"

„Hatte nicht deine Tochter schwarzes Haar?" fragte einer der Geächteten. „Und trug sie nicht einen Schleier von seidnem Flor, der mit Silber durchwirkt war?"

„Jawohl, jawohl!" rief der alte Mann, der jetzt vor Begierde zitterte wie zuvor aus Furcht. „Der Segen Jakobs sei mit dir. – Kannst du mir sagen, daß sie ist in Sicherheit?"

„Sicherlich ist sie es gewesen,“ sagte der Yeoman, „der stolze Templer hat so eine mitgenommen, als er gestern durch unsere Reihen brach. Ich wollte schon einen Pfeil abschießen, aber ich ließ es sein, weil ich fürchtete, ich könnte dem Mädchen Schaden tun.“

„Wollte Gott, du hättest ihn abgeschossen,“ jammerte der Jude. „Und hätte er ihr den Busen durchbohrt! Besser sie läge im Grabe ihrer Väter als im Bette eines stolzen grausamen Templers! Ischobad! Ischobad! Vernichtet ist die Ehre meines Hauses!“

„Meine Freunde!“ sagte Locksley. „Der alte Mann ist freilich nur ein Jude, aber sein Kummer rührt mich. – Isaak, sag uns ehrlich, wenn du uns tausend Kronen Lösegeld zahlst, bleibt dir dann gar nichts mehr?“ Isaak dachte an seine irdischen Güter und seine Liebe zu ihnen war so groß, daß sie selbst seiner Vaterliebe den Rang streitig machte. Er erblaßte, stammelte und konnte nicht in Abrede stellen, daß ihm noch ein wenig bleiben würde.

„Gut,“ sagte Locksley. – „was dir bleibt, wollen wir nicht in Anrechnung bringen. Ohne Geld kannst du deine Tochter ebensowenig aus den Klauen des Templers befreien, wie wir einen Königshirsch mit einem Pfeil ohne Kopf schießen können. Wir wollen von dir dasselbe Lösegeld nehmen wie von dem Abt, oder lieber noch hundert Kronen weniger. Es bleiben dir dann immer noch fünfhundert Kronen übrig, die du für deine Tochter verwenden kannst. Templer sind in den Glanz von Gold und Silber ebenso vernarrt wie in den von schwarzen Augen. Laß deine Kronen vor Bois-Guilberts Ohren erklingen, sonst geht es nicht gut. Du findest ihn, wie unsere Spione melden, im nächsten Präzeptorium seines Ordens.“

„Jude,“ sagte Prior Aymer, „vielleicht könntest du mit einigen Gaben für den Altar des heiligen Robert Gnade finden für deine Tochter Rebekka. Das Mädchen dauert mich, denn sie ist schön und wohlgebaut, in den Schranken von Ashby habe ich sie gesehen. Denke darüber nach, wie du meine Fürsprache gewinnen magst, ich habe großen Einfluß auf Bois-Guilbert.“

„Wehe!“ rief der Jude. „Überall dringen Räuber auf mich ein, ich bin eine Beute der Assyrer und Ägypter!“ Er seufzte und rang die Hände, aber der Anführer der Geächteten nahm ihn zur Seite. „Überlege dir, Isaak,“ sagte er, „was du in dieser Sache tun willst. Ich kann dir nur raten, mache dir den Mann der Kirche zum Freunde, er ist geizig und braucht viel, so kannst du leicht seine Gunst gewinnen. Denke ja nicht, daß ich dir glaube, was du mir von deiner Armut vorlügst. Ich kenne den eisernen Kasten, darin du deine Geldsäcke aufbewahrst, und ich kenne den großen Stein in deinem Garten zu York, wo es in das geheime Gewölbe hinuntergeht." Der Jude wurde totenbleich. „Fürchte nichts von mir," fuhr der Yeoman fort. „Wir sind alte Bekannte. Erinnerst du dich noch des kranken Yeoman, den deine schöne Tochter Rebekka aus dem Fußblock erlöste und zu Hause behielt, bis sie ihn gesund gepflegt hatte? Als ich ging, hast du mir noch eine Silbermünze mit auf den Weg gegeben. So sehr du auch ein Wucherer bist, nie hat dir Geld so gute Zinsen getragen als dieses Silberstück, heute hat es dir fünfhundert Kronen eingebracht."

„So bist du der, den wir Diccon, den Bogenspanner nannten? Deine Stimme ist mir gleich bekannt vorgekommen."

„Der bin ich, und heiße auch Locksley, und einen andern guten Namen habe ich auch noch."

„Aber guter Bogenspanner," sagte der Jude, „wegen des Gewölbes bist du im Irrtum. Es ist nichts weiter darin wie ein paar Waren, die ich gern mit dir teilen will – hundert Ellen grünes Tuch zu Wämsern für deine Leute, hundert Stöcke spanisches Rohr zu Bogen und schöne seidene Schnüre – ich will sie dir gern schicken, wenn du nur wegen des Gewölbes nichts verraten willst, ehrlicher Diccon."

„Schweigen will ich wie das Grab," sagte Locksley. – „Aber um deine Tochter ist mir bange und doch kann ich ihr nicht helfen. Du mußt die Klugheit zu Hilfe nehmen. Soll ich für dich mit dem Prior verhandeln?"

„In Gottes Namen, Diccon, wenn ich dadurch mein Kind wiederbekommen kann."

„Prior Aymer," sagte der Hauptmann, während ihm der Jude wie sein Schatten folgte, „kommt mit mir unter diesen Baum! Man sagt, Ihr liebet den Wein und das Lächeln der Weiber mehr, als Euerm Orden zukomme. Das kann mir aber einerlei sein. Auch weiß ich, daß Ihr schöne Hunde und stolze Pferde gern habt, auch einen Beutel voll Gold nehmt Ihr gern. Nie aber hörte ich von Euch sagen, daß Ihr ein Freund von Grausamkeit und Mißhandlung seid. Nun, hier steht Isaak, er will Euch hundert Mark in Silber geben, wenn Ihr den Templer durch Eure Fürsprache bestimmen wollt, daß er ihm seine Tochter wiedergebe."

„In Züchten und Ehren, wie sie von mir geraubt wurde," sprach der Jude, „sonst gilt der Handel nicht."

„Schweig, Isaak!“ rief der Geächtete; „oder ich mische mich nicht mehr in deine Sache. – Was sagt Ihr zu meinem Vorschlag, Prior Aymer?“

„Die Sache ist heikel,“ sagte der Abt, „wenn ich auch einerseits eine gute Tat tue, so erweise ich sie andererseits doch einem Juden, aber wenn der Israelit etwas zum Bau unseres Schlafsaales geben will, so will ich es auf mein Gewissen nehmen, ihm in dieser Sache beizustehen.“

„Es kommt auf ein paar Dutzend Mark mehr oder weniger nicht an,“ sagte der Hauptmann. „Schweig, Isaak, – auch nicht auf ein paar silberne Leuchter auf den Altar – wir wollen nicht mit Euch feilschen –“

„Aber guter Diccon!“ unterbrach ihn Isaak.

„Guter Jude – gute Bestie!“ rief der Yeoman. „Wenn du noch länger deine schmutzige Habsucht mit der Ehre und dem Leben deiner Tochter in die Wagschale tust, so will ich dich, ehe drei Tage um sind, jedes Pfennigs berauben, den du auf Erden dein eigen nennst.“

Isaak erschrak und schwieg.

„Und was bekomme ich zum Unterpfand?“ fragte der Abt.

„Wenn Isaak durch Eure Vermittlung seinen Zweck erreicht,“ sagte Locksley, „so schwöre ich bei dem heiligen Hubert, er soll Euch in gutem Silber bezahlen, sonst will ich mit ihm abrechnen, daß er wünschen soll, er hätte lieber zehnmal mehr gegeben.“

„Gut!“ sagte Prior Aymer. „Wenn ich mich einmal in diese Sache mischen soll, so leihe mir deine Schreibtafel, Isaak – aber deine Feder will ich nicht benutzen, lieber fastete ich zwanzig Stunden! Woher bekomme ich aber eine andere?“

„Wenn Euer heiliges Gewissen nur gestattet, des Juden Schreibtafel zu benutzen,“ sagte der Geächtete, „um eine Feder wollen wir nicht lange in Verlegenheit sein.“ Und er spannte den Bogen und schoß eine wilde Gans, die eben an der Spitze eines ganzes Zuges zu ihren Häuptern vorüberflog. Vom Pfeil getroffen, fiel das Tier herab.

„Hier, Prior,“ sagte der Hauptmann, „sind Kiele genug, daß die Mönche von Jorlvaux hundert Jahre lang versorgt wären, auch wenn sie Chroniken schrieben.“

Der Prior setzte sich und schrieb in Gemächlichkeit eine Epistel an Brian de Bois-Guilbert, versiegelte den Brief und gab ihn dem Juden mit den Worten: „Ich denke, hiermit wirst du in das Präzeptorium von Templestowe kommen und auch die Befreiung deiner Tochter erreichen, wenn du ein gutes Gebot machst, denn bedenke, der gute Ritter Bois-Guilbert gehört zu einer Brüderschaft, die nichts umsonst tut."

„Gut, Prior," sagte der Hauptmann, „nun will ich Euch nicht länger aufhalten, nur den Wechsel unterschreibt noch dem Juden, weil wir uns von ihm das Lösegeld für Euch mitbezahlen lassen wollen. Wenn mir zu Ohren kommt, daß Ihr Schwierigkeiten mit der Rückzahlung macht, so schwöre ich Euch bei der heiligen Jungfrau, ich brenne Euch Eure Abtei über dem Kopfe an, und käme ich deswegen zehn Jahre früher an den Galgen!" Mit weniger gutem Willen, als er eben den Brief an den Templer geschrieben hatte, schrieb der Abt von Jorlvaux den Wechsel über sein Lösegeld und versprach, pünktliche Zahlung zu leisten.

„Nun, Ihr Herren, bitte ich Euch," sagte der Prior dann, „gebt mir meinen Zelter und meine Saumtiere wieder, auch laßt die ehrwürdigen Brüder, die mich begleitet haben, frei. Gebt mir die Juwelenringe, die goldenen Ketten und die kostbaren Kleider wieder, da ich Euch nun wie ein ehrlicher Gefangener mein Lösegeld bezahlt habe."

„Eure Brüder, Herr Prior," entgegnete Locksley, „sollen wieder auf freien Fuß gesetzt werden. Es wäre ungerecht, sie zurückzubehalten, desgleichen Eure Pferde und Maultiere, auch sollt Ihr so viel Reisegeld bekommen, wie Ihr bis York braucht. Es wäre grausam, Euch der Mittel zum Reisen zu berauben. Was aber die Ringe, Ketten und den sonstigen Tand betrifft, so haben wir darin ein gar zartes Gewissen, und wir können es nicht übers Herz bringen, einen ehrwürdigen Herrn, der für die Eitelkeiten der Welt nichts übrig haben darf, einer so starken Versuchung auszusetzen, daß er derlei eitle Dinge trägt, die durch die Bestimmungen seines Ordens verpönt sind." Dagegen war nichts zu machen, und da jetzt die Leute des Abtes herankamen, so ritt er mit ihnen davon, weniger prunkvoll freilich, als er gekommen war, dafür aber mehr wie ein echter schlichter schmuckloser Mann der Kirche.

Nun verblieb nur noch, daß man von dem Juden eine Sicherheit erhielt für das Lösegeld, das er für sich und den Abt bezahlte. Isaak stellte einen versiegelten Brief an einen Bruder seines Stammes zu York aus, in dem er die Anweisung gab, dem Überbringer die Summe von tausend Kronen und einige näher angegebene Waren auszuhändigen.

Von zwei Grünröcken begleitet, machte sich dann Isaak auf den Weg.

Der schwarze Ritter, der mit großem Anteil all diesen Vorgängen gefolgt war, nahm nun auch Abschied von den Geächteten. Er konnte nicht umhin, seiner Verwunderung Ausdruck zu geben, daß unter diesen gesetzlosen Menschen so viel Gesetz und Ordnung herrsche.

„Herr Ritter," sagte der Hauptmann, „auf schlechten Bäumen wachsen manchmal gute Früchte, und unter denen, die in diesem gesetzwidrigen Zustande leben, sind manche, die es beklagen, ein solches Handwerk betreiben zu müssen."

„Und ohne Frage spreche ich zu einem solchen?"

„Herr Ritter, wir haben jeder unser Geheimnis. Da ich aber nicht in das Eure zu dringen begehre, so laßt mich auch meines für mich behalten."

„Verzeih' mir, wackrer Geächteter! dein Vorwurf ist berechtigt. Aber es fügt sich vielleicht, daß wir später einmal mit größerer Offenherzigkeit einander gegenübertreten. Einstweilen scheiden wir als Freunde?"

„Von ganzem Herzen!" versicherte Locksley mit festem Handschlag. „Hier meine Hand darauf, es ist die eines echten Engländers, wenn er auch jetzt ein Geächteter ist."

„Und hier die meine!" versetzte der Ritter. „Sie schätzt es als Ehre, von der deinen gedrückt zu werden. – Wer Gutes tut, wo ihm doch die unumschränkte Macht zu Gebote steht, Böses zu tun, der muß nicht nur wegen des Guten gelobt werden, sondern auch wegen des Bösen, das er unterläßt. – Lebe wohl, tapferer Geächteter!"

So schieden die beiden Tapfern, und der Ritter vom Fesselschloß stieg auf sein gewaltiges Streitroß und ritt in den Wald hinein.

Neunundzwanzigstes Kapitel

Die edeln Herrn und Prälaten, mit deren Hilfe Prinz Johann seinen ehrgeizigen Plan, den Thron seines Bruders an sich zu reißen, auszuführen gedachte, waren zu einem frohen Mahle im Schlosse zu York geladen. Waldemar Fitzurse, der begabte und verschlagene Minister des Prinzen, bearbeitete sie im geheimen und war bemüht, ihnen Zutrauen zu seiner Sache einzuflößen und sie zu einer offenen Zusage zu bewegen. Es fehlte aber noch manches wichtige Glied der

Verschwörung, so daß man noch nicht zu einem Abschluß gelangen konnte. Die starrsinnige und rücksichtslose, wenn auch fast rohe Tapferkeit Front-de-Boeufs, das feurige kecke Wesen de Bracys und die Umsicht, Kriegserfahrung und weitgerühmte Tapferkeit des Templers Brian de Bois-Guilbert waren zu einem glücklichen Erfolg ihres Vorhabens nicht gut zu entbehren. Der Prinz und seine Ratgeber verwünschten ihre unnötige und unzeitige Abwesenheit und wollten ohne ihren Beistand nichts unternehmen. Auch Isaak, der Jude, schien verschwunden zu sein, und so konnte man nicht auf Darleihung der bedeutenden Geldsummen rechnen, über die sich Prinz Johann mit dem Israeliten und seinen Brüdern geeinigt hatte. Dieser Geldmangel vor allem war bei einer so wichtigen Sache eine große Gefahr.

Am Morgen nach dem Fall von Torquilstone verbreitete sich das unklare Gerücht, de Bracy und seine Verbündeten Bois-Guilbert und Front-de-Boeuf seien gefangen genommen oder getötet worden. Waldemar Fitzurse erzählte dies dem Prinzen und bemerkte dabei, seiner Meinung nach sei das Gerücht leider wahr, denn die Ritter seien mit einem kleinen Gefolge ausgezogen und hätten den Sachsen Cedric und sein Gefolge überfallen und gefangen nehmen wollen. Zu jeder andern Zeit hätte Prinz Johann diese Gewalttat als einen launigen Streich angesehen. Da aber jetzt damit seine eigenen Pläne durchkreuzt wurden, so verurteilte er die Tat als einen Frevel an dem Gesetz und eine Störung der öffentlichen Ordnung in einer Art und Weise, wie sie selbst dem König Alfred wohl angestanden hätte.

„Räuber ohne Ordnung und Gesetz!“ rief er. „Bin ich erst König von England, so lasse ich solche Missetäter an den Zugbrücken ihrer eignen Schlösser aufhängen.“

„Um aber König von England zu werden,“ sagte sein Ahitophel kalt, „muß Euer Hoheit nicht nur die Missetaten solcher dem Gesetz Hohn sprechenden Räuber dulden, sondern bei allem Eifer für die Wahrung von Recht und Gesetz auch noch die Missetäter in Schutz nehmen. Es würde uns schlecht gehen, wenn die kühnen Sachsen etwa den Einfall Eurer Hoheit verwirklichten und Zugbrücken in Galgen umwandelten. Cedric wäre das wohl zuzutrauen, wie ich ihn kenne. Euer Hoheit begreift, wie gefahrvoll es wäre, ohne de Bracy und den Templer zu handeln, und dennoch sind wir schon zu weit gegangen, um nun noch zurück zu können.“

Prinz Johann schlug sich voller Ungeduld gegen die Stirn und schritt im Gemach auf und ab. „Die Schurken! Die niedrigen verräterischen Schurken!“ rief er aus: „Mich in solcher Not im Stich zu lassen!“

„Nennt sie lieber leichtsinnige unbesonnene Narren, daß sie sich mit solchen Kindereien abgeben, wo so wichtige Dinge auf dem Spiele stehen.“

„Was ist zu tun?“ fragte der Prinz und trat dicht an Fitzurse heran.

„Ich wüßte nicht, was zu machen wäre,“ versetzte sein Ratgeber. „Abgesehen von dem, was ich schon in voraussehender Umsicht getan habe. Ich bin zu Eurer Hoheit gekommen, über dieses Mißgeschick zu klagen, aber nicht ohne schon Schritte dagegen getan zu haben.“

„Ihr seid immer mein guter Engel, Waldemar,“ sagte der Prinz. „Wenn ich immer einen solchen Kanzler habe, so wird König Johanns Regierung in der Geschichte des Reiches mit Ruhm dastehen. Was für Anordnungen habt Ihr getroffen?“

„Ich habe Ludwig Winkelbrand, den Leutnant de Bracys, veranlaßt, zum Sammeln zu blasen und sein Banner zu entfalten, damit er ohne Verzug nach dem Schlosse Front-de-Boeufs aufbrechen und uns Gewißheit darüber verschaffen soll, ob wir unsern Freunden nicht noch Hilfe bringen können.“

Das Angesicht des Prinzen erglühte wie das eines Kindes, dem eine Kränkung zugefügt wird.

„Beim Himmel!“ rief er. „Viel nehmt Ihr auf Euch, Waldemar Fitzurse! Es ist mehr als Fürwitz, in einer Stadt, wo wir uns augenblicklich auch aufhalten, das Signal zum Sammeln blasen und das Banner entfalten zu lassen.“

„Ich bitte Euer Hoheit um Verzeihung,“ entgegnete Fitzurse, bei sich selber die hohle Eitelkeit seines Herrn verwünschend. „Indessen drängte die Zeit, jede Minute war kostbar, und so habe ich das auf mich genommen, da die Sache Eurer Hoheit keinen Aufschub duldet.“

„Wir gewähren Euch Verzeihung, Fitzurse,“ sagte der Prinz in gravitätischem Tone. „Euer guter Wille entschuldigt Eure Unbesonnenheit. Doch wer kommt dort? – De Bracy selber, und wie er aussieht!“

In der Tat war es de Bracy, seine Sporen waren blutig, er dampfte vor Eile. Seine Rüstung war zerbrochen, von Blut befleckt und vom Staub bedeckt, und zeugte von vor kurzem bestandenem Kampfe. Er nahm den Helm ab, legte ihn auf den Tisch und stand ein Weilchen still, wie um sich zu sammeln, ehe er Bericht erstattete.

„De Bracy!“ sagte Prinz Johann. „Was soll das bedeuten? Sprecht, ich befehle es! Haben sich die Sachsen empört?“ Fast in gleichem Atem mit seinem Gebieter rief Fitzurse: „De Bracy, sprecht! Ihr seid doch ein Mann! Wo ist der Templer? Wo ist Front-de-Boeuf?“

„Der Templer ist entflohen,“ antwortete de Bracy. „Front-de-Boeuf hat ein Grab in Feuersglut unter den Trümmern seines eigenen Schlosses gefunden. Ich allein bin entkommen, Euch diese Meldung zu bringen.“

„Frösteln kann's einen bei solcher Kunde,“ sagte Fitzurse, „obwohl du von Brand und Feuersglut sprichst.“

„Die schlimmste Neuigkeit kommt noch,“ fuhr de Bracy fort, und er trat näher an den Prinzen heran und sagte in leisem nachdrücklichen Tone:

„Richard ist in England. Ich habe ihn gesehen und mit ihm gesprochen.“

Prinz Johann erblaßte, bebte zurück und mußte sich an der eichenen Lehne einer Bank festhalten, um nicht zu fallen, wie einer, der einen Pfeilschuß in die Brust bekommen hat.

„De Bracy, Ihr träumt, das kann nicht sein,“ sagte Fitzurse.

„Es ist so gewiß wie die Wahrheit selber,“ beharrte de Bracy. „Ich bin sein Gefangener gewesen und habe mit ihm gesprochen.“

„Mit Richard Plantagenet, sagt Ihr?“ fragte Fitzurse abermals.

„Mit Richard Plantagenet,“ antwortete de Bracy. „Mit Richard Löwenherz, mit Richard von England.“

„Und Ihr seid sein Gefangener gewesen?“ fuhr Fitzurse fort. „War er denn an der Spitze einer Macht?“

„Nein, nur ein paar geächtete Yeomen standen um ihn herum, die aber wußten nicht, wer er sei. Ich hörte, wie er sagte, daß er sie wieder verlassen wollte. Er hatte sich ihnen nur zugesellt, um den Sturm auf Torquilstone mitzumachen.“

„Ja, das ist ganz Richards Art!“ sagte Fitzurse. „Er ist ein echter fahrender Ritter, und im Vertrauen auf die Stärke seines Armes geht er auf Abenteuer aus, während die wichtigsten Angelegenheiten seines Reiches liegen bleiben und seine eigene Person bedroht ist. – Was wollt Ihr nun beginnen, de Bracy?“

„Ich habe ihm meine Freischar angeboten, aber er hat sie ausgeschlagen. Nun will ich nach Flandern. Im Wirrwarr der Gegenwart findet ein Mann der Tatkraft überall Beschäftigung. Wollt Ihr, Waldemar, auch Schild und Lanze ergreifen, Eure Staatsklugheit an den Nagel hängen und mit mir gehen? So es Gott gefällt, könnten wir dann Freud und Leid miteinander teilen."

„Dazu bin ich zu alt, Moritz, auch habe ich eine Tochter," versetzte Fitzurse.

„Die könnt Ihr mir geben, ich will sie halten, wie es ihrem Range zukommt, kraft meiner Lanze und meines Steigbügels."

„Nicht so," erwiderte Fitzurse. „Ich will Zuflucht suchen in der Kirche Sankt Peters – der Erzbischof ist mir durch Eid verbunden."

Während dieses Gespräches war Prinz Johann allmählich aus seiner Erstarrung erwacht, in die ihn die unerwartete Nachricht versetzt hatte. Er hatte mitangehört, was seine Anhänger miteinander gesprochen hatten und sagte nun für sich:

„Sie fallen von mir ab wie welkes Laub vom Baume, wenn sich der Wind erhebt. Hölle und Teufel! kann ich mir nicht selber helfen, wenn mich diese Feiglinge im Stiche lassen?" Eine Weile schwieg er. Dann fiel er den andern ins Wort mit einem teuflischen Gelächter, das verbissene Wut zum Ausdruck brachte.

„Hahaha! meine Herren!" rief er. „Bei dem Augenlichte unserer lieben Frauen! Ich habe Euch für weise, tapfer und scharfsinnig gehalten und jetzt werft Ihr Reichtum, Ehre, Vergnügen und alles, wonach Ihr gestrebt habt, von Euch, und könntet es doch durch einen kühnen Handstreich gewinnen."

„Ich kann Euch nicht verstehen," antwortet de Bracy. „Sobald es ruchbar ist, daß Richard wieder da ist, so steht er auch sofort an der Spitze eines Heeres, und alles ist verloren. Ich kann Euch nur raten, Hoheit, flieht nach Frankreich oder begebt Euch in den Schutz der Königin-Mutter."

„Für mich selber suche ich keine Sicherheit," entgegnete Prinz Johann stolz. „Die könnte ich von meinem Bruder mit einem Worte erlangen. Aber obwohl Ihr, de Bracy und Waldemar, so flink bei der Hand seid, mich im Stich zu lassen, so würde es mir doch keine Freude machen, Eure Köpfe über dem Tore von Clifford baumeln zu sehen. – Glaubt Ihr denn nicht, Fitzurse, der verschlagene Erzbischof werde Euch nicht, um mit Richard auf guten Fuß zu kommen, vom Altar selber wegreißen lassen? – Und habt Ihr, de Bracy, vergessen, daß zwischen hier und Hull, von wo Ihr nach Flandern überfahren müßt, Robert Estoteville mit all seinen Leuten liegt? – Und daß Graf Esser seinen Anhang um sich schart? Wenn wir Ursache hatten, diese Truppen vor der Rückkehr Richards zu fürchten, so ist jetzt kein Zweifel mehr, zu welcher Partei sich die Anführer schlagen werden. Glaubt mir, Estoteville allein ist stark genug, Euch mit Eurer Freischar zum Teufel zu schicken." Waldemar Fitzurse und de Bracy sahen einander verlegen an. „Nur einen Weg gibt es noch zur Sicherheit," fuhr der Prinz fort, und sein Blick wurde finster wie die Mitternacht. – „Der, vor dem wir uns fürchten, reist allein. Man muß ihm in den Weg zu treten versuchen."

„Aber mich laßt dabei aus dem Spiele," fiel ihm de Bracy hastig ins Wort. „Ich bin sein Gefangener gewesen, und er hat mir Gnade gewährt. Kein Haar will ich ihm auf dem Haupte krümmen."

„Wer spricht denn davon?" rief Prinz Johann mit erzwungenem Lachen. „Wird der Schelm nicht am Ende noch sagen, ich hätte im Sinne, Richard ermorden zu lassen! – Nein, ich denke nur an ein Gefängnis in Britannien oder in Österreich – das ist einerlei. – Dann bleibt es mit den Sachsen, wie es war, als wir unsern Plan faßten. – Wir gründeten unsern Plan damals auf die Hoffnung, daß Richard in Deutschland gefangen bleiben würde. – Ist doch auch unser Onkel Robert sein Leben lang im Schlosse Cardiffe gewesen und ist dort auch gestorben!"

„Ja, aber Euer Ahnherr Heinrich hat auch fester auf seinem Throne gesessen, als Eure Hoheit je sitzen wird," erwiderte Fitzurse. „Das beste Gefängnis ist schon das, das der Totengräber baut. Kein Kerker ist so sicher wie der Friedhof. – Damit habe ich meine Meinung gesagt."

„Gefängnis oder Grab!" rief de Bracy, „ich wasche meine Hände in Unschuld!"

„Schurke!" rief Prinz Johann. „Wollt Ihr etwa meinen Anschlag verraten?"

„Ein Verräter bin ich nie gewesen," entgegnete de Bracy. „Auch darf mich niemand einen Schurken heißen."

„Seid friedlich, Herr Ritter," wandte sich Fitzurse ins Mittel. „Und Ihr, Hoheit, vergebt de Bracy die gewissenhaften Bedenken, ich werde sie ihm bald austreiben."

„Dagegen vermag all Eure Beredtsamkeit nichts," versetzte der Ritter.

„Wie, tapferer Moritz?" fuhr der schlaue Staatsmann fort. „Wie ein scheues Pferd prallt Ihr zurück, ehe Ihr Euch überhaupt genau angesehen habt, was Euch denn eigentlich solchen Schreck einjagt? – Dieser Richard – kaum ein Tag ist darüber vergangen, daß es Euer sehnlichster Wunsch war, ihm in der Schlacht zu begegnen – hundertmal habt Ihr das gesagt."

„Ja, aber wie Ihr sagt, in der Schlacht – Mann gegen Mann! Niemals habe ich daran gedacht, ihn, wenn er allein ist, etwa im Walde, zu überfallen."

„Wenn Euch davor bange ist," versetzte Waldemar, „so seid Ihr kein echter Ritter. – Haben Lancelot vom See oder Sir Tristan ihren Ruhm in Schlachten erworben? Nein, sondern indem sie im Schatten ungekannter Wälder mit Riesen und Rittern kämpften."

„Mag sein," sagte de Bracy. „Aber weder Lancelot noch Tristan hätten den König Richard Löwenherz angegriffen, auch war es ihre Art nicht, mit einer Übermacht gegen einen einzelnen auszurücken."

„Ihr seid von Sinnen, de Bracy! Was wird denn von Euch verlangt? Ihr seid ein besoldeter Hauptmann der Freischar, deren Schwerter sich Prinz Johann erkauft hat. Ihr kennt unsern Feind und Ihr erhebt Einwände – und dabei wißt Ihr doch, daß das Glück Euers Gönners, das Eurer Kameraden und Euer eigenes, ja Ehre und Leben eines jeden von uns auf dem Spiele stehen."

„Ich habe Euch doch gesagt," erwiderte de Bracy verdrießlich, „er hat mir das Leben geschenkt. Freilich, er hat mich von sich gewiesen und mich nicht in seinen Dienst nehmen wollen – ich bin ihm also weder Treue noch Gehorsam schuldig – aber ich werde doch nimmermehr Hand an ihn legen."

„Das ist auch gar nicht vonnöten, Ihr braucht nur Ludwig Winkelbrand mit einem Dutzend Eurer Freischärler gegen ihn aussenden."

„Ihr habt ja Meuchelmörder genug im Sold," versetzte de Bracy. „Mit einem solchen Auftrag will ich keinen meiner Leute behelligen."

„So eigensinnig seid Ihr, de Bracy," fragte Prinz Johann, „und wollt Ihr mich verlassen, da Ihr mir doch so oft die Versicherung Eurer Anhänglichkeit gegeben habt?"

„Verlassen will ich Euch nicht," antwortete de Bracy. „Ich will bei Euch bleiben und alles tun, was ein echter Ritter darf. Aber solche Straßenräubereien habe ich ein für allemal verschworen."

„Waldemar, kommt her," sagte Prinz Johann; „bin ich nicht ein unglücklicher Fürst? – Mein Vater, König Heinrich, brauchte nur einen Wink zu geben, daß ihm ein rebellischer Prinz ein Dorn im Auge sei – und sofort waren treue Diener zur Stelle. Das Blut des Thomas a Beckett – so heilig es auch war – ist über die Stufen seines eigenen Altars geflossen. Aber so treue und kühne Untergebene, wie sie ihm zur Verfügung standen, gibt es nicht mehr. Wohl hat Reginald Fitzurse einen Sohn hinterlassen, aber den Mut und die Treue, die ihn auszeichneten, hat er ihm nicht mit auf den Weg gegeben."

„Er hat sie ihm vererbt!" rief Fitzurse. „Wohlan! Es geht einmal nicht anders! Ich selber will diesen gefahrvollen Anschlag in die Hand nehmen. Teuer freilich hat mein Vater den Namen eines treuen ergebenen und eifrigen Freundes erkaufen müssen, und doch war sein Beweis der Treue noch nichts gegen das, was ich unternehmen will, denn lieber wollt' ich gegen alle Heiligen im Kalender ankämpfen, als meine Lanze zücken gegen Richard mit dem Löwenherzen. – De Bracy, ich muß es Euch anheimgeben, den Mut der Zaghaften aufrecht zu erhalten und die Person unseres Prinzen zu beschützen. Wenn ich selbst Euch das mitteilen kann, was ich Euch in Bälde mitzuteilen hoffe, so wird binnen kurzem unser Unternehmen aller gefahrvollen Ungewißheit enthoben sein."

„Page!" rief er dann, geh schnell in mein Haus, sage meinem Waffenmeister, er soll sich bereit halten, richte meinen Befehl aus, daß Stephan, Wethereal, Thoesby und die drei Speere von Spyinglaw auf der Stelle zu mir kommen sollen, auch Hugh Bardon, der Kundschafter, soll dabei sein. Und nun, mein Prinz, fahrt wohl, bis auf bessere Tage!" Mit diesen Worten ging er hinaus.

„Da geht er hin, meinen Bruder gefangen zu nehmen," sagte Prinz Johann. „Mit einer Seelenruhe geht er an sein Werk, als wäre Richard ein sächsischer Franklin. – Ich denke doch, er wird sich nach unsern Befehlen richten und sich nicht an der Person Richards vergreifen. Beim Augenlichte unserer lieben Frauen, mein Befehl war klar und bestimmt ausgedrückt! Es ist allerdings möglich, daß er ihn nicht deutlich genug vernommen hat, denn ich stand da gerade am offenen Fenster. Aber mit größter Bestimmtheit habe ich ihm zu verstehen gegeben, daß ich gegen die Person Richards, gegen sein Leben, nichts unternommen haben will. Wehe Waldemar Fitzurse, wenn er gegen diesen Befehl verstößt!"

„Dann will ich lieber zu ihm gehen," sagte de Bracy lächelnd, „und ihm den Willen Eurer Hoheit in deutlicher Form ausrichten, denn da ich davon selber nichts gehört habe, so hat wahrscheinlich auch Waldemar nichts davon gehört."

„Nein, nein," versetzte Prinz Johann ungeduldig. „Ich gebe Euch die Versicherung, er hat alles deutlich gehört. Für Euch habe ich überdies wichtige Geschäfte, Moritz; kommt her, ich will mich auf Euch stützen." Und vertraulich lehnte er sich auf ihn, und so schritten sie in der Halle auf und ab, und mit dem Anschein innigsten Vertrauens fragte Prinz Johann:

„Mein guter de Bracy, was denkt Ihr über diesen Waldemar Fitzurse? Er denkt, er wäre schon Kanzler. Aber selbstverständlich werden wir uns sehr überlegen, ob wir ein so wichtiges Amt einem Manne übertragen, der so geringe Achtung vor unserm Blute beweist, indem er so rasch bereit ist, etwas gegen unsern Richard zu unternehmen. Ihr denkt vielleicht, Ihr hättet in unserer Achtung verloren, indem Ihr das unerquickliche Ansinnen ablehntet? Nein, Moritz, wir achten Eure tugendhafte Standfestigkeit. Es gibt Dinge, die eben unbedingt getan werden müssen, ohne daß wir aber den Täter lieben oder achten. Und es gibt Weigerungen, etwas zu tun, die unsere Achtung vor dem, der sich unserm Willen widersetzt, nur noch erhöhen. Wenn jener meinen Bruder gefangen nimmt, so erwirbt er sich damit keinen so gerechten Anspruch auf das hohe Amt eines Kanzlers, als Ihr Euch dadurch, daß Ihr ritterlich und mutig den Auftrag von Euch wieset, Anspruch auf den Stab des Großmarschalls erworben habt. Des seid eingedenk, de Bracy, und nun, an Eure Arbeit!"

„Wankelmütiger Tyrann!" murmelte de Bracy vor sich hin, als er den Prinzen verlassen hatte. „Schlecht fährt, wer dir traut! Dein Kanzler sein? Da müßte man ein Gewissen haben wie du selber. – Aber Großmarschall von England –" und er streckte den Arm aus, wie um schon den Stab zu ergreifen, und ging mit großen Schritten durch das Zimmer – „das ist ein Preis der Mühe wert!"

Dreißigstes Kapitel

Auf dem Maulesel, den ihm die Geächteten geschenkt hatten, begleitet von zwei stämmigen Yeomen, die ihm zum Schutz und als Wegweiser dienten, war Isaak von York unterwegs auf seiner Reise nach dem Präzeptorium des Ordens der Tempelritter Templestowe, um dort wegen Losgabe seiner Tochter zu unterhandeln. Das Präzeptorium war nur eine Tagesreise von dem zerstörten Schlosse Torquilstone entfernt, und der Jude hoffte, noch vor Anbruch der Nacht dort einzutreffen. Am Rande des Waldes entließ er daher seine Führer, gab jedem zum Lohne eine Silbermünze und setzte dann allein seinen Weg mit einer Eile fort, die, als er noch vier Meilen von dem Hofe der Templer entfernt war, seine Kräfte völlig aufgerieben hatte. Brennende Schmerzen wühlten ihm im Rücken und in allen Gliedern. Zu diesen körperlichen Qualen kam noch seine

Herzensangst, und es war ihm ganz unmöglich, weiter als bis zu einem kleinen Flecken zu kommen, wo ein jüdischer Rabbi wohnte, der sehr bewandert in der Medizin und auch mit Isaak gut bekannt war. Nathan Ben-Israel empfing seinen leidenden Glaubensgenossen mit aller Güte, die das Gesetz vorschreibt und die die Juden gegeneinander ausüben. Er drang darauf, daß sich Isaak sogleich zur Ruhe begeben sollte, und gab ihm Arzenei, die das Fieber aufhob, das Entsetzen, Angst, Trübsal und Erschöpfung in dem Körper des armen alten Juden angefacht hatten.

Als am andern Morgen Isaak aufstehen und weiterreiten wollte, widersprach Nathan als Wirt wie als Arzt diesem Vorhaben. Er sagte, es könne Isaak das Leben kosten. Aber Isaak erwiderte, mehr als Tod und Leben hinge davon ab, daß er unverzüglich nach Templestowe ritte.

„Nach Templestowe?" wiederholte sein Wirt erstaunt. Und er fühlte dem Kranken den Puls und murmelte: „Das Fieber hat nachgelassen, aber er scheint nicht recht bei Verstande zu sein."

„Und warum nicht nach Templestowe?" versetzte der Patient. „Ich weiß wohl, es ist die Behausung derer, denen die verachteten Kinder der Verheißung ein Greuel sind, aber du weißt ja auch, daß uns wichtige Geschäfte oft mitten unter die blutdürstigen Soldaten der Nazarener führen."

„Wohl, wohl!" sagte Nathan. „Weißt du aber auch, daß Lukas Beaumanoir, das Haupt des Ordens, den sie den Großmeister nennen, zurzeit in Templestowe ist?"

„Das wußte ich nicht."

„Unerwartet ist er nach England gekommen und sein mächtiger Arm reicht weit, zu bessern und zu strafen. Groß ist die Furcht der Kinder Belials vor ihm. Sicher hast du schon von ihm gehört?"

„Gewiß," antwortete Isaak. „Die Heiden schildern diesen Lukas Beaumanoir als einen großen Eiferer, und unsere Brüder nennen ihn den großen Mörder der Sarazenen und der Kinder der Verheißung."

„Und mit Recht nennen sie ihn so," versetzte Nathan. „Was unter den Templern Pflicht heißt, das können andere wohl vergessen über Sinnesfreuden und Versprechungen von Gold und Silber. Beaumanoir aber ist aus anderm Schrot und Korn. Er haßt die Sinnlichkeit, er verachtet irdisches Gut und trachtet nur nach dem, was diese Leute die Krone des Märtyrers nennen. Möge der Gott Jakobs sie ihnen allen bald verleihen! Insbesondere hat dieser stolze Mann sein Schwert über die Kinder der Verheißung ausgestreckt, und in seinen Augen ist die Ermordung eines Juden ein besseres Opfer als die Ermordung eines Sarazenen. Von der Kunst unserer Ärzte hat er falsches und gottloses Gerücht verbreitet und sie als eine Eingebung des Satans verschrien. Möge ihn der Herr dafür züchtigen."

„Trotz alledem und alledem," erwiderte Isaak, „muß ich nach Templestowe, und wäre sein Angesicht furchtbar wie ein siebenfach geheizter Ofen." Und er teilte Nathan die dringende Ursache mit, die ihn hinführe, und der Rabbi bekundete seine Teilnahme in der unter diesem Volke üblichen Weise, indem er sein Kleid zerriß und in lautes Klagen ausbrach. „So gehe denn," sagte er dann. „Weisheit möge beschützen den Daniel in der Löwengrube. Wenn es geht, meide aber die Person des Großmeisters, denn es ist sein Morgen- und Abendlabsal, einem Juden Schmerz zu bereiten. Besser wäre es, wenn du mit Bois-Guilbert allein sprechen könntest, mit dem würdest du wohl leichter fertig werden, denn es heißt, diese verfluchten Nazarener seien untereinander gar nicht einig. Möge der Gott unserer Väter all ihre Anschläge werden lassen zuschanden!" Isaak sagte seinem Freunde Lebewohl und nach einer Stunde stand er schon vor dem Tore des Präzeptoriums von Templestowe.

Dieses Stift der Templer lag inmitten grüner Wiesen und fetter Weiden, die der vorige Präzeptor dem Orden vermacht hatte. Das Gebäude war gut befestigt: eine Vorsichtsmaßregel, die die Templer nie außer acht ließen und die in der damaligen Zeit auch nötig war. Zwei Hellebardiere in schwarzer Tracht standen an der Zugbrücke Posten, andere schritten auf den Wällen hin und her, in derselben düstern Kleidung, langsam wie Leichenbitter, mehr Gespenstern als Soldaten ähnlich. Ab und zu gingen auch Ritter in langen weißen Gewändern, das Haupt auf die Brust geneigt, und die Arme gekreuzt, über den Hof. Feierlich und stumm grüßten sie einander. Das strenge und asketische Leben der Templer, wie es die Ordensgesetze vorschrieben und durch das die üppige Ausschweifung und Zügellosigkeit bisher verdrängt worden war, schien unter dem strengen Blick des Großmeisters wieder in Templestowe eingekehrt zu sein.

Während Isaak am Tore hielt und überlegte, wie er wohl am besten hineinkommen könne, schritt Lukas Beaumanoir in einem kleinen Garten, der von den äußern Festungswerken eingeschlossen wurde, auf und ab. Er war in vertraulichem und bekümmertem Gespräch mit einem Ordensbruder, der ihn von Palästina her begleitet hatte. Lukas Beaumanoir war schon alt, sein Haar war grau, sein langer Bart war grau, seine buschigen Augenbrauen waren grau, aber sie hingen über zwei Augen hinweg, die ihr Feuer im Laufe der Jahre nicht verloren hatten. Seinen hagern und strengen Zügen sah man es an, daß er ein furchtbarer Krieger und ein mutiger standfester Streiter war, aber sie verrieten auch den fanatischen Büßer, den verbissenen Priester und den selbstzufriedenen Frömmler. Zu dem Ernst seines Gesichts gesellte sich ein Zug der Hoheit und des Adels, der gewinnend wirkte und wohl daher rührte, daß dieser Mann eine so bedeutende Rolle unter Fürsten und Herrschern spielte und ständig unter so vielen edeln und tapfern Rittern die höchste Gewalt ausübte. Sein Wuchs war hoch, Alter und Mühsal hatten ihn nicht gebeugt, und er hatte eine stolze und gebieterische Haltung. Der weiße Mantel, den er trug, war streng nach der Ordensregel zugeschnitten. Auf der linken Schulter saß das achteckige Kreuz aus rotem Tuch. In der Hand trug er den Amtsstab. Der Gefährte dieser hohen Person trug fast die gleiche Kleidung, aber an der tiefen Unterwürfigkeit, die er gegen den Großmeister bekundete, sah man, daß außer in der Kleidung keine Gleichheit zwischen ihnen bestand. Er ging nicht neben ihm, sondern hinter ihm, und zwar so weit, daß sich der Großmeister mit dem Präzeptor – denn das war der Rang des jüngeren – unterhalten konnte, ohne daß er sich umzuwenden brauchte.

„Konrad," sagte der Großmeister, „lieber Gefährte meiner Schlachten und meiner Arbeit, deinem treuen Busen allein kann ich meine Sorgen anvertrauen, dir allein kann ich sagen, wie oft ich schon, seit ich den Fuß in dieses Königreich gesetzt habe, bei mir selber gewünscht habe, ich möchte zu den Gerechten gerufen werden. Nichts außer den Gräbern unsrer Brüder im Gewölbe unsrer Tempelkirche – nichts von allem, was ich sonst in dieser stolzen Hauptstadt gesehen habe, hat meinem Auge Freude gemacht. Eher wollte ich mit hunderttausend Heiden fechten, als den Verfall unseres Ordens mitansehen!"

„Wahr ist es," erwiderte Konrad de Mont-Fitchet – „nur zu wahr, unsere Brüder in England leben ausschweifender als die in Frankreich."

„Weil sie reicher sind! Sei nachsichtig mit mir, Bruder, wenn ich mich selber ein wenig lobe. Du weißt, was für ein Leben ich geführt habe, jede Regel des Ordens habe ich streng befolgt, mit dem Teufel in und außer dem Fleische habe ich gekämpft, niedergeworfen habe ich den brüllenden Löwen, der nach Beute umherstreift – niedergeworfen, wie es die Pflicht eines echten Ritters und frommen Priesters ist. Aber bei dem heiligen Tempel, ich schwöre dir, außer dir und noch einigen wenigen, die noch nach der alten Strenge des Ordens leben, sehe ich hier keinen Bruder, den meine Seele des heiligen Namens für würdig hält. Konrad, die heiligen Gründer unseres Ordens sind aus dem Schlummer des Paradieses geschreckt. Diese Nacht habe ich sie im Traume gesehen – sie haben Tränen vergossen über die Sünden und Torheiten ihrer Brüder und über die schmachvollen Ausschweifungen, denen sie sich hingeben. – Beaumanoir, haben sie zu mir gesagt, – du schläfst, erwache! Auf dem Hause der Templer liegt ein Fleck, schändlich und groß, wie ein Zeichen des Aussatzes. Die Streiter des Kreuzes, die den Blick des Weibes fliehen sollen wie den eines Basilisken, leben in öffentlich sündhaftem Verkehr nicht allein mit den Weibern ihres Glaubens, sondern sogar mit den Töchtern der Juden und der Heiden! Beaumanoir! Du schläfst, wach' auf! Räche uns! Strafe die Sünde an Mann und Weib! – Dann war das Traumbild vorbei. Ich aber will handeln nach ihrem Gebot, ich will das Haus der Templer reinigen, den unreinen Stein, in dem die Pest sitzt, will ich aus der Mauer reißen und zermalmen!"

In diesem Augenblick kam ein Knappe, verneigte sich tief und wartete, daß ihm der Großmeister erlauben werde zu reden.

„Macht es sich nicht weit schicklicher," sagte der Großmeister, „diesen Mann im Gewande der Demut und in ehrfurchtsvollem Schweigen vor seinem Obersten stehen zu sehen, als wie er noch vor ein paar Tagen umherging, wie ein Narr in gesticktem Wams, geschwätzig und großtuerisch wie ein Papagei? Sprich, wir erlauben es dir! – Was hast du für Botschaft?"

„Ein Jude," antwortete der Knappe, „steht vorm Tore, hochwürdiger Vater, und begehrt mit Brian de Bois-Guilbert zu sprechen."

„Du tust recht daran, daß du das mir meldest," sagte der Großmeister. „Es liegt uns viel daran, etwas über die Lebensweise unseres Bruders Brian de Bois-Guilbert zu erfahren."

„Er steht in dem Rufe, tapfer und tüchtig zu sein," sagte Konrad.

„Mit Recht," erwiderte der Großmeister. „Unsere Tapferkeit allein ist noch unserer Vorfahren, der Helden des Kreuzes würdig. Aber als Bruder Brian in den Orden kam, war er ein düsterer unzufriedener Mensch, der, wie es mir schien, nicht aufrichtigen Gemütes sein Gelübde geleistet und der Welt entsagt hat. Seither ist er ein Unruhestifter geworden unter denen, die sich gegen unsere Gewalt auflehnen, und hat nie bedacht, daß dem Großmeister in dem Sinnbilde des Stabes und der Rute die Macht verliehen ist, die Schwachen zu stützen und die Fehlenden zu strafen.“ Und sich zu dem Knappen wendend, setzte er hinzu: „Bring' den Juden vor uns.“

Mit einer tiefen Verneigung entfernte sich der Knappe und kam gleich darauf mit dem Juden Isaak von York wieder. Ein entblößter Sklave hätte nicht mehr Furcht und bleiches Entsetzen an den Tag legen können, als der Jude, indem er jetzt in die Nähe des Großmeisters trat. Und als er ihm etwa auf drei Ellen nahe gekommen war, gab Beaumanoir ein Zeichen mit seinem Stabe, daß er stehen bleiben solle. Isaak fiel auf die Knie, küßte zum Zeichen seiner Unterwürfigkeit die Erde und stand dann wieder auf und stellte sich vor den Großmeister hin, die Hände über der Brust gekreuzt und das Haupt zu Boden gesenkt, mit all jenen äußeren Gebärden der Demut, wie sie im Orient üblich sind.

„Geh' zurück,“ sprach der Ordensmeister zu dem Knappen, „und laß niemand, wer es auch sei, in den Garten, solange wir noch hier sind.“ Der Knappe verneigte sich und ging. „Jude,“ sagte nun der stolze Greis, „höre wohl! Es ist unserm Stande nicht angemessen, lange mit dir zu sprechen und Zeit und Worte mit dir zu vergeuden. Antworte daher kurz auf das, was ich dich fragen werde, und vor allem sprich die Wahrheit, denn wenn du mich belügst, so soll dir die Zunge aus dem ungläubigen Halse gerissen werden.“

Der Jude wollte antworten, aber der Großmeister fuhr fort: „Schweig, Ungläubiger! Kein Wort in unserer Gegenwart, es sei denn, du hast auf eine Frage zu antworten! Was hast du mit unserm Bruder Bois-Guilbert zu tun?“ In seiner Angst und Unsicherheit zauderte Isaak. Beaumanoir diese Todesangst bemerkend, ließ sich herab, ihm etwas Mut zuzusprechen. „Fürchte nichts für deine erbärmliche Person,“ sagte er, „sei nur offen gegen uns. Ich frage dich nochmals: was hast du mit unserm Bruder Bois-Guilbert zu schaffen?“

„Ich habe einen Brief zu überbringen,“ stammelte der Jude. „Euer Hochwürden werden gestatten, daß ich ihn an den tapfern Ritter abgebe, er ist vom Prior Aymer, aus der Abtei von Jorlvaux.“

„Sagte ich nicht, Konrad, es seien schlechte Zeiten?“ sprach der Großmeister. „Ein Zisterzienser Priester sendet an einen Krieger des Tempels einen Brief und kann keinen schicklicheren Boten finden als einen Juden. – Gib den Brief her!“ Mit zitternden Händen griff der Jude in die Falten seiner armenischen Kappe. Er hatte der größeren Sicherheit halber die Schreibtafel des Priors darin verborgen und wollte mit ausgestreckter Hand und gebücktem Leibe nähertreten, um sie dem hohen Herrn in die Hand zu legen, aber der Großmeister rief: „Zurück,

Hund! Ich rühre keinen Ungläubigen an, es sei denn mit dem Schwert! Konrad, nimm dem Juden den Brief ab und gib ihn mir!"

Beaumanoir empfing das Schreiben und las es in Eile, mit Zeichen der Verwunderung und des Abscheues. Dann hielt er es Konrad hin und mit der Hand leicht dagegen schlagend, sagte er: „Eine schöne Epistel das von einem Christen an einen Christen! Und beide hervorragende Mitglieder heiliger Orden! Lies laut vor, Bruder Konrad! Und du, Jude, merke dir den Inhalt, wir werden dich nachher darüber befragen."

Und Konrad las wie folgt: „Aymer, von Gottes Gnaden Prior des Hauses der Zisterzienser der heiligen Maria von Jorlvaux, wünscht dem Sir Brian de Bois-Guilbert, Ritter des heiligen Ordens der Templer, Gesundheit und Glück in den Freuden des Bacchus und der Venus. – Was unsere derzeitige Lage anbelangt, teurer Bruder, so befinden wir uns als Gefangener in den Händen einiger gottlosen Männer, die allen Gesetzen Hohn sprechen, nicht davor zurückschrecken, unsere Person festzuhalten und ein Lösegeld dafür zu beanspruchen. Hier ist mir auch das Unglück Front-de-Boeufs zu Ohren gekommen und daß Ihr glücklich entronnen seid mit der schönen jüdischen Hexe, deren schwarze Augen Euch in Zauberbann geschlagen haben. Wir freuen uns herzlich, daß Ihr wohl geborgen seid. Demohngeachtet bitten wir Euch, seid auf Eurer Hut, was diese zweite Hexe von Endor anbetrifft, denn es ist uns insgeheim versichert worden, daß Euer Großmeister, der nichts nach schwarzen Augen und Purpurlippen fragt, aus der Normandie zu Euch unterwegs sei, um Euch Eure Vergnügungen zu versalzen und Euch für all Eure Missetaten zu bestrafen. Also seid vorsichtig. Der reiche Jude Isaak von York hat uns um einen Brief an Euch wegen seiner Tochter gebeten. Wir haben ihm nun diesen geschrieben. Wir raten Euch in allem Ernst, gebt die Dirne gegen ein Lösegeld frei, der Jude kann Euch aus seinen Geldsäcken so viel geben, daß Ihr Euch dafür fünfzig andere Dirnen mit weit weniger Gefahr halten könnt, und davon will ich dann meinen Anteil beanspruchen, wenn wir miteinander lustig sind wie treue Brüder und der Flasche nicht vergessen. Wir wünschen, daß es Euch gut gehen möge, bis zu unserer fröhlichen Zusammenkunft.

Gegeben hier in der Diebeshöhle zur Stunde der Morgenandacht.

Aymer, Prior von Sankta Maria de Jorlvaux.

Nachschrift. Eure goldene Kette hat wahrlich nicht lange meinen Hals geziert, ein geächteter Wilddieb trägt sie jetzt um den Nacken, und die Pfeife, womit er seine Hunde ruft, hängt daran." –

„Was sagt Ihr nun dazu, Konrad?" sagte der Großmeister. „Eine Diebeshöhle ist ein passender Aufenthalt für einen solchen Prior. Es ist nicht zu verwundern, daß ihn Gottes Zorn trifft! Aber was will er mit seiner zweiten Hexe von Endor sagen?"

Konrad kannte aus Erfahrung die Sprache der Galanterie besser als sein Ordensherr, er erklärte ihm den Sinn der Worte, aber der Großmeister schien mit der Erklärung nicht zufrieden. „Dahinter steckt mehr, Konrad," sagte er. „Du kannst in deiner Einfalt nicht diesen Abgrund von Gottlosigteit durchschauen. Diese Rebekka von York war eine Schülerin jener Miriam, von der du auch schon gehört hast. Gib acht, der Jude wird es eingestehen."

Er wandte sich an Isaak und fragte laut: „Deine Tochter wird also von Bois-Guilbert gefangen gehalten?"

„Jawohl, Hochwürden, und was ein armer Mann wie ich für ihre Freigabe bezahlen kann –"

„Schweig! Deine Tochter hat die Heilkunst ausgeübt?"

„Jawohl, Euer Gnaden! Ritter und Vasall, Knappe und Bauer segnen die Gabe, die ihr der Himmel verliehen hat. Manch einer kann bezeugen, daß er wieder gesund geworden ist durch ihre Kunst, als alle andere menschliche Hilfe nichts mehr vermochte. Der Segen des Gottes Jakobs ist bei ihr!"

Mit grimmigem Lächeln wandte sich Beaumanoir an Mont-Fitchet. Dann sagte er wieder zu dem Juden: „Deine Tochter hat ihre Kuren sicherlich durch Worte, Amulette und andere kabbalistische Mysterien ausgeübt?"

„Nein, verehrter und tapferer Ritter, nur durch einen Balsam von wunderbarer Heilkraft."

„Von wem hat sie das Geheimnis?" fragte Beaumanoir.

„Miriam, eine weise Matrone meines Volkes," erwiderte der Jude zaudernd, „hat es ihr hinterlassen."

„Ha, falscher Jude!" herrschte ihn der Großmeister an. „Die Hexe Miriam war es, von deren Zaubereien in jedem Christenlande mit Abscheu gesprochen worden ist. Ihr Leib ist am Pfahl verbrannt worden, ihre Asche in alle vier Winde verstreut, und dasselbe Schicksal soll ihre Schülerin treffen! Ich will sie lehren die Streiter des heiligen Tempels bezaubern. Hierher, Knappe! wirf den Juden zum Tor hinaus! Schlage ihn tot, wenn er sich widersetzt oder zurückkehrt! Mit seiner Tochter wollen wir verfahren, wie es das Gesetz der Christen und unser heiliges Amt erheischt!"

Einunddreißigstes Kapitel

Albert Malvoisin, Präzeptor der Stiftung des Tempels zu Templestowe, war ein Bruder jenes Philipp von Malvoisin, der bereits in dieser Erzählung genannt worden ist, und wie dieser Baron eng mit Brian de Bois-Guilbert verbunden. Unter den ausschweifenden zügellosen Männern, deren der Orden der Templer nur zu viele in sich schloß, war Albert einer der schlimmsten, nur unterschied er sich von dem kühnen Bois-Guilbert dadurch, daß er es verstand, den Schleier der Heuchelei über seine Laster und seinen Ehrgeiz zu breiten. Nach außen hin trug er den Fanatismus zur Schau, den er innerlich verachtete. Wenn der Großmeister nicht so unerwartet gekommen wäre, so hätte er in Templestowe nichts gefunden, was eine Entartung der Manneszucht verraten hätte, und obwohl nun Albert überrascht worden war und in mancher Beziehung auch verraten war, so hatte er doch den Verweis seines Herrn mit so tiefer Ehrfurcht und Zerknirschung hingenommen und zeigte sich so sehr beflissen, zu bessern, was getadelt worden war, und hatte so rasch in die Gesellschaft, die zuvor noch der Wollust und der Völlerei ergeben gewesen war, einen Anschein der Zucht und asketischen Frömmigkeit gebracht, daß Lukas Beaumanoir von der Sittlichkeit des Präzeptors besser dachte, als bei dem ersten Eindruck der Stiftung. Aber diese günstige Meinung wurde durch die Nachricht, daß Albert eine Jüdin, die obendrein die Mätresse eines Templers zu sein schien, in dieses heilige Haus aufgenommen hatte, von neuem heftig erschüttert.

Als Albert vor dem Großmeister erschien, sprach er ihn im Tone ungewöhnlichen Ernstes an. „In diesem Hause, das dem heiligen Dienste des Ordens der Templer geweiht ist, befindet sich ein jüdisches Mädchen, das ein Ordensbruder mit Euerm Wissen hergebracht hat."

Albert Malvoisin war in tiefster Bestürzung. Er hatte die unglückliche Rebekka in einem abgelegenen Teile des Hauses untergebracht und alle Vorkehrungen getroffen, daß ihr Aufenthalt unentdeckt bliebe. Er las in Beaumanoirs Blick sein und Bois-Guilberts Urteil, falls es ihm nicht gelingen sollte, den ausbrechenden Sturm abzuwenden.

„Weshalb verstummt Ihr?" fuhr der Großmeister fort.

„Ist es mir gestattet zu reden?" entgegnete der Präzeptor in unterwürfigem Tone. Er wollte aber durch diese Frage nur Zeit gewinnen, um sich zu fassen.

„Es ist Euch erlaubt. Sprecht und redet! Wie kommt es denn, daß Ihr einem der Brüder erlaubt habt, eine Geliebte, obendrein eine Jüdin, eine Zauberin, in dieses heilige Haus zu bringen, das dadurch geschändet und entweiht wird?"

„Eine jüdische Zauberin!" wiederholte Albert Malvoisin. „Mögen uns alle guten Geister davor beschützen!"

„Eine jüdische Zauberin, Bruder! Könnt Ihr es leugnen, daß sich Rebekka, die Tochter des schändlichen Wucherers Isaak von York, die Schülerin der verbrecherischen Miriam, eben jetzt – eine Schande ist es, es sagen zu müssen, es denken zu müssen! – hier in Euerm Präzeptorium befindet?"

„Hochwürdiger Vater," antwortete Albert, „Eure Weisheit hat die Nacht von meinem Verstande genommen. Es hat mich selber gewundert, daß ein so tapferer Ritter wie Bois-Guilbert so sehr von diesem Weibe bezaubert worden ist! Ich habe sie nur in dieses Haus aufgenommen, um einer wachsenden Vertraulichkeit, die vielleicht sonst zu dem Falle unseres tapferen und frommen Bruders geführt hätte, einen Riegel vorzuschieben."

„Ist es bis jetzt noch zu nichts zwischen beiden gekommen, was gegen das Gelübde wäre?"

„Wie? Unter diesem Hause?" versetzte Malvoisin, sich bekreuzend. „Möge die heilige Magdalena das verhüten! Habe ich gefehlt, indem ich sie hier aufnahm, so geschah es nur in der irrigen Hoffnung, die unsinnige Neigung meines Bruders zu der Jüdin zu bekämpfen. Erschien mir doch seine Leidenschaft so wild und unnatürlich, daß ich sie nur einer Art Wahnsinn zuschreiben konnte, der mehr durch Mitleid als durch Vorwürfe zu heilen sei. Da nun aber die Weisheit Eurer Hochwürden entdeckt hat, daß diese jüdische Buhlerin eine Zauberin ist, so läßt sich ja freilich die verliebte Narrheit des Ritters völlig begreifen."

„Freilich wohl!" sprach Beaumanoir. „Es kann sein, daß unser Bruder Bois-Guilbert mehr Mitleid als strenge Bestrafung verdient und daß er durch unsere Ermahnungen und durch Gebete von seinem Wahnwitz abgebracht und zu seinen Brüdern zurückgeführt werden kann."

„Es wäre sehr schade,“ sagte Mont-Fitchet, „wenn der Orden in ihm eines seiner tüchtigsten Mitglieder verlieren sollte. Zweihundert Sarazenen hat dieser Bois-Guilbert mit eigner Hand erschlagen.“

„Unser Bruder wird die Bande dieser Delila zerreißen,“ sagte der Großmeister, „die schändliche Hexe selber aber soll wahrlich des Todes sterben!“

„Aber die Gesetze von England?“ wandte der Präzeptor ein, der erfreut darüber war, daß sich der Zorn des Großmeisters von ihm und Bois-Guilbert abwandte, aber doch befürchtete, er könne in seinem Zorne zu weit gehen.

„Die Gesetze erlauben und befehlen jedem Richter,“ erwiderte Beaumanoir, „innerhalb seines Bezirks Gerechtigkeit auszuüben. Jeder Baron kann in seinem Gebiete eine Hexe gefangen nehmen, prozessieren und verurteilen. Soll dies dem Großmeister des Tempels verboten sein? Nein! Wir wollen richten und verdammen! Von der Erde verschwinden soll die Hexe! Geht und richtet die Halle für die Gerichtssitzung her!“

Albert Malvoisin verneigte sich und ging, nicht um die Halle herzurichten, sondern um Bois-Guilbert aufzusuchen und ihn über den Vorfall zu unterrichten. „Sind das deine Vorsichtsmaßregeln?“ rief Bois-Guilbert. „Hast du den alten Schwachkopf wissen lassen, daß Rebekka hier ist?“

„Es ist nicht meine Schuld,“ erwiderte der Präzeptor. „Ich habe nichts außer acht gelassen, um dein Geheimnis zu verbergen, aber es ist an den Tag gekommen, ob durch den Teufel oder durch sonst wen, das kann nur der Teufel wissen! Aber ich habe es so gedreht, daß du sicher bist, wenn du die Jüdin aufgibst. Man hegt Mitleid mit dir und hält dich für ein Opfer ihrer Zauberkünste. Sie gilt für eine Hexe und soll als solche bestraft werden. Weder Ihr noch sonst jemand kann sie retten! Auch ich kann nichts zu ihren Gunsten versuchen. Ich habe mich schon zuviel in diesen Teufelstanz gemischt und habe keine Lust, wegen eines Stückes geschminkten Judenfleisches meine Präzeptorstelle zu verlieren oder gar aus dem Orden gestoßen zu werden. Du aber folge auch meinem Rate und gib diese Jagd nach einer wilden Gans auf und pürsche auf anderes Wild! Denke, welchen Rang du schon einnimmst und welche Zukunft dir winkt! Würdest du in deiner verkehrten Leidenschaft für Rebekka verharren, so gibst du dem Großmeister die Befugnis, dich zu verderben, und glaube mir, er wird nicht zaudern, es zu tun. Ihm ist bange um den Stab, den er in zitternden Händen hält, und er weiß, daß du die Hand danach ausstreckst.“

„Du hast recht, Malvoisin," erwiderte Bois-Guilbert. „Ich will dem graubärtigen Eiferer keine Gewalt über mich geben. Und was Rebekka betrifft, sie hat es nicht um mich verdient, daß ich ihr Ehre und Rang hinopfere."

„Tausend solcher Puppen mögen sterben," sagte Albert, "ehe sich dein männlicher Schritt auf der Bahn der Ehre, die glänzend vor dir liegt, aufhalten läßt. Für jetzt müssen wir scheiden, denn man darf nicht wissen, daß wir uns im geheimen besprochen haben. Ich muß jetzt die Halle für die Gerichtssitzung herrichten."

„So rasch?" fragte Bois-Guilbert.

„Ja," versetzte der Präzeptor, „wenn der Richter das Urteil schon im voraus bestimmt hat, so geht der Prozeß schnell."

Als Bois-Guilbert allein war, sprach er bei sich selber: „Rebekka, du kannst mir noch teuer zu stehen kommen. Aber noch einen Versuch zu deiner Rettung will ich anstellen, aber hüte dich, mir wieder mit Undank zu begegnen! Werde ich noch einmal zurückgewiesen, so soll meine Rache ebenso wild sein wie meine Liebe. Bois-Guilbert will nicht Leben und Ehre aufs Spiel setzen, um nur Verachtung und Vorwürfe zum Lohne zu erhalten." –

Der Präzeptor hatte kaum die erforderlichen Weisungen erteilt, als Konrad Mont-Fitchet zu ihm kam und ihm meldete, daß nach dem Befehle des Großmeisters sofort der Jüdin der Prozeß gemacht werden sollte.

„Ein Wahn verblendet ihn," sagte Malvoisin. „Wir haben viele jüdische Ärzte, die wunderbare Heilungen vollzogen haben, und man hat sie doch nicht für Zauberer gehalten. Sind denn hinreichende Gründe vorhanden, diese Rebekka als Hexe zu verdammen?"

„Die Gründe müssen verstärkt werden," erwiderte Konrad. „Verstehst du mich?"

„Unter denen, die mit Bois-Guilbert hergekommen sind," sagte Albert, „sind zwei Burschen, die ich gut kenne. Sie waren bei meinem Bruder in Dienst und kamen dann zu Front-de-Boeuf. Es ist möglich, daß sie etwas von den Zauberkünsten der Jüdin wissen."

„Suche sie sogleich auf, und wenn sich ihr Gedächtnis durch ein paar Byzantiner auffrischen läßt, so laß es nicht daran fehlen.

„Um eine Zechine machen die Kerle ihre Mutter zu einer Hexe!"

Die gewaltige Schloßglocke hatte kaum die Mittagsstunde verkündet, da vernahm Rebekka auf der geheimen Treppe, die in ihr Gemach führte, Fußtritte. Sie hörte zu ihrer Erleichterung, daß es mehrere Männer sein müßten, denn nichts fürchtete sie so sehr, als wenn der stolze und wilde Templer allein zu ihr kam. Konrad und der Präzeptor traten herein, vier schwarz gekleidete Hellebardiere folgten ihnen. „Tochter eines verfluchten Stammes, folge uns!" sagte der Präzeptor.

„Wohin und wozu?" fragte Rebekka.

„Du hast nicht zu fragen, Mädchen, sondern zu gehorchen," sagte Konrad. „Doch magst du wissen, daß du vor das Gericht des Großmeisters unseres heiligen Ordens kommst und Rechenschaft von deinen Sünden ablegen sollst."

„Gelobt sei der Gott Abrahams!" rief Rebekka, die Hände faltend. „Ist auch mein Richter ein Feind meines Volkes, so klingt mir doch sein Name wie der eines Beschützers. Gern folge ich dir, nur laß mich rasch den Schleier über das Haupt breiten." Mit feierlich gemessenen Schritten ging sie die Treppe hinab und durch einen langen Gang kamen sie in die Halle, in der der Großmeister zu Gericht sitzen wollte.

Am Ende dieses Raumes drängte sich eine Menge von Knappen und Yeomen, die kaum Platz machten als Rebekka hindurchgeführt wurde. Wie sie durch das Gedränge zu ihrem Sitze schritt, ward ihr ein Blatt Papier in die Hand gedrückt. Sie nahm es an und hielt es fest, ohne nachzusehen, was es enthielt. Aber der Gedanke, in dieser Versammlung einen Freund zu haben, flößte ihr Mut ein, und sie hob den Kopf und sah sich um.

Der Gerichtshof, der über die unschuldige und unglückliche Rebekka richten und urteilen sollte, saß auf dem erhöhten Teil der Halle, den man den Baldachin nannte, wie wir ihn bereits in Cedrics Hause geschildert haben. Auf einem erhöhten Sitz vor der Angeklagten saß der Großmeister des Ordens in weitem weißen Gewande, in der Hand den geheimnisvollen, mit den Sinnbildern des Ordens geschmückten Stab. Ihm zu Füßen stand ein Tisch, an dem zwei Schreiber saßen, die das Protokoll der Verhandlung zu führen hatten. Es waren Kaplane des Ordens, ihre schwarzen Kleider, ihre kahlen Köpfe und ihr steifes Wesen bildeten einen auffallenden Gegensatz zu dem kriegerischen Anstand der anwesenden Ritter. Vier Präzeptoren waren zur Stelle; sie saßen auf Plätzen, die ein wenig niedriger waren als der Sitz des Ordensmeisters. Die Sitze der Ritter waren wiederum niedriger als die der Präzeptoren und von diesen ebensoweit abgerückt, wie die der Präzeptoren vom Platze des Großmeisters. Hinter ihnen, aber noch immer auf dem erhabenen Teile des Raumes, standen die Knappen des Ordens in weniger vornehmen weißen Gewändern. Die ganze Versammlung machte einen sehr würdevollen Eindruck. Die Haltung der Ritter offenbarte neben dem militärischen Aussehen jene Feierlichkeit, die dem geistlichen Stande zukommt und die in Gegenwart des Großmeisters auf jeder Stirne thronte. Der niedriger gelegene Teil der Halle war voller Wachen und anderen Volkes, das die Schaulust hergetrieben hatte, um auf einen Blick einen Großmeister und eine jüdische Zauberin zu sehen. Größtenteils gehörten diese Leute in der oder jener Eigenschaft zum Orden und trugen daher schwarze Kleider, aber es waren auch Bauern der Umgegend da, denn es war Beaumanoirs Stolz, dieses Schauspiel so weit wie möglich vor der großen Öffentlichkeit vollzogen zu sehen. Seine großen blauen Augen schienen sich zu erweitern, als er die Versammlung überschaute, und über dem Bewußtsein seiner Würde und über der Einbildung, daß er im Begriffe stehe, ein höchst verdienstvolles Werk zu tun, nahm sein Antlitz eine noch feierlichere Erhabenheit an, und mit einer tiefen weichen Stimme, deren Kraft im Alter noch nicht verloren hatte, stimmte er jenen Psalm an, den die Templer schon so oft gesungen hatten, ehe sie zum Kampfe mit irdischen Feinden gezogen waren. Hundert, im Chorgesang geübte Männerkehlen stimmten ein, und die langgehaltenen Töne schlugen an die gewölbte Decke der Halle und zogen zwischen den Pfeilern hin wie das donnernde und doch feierliche Rauschen eines gewaltigen Stromes.

Als der Sang verklungen war, ließ der Großmeister seinen Blick langsam umherschweifen und sah, daß einer der Plätze unter den Präzeptoren leer war. Es war der, den Brian de Bois-Guilbert sonst inne hatte. Jetzt stand der Ritter am äußersten Ende einer der Bänke, die für die einfachsten unter den Rittern bestimmt waren. Er hatte den ausgebreiteten Mantel vors Gesicht geschlagen, und mit der Spitze seiner Schwertscheide zog er langsam verworrene Linien auf den eichenen Boden der Halle. „Der Unglückliche!“ sagte der Großmeister zu Mont-Fitchet, indem er einen Blick des Mitleids auf Bois-Guilbert warf. „Sieh nur, Konrad, wie ihn dieses unheilige Tun foltert, er kann uns nicht ansehen, auch sie nicht, und wer weiß, ob er nicht auf Anstiften des bösen Geistes diese kabbalistischen Zeichen auf der Diele zieht.“

Dann erhob der Großmeister die Stimme und hielt folgende Ansprache:

„Ehrwürdige tapfere Männer! Ritter, Präzeptoren und Mitglieder dieses heiligen Ordens! und auch ihr, wohlgeborene fromme Knappen, die ihr danach strebt, einst das heilige Kreuz zu tragen, und auch ihr, meine Brüder in Christo jeglichen Standes! – Wir haben diese Versammlung in unserer Machtvollkommenheit berufen, denn es ist uns mit diesem Stabe die Befugnis verliehen worden, alles was das Wohl und Wehe unseres Ordens angeht, selber zu prüfen und abzuwägen. Wenn der reißende Wolf in unsere Herde einbricht, dann ist es die Pflicht des guten Hirten, seine Genossen zusammenzurufen, daß sie mit Bogen und Schleuder dem Räuber nachstellen. Wir haben daher ein jüdisches Weib vor uns zitiert – Rebekka, die Tochter des Juden Isaak von York, ein Weib, das berüchtigt ist durch seine Zauberkünste, mit denen es bestrickt hat Blut und Hirn nicht eines gemeinen Mannes, sondern eines Ritters, nicht eines weltlichen Ritters, sondern eines Ritters des Tempels – nicht eines bloßen Mitgliedes des Ordens, sondern eines Präzeptors, eines unter den ersten an Rang und Ruhm. Unsern Bruder Brian de Bois-Guilbert kennen wir und alle, die uns jetzt hören, wohl als einen echten und eifrigen Streiter des Kreuzes, dessen Arm manche Tat der Tapferkeit im heiligen Lande ausgeführt hat. An Weisheit und Verstandesschärfe gilt unser Bruder unter den Seinen nicht weniger, als an Tapferkeit und Manneszucht, so daß in Osten und Westen Brian de Bois-Guilbert als der genannt worden ist, der zum Nachfolger in meinem Amte ernannt werden könnte, wenn es dem Himmel gefallen sollte, uns unseren irdischen Mühen zu entheben. Und nun wird uns hinterbracht, daß ein so verehrungswürdiger Mann plötzlich seinen Stand, sein Gelübde und seine Brüder und seine Zukunft vergißt und in einer Leidenschaft so völlig geblendet und bestrickt ist, daß er sich mit einem jüdischen Mädchen herumtreibt, sie mit Gefahr seines eigenen Leibes schützt und sie sogar in einem unserer Präzeptorien unterbringt! Wir können nichts anders glauben, als daß den edeln Ritter ein böser Dämon oder ein abscheulicher Zauberspruch soweit getrieben hat. Könnten wir anders denken, so würden wir uns nicht durch Tapferkeit, nicht durch Ruhm, nicht hohen Rang, noch irgend eine irdische Rücksicht in unserem Urteil beirren lassen, und die Strafe sollte ihn schwer treffen. Brian de Bois-Guilbert sollte aus unserer Verbindung ausgestoßen werden, und wäre er auch unsere rechte Hand und unser rechtes Auge.“

Er hielt inne. Ein leises Gemurmel ging durch die Versammlung. Dann fuhr der Großmeister fort:

„So strenge sollte die Strafe einen Tempelritter treffen, der in so wichtigen Punkten gegen die Ordensregel verstoßen hätte. Aber wenn der Satan durch mächtige Zauberkünste Gewalt über den Ritter erlangt hat, so kann ihn nur eine

Strafe treffen, die ihn zugleich von seiner Verirrung heilt, weil er mehr unser Mitleid als unsere Bestrafung verdient. Unser ganzer Zorn in all seiner Schwere fällt dann auf die, die an seinem Abfall schuld ist. Wer also sein unseliges Beginnen mitangesehen hat, trete vor und lege Zeugnis ab. Wir werden dann die Beweise prüfen und zusehen, ob wir uns mit der Bestrafung dieses heidnischen Weibes begnügen können, oder ob wir blutenden Herzens das Verfahren gegen unsern Bruder fortsetzen müssen."

Verschiedene Zeugen wurden vorgerufen, die darüber auszusagen hatten, unter wie großer Lebensgefahr Bois-Guilbert Rebekka aus dem brennenden Schlosse gerettet hatte. Sie erzählten mit der gewöhnlichen Menschen eigenen Übertreibung, so daß die immerhin großen Gefahren, denen sich der Ritter ausgesetzt hatte, ins Ungeheuerliche gesteigert wurden. Die Art und Weise, wie er die Jüdin verteidigt hatte, wurde dargestellt als die Grenzen nicht nur der Vorsicht, sondern der tollkühnen, fast wahnsinnigen Tapferkeit überschreitend, und die Verehrung, die er für alles gezeigt hätte, was sie gesagt hatte, obwohl sie oft harte und vorwurfsvolle Worte gebraucht hätte, wurde so übertrieben dargestellt, daß sie bei einem so stolzen Manne allerdings unnatürlich erscheinen mußte. Alsdann wurde der Präzeptor von Templestowe gerufen und berichtete, wie Brian und Rebekka in das Präzeptorium gekommen seien. Malvoisin gab in sehr vorsichtiger und besonnener Weise sein Zeugnis ab. Mit sichtlicher Reue gestand er seinen eigenen Fehltritt ein. „Aber was ich zu meiner Verteidigung zu sagen habe, das habe ich bereits unserm hochwürdigen Großmeister bekannt. Er weiß, daß meine Beweggründe nicht schlecht waren, wenn auch mein Verfahren wider die Regel verstieß. Ich unterwerfe mich freudig jeder Buße, die er mir aufzuerlegen für angebracht befinden wird."

„Wohl gesprochen, Bruder Albert," sagte Beaumanoir. „Deine Gründe waren gut, denn du hattest recht, daß du deinem irrenden Bruder den Weg zur Sünde verlegen wolltest, aber deine Maßregel war verfehlt. Der heilige Stifter unseres Ordens hat zur Morgenandacht dreizehn und zur Vesper neun Paternoster festgesetzt, verdopple diese Zahl! Der Templer darf nur dreimal in der Woche Fleisch genießen, enthalte du dich dessen ganz! Dies sechs Wochen lang innegehalten, und deine Buße ist getan!"

Mit einem heuchlerischen Blick tiefster Unterwürfigkeit zog sich der Präzeptor von Templestowe zurück. Dann sprach der Großmeister weiter:

„Wäre es nicht angebracht, meine Brüder, daß wir das Vorleben dieses Weibes näher untersuchten, damit wir erfahren, ob sie schon früher Zauberkünste getrieben hat?“

Hermann von Goodalricke war der vierte der anwesenden Präzeptoren, ein alter Krieger, dessen Gesicht von Narben bedeckt war. Er erfreute sich großen Ansehens und hoher Achtung unter seinen Brüdern und erhielt sogleich die Erlaubnis zu reden.

„Hochwürdiger Vater!“ sagte er. „Ich möchte von unserem Bruder Brian de Bois-Guilbert hören, was er selber zu den seltsamen Bezichtigungen und über seinen Verkehr mit dieser jüdischen Dirne zu sagen hat.“

„Brian de Bois-Guilbert,“ sagte der Großmeister, „du hörst die Frage, ich befehle dir, darauf zu antworten.“

Bois-Guilbert wandte sein Haupt nach dem Großmeister hin, er versuchte, seinen Hohn und seine Verachtung zu verbergen, da er wohl wußte, daß es ihm nichts nutzen würde, sie hier zu äußern.

„Brian de Bois-Guilbert,“ erwiderte er, „verteidigt sich nicht gegen so alberne und rohe Beschuldigungen. Wenn seine Ehre angegriffen wird, so wird er sie verteidigen mit seinem Leibe und mit seinem Schwerts, mit dem er so oft für die Christenheit gekämpft hat.“

„Wir vergeben dir, Bruder Brian,“ antwortete der Großmeister, „daß du dich deiner Kriegstaten vor uns rühmst. Auch dieses Eigenlob kommt von dem Bösen, der uns immer versucht, unser eigenes Verdienst zu erhöhen.“

In den stolzen dunkeln Augen Guilberts flammte ein Blick der Verachtung und des Zornes, doch gab er keine Antwort.

„Da nun die Frage unseres Bruders von Goodalricke,“ fuhr Beaumanoir fort, „so unvollkommen beantwortet worden ist, so fahren wir in der Untersuchung fort und hoffen, mit Hilfe unseres Schutzpatrones, in das gottlose Geheimnis zu dringen. Wer sonst über Leben und Treiben dieser Jüdin etwas auszusagen hat, der trete vor.“

Nach diesen Worten wurde in dem untern Teile der Halle ein Geräusch laut, und als der Großmeister fragte, was vor sich gehe, erhielt er die Nachricht, daß ein Mann da sei, der bettlägerig gewesen sei und von der Jüdin soweit wieder geheilt worden sei, daß er sich an Krücken bewegen könne. Der arme Mann, ein Sachse von Geburt, wurde vor die Schranken gebracht. Nur widerwillig und nicht ohne Scheu erzählte der Mann, er sei vor zwei Jahren, als er gerade in York bei dem Juden Isaak als Tischler gearbeitet habe, von einem schmerzhaften Übel befallen worden, daß er sich nicht von der Stelle habe bewegen können, bis ihn Rebekka in Pflege genommen und bis ihn die von ihr verschriebenen Mittel, vor allem ein erquickender Balsam, soweit wieder hergestellt hätten, daß er wenigstens einigermaßen die Glieder gebrauchen könne. Sie habe ihm eine Büchse von der köstlichen Salbe gegeben und auch ein Stück Geld, damit er in das Haus seines Vaters nach Templestowe habe zurückkehren können.

„Und mit Verlaub Eurer Hochwürden," sagte der Mann, „ich kann nicht glauben, daß mir das Mädchen – wenn es auch nur eine Jüdin ist – damit hat ein Leid zufügen wollen, ich habe ein Vaterunser dazu gesprochen, und ihr Mittel hat mir gar sehr gut getan."

„Wie heißt du, Sklave?"

„Higg, der Sohn Snells."

„So laß dir sagen, Higg, Sohn Snells," sprach der Großmeister, „es ist besser, zu Bette liegen zu müssen, als von einer Ungläubigen eine Arznei anzunehmen, um wieder gehen zu können – besser, die Ungläubigen mit starker Hand ihrer Schätze zu berauben, als für sie zu arbeiten oder Geschenke von ihnen anzunehmen. – Geh hin und tu nach meinen Worten."

„Mit Verlaub, Euer Hochwürden," versetzte der Alte, „für mich kommt die gute Lehre freilich zu spät, ich bin ein Krüppel – aber meinen beiden Brüdern – sie arbeiten jetzt beim reichen Rabbi Nathan ben Samuel – will ich es sagen, daß sie besser daran täten, wie Euer Hochwürden sagen – wenn sie den Juden bestöhlen, als wenn sie ihm treu dienen."

„Hinweg mit dir, elender Schwätzer!" sagte Beaumanoir, der freilich auf eine solche Nutzanwendung seiner Worte nicht gefaßt gewesen war. Der Großmeister befahl nun der Rebekka, sich zu entschleiern. Es war das erstemal, daß sie sprach. Sie versetzte im Ton der Würde und Sanftmut, es sei nicht Sitte unter den Töchtern ihres Volkes, sich in einer Versammlung von Fremden, in der man sich allein befände, ohne Schleier zu zeigen. Der sanfte Ton ihrer Stimme und die Bescheidenheit dieser Antwort erweckten in der Versammlung Mitleid und Sympathie. Aber Beaumanoir, der es sich zur Tugend anrechnete, jedes Gefühl der Menschlichkeit, das er dem Gebote seiner Pflicht zuwider glaubte, im Keime zu ersticken, erneuerte seinen Befehl, die Angeklagte des

Schleiers zu entkleiden. Und als die Wachen vortraten, um den Befehl auszuführen, sprach Rebekka:

„Laßt mich in Eurer Gegenwart nicht so behandeln – diese rohen Menschen dürfen eine Jungfrau nicht berühren. Ich will Euch gehorchen. Seid Ihr doch gleich den Ältesten unseres Volkes, auf Euer Geheiß hin mag sich denn das Antlitz eines unglücklichen Mädchens zeigen." Sie schlug den Schleier zurück und enthüllte ein Antlitz, in welchem Beschämung und Würde miteinander rangen. Ihre außerordentliche Schönheit rief ein Gemurmel unter den Zuschauern wach. Die jüngern Ritter sagten einander mit Blicken, daß Bois-Guilbert keiner besseren Entschuldigung bedürfe, als in der Macht dieser jungfräulichen Reize läge, und daß das Mädchen keine Zauberkünste anzuwenden brauche, um geliebt zu werden.

Nun wurden die beiden Soldaten hervorgerufen, die Albert Malvoisin zu falschen Zeugen gedungen hatte. Beide waren zwar verstockte abgebrühte Bösewichter, aber der Anblick des schönen Mädchens schien sie doch zu verwirren. Ein vielsagender Blick des Präzeptors von Templestone warf sie wieder in ihre sklavische Verworfenheit zurück, und sie erzählten nun mit einer Bestimmtheit und Sicherheit, die selbst einen günstig gesonnenen Richter in seiner Meinung wankend hätten machen können, Dinge, die infolge ihres übertriebenen Charakters sehr ungünstig wirkten. Der eine sagte, Rebekka spräche oft mit sich selber in einer fremden Sprache, sie sänge Lieder, die einen wunderbar süßen Klang hätten und das Herz des Hörers bezauberten, ihre Kleider hätten einen seltsamen fremdartigen Schnitt, wie ihn eine Frau, die auf ihren guten Ruf hielte, nicht trüge, sie hätte Ringe mit kabbalistischen Zeichen, solche wären auch in ihren Schleier gestickt. In Torquilstone hätte sie einen Verwundeten gepflegt und über die Wunde einige Zeichen gemacht und geheimnisvolle Worte dazu gesprochen, sogleich habe sich aus der Wunde die Spitze eines Armbrustbolzens gelöst, und sie habe nicht mehr geblutet und sich geschlossen. Eine Viertelstunde später hätte der Sterbende schon wieder auf dem Walle sein können und dem Zeugen eine Steinschleuder lenken helfen. Der andere Soldat hatte den Auftritt zwischen Rebekka und Bois-Guilbert im Schlosse Torquilstone mitangesehen. Sie sei auf die Brustwehr hinausgetreten, um sich von dem Turme herabzustürzen, sie habe aber die Gestalt eines milchweißen Schwanes angenommen und sei dreimal um den Turm herumgeflogen. Dann habe sie sich wieder auf der Brustwehr niedergelassen und ihre weibliche Gestalt wieder angenommen. Weniger als die Hälfte dieser

Beweise hätte ausgereicht, ein altes häßliches Weib – auch wenn es keine Jüdin gewesen wäre – zum Tode zu verdammen, aber auch für Rebekka, trotz all ihrer Jugend und Schönheit, waren die Schuldbeweise zu schwer.

Der Großmeister hatte die Abstimmung vorgenommen und fragte Rebekka, ob sie noch etwas gegen das Verdammungsurteil vorzubringen habe, das er jetzt fällen werde. Mit einer vor Bewegung bebenden Stimme erwiderte die reizende Jüdin:

„Euer Mitleid anzuflehen, wäre fruchtlos, auch halte ich es für erniedrigend. Auch der Hinweis, daß es wohl dem anerkannten Stifter unserer beiderseitigen Glaubensbekenntnisse nicht mißfallen kann, wenn ich Kranken und Verwundeten beistehe, auch solchen, die nicht meines Glaubens sind – auch dieser Hinweis würde mir nichts helfen. Desgleichen wäre es nutzlos, zu behaupten, das was die Männer wider mich vorgebracht haben – Gott möge ihnen verzeihen! – Dinge der Unmöglichkeit sind – und noch weniger würde es mir helfen zu erklären, daß das Eigentümliche an meiner Kleidung, meiner Sitte und Sprache Eigentümlichkeiten meines Volkes sind, fast hätte ich gesagt, meines Vaterlandes, doch ach! wir haben ja kein Vaterland! Auch auf Kosten meines Peinigers dort will ich mich nicht verteidigen. Zwischen mir und ihm möge Gott richten! Ich will nur alle gegen mich erhobenen Beschuldigungen auf ihn zurückwerfen, ja auf ihn! Brian de Bois-Guilbert! auf Euch selber berufe ich mich. Erklärt, ob diese Beschuldigungen nicht so unwahr, verleumderisch und ungeheuerlich wie verwerflich sind!“

Eine Pause trat ein. Aller Augen wandten sich auf Brian de Bois-Guilbert, der aber schwieg. „Sprecht,“ fuhr sie fort, „sprecht, so Ihr ein Mann – so Ihr ein Christ seid! Ich beschwöre Euch bei dem Kleide, das Ihr tragt, bei dem Namen, den Ihr ererbt habt, bei der Ritterschaft, deren Ihr Euch rühmt, bei der Ehre Eurer Mutter, bei dem Grabe und den Gebeinen Euers Vaters beschwöre ich Euch, sagt, ist dies alles wahr?!“

„Mein Bruder, antworte ihr,“ sagte der Großmeister, „sofern der Dämon, der in dir ist, dir die Kraft dazu läßt.“

In der Tat schien Bois-Guilbert durch widerstreitende Leidenschaften heftig erschüttert, sein Angesicht verzerrte sich, und mühsam, den Blick auf Rebekka geheftet, stammelte er die Worte: „Das Blatt – das Blatt!“ Und Rebekka sah rasch auf ein Stück Pergament, das sie noch in der Hand hielt, und las darauf die in arabischer Sprache geschriebenen Worte: „Fordere einen Kämpfer!“ Bei dem

Gemurmel, das über Bois-Guilberts seltsame Antwort durch die Versammlung lief, fand sie Zeit, unbemerkt das Blatt zu lesen und es zu vernichten.

„Das Geständnis des unglücklichen Ritters, Rebekka," sagte der Großmeister – „kann dir keinen Vorteil bringen. Wir sehen daran nur, daß ihn der Dämon völlig in der Gewalt hat. Hast du sonst noch etwas zu sagen?"

„So bleibt mir denn nach Euern strengen Gesetzen nur ein Mittel übrig, mir das Leben zu retten," sprach Rebekka, „zwar war es ein elendes Leben, besonders in der letzten Zeit, aber rauben lassen will ich es mir nicht! Ich leugne alles, wessen Ihr mich beschuldigt habt, ich behaupte meine Unschuld und erkläre die Anklage für falsch! Ich suche Entscheidung durch ein Gottesurteil nach und werde durch einen Kämpfer meine Unschuld dartun."

„Wer aber soll die Lanze für eine Zauberin erheben, Rebekka," entgegnete der Großmeister, „wer soll Kämpfer für die Jüdin sein?"

„Gott wird mir einen Kämpfer erwecken," sagte Rebekka. „Es ist unmöglich, daß in dem heitern, freien, hochsinnigen, gastfrohen England, wo so mancher sein Leben um Ehre wagt, nicht einer für die Gerechtigkeit in die Schranken treten sollte. Genug! Ich fordere ein Gottesgericht. Da liegt mein Pfand!"

Sie zog den gestickten Handschuh ab und warf ihn dem Großmeister hin mit einer Gebärde, in der Würde und Schlichtheit zugleich lagen, und die Versammlung brach in ein Gemurmel des Erstaunens und der Bewunderung aus.

Zweiunddreißigstes Kapitel

Selbst Lukas Beaumanoir war gerührt durch Rebekkas Tapferkeit. Er war von Natur weder grausam noch hart. Nur Leidenschaften kannte er nicht, und seine hohen, wenn auch auf Irrtum fußenden Begriffe von der Pflicht hatten sein Herz allmählich verhärtet. Dazu kam noch, daß er ein Leben der Askese geführt hatte und ihm die hohe Gewalt in die Hände gegeben war und er sich für verpflichtet hielt, Unglauben und Ketzerei auszurotten. Als er daher auf das schöne Mädchen blickte, das ganz allein und ohne Freunde sich so mutig und entschlossen verteidigte, wich die gewohnheitsmäßige Strenge aus seinen Zügen. Er bekreuzte sich zweimal, als traue er dieser weichen Anwandlung nicht recht, da er ja sonst sein Herz als stahlhart kannte.

„Mädchen," sagte er dann, „wenn das Mitleid, das ich jetzt empfinde, dem Einfluß, den deine höllische Kunst über mein Herz gewonnen hat, zuzuschreiben ist, so ist deine Schuld sehr groß. Aber ich will es lieber den sanfteren Empfindungen der Natur zuschreiben und der Trauer, daß in einem so schönen Geschöpf soviel Verworfenheit steckt. Bereue, meine Tochter – bekenne deine Zauberei – wende dich ab von deinem falschen Glauben – umarme dieses heilige Zeichen, und es soll jetzt und hinfüro gut um dich stehen! In einer Schwesterngemeinde sollst du leben und büßen und beten, und du wirst es nie bereuen. Tust du das, so sollst du am Leben bleiben. Was hat das Gesetz Mosis an dir getan, daß du dafür sterben möchtest?"

„Es war das Gesetz meiner Väter! In Donner und Sturm, in Blitz und Gewölk ist es auf dem Berge Sinai gegeben worden. Doch vergebt, ich bin ein Mädchen und kann nicht für meine Religion streiten, aber ich kann für sie sterben, wenn es Gottes Wille ist. – Ich bitte Euch, gewährt mein Gesuch um einen Kämpfer!"

„Gebt mir den Handschuh," erwiderte Beaumanoir. „Dies," fuhr er fort, das zarte Gewebe und die feinen Finger betrachtend, „ist fürwahr ein leichtes gebrechliches Pfand für ein so tödliches Beginnen. Sieh, Rebekka, wie dieser Handschuh sich zu unsern schweren, eisernen verhält, so steht deine Sache gegen die des Tempels, denn es ist unser Orden, den du herausgefordert hast."

„Werft meine Unschuld in die Schale," versetzte sie, „und die Seide wird den Stahl aufwiegen."

„Du beharrst also auf deiner Weigerung, deine Schuld zu gestehen, und hältst deine kühne Herausforderung aufrecht?"

„Ich halte sie aufrecht, edler Herr."

„So sei es denn in Gottes Namen," sagte der Großmeister, „und so mag denn Gott die Wahrheit ans Licht bringen!"

„Amen!" setzten die Präzeptoren hinzu, und dieses Wort lief durch die ganze Versammlung.

„Meine Brüder," sprach der Ordensmeister, „Ihr seid vielleicht der Ansicht, wir hätten diesem Weibe das Gottesurteil abschlagen können. Aber wenn sie auch eine Jüdin und eine Ungläubige ist, so ist sie doch eine Fremde und ohne Schutz, und Gott verhüte, daß sie den Schutz unserer Gesetze umsonst anrufe. Wem, meine verehrten Brüder, sollen wir dieses Pfand nun ausliefern? Wen sollen wir zu unserm Kämpfer in diesem Gottesgerichte ernennen?"

„Brian de Bois-Guilbert, den die Sache vor allem angeht," antwortete der Präzeptor von Goodalricke. „Er weiß überdies auch am besten, wie es mit der Wahrheit in diesem Falle steht."

„Wenn aber unser Bruder Brian," versetzte Beaumanoir, „unter dem Banne des Zaubers steht?"

„Gegen einen Streiter in einem Gottesgericht kann kein Zauber bestehen."

„Du sprichst wahr, Bruder. Albert Malvoisin, gib dieses Pfand Bois-Guilbert! Bruder," wandte er sich dann an diesen, „wir erteilen dir den Befehl, männlich deinen Kampf zu bestehen, ohne an dem guten Ausgang für die gute Sache zu zweifeln. Dir, Rebekka, tragen wir auf, von heute ab binnen drei Tagen einen Kämpfer zu stellen."

„Das ist eine kurze Frist für eine Fremde, die nicht Euers Glaubens ist, einen Streiter zu finden, der für sie Ehre und Leben wagen soll," entgegnete Rebekka.

„Wir können sie nicht verlängern. Der Kampf muß vor unsern Augen ausgefochten werden, und wichtige Geschäfte rufen uns am vierten Tage von hier fort."

„So geschehe denn Gottes Wille," sagte Rebekka. „Auf ihn setze ich mein Vertrauen, ist doch für ihn zur Rettung ein Augenblick gleich einem Jahrhundert."

„Es wäre nur noch übrig," sagte der Großmeister, „einen passenden Platz für den Kampf und – so Gott will – für die Vollstreckung des Urteils zu bestimmen. Wo ist der Präzeptor dieses Hauses?"

Albert Malvoisin hielt noch immer Rebekkas Handschuh zwischen den Fingern und sprach eindringlich, aber leise mit Bois-Guilbert.

„Wie?" fragte der Großmeister. „Will er das Pfand nicht annehmen?"

„Er will es annehmen – er hat es angenommen, hochwürdiger Vater," antwortete Albert von Malvoisin, indem er rasch den Handschuh unter dem Mantel verbarg. – „Als Platz zum Kampfe werden sich die Schranken von St. Georg am besten eignen, sie gehören zum Päzeptorium, und wir halten darauf unsere kriegerischen Übungen ab."

„Gut," sagte der Großmeister. „In diesen Schranken, Rebekka, soll sich dein Kämpfer einfinden. Geschieht dies nicht oder fällt dein Kämpfer im Gottesurteil, so sollst du in den nämlichen Schranken den Tod einer Zauberin sterben, unserm

Urteil gemäß. Dieser Spruch ist in die Ordensbücher einzutragen. Lest ihn laut vor, damit sich niemand entschuldigen könne, daß er nichts davon gewußt habe.“

Einer der Kaplane trug das Urteil in das Ordensbuch ein. Als er mit Schreiben fertig war, las der andere es vor, indem er es zugleich aus dem Normännisch-Französischen ins Englische übersetzte:

„Rebekka, eine Jüdin, Tochter des Isaak von York, ist der Zauberei, der Verführung und anderer böser Künste angeklagt, die sie gegen einen Ritter des heiligen Tempels ausgeübt haben soll. Sie leugnet ihre Schuld, erklärt das wider sie abgelegte Zeugnis für falsch, gottlos und unredlich und will dies durch ein Gottesgericht beweisen. Sie will einen Kämpfer stellen, der sie vertreten soll, auf ihre eigenen Kosten und Gefahr. Ihr Pfand wird dem Ritter vom heiligen Orden des heiligen Tempels Zions, Sir Brian de Bois-Guilbert übergeben, er soll diesen Kampf für seinen Orden und sich selber bestehen, denn er ist von der Angeklagten beleidigt und gepeinigt worden. Der dritte Tag von diesem ab ist durch unsern hochwürdigen Vater Lukas, Marquis von Beaumanoir, für diesen Kampf festgesetzt worden, und als Platz sollen die Schranken von St. Georg bei Templestowe dienen. Der Großmeister fordert die Angeklagte auf, sich durch ihren Kämpfer in diesen Schranken vertreten zu lassen, widrigenfalls sie als eine der Hexerei und Verführung überführte Person des Todes sterben soll. Der Großmeister bestimmt ferner, daß der Kampf in seiner Gegenwart abgehalten und dabei durchaus nach den ritterlichen Bestimmungen verfahren werden soll. Gott fördere die gerechte Sache!“

„Amen!“ sprach der Großmeister, und die Menge sprach es nach.

Rebekka sagte nichts, sondern sah ein Weilchen mit gefalteten Händen zum Himmel, dann wandte sie sich um und fragte: „Ist wohl jemand hier, der aus Liebe zur guten Sache oder für reichen Lohn den Auftrag einer Unglücklichen ausrichten will?“

Alles schwieg, denn niemand wagte sich angesichts des Großmeisters die Teilnahme an der verleumdeten Gefangenen merken zu lassen. Endlich sprach Higg, der Sohn Snells: „Ich bin nur ein armer Krüppel, aber daß ich mich wieder ein wenig bewegen kann, das verdanke ich der barmherzigen Hilfe dieses Mädchens. Ich will deine Botschaft übernehmen, so gut es ein Krüppel kann.“

„Gott ist der Lenker aller Dinge,“ sagte Rebekka. „Meine Botschaft zu überbringen, ist die Schnecke ebenso sicher wie der wildeste Falle. Geh zu Isaak von York – hier hast du genug, daß du dir ein Pferd beschaffen kannst – gib Isaak diesen Zettel. Mein Glaube steht fest, daß ich nicht eines solchen Todes sterben soll, sondern einen Kämpfer finden werde."

Die Botschaft, die Higg an Isaak von York zu bringen hatte, lautete folgendermaßen:

„Mein Vater! Ich bin zum Tode verurteilt wegen eines Verbrechens der Zauberei. – Mein Vater, wenn ein tapferer Mann gefunden werden kann, der mit Schwert und Lanze gemäß der Sitte der Nazarener, am dritten Tage von heute ab in den Schranken von St. Georg bei Templestone für mich kämpfen will, so wird ihm vielleicht der Gott meiner Väter Kraft zur Verteidigung der hilflosen Unschuld verleihen. Wo nicht, so laß die Jungfrauen unseres Volkes um mich trauern, wie um eine Abgeschiedene, wie um eine Blume, die unter der Sichel gefallen ist. Schau dich um, ob du Hilfe für mich finden kannst. Ein Nazarener wäre vielleicht willens, für mich zu den Waffen zu greifen, Wilfried von Ivanhoe, der Sohn Cedrics des Sachsen, aber er wird jetzt noch nicht imstande sein, das Gewicht der Rüstung zu tragen. Demungeachtet sende ihm aber meine Botschaft, denn er hat großes Ansehen unter den Tapferen seines Volkes und findet vielleicht einen andern. Jedenfalls sage ihm, diesem Wilfried von Ivanhoe, daß Rebekka, ob sie nun am Leben bleibt oder stirbt, unschuldig ist an dem Verbrechen, dessen sie angeklagt ist. – So es Gottes Wille ist, daß dir, alter Mann, eine Tochter genommen werden soll, so bleibe nicht länger in diesem Lande des Blutvergießens und der Grausamkeit, sondern ziehe nach Cordova, wo dein Bruder in Sicherheit lebt."

Am Abend nach ihrem Prozeß vernahm Rebekka an der Tür ihres Gemaches ein Klopfen.

„Herein!" rief sie, „wenn du ein Freund bist, und bist du ein Feind, so kann ich dir den Eintritt nicht verwehren."

„Ich bin, ebensogut Freund wie Feind, je nach dem Ausfall dieser Unterredung," erwiderte Brian de Bois-Guilbert.

Erschrocken über die Erscheinung dieses Mannes, dessen grenzenlose Leidenschaft sie als die Ursache all ihres Unglückes betrachtete, wich Rebekka behutsam und mit Bangen bis in die fernste Ecke des Zimmers zurück. „Du hast keine Ursache, Rebekka, mich zu fürchten."

„Ich fürchte Euch nicht, Herr Ritter!“ versetzte sie, wenn auch ihr fliegender Atem die Worte Lügen strafte. „Mein Glaube steht fest, und ich fürchte Euch nicht. Doch was führt Ihr im Schilde? Erklärt es mir kurz. Wenn Ihr nichts anderes wollt, als das Elend betrachten, das Ihr geschaffen habt, und Euch daran weiden, so sagt es, und dann überlaßt mich mir selber.“

„Du bist im Irrtum,“ antwortete der Templer, „wenn du mir die Schuld an dieser Wendung gibst, die ich weder vorhersehen noch verhindern konnte. Hätten sich nicht dieser fanatische Dummkopf und der Narr Goodalricke darein gemischt, so wäre nicht ein Präzeptor, sondern ein gewöhnliches Mitglied des Ordens zum Kämpfer für dich erwählt worden. Dann wollte ich selber – denn darauf war mein Plan angelegt, als ich dir das Blatt in die Hände spielte – als dein Kämpfer in den Schranken erscheinen, verkleidet als fahrender Ritter, der mit Schwert und Lanze auf Abenteuer auszieht. Und dann hätte Beaumanoir meinetwegen zwei oder drei der hier anwesenden Ritter zu Kämpfern ernennen können – ich hätte sie alle aus dem Sattel geworfen. Dann, Rebekka, wäre deine Unschuld erwiesen gewesen, und deiner Dankbarkeit wollte ich es überlassen, den Sieger zu belohnen.“

„Das ist eitles Geprahle, Ihr brüstet Euch mit dem, was Ihr hättet tun wollen. So aber habt Ihr meinen Handschuh angenommen, und mein Kämpfer, wenn überhaupt ein so verlassenes Geschöpf wie ich einen findet, muß Eurer Lanze in den Schranken gegenübertreten. Und bei alledem wollt Ihr Euch noch in das Licht eines Freundes und Beschützers stellen?“

„Dein Freund und Beschützer will ich auch noch sein,“ erwiderte der Templer ernst. „Doch höre wohl, welche Gefahr ich dabei auf mich nehme und wie gewiß mir Entehrung droht, und mach mir keinen Vorwurf, wenn ich meine Bedingungen stelle, bevor ich alles, was das Leben bis jetzt für mich teures hatte, für das Leben eines jüdischen Mädchens hinopfere. Wenn ich nicht in den Schranken erscheine, Rebekka, so verliere ich Ehre und Rang, so verliere ich, was für mich der Odem der Brust ist – die Achtung der Brüder und die Hoffnung, das hohe Amt zu bekleiden, das jetzt der bigotte Geck Lukas de Beaumanoir innehat. Dieses Schicksal ist mir sicher, wenn ich nicht in den Schranken wider dich auftrete. Wenn ich aber in den Schranken erscheine, so muß ich die Ehre meiner Waffen aufrecht erhalten, und ob du nun einen Kämpfer hast oder nicht, du mußt doch am Pfahle sterben oder am Scheiterhaufen, denn es lebt kein Ritter, der mit gleichem Vorteil oder gar mit Erfolg gegen mich gekämpft hatte – keiner außer Richard Löwenherz und seinem Günstling Ivanhoe. Der letztere ist wie du selber weißt, noch nicht imstande, die Rüstung zu tragen, und Richard ist in fremdem Lande gefangen. Wenn ich also in den Schranken erscheine, so stirbst du, selbst wenn sich irgend ein junger Hitzkopf finden sollte, der sich für dich zum Kampfe stellt."

„Warum wiederholt Ihr das so oft?"

„Weil du dein Schicksal von jeder Seite betrachten sollst."

„Gut, so wendet das Blatt um und laßt mich die Kehrseite sehen."

„Wenn ich in den unglückseligen Schranken erscheine," fuhr Bois de Guilbert fort, „so stirbst du eines langsamen grauenvollen Todes; erscheine ich nicht, so bin ich ein entehrter ausgestoßener Ritter, der Zauberei und der Gemeinschaft mit Ungläubigen schuldig. Mein ruhmvoller Name wird ein Spott und ein Schimpf. Verlustig gehe ich der Ehre, des Ranges und einer Macht, wie sie selbst Kaiser nicht erreichen. Meinen gewaltigen Ehrgeiz opfere ich, meine hochfliegenden Pläne vernichte ich, und dennoch, Rebekka," und er warf sich Rebekka zu Füßen, „dennoch will ich diese Größe opfern, diesem Ruhm entsagen, diese Macht fahren lassen, selbst da ich sie schon halb erreicht habe, alles das, alles das aufgeben, sobald du sagst: ich nehme dich zu meinem Geliebten an. – Rebekka, höre mich! Um deinetwillen will ich dem Ruhm und dem Ehrgeiz entsagen, und wir wollen zusammen fliehen! Rebekka, England ist nicht die Welt – auch nicht Europa. Es gibt noch Länder, die weit genug für meinen Ehrgeiz sind. Wir wollen nach Palästina gehen, dort habe ich einen Freund, Konrad von Montserrat, er ist ebenso frei wie ich von den albernen Vorurteilen, die hier unsere freigeborene Vernunft in Fesseln legen. Dort schaffe ich mir neue Wege zur Größe." – Mit großen Schritten ging er ungestüm hin und her. – „Europa soll den lauten Fußtritt dessen vernehmen, den es ausgestoßen hat. Du sollst eine Königin werden, Rebekka, auf dem Berge Karmel will ich den Thron errichten, den ich mir mit meiner Tapferkeit erobern will – und statt des lang ersehnten Stabes will ich ein Szepter ergreifen!"

„Ein Traum ist das!" versetzte Rebekka.– „Ein Trugbild der Nacht! – Gewänne es Wirklichkeit, es könnte mich nicht locken! – Nimmer würde ich die Macht, die Ihr errungen hättet, mit Euch teilen!"

„Nimmer, Rebekka?" rief der Templer. „Wohlan! Versagst du mir die Liebe, so bleibt der Ehrgeiz mein! Beiden will ich nicht entsagen!"

„So sei Gott mir gnädig, denn menschliche Hilfe scheint nicht zu erhoffen," sprach die Jüdin.

„So ist es," erwiderte der Ritter. „Du bist stolz, aber an mir hast du darin einen dir Ebenbürtigen gefunden. Wenn ich mit gefällter Lanze in die Schranken reite, dann hält mich keine menschliche Rücksicht mehr ab, meine ganze Kraft zu zeigen. Dann denke an dein Schicksal – an den gräßlichen Tod, wie ihn nur die ärgsten Verbrecher gestorben sind. Verzehrt von den Flammen auf dem brennenden Holzstoße – verstreut die Asche in alle Winde – kein Stücklein bleibt zurück von dem holden Bilde, das einst lebte und sich regte! – Rebekka! Diese Vorstellungen vermag kein Weib zu ertragen – du mußt meinen Vorschlag annehmen!"

„Bois-Guilbert," antwortete die Jüdin, „Ihr kennt das Herz des Weibes nicht, oder Ihr habt nur solche kennen gelernt, die ihre besseren Empfindungen verloren haben. Ich sage Euch, stolzer Templer, in Euern wildesten Schlachten habt Ihr nicht mehr Mut gezeigt, als das Weib offenbart, wenn es um Pflicht oder Liebe leiden muß. Ich bin ein Weib, verwöhnt und verzärtelt, und scheue die Gefahr und bin empfindlich gegen jeden Schmerz – aber wenn wir beide in die Schranken treten, du, um zu kämpfen, ich, um zu leiden – so sagt es mir ein fester Glaube: mein Mut wird den deinen überflügeln! – Lebe wohl! Ich verliere keines weiteren Wortes an Euch, die Zeit, die auf Erden noch der Tochter Jakobs vergönnt ist, muß anders verbracht werden. Sie muß den Tröster suchen, der zwar sein Antlitz von ihrem Volke abgewendet hat, der aber doch noch immer denen Gehör schenkt, die aufrichtig und wahrhaftig zu ihm beten."

„So scheiden wir denn," sagte Bois-Guilbert. „Wollte Gott, wir hätten einander nie getroffen, oder du wärst christlichen Glaubens oder edler Herkunft."

„Die Fürsten Judas sind nicht mehr; niedergetreten sind sie wie abgemähtes Gras und vermischt mit dem Staube des Weges. Aber," rief Rebekka, „es gibt noch viele unter den Juden, die ihren hohen Ahnen keine Schande machen, und zu denen soll die Tochter Isaaks gezählt werden. Fahret wohl! Ich beneide Euch nicht um Euern blutigen Ruhm, noch um Eure barbarische Abkunft von den Heiden des Nordens, noch um Euern Glauben, der immer auf Euern Lippen ist, doch nie in Euern Handlungen und Euerm Herzen wohnt!"

„Beim Himmel! Mich hält ein Zauber fest!" sprach Bois-Guilbert. „Schönes Wesen, so jung, so liebreizend, so ohne Todesfurcht, und doch verurteilt, in Schmach und Marter zu sterben! Wer sollte nicht um dich weinen! Die Träne, seit zwanzig Jahren meinem Auge fremd, jetzt rinnt sie, indem ich dich ansehe! Allein es muß sein! Nichts kann dein Leben retten. Du und ich, wir sind beide Werkzeuge eines unerbittlichen, unwiderstehlichen Schicksals, das uns mit sich reißt, wie zwei vortreffliche Schiffe im Sturm gegeneinanderstoßen und so untergehen. Vergib mir und laß uns wenigstens als Freunde scheiden. Vergebens habe ich deinen Entschluß bestürmt, und auch der meine steht so fest, wie die diamantenen Tafeln des Geschickes."

„So legen die Menschen die Folgen ihrer wilden Leidenschaften dem Schicksal zur Last," erwiderte Rebekka. „Doch ich vergebe dir, Bois-Guilbert, bist du gleich schuld an meinem frühen Tode – ich vergebe dir so bereitwillig, wie je das Schlachtopfer dem Henker vergab. Edle Gedanken schweben über deinem Gemüt, aber deine Seele gleicht dem Garten eines trägen Gärtners, Unkraut ist hoch aufgewuchert, und keine echte Blüte kann sich mehr entfalten."

„Ja, ich bin, wie du mich geschildert hast, stolz, ungezügelt und wild. Diese Geistesstärke habe ich mir inmitten einer Schar von blöden Toren und listigen Heuchlern bewahrt, und so habe ich mich über sie emporgeschwungen. Von Jugend auf war ich ein Kind der Schlacht – hoch fliegen meine Pläne, unbeugsam und starrsinnig verfolge ich sie – so muß ich auch bleiben – stolz, unerschütterlich, unbeugsam und nimmer wankend! – Das will ich der Welt beweisen. – Lebe wohl!"

Und er ging hinaus.

Dreiunddreißigstes Kapitel

Als sich der schwarze Ritter von den großmütigen Geächteten verabschiedet hatte, ritt er geradewegs nach einem kleinen, nicht fernen Kloster, Sankt Botolph genannt, wohin Gurth und Wamba nach dem Fall von Torquilstone den verwundeten Ivanhoe gebracht hatten. Was in der Zwischenzeit Wilfried und sein Befreier begannen, braucht nicht berichtet zu werden, es genügt die kurze Bemerkung, daß nach langen ernsthaften Beratungen mehrere Boten in verschiedenen Richtungen das Kloster verließen und daß sich am Morgen nach seiner Ankunft der schwarze Ritter schon wieder anschickte, in Wambas Gesellschaft, der ihm als Begleiter dienen sollte, seine Reise anzutreten.

„Wir wollen nach Conningsburgh," sagte er, „dort wollen wir uns treffen. Dein Vater Cedric feiert dort das Leichenbegängnis seines edeln Vetters Athelstane. Ich finde dort deine edle sächsische Anverwandtschaft beieinander, Wilfried, und will sie besser kennen lernen als bisher. Dort sollst du mich aufsuchen und dich dann mit deinem Vater versöhnen." Mit diesen Worten nahm er herzlich Abschied von Ivanhoe, der ihm die Hand küßte und ihm lange nachschaute.

Kurz nach der Morgenandacht begehrte Ivanhoe den Prior des Klosters zu sprechen. Der alte Mann kam eilig herbei und fragte besorgt nach Wilfrieds Befinden.

„Es geht besser," antwortete Ivanhoe, „als ich selber gehofft habe. Der Balsam hat Wunder getan. Fast ist mir, als könnte ich schon meine Rüstung tragen, und um so besser, denn die Gedanken, die mir das Herz bewegen, machen mir eine längere Untätigkeit zur unerträglichen Qual."

„Davor sei Gott," erwiderte der Priester, „daß der Sohn Cedrics des Sachsen dieses Kloster eher verlasse, als bis seine Wunden geheilt sind."

„Ich würde auch kein Verlangen danach tragen, Euer gastfreundliches Dach zu verlassen, wenn ich mich nicht stark genug dazu fühlte und wenn es mich nicht triebe . . ."

„Und was kann Euch zu so schneller Abreise treiben?" fragte der Prior.

„Habt Ihr nie, ehrwürdiger Vater," entgegnete Ivanhoe, „eine Ahnung nahenden Ungemachs verspürt, für die Ihr keinen Grund finden konntet? Ist nie Euer Gemüt verdüstert worden, wie die sonnige Landschaft von einer Wolke, die mit einem Gewitter drohte? – Meint Ihr nicht, daß man auf solche Antriebe achten soll wie auf den Wink eines Schutzgeistes bei bevorstehenden Gefahren?"

„Das will ich nicht bestreiten," versetzte der Priester, indem er sich bekreuzte, „solche Ahnungen kamen und kommen vom Himmel, aber dann haben sie einen offenkundig guten Zweck. Ihr jedoch seid verwundet. Was soll es für Zweck haben, daß Ihr den Fußstapfen dessen folgt, dem Ihr doch nicht helfen könntet?"

„Ich bin stark genug," erwiderte Ivanhoe. „Ich bitte Euch, gebt mir ein Pferd, das leichter geht, als mein Streitroß."

Der Prior erfüllte seine Bitte und bald darauf schwang sich Ivanhoe in den Sattel und folgte, begleitet von seinem Knappen Gurth, der Spur des schwarzen Ritters in den Wald hinein.

Unterdessen zog der schwarze Ritter mit dem Narren Wamba seine Straße durch das Dickicht des Forstes, zuweilen sangen sie ein Lied, zuweilen plauderten sie lustig miteinander. So waren sie ein gutes Stück fürbaß geritten, da drängte sich Wamba, der schon ein Weilchen in das Gebüsch zu beiden Seiten des Weges hineingespäht hatte, plötzlich dichter an den Ritter heran und fragte:

„Was würdet Ihr wohl tun, wenn uns 'n paar Kerle von Malvoisins Soldaten begegneten?“

„Wenn sie uns ein Hindernis in den Weg legten,“ erwiderte der schwarze Ritter, „so wollte ich sie mit meiner Lanze an den Boden festnageln.“

„Und wenn es ihrer nu vier wären?“

„So täte ich dasselbe. Alle sollten sie daran glauben.“

„Und wenn sie ihrer nu sechs wären?“ fuhr Wamba fort, „während wir bloß zwei sind. Würdet Ihr nicht in Locksleys Horn stoßen?“

„Ich sollte um Hilfe rufen?“ rief der schwarze Ritter aus. „Nicht gegen ein ganzes Dutzend solchen Gesindels, das ein guter Ritter vor sich hertreiben kann wie der Wind die dürren Blätter.“

„Ei nu, so laßt mich doch mal das Horn näher betrachten,“ sagte der Narr. „Es hat nen mächtigen Atem.“

Der Ritter nahm es ab und gab es seinem Gefährten, der es sich um den Hals hängte. „Tralala!“ summte er. „Ich kann es so gut wie jeder andere.“

„Was soll das heißen, Schelm?“ rief der Ritter. „Gib mir das Horn wieder.“

„Gemach, Herr Ritter,“ antwortete Wamba. „Wenn Tapferkeit und Narrheit miteinanderreisen, so muß die Narrheit das Horn tragen, weil sie am besten blasen kann. Und da nu die Narrheit das Horn hat, so mag sich die Tapferkeit erheben und die Mähne schütteln, denn wenn ich mich nicht irre, so steckt da im Dickicht eine Bande, die uns auflauert.“

„Warum glaubst du das?“ fragte der Ritter.

„Schon 'n paarmal habe ich eine Sturmhaube durch das Grün schimmern sehen. Wärens ehrliche Leute, so hielten sie sich auf geradem Wege.“

„Meiner Treu,“ sagte der Ritter, „ich glaube, du hast recht.“

Im selben Augenblick flogen ihm aus dem verdächtigen Dickicht drei Pfeile gegen Haupt und Brust, von denen ihm einer gewiß ins Gehirn gedrungen wäre, hätte ihn nicht sein Visier aufgehalten. Die beiden anderen prallten an seinem Brustharnisch ab und an dem Schild, den er um den Nacken trug. Etwa ein halbes Dutzend Bewaffneter rannte ihm entgegen. Drei Lanzen trafen ihn und zersplitterten wie an einem Turm von Stahl. Selbst durch die Öffnung des Visiers sprühten die Augen des schwarzen Ritters Feuer. Mit unbeschreiblicher Majestät erhob er sich im Sattel und rief: „Was soll das heißen, Ihr Burschen?"

Die Männer antworteten ihm nicht, sie griffen ihn von allen Seiten an mit dem Rufe: „Stirb, Tyrann!"

„Ha! heiliger Georg! Ha! heiliger Eduard!" rief der schwarze Ritter und streckte mit jedem Ruf einen Mann zu Boden. „Haben wir hier Verräter?"

So tollkühn auch die Angreifer waren, sie wichen doch vor dem Arme zurück, der mit jedem Streiche den Tod gab, und schon schien es, als würde das Entsetzen, das von diesem einzigen ausging, den Sieg über alle diese Buben davontragen, da stürzte ein Ritter in blauer Rüstung, der sich bisher zurückgehalten hatte, mit der Lanze hervor und zielte nicht nach dem Ritter, sondern nach seinem Pferde, das edle Tier tödlich verwundend.

„Das war ein Schurkenstück!" rief der schwarze Ritter, als das Roß stürzte und seinen Reiter mit sich riß. An diesem Augenblick stieß Wamba laut ins Horn, denn der Überfall war bisher so blitzschnell verlaufen, daß er bis jetzt nicht Zeit dazu gefunden hatte.

Der unerwartete Schall jagte den Mördern einen solchen Schreck ein, daß sie noch einmal zurückwichen, indes Wamba trotz seiner unvollkommenen Bewaffnung ohne Zaudern dem Ritter auf die Beine half.

„Schämt Euch, ihr feigen Memmen!" rief der blaue Ritter aus. „Reißt Ihr schon vor dem leeren Schall eines Hornes aus, das ein Narr bläst?"

Von neuem fielen sie den Ritter an, dem nun nichts weiter übrig blieb, als sich mit dem Rücken an einen Baum zu lehnen und sich mit dem Schwerte zu verteidigen.

Der blaue Ritter wartete einen Augenblick ab, wo sein Gegner hart bedrängt war, und galoppierte heran, um ihn mit der Lanze an den Baum zu nageln. Aber Wamba vereitelte sein Vorhaben. Durch Gewandtheit ersetzte der Narr, was ihm an Kraft fehlte, und da die Bande es auf den schwarzen Ritter abgesehen hatte, so wurde der Narr fast gar nicht beachtet. Er hielt nun den drohenden Ansturm des blauen Ritters ab, indem er dessen Pferde mit seinem krummen Säbel die Knie zerschnitt. Roß und Reiter stürzten, dennoch war der Schwarze in der größten Bedrängnis, da ihm mehrere bis an die Zähne bewaffnete Kerle hart zusetzten und ihn die Kräfte zu verlassen drohten. Da streckte plötzlich ein Pfeil mit den Federn einer wilden Gans den furchtbarsten der Angreifer zu Boden. Gleichzeitig brach, von Locksley und dem lustigen Mönch geführt, eine Schar Yeomen aus dem Walde hervor, und binnen kurzem waren die Feinde vernichtet und lagen teils tot, teils verwundet am Boden. Der schwarze Ritter dankte seinen Helfern mit einer Hoheit, die sie in seinem Wesen bisher nicht gefunden hatten.

„Es liegt mir viel daran," sagte er dann, „zu wissen, wer meine unberufenen Feinde sind. Wamba, öffne dem blauen Ritter das Visier. Er scheint der Anführer zu sein."

Wamba tat, wie ihm geheißen, und der schwarze Ritter sah graue Locken und ein Antlitz, das er nicht unter solchen Umständen zu schauen erwartet hatte. „Waldemar Fitzurse!" rief er. „Was hat einen Mann Euern Ranges – was hat Euch, der Ihr Euch sonst so würdig betruget, zu einer so schändlichen Tat bewegen können? – Tretet beiseite, Ihr Herren, ich muß allein mit diesem Manne reden. – Nun, Waldemar Fitzurse, sprecht die Wahrheit! Wer hat Euch zu dieser verräterischen Tat abgesandt?"

„Euers Vaters Sohn," antwortete Waldemar, „der damit Euern Ungehorsam gegen Euern Vater hat strafen wollen."

Richards Augen glühten vor Zorn, aber seine bessere Natur gewann die Oberhand, er drückte die Hand gegen seine Stirn und sah einen Augenblick dem am Boden liegenden Baron ins Gesicht, darin Beschämung und Stolz miteinander rangen.

„Fleht Ihr nicht um Euer Leben, Waldemar?" fragte der König.

„Wer im Rachen des Löwen liegt, weiß, daß es umsonst ist," antwortete Fitzurse.

„So nehmt es unerfleht," sagte Richard. „Der Löwe nährt sich nicht von vorgeworfenen Kadavern. Nehmt Euer Leben, jedoch unter der Bedingung, daß Ihr in drei Tagen England verlaßt und Eure Schande in Euerm normännischen Schlosse verbergt, auch nie den Namen Johann von Anjou im Verein mit Eurer Freveltat nennt. Werdet Ihr nach der angegebenen Frist noch in England betroffen, so sterbt Ihr. Wenn Ihr das Geringste gegen die Ehre meines Hauses äußert, dann beim heiligen Georg! der Altar selber soll Euch keine Zuflucht gewähren! An den Zinnen Euers eigenen Schlosses laß ich Euch den Raben zum Fraße aufhängen! – Gebt dem Ritter da ein Pferd, Locksley, denn wie ich sehe, haben Eure Yeomen die ledig herumlaufenden Tiere eingefangen – und laßt ihn ungehindert von dannen reiten!"

„Wenn ich nicht Eurer Stimme gehorchen müßte," erwiderte der Yeoman, „so würde ich dem Schurken einen Pfeil nachsenden, der ihm eine weite Reise ersparen sollte."

„In deiner Brust schlägt ein englisches Herz," sagte der schwarze Ritter, „und du hast recht, wenn du fühlst, daß du mir gehorchen mußt. – Ich bin Richard von England."

Diese Worte waren mit einer Hoheit gesprochen, die dem hervorragenden Charakter des Löwenherzigen entsprach. Die Yeomen fielen vor ihm nieder, brachten ihm ihre Huldigung dar und baten um Vergebung ihrer kühnen Taten.

„Steht auf, meine Freunde," sprach Richard in gnädigem Tone, „was Ihr in Forst und Flur Böses getan haben mögt, Ihr habt es wieder gut gemacht durch die treuen Dienste, die Ihr meinen bedrängten Untertanen vor den Mauern von Torquilstone geleistet habt, und durch die Hilfe, die Ihr heute Euerm Monarchen gebracht habt. Steht auf, meine Untertanen, und seid in Zukunft brave Leute. Und Ihr, Locksley . . ."

„Nennt mich nicht mehr Locksley, sondern lernt mich, mein Fürst, bei meinem wahren Namen kennen, den, wie ich fürchte, das Gerücht nur zu weit verbreitet hat. Ich bin Robin Hood vom Sherwoodswalde."

„König der Geächteten und Fürst guter Gesellen," sprach der König. „Wer sollte einen Namen nicht kennen, der selbst bis nach Palästina gedrungen ist? Doch sei getrost, guter Robin, was auch in den unruhigen Zeiten, die unsere Abwesenheit hervorgerufen hat, verübt worden sein mag, keine Tat soll dir von mir zu Ungunsten ausgelegt werden."

„Das Sprichwort bewahrheitet sich," mischte sich Wamba ins Gespräch, wenn auch ein wenig schüchterner als sonst. „Wenn die Katz weg ist, tanzen die Mäuse auf dem Tisch rum."

„Ei, Wamba," sagte Richard, „bist du auch noch da? Lange habe ich deine Stimme nicht gehört, schon glaubte ich, du hättest Reißaus genommen."

„Ich und Reißaus nehmen?" erwiderte der Narr. „Da liegt die Trophäe meines Schwertes, das gute Pferd, dem ich gern wieder auf die Beine hölfe, wenn ich statt seiner seinen Herrn hinlegen könnte. Freilich, im Anfang wich ich zurück, weil ein Narrenwams einen Lanzenstich nicht so gut abhält wie ein Harnisch von Stahl. Aber wenn ich auch nicht viel gefochten hab, so hab ich doch desto besser geblasen."

„Und zu gutem Zwecke, wackerer Wamba!" sagte der König. „Dein guter Dienst soll dir nicht vergessen werden."

„Confiteor, confiteor!" rief eine Stimme dicht beim König. „Mein Latein reicht nicht weiter, ich bekenne meinen Hochverrat und bitte um Verzeihung, ehe ich zum Tode geführt werde."

Richard sah sich um und erblickte den lustigen Mönch, der ihm zu Füßen lag und seinen Rosenkranz betete, während sein Streitknüttel, der im Gefecht nicht müßig gewesen war, neben ihm am Boden lag. Sein Gesicht hatte den Ausdruck tiefster Zerknirschung angenommen, aber in diesen Schein demütigster Reue mischte sich ein Zug von Spott, der nur zu deutlich verriet, daß seine Furcht und seine Reue erheuchelt waren.

„Warum so trostlos, toller Priester?" fragte Richard. „Fürchtest du, dein Diöcesar könnte erfahren, wie treu du dem heiligen Dunstan und der heiligen Jungfrau dienst? Richard von England verrät keine Geheimnisse, die über der Flasche ausgeplaudert wurden."

„Das ist es nicht, mein gnädiger Monarch," versetzte der Eremit, der in den Sagen von Robin Hood unter dem Namen des Bruders Tuck bekannt ist. „Nicht den Krummstab fürchte ich, sondern das Zepter, weil meine verwegene Hand das Ohr des Gesalbten des Herrn berührt hat."

„Hahaha!" lachte Richard. „Daher weht der Wind. – den Puff hätte ich vergessen, wenngleich mir das Ohr einen ganzen Tag danach gesaust hat. Aber wenn der Schlag gut gegeben wurde, so wurde er auch gut erwidert, oder wenn du glaubst, daß ich dir etwas noch schuldig bin, so kannst du noch einen Faustschlag bekommen."

„Nein, nein!" rief Bruder Tuck. – „Ich habe ihn mit Wucher zurückerhalten. Möchte Eure Majestät alle Schuldner so gut bezahlen."

„Könnte ich es mit Faustschlägen," sagte Richard, „so sollten sie nicht über eine leere Schatzkammer klagen. Doch sprich, mein ehrlicher Mönch, wäre es nicht viel besser, für die Kirche und für dich selber, ich erlaubte dir, die Kutte auszuziehen und in meine Garde als Yeoman einzutreten?“

„Mein König,“ versetzte der Mönch, „ich danke Euch untertänigst, aber Ihr würdet meine Entschuldigung gelten lassen, wenn Ihr wüßtet, wie sehr mir das Laster der Faulheit in den Gliedern steckt. Der heilige Dunstan – sei er uns gnädig – steht ruhig in seiner Zelle, wenn ich auch zuweilen über der Pürsch auf einen feisten Rehbock ganz vergesse, ihm seine Abendandacht darzubringen. Manchmal komme ich über Nacht auch gar nicht nach Hause, und Sankt Dunstan zieht nie ein schiefes Gesicht darüber, er ist ein so ruhiger und friedlicher Herr, wie nur je einer aus Holz geschnitzt wurde. Wäre ich nun aber als Yeoman bei meinem König, so wäre zwar die Ehre groß, sehr groß, aber wenn ich einmal abseits ginge, um eine Witwe zu trösten oder um ein Wild zu schießen, so hieß es gleich: wo steckt der Hund von einem Priester? wo treibt sich der verwünschte Tuck herum? – Mein guter König, ich bitte Euch, laßt mich, wo Ihr mich gefunden habt, oder so Ihr Eure Mildtätigkeit bis auf mich erstrecken wollt, so seht mich an als den armen Mönch von Copmanhurst, der eine kleine Gabe mit Dank annehmen wird.“

„Ich verstehe dich,“ antwortete der König. „Es soll dem heiligen Mönch verstattet sein, in jeder Jagdzeit drei Böcke zu schießen, und wenn dir dies,“ setzte er hinzu, „nicht eine Entschuldigung gibt, ihrer dreißig zu schießen, so bin ich kein christlicher Ritter und König.“

„Euer Majestät mag versichert sein,“ erwiderte der Mönch, „mit der Gunst des heiligen Dunstan will ich schon Mittel und Wege finden, Eure gütige Gabe zu vervielfachen.“

„Daran zweifle ich nicht, guter Bruder,“ versetzte der König. „Und da Wildbret eine trockene Speise ist, so soll dir unser Kellermeister jährlich ein Faß Malvoisir, eine Butte Sekt und drei Oxhoft vom besten Biere senden – wenn damit dein Durst noch nicht gestillt ist, so mußt du an unsern Hof kommen und dich mit unserem Mundschenk bekannt machen.“

„Und was bekommt der heilige Dunstan?“

„Eine Kappe, eine Stola und ein Altartuch. Doch wir dürfen unsern Scherz nicht zu weit treiben, sonst möchte Gott uns dafür strafen, daß wir mehr an unsere Narrheiten gedacht haben, statt ihm zu dienen und ihm Ehre anzutun.“

Der Mönch verneigte sich tief und zog sich zurück.

Gleichzeitig erschienen zwei neue Ankömmlinge auf dem Schauplatz.

Vierunddreißigstes Kapitel

Die neuen Ankömmlinge waren Wilfried von Ivanhoe auf dem Klepper des Priors von Botolph und Gurth, der ihm auf des Ritters eignem Streitrosse folgte. Ivanhoes Erstaunen war ohne Grenzen, als er seinen Herrn mit Blut bespritzt und sechs oder sieben blutige Leichname auf dem kleinen Grasplatze liegen sah, wo das Gefecht stattgefunden hatte; nicht weniger wunderte er sich darüber, daß den König viele Waldgesellen umgaben, die Geächtete zu sein schienen, und darum ein gefährliches Gefolge für einen Fürsten waren. Er wußte nicht, ob er den König als den irrenden schwarzen Ritter anreden sollte, oder nicht. Richard bemerkte seine Verlegenheit.

„Fürchte nichts, Wilfried," sprach er, „wenn du Richard Plantagenet als solchen anredest; du findest ihn in der Gesellschaft treuer englischer Herzen, obgleich sie hier warmes englisches Blut vergossen haben."

„Herr Wilfried von Ivanhoe," sprach der tapfere Hauptmann, „meine Versicherungen können der unsers Königs nicht mehr Gewicht geben, indessen kann ich wohl mit dem Stolz der Menschen, die viel gelitten haben, sagen, daß er keine treueren Untertanen hat, wie die, so jetzt um ihn stehen."

„Ich zweifle nicht daran, tapfrer Mann," erwiderte Wilfried, „weil du darunter bist. Doch was bedeuten diese Spuren von Tod und Gefahr, die Erschlagenen und die blutige Rüstung meines Königs?"

„Das war Verrat, Ivanhoe," sprach Richard: „doch, Dank sei den braven Männern, er hat seinen Lohn gefunden. Aber jetzt fällt mir ein, daß du selbst ein Verräter bist, ein sehr ungehorsamer Verräter," fuhr er lächelnd fort; „denn lautete nicht Unser ausdrücklicher Befehl, daß du in St. Botolphs Abtei bleiben solltest, bis deine Wunde völlig geheilt?"

„Sie ist geheilt," sagte Ivanhoe; „und nur noch unbedeutend, wie der Stich einer Haarnadel. Aber, mein edler Fürst, warum ängstigt Ihr die Herzen Eurer treuen Untertanen, indem Ihr Euer Leben auf einsamen Reisen und wilden Abenteuern aussetzt, als hätte es nicht mehr Wert, als das eines irrenden Ritters, der auf Erden nichts hat, wie Lanze und Schwert?"

„Richard Plantagenet," antwortete der König, „begehrt nicht mehr Ruhm, als ihm seine gute Lanze und sein Schwert verschaffen können, und ist stolzer auf ein Abenteuer, das er mit seinem guten Arm und seinem guten Schwert bestanden hat, als auf ein Heer von Hunderttausenden, das er zur Schlacht führt."

„Aber Euer Königreich, Herr," sprach Ivanhoe, „dem Bürgerkrieg und Auflösung drohen, Eure Untertanen, die jedem Unglück preisgegeben sind, wenn sie ihren König in solchen Gefahren verlieren, in die Ihr Euch täglich zu Euerm Vergnügen stürzt, und denen Ihr eben mit Not entkommen seid."

„Mein Königreich und meine Untertanen?" antwortete Richard ungeduldig. „Ich sage dir, Herr Wilfried, die besten unter ihnen üben ärgere Torheiten aus, als ich; – zum Beispiel hier mein treuer Diener Wilfried von Ivanhoe, der meinen bestimmten Befehlen nicht gehorcht, und doch seinem Könige eine Predigt hält, weil er nicht nach seiner Meinung handelt. Welcher von uns beiden hat die meiste Ursache, dem andern Vorwürfe zu machen? Doch vergib mir, mein treuer Wilfried. Die Zeit, die ich in der Verborgenheit zubringen muß, ist, wie ich dir schon zu Sankt Botolph sagte, notwendig, um meinen Freunden und treuen Edelleuten Zeit zur Sammlung ihrer Kräfte zu lassen, damit er, wenn Richards Rückkehr angekündigt wird, an der Spitze einer Macht steht, die den Feinden Schrecken einflößen und jede Verräterei unterdrücken kann, ohne das Schwert zu ziehen. Estoteville und Bohun werden nicht stark genug sein, um in vierundzwanzig Stunden nach York vorzurücken. Ich muß von Salisbury im Süden, von Beauchamp, von Warwickshire und von Multon und Percy im Norden Nachricht haben. Der Kanzler muß sich Londons bemächtigen. – Meine plötzliche Erscheinung würde mich Gefahren aussetzen, denen meine Lanze und mein Schwert nicht gewachsen wären, obgleich ich durch den Bogen des braven Robin unterstützt bin, sowie durch Bruder Tucks Streitaxt und das Horn des weisen Wamba."

Wilfried verbeugte sich unterwürfig, wohl wissend, daß es vergebens wäre, mit dem wilden ritterlichen Geiste zu streiten, der seinen Herrn oft zu Gefahren fortriß, die er leicht vermeiden konnte, oder besser gesagt, die er unverzeihlicherweise aufsuchte.

Wilfried seufzte und schwieg, während König Richard, zufrieden, seinen Ratgeber zum Schweigen gebracht zu haben, obgleich er im Herzen fühlte, daß jener recht hatte, eine Unterhaltung mit Robin Hood anknüpfte. „König der

Geächteten," fragte er, „hast du deinem Bruder König keine Erfrischung anzubieten? denn diese toten Schelme haben mir Arbeit und Appetit gemacht."

„Wahrhaftig!" rief Robin, „ich verschmähe es, Eure Majestät zu täuschen, unser Vorrat enthält hauptsächlich –" er stockte und wurde verlegen.

„Wildbret? wie ich glaube," fiel Richard fröhlich ein; „nun, eine bessere Speise für den Hunger gibt es nicht, und wenn ein König nicht zuhause bleiben und selbst sein Wild schießen will, so darf er auch nichts sagen, wenn er es von fremder Hand erlegt findet."

„Wenn Eure Majestät noch einmal einen von Robin Hoods Sammelplätzen mit Dero Gegenwart beehren wollen, so soll es an Wildbret nicht fehlen, auch ein Trunk Bier und ein Becher voll gutem Wein wird zu Befehl stehen."

Der Geächtete zeigte nun dem heitern König den Weg, und Richard war über dieses unerwartete Zusammentreffen mit Robin Hood und seinen Waldgesellen glücklicher als in seiner Königsrolle, wenn er sich als der erste unter einem vornehmen Kreis von Edlen und Pairs befunden hätte. Stets neue Gesellschaft und Abenteuer waren die Würze des Lebens für den löwenherzigen Richard, und sein größtes Glück war, Gefahren zu begegnen und zu überwinden. In Löwenherz war die glänzende, aber nutzlose Tätigkeit eines romantischen Ritters verwirklicht und der persönliche Ruhm, den er durch seine eignen Waffentaten erwarb, war seiner überspannten Einbildungskraft teurer, als der, den er sich durch eine weise Regierung erworben hätte. Er glich einem glänzenden Meteor, das schnell am Himmel hinzieht und ein unnützes und furchtbares Licht verbreitet, das plötzlich durch die tiefste Dunkelheit verschlungen wird. Seine Rittertaten gaben den Minnesängern und Harfenspielern Stoff zu Romanzen, verschafften aber seinem Lande keine bleibenden Vorteile, bei denen die Geschichte gern verweilt und sie der Nachwelt als Beispiel erzählt. In seiner gegenwärtigen Gesellschaft erschien Richard im besten Licht. Er war heiter, guter Laune und liebte die Mannheit, wo er sie fand. Unter einem großen Eichbaum wurde eilig das ländliche Mahl für den König von England bereitet: Männer, die von der Regierung geächtet waren, bildeten jetzt seinen Hofstaat und seine Leibwache. Als die Flasche herumging, verloren die rauhen Gesellen allmählich ihre Furcht vor der Gegenwart des Königs: Sang und Scherze wurden gewechselt, frühere Taten erzählt, und während sie sich ihrer glücklichen Gesetzlosigkeit rühmten, verloren sie zuletzt ganz und gar das Bewußtsein, daß sie in Gegenwart des natürlichen Schirmvogts der Gesetze redeten. Der lustige König, der seine Würde nicht mehr achtete als die Gesellschaft, lachte, trank und scherzte. Der verständige Robin Hood dagegen wünschte, daß das Mahl beendigt werde, ehe sich etwas zutragen könnte, was es stören würde, um so mehr, da er gewahrte, daß Ivanhoes Stirn von Sorgen bewölkt war. „Die Gegenwart unsers tapfern Königs macht uns viel Ehre," sagte er beiseite zum Baron, „aber ich wollte doch, daß er sparsamer mit der Zeit umginge, die wegen der Verhältnisse des Königsreichs so kostbar ist."

„Das ist gut und weise gesprochen, braver Robin Hood," sagte der Ritter; „wisse überdem, daß die, die mit dem König scherzen, doch immer mit den Mähnen des Löwen spielen, der, sobald er gereizt wird, Klauen und Zähne zeigt."

„Ihr habt die wahre Ursache meiner Besorgnis berührt," sagte der Geächtete; „meine Leute sind roh von Natur und durch ihr Gewerbe, der König ist ebenso jähzornig als gutmütig, wie bald kann sich eine Ursache zum Streit finden, und wie hitzig könnte dieser werden? – Es ist darum Zeit, daß das Mahl aufgehoben wird."

„Ihr müßt das einleiten, braver Yeoman," sagte Ivanhoe; „denn jeder Wink, den ich ihm gebe, scheint das Mahl zu verlängern."

„Muß ich denn schon so schnell die Gunst und Verzeihung meines Monarchen in Anspruch nehmen?" sagte Robin Hood und schwieg einen Augenblick; „aber beim heiligen Christoph! ich muß es tun. Ich wäre seiner Gnade unwürdig, wenn ich für sein Bestes nichts wagen wollte. Scathlock, geh hinter jenes Gebüsch und blase eine normannische Weise auf deinem Horn; tue es sogleich, bei Gefahr deines Lebens."

Scathlock gehorchte seinem Hauptmann und in weniger als fünf Minuten wurden die Schmausenden durch den Schall eines Hornes auf die Beine gebracht.

„Das ist Malvoisins Horn," sprach der Müller aufspringend und seinen Bogen ergreifend. Wamba hielt mitten in einem Scherz inne und ergriff Schild und Schwert. Der Mönch ließ die Flasche fallen und nahm seinen Kampfknüppel zur Hand. Alle andern ergriffen ihre Waffen. Männer, deren Leben der Zufall bestimmt, vertauschen schnell den Schmaus mit der Schlacht, und dieser Wechsel war für Richard eine Erhöhung seines Vergnügens; er rief nach seinem Helm und den abgelegten schweren Teilen seiner Rüstung, und während Gurth sie ihm anlegte, befahl er bei seiner höchsten Ungnade, daß sich Wilfried fern vom Kampfe halte, der, wie er glaubte, stattfinden sollte.

„Du hast hundertmal für mich gefochten, Wilfried, und ich habe zugesehen. Heute sollst du zusehen, wie Richard für seinen Freund und Untertan fechten wird."

Unterdessen hatte Robin mehrere seiner Anhänger in verschiedenen Richtungen ausgesandt, als sollten sie den Feind suchen, und als er sah, daß die Gesellschaft aufgebrochen war, näherte er sich dem Könige, der vollständig gewappnet war, und sich auf ein Knie vor ihm niederlassend, bat er um Verzeihung.

„Weshalb, guter Yeoman?" sprach Richard etwas ungeduldig. „Haben wir dir nicht schon volle Vergebung für alle deine Verletzungen des Gesetzes zugestanden, glaubst du, daß unser Wort eine Feder ist, die vor- und rückwärts geblasen werden kann? Du hast seitdem noch keine Zeit gehabt, neues Unrecht zu begehen."

„Ich habe es dennoch getan," antwortete der Yeoman, „wenn es nämlich unrecht ist, den Fürsten zu seinem eigenen Vorteil zu betrügen. Das Horn, das Ihr gehört habt, war nicht Malvoisins Horn, sondern wurde auf meinen Befehl geblasen, um das Mahl aufzuheben, denn es konnten Stunden verloren gehen, die zu kostbar sind, um verscherzt zu werden." Er stand von seinen Knien auf, faltete die Arme über seiner Brust, und in einer mehr ehrfurchtsvollen als unterwürfigen Haltung erwartete er die Antwort des Königs, wie einer, der wohl weiß, daß er kühn war, aber gerechten Grund dazu hatte. Richard errötete vor Zorn, doch dies war nur eine Aufwallung, und sein Gerechtigkeitsgefühl unterdrückte sie sogleich.

„Der König von Sherwood," sprach er, „mißgönnt dem König von England seinen Wein und sein Wildbret. Doch du hast wohl getan, kühner Robin! – Aber wenn du mich einmal in dem heitern London besuchst, so sei überzeugt, daß ich kein so knickriger Wirt sein werde. Demungeachtet hast du recht, guter Bursche. – Laß uns darum zu Pferde steigen und forteilen. Wilfried ist diese ganze Zeit über ungeduldig gewesen. Sag' mir, kühner Robin, hattest du nie einen Freund in deiner Gesellschaft, der, nicht zufrieden, dein Ratgeber zu sein, auch durchaus deine Handlungen lenken will und eine erbärmliche Miene macht, wenn du selbständig handelst?"

„Solch einer," sagte Robin, „ist mein Leutnant, der kleine Johann, der eben an Schottlands Küsten mit einer Expedition beschäftigt ist, und ich will Euer Majestät gestehen, daß mich sein kühner Rat oft unwillig macht. Wenn ich es aber überlege, so kann ich nicht lange mit ihm zürnen, der für seine Zudringlichkeiten keinen andern Grund haben kann, als den Wunsch für mein Wohl."

„Du hast recht, guter Yeoman," antwortete Richard; „und hätte ich Ivanhoe an der einen Seite, um ernsten Rat mit düstrer Stirne zu erteilen, und dich an der andern, um mich zu meinem Besten zu zwingen, so würde ich ebenso wenig Freiheit haben, als irgend ein König im Christen- oder Heidentum. Doch kommt, meine Herren, laßt uns fröhlich nach Conningsburgh eilen und nicht mehr daran denken."

Robin Hood versicherte, daß er eine Abteilung seiner Leute auf dem Wege, den sie nehmen wollten, vorangeschickt habe, die jeden Hinterhalt entdecken würden, und daß er nicht an der Sicherheit der Wege zweifle; wo nicht, so könnten die Ritter die Gefahr zeitig genug entdecken, um einen Trupp Bogenschützen zu rufen, mit denen er selbst ihnen auf demselben Wege folgen wollte. Diese weisen Vorsichtsmaßregeln für Richards Sicherheit rührten diesen, und verscheuchten den leichten Groll über den Betrug, den ihm der Hauptmann der Geächteten gespielt hatte. Er reichte Robin Hood noch einmal seine Hand, versicherte ihn gegenwärtiger Verzeihung und zukünftiger Gunst; auch daß es sein fester Entschluß sei, die tyrannische Ausübung des Forstrechts und anderer harter Gesetze zu beschränken, weil dadurch die englischen Yeomen in einen Zustand der Empörung versetzt würden.

Die Anordnung des Geächteten erwies sich als richtig, und der König, von Ivanhoe, Gurth und Wamba begleitet, kam auf dem Schlosse Conningsburgh ohne allen Unfall an, als die Sonne noch am Horizont stand.

Fünfunddreißigstes Kapitel

Es gibt wenige so schöne und reizvolle Landschaften wie die Umgebung dieses alten Sachsenschlosses. Der liebliche Fluß schlängelt sich durch amphitheatralisch aufgebaute Äcker und Waldungen. Auf einem Berge, der sich bis zu dem Flusse herabzieht, und mit Wällen und Gräben wohl verteidigt ist, erhebt sich das alte Gebäude, das, wie schon sein Name besagt, vor der Eroberung ein Residenzschloß der Könige von England war. Die Außenwerke sind vermutlich durch die Normannen aufgebaut worden, aber das Innere trägt die Spuren hohen Alters. Ein Winkel des inneren Hofes liegt auf dem Berge selber und bildet einen Kreis von etwa fünfundzwanzig Fuß im Durchmesser. Die Mauer ist außerordentlich dick und durch sechs wuchtige Strebepfeiler verstärkt, die aus dem Kreise herausspringen und sich an den Turm lehnen, wie um ihn zu stützen. Diese massiven Säulen waren an der Spitze ausgehöhlt und endeten in einer Art Türmchen, die mit dem Inneren des Hauptgebäudes in Zusammenhang standen. Das große umfangreiche Gebäude mit seinen wunderlichen Nebengebäuden gewährte einen höchst malerischen Anblick.

Als Löwenherz und sein Gefolge sich diesem rauhen, doch erhabenen Bau näherten, war er noch nicht wie jetzt mit Befestigungen umgeben. Die Kunst des sächsischen Baumeisters hatte nur das Hauptgebäude in Verteidigungszustand gesetzt, und mit einer rohen Schutzwehr von Pallisaden war seiner Kunst schon genug getan. Eine große schwarze Fahne, die vom Turme herabwehte, verkündete, daß das Leichenbegängnis des letzten Besitzers gefeiert wurde. Über dem Tore wehte eine zweite Fahne, auf der ein weißes Roß dargestellt war. Um das Schloß herum war alles in geschäftiger Bewegung, denn solche Leichenfeiern waren verschwenderische Gastfeste, zu denen jeder, der irgendwie mit dem Verstorbenen bekannt gewesen war, erscheinen konnte, auch jeder, der gerade vorüberreiste, er mochte sein, wer er wollte, durfte sich als gern gesehener Gast betrachten. Bei dem Reichtum und dem Ansehen des verstorbenen Athelstane führte diese Gepflogenheit eine unzählige Menge herbei.

Die Menschenmenge stieg den Hügel, auf dem das Schloß lag, auf und nieder. Als der König mit seinen Begleitern durch das offene Tor, an dem jetzt keine Wache stand, hereinritt, wurde ihm der Grund klar, weshalb in diesen Raum eine so zahllose Menge strömte. Köche standen hier, die riesige Ochsen und fette Schafe brieten. Dort wurden große Fässer voll Bier angezapft, und jeder, der trinken wollte, erhielt einen Becher voll. Der halbnackte sächsische Sklave, der ein halbes Jahr lang gedurstet hatte, vergaß sein Elend in einem Tage der Schwelgerei und Trunkenheit. Der wohlhabende Bürger und Zunftgenosse verzehrte seinen Bissen mit Verstand und kritisierte das Malz oder den Brauer, wenn er trank. Bettler aller Art standen zu Dutzenden herum, auch umherziehende Soldaten, die, wie sie behaupteten, aus Palästina kamen. Hausierer kramten ihre Waren aus, reisende Mechaniker hielten um Beschäftigung an, wandelnde Pilger murmelten Gebete, und Minnesänger entlockten ihren Harfen, Fibeln und Zithern unharmonische Töne. Der eine pries Athelstane in einer rührseligen Leichenrede, der andere rühmte in einem Gedicht über die sächsische Genealogie die rauhen und unverfälschten Sitten seiner Ahnen. Auch Narren und Gaukler waren da. Die Begriffe der Sachsen zeigten sich bei derlei Anlässen in ebenso naturgemäßer, wie roher Form. Wer eine durstige Betrübnis hatte, für den war gesorgt, daß er trinken konnte. Wer eine hungrige Betrübnis hatte, für den war Speise da. Wer in seiner Betrübnis beklommenen Herzens und trostlosen Geistes war, für den war Zeitvertreib und Lustbarkeit da. Die Anwesenden verschmähten diese verschiedenen Trostmittel auch nie, nur dann und wann erinnerten sie sich der Ursache, die sie zusammengeführt hatte, und dann seufzten die Männer im Chor, und die Frauen, deren auch viele da waren, riefen mit lauter Stimme: „O weh!"

So sah es im Schlosse Conningsburgh aus, als Richard mit seinem Gefolge hineinritt. Der Seneschall oder Haushofmeister, der nicht weiter auf die ab- und zuströmende Menge der niedern Gäste achtete, als nötig war, um die Ordnung aufrecht zu erhalten, war sofort aufmerksam auf den König und Ivanhoe, von denen ihm der letztere bekannt war. Die Ankunft zweier Ritter – denn als solche gab ihr Anzug sie kund – war überdies ein seltenes Ereignis bei einem sächsischen Leichenbegängnis und konnte nur als eine Ehre angesehen werden, die dem Verstorbenen und seiner Familie erwiesen wurde. In seinem schwarzen Kleide mit dem weißen Amtsstabe in der Hand, machte die wichtige Person des Haushofmeisters ihnen durch die buntscheckige Menge der Gäste Platz, und so kamen Richard und Ivanhoe zum Eingange des Turmes. Gurth und Wamba fanden Bekannte im Schloßhofe und blieben dort, um sich nicht weiter vorzudrängen, ehe sie nicht hereingerufen würden.

Der Eingang in den großen Turm des Schlosses von Conningsburgh ist sehr eigentümlich und ein treffliches Muster der rohen Einfachheit der Zeit, in der er erbaut worden ist. Eine Reihe von Stufen, die schmal sind und fast abschüssig in ihrer Steilheit, führt zu einer niedrigen Tür, von der aus eine kleine Treppe in die Dicke der Mauer hinein und zu einem dritten Stockwerk des Schlosses führte. Die beiden unteren Stockwerke enthielten Kerker und Gewölbe, die nur durch eine Leiter in Verbindung standen, Luft und Licht erhielten. Zu den oberen Gemächern des Turmes, der im ganzen aus vier Stockwerken bestand, gelangte man auf Stufen, die durch die äußeren Bogen der Mauer gelegt waren. Durch diesen beschwerlichen und komplizierten Eingang gelangte der gute König Richard, begleitet von seinem treuen Ivanhoe, in die runde Halle, die das ganze dritte Stockwerk ausmachte. Ivanhoe verbarg sein Gesicht in seinem Mantel, weil er sich nicht eher seinem Vater zu erkennen geben wollte, als bis ihm der König ein Zeichen dazu geben würde. In diesem Raume saßen um einen großen eichenen Tisch herum etwa zwölf sächsische Familienherren aus der Umgegend. Sie waren sämtlich alt, wenigstens schon bejahrt. Die niedergeschlagenen, traurigen Blicke dieser ehrwürdigen Männer, ihr Schweigen und ihre betrübte Haltung bildeten einen auffallenden Gegensatz zu der lärmenden Lustigkeit, die im Schloßhof herrschte. In dieser Stimmung, und in ihren grauen Bärten und langen Locken und ihren altertümlichen Gewändern und weiten schwarzen Mänteln – eine Tracht, die so recht zu dem schlichten, fast rohen Zimmer paßten, in dem sie saßen – hatten sie ganz das Aussehen von alten Wodansanbetern, die aus dem Totenschlaf zum Leben erwacht zu sein schienen, um über den Verfall des Nationalruhmes nachzudenken.

Obgleich eines Ranges mit seinen Landsleuten, schien doch in allgemeiner Übereinstimmung Cedric als das Haupt der Versammlung zu handeln. Als Richard eintrat, in dem Cedric nur den tapferen Ritter vom Fesselschloß erblickte, stand er würdevoll auf und hieß ihn mit dem üblichen Gruß: Heil dir! willkommen. Der König, der mit den Gebräuchen seiner englischen Untertanen vertraut war, erwiderte den Gruß mit dem üblichen Gegengruß: Ich trink auf Euer Heil! und nahm den Becher an, den ihm der Mundschenk überreichte. Die gleiche Höflichkeit wurde Ivanhoe erwiesen, der schweigend seinem Vater Bescheid tat und an Stelle der gebräuchlichen Antwort nur mit dem Kopfe nickte, aus Furcht, an der Stimme erkannt zu werden.

Als die Feierlichkeit der Begrüßung vorüber war, erhob sich Cedric, reichte dem König die Hand und geleitete ihn in eine enge, ganz kunstlose Kapelle, die in einem der äußeren Mauerbogen hineingehöhlt war. Da der Raum nur ein sehr schmales Luftloch hatte, so hätte hier völlige Finsternis geherrscht, wenn nicht zwei Fackeln ein rotes, trübes Licht verbreitet hätten, bei dessen Schein man die niedrige Wölbung, die nackten Steinwände und den roh aus Stein gehauenen Altar mit dem steinernen Kruzifix erblickte. Vor diesem Altar stand eine Bahre und an jeder Seite dieses Totenlagers knieten drei Priester, die mit allen Gebärden äußerer Frömmigkeit ihre Rosenkränze abschnurrten und ihre Gebete lallten. Für diesen Leichendienst hatte Athelstanes Mutter ein hohes Seelenlösegeld an das Kloster des heiligen Edmund bezahlt. Das hatten die Brüder nun auch redlich verdienen wollen, und alle bis auf den lahmen Sakristan waren nach Conningsburgh gekommen; während nun sechs von ihnen unausgesetzt den geistlichen Dienst bei dem Toten versahen, ließen sichs die anderen bei den Erfrischungen und Vergnügungen im Schloßhofe wohl sein. Richard und Ivanhoe folgten Cedric in das Gemach des Todes. Während der

Sachse mit feierlicher Würde auf die frühzeitige Bahre Athelstanes hindeutete, folgten sie seinem Beispiele, bekreuzten sich fromm und murmelten ein kurzes Gebet für das Wohl der entflohenen Seele.

Nach dieser Handlung der Pietät forderte sie Cedric abermals auf, ihm zu folgen. Leise trat er in einen steinernen Gang und öffnete, nachdem er ein paar Stufen hinuntergestiegen war, behutsam die Tür zu einer großen Bethalle, die an die Kapelle stieß. Sie maß etwa acht Fuß im Quadrat und war wie die Kapelle unmittelbar in das Mauerwerk hineingeschlagen. Das Luftloch, das ihr Helle zuführte, ging nach außen in die Breite und ließ einen Strahl der untergehenden Sonne herein, der auf eine weibliche Gestalt von majestätischem Wuchse mit leuchtenden Spuren erhabener Schönheit im Angesicht fiel. Ihre langen Trauerkleider und ihr Kranz von schwarzen Zypressen ließen ihre weiße Haut noch weißer und ihre schönen blonden Flechten, die lang herniederwallten und von der Zeit weder verdünnt, noch mit Silber vermischt worden waren, nur noch schöner und herrlicher erscheinen. Zu ihren Zügen lag der Ausdruck tiefsten Kummers, gepaart mit stiller Ergebung. Auf dem steinernen Tische vor ihr stand ein Kruzifix von Elfenbein, daneben lag ein Meßbuch, das reich bemalte Seiten und einen mit silbernen Spangen und Schlössern versehenen Einband hatte. Als Cedric ein Weilchen geschwiegen hatte, um Richard und Ivanhoe Zeit zu lassen, die Frau des Hauses zu betrachten, wandte er sich an die hoheitsvolle Erscheinung und sprach:

„Edle Editha, hier sind würdige Freunde, die an Euerm Kummer teilnehmen wollen. Dieser hier insonderheit ist der edle Ritter, der so wacker gefochten hat, um den zu befreien, den wir jetzt beweinen."

„Seiner Tapferkeit gebührt mein Dank," erwiderte die Dame, „obgleich es der Wille des Himmels war, daß er sich vergeblich bemüht hat. Auch danke ich ihm und seinem Gefährten für die Aufmerksamkeit, daß sie hierher gekommen sind, und die Witwe Adelings und Mutter Athelstanes im tiefsten Schmerz besuchen. Euch, teurer Vetter, überlasse ich es, dafür zu sorgen, daß es den Gästen an nichts fehlen möge, was diese in Trauer versunkenen Mauern zur Zeit gewähren können." Die Fremden verneigten sich tief vor der trauernden Mutter und entfernten sich mit ihrem gastfreundlichen Führer.

Eine andere Wendeltreppe führte sie in ein Gemach von der Art dessen, das sie zuerst betreten hatten. Es lag gerade ein Stockwerk über diesem. Ein feierlicher melancholischer Gesang von mehreren Stimmen drang daraus hervor.

Sie traten ein und sahen etwa zwanzig Frauen und Mädchen hoher sächsischer Familien. Vier Jungfrauen, deren Chor Rowena leitete, sangen einen Hymnus für die Seele des Verstorbenen. Die anderen Frauen und Mädchen waren unterdes beschäftigt, das weite seidene Leichentuch mit Stickereien im Geschmacke der damaligen Zeit zu verzieren. Es war bestimmt, die Bahre Athelstanes zu bedecken. Auch Kränze wanden sie aus Blumen, die in vollen Körben vor ihnen standen. Das Betragen der Frauen war ernst und sie ließen sich durch das Erscheinen der fremden Ritter nicht stören. Rowena allein begrüßte ihren Befreier mit anmutsvoller Höflichkeit. Ihr Wesen war ernst, doch nicht merklich betrübt, und wohl mochte die Ungewißheit über Ivanhoes Schicksal der tiefere Grund ihres Ernstes als der Tod ihres Verwandten sein.

Cedric, der bei solchen Anlässen, wie wir schon gesehen haben, keinen besonderen Scharfsinn zeigte, hielt ihre Betrübnis für größer als die der anderen Jungfrauen und flüsterte den Gästen die Erklärung zu: „Sie war die Braut des edeln Athelstane." Und nachdem Cedric so die Fremden durch alle Gemächer geführt hatte, in denen die Leichenfeier des edeln Athelstane vor sich ging, brachte er sie in einen kleinen Raum, der, wie er ihnen sagte, für ehrenwerte Gäste bestimmt war, die nicht unmittelbar zur Verwandtschaft des Verstorbenen gehörten und vielleicht nicht gern bei den Trauernden selber weilen wollten. Dann wollte er sich von ihnen verabschieden, aber der schwarze Ritter ergriff ihn bei der Hand.

„Ich bitte Euch, edler Than," sagte er, „seid eingedenk des Versprechens, das Ihr mir beim Auseinandergehen gabt, mir eine Bitte um der Dienste willen zu gewähren, die ich Euch zu leisten das Glück hatte."

„Im voraus ist sie gewährt, edler Ritter," sagte Cedric, „aber in dieser Zeit der Trauer –"

„Das habe ich wohl bedacht," sagte der König, „aber ich habe es nicht für unpassend gehalten, einige Vorurteile mit dem edeln Athelstane ins Grab zu legen. – Bis jetzt kennt Ihr mich nur als den schwarzen Ritter vom Fesselschloß. – Wißt, ich bin Richard Plantagenet."

„Richard von Anjou!" rief Cedric in höchstem Erstaunen, einen Schritt zurücktretend.

„Nein, edler Cedric, Richard von England, dessen innigstes Interesse, dessen höchster Wunsch es ist, Englands Söhne vereint zu sehen. Aber wie nun, würdiger Than, beugt Ihr nicht Euer Knie vor Euerm Fürsten?"

„Noch nie habe ich es vor normännischem Blute gebeugt," erwiderte Cedric.

„So schiebt Eure Huldigung auf, bis ich bewiesen habe, daß mir das Recht zusteht, sowohl Engländer wie Normannen zu beschützen. Und nun eine Bitte an dich! Ich verlange von dir auf dein Manneswort, daß du dem guten Ritter von Ivanhoe verzeihst. – Diese Versöhnung geht mich selber an, das wirst du zugeben, denn sie betrifft das Glück meines Freundes und beseitigt zugleich die Zwietracht unter meinem treuen Volke."

„So ist dies dort Wilfried?" fragte Cedric, auf seinen Sohn zeigend.

„Mein Vater! Mein Vater!" rief Ivanhoe. „Verzeiht mir!"

„Dir ist verziehen, mein Sohn!" sagte Cedric und hob ihn auf. „Der Sohn Herewards weiß sein Wort zu halten, selbst wenn er es einem Normannen gegeben hat. Aber komm mir nur in der Tracht und den Waffen unserer englischen Ahnen vor Augen. Nichts von kurzen Röcken, luftigen Mützen und phantastischen Federbüschen in meinem einfachen Hause – Du willst reden," setzte er ernst hinzu, „und ich ahne, worum du bitten willst. Aber Rowena muß zwei Jahre wie um einen angetrauten Gemahl trauern. Es kann nicht die Rede sein von einer neuen Verbindung, ehe sich noch das Grab über dem, der durch seine Abkunft ihrer Hand am meisten würdig war, geschlossen hat. Athelstanes Geist selber würde aus seinen blutigen Grabtüchern auferstehen und uns von einer solchen Entweihung seines Andenkens zurückhalten."

Fast schien es in der Tat, als hätten Cedrics Worte ein Gespenst erweckt, denn kaum hatte er gesprochen, da ging die Türe jäh auf, und herein in seinen Totenkleidern kam Athelstane, blaß, abgezehrt, wie ein aus dem Grabe auferstandener Leichnam.

Sechsunddreißigstes Kapitel

Beim Anblick dieser Erscheinung befiel die Anwesenden Staunen und Entsetzen. Cedric wankte bis an die Wand zurück, lehnte sich dort an, und starrte wie jemand, der nicht mehr imstande ist, sich aufrecht zu halten, mit stierem Auge und aufgerissenem Munde die Gestalt seines Freundes an. Ivanhoe bekreuzte sich und murmelte bald sächsische, bald normannische Gebete, wie sie ihm gerade einfielen, und Richard ließ bald ein Benedicte hören, bald fluchte er: Mort de ma vie! Inzwischen hörte man unten ein Geschrei: „Nehmt die verräterischen Mönche fest! – Werft sie in den Kerker! – Stürzt sie von den höchsten Zinnen herunter!"

Endlich redete Cedric die Erscheinung seines abgeschiedenen Freundes an: „Im Namen Gottes! So du ein Sterblicher bist, rede! So du aber ein Geist bist, sprich, warum erscheinst du hier und was können wir tun, damit deine Seele Ruhe findet? – Ob du lebst oder tot bist, edler Athelstane, sprich mit Cedric!"

„Das will ich auch," antwortete das Gespenst in ganz ruhigem Tone, „sobald ich nur Atem geschöpft habe und Ihr mir Zeit laßt. Ob ich lebe, fragst du. Ich lebe, soweit noch Leben sein kann in einem, der drei Tage lang, die endlos waren wie Jahrhunderte, von Brot und Wasser gelebt hat. Ja! von Wasser und Brot, Vater Cedric! Beim Himmel und allen Heiligen! Eine bessere Kost ist volle drei Tage lang nicht über meine Zunge gekommen, und nur der Fügung Gottes danke ichs, daß ich jetzt hier bin und Euch das erzählen kann!"

„Wie, edler Athelstane," sprach der schwarze Ritter, „ich habe es doch mit eigenen Augen gesehen, wie Euch der stolze Templer nach dem Fall von Torquilstone niederstreckte, und wie ich selber glaubte und wie auch Wamba erzählte, war Euch der Schädel bis an die Zähne gespalten."

„Da wart Ihr im Irrtum, Herr Ritter," versetzte Athelstane, „und Wamba hat gelogen. – Meine Zähne sind in trefflicher Ordnung, das soll meine Abendmahlzeit verspüren! – Ich bin dem Templer deswegen keinen Dank schuldig, denn sein Schwert drehte sich in seiner Hand, und infolgedessen traf er mich mit der flachen Klinge. Hätte ich die Sturmhaube aufgehabt, so hätte ich mich den Teufel drum geschert und ihm wieder eins versetzt, daß ihm der Rückzug erspart gewesen wäre. Aber da ich den Helm nicht hatte, so fiel ich zwar betäubt, doch unversehrt zu Boden. Von beiden Seiten stürzten Tote und Verwundete auf mich, und so kam ich nicht wieder zur Besinnung. Als ich endlich das Bewußtsein wieder erlangte, ward ich inne, daß ich vor dem Altar der Kirche zum heiligen Edmund in einem Sarge, zum Glück in einem offenen, lag. Ich mußte ein paarmal niesen, dann stöhnte ich, und dann ermunterte ich mich und wollte herausklettern, aber da kamen der Sakristan und der Abt, die bei dem Geräusch stutzig geworden waren, herzugelaufen. Sie schienen sehr erstaunt und durchaus nicht erbaut darüber zu sein, daß sie einen Mann, den sie doch gar zu gern beerbt hätten, wieder am Leben sahen. Ich verlangte Wein und sie gaben mir den auch, aber es muß wohl ein Schlaftrunk gewesen sein, denn ich versank in einen noch festeren Schlaf als zuvor und wachte erst nach mehreren Stunden wieder auf. Jetzt waren mir die Arme und die Beine so fest eingewickelt, daß mich die Gelenke noch schmerzen. Ich lag in einem finstern Loche, einer Art von Totengruft, wie ich aus der Moderluft schloß, die um mich her war. Seltsame Betrachtungen, was sich wohl mit mir zugetragen haben mochte, erwachten in mir, da ging die Tür mit Krachen auf, und zwei schurkische Mönche kamen herein. Sie wollten mir weismachen, ich sei im Fegfeuer, aber die keuchende kurzatmige Stimme des Vater Abtes war mir nur zu wohl bekannt. Heiliger Jeremias, wie anders aber war jetzt sein Ton, als wenn er mich noch um ein Stück Braten bat! Himmel und Hölle! Und dieser Hund hat sich von Weihnachten bis Neujahr hier bei mir dick und fett gefressen!"

„Faßt Euch, edler Athelstane," sagte der König. „Verschnauft Euch und nehmt Euch Zeit zu Eurer Erzählung. Es läßt sich ihr wahrhaftig besser lauschen als einem Roman."

„Beim Kreuz von Bromeholm, mir war anders zu Mute dabei – ein Gerstenbrot und ein Glas Wasser – das gaben mir die filzigen Schurken, die mein Vater und ich selber reich gemacht haben, als sie noch weiter keine Einkünfte hatten, als die Häppchen Schinken und die Metzen Korn, die sie armen Sklaven und Leibeigenen für ihre Gebete abnahmen. So eine undankbare Schlangenbrut! So ein Otterngezücht! Brot und Wasser einem, der es so gut mit ihnen gemeint hat! – Aber ich will sie aus ihrem Neste ausschwefeln, und sollte ich auch deshalb exkommuniziert werden!"

„Um unserer lieben Frau willen, wie bist du dieser Gefahr entronnen, edler Athelstane?" fragte Cedric, seinen Freund bei der Hand ergreifend. „Beschlich Mitleid ihre Herzen?"

„Ob Mitleid ihre Herzen beschlich?" versetzte Athelstane. „Schmelzen Felsen am Sonnenlicht? Ich wäre noch dort, wenn nicht ein Geräusch entstanden wäre, das, wie ich nun inne wurde, von dem Zuge herrührte, der zu meinem Leichenbegängnis kam. Da war denn der Schwarm mit einem Male ausgeflogen, und sie wußten doch recht gut, daß ich lebendig begraben war. Ich hörte, wie sie ihre Totenpsalmen brummten, und ich dachte bei mir, da singen nun die Hunde für meine Seele und hungern meinen Leib dabei aus. Sie waren also weg, und ich wartete lange, daß sie mir etwas zu essen bringen sollten. Kein Wunder, der gichtische Sakristan war viel zu sehr in seine eigne Fresserei vertieft, als daß er daran hätte denken können, daß ich auch was zu essen bekommen müßte. Endlich kam er wankenden Schrittes hereingetaumelt und stank gewaltig nach

Wein und Gewürzen. Bei der guten Kost war sein Herz aufgetaut, er brachte mir ein Stück Pastete und eine Flasche Wein. Ich aß und trank und fühlte mich neu gestärkt, und zum Glück war der Sakristan so besoffen, daß er die Tür nicht richtig zuschloß, so daß sie nur angelehnt war. Da ich gegessen und getrunken hatte und Licht durch die Türspalte hereinfiel, wurde mein Erfindungsgeist wach. Der Ring, an den meine Ketten geschlossen waren, war vom Rost fast ganz zerfressen, das hatte freilich der schurkische Abt und ich selber auch nicht vermutet. Selbst das Eisen hatte den Dünsten in diesem höllischen Loche nicht widerstehen können."

„Verschnauft Euch, edler Athelstane," sagte Richard. „Nehmt etwas zu Euch, ehe Ihr in Eurer entsetzlichen Geschichte fortfahrt."

„Etwas zu mir nehmen?" versetzte Athelstane. „Das hab ich heute schon fünfmal getan, aber ich glaube, ein Stück von diesem saftigen Schinken verträgt sich ganz gut mit meiner Erzählung, und ich bitte Euch, edle Herren, tut mir mit einem Becher Weins Bescheid."

Die Gäste, noch immer starr vor Erstaunen, tranken ihrem auferstandenen Wirt zu, der dann in seinem Bericht fortfuhr. Er hatte jetzt weit mehr Zuhörer als zu Anfang; denn Editha war dem lebendigen Toten gefolgt, und hinter ihr drangen Männer und Frauen herein, soviel nur in dem engen Gemach Platz finden konnten. Bis auf die Treppe hinaus standen sie dicht gedrängt.

„Als ich mich von dem Ring an der Kette befreit hatte," fuhr Athelstane fort, „schleppte ich mich die Treppen hinauf, so gut es ging, da ich ja ausgehungert und mit Ketten belastet war, und nachdem ich lange umhergeirrt war, ging ich den Klängen eines lustigen Rundgesanges nach, und so kam ich in ein Gemach, wo der würdige Sakristan eine Teufelsmesse, wenn ich so sagen darf, mit einem riesigen breitschultrigen Kapuzinermönch abhielt. Dieser Kerl sah eher aus wie ein Dieb als wie ein Diener Gottes. Ich stürzte auf sie los, meine Totengewänder und das Geklirr meiner Ketten gaben mir wohl eher das Aussehen einer Erscheinung von jener Welt als das eines Erdensohnes. Beide standen und glotzten mich an wie die Kühe das neue Tor, aber als ich den Sakristan mit der Faust zu Boden schmetterte, schlug der andere Kerl, sein Saufkumpan, mit einem gewaltigen Knüttel nach mir."

„Das ist gewiß unser Bruder Tuck gewesen," sagte Richard zu Ivanhoe.

„Meinetwegen mag es der Teufel gewesen sein," sagte Athelstane. „Zum Glück hat er nicht getroffen, und als ich mit ihm handgemein werden wollte, nahm er

Reißaus. Ich besann mich nicht lange und schloß mir die Ketten mit dem Schlüssel ab, den der Sakristan am Gürtel trug, und schon wollt ich ihm mit dem Schlüsselbund den Schädel einschlagen, da dachte ich aber an die Pastete und an die Flasche Wein, die er mir in den Kerker gebracht hatte, und so gab ich ihm denn nur ein paar tüchtige Püffe und ließ ihn liegen, und steckte mir etwas Gebacknes und die Lederflasche voll Wein ein, bei der sich die ehrwürdigen Herren gütlich getan hatten, und ging in die Ställe, wo ich meinen Zelter fand. Und so bin ich denn hierher gekommen, so schnell das Tier nur laufen konnte. Alles, was vom Weibe geboren war, riß vor mir aus, weil mich alles für ein Gespenst hielt, und dies um so mehr, als ich die Leichenkappe übers Gesicht gezogen hatte, um nicht erkannt zu werden. Und so kam ich denn her und entdeckte mich meiner Mutter, nahm rasch ein paar Bissen zu mir und bin dann zu Euch geeilt, mein edler Freund."

„Und Ihr findet mich bereit, für unsre alten Pläne Ehre und Freiheit zurück zu erobern," sagte Cedric. „Ich sage Euch, nie tagt wieder ein so günstiger Morgen für unser Befreiungswerk."

„Laßt mich damit in Ruhe! Ich will nichts davon wissen, irgendwen zu befreien," versetzte Athelstane. „Ich bin froh, daß ich selber befreit bin. Ich will lieber darüber nachdenken, wie ich den abscheulichen Abt bestrafe. Er soll an der höchsten Spitze des Schlosses von Conningsburgh hängen in Kutte und Stola, und wenn die Treppen zu eng sind für seinen feisten Kadaver, so laß ich ihn von außen hinaufleiern!"

„Aber, mein Sohn," wandte Editha ein, „bedenke sein heiliges Amt!"

„Bedenke meine drei Fastentage," erwiderte Athelstane. „Alle sollen sie mir dafür bluten! Front-de-Boeuf hatte weit weniger verbrochen und wurde bei lebendigem Leibe verbrannt. Er hat wenigstens seinen Gefangenen einen ordentlichen Tisch gedeckt, nur zu viel Knoblauch war in der Suppe. Die Hunde sterben, und wären sie die besten Mönche auf Erden!"

„Schämt Euch, edler Athelstane," sagte Cedric, „vergeßt die erbärmlichen Kreaturen und gedenkt der ruhmvollen Laufbahn, die sich vor Euch auftut. Sagt diesem normänischen Fürsten, Richard von Anjou, daß, so löwenherzig er auch ist, er doch den Thron Alfreds nicht ohne Widerspruch inne haben wird, solange noch ein männlicher Abkömmling des heiligen Bekenners lebt."

„Wie?" rief Athelstane."Ist dies der edle König Richard?"

„Es ist Richard Plantagenet,“ versetzte Cedric, „aber er weilt als Gast aus freien Stücken hier, und so wirst du einsehen, daß er weder beleidigt, noch etwa gefangen genommen werden darf. Du wirst deine Schuldigkeit als Wirt tun.“

„Bei meiner Treu,“ rief Athelstane, „und meine Schuldigkeit als Untertan auch, denn hiermit schwöre ich ihm Treue mit Herz und Hand!“

„Mein Sohn, denk an deine Rechte auf den Königsthron!“ rief Editha.

„Denk an die Freiheit Englands, entarteter Fürst!“ rief Cedric.

„Mutter und Freund!“ sprach Athelstane. „Laßt eure Vorwürfe. Brot und Wasser und ein Kerker machen den Ehrgeiz gar trefflich kirre, und ich steige weiser aus dem Grabe heraus als ich hineinstieg. Seitdem diese Pläne auf den Beinen sind, habe ich keine Ruhe mehr – Reisen über Hals und Kopf – schlechte Verdauung – Schläge – Püffe – Gefangenschaft und Hunger – und auszuführen sind sie schon gar nicht, ohne daß dabei einige tausend unschuldige Menschen ums Leben kommen. Ich sage Euch, ich will König sein, aber in meinen eigenen Besitzungen, nirgends sonst, und meine erste Herrschertat soll sein, daß ich den Abt hängen lasse.“

„Aber mein Mündel Rowena?“ fragte Cedric. „Ihr wollt doch nicht etwa von ihr lassen?“

„Vater Cedric,“ versetzte Athelstane, „nehmt doch Vernunft an. Lady Rowena fragt den Kuckuck nach mir. Der kleine Finger von Vetter Wilfrieds Handschuh ist ihr lieber als an mir der ganze Kerl. Nun, erröte nicht, Muhme. Gib mir deine Hand! Nur als Freund bitte ich darum. Hier, Vetter Wilfried von Ivanhoe, zu deinen Gunsten entsage ich und schwöre ab – heda! beim heiligen Dunstan, unser Vetter Wilfried ist verschwunden, und wenn nicht meine Augen vom Fasten schwach geworden sind, so habe ich ihn doch eben noch hier gesehen.“

Alle schauten sich um, Ivanhoe war fort. – Endlich erfuhr man, daß ein Jude nach ihm gefragt habe, und daß er nach kurzem Gespräch mit dem Mann in Gurths Begleitung das Schloß verlassen habe. Kaum hatte Athelstane Rowenas Hand losgelassen, so eilte die Lady in größter Bestürzung hinaus.

„Weiß der Geier!“ rief Athelstane. „Ich hatte mir eigentlich eingebildet, einen Kuß zum Danke zu bekommen. Ich wende mich nun wieder zu Euch, edler König Richard . . .“

Aber König Richard war auch fort, und niemand wußte, wohin. Schließlich erfuhren sie, daß er in den Schloßhof geeilt sei und dort den Juden, der mit

Ivanhoe gesprochen hätte, vor sich habe bringen lassen. Er habe kaum ein paar Worte mit ihm gewechselt, so sei er auf sein Pferd gestiegen, habe dem Juden befohlen, auch aufzusitzen, und sei in gestrecktem Galopp davongeritten.

„Nun, so wahr ich lebe!“ rief Athelstane: „Zernebock hat in meiner Abwesenheit Besitz von meinem Schlosse genommen. Ich komme in meinen Totenkleidern zurück als ein aus dem Grabe Erstandener und jedermann, mit dem ich rede, verschwindet, sowie er meine Stimme hört. Doch was hilft es, davon zu reden? – Kommt, meine Freunde, die ihr noch da seid, folgt mir in das Speisezimmer, ehe noch jemand von uns verschwindet. Ich denke, es ist so reich besetzt, wie es das Leichenmahl eines alten sächsischen Edeln sein muß; wollten wir noch länger zögern, wer weiß, ob nicht der Teufel mit dem Abendessen davonfliegt?“

Siebenunddreißigstes Kapitel

Der Schauplatz unserer Erzählung ist nun wieder das Präzeptorium von Templestowe, zu der Stunde, als das blutige Würfelspiel um Tod und Leben für Rebekka anheben sollte. Es war ein großes Leben und Treiben, ganz als wären die Bewohner der Umgegend weit und breit zu einer Kirmeß oder einem ländlichen Feste hier versammelt. Die Augen einer großen Menge waren auf das Tor des Präzeptoriums gerichtet, um die Prozession zu schauen, und eine noch größere Menge hatte den schon zum Hause gehörigen Turnierplatz umringt. Dieser Platz war sehr sorgfältig zu militärischen und ritterlichen Übungen geebnet und bildete die obere Fläche eines sanften anmutigen Hügels, war mit einem Pfahlwerk umgeben und, da die Tempelritter gern zu ihren Übungen Zuschauer einluden, von Bänken und Galerien umschlossen. Für das anberaumte Schauspiel war am östlichen Ende der Schranken ein Platz für den Großmeister errichtet, um den herum Ehrenplätze für die Ordensritter angebracht waren. Darüber wehte die heilige Fahne mit dem Wahrspruch und Feldgeschrei der Templer: Beauséant.

Am entgegengesetzten Ende der Schranken war ein Pfahl errichtet, um den ein Stoß Reisig aufgehäuft war. Der Pfahl war tief in den Boden gerammt und in der Mitte war für das Opfer Platz gelassen. Das Reisig, dessen Flammen es verzehren sollten, war so geschichtet, daß ein Weg bis zum Pfahle offen lag. Die Ketten, mit denen die Unglückliche festgeschlossen werden sollte, hingen vom Holze herab. Neben dieser Stätte des Todes standen vier schwarze Sklaven, deren afrikanische Gesichtsfarbe Furcht einflößte, weil sie den Leuten zu jener Zeit noch nicht vertraut genug war, um sie als etwas alltägliches zu betrachten.

Das Volk erblickte in diesen Menschen Teufel, die im Begriffe waren, ihre höllischen Werke vorzuführen. Einer darunter, der der oberste zu sein schien, gab ihnen Weisungen, nach denen sie das Stroh und Brennholz ordneten und zurecht legten. Sie sahen auch nicht nach der Menge hin und schienen völlig gefühllos und teilnahmslos zu sein und nur bedacht darauf, ihren gräßlichen Dienst zu tun. Wenn sie miteinander flüsterten, öffneten sie die schwulstigen Lippen und fletschten ihre weißen Zähne, als freuten sie sich schon auf das bevorstehende Trauerspiel. Die Leute ringsum sahen daher in ihnen böse Geister, mit denen die Hexe einst im Bunde gestanden habe und die nun, da die Zeit der gottlosen Frau gekommen sei, die furchtbare Strafe an ihr vollziehen wollten. Die Glocke der Kirche zum heiligen Michael in Templestowe erklang und gab das Zeichen zum Beginn der feierlichen Handlung. Mit Grausen vernahm alles Volk das Geläut. Aller Augen wandten sich nach dem Präzeptorium, denn nun mußten der Großmeister, der Kämpfer und die Verbrecherin bald erscheinen.

Endlich wurde die Zugbrücke heruntergelassen, die Tore taten sich auf und ein Ritter, der die große Ordensstandarte trug, kam angeritten. Vor ihm her ritten sechs Trompeter, hinter ihm zu zweien und zweien die Präzeptoren, dann auf einem stolzen, aber äußerst einfach gezäumten Pferde der Großmeister. Hinter diesem kam Brian de Bois-Guilbert, vom Kopf bis zu den Füßen in glänzender Rüstung. Lanze, Schild und Schwert trugen die beiden Knappen, die ihm folgten. Sein Gesicht war zum Teil verdeckt durch eine lange Feder, die von seinem Barett herniederwallte, aber man sah darin das Spiel heftiger Leidenschaften und den Widerstreit von Stolz und Unentschlossenheit. Er war gespenstisch bleich, wie einer, der mehrere Nächte nicht geschlafen hat, doch lenkte er sein Roß mit der Grazie und Gewandtheit, die die beste Lanze im Orden der Templer auszeichneten.

Zu beiden Seiten des Kämpfers ritten Mont-Fitchet und Albert von Malvoisin. Hinter ihnen kamen andere Mitglieder des Ordens und ein langes Gefolge von Servienten und Knappen. Hinter diesen wiederum kam eine Wache zu Fuß, gleichfalls in schwarzer Tracht. In ihrer Mitte sah man die Gestalt der blassen Angeklagten, die langsamen, doch furchtlosen Schrittes ihrem Schicksal entgegen ging. An Stelle ihrer orientalischen Kleider trug sie ein grobes, weißes

Gewand von einfachstem Schnitt, aber in ihrem Antlitz lag Ergebung und Mut, und dieser Ausdruck rührte selbst in dieser Tracht, in der sie jedes andern Schmuckes als ihrer langen schwarzen Flechten entbehrte, aller Augen zu Tränen.

Eine Schar von Leuten niederen Standes, die zum Präzeptorium gehörten, schritten hinter dem Opfer her. Alle gingen gemessenen Schrittes in Reih und Glied und hatten die Arme gekreuzt und den Kopf gesenkt. Dieser langsame Zug schritt den anmutigen Hügel hinan, auf dessem Gipfel der Turnierplatz lag, zog in die Schranken ein, schwenkte herum und machte Halt, als sich der Kreis gebildet hatte. Dann stiegen der Großmeister und seine Begleiter von ihren Pferden, die sofort von bereitstehenden Servienten hinausgeführt wurden.

Die unglückliche Rebekka wurde zu dem schwarzen Sitze an dem Pfahle geführt. Als sie den ersten Blick auf die grausige Stätte warf, wo ihr ein Tod drohte, der ebenso furchtbar für das Gemüt wie qualvoll für den Leib war, da sah man, daß sie erbebte, von Schauern geschüttelt wurde und die Augen schloß. Es schien, als spräche sie bei sich selber ein Gebet, denn ihre Lippen bewegten sich.

Aber gleich darauf sah sie festen Blickes nach dem Pfahle hin, wie um sich an den Anblick zu gewöhnen, und dann senkte sie wieder das Haupt.

Inzwischen hatte sich der Großmeister auf seinen Platz begeben, und als sich die Ritterschaft um ihn her auch dem Range und der Stellung gemäß geordnet hatte, meldete ein langer lauter Trompetenstoß, daß der Gerichtshof zur Stelle sei. Malvoisin ritt vor und legte den Handschuh der Jüdin, der das Pfand des Kampfes war, dem Großmeister zu Füßen.

„Tapfrer Gebieter und hochwürdiger Vater,“ sprach er, „hier steht der gute Ritter Brian de Bois-Guilbert, Präzeptor des Templerordens. Er hat das Pfand angenommen, das zu Füßen Eurer Hochwürden liegt, und sich damit verpflichtet, im Kampfe des heutigen Tages seine Schuldigkeit zu tun und zu beweisen, daß die Jüdin Rebekka das Todesurteil verdient, das das Kapitel des heiligen Ordens vom Tempel Zions über sie als über eine Hexe und Zauberin gefällt hat.“

„Hat er den Eid geleistet, daß dieser Kampf gerecht und ehrenvoll sei?“ fragte der Großmeister.

„Herr und hochwürdiger Vater, unser Bruder hat in die Hände des guten Ritters Konrad von Mont-Fitchet beschworen, daß seine Anklage auf Wahrheit beruhe. Auf andere Weise kann er nicht schwören, da seine Gegnerin eine Heidin ist."

Zu Malvoisins Freude wurde diese Erklärung angenommen, der schlaue Ritter hatte vorausgesehen, daß es schwer, ja unmöglich wäre, Bois-Guilbert zu einer solchen Eidesleistung vor versammelten Volke zu bewegen. Er hatte sich daher diese Entschuldigung ausgedacht, um diese Notwendigkeit zu umgehen. Der Großmeister hatte die Einwendung Malvoisins gelten lassen und ließ nun einen Herold vortreten, der in die Trompete blies und mit lauter Stimme rief: „Hört! Hört! Hier steht der gute Ritter Brian de Bois-Guilbert. Er ist bereit mit jedem freigeborenem Ritter den Kampf zu bestehen, der von der Jüdin als Kämpfer gestellt wird!"

„Es erscheint kein Kämpfer für die Angeklagte," sagte der Großmeister. „Geh Herold, und frage sie, ob sie einen erwartet."

Der Herold ging zu ihr hin und trotz dem Winke Malvoisins wandte auch Bois-Guilbert sein Roß herum und kam zugleich mit dem Herold bei Rebekka an.

Der Herold wandte sich mit folgenden Worten an Rebekka: „Mädchen, der hochwürdige Großmeister läßt dich fragen, ob du einen Kämpfer hast, der heute für dich streiten wird, oder ob du das über dich gefällte Urteil als gerecht anerkennst?"

„Antworte dem Großmeister," erwiderte Rebekka, „daß ich meine Unschuld behaupte und mich nicht für zu Recht verurteilt bekenne. Sage ihm, daß ich Aufschub begehre, wie er gesetzlich statthaft ist, damit ich sehen kann, ob mir Gott in der höchsten Not Rettung schickt. Wenn dann auch diese letzte Frist verstreicht, ohne daß Hilfe kommt, so möge sein Wille geschehen."

„Gott verhüte," rief Lukas Beaumanoir, „daß uns Jude oder Heide der Ungerechtigkeit sollten zeihen können! Bis die Schatten von Westen nach Osten reichen, wollen wir warten, ob sich ein Streiter für dieses unglückliche Weib stellt. Ist der Tag soweit zur Rüste gegangen, so mag sie sich zum Tode bereiten."

Der Herold überbrachte Rebekka diesen Bescheid des Ordensmeisters. Sie neigte in Demut das Haupt, faltete die Hände und blickte zum Himmel, von ihm eine Hilfe erhoffend, die fast von Menschen nicht mehr zu erwarten war. Während dieser furchtbaren Pause vernahm sie die Stimme Bois-Guilberts, es war nur ein Flüstern, aber doch erschrak sie darüber mehr als über die laute Anrede des Herolds. „Rebekka," sagte der Templer, „hörst du mich?"

„Ich habe nichts mit Euch zu schaffen, grausamer, hartherziger Mensch.“

„Verstehst du, was ich sage? Denn mir selber klingt der Ton meiner Stimme furchtbar im Ohr. Kaum weiß ich, wo wir uns befinden und was wir hier sollen. – Diese Schranken? dieser Stuhl? dieser Haufen von Reisig? Ich weiß wohl, wozu sie da sind, und doch ist mir, als wäre das alles nicht wirklich, sondern nur ein entsetzliches Trugbild.“

„Mein Sinn und mein Gemüt sind sich des Ortes und der Zeit bewußt,“ erwiderte Rebekka. „Ich weiß, dieser Holzstoß ist da, meinen Leib zu verzehren und mir einen schmerzhaften aber kurzen Übergang in eine bessere Welt zu bereiten.“

„Träume, Rebekka, Träume! Höre mich,“ fuhr er feurig fort, „eine bessere Gelegenheit, dir das Leben und die Freiheit zu erhalten, als sich diese Schurken und der Schwachkopf dort denken, bietet sich dar. Steige hinter mir aufs Pferd, und in einer Stunde sind wir jeder Verfolgung entrückt. Eine neue Welt der Freude öffnet sich dir, mir eine neue Laufbahn des Ruhmes. Dann mögen sie ein Urteil fällen, dann mögen sie den Namen Bois-Guilbert aus ihrer Liste mönchischer Schufte streichen, jeden Fleck, den sie meinem Wappenschilde anhängen können, will ich mit Blut abwaschen!

„Versucher!“ sprach Rebekka, „hebe dich hinweg von mir! Du sollst mich in dieser letzten Not nicht um eines Haares Breite nachgeben sehen. Feinde sind rings um mich her, dich aber halte ich für den schlimmsten und schrecklichsten. Im Namen Gottes, hebe dich weg von mir!“

Albert Malvoisin, ungeduldig und unruhig über die lange Dauer dieser Unterredung, kam heran, um sie zu unterbrechen.

„Hat das Mädchen ihre Schuld bekannt,“ fragte er laut den Kämpfer, „oder besteht sie auf ihrem Leugnen?“

„Sie ist zum Tod entschlossen,“ sagte Bois-Guilbert.

„Dann mußt du, edler Bruder, deinen Platz wieder einnehmen, um den Ausgang zu erwarten!“ rief Malvoisin. „Die Schatten wechseln auf dem Sonnenzeiger. Komm, tapfrer Bois-Guilbert, komm, du Hoffnung unsers heiligen Ordens und bald sein Haupt.“ Als er dies in einem besänftigten Tone sprach, legte er die Hand auf die Zügel des Ritters, als wolle er ihn nach seinem Platze zurückführen.

„Was willst du mit der Hand an meinem Zügel?" sagte Sir Brian zornig, und die Hand seines Gefährten zurückstoßend, ritt er nach dem obern Ende der Schranken.

„Es ist noch Wut in ihm," sagte Malvoisin zu Mont-Fitchet, „wäre er nur gut geleitet, aber gleich dem griechischen Feuer verbrennt er alles, was ihm nahe kommt."

Die Richter warteten zwei Stunden in den Schranken vergebens auf einen Kämpfer.

„Ich weiß wohl, warum keiner kommt," sprach Bruder Tuck, „weil sie eine Jüdin ist; aber bei meinem Orden, es ist doch hart, daß ein so junges und schönes Geschöpf sterben soll, ohne daß ein Schlag darum geschieht. Hätte sie nur einen Tropfen Christenblut in sich, so sollte mein Kampfstock auf der Stahlhaube des stolzen Ritters tanzen."

Nun wurde allgemein angenommen, daß sich für eine der Hexenkunst und Zauberei angeklagte Jüdin kein Kämpfer stellen werde, und schon flüsterten die Ritter untereinander, es sei an der Zeit, Rebekka ihres Pfandes für verlustig zu erklären. In diesem Augenblick sah man auf der Ebene vor den Schranken einen Ritter, der sein Roß zur Eile antrieb, und hundert Stimmen riefen zugleich: „Ein Kämpfer! Ein Kämpfer!"

Allen Vorurteilen und allem Aberglauben zum Trotz jubelte doch die Menge laut, als ein Kämpfer erschien. Aber ein zweiter Blick vernichtete die Hoffnungen, die sein Erscheinen noch gerade zur rechten Zeit erweckt hatte. Sein Pferd hatte mehrere Meilen im schnellsten Laufe zurückgelegt und schien vor Ermattung in die Knie zu sinken, und der Ritter selber, so kühn er sich in den Schranken zeigte, schien sich auch, ob aus körperlicher Schwachheit oder aus Erschöpfung, kaum noch im Sattel halten zu können.

Als ihn die Herolde aufforderten, Namen, Rang und Zweck seines Erscheinens zu nennen, erwiderte der fremde Ritter schnell und kühn: „Ich bin ein guter Ritter und bin hierher gekommen, um mit Lanze und Schwert für die gerechte Sache dieses Mädchens, der Rebekka, Tochter des Juden Isaak von York, zu streiten. Ich behaupte, das gegen sie gesprochene Urteil ist falsch und ohne Wahrheit, und Brian de Bois-Guilbert ist ein Mörder und Lügner, und das will ich auf diesem Platze mit meinem Leibe beweisen, mit Hilfe Gottes, unserer lieben Frau und des heiligen Georg!"

Malvoisin erwiderte: „Der Fremde muß erst beweisen, daß er ein guter Ritter und von guter Herkunft ist. Der Tempel schickt seine Streiter nicht gegen einen Namenlosen.“

„Mein Name,“ sprach der Ritter und öffnete den Helm, „ist besser bekannt und mein Stammbaum reiner als der deine, Malvoisin. Ich bin Wilfried von Ivanhoe.“

Mit veränderter hohler Stimme rief Bois-Guilbert:

„Mit dir fechte ich nicht. Laß erst deine Wunde heilen, verschaffe dir ein besseres Pferd, dann vielleicht halte ich es meiner für würdig, dich für dein knabenhaftes Prahlen zu züchtigen.“

„Ha, stolzer Templer,“ rief Ivanhoe aus, „hast du vergessen, daß du schon zweimal vor dieser Lanze in den Staub sankest? Denk an die Schranken von Acre – denk an den Waffengang von Ashby de la Zouche – denk an deine stolze Prahlerei in der Halle von Rotherwood, wo du deine goldene Kette gegen mein Reliquienkästchen verpfändet hast, wo du dich verpflichtet hast, mit Wilfried von Ivanhoe um deine verlorene Ehre zu kämpfen. Bei diesem Reliquienkästchen und der heiligen Reliquie, die es enthält, ich will dich, Templer, in jedem Hofe Europas, in jedem Präzeptorium deines Ordens eine Memme nennen, wenn du jetzt nicht mit mir kämpfst!“

Unentschlossen wandte Bois-Guilbert sein Haupt nach Rebekka hin, dann blickte er wild auf Ivanhoe und rief:

„Hund von einem Sachsen, nimm deine Lanze und bereite dich vor auf den Tod, den du dir selber gerüstet hast!“

„Erlaubt der Großmeister den Zweikampf?“ fragte Wilfried.

„Wir schlagen deine Herausforderung nicht ab,“ erwiderte Beaumanoir, „sofern dich das Mädchen als ihren Kämpfer annimmt. Nur wünschte ich, daß du in besserer Verfassung wärst. Ein Feind unseres Ordens bist du freilich immer gewesen, doch möchten wir dich ehrenvoll den Kampf bestehen sehen.“

„So wie ich bin, muß ich kämpfen,“ versetzte Ivanhoe, „anders nicht. Es ist ein Gottesurteil – dem Schutze Gottes befehle ich mich.“ Dann ritt er auf die Unglückliche zu. „Rebekka, nimmst du mich zu deinem Kämpfer an?“

„Ich tue es, ich tue es,“ rief sie in einer tieferen Erregung, als die Todesfurcht in ihr hatte wachrufen können. „Ich nehme dich an als Kämpfer, den mir Gott gesandt hat. – Doch nein!“ setzte sie dann hinzu. „Deine Wunde ist noch nicht geheilt. Kämpfe nicht mit diesem stolzen Manne! Warum solltest du sterben?“

Aber Ivanhoe war schon auf seinen Platz geritten und hatte die Lanze ergriffen. Bois-Guilbert hatte das Gleiche getan. Als er sein Visier schloß, war sein Gesicht, das zuvor eben noch aschfahl gewesen war, hochrot. Als der Herold die Kämpfer an ihren Plätzen sah, rief er dreimal laut: „Faites vos devoirs, preux chevaliers!“

Nach dem dritten Rufe zog er sich auf die Seite zurück und machte bekannt, daß niemand bei Todesstrafe durch Worte, Geschrei oder tätlichen Eingriff diesen Kampf stören dürfe. Dann nahm der Großmeister Rebekkas Handschuh, warf ihn in die Schranken und tat den verhängnisvollen Ruf: „Laisser aller!“

Die Trompeten schmetterten und in vollem Rosseslauf prallten die Ritter gegeneinander. Wie alle erwartet hatten, stürzte das müde Roß Ivanhoes und sein Reiter vor dem kräftigen Rosse und der festgeführten Lanze des Templers zu Boden. Aber obgleich Ivanhoes Lanze kaum den Schild Bois-Guilberts berührt zu haben schien, wankte der Templer doch zum Erstaunen aller Zuschauer im Sattel, verlor den Steigbügel und fiel in die Schranken. Ivanhoe machte sich rasch von seinem Pferde frei und zog sein Schwert, um seinen Nachteil wieder gut zu machen, aber sein Gegner stand nicht wieder auf. Wilfried setzte ihm den Fuß auf die Brust und hielt ihm die Spitze des Schwertes an die Kehle. Er stellte ihm die Wahl zu sterben oder sich für besiegt zu erklären. Bois-Guilbert antwortete nicht.

„Tötet ihn nicht, Herr Ritter,“ rief der Großmeister, in die Schranken herabsteigend. „Tötet nicht Leib zugleich und Seele ohne Beichte und Absolution. Wir erkennen ihn für besiegt.“

Er befahl, dem Besiegten den Helm abzunehmen. Brians Augen waren geschlossen. Noch lange lag die dunkle Röte auf seinem Gesicht, und als sie ihn verwundert ansahen, schlug er die Augen auf, aber ihr Ausdruck war stier und leer – und mit einem Male verschwand die Röte, und Totenblässe überzog sein Gesicht. Die Lanze seines Feindes hatte ihn nicht beschädigt – er war als ein Opfer seiner eigenen unbezähmbaren Leidenschaften gestorben.

„Das ist fürwahr ein Gottesurteil!“ rief der Großmeister und sah gen Himmel. „Fiat voluntas tua!“

Achtunddreißigstes Kapitel

Als kaum das erste Erstaunen vorüber war, erklangen Hufschläge und eine große Anzahl Reiter kam im Galopp hereingesprengt, daß der Boden unter dem Gestampf erbebte, der schwarze Ritter jagte in die Schranken, und ihm nach eine Schar von Bewaffneten und darunter einige Ritter in voller Rüstung.

„Ich komme zu spät," sagte der schwarze Ritter, um sich blickend. „Ich hatte mir Bois-Guilbert für mich selber ausersehen. – Ivanhoe, war das recht von dir, ein solches Wagestück zu unternehmen, da du dich doch kaum im Sattel halten kannst?"

„Der Himmel hat diesen stolzen Mann zum Opfer auserkoren," erwiderte Ivanhoe, „ihm sollte nicht die Ehre werden, von Eurer Hand zu fallen."

„Friede sei mit ihm," sprach Richard und sah ernst auf den Leichnam, „sofern er Frieden finden kann. Er war ein tapferer Ritter und ist ritterlich in seiner stählernen Rüstung gefallen. Aber wir dürfen keine Zeit verlieren. Bohun, walte deines Amtes."

Ein Ritter trat vor aus Richards Gefolge, legte Albert von Malvoisin die Hand auf die Schulter und sprach: „Ich verhafte Euch wegen Hochverrates."

Bisher hatte der Großmeister in stummem Erstaunen über den Einbruch so vieler Ritter dagestanden. Jetzt rief er:

„Wer wagt es, einen Ritter des Tempels im Bezirk seines eigenen Präzeptoriums zu verhaften und in wessen Auftrag geschieht eine so kühne Beleidigung?"

„Ich vollziehe die Verhaftung," versetzte der Ritter, „ich, Heinrich Bohun, Graf von Essex, Lord Connetable von England."

„Und er verhaftet Malvoisin," setzte der König hinzu, „auf Befehl Richard Plantagenets, der hier steht. Konrad Mont-Fitchet, es ist ein Glück für Euch, daß Ihr nicht als mein Untertan geboren seid, aber, Malvoisin, du stirbst mitsamt deinem Bruder Philipp, ehe noch die Welt eine Woche älter ist."

„Ich widersetze mich deinem Urteil," sagte der Großmeister.

„Stolzer Templer," antwortete Richard, „das ist unmöglich. Schaut auf und seht die königlich-englische Standarte statt dem Banner des Tempels von Euern Türmen wehen. Seid weise, Beaumanoir, und leistet keinen unnützen Widerstand. Eure Hand liegt im Rachen des Löwen. Löst Euer Kapitel auf und zieht mit Euerm Anhang zum nächsten Präzeptorium, sofern Ihr noch eines findet, das noch nicht hochverräterischer Umtriebe gegen den König von England bezichtigt worden ist. Sonst wenn Ihr wollt, mögt Ihr hier bleiben, unsere Gastfreundschaft genießen und Zeuge sein, wie wir Gerechtigkeit üben."

„Ich sollte Gast sein in dem Hause, wo ich zu befehlen habe?" erwiderte der Großmeister. „Nimmermehr! – Ritter und Knappen und Anhänger des heiligen Tempels, bereitet Euch vor, der Fahne Beauséant zu folgen!" Der Großmeister sprach mit einer Würde, die selbst den König aus der Fassung brachte und seinen Anhängern Furcht einflößte. Die Templer sammelten sich um ihr Oberhaupt, ihre finsteren Blicke sprachen feindselige Drohungen aus. Sie bildeten eine lange dunkle Linie von Speeren, aus der die weißen Mäntel der Ritter hervorschimmerten.

Die Menge, die ein lautes Geschrei der Mißbilligung ausgestoßen hatte, schwieg jetzt und schaute staunend auf die furchtbare, wohlgeschulte Schar von Kriegern und wich scheu zurück. Der Graf Essex galoppierte beim Anblick dieses Feindes vor und zurück, um seinen Anhang zu ordnen und zur Gegenwehr gegen eine so starke Macht aufzustellen. Richard allein, erfreut über die Gefahr, die seine Gegenwart herbeigeführt hatte, ritt an der Front der Templer langsam herunter und rief laut: „Wie, Sirs? Unter so vielen tapferen Rittern ist nicht einer, der eine Lanze mit Richard brechen will? Ritter des Tempels, Eure Damen müssen gar sehr an der Sonne verschossen sein, daß sie nicht mehr die Splitter einer Lanze wert sind."

Der Großmeister ritt aus der Schar hervor. „Die Ritter des Tempels fechten nicht für so eitle weltliche Dinge, und mit Euch, Richard von England, soll kein Templer kämpfen. Der Papst und die Fürsten von Europa sollen unsern Streit richten und entscheiden, ob ein christlicher Fürst recht getan hat, so aufzutreten, wie Ihr hier getan habt. Wenn wir nicht angegriffen werden, so greifen auch wir niemand an. Eurer Ehre vertrauen wir die Waffenkammer und alles Hab und Gut des Ordens, das wir zurücklassen müssen, und auf Euer Gewissen laden wir alle Schmach und Beleidigung, die Ihr heute dem Christentum angetan habt."

Und ohne eine weitere Antwort abzuwarten, gab der Großmeister das Zeichen zum Aufbruch. Die Trompeten schmetterten einen wilden morgenländischen Marsch, den sonst die Templer zum Angriff bliesen. Sie formierten eine Marschkolonne und ritten so langsam, wie nur die Pferde gehen wollten, um ihren Feinden zu zeigen, daß sie nur auf den Befehl ihres Großmeisters hin, nicht aus Furcht abritten.

Die Menge – wie sich ein furchtsamer Hund so lange das Bellen verhält, bis sich der Gegenstand seiner Furcht entfernt hat – ließ ein Hohngeschrei hören, als endlich die Templer den Platz verließen. Von dem Wirrwarr und dem Lärm, den der Abzug der Templer mit sich brachte, sah und hörte Rebekka nichts. Sie lag in den Armen ihres alten Vaters. Über dem schnellen Wechsel der Dinge hatte sie fast die Besinnung verloren. Aber ein Wort Isaaks brachte sie wieder zu sich.

„Laß uns gehen, meine Tochter," sagte er, „mein wieder gefundener Schatz, wir wollen uns dem guten Jüngling zu Füßen werfen."

„O nein! O nein!" sagte Rebekka, „ich könnte ihm jetzt mehr sagen als – – ich darf jetzt nicht mit ihm reden . . . nein, Vater, laßt uns auf der Stelle diese Stätte des Bösen verlassen!"

„Aber meine Tochter, sollen wir ihm nicht Dank sagen, der sein Leben für nichts achtete, um dich aus der Gefangenschaft zu erlösen und dich – die Tochter eines Volkes, das ihm fremd ist – o, dieser Dienst muß seinen Dank finden."

„Das soll er auch aufs höchste und aufs demütigste! Aber nicht jetzt, um deiner geliebten Rahel willen, Vater, gewähre mir die Bitte und laß uns jetzt fort. Du siehst, König Richard ist bei ihm und –"

„Du hast recht, meine gute und weise Rebekka, laß uns fort, laß uns fort! Wahrscheinlich braucht er Geld, er ist eben gekommen aus Palästina, und einen Vorwand, mir Geld abzunehmen, könnte er leicht darin finden, daß ich mit seinem Bruder Johann habe Geschäfte gemacht. Laß uns fort von hier!"

Die Jüdin, eben noch die Heldin des Tages, ging jetzt unbeachtet hinweg. Die Aufmerksamkeit der Menge war auf den schwarzen Ritter übergegangen, und der Ruf: „Lang lebe König Richard der Löwenherzige! Nieder mit den frechen anmaßenden Templern!" erfüllte rings die Luft.

„Obgleich all diese Lippen hier den Ruf der Treue tun," sagte Ivanhoe zum Grafen Essex, „so hat der König doch wohl daran getan, daß er Euch, edler Graf, und eine so große Menge treuer Anhänger mitgebracht hat."

Der Graf schüttelte lächelnd den Kopf. „Tapfrer Ivanhoe, Ihr kennt unseren Herrn so gut und meint doch, er sei von selber so weise und vorsichtig gewesen? Ich war unterwegs nach York, weil ich hörte, Prinz Johann zöge dort eine Partei zusammen, und da begegnete ich Richard, der wie ein echter fahrender Ritter hierher reiten wollte, um das Abenteuer zwischen der Jüdin und dem Templer allein mit seinem Arme zum Ende zu bringen. Fast wider seinen Willen hab ich ihn hierher begleitet."

„Wie steht es in York? Werden uns die Rebellen Widerstand leisten?"

„Nicht mehr als der Dezemberschnee der Julisonne. Sie sind auseinandergegangen und kein anderer Bote kam, uns diese Kunde zu überbringen als Prinz Johann selber."

„Der elende freche Verräter!" rief Ivanhoe. „Hat ihn Richard ins Gefängnis werfen lassen?"

„Nein, er ist ihm begegnet, als ob sie sich nach einem Jagdausflug träfen. Er deutete auf sich und seine Bewaffneten und sagte: „Bruder, du siehst mich hier mit ein paar ergrimmten Gesellen, es wäre wohl besser, du gingst zu unserer Mutter, versichertest sie meiner Kindesliebe und bliebest dort, bis sich die Gemüter beruhigt haben."

Aus den nun folgenden gerichtlichen Untersuchungen interessiert den Leser nur, daß Moritz de Bracy über die See entkam und unter Philipp von Frankreich Dienste nahm, daß Philipp von Malvoisin und sein Bruder Albert, Präzeptor von Templestowe, hingerichtet wurden, obgleich Waldemar Fitzurse, der doch die Seele der Verschwörung gewesen war, mit Verbannung davonkam und Prinz Johann, für den die Verschwörung unternommen worden war, nicht einmal Vorwürfe von seinem gutmütigen Bruder erhielt.

Trotzdem bedauerte niemand das Schicksal der beiden Malvoisins, die ihren Tod wohl verdient hatten, durch manche Untat der Grausamkeit, Falschheit und Tyrannei.

Kurz nach diesen Geschehnissen wurde Cedric der Sachse an den Hof Richards entboten, nach York, wohin der Monarch seine Residenz verlegt hatte, um diese Grafschaft, die der Ehrgeiz seines Bruders aufgewiegelt hatte, zu beruhigen. Cedric seufzte und schüttelte wiederholt den Kopf, aber er folgte dem Rufe. Richards Rückkehr hatte alle seine Hoffnungen auf die Wiederherstellung der sächsischen Dynastie zerstört. Wenn sich die Sachsen auch früher von einem Bürgerkrieg Erfolg hatten versprechen können, so war es doch klar, daß unter der unbestrittenen Herrschaft Richards nichts unternommen werden konnte. Er war wegen seiner persönlichen guten Eigenschaften und seines kriegerischen

Ruhmes bei dem Volke beliebt, obgleich seine Regierung oft zu sorglos und oberflächlich, bald zu despotisch, bald wieder zu nachsichtig und mild war. Wenn sich nun auch Cedric noch gegen die Erkenntnis sträubte, so mußte er doch einsehen, daß sein Plan, die Sachsen wieder zu vereinen, indem er Athelstane mit Rowena vermählte, jetzt nicht mehr auszuführen war, weil eben die beiden betreffenden Personen nicht damit einverstanden waren. Diese Wendung hatte er bei seinem Eifer für die Sache der Sachsen nicht vorausgesehen; und als endlich die beiderseitige Abneigung Athelstanes und Rowenas offen und deutlich zutage trat, da war es ihm unbegreiflich, daß sich zwei Sachsen aus königlichem Blute ihrer Verbindung widersetzen konnten aus rein persönlichen Gründen, während doch für das Wohl der Nation, für die Sache des Volkes eine solche Verbindung ein Segen gewesen wäre. Aber es war nichts daran zu ändern. Rowena ihrerseits hatte nie ein Hehl aus ihrer Abneigung gegen Athelstane gemacht, nun äußerte aber auch Athelstane fest und bestimmt, daß er nie Ansprüche auf die Hand der Rowena erheben werde. Selbst die eingewurzelte Starrsinnigkeit Cedrics konnte gegen diese Hindernisse nichts ausrichten. Wenn er auf der Verbindung hätte bestehen wollen, so wäre ihm nichts andres übrig geblieben, als das widerstrebende Paar, an der einen Hand den Mann, an der anderen die Frau, zum Altar zu schleppen.

Trotzdem hatte er noch einen letzten energischen Versuch mit Athelstane machen wollen, und er fand diesen wiederauferstandenen Sproß des sächsischen Königshauses in einen heftigen Streit mit der Geistlichkeit verwickelt. Wie es schien, hatte nach seinen Drohungen, den Abt von St. Edmund umzubringen, teils infolge der trägen Gutmütigkeit seiner Natur, teils infolge der Bitten seiner Mutter, die es wie alle Damen der damaligen Zeit mit der Geistlichkeit hielt, seine Rachsucht sich daran ein Genüge sein lassen, daß der Abt und seine Mönche drei Tage bei magerer Kost in die Gefängnisse von Conningsburgh gesperrt wurden. Wegen dieser Grausamkeit drohte der Abt, ihn zu exkommunizieren, und er setzte eine große Liste von den Leiden und Beschwerden auf, an denen er und seine Getreuen in Magen und Eingeweiden seit der tyrannischen Einkerkerung krankten. Auf diesen Streit und die Mittel und Wege, die er eingeschlagen hatte, um sich die geistliche Verfolgung vom Halse zu schaffen, war nun Athelstanes Denken und Handeln, als Cedric zu ihm kam, so brennend konzentriert, daß er für nichts anderes Sinn hatte. Als er den Namen der Rowena nannte, bat Athelstane um die Erlaubnis, einen Becher voll Wein auf ihre Gesundheit und auf ihre baldige Vermählung mit ihrem Vetter

Wilfried trinken zu dürfen. Allem Anschein nach war mit Athelstane in dieser Hinsicht nichts mehr anzufangen.

Nun blieben zwischen Cedric und den Liebenden nur noch zwei Hindernisse: sein Starrsinn und seine Abneigung gegen die normännische Dynastie. Seine Hartnäckigkeit ließ in der Liebe zu seinem Mündel endlich nach, auch der Stolz auf den Ruhm seines Sohnes tat das seine. Daß seinem Stamme die Ehre werden sollte, mit dem Stamme Alfreds verschmolzen zu werden, war ihm auch keineswegs gleichgültig, da der Sprößling Eduards des Bekenners seine höheren Ansprüche für immer hatte fallen lassen. Seiner Abneigung gegen die normännischen Könige wurde nun auch der feste Halt entzogen, da er die Unmöglichkeit einsah, die neue Dynastie aus England zu vertreiben. Außerdem erwies ihm Richard selber, dem Cedrics rauhe Gemütsart gefiel, persönliche Auszeichnung und wußte den edeln Sachsen so zu nehmen, daß er, ehe Cedric noch sieben Tage am Hofe des Königs verweilt hatte, die Einwilligung zu der Hochzeit seines Mündels Rowena mit seinem Sohne Ivanhoe von ihm erreicht hatte.

Die nunmehr von seinem Vater rückhaltlos gebilligte Vermählung unsers Helden fand in einem der erhabensten kirchlichen Gebäude, im Münster von York statt. Der König selber war anwesend, und die Art und Weise, wie er bei diesen und andern Anlässen die geknechteten und bisher verachteten Sachsen behandelte, ließ mit Sicherheit und zu ihrer allseitigen Genugtuung hoffen, daß sie ihre Rechte in vorteilhafterer Weise wieder erlangen würden, als sie von dem unsichern Würfelspiel eines blutigen Bürgerkrieges hätten erwarten können. Gurth begleitete in einer prächtigen Livree seinen Herrn, und der großherzige Wamba erhielt zur Feier des Tages eine neue Narrenkappe und schöne silberne Schellen. Sie, die Wilfrieds Gefahren und Unglück geteilt hatten, blieben auch, wie sie mit Recht erwartet hatten, im Glück an seiner Seite. Außer diesen Angehörigen und allen Dienern des Hausstandes und des Cedricschen Geweses waren alle hochgeborenen Normannen und die edelsten unter den Sachsen Gäste bei dem Hochzeitsfeste, die schöne Feier verherrlichend. Sie teilten den allgemeinen Jubel der niedern Stände, die in diesem Feste die Bürgschaft für künftigen Frieden und gutes Einvernehmen zwischen den beiden Stämmen erblickten, die sich dann ja auch so innig miteinander vermischt haben, daß ein Unterschied oder eine Scheidung nicht mehr zu entdecken ist. Cedric selber sah vor seinem Tode noch diese Verschmelzung fast vollendet. Indem die beiden Nationen untereinander heirateten und in geselligen Verkehr traten, ließen die

Normannen von ihrem Stolze ab und die Sachsen legten ihre Roheit und manche ihrer ungeschlachten Gebräuche ab. Allein erst unter Eduard dem Dritten wurde die Mischsprache, die sich jetzt Englisch nennt, Hofsprache, und damit erst endete jedwede feindliche Unterscheidung zwischen Sachsen und Normannen.

Am zweiten Morgen nach dieser glücklichen Hochzeit brachte die Zofe Elgitha ihrer Herrin Rowena die Meldung, eine Frau wünsche sie unter vier Augen zu sprechen. Rowena war verwundert, zauderte und ließ sich schließlich durch ihre Neugier bestimmen, die Angemeldete hereinzulassen. Die Fremde trat ein – eine edle gebietende Gestalt. Der lange weiße Schleier lag nur wie ein Schatten auf der majestätischen Schönheit, ohne sie zu verhüllen. Sie zeigte ein ehrfurchtsvolles Benehmen, das aber frei war von jeder Beklommenheit oder dem Bestreben, um Gunst zu werben. Rowena war stets bereit gewesen, mit anzuhören, was das Herz ihrer Mitmenschen bewegte und bedrückte, und ihnen beizustehen. Sie erhob sich und wollte die reizende Fremde nach einem Sitze führen, als diese einen Blick auf Elgitha warf und abermals bat, mit der Lady allein zu sprechen. Kaum war Elgitha weg – die nicht ohne Widerstreben das Zimmer verließ – so kniete der schöne Gast vor Rowena nieder, neigte den Kopf zur Erde und versuchte trotz Rowenas Sträuben, den Saum ihres Kleides zu küssen.

„Was soll das?“ fragte die erstaunte junge Frau. „Warum erweist Ihr mir eine so ungewöhnliche Verehrung?“

Rebekka stand auf und nahm ihre frühere hoheitsvolle Haltung wieder an. „Lady von Ivanhoe,“ sagte sie, „ich wollte Euch damit nur in geziemender Weise den Dank abstatten, den ich Wilfried von Ivanhoe schuldig bin. Ich bin – verzeiht mir, daß ich Euch so kühn die Huldigung dargebracht habe, die in unserm Vaterlande Sitte ist – ich bin die unglückliche Jüdin, für die Euer Gemahl in den Schranken von Templestowe sein Leben gegen so drohende Gefahr gewagt hat.“

„Jungfrau!“ versetzte Lady Rowena. „Wilfried von Ivanhoe hat an diesem Tage nur in geringem Maße die unermüdliche Sorgfalt und Hingebung vergolten, mit der Ihr ihn gepflegt habt, als er verwundet und sein Leben in Gefahr war. – Redet – können wir Euch noch irgend einen Dienst erweisen?“

„Keinen,“ versetzte Rebekka ruhig. „Nur mein dankbares Lebewohl richtet an ihn aus.“

„Verlaßt Ihr England?“ fragte Rowena, die ihr Erstaunen über diesen unerwarteten Besuch kaum zu beherrschen vermochte.

„Ich verlasse England, ehe noch der Mond wechselt. Mein Vater hat einen Bruder, der bei Mohamed Boabdil, dem König von Granada, in hoher Gunst steht. Dorthin gehen wir und hoffen Schutz und Frieden zu genießen gegen die Abgaben, die die Moslemin von unserm Volke nehmen."

„Und könnt Ihr das nicht auch in England?" fragte Rowena. „Mein Gemahl steht in Gunst beim König, der König selber ist gerecht und großmütig."

„Lady," erwiderte Rebekka, „daran zweifle ich nicht. Aber das Volk Englands ist ein wildes Geschlecht, das beständig im Zwist lebt mit seinen Nachbarn und mit sich selber und stets bereit ist, jedermann mit dem Schwerte zu durchbohren. Da ist für die Kinder meines Volkes keines Bleibens. Ephraim ist eine mutlose Taube, Isaschar ist ein bedrückter Sklave, er schreitet einher zwischen zwei Lasten. In einem Lande, das voll Blut und Krieg ist, das von feindseligen Nachbarn umgeben und im Innern durch vielfältigen Zwiespalt zerrüttet ist, darf Israel nicht hoffen, auf seiner Wanderschaft Rast zu finden."

„Aber Ihr, Jungfrau," erwiderte Rowena, „Ihr könnt hier nichts zu befürchten haben. Das Mädchen," fuhr sie in überschwenglicher Begeisterung fort, „das Ivanhoes Krankenbett bewacht hat, hat in England nichts zu befürchten, wo Sachsen und Normannen miteinander wetteifern werden, wer ihr die meiste Ehre erzeigen kann."

„Ihr sprecht gar schön, Lady," sagte Rebekka, „und süß klingen Eure Worte, und noch edler ist Eure Absicht. Aber es kann nicht sein – zwischen uns ist eine Kluft – doch ehe ich gehe – gewährt mir eine Bitte. Der bräutliche Schleier hängt über Euerm Antlitz, hebt ihn auf und laßt mich das Gesicht sehen, das alle Welt rühmt."

„Kaum ist es des Anschauens wert," erwiderte Rowena, „aber indem ich von meinem Gast das gleiche erwarte, lüfte ich den Schleier." Sie schlug ihn zurück, und teils unter dem Bewußtsein ihrer hohen Schönheit, teils aus Verschämtheit errötete sie so tief, daß Wange, Stirne, Nacken und Busen wie von Morgenröte übergossen schienen.

Auch Rebekka errötete, aber nur infolge einer augenblicklichen Gefühlsanwandlung, dann meisterten höhere Empfindungen die flüchtige Regung und die Röte wich aus ihren Zügen, wie der Purpur der Abendwolke verblaßt, wenn die Sonne im Horizont versinkt. „Lady," sprach sie, „das Gesicht, das Ihr mir gezeigt habt, wird lange Zeit in meiner Erinnerung leben. Güte und Sanftmut thronen darin, und wenn ein leiser Zug von Stolz und weltlicher

Eitelkeit mit einem so edeln und liebenswürdigen Ausdruck gepaart erscheint, wer möchte tadeln, daß das, was der Erde entstammt, die Farben seines Ursprungs trägt? Lange, lange werde ich Euers Angesichtes gedenken, und Gott sei gelobt, daß ich meinen edeln Befreier vermählt sehe mit . . ." Sie hielt inne, trocknete sich die Thränen, mit denen ihre Augen sich unwillkürlich füllten, und antwortete auf Rowenas besorgte Fragen: „Ich fühle mich wohl, Lady, recht wohl – aber mir schwillt das Herz, wenn ich an Torquilstone und an die Schranken von Templestowe denke. Lebt wohl! Noch nicht den kleinsten Teil meiner Schuld habe ich hiermit abgetragen. Nehmt dieses Schmuckkästchen von mir an und erschreckt nicht über seinen Inhalt!"

Rowena öffnete das kleine mit Silber beschlagene Kästchen und fand darin ein Halsband und Ohrringe von Diamanten, die anscheinend von unermeßlichem Werte waren. "Das kann ich unmöglich annehmen," sagte sie, den Schmuck zurückgebend. – „Die Gabe ist zu reich."

„O, nehmt sie an, Lady," bat Rebekka. „Ihr habt Macht, Ansehen, Rang und Einfluß, wir haben Reichtum, der die Quelle unserer Stärke wie unserer Schwäche ist. Wäre der Wert dieses Tandes auch zehnmal so groß, er könnte nicht so viel bewirken wie Euer leisester Wunsch. Für Euch hat meine Gabe geringen Wert, und für mich ist es ein noch geringeres, wenn ich mich davon trenne. Laßt mich nicht glauben, Ihr dächtet ebenso schlecht von meinem Volke, wie die große Masse des englischen Volkes. Meint Ihr, ich schätzte dieses gleißende Gestein höher als meine Freiheit, oder mein Vater schätzte es der Ehre seines einzigen Kindes gleich wert? Nehmt es, Lady, für mich hat es keinen Wert mehr. Ich werde nie wieder Juwelen tragen."

„Seid Ihr denn unglücklich?" fragte Rowena, erschüttert durch den seltsamen Ton, in dem diese letzten Worte gesprochen wurden. „O, bleibt bei uns! der Rat heiliger Männer wird Euch von Euerm unglücklichen Glauben bekehren, und ich will Euch eine Schwester sein."

„Nein, teure Lady," antwortete Rebekka mit demselben melancholischen Wesen, „das kann nicht sein. Ich kann den Glauben meiner Väter nicht wechseln wie ein Kleid, das nicht zum Klima paßt, unter dem ich lebe. Unglücklich, Lady, werde ich mich nicht fühlen, denn Gott, dem ich mein künftiges Leben weihe, wird mein Tröster sein."

„Habt Ihr denn Klöster, wohin Ihr Euch zurückziehen könnt?"

„Nein, Lady, aber in unserm Volke hat es schon zu den Zeiten Abrahams Frauen gegeben, die ihr Denken und Trachten dem Himmel gewidmet haben und in Werken der Barmherzigkeit ihren Lebenszweck erblickten, die Kranken pflegten, die Hungrigen speisten und die Betrübten trösteten. Zu diesen soll Rebekka gezählt werden. Das sagt Euerm Herrn, wenn er nach dem Schicksal der Jüdin fragt, der er das Leben gerettet hat." Bei diesen Worten erbebte sie unwillkürlich, und eine Innigkeit lag im Klange ihrer Stimme, die mehr verriet, als sie sich merken lassen wollte. Deshalb beeilte sie sich, von Rowena Abschied zu nehmen. „Lebt wohl!" sagte sie. „Der Gott, der Juden und Christen schuf, gieße seinen Segen reich über Euer Haupt aus! – Doch die Barke, die uns von hinnen tragen soll, wird schon unter Segel sein, noch ehe wir den Hafen erreicht haben." Sie ging hinaus und ließ Rowena zurück in Erstaunen über diesen Besuch.

Die schöne Sächsin erzählte die seltsame Unterredung ihrem Gatten wieder, auf dessen Gemüt sie einen tiefen Eindruck zu machen schien. Lange und glücklich lebte er mit Rowena, denn die Bande innigster Liebe verknüpften sie, und durch die Erinnerung an die überwundenen Hindernisse, die sich ihnen entgegengetürmt hatten, wurden sie sich immer teurer. Wir wollen es indessen dahingestellt sein lassen, ob sich der Gedanke an Rebekka nicht öfter dem jungen Gatten aufdrängte, als die schöne Frau aus Alfreds Geschlecht hätte wünschen mögen.

Ivanhoe zeichnete sich im Dienste seines Königs aus und erhielt auch ferner noch manchen Beweis der Gunst Richards. Er wäre zu immer höherer Stellung gelangt, wenn nicht der Tod den heroischen Richard Löwenherz so frühzeitig abberufen hätte. Er starb den Heldentod vor dem Schlosse Chalüz bei Limoges.

Mit dem Leben des hochherzigen und romantischen Fürsten gingen alle Pläne unter, die seine Großmut und sein Ehrgeiz gefaßt hatte. Auf ihn ließen sich, mit geringer Abänderung, die Zeilen anwenden, die Johnson auf Karl den Zwölften von Schweden gedichtet hat:

Sein Schicksal endete an fremdem Strand
Vor schwacher Feste und durch niedre Hand.
Einst machte jedes Herz sein Name höher schlagen,
Jetzt ist er nur ein Stoff, an Lehren reich und Sagen.